KB270156

순수의 시대

순수의 시대

순수의 시대

The Age of Innocence

이디스 워튼 장편소설　고정아 옮김

THE AGE OF INNOCENCE
by EDITH WHARTON (1920)

이 책은 실로 꿰매어 제본하는 정통적인 사철 방식으로 만들어졌습니다.
사철 방식으로 제본된 책은 오랫동안 보관해도 손상되지 않습니다.

제1부

1

1870년대 초 1월의 어느 저녁, 크리스티네 닐손은 뉴욕 음악 아카데미에서 열린 「파우스트」[1] 공연에서 노래를 부르고 있었다.

〈40번가 위쪽〉 머나먼 곳에 호사스러움으로나 장려함으로나 유럽 대도시들과 견줄 만한 새 오페라 극장[2]을 짓는다는 이야기가 진작부터 돌았지만, 사교계 사람들은 겨울마다 이 포근한 아카데미[3]의 붉은색과 황금색의 낡은 박스석에 모이는 데 아직 아무런 불만이 없었다. 보수적인 사람들은 이곳이 작고 불편해서 〈신흥 부자들〉이 꼬이지 않는다고 좋아했다. 뉴욕은 이미 그들을 두려워하면서도 그들에게 끌리고 있었다. 또한 감상적인 사람들은 이곳에 어린 추억들 때문에, 음악 애호가들은 음악 공연장에서 언제나 문제가 되는 탁월한 음향 효과 때문에 이 건물에 애착을 보였다.

1 유명한 전설에 기초한 샤를 구노의 5막 오페라(1859). 이 작품의 주인공도 파우스트처럼 상상의 산물인 순간의 열정을 위해 현실에 기초한 소중한 것을 포기하고자 하는 유혹에 시달린다.
2 메트로폴리탄 오페라 하우스.
3 뉴욕 음악 아카데미.

그날의 공연은 마담 닐손의 그해 겨울 첫 출연작이었고, 일간 신문들이 어느 사이엔가 〈더없이 수준 높은 관객〉이라고 부르는 사람들이 눈 내리는 미끄러운 거리를 뚫고 개인 브루엄 마차, 널찍한 란다우 마차, 또는 그보다 조금 수수하긴 하지만 편리한 〈브라운 쿠페 마차〉를 타고 모여들었다. 브라운 쿠페 마차를 타고 오페라 극장에 가는 것은 자기 마차를 타고 가는 것과 별다를 바 없이 품위 있는 일이었고, 그것으로 귀가하는 사람은 자기 마차로 온 사람들이 추위와 술에 전 마부가 아카데미 현관 앞에 빨간 코를 반짝이며 나타날 때까지 기다려야 하는 것과 달리 줄지어 선 쿠페 마차에 (민주주의 원칙을 즐겁게 표현하며) 차례대로 타는 큰 이점을 누렸다. 미국 사람들이 연회장에 갈 때보다 떠날 때 더 마음이 급하다는 것을 발견한 것은 그 훌륭한 마차 대여업자의 놀라운 직감 가운데 하나였다.

뉴랜드 아처가 클럽 박스 뒤편의 문을 연 것은 정원 장면이 막 시작되었을 때였다. 젊은이가 더 일찍 오지 못할 이유는 없었다. 7시에 손님 없이 어머니와 누이하고만 저녁을 먹었고, 그런 뒤에는 유약을 바른 검은 호두나무 책장과 피니얼 장식 의자들이 놓인 고딕풍 서재 — 아처 부인이 집 안에서 흡연을 허락한 유일한 장소 — 에서 시가를 태우며 시간을 보냈으니 말이다. 하지만 무엇보다 뉴욕 같은 대도시에서 오페라 극장에 일찍 가는 것은 〈세련되지 않은 일〉이라는 것이 불문율이었다. 어떤 것이 세련되고 어떤 것이 세련되지 않은지 하는 것은 뉴랜드 아처가 사는 뉴욕에서는 수천 년 전 선조들의 운명을 지배한 불가사의한 토템 공포만큼이나 강력한 힘을 발휘했다.

그가 늦은 두 번째 이유는 개인적인 것이었다. 시가를 태우며 시간을 뭉갠 것은 그가 진정한 예술 애호가라서, 즐거움을 직접 맛보는 것보다 그 즐거움을 생각하는 일이 더 은근한 만족을 주었기 때문이다. 특히 그 즐거움이 섬세한 것일 때는 더욱 그랬고, 그가 누리는 즐거움은 대체로 그런 것이었다. 이번 공연의 경우 그는 질적으로 아주 흔치 않은 썩 훌륭한 순간을 기대했다. 그래서 설령 그가 자신의 도착 시간을 프리마 돈나의 무대 감독과 맞추어 두었다고 해도, 그녀가 〈그는 나를 사랑해, 사랑하지 않아, 《사랑해!》〉라고 노래 부르며 데이지 꽃잎을 이슬처럼 맑은 음들과 함께 흩뿌리는 장면보다 더 중요한 순간에 아카데미에 들어설 수는 없었을 것이다.

물론 그녀는 〈그는 나를 사랑해〉가 아니라 〈마마 *M'ama!*〉라고 노래했는데, 그것은 독일 문학 작품을 바탕으로 만든 프랑스 오페라를 스웨덴 가수들이 영어 사용 관객 앞에서 노래할 때는 좀 더 명확한 이해를 위해 가사를 이탈리아어로 번역해야 한다는 음악계의 불변의 법칙 때문이었다. 뉴랜드 아처에게 그런 일은 지금껏 그의 인생을 빚어 온 다른 모든 관습과 마찬가지로 자연스럽게 여겨졌다. 가르마를 탈 때는 파란 에나멜 글씨로 이름 첫 글자를 새긴 두 개의 은제 솔빗을 쓰고, 사교 모임에 갈 때는 반드시 단춧구멍에 꽃 한 송이를 (되도록 치자 꽃으로) 꽂는 것과 마찬가지였다.

「마마…… 논 마마…….」[4] 프리마 돈나는 노래했고, 솟구치는 사랑을 담아 〈마마!〉라고 소리치며 잎이 다 떨어진 데이지

---

4 *M'ama…… non m'ama……*. 이탈리아어로 〈그는 나를 사랑해, 사랑하지 않아〉라는 뜻. 파우스트의 유혹을 받은 마르게리트는 데이지 꽃잎을 떼면서 이 노래를 부른다. 19세기의 꽃말 책에 따르면 데이지는 아름다움과 순수를 상징한다.

꽃을 입술에 대고 커다란 두 눈을 들어 피부가 가무잡잡하고 자그마한 파우스트, 빅토르 카풀을 바라보았다. 그의 표정에는 꾸민 티가 났다. 하지만 몸에 붙는 보라색 벨벳 더블릿을 입고 깃털 모자를 쓴 파우스트 카풀은 눈앞에 있는 무구한 희생자만큼이나 순수하고 진실해 보이려고 헛된 노력을 하고 있었다.

뉴랜드 아처는 클럽 박스의 벽에 몸을 기댄 채 무대에서 눈을 떼어 객석 맞은편을 훑어보았다. 정면에는 맨슨 밍곳 노부인의 박스석이 있었다. 밍곳 노부인은 엄청난 비만 때문에 오페라 극장 출입을 포기한 지 오래였지만, 사교 행사가 있는 밤이면 언제나 자기 대신 가족 중 아랫사람 몇을 보냈다. 오늘 부인의 박스석 첫 줄에는 며느리 러벌 밍곳 부인과 딸 웰랜드 부인이 있었다. 아름다운 무늬의 옷을 입은 두 중년 부인의 약간 뒤쪽에 흰옷을 입은 젊은 처녀가 황홀한 눈길로 무대 위의 연인들을 바라보고 있었다. 마담 닐손의 〈마마!〉가 고요한 오페라 극장 위로 솟구칠 때(데이지 노래가 나올 때면 박스석 사람들은 언제나 잡담을 멈췄다) 처녀의 뺨을 발그레 물들인 홍조는 이마를 지나 단정하게 땋은 금발 머리 뿌리에 닿았고, 다시 치자 꽃 한 송이로 여민 소박한 망사 가슴판 위로 드러난 매끄러운 앞가슴에까지 가득 번졌다. 그녀는 눈길을 돌려 무릎에 놓인 커다란 은방울꽃[5] 다발

5 19세기 꽃말 책에 따르면 은방울꽃은 섬세한 단순함, 돌아온 행복, 또는 남몰래 시드는 가슴을 상징한다. 뉴랜드는 메이의 꽃을 보면서 눈에 보이는 섬세한 단순함만을 떠올리겠지만, 워튼은 이런 상징들 모두를 잘 알고 있었을 것이다. 뉴랜드는 메이에게서, 그리고 그가 메이와 연결시키는 꽃에서 한 가지밖에 못 보았고, 엘렌을 향한 자신의 욕망 때문에 그녀의 가슴이 〈시드는〉 것은 알지 못했다. 작품 전체에 걸쳐 메이는 순수함을 상징하는 꽃들과 계속 연결된다. 반대로 엘렌은 좀 더 이국적인 꽃들과 연결된다.

을 보았고, 뉴랜드 아처는 그녀가 흰 장갑을 낀 손으로 부드럽게 꽃을 어루만지는 것을 보았다. 그는 만족스러운 표정으로 숨을 들이쉬고 다시 무대로 눈을 돌렸다.

돈을 아낌없이 쓴 무대 장치는 뉴랜드 아처처럼 파리나 빈의 오페라 극장을 경험한 사람들에게도 인정받을 만큼 매우 아름다웠다. 무대 앞부분은 각광이 설치된 곳까지 에메랄드 빛 천으로 덮여 있었다. 중간 부분에는 보드라운 초록색 이끼 둔덕들이 작은 철주문들에 빙 둘러싸여 대칭을 이루며 봉긋 솟아 있고, 거기에 오렌지 나무처럼 생겼지만 분홍색과 붉은색의 큼직한 장미꽃이 핀 작은 나무들이 서 있었다. 장미보다 훨씬 큰 팬지 꽃들은 — 마치 교구 여신도들이 유행을 좋아하는 성직자에게 만들어 준 꽃 모양 펜 닦이 종이와도 비슷하게 생겼는데 — 장미 나무 밑 이끼 틈에 솟아나 있었고, 장미 가지 여기저기에 접붙은 데이지는 한참 후에나 생겨날 루서 버뱅크의 놀라운 신품종[6]들을 예견하듯 화려하게 피어 있었다.

이 마법의 정원에서 마담 닐손이 트임 사이사이에 연청색 공단이 배색된 하얀 캐시미어 드레스를 입고, 파란 허리띠에는 작은 주머니를 매달고, 모슬린 슈미제트[7] 양옆에는 노란색의 굵은 매듭 띠를 늘어뜨린 채로 눈을 아래로 내리깔고서 카풀 씨의 열정적인 구애를 들었다. 그리고 그가 유혹의 말과 눈길로 오른쪽에 비스듬히 튀어나온 단정한 벽돌집 1층

---

6 Luther Burbank(1849~1926). 미국의 원예가로 이종 교배를 통해 신품종 꽃을 많이 만들었다. 정원 가꾸기를 좋아한 워튼은 버뱅크의 잡종 꽃들을 알았을 테고, 그런 교배 실험을 시간에 따른 변화의 첫 번째 예로 들었다. 이 예는 진화의 주제를 암시한다.

7 소매 없는 드레스를 입을 때 밑에 받쳐 입어 목과 팔을 덮는 옷.

창문을 가리킬 때마다 그 속셈을 이해하지 못한다는 듯 천진한 표정을 지었다.

〈내 사랑! 저게 무슨 의미인지 짐작도 못 하겠지.〉 뉴랜드 아처는 은방울꽃을 들고 있는 처녀에게 다시 눈길을 던지며 생각했다. 그는 무대에 몰두한 그녀의 앳된 얼굴을 바라보며 그녀를 소유하고 있다는 짜릿한 감정을 느꼈다. 그 안에는 남자로서 가진 주도권에 대한 자부심과 그녀의 끝없는 순수에 대한 애정 어린 존경이 섞여 있었다. 〈우리는 함께 『파우스트』를 읽을 거야……, 이탈리아 호숫가에서…….〉 그의 머릿속은 막연하게나마 신혼여행에 대한 몽상과 남자의 특권으로 신부에게 소개해 줄 문학의 걸작들에 대한 생각으로 뒤엉켰다. 메이 웰랜드가 그에게 〈호감〉(뉴욕에서 처녀가 연정을 허락할 때 쓰는 고상한 표현)을 내비친 것이 겨우 그날 오후였지만, 그의 상상은 이미 약혼반지와 약혼 키스, 「로엔그린」[8]의 행진곡을 지나서 그녀를 데리고 고풍스러운 유럽의 매력적인 풍경에 빠지는 장면들로 이어졌다.

그는 장래의 뉴랜드 아처 부인이 멍청한 여자이기를 바라는 마음은 추호도 없었다. 그는 아내가 (깨우침을 주는 남편 덕택에) 사교 수완과 재치를 익혀서, 최고의 인기를 누리는 〈젊은〉 부인 집단에 들어가기를 바랐다. 거기 속한 부인들이 뭇 남성의 경의를 이끌어 내면서 동시에 그것을 장난스럽게 좌절시키는 일은 공인된 관습이었다. 그가 자기 허영심을 끝까지 탐구해 보았다면(이따금 그 언저리에 가보기는 했지만), 그곳에는 자신의 아내가 과거 2년 동안 그의 마음을 흔든 그 유부녀만 한 세속적 지혜와 사람 비위 맞추는 능력을 갖추기를 바라는 소망이 있다는 걸 알았을 것이다. 하지만

8 리하르트 바그너의 3막 오페라로 「결혼 행진곡」을 담고 있다.

14

거기에는 물론 그 불행한 사람의 인생을 망쳐 놓다시피 하고 아처의 그해 겨울 계획을 완전히 어그러뜨린 부덕은 그림자도 비치지 말아야 했다.

이런 불과 얼음의 기적이 어떻게 만들어지고 이 거친 세상에서 어떻게 지속될 수 있을지에 대해 그는 굳이 생각하지 않았다. 그저 이렇게 아무런 분석 없이 자신의 견해를 유지하는 것만으로 그만이었다. 그것은 머리를 단정하게 빗고, 흰 조끼를 입고, 단춧구멍에 꽃을 꽂은 채 클럽 박스에 드나들고, 그와 친근하게 인사를 나누고, 오페라글라스를 들고 체제의 산물인 여자들을 품평하는 모든 신사들의 견해라는 걸 알았기 때문이다. 뉴랜드 아처는 지성이나 예술 면에서 자신이 여기 모인 옛 뉴욕 상류층 인사들보다 훨씬 탁월하다고 느꼈다. 그는 그 무리의 어떤 남자보다 책도 많이 읽고, 생각도 많이 하고, 심지어 세상도 훨씬 많이 보았다. 그들은 개인적으로 보자면 열등했다. 하지만 한데 모으면 〈뉴욕〉을 대표했기에, 남성적 연대의 관습에 따라 그는 도덕이라고 불리는 모든 문제와 관련해 그들의 원칙을 받아들였다. 그 점에서 혼자 딴 길로 나가는 것은 문제가 된다는 것을, 그리고 예법에도 어긋난다는 것을 그는 직감했다.

「아, 정말이지 대단해!」 로렌스 레퍼츠가 오페라글라스를 무대에서 거두며 외쳤다. 그는 통상 뉴욕의 〈예법〉에 관한 최고의 권위자로 여겨졌다. 그는 이 복잡하고도 흥미로운 문제를 연구하는 데 아마 어느 누구보다도 많은 시간을 바쳤을 것이다. 하지만 연구만으로 그의 완전하고 자연스러운 능력이 다 설명되지는 않는다. 누구라도 그의 벗어진 이마에서 부드럽게 흰 아름다운 금발 콧수염을 지나 여위고 우아한 몸 끝의 에나멜가죽 구두까지 한 번 쓱 훑어보기만 하면, 그렇게 좋은 옷을 그렇게 편안하게 입고 그렇게 큰 키로 그렇게 여유로운 우아함을 뽐내는 사람에게는 〈예법〉 지식이 몸에 배어 있을 수밖에 없다고 느끼게 된다. 그를 추앙하는 한 젊은이는 〈턱시도에 검은 넥타이를 해야 할 때와 하지 말아야 할 때가 언제인지 정확히 알려 줄 사람은 래리 레퍼츠뿐이다〉라고 말한 바 있다. 그리고 여성용 구두 펌프스와 에나멜 가죽 구두 〈옥스퍼드〉를 비교하는 문제에 관해서라면 그의 권위는 논란의 여지가 없었다.

「어떻게 이럴 수가!」 그는 이렇게 말하고는 오페라글라스를 말없이 실러턴 잭슨 노신사에게 건넸다.

레퍼츠의 시선을 따라가 본 뉴랜드 아처는 그 비난의 대상이 밍곳 노부인의 박스석에 새로 나타난 인물이라는 걸 깨닫고 흠칫 놀랐다. 가녀린 몸집의 젊은 여자였다. 키는 메이 웰랜드보다 약간 작았고, 관자놀이 근처에서 조밀하게 물결치는 갈색 곱슬머리는 가는 다이아몬드 머리띠로 고정되어 있었다. 이런 머리 장식은 당시 〈조제핀풍〉[9]이라 불리던 패션 스타일의 인상을 주었는데, 그런 느낌은 구식 버클이 달린 허리띠로 가슴 밑 부분을 과장되게 잡아맨 암청색 벨벳 드레스 때문에 더욱 강했다. 이런 독특한 드레스를 입은 장본인은 그로 인한 사람들의 시선을 별로 의식하지 못한 듯, 박스석 가운데 잠시 서서 웰랜드 부인과 앞줄 오른쪽 구석에 있는 부인의 자리에 자신이 앉아도 되는지 이야기하고 있었다. 그러더니 가벼운 미소로 승복하고 웰랜드 부인의 올케이자

9 1804년부터 1809년 나폴레옹과 이혼할 때까지 프랑스 황후를 지낸 조제핀과 관련된 드레스풍. 엘렌 올렌스카가 입은 〈독특한 드레스〉는 목선을 깊이 파는 것이 특징으로 복장 규제의 전통에 어긋나, 1870년대의 뉴욕에서는 사람들의 이목을 끌었을 것이다.

반대쪽 구석에 앉은 러벌 밍곳 부인 곁에 나란히 자리를 잡고 앉았다.

실러턴 잭슨 씨는 오페라글라스를 로렌스 레퍼츠에게 돌려주었다. 클럽 전체가 본능적으로 고개를 돌려 노인의 말을 기다렸다. 로렌스 레퍼츠가 〈예법〉에 대해 권위를 갖고 있듯 노신사 잭슨 씨가 〈집안〉 문제와 관련해서 갖는 권위 또한 대단했기 때문이다. 그는 복잡하게 얽혀 있는 뉴욕 상류 사회 인사들의 친족 관계를 죽 꿰고 있었고, 밍곳가(家)가 솔리가(家)를 통해 사우스캐롤라이나 주의 댈러스가(家)와 맺은 관계라든가, 필라델피아 솔리가의 위 세대와 올버니 치버스가(家)(이들을 유니버시티 플레이스의 맨슨 치버스가와 혼동해서는 안 될 일이다)의 관계 같은 어려운 문제도 설명해 낼 뿐 아니라, 각 집안의 주요 특징까지도 줄줄이 열거할 수 있었다. 예를 들어 롱아일랜드에 사는 레퍼츠가(家) 아래 세대의 지독한 인색함이라든가, 어리석은 결혼을 계속 하는 러시워스가(家)의 비극이라든가, 올버니 치버스가에 격세유전하는 정신병 때문에 예로부터 뉴욕 사교계는 그들과 통혼하기를 꺼렸다든가 — 하지만 모두가 알다시피 비극적인 예외로 불쌍한 메도라 맨슨을 들 수 있는데, 그녀의 어머니는 러시워스가 출신이었다 — 하는 것들 말이다.

실러턴 잭슨 씨는 양 관자놀이 사이의 은발에 덮인 머리 속에 이런 복잡한 가계도뿐 아니라 평온해 보이는 수면 아래에서 지난 50년 동안 벌어진 온갖 추문과 수수께끼를 기록해 두고 있었다. 정보의 범위가 워낙 넓은 데다 기억력 또한 비상해서, 그는 은행가 줄리어스 보퍼트의 진짜 정체가 무엇인지, 맨슨 밍곳 노부인의 아버지인 미남 보브 스파이서는 어떻게 되었는지를 말해 줄 수 있는 유일한 사람으로 여겨졌다.

보브 스파이서는 결혼한 지 1년도 안 되어 적잖은 액수의 신탁 기금을 가지고 홀연히 사라졌고, 배터리 지역의 옛 오페라 극장에서 관객을 즐겁게 해주던 아름다운 스페인 무희도 같은 날 쿠바행 배를 타고 떠났다. 하지만 이런 수수께끼들은 다른 많은 비밀과 함께 잭슨 씨의 가슴에 단단히 봉인되어 있었다. 그가 지닌 높은 명예 의식이 사적인 대화로 얻은 사실을 세상에 퍼뜨리지 못하게 하기도 하지만, 이렇게 입이 무겁다는 평판은 그가 원하는 정보를 얻을 기회를 더 높여준다는 것을 그가 잘 알았기 때문이다.

그래서 클럽 박스에 있던 사람들은 실러턴 잭슨 씨가 로렌스 레퍼츠에게 오페라글라스를 돌려주는 동안 팽팽한 긴장 속에 기다렸다. 그는 잠시 아무 말 없이 핏줄이 비치는 눈꺼풀 아래 흐릿한 파란 눈으로, 예의 주시하는 사람들을 바라보았다. 그리고 심각한 표정으로 콧수염을 비틀더니 짧게 말했다. 「밍곳가에서 저런 일을 시도할 줄은 몰랐는걸.」

2

　이런 일이 벌어지는 짧은 시간 동안 뉴랜드 아처는 기이한 당혹감에 빠져 들었다.

　자신의 약혼녀가 어머니와 숙모와 함께 앉아 있는 박스석이 뉴욕 남자들의 관심을 한데 끌고 있다는 사실은 유쾌하지 않은 일이었다. 그는 프랑스 제정 시대풍 드레스를 입은 그 여자를 얼른 알아보지도 못했고, 그 여자의 출현이 이 사교 계통들에게 그렇게 큰 관심을 불러일으키는 이유도 짐작하지 못했다. 그러다가 머릿속에 불이 탁 켜지면서 순간적으로 분노가 솟구쳤다. 정말로, 밍곳가에서 저런 일을 시도할 줄 누가 알았을까!

　하지만 그들은 그런 일을 시도했다. 분명히 시도했다. 뒤쪽의 수군거림을 통해서 아처는 문제의 젊은 여자가 메이 웰랜드의 사촌, 그 집 식구들이 늘 〈가엾은 엘렌 올렌스카〉라고 부르는 여자라는 걸 확신할 수 있었다. 아처는 그녀가 유럽에 살다가 하루인가 이틀 전에 불쑥 뉴욕에 나타났다는 걸 알고 있었다. 심지어 메이 웰랜드에게서 (별로 언짢은 기색 없이) 가엾은 엘렌을 보러 밍곳 노부인 집에 다녀왔다는 이야기까지 들었다. 아처는 가족 간의 유대를 전적으로 찬성했고, 그가 높이 사는 밍곳가의 특징 중 하나는 그들의 흠 없는 혈통 속에 태어난 소수의 검은 양도 결연히 옹호한다는 점이었다. 그는 옹졸하거나 야박한 심성을 가진 사람이 아니었고, 장래의 아내가 헛된 명예 의식에 속박되지 않고 불행을 당한 사촌에게 (조용히) 친절을 베푼다는 게 기뻤다. 하지만 올렌스카 백작 부인을 가족의 울타리 안에 받아들이는 것과 사람들 앞에 내보이는 것은 다른 문제였다. 그중에서도 오페라 극장, 특히 조만간 뉴랜드 아처 자신과 약혼을 발표할 처녀하고 같은 박스석에서라니. 그는 실러턴 잭슨 씨와 똑같은 느낌이었다. 밍곳가에서 그런 일을 시도하다니!

물론 그는 남자가 (5번 대로 내에서) 행할 수 있는 일이라면 맨슨 밍곳 노부인 또한 일가의 수장으로서 기꺼이 감행하리라는 것을 알고 있었다. 그는 이 꼿꼿한 노부인을 오래전부터 존경해 왔다. 부인은 알 수 없는 이유로 신망을 잃은 아버지를 두었고, 그걸 벌충할 돈도 지위도 없는 스태튼 섬의 캐서린 스파이서에 지나지 않았지만, 부유한 밍곳가의 우두머리와 결혼한 뒤 두 딸을 〈외국인〉(한 명은 이탈리아 후작, 또 한 명은 영국 은행가)에게 시집보냈다. 이런 일련의 대담한 행동을 완성하는 마지막 조치로 센트럴 파크 근처에 있는 접근하기 힘든 황무지에 (집을 지을 때 갈색 사암을 쓰는 것이 오후에 프록코트를 입는 것처럼 당연한 일로 여겨지던 시절에) 미색 돌로 커다란 집을 지었다.

외국인과 결혼한 밍곳 노부인의 두 딸은 전설이 되었다. 그들은 한 번도 어머니를 보러 오지 않았고, 노부인은 활발한 사고와 강력한 의지를 지닌 진중하고 비대한 사람들이 흔히 그렇듯이 묵묵히 집에 머물렀다. 하지만 (파리 귀족들의 개인 별장을 모델로 지었다는) 미색 집은 부인의 담력을 가시적으로 증명하는 것이었다. 부인은 혁명 전[1] 가구들과 루이 나폴레옹 시절 튈르리 궁(중년 시절 부인은 이곳을 드나들었다)에서 구한 기념품들에 둘러싸여, 34번가[2] 위쪽에 사는 일도, 들창 대신 프랑스식 두 짝 여닫이창을 다는 일도 별것 아니라는 듯 고고히 자신의 권위를 지켜 왔다.

캐서린 스파이서가 뉴욕 사람들이 볼 때 그 어떤 성공도 정당화시켜 주고 상당수의 결점을 상쇄시켜 주는 대단한 재능인 미모를 지녔던 적이 없다는 것은 (실러턴 잭슨 씨를 포함해서) 모두가 동의하는 사실이었다. 매정한 사람들은 부인이 같은 이름의 여제[3]처럼 강인한 의지와 냉혹함으로, 또 점잖고 품위 있는 사생활에서 나오는 일종의 도도한 뻔뻔함으로 그 자리에 올랐다고 말했다. 부인이 겨우 스물여덟 살일 때 죽은 남편 맨슨 밍곳 씨는 스파이서 가문에 대한 세간의 불신을 완전히 떨치지 못해 재산을 〈묶어〉 놓았다. 하지만 젊은 미망인은 두려움 없이 자기 길을 가서 외국 사교계에 자유롭게 드나들었고, 자신의 두 딸을 얼마나 타락했는지 아무도 모르는 상류 사회 사람들과 결혼시켰으며, 공작 및 대사들과 어울렸다. 또한 가톨릭교도들과 친교를 쌓았고, 오페라 가수들을 초대했으며, 마담 탈리오니[4]의 절친한 친구가 되었지만, 그러면서도 (실러턴 잭슨이 제일 먼저 선언했듯이) 평판에 아무런 오점도 남기지 않았다. 바로 그 점만이 예카테리나 여제와 다르다고 그는 늘 덧붙였다.

맨슨 밍곳 부인은 오래전에 남편의 재산을 자유롭게 푸는

---

1 프랑스 혁명 이전 루이 16세가 통치하던 시기를 가리킨다.
2 부유한 뉴욕 시민이 많이 모여 사는 지역.
3 1762년에서 1796년까지 러시아를 통치한 예카테리나 여제.
4 Marie Taglioni(1804~1884). 1830년대와 1840년대의 유명 발레리나.

데 성공했고, 반세기를 풍요 속에 살았다. 하지만 어린 시절의 궁핍에 대한 기억은 부인을 검약하게 만들어서, 드레스나 가구는 최고의 것으로 장만했지만 식도락 같은 찰나적 만족에는 큰돈을 들이는 법이 없었다. 그래서 이유는 완전히 다르지만 부인의 식단은 아처 부인의 식단만큼 형편없었고, 식탁에 오르는 포도주 역시 그걸 벌충하는 것과는 거리가 멀었다. 부인의 친족들은 이런 궁색한 식탁이 안락한 생활로 유명했던 밍곳가의 이름에 누를 끼친다고 여겼지만, 사람들은 그런 〈잡탕 요리〉와 김빠진 포도주에도 불구하고 끊임없이 부인을 찾아왔다. 아들 러벌이 실추된 가족의 명예를 회복하기 위해 뉴욕 최고의 〈셰프〉를 두자고 항의하면, 부인은 〈한 집안에 좋은 요리사를 둘이나 둘 필요가 뭐가 있어? 딸들도 다 시집갔고 나는 소스도 못 먹는데?〉라고 웃으며 말했다.

뉴랜드 아처는 이런 일들을 생각하면서 다시 한 번 눈길을 밍곳가의 박스석으로 돌렸다. 웰랜드 부인과 그 올케는 노부인에게 교육받은 밍곳가 특유의 〈초연한 태도〉로 맞은편에서 날아오는 비난의 시선들을 마주하고 있었다. 메이 웰랜드만이 붉게 달아오른 얼굴로(아마도 그가 그녀를 본다는 걸 알고서) 상황의 심각성을 내비치고 있었다. 이런 소동의 원인을 제공한 장본인은 두 눈을 무대에 고정시킨 채 박스석 구석에 차분히 앉아 있었지만, 몸을 앞으로 기울이면 어깨와 가슴이 뉴욕 사람들에게 익숙한 것보다 약간 더, 적어도 사람들 눈에 띄는 걸 피해야 할 여자로서는 많이 드러났다.

뉴랜드 아처에게 가장 거슬렸던 것은 〈취향〉이 형편없다는 것이었다. 〈예법〉도 결국 그 〈취향〉이라는 신성(神性)을 가시적으로 드러내는 대리 역할일 뿐이었다. 마담 올렌스카의 창백하고 무거운 얼굴은 그가 볼 때 그날의 상황과 그녀의 불행한 처지에 잘 어울렸다. 하지만 안에 다른 옷을 받쳐 입지도 않은 그녀의 드레스가 가느다란 어깨에서 흘러내린 것은 충격적이면서도 걱정스러울 정도였다. 그는 메이 웰랜드가 취향의 법칙을 저토록 무시하는 젊은 여자와 함께 있다는 사실이 싫었다.

「도대체 〈무슨 일〉이 있었던 거죠?」 뒤쪽의 한 젊은이가 말하는 소리가 들렸다. (메피스토펠레스와 마르타의 장면에서는 모두가 이야기를 했다.)

「그러니까 남편을 떠난 거야. 그건 부정할 수 없는 사실이지.」

「남편이 폭군인 거죠?」 젊은이가 다시 물었다. 솔리가의 솔직한 젊은이로, 조만간 마담 올렌스카의 옹호자 명단에 이름을 올릴 가능성이 높았다.

「최악의 폭군이지. 니스에서 그 사람을 알고 지냈어.」 로렌스 레퍼츠가 단호하게 말했다.

「술에 절어 살고 하얀 얼굴에 조롱기가 가득해. 얼굴은 잘 생겼다고 할 수 있는데 속눈썹이 너무 진한 편이야. 그 사람은 말이야, 여자를 끼고 있거나 도자기를 수집하거나 둘 중 하나였어. 그리고 어느 쪽에도 돈을 아끼지 않았지.」

사람들이 웃었고, 젊은이가 말했다. 「그래서요?」

「그래서 그녀가 남편 비서하고 같이 달아난 거야.」

「아, 그렇군요.」 젊은이의 표정이 어두워졌다.

「하지만 오래가지는 않았어. 몇 달 뒤에 베네치아에서 혼자 살고 있다는 소식이 들렸으니까. 러벌 밍곳이 가서 데리고 왔을 거야. 극도로 불행한 처지였다고 하더군. 그래, 그건 좋아. 하지만 이렇게 오페라 극장까지 데리고 와서 사람들 앞에 내보이는 건 다른 문제지.」

「어쩌면 너무 불행해서 집에 혼자 둘 수가 없었던 게 아닐까요?」 솔리가의 젊은이가 과감하게 나섰다.

그러자 비웃음이 퍼졌고, 젊은이는 얼굴을 붉힌 채 배운 사람들이 흔히 〈두블 앙탕드르〉[5]라고 부르는 것을 써본 것이 라고 얼버무리려 했다.

「어쨌거나 웰랜드 양을 같이 데려온 건 이상한 일이에요.」 누군가 낮은 목소리로 말하며 아처에게 곁눈질을 했다.

「아, 그건 작전의 일환이야. 할머니 명령인 게 틀림없어. 노 부인은 무슨 일을 해도 철두철미하니까.」 레퍼츠가 웃었다.

막이 끝나고 박스석 사람들이 움직였다. 뉴랜드 아처는 결 정적인 행동을 해야겠다는 충동이 솟는 것을 느꼈다. 남자로 서는 처음으로 밍곳 부인의 박스석에 들어가, 온 세상에 자 신과 메이 웰랜드의 약혼을 선포하고, 그녀가 사촌 언니의 참담한 인생 때문에 겪을 수 있는 어려움을 헤쳐 나가게 도 와주고 싶다는 욕망, 이 갑작스러운 충동으로 그는 모든 도 덕관념과 망설임을 딛고 붉은빛 복도를 지나서 오페라 극장 반대편으로 서둘러 갔다.

박스석에 들어서면서 그는 메이 웰랜드와 눈이 마주쳤고, 그녀가 두 사람 모두가 귀중하게 생각하는 미덕인 가족의 품 위 때문에 직접 말은 못 하지만 자신이 온 이유를 바로 감지 했다는 것을 알았다. 그들 세계의 사람들은 희미한 암시와 미묘한 섬세함이 가득한 대기 속에 살았고, 그와 그녀가 한 마디 말도 없이 서로를 이해한다는 사실은 그 어떤 설명보다 두 사람을 가깝게 묶어 주는 것 같았다. 그녀의 눈이 말했다. 〈어머니가 나를 왜 데려왔는지 알겠죠?〉 그리고 그 또한 눈 빛으로 대답했다. 〈무슨 일이 있어도 당신을 혼자 두지는 않

5 *double entendre*. 두 뜻으로 해석된다는 말의 프랑스어. 그중 하나는 상 스러운 뜻을 포함하고 있다.

을 거야.〉

「우리 조카 올렌스카 백작 부인 알지?」 웰랜드 부인이 사윗감과 악수를 하면서 물었다. 아처는 숙녀를 소개받는 관례에 따라 손은 내밀지 않고 고개만 숙여 인사했다. 엘렌 올렌스카는 흰 장갑을 낀 손으로 큼지막한 독수리 깃털 부채를 움켜쥐고서 고개를 살짝 숙였다. 그는 커다란 몸집에 사각거리는 공단 드레스를 입은 금발의 러벌 밍곳 부인과 인사를 나누고 약혼녀 옆에 앉아 조용하게 말했다. 「마담 올렌스카에게 우리가 약혼한 사이라는 거 이야기했어? 모든 사람에게 그걸 알리고 싶어. 그러니까 오늘 밤 무도회에서 내가 직접 그 사실을 발표하는 게 어떨까?」

메이 웰랜드가 새벽 노을처럼 얼굴을 붉히더니 초롱초롱한 눈길로 그를 보며 말했다. 「어머니 허락을 받을 수 있다면요. 하지만 이미 결정된 걸 왜 바꿔야 하죠?」 그는 말 대신 눈길로 대답했고, 그녀 역시 똑같이 하고는 한층 더 자신 있는 미소를 지으며 덧붙였다. 「당신이 직접 언니한테 말해 줘요. 허락할게요. 언니 말로는 어렸을 때 둘이 같이 놀았다고 하던데요.」

그녀가 의자를 뒤로 밀어서 자리를 내주자, 그는 재빨리 그리고 온 오페라 극장 사람들이 다 보기를 바라는 마음에 약간 과장된 동작으로 올렌스카 백작 부인의 옆자리에 가서 앉았다.

「우리가 예전에 같이 놀았던 건 사실이죠?」 그녀가 그에게 진지한 눈길을 돌리며 물었다. 「당신은 장난이 아주 심했어요. 한번은 문 뒤에서 내게 키스도 했죠. 하지만 내가 좋아한 건 나한테 눈길 한 번 안 주던 당신 사촌 밴디 뉴랜드였어요.」 그녀의 눈길이 말편자 모양으로 빙 둘러 배치되어 있는 박스석들을 훑었다.「옛날 일들이 다 생각나네요. 여기 있는 모든 사람의 어릴 적 니커보커스와 팡탈레트 차림이 눈앞에 떠올라요.」그녀는 약간 외국 억양으로 말을 끌면서 다시 그의 얼굴로 눈길을 돌렸다.

박스석 사람들의 눈에는 다정한 빛이 감돌았지만, 아처는 바로 이 순간 부적절하게도 그들에게 그녀에 대한 재판이 이루어지고 있는 엄숙한 법정의 모습이 비치고 있다는 사실에 충격을 받았다. 상황에 어긋나는 경박함만큼 형편없는 취향은 없었다. 그는 약간 뻣뻣하게 대답했다.「그래요, 떠나신 지 정말 한참 됐죠.」

「아, 몇백 년은 됐죠 아마. 죽어 땅속에 묻힌 것과 진배없어요. 이 정든 고향은 천국이고요.」그녀가 말했다. 정확한 이유는 알 수 없지만 이 말은 어쨌건 뉴랜드 아처에게는 뉴욕 사교계에 대한 훨씬 더 무례한 표현이라고 느껴졌다.

3

그 일은 언제나 똑같은 방식으로 진행되었다.

줄리어스 보퍼트 부인은 연례 무도회를 주최하는 날이면 오페라에 불참하는 법이 없었다. 실제로 그녀는 언제나 오페라 공연이 있는 날 무도회를 열어서, 자신이 가사를 완전히 장악하고 있으며 하인들이 그녀 없이도 행사를 척척 준비할 만큼 유능하다는 사실을 과시했다.

보퍼트가(家)의 집은 뉴욕에서는 드물게 무도회장을 갖추고 있었다. (그 집은 맨슨 밍곳 부인의 집이나 헤들리 치버스의 집보다도 먼저 지어졌다.) 거실 바닥에 〈크래시〉[1]를 깔고 가구는 위층에 올려 두는 일이 〈촌스럽다〉고 여겨지기 시작하던 시절에, 다른 목적은 전혀 없이 1년 중 오직 하루만 쓰고 나머지 364일은 금박 장식 의자를 모두 한구석에 쌓아 놓고 샹들리에는 천으로 싼 채 어둠 속에 묻어 두는 무도회장을 소유했다는 이 명백한 우월함은 보퍼트가의 유감스러운 과거에 대한 보상이라고 여겨졌다.

사교 생활의 원칙을 격언처럼 만들기 좋아하는 아처 부인은 〈우리는 저마다 총애하는 평민이 있는 법이죠〉라고 말한

1 거친 리넨 천.

적이 있는데, 그것은 매우 대담한 말이었지만 많은 상류층 사람에게 암묵적으로 동의를 얻었다. 하지만 보퍼트가가 딱히 평민이라고 하기는 힘들었다. 어떤 사람들은 평민만도 못하다고 했다. 보퍼트 부인만큼은 미국 최고 명문가 출신이었다. 가난하지만 아름다웠던 레지나 댈러스(그녀의 처녀 적 이름으로, 사우스캐롤라이나 주의 일족)는 언제나 좋은 의도로 잘못을 저지르는 경솔한 친척 메도라 맨슨의 소개로 뉴욕 사교계에 발을 들여놓았다. 누구라도 맨슨가(家)나 러시워스가와 연결되면 뉴욕 사회에서는 — 튈르리 궁을 드나들었던 실러턴 잭슨의 표현에 따르면 — 〈드루아 드 시테〉[2]를 얻었다. 하지만 줄리어스 보퍼트와 결혼하면 그 권리가 박탈되는 것 아닌가?

문제는 보퍼트가 도대체 누구냐는 것이었다. 그는 영국 출신으로 알려졌는데, 유쾌한 호남에 다혈질이었으며 인정 많고 재치도 넘쳤다. 그는 맨슨 밍곳 노부인의 사위인 영국인 은행가가 써준 추천장을 가지고 미국에 온 뒤 빠른 속도로 사업계의 주요 인물이 되었다. 하지만 그는 방탕했고 말씨는 거칠었으며 전력은 의심스러웠다. 그래서 메도라 맨슨이 친척 레지나와 그의 약혼을 발표했을 때, 사람들은 메도라의 긴 우행의 역사에 또 하나의 사례가 추가되었다고 생각했다.

하지만 우행 또한 지혜 못지않은 빈도로 좋은 결과를 빚어내는 법이고, 결혼 뒤 2년이 지나자 젊은 보퍼트 부인은 뉴욕에서 가장 멋진 저택의 안주인이 되었다. 어떻게 해서 그런 기적이 일어났는지는 아무도 정확히 알지 못했다. 그녀는 무기력하고 수동적이었으며, 입이 매운 자들은 둔하다고까지

2 *droit de cité*. 프랑스어로 사교계의 일원이 되는 즐거움, 특히 사교계의 일원으로서 얻는 여러 가지 권리를 가리킨다.

말했다. 하지만 진주를 가득 두른 여신 같은 옷차림과 해마다 더 젊고 밝고 아름다워지는 얼굴로, 그녀는 보퍼트 씨의 육중한 갈색 사암 궁전에 높직이 앉아서 보석 가득한 손가락 한 번 들지 않고도 온 세상을 그리로 끌어들였다. 안다 하는 사람들은 하인을 훈련시키는 것도, 〈셰프〉에게 새 요리를 가르치는 것도, 정원사에게 온실에서 어떤 꽃을 키워 식탁과 응접실들을 장식할지 일러 주는 것도, 초대 손님을 정하는 것도, 식후 과일 음료를 만드는 것도, 아내가 친구들에게 보내는 짧은 편지를 구술하는 것도 모두 보퍼트 자신이라고 말했다. 설령 그게 사실이라고 해도 그런 가정사는 조용히 행해졌고, 그가 세상에 보여 주는 건 태평하고 인심 좋은 백만장자의 모습으로, 그는 자기 집 응접실에 들어갈 때도 마치 초대받은 손님처럼 유유히 걸어 들어가서 〈집사람의 글록시니아가 훌륭하네요, 그렇죠? 아마, 큐[3]에서 가져온 것 같습니다〉라고 말하곤 했다.

보퍼트의 성공 비결이 모든 일을 태연히 넘기는 능력이라는 점에는 모든 사람이 동의했다. 그가 영국을 떠날 때 한때 일했던 국제 은행의 〈도움을 받았다〉는 이야기가 공공연히 떠돌았지만, 그는 전에 떠돌던 모든 소문과 마찬가지로 그 소문도 태연하게 무시하면서 — 뉴욕에서 기업 양식이란 도덕 기준만큼이나 엄격했는데도 — 모든 뉴욕 사람을 자신의 응접실로 초대했고, 20년이 넘도록 사람들은 〈보퍼트가에 간다〉는 말을 맨슨 밍곳 부인의 집에 간다는 말만큼 편안하게 했다. 그리고 그 말 속에는 거기 가면 생산 연도도 알 수 없는 김빠진 뵈브 클리코 샴페인과 데워서 내는 필라델피아산 크로켓 대신에 따뜻한 흰죽지오리 요리와 생산 연도가 알

3 런던 근처의 큐 식물원(왕립 식물원).

려진 고급 포도주를 대접받을 거라는 뿌듯한 기대가 담겨 있었다.

보퍼트 부인은 평소처럼 아리아 「보석의 노래」가 시작되기 직전에 박스석에 나타났다. 그리고 역시 평소처럼 3막이 끝났을 때 일어서서 고운 어깨에 망토를 두르고 사라졌고, 뉴욕 사람들은 이제 30분 뒤에 무도회가 시작된다는 걸 알았다.

보퍼트가의 저택은 뉴욕 사람들이 외국인에게 자랑스럽게 보여 주고 싶어 하는 그런 종류의 집이었고, 연례 무도회 날이면 더욱더 그랬다. 이전까지 사람들은 식사와 무도회 의자를 대여할 때 카펫과 차양도 함께 빌리는 게 대부분이었는데, 보퍼트 부부는 뉴욕에서 처음으로 자기 소유의 붉은 카펫을 가진 사람들 중 하나여서 그것을 자기네 시종들의 손으로 깔게 했고, 차양 또한 자기네 것을 펼쳤다. 그들은 또한 여자들이 망토를 끌고 안주인 침실까지 가서 가스버너 불로 머리를 다시 마는 대신 망토를 현관 입구에 벗어 두게 하는 풍습을 새로 도입하기도 했다. 보퍼트는 자기 아내의 친구들은 모두 외출할 때 〈쿠아퓌르〉[4]를 제대로 해줄 하녀를 두고 있을 거라고 말했다고 한다.

무도회장을 배치한 구도도 대담했다. 사람들은 (치버스가에 가면 그렇듯이) 좁은 복도를 복닥거리며 지나는 대신 멋지게 도열한 응접실들(청록색 응접실, 선홍색 응접실, 〈부통 도르〉[5] 같은 노란색 응접실)을 엄숙하게 지나 무도회장에 이

---

4 *coiffure*. 프랑스어로 〈머리 장식〉을 뜻한다. 보퍼트의 무도회에 오는 여자들은 머리를 다시 만질 기회가 없었다.

5 *bouton d'or*. 프랑스어로 미나리아재비를 뜻한다. 금빛 나는 꽃 색깔로 인해 부유함을 상징한다.

르렀고, 그러는 동안 저 멀리서 반들거리는 나무 마루에 비치는 촛불과 그 너머, 검누런 대나무 의자 위로 동백꽃[6]과 나무고사리가 값비싼 이파리를 드리운 온실을 볼 수 있었다.

뉴랜드 아처는 그만한 지위의 젊은이에게 어울리게 약간 늦게 도착했다. 그는 실크 스타킹을 신은 시종들(스타킹은 보퍼트의 몇 안 되는 바보짓 가운데 하나였다)에게 외투를 맡긴 뒤 스페인 가죽이 걸리고 불 상감과 공작석으로 장식한 서재로 들어갔다. 그리고 무도용 장갑을 끼며 잡담을 나누는 몇 남자 곁에 잠시 빈둥거리다가, 마침내 보퍼트 부인이 문 앞에 서서 줄지어 들어오는 손님들에게 인사를 하는 선홍색 응접실로 갔다.

아처는 눈에 띌 정도로 불안해했다. 그는 오페라가 끝난 뒤 (젊은이들이 대체로 그렇듯) 클럽으로 돌아가지 않고, 맑은 밤 날씨 속에 5번 대로를 꽤 한참 걸어 올라갔다가 뒤로 돌아서 보퍼트의 집으로 왔다. 그는 밍곳가 사람들이 지나친 행동을 할지도 모른다는, 그러니까 밍곳 노부인이 올렌스카 백작 부인을 무도회로 데려가게 했을지도 모른다는 생각에 두려움을 느꼈다.

클럽 박스의 분위기를 통해서 그는 그게 얼마나 큰 실수가 될 것인지를 알 수 있었다. 〈문제의 해결〉을 돕겠다는 결심은 어느 때보다 굳었지만, 오페라 극장에서 짧은 대화를 나누고 보니 약혼녀의 사촌 언니를 옹호해야 한다는 기사도적 열의는 줄어들었다.

보퍼트가 많은 논란을 불러일으킨 부그로의 「사랑의 승리」 나체화를 대담하게 걸어 놓은 〈부통 도르〉 응접실로 들어가 보니, 웰랜드 모녀가 무도회장 문 근처에 있었다. 짝을 지은

6 19세기 꽃말 책들은 이 꽃이 가식 없는 뛰어남을 상징한다고 말했다.

남녀들은 벌써 그 안쪽으로 미끄러져 들어가고 있었다. 초들의 불빛이, 빙글빙글 도는 얇은 실크 치마 위로, 소박한 꽃송이로 장식한 처녀들의 머리 위로, 젊은 부인들의 〈쿠아퓌르〉의 화려한 해오라기 깃털과 장신구들 위로, 또 빳빳이 풀을 먹인 가슴 앞판과 반들거리는 장갑 위로 떨어졌다.

메이 웰랜드는 곧 춤추는 무리에 합류하려는 기색으로 은방울꽃을 손에 든 채(다른 꽃은 없었다) 문턱에 바짝 다가서 있었다. 얼굴은 약간 창백했지만, 두 눈에 들뜬 마음이 꾸밈없이 내비쳤다. 젊은 남녀들이 그녀를 둘러싸고서 박수와 웃음 속에 가벼운 이야기를 나누었고, 거기서 살짝 떨어져 있는 웰랜드 부인은 그 모습을 보며 조용한 긍정의 미소를 짓고 있었다. 메이 웰랜드가 사람들에게 약혼 사실을 알렸고, 부인은 짐짓 이런 상황에서 부모가 취해야 한다고 여겨지는 아쉬워하는 태도를 보이고 있는 게 분명했다.

아처는 잠깐 멈추었다. 지금 그 사실이 알려지고 있는 건 자신이 그걸 원한다고 밝힌 데 따른 것이었지만, 이런 방식으로 자신의 행복을 알리는 것은 그가 바라던 바가 아니었다. 이렇게 떠들썩하고 복잡한 무도회장에서 약혼을 발표하는 것은 개인의 애정에 관계되는 일들이 누려 마땅한 조용한 평화를 빼앗아 가는 일이었다. 지금 그의 기쁨은 깊은 물과도 같았기에 이런 표면적인 문제로 기쁨의 정수까지 흔들리지는 않았지만, 그래도 표면도 깨끗한 편이 좋았다. 그는 메이 웰랜드도 자신과 같은 생각을 한다는 사실에 만족감을 느꼈다. 그녀의 눈이 호소하듯 그를 향했고, 그 눈은 이렇게 말하고 있었다. 〈잊지 말아요, 우리가 이 일을 하는 건 이게 옳기 때문이라는 걸.〉

어떤 호소도 아처의 가슴에 이토록 직접적인 반응을 일으키지는 못했을 것이다. 하지만 그는 불쌍한 엘렌 올렌스카가 아닌 어떤 고고한 이유로 이런 행동을 취하게 되었으면 얼마나 좋았을까 하는 생각이 들었다. 메이 웰랜드를 둘러싸고 있던 사람들은 의미심장한 미소를 짓고서 그에게 자리를 비켜 주었고, 그는 자기 몫의 축하를 받은 뒤 약혼녀를 무도회장 안으로 데리고 들어가서 허리에 팔을 둘렀다.

「이제 우리는 아무 말 안 해도 돼.」 그가 「아름답고 푸른 도나우」 선율의 잔잔한 물결에 몸을 맡기며 미소 띤 얼굴로 그녀의 솔직한 눈을 들여다보면서 말했다.

그녀는 대답하지 않았다. 그녀의 입술은 떨리듯 미소를 지었지만, 눈은 말로 표현할 수 없는 환영이라도 좇는 듯 멍하고 심각해 보였다. 「내 사랑.」 아처가 속삭이면서 그녀를 끌어당겼다. 약혼을 발표한 직후의 시간이란 이렇게 무도회장에 있어도 무언가 진지하고 신성한 것 같았다. 이 맑고 밝고 선량한 사람을 옆에 두고 그의 인생은 얼마나 새롭게 펼쳐질 것인가!

춤이 끝나자 두 사람은 약혼한 남녀로서 자연스럽게 온실로 들어갔다. 그리고 나무고사리와 동백나무로 이루어진 높다란 가림막 뒤에 앉아서, 뉴랜드는 그녀의 장갑 낀 손을 자신의 입술에 가져다 댔다.

「당신이 말한 대로 했어요.」 그녀가 말했다.

「그래, 나도 오래전부터 기다렸던 일이야.」 그가 부드럽게 웃으며 대답했다. 그리고 잠시 후에 덧붙였다. 「무도회장이 아니었다면 더 좋았겠다는 생각은 들지만.」

「나도 알아요.」 그녀가 이해한다는 눈빛으로 그를 바라보았다. 「하지만 그래도 여기서는 우리 단둘이 있잖아요.」

「아, 우리는 언제나 그럴 거야!」 아처가 탄성을 질렀다.

그녀는 언제나 이처럼 그를 이해할 것이다. 언제나 이처럼 꼭 어울리는 말을 할 것이다. 이런 생각에 그의 기쁨의 잔은 넘쳐흘렀고 그는 즐거이 덧붙였다. 「하지만 가장 나쁜 건 키스하고 싶은데 하지 못하는 거야.」 이렇게 말하면서 그는 온실을 휙 둘러보았고, 자신들뿐이라는 걸 확인하자 그녀를 끌어안고 입술에 살짝 키스를 했다. 그러고는 이런 대담한 행동의 여파를 누그러뜨리기 위해 온실 안의 조금 덜 비밀스러운 곳으로 가서 대나무 의자에 그녀와 나란히 앉은 뒤, 그녀의 손에 들린 꽃다발에서 은방울꽃 한 송이를 떼어 냈다. 그녀는 아무 말 없이 앉아 있었고, 세상은 양지바른 골짜기처럼 그들의 발아래 놓여 있었다.

「사촌 언니 엘렌한테 이야기했어요?」 잠시 후에 그녀가 꿈속에서 말하듯이 물었다.

그는 정신이 들었고, 그러지 않았다는 사실이 떠올랐다. 외국에서 온 이방인에게 그런 일을 말한다는 것에 대한 알 수 없는 반감 때문에 그의 입술은 열리지 않았다.

「아니, 그럴 기회가 없었어.」 그가 살짝 거짓말을 했다.

「아.」 그녀는 실망한 표정을 지었지만, 부드럽게 자신의 뜻을 전달했다. 「그러면 말해야 돼요. 나도 말 안 했거든요. 언니가 혹시라도…….」

「그래. 하지만 당신이 직접 말해야 하는 것 아닐까?」

그녀는 가만히 생각했다. 「제가 적당한 때를 잡았다면 그 말이 맞아요. 하지만 이제 어물쩍 시간이 흘렀으니까, 오페라 극장에서 당신한테 언니에게 말해 달라고 부탁했다고 해야 돼요. 그러니까 여기 무도회에서 모든 사람에게 알리기 전에 말이에요. 안 그러면 제가 언니를 깜박했다고 생각할 거예요. 언니는 우리 친척이고, 너무 오랜만에 만나다 보니……

지금 좀 예민하잖아요.」

아처는 환한 얼굴로 그녀를 바라보았다. 「사랑스러운 천사! 물론 내가 얘기해야지.」 그는 약간 두려운 눈길로 북적거리는 무도회장을 바라보았다. 「하지만 아직 여기 온 걸 못 봤는걸. 같이 오기는 한 거야?」

「아뇨, 오려고 했지만 직전에 마음을 바꿨어요.」

「직전에?」 그는 그녀가 여기 오는 게 가능하다고 생각했다는 데 놀라움을 감추지 못하고 물었다.

「네, 춤추는 걸 좋아하거든요. 하지만 가만 보니까 드레스가 무도회에 어울리지 않는 것 같다고 했어요. 우리가 보기에는 예뻤는데 말이에요. 그래서 숙모님이 집으로 데리고 갔어요.」 메이가 대답했다.

「아, 그래.」 아처가 만족스러우면서도 무관심한 듯 말했다. 그가 무엇보다 약혼녀를 마음에 들어했던 것은 그들이 교육받은, 〈불쾌한 것〉을 못 본 척하는 관습을 이렇게 결연히 따르는 성품이었다.

〈메이도 알고 있어, 사촌 언니가 집으로 간 진짜 이유를. 하지만 나는 내가 불쌍한 엘렌 올렌스카의 평판에 드리운 그림자를 의식하고 있다는 사실을 절대로 메이에게 드러내지 않을 거야.〉 그는 생각했다.

4

다음 날부터 약혼 방문이 시작되었다. 뉴욕의 풍습은 이런 일에 관한 한 정밀하고 엄격한 규칙이 있었다. 뉴랜드 아처는 그 규칙에 따라 가장 먼저 어머니와 누이를 데리고 웰랜드 부인을 방문했으며, 다음에는 웰랜드 부인, 메이와 함께 존경받는 맨슨 밍곳 노부인의 축복을 받으러 갔다.

맨슨 밍곳 부인을 방문하는 일은 그에게 언제나 즐거운 일이었다. 그 집 자체가 이미 역사적 문서와도 같았다. 물론 그렇다고 유니버시티 플레이스와 남부 5번 대로의 몇몇 고택들만큼 역사적이라는 건 아니었다. 그런 집들은 가장 순수한 1830년대의 집으로, 서양 장미가 그려진 양탄자, 자단나무 소탁, 검은 대리석 선반을 인 아치형 벽난로, 유약을 바른 거대한 마호가니 책장 같은 것들로 음울한 조화를 이루었지만, 그 뒤에 지은 밍곳 노부인의 집은 젊은 시절의 육중한 가구를 모두 내다 버리고, 밍곳가에 대대로 전해져 내려오는 가구와 프랑스 제2제정기의 경쾌한 실내 장식을 뒤섞어 놓았다. 그리고 사람들과 유행이 북쪽으로 올라와 부인의 고적한 집 앞에 당도하기를 차분히 기다리기라도 하듯 1층 거실 창가에 앉아 있는 것이 부인의 취미였다. 부인은 그것들을 보려고 서두르는 기색이 전혀 없었다. 부인이 가진 인내력은 자신감만큼이나 강했기 때문이다. 부인은 이제 곧 울타리를 두른 빈터도, 채석장도, 단층 술집도, 거칠게 조형한 정원의 목조 온실도, 또 산양들이 올라가 주위를 둘러보는 바위들도 모두 부인의 집만 한 위용을 갖춘, 아니 아마도 (부인은 공정한 사람이었으므로) 그보다 더 큰 위용을 갖춘 대저택들 앞에 사라지고, 또 낡은 승합 마차가 덜컹거리며 지나가는 자갈길도 사람들이 파리에서 보았다고 하는 매끈한 아스팔트 길로 바뀔 거라고 확신했다. 게다가 부인이 보고 싶어 하는 사람들은 모두 직접 부인을 찾아왔기 때문에 (그리고 부인은 저녁 메뉴에 새로운 요리를 전혀 추가하지 않고도 보퍼트 부부만큼 수월하게 많은 사람을 불러 모을 수 있었기 때문에) 지리적인 고립으로 인한 고통을 겪지 않았다.

중년 시절 어떤 운명의 도시[1]를 뒤덮은 화산 용암처럼 부인의 몸에 내려앉은 막대한 살 때문에 부인은 귀여운 발을 가진 통통하고 활기찬 여자에서 어떤 경이로운 자연현상처럼 거대하고 장중한 존재가 되었다. 부인은 이런 침몰을 그동안 닥친 다른 시련들과 마찬가지로 담담하게 받아들였고, 그에 대한 보상처럼 상당한 고령에도 불구하고 주름이 거의 없는 분홍빛과 흰빛의 팽팽한 살을 거울 속에서 볼 수 있었다. 벌판같이 넓은 얼굴 한가운데는 지난 시절 작은 얼굴의 흔적이 발굴을 기다리는 듯 조용히 묻혀 있었다. 매끄러운 이중 턱에서 이어져 내려간, 아직도 눈처럼 하얀 가슴은 작고한 밍곳 씨의 소형 초상화로 고정한 흰색 모슬린 천에 덮여

---

1 서기 79년에 베수비오 화산이 분출하면서 파괴된 고대 이탈리아의 도시 폼페이를 말한다. 워튼은 여기서 밍곳 부인을 시간이 정지된 이 도시에 비유한다. 나중에는 뉴랜드가 이 도시에 비유된다.

있었다. 그 주변과 아래에는 검은 실크 드레스가 무수한 물결을 이루며 널따란 안락의자 밖까지 흘러넘쳤고, 그 위에는 작고 하얀 두 손이 파도 위의 갈매기처럼 자리 잡고 있었다.

이런 살집의 육중한 무게 때문에 맨슨 밍곳 부인은 오래전부터 계단을 오르내리지 못하게 되었는데, 특유의 독립심으로 접견실을 2층에 만든 뒤 자신은 (뉴욕의 모든 법도에 정면으로 맞서서) 1층에 기거했다. 그래서 부인과 함께 거실 창가에 앉으면 항상 열려 있는 문과 고리를 걸어 걸어 놓은 노란색 다마스크 휘장을 통해 예기치 않게 부인의 침실을, 그리고 그 안에 있는 소파 같은 낮고 거대한 침대와 발랄한 레이스 장식과 금박 테 거울이 있는 화장대를 보게 된다.

그 집의 방문자들은 프랑스 소설에 나오는 장면들, 그리고 단순한 미국인은 꿈도 꿔본 적 없는 부도덕한 건축 동기를 연상시키는 이런 낯선 배치에 놀라움을 금치 못했다. 타락한 구세계 사교계에서 애인 있는 여자들은 그렇게 모든 방이 한 층에 있는 아파트에서 소설에 나오는 온갖 음행을 저지르며 살았다. 뉴랜드 아처는 (밍곳 부인의 침실이 『무슈 드 카모르』[2]의 연애 장면에 잘 어울린다고 혼자 속으로 생각했고) 그녀의 흠 없는 삶이 이런 간통의 무대 장치를 배경 삼게 되었다는 게 재미있었다. 하지만 이 대담한 여인은 원하기만 했다면 애인 또한 분명히 두었을 거라고 그는 존경 어린 마음으로 생각했다.

두 사람이 약혼 방문을 왔을 때, 다행스럽게도 올렌스카 백작 부인은 할머니의 응접실에 없었다. 밍곳 노부인은 그녀가 외출했다고 전했다. 평판에 흠이 난 여자가 그렇게 햇빛 쨍쨍한 날, 또 그런 〈쇼핑 시간〉에 외출하는 건 그다지 조심

2 프랑스의 인기 작가 옥타브 푀이예Octave Feuillet(1821~1890)의 소설.

스러운 일이 아닌 것 같았다. 하지만 어쨌건 덕분에 그녀와 마주치는 어색함도, 또 그들의 밝은 미래에 드리울지 모르는 그녀의 불행한 과거의 희미한 그림자도 피할 수 있었다. 두 사람의 방문은 예상했던 대로 잘 흘러갔다. 밍곳 노부인은 두 사람의 약혼에 기뻐했다. 그것은 주의 깊은 사람이라면 오래전부터 예견한 일이었고 또 가족회의에서 신중하게 통과된 사안이기도 했다. 부인은 보이지 않는 쥠쇠에 커다란 사파이어를 박아 넣은 약혼반지도 마음에 들어 했다.

「새로운 디자인이에요. 보석의 아름다움을 잘 드러내지만, 옛날식에 익숙한 사람한테는 좀 허전해 보이죠.」 웰랜드 부인이 사윗감의 눈치를 살피며 설명했다.

「옛날식에 익숙한 사람? 그게 나를 말하는 건 아니겠지? 나는 새로운 걸 좋아해.」 노부인은 그렇게 말하며 보석 반지를 들어 한 번도 안경을 쓴 적 없는 밝고 작은 눈 앞으로 가져갔다. 「아주 예쁘구나.」 부인이 반지를 돌려주며 말을 이었다. 「그리고 아주 대담해. 우리 때는 돋을새김을 한 진주알 반지면 충분하다고들 여겼지. 하지만 저 반지를 돋보이게 하는 건 손이 아니겠나, 아처 군?」 부인이 한 손을 들어 흔들자, 작고 뾰족한 손톱과 겹겹의 상아 팔찌처럼 손목을 감싼 지방 덩어리가 함께 흔들렸다. 「내 반지는 유명한 로마의 페리자니가 디자인했어. 메이 것도 거기서 하면 좋아. 분명히 해줄 거야. 메이가 손이 큰 편이지. 요즘 유행하는 관절을 벌리는 운동 때문이야. 하지만 피부는 하얗지. 결혼은 언제지?」 부인은 말을 끊고 아처의 얼굴에 시선을 고정했다.

「그게……」 웰랜드 부인이 머뭇거리는 사이 젊은이가 약혼녀에게 미소를 보내며 대답했다. 「가능한 한 빨리하고 싶습니다. 할머니께서 도와주신다면요.」

「어머니, 우리는 두 사람이 서로를 알아 가도록 시간을 좀 주어야 해요.」 웰랜드 부인이 관례대로 결혼을 꺼리는 듯한 태도로 끼어들자 노부인이 말했다. 「서로를 알아 간다고? 말도 안 되는 소리! 뉴욕에서는 모두가 서로를 잘 알고 있어. 이 친구가 원하는 대로 해. 마냥 기다리다가는 포도주 김이 다 새버려. 사순절 전에 결혼시켜. 이제 나는 폐렴 없이 겨울을 난다는 보장도 없는데, 이 아이들 결혼 피로연은 내가 해주고 싶어.」

이 두 가지 연속된 제안에 사람들은 적절한 웃음과 걱정과 감사로 응대했다. 그렇게 기분 좋은 분위기로 이야기가 끝나가고 있을 때, 문이 열리더니 보닛과 망토 차림의 올렌스카 백작 부인이 들어왔고 그 뒤로 뜻밖에도 줄리어스 보퍼트가 들어왔다.

여자들이 다정하게 인사를 나누었고, 밍곳 부인은 페리자니 반지가 끼워진 손을 은행가에게 내밀었다. 「하, 보퍼트, 이런 영광이 있나!」 (부인은 남자를 이름 대신 성으로 부르는 기이한 외국식 버릇이 있었다.)

「고맙습니다. 좀 더 자주 찾아뵈어야 하는데 말입니다. 뭐가 그렇게 늘 바쁜지. 하지만 매디슨 스퀘어에서 엘렌 백작 부인을 만났는데, 친절하게도 제게 집까지 동행을 허락했습니다.」 보퍼트가 여유롭고도 도도하게 말했다.

「아, 이제 엘렌이 있으니 이 집이 더 밝아지리라 기대하고 있어. 앉아요, 앉아, 보퍼트. 노란 안락의자를 가져오게. 자네가 왔으니 즐거운 수다 한 자락이 없을 수 없지. 무도회는 훌륭했다고 들었어. 그리고 레뮤얼 스트러더스 부인을 초대했다고? 나도 직접 그 부인을 보고 싶은데 말이야.」 밍곳 부인이 놀라울 만큼 거리낌 없이 말했다.

　부인은 친족들이 엘렌 올렌스카의 전송을 받으며 집을 나서고 있다는 걸 잊었다. 밍곳 노부인은 예전부터 공개적으로 줄리어스 보퍼트를 높이 샀고, 두 사람은 태평하고도 당당한 성품과 관습의 허를 찌르는 생활 방식이 서로 비슷했다. 부인은 보퍼트 부부가 무슨 일로 레뮤얼 스트러더스 부인을 (처음으로) 초대했는지 몹시 궁금해했다. 그녀는 스트러더스 구두약 회사 대표의 미망인으로, 처음으로 떠난 유럽 여행에서 오래도록 머물다가 지난해에 작은 철옹성 뉴욕을 포위 공격하기 위해 돌아왔다. 「물론 자네와 레지나가 초대한 거라면 아무 문제 없지. 우리에게는 새로운 피와 돈이 필요하니까. 듣기로 스트러더스 부인은 여전히 아름답다더군.」 노부인이 탐욕스레 말했다.

　현관 입구에서는 웰랜드 부인과 메이가 모피를 두르고 있는데, 아처가 보니 올렌스카 백작 부인이 그에게 희미하게나마 질문이 담긴 눈길을 던지고 있었다.

　「마담도 알고 계시죠? 메이하고 저 말입니다.」 그가 수줍은 웃음을 곁들이며 물었다. 「어젯밤 오페라 극장에서 마담한테 이야기 안 했다고 메이에게 혼났습니다. 우리가 약혼했다는 걸 나더러 알려 주라고 했는데 사람들이 많다 보니 기회를 놓쳤네요.」

　미소가 올렌스카 백작 부인의 눈에서 입으로 옮겨 갔다. 그러자 얼굴이 더 젊어 보이면서 그가 소년 시절에 알던 갈색 머리의 대담한 소녀 엘렌 밍곳의 모습이 보였다. 「물론 알아요. 그리고 정말 기뻐요. 하지만 그런 얘기를 사람들 많은 데서 처음으로 말하지는 않죠.」 여자들은 문턱에 서 있었고, 그녀는 손을 내밀었다.

　「잘 가요. 그리고 한번 나를 만나러 와요.」 그녀가 아처를 계속 바라보면서 말했다.

마차를 타고 5번 대로를 내려가는 동안 그들은 밍곳 노부인에 대해서만, 그러니까 부인의 고령과 정신과 남다른 특성들에 대해서만 이야기했다. 엘렌 올렌스카를 암시하는 말은 한마디도 없었지만, 아처는 웰랜드 부인이 〈엘렌이 돌아오자마자 사람들 앞에 모습을 보이는 것도, 붐비는 5번 대로를 줄리어스 보퍼트하고 활보하는 것도 잘못이야〉 하고 생각한다는 걸 알았다. 그는 거기에 마음속으로 자기 생각을 덧붙였다. 〈그리고 엘렌은 이제 막 약혼한 남자는 기혼 여성을 만나러 다니지 않는다는 것도 알아야 돼. 엘렌이 살았던 세계에서는 그런 일을 하는 모양이지만. 아니 오직 그런 일만 하는 것 같지만.〉 그리고 국제적인 시야를 늘 자랑으로 여기며 살았으면서도, 그 순간 자신이 뉴욕 사람이라는 것에, 그리고 이제 곧 자신과 같은 부류의 사람과 일생을 엮게 되리라는 것에 더없이 감사했다.

5

　다음 날 저녁 실러턴 잭슨 씨가 아처가(家)로 저녁 식사를 하러 왔다.

　아처 부인은 수줍은 성품이라 사교계와 거리를 두고 살았지만, 그 안에서 벌어지는 일들을 잘 알고 싶어 했다. 아처 부인의 오랜 친구인 실러턴 잭슨 씨는 수집가의 끈기와 과학자의 엄정함으로 친구들의 일을 조사했다. 그리고 결혼하지 않고 그와 함께 사는 여동생 소피 잭슨은 인기 많은 오빠를 대신해 여기저기 불려 다녔는데, 그녀가 그런 만남을 통해서 얻어 오는 소소한 정보들은 실러턴 잭슨이 전해 주는 큰 그림의 틈새들을 유용하게 메워 주었다.

　그래서 아처 부인은 궁금한 일이 있을 때마다 잭슨 씨를 저녁 식사에 초대했다. 부인이 사람을 초대하는 일이 워낙 드물었기에, 그리고 부인과 그 딸 제이니가 이야기를 워낙 잘 들어 주었기에, 잭슨 씨는 그럴 때마다 여동생을 보내지 않고 자신이 직접 왔다. 만약 그가 초대 날짜를 마음대로 정할 수 있다면, 뉴랜드가 그 자리에 없는 날을 골랐을 것이다. 그 젊은이가 마음에 들지 않아서가 아니라(두 사람은 클럽에서는 더없이 잘 어울렸다) 무조건적 신뢰를 보내는 모녀와 달

리 뉴랜드는 이따금 자신의 말이 근거가 있는 것인지 평가해
보는 것 같았기 때문이다.

만약 이 세상에 완벽함이라는 것이 있을 수 있다면, 잭슨
씨는 아처 부인에게 음식도 조금 더 양질의 것으로 부탁했을
것이다. 하지만 뉴욕은 인간이 기억할 수 있는 그 옛날부터
크게 두 개의 집단으로 나뉘어 있었다. 한쪽은 먹는 것과 입
는 것, 돈에 관심을 기울이는 밍곳가, 맨슨가 계열이고, 또 한
쪽은 여행과 원예, 좋은 소설에 몰두하며 조야한 형태의 쾌
락을 경시하는 아처-뉴랜드-밴 더 루이든 일족이었다.

모든 걸 다 얻을 수는 없는 법이다. 러벌 밍곳 부부와 식사
를 하면 흰죽지오리와 테라핀 거북, 작황이 좋았던 해의 포도
주를 맛볼 수 있지만, 애들린 아처의 집에 가면 알프스 산의
풍경과 『대리석 파우누스』[1]에 대해 이야기를 나눌 수 있다.
그런데 다행히 아처가의 마데이라는 희망봉을 돌아서 왔다.[2]
그래서 아처 부인의 친절한 초대를 받으면, 진정한 절충주의
자인 잭슨 씨는 여동생에게 이렇게 말했다. 「지난번에 러벌
밍곳가에서 식사한 뒤 몸이 좋지 않았어. 애들린의 집에서 적
량의 식사를 하는 것도 좋을 것 같아.」

오래전에 남편을 잃은 아처 부인은 맨해튼 서부 28번가에
서 아들 하나 딸 하나와 함께 살았다. 위층은 뉴랜드의 공간
이었고, 두 여자는 좁은 아래층에서 복닥거리며 살았다. 모
녀는 취미가 완전히 일치해서 천장이 둥근 유리 상자에 고사
리를 키웠고, 마크라메 레이스를 만들었으며, 리넨 천에 털실
자수를 하고, 독립 전쟁 시기의 도자기를 수집했으며, 『좋은

1 너대니얼 호손(1804~1864)의 소설.
2 아프리카 해안에서 640킬로미터 떨어진 곳에 있는 마데이라 섬에서 난
백포도주. 〈희망봉을 돌아서 왔다〉는 건 포도주의 품질이 좋다는 뜻이다.

말들』 잡지를 정기 구독하고, 위다의 소설을 읽으며 이탈리아의 분위기를 느꼈다. (위다[3]의 소설 가운데서는 풍경 묘사와 유쾌한 분위기 때문에 시골을 배경으로 삼은 작품을 좋아했다. 하지만 전반적으로는 주인공의 생각과 행동을 좀 더 잘 이해할 수 있는, 사교계를 다룬 소설들을 좋아했고 〈신사를 그린 적이 없다〉는 이유로 디킨스를 비판했으며, 새커리는 이제 세간에서 조금 구식이라는 평을 받기 시작한 불워[4]만큼도 큰 세계를 잘 이해하지 못한다고 여겼다.)

아처가 모녀는 자연 풍경을 매우 좋아했다. 이따금 외국 여행을 떠나면 주로 멋진 자연 풍경을 찾아다니며 감탄했다. 건축과 그림은 남자들, 특히 러스킨[5]을 읽는 학식 있는 사람들을 위한 것이라고 생각했다. 아처 부인은 뉴랜드가(家) 출신이었는데, 딸이라기보다 자매 같은 제이니와 마찬가지로 흔히 말하는 〈진정한 뉴랜드가 출신〉답게 키가 크고 살결이 희고 어깨가 약간 굽었으며, 쪽 곧은 코와 다정한 미소에, 레이놀즈[6]의 빛바랜 몇몇 초상화들처럼 눈을 내리까는 특징이 있었다. 아처 부인이 나잇살이 찌면서 검은 브로케이드 천이 팽팽하게 당겨진 반면, 제이니 아처의 동정의 몸을 감싼 갈색과 자주색 포플린 드레스는 해가 갈수록 헐렁하게 늘어졌다는 점을 빼면 두 사람의 겉모습은 거의 완벽하게 비슷했다.

두 사람의 정신세계는 뉴랜드가 이미 알고 있듯이, 겉으로 보이는 것만큼 그렇게 완벽하게 일치하지는 않았다. 오래도록 서로 의지하며 살아온 까닭에 두 사람은 쓰는 말들이 같았

---

3 위다(1839~1908). 다수의 멜로 드라마풍의 작품을 쓴 영국 소설가.
4 불워 리턴(1803~1873). 영국의 소설가이자 정치가.
5 존 러스킨(1819~1900). 미술 평론가이자 저술가.
6 조슈아 레이놀즈 경(1723~1792). 영국 화가이자 미술 저술가.

고, 의견을 펼 때에 〈엄마 생각에는〉 또는 〈제이니 생각에는〉 하고 말을 꺼내는 버릇도 똑같았다. 하지만 실제로는 평온하고 상상력 없는 아처 부인이 익숙한 기성의 것들에 안주하는 반면, 제이니는 억압된 로맨스의 샘에서 불쑥불쑥 솟는 일탈적 환상에 자주 빠졌다.

모녀는 서로를 좋아했고, 아들과 오빠를 소중히 여겼다. 아처는 그런 두 사람을 사랑했고, 그 사랑은 그들의 지나친 존경에 대한 그의 은밀한 만족 때문에 약간 부끄러우면서도 맹목적인 성격을 띠었다. 어쨌건 그는 집안에서 남자의 권위가 서는 것이 좋다고 생각했다. 그의 유머 감각은 이따금 자신의 말이 먹혀 들기는 하는 건지 의문을 품어 볼 정도였지만 말이다.

아처도 오늘 같은 경우에는 잭슨 씨가 저녁 식탁에 자신이 없는 걸 더 좋아할 거라는 걸 알았다. 하지만 그에게는 그러지 말아야 할 나름의 이유가 있었다.

연로한 잭슨 씨는 당연히 엘렌 올렌스카의 이야기를 하고 싶어 했고, 아처 부인과 제이니도 당연히 그가 하는 말을 듣고 싶어 했다. 그들 셋은 이제 밍곳 일족과 친척이 될 것을 공개적으로 밝힌 뉴랜드가 저녁 식탁에 나타나자 살짝 당황했다. 젊은이는 그들이 그 곤란함을 어떻게 극복할지 자못 호기심을 품고 흥미롭게 지켜보았다.

그들은 레뮤얼 스트러더스 부인 이야기로 에둘러 말문을 열었다.

「보퍼트가에서 스트러더스 부인을 초대한 건 잘못이에요. 하지만 레지나는 늘 남편 말을 따르죠. 그리고 보퍼트는…….」 아처 부인이 조용히 말했다.

「보퍼트는 어떤 〈미묘한 문제〉들은 무시합니다.」 잭슨 씨는 이렇게 말하면서 청어 구이를 들여다보고 이 집 요리사는 왜 늘 생선 알을 까맣게 태울까 하는 생각을 했다. (오래전부터 같은 의문을 품고 있던 뉴랜드는 노신사의 찌무룩한 표정을 보며 그런 사실을 감지할 수 있었다.)

「그럴 수밖에요. 보퍼트는 천박한 남자니까요. 우리 친정 할아버지께선 어머니께 〈무슨 일이 있어도 보퍼트라는 친구를 여자아이들에게 인사시키지 말아라〉라고 말씀하셨어요. 하지만 어쨌거나 그 사람은 신사들하고 어울리는 특권을 가지고 있잖아요. 듣자 하니 영국에서도 그랬고요. 정말로 수수께끼 같은 건……」 아처 부인은 제이니를 힐끔 보고 말을 멈추었다. 아처 모녀는 보퍼트의 수수께끼를 구석구석 다 알았지만, 공식적으로 아처 부인은 결혼하지 않은 사람들 앞에서는 그런 내용의 대화가 부적절하다는 입장을 견지했다.

「그런데 스트러더스 부인 말인데요, 그 부인은 어땠다고요, 실러턴 씨?」 아처 부인이 다시 말을 이었다.

「광산 출신입니다. 정확히 말하면 광산 입구의 술집 출신이고요. 그다음에는 유랑 밀랍 인형 극단에 들어가서 뉴잉글랜드 지방을 순회했는데, 경찰이 해산시킨 다음에는……」 잭슨 씨는 제이니에게 눈길을 돌렸다. 돌출된 눈꺼풀 아래로 제이니의 두 눈이 불거졌다. 그녀는 아직 스트러더스 부인의 이력을 촘촘히 꿰지 못하고 있었다.

「그런 뒤, 레뮤얼 스트러더스를 만났습니다.」 잭슨 씨가 말을 이었다. (그리고 아처는 그가 왜 이 집 사람들은 오이를 강철 칼로 썰게 내버려 두는지 의아해한다는 걸 알았다.) 「들리는 말로는 회사의 광고 담당자가 구두약 포스터에 부인의 얼굴을 넣었답니다. 아시다시피 부인의 머리는 짙은 검은색입니다. 이집트풍 말이죠. 어쨌건 레뮤얼 스트러더스는……

결국…… 그 여자와 결혼했지요.」잭슨 씨는 〈결국〉이라는 말을 뜸을 들이며 한 음절 한 음절 또박또박 발음하며 상당히 빈정거렸다.

「하지만…… 요즘 세태로 보면 별문제도 아니죠.」아처 부인이 대수롭지 않게 말했다. 그 시점에서 아처 모녀의 관심사는 스트러더스 부인이 아니었다. 엘렌 올렌스카는 그들에게 너무도 신선하고 강렬한 주제였다. 실제로 아처 부인이 스트러더스 부인을 언급한 것은 그에 이어 〈그리고 뉴랜드의 처형(妻兄)이 될 올렌스카 백작 부인은요? 그 사람도 무도회에 왔나요?〉 하고 질문하기 위해서였다.

아들의 이름을 언급하는 데 가벼운 빈정거림이 실렸고, 아처도 그걸 알았다. 그건 이미 예상한 일이기도 했다. 인간사에 지나치게 기뻐하는 일이 드문 아처 부인조차 아들의 약혼에 대해서는 전적으로 기뻐했다. (「더군다나 러시워스 부인하고 그렇게 어리석은 일을 벌이고 난 다음에 말이야.」부인은 제이니에게 뉴랜드가 평생토록 영혼의 상처로 남을 비극이라 여겼던 사건을 가리키며 이렇게 말했다.) 어떤 면으로 보아도 뉴욕에서 메이 웰랜드보다 좋은 결혼 상대는 없었다. 물론 그런 상대만이 뉴랜드에게 걸맞기도 했다. 하지만 젊은 이들은 어리석고 계산에 어둡기에 ─ 그리고 어떤 여자들은 유혹적이고 파렴치하기에 ─ 부인의 외아들이 세이렌의 섬[7]을 무사히 통과해서 흠 없는 가정의 품으로 돌아온 것은 기적과도 같은 일이었다.

아처 부인은 이 모든 것을 잘 알았고, 아들도 어머니가 그렇

─────────

7 고대 그리스 시인 호메로스의 서사시 『오디세이아』에 나오는 에피소드. 오디세우스와 선원들은 세이렌의 매혹적인 노래에 홀려 배가 좌초되지 않도록 많은 애를 써야 했다.

다는 걸 느꼈다. 하지만 어머니는 때 이른 약혼 발표에, 아니 그보다 그렇게 된 이유에 당황하고 있었다. 바로 그래서 — 그는 대체로 온화하고 관대한 가장이었으므로 — 그가 그날 밤 굳이 집에 남은 것이다. 「내가 밍곳가의 〈에스프리 드 코르〉[8]를 뭐라고 하는 건 아니야. 하지만 엘렌 올렌스카가 오는지 가는지 하는 일이 왜 뉴랜드의 약혼에 영향을 미쳐야 하는 건지 모르겠어.」 아처 부인이 제이니에게 말했다. 제이니는 부인의 완벽한 다정함에 이따금 먹구름이 끼는 걸 목격하는 유일한 사람이었다.

웰랜드 부인을 방문했을 때 아처 부인은 흠잡을 데 없이 행동했다. 흠잡을 데 없는 행동에 관한 한 아처 부인을 능가할 사람은 없었다. 하지만 뉴랜드는 그 집에 있는 동안 어머니와 누이가 내내 마담 올렌스카가 들어올지도 모른다는 생각에 불안해한다는 걸 알았다(그의 약혼녀도 분명히 짐작했을 것이다). 그리고 그 집을 떠날 때 부인은 잠시 긴장을 풀고 아들에게 이렇게 말했다. 「오거스타 웰랜드가 우리를 따로 맞아 주어서 고맙구나.」

이런 내적 동요가 드러나는 것을 보니 아처 자신도 밍곳가 사람들이 조금 지나쳤다는 느낌이 들었다. 하지만 그들 모자가 각자 마음속의 가장 중요한 문제를 직접 언급하는 것은 행동 규범에 어긋나는 일인지라 그는 이렇게만 말했다. 「아, 약혼을 하게 되면 가족 모임 같은 걸 해야 하니까요. 그런 건 빨리 끝낼수록 좋죠.」 이 말에 어머니는 서리 낀 포도 무늬가 박힌 회색 벨벳 보닛의 레이스 베일 아래로 그저 입술만 오므렸다.

---

8 *esprit de corps*. 프랑스어로 집단(여기서는 가족) 내 개인들의 공동체 정신, 충성, 연대감을 말함.

그날 저녁 잭슨 씨를 올렌스카 백작 부인에 관한 이야기로 〈유도〉하는 것이 어머니의 복수, 그것도 합당한 복수일 것이라고 아처는 생각했다. 그리고 그는 앞으로 밍곳 일족에 합류할 사람으로서 의무를 마쳤기 때문에, 이제 어머니가 사적으로 그 일을 이야기하는 것까지 반대할 의사는 없었다. 다만 그 주제가 이미 지겨워졌을 뿐이다.

잭슨 씨는 우울한 집사가 잭슨 씨 자신만큼이나 미심쩍은 표정으로 가져다 놓은 미지근한 고깃점을 먹은 뒤, 버섯 소스는 냄새만 살짝 맡아 보고 물리쳤다. 그는 당혹스럽고 배고파 보였다. 아처는 그가 엘렌 올렌스카에 대한 이야기만 하다가 식사를 마치게 될 것 같았다.

잭슨 씨는 의자에 등을 기대고 어두운 벽에 걸린 거무스름한 액자의 초상화들을 올려다보았다. 아른거리는 촛불 빛 속에 아처가, 뉴랜드가, 밴 더 루이든가의 사람들이 보였다.

「너희 친할아버지는 훌륭한 식사를 아주 좋아하셨단다, 뉴랜드!」 그는 흰 기둥들이 선 시골 별장 앞에 가죽 목도리와 파란 외투 차림으로 서 있는 통통한 젊은이의 초상화를 보며 말했다. 「음, 그래그래. 그분께서 이런 국제결혼들을 어떻게 보셨을지 궁금하구나.」

조상의 〈미식〉을 넌지시 언급한 대목에 아처 부인이 아무런 관심을 보이지 않자, 잭슨 씨는 신중하게 말을 이었다. 「아니, 올렌스카 백작 부인은 무도회에 오지 않았습니다.」

「아…….」 아처 부인의 낮은 탄식에는 〈그 정도 염치는 있군요〉라는 암시가 깔려 있었다.

「보퍼트 부부가 엘렌을 잘 모를 수도 있죠.」 제이니가 어설픈 심술을 드러내며 말했다.

잭슨 씨는 눈에 안 보이는 마데이라를 음미하기라도 하듯 입술을 쪽 빨았다. 「보퍼트 부인은 몰라도 보퍼트는 분명히 알고 있습니다. 오늘 오후에 엘렌이 온 뉴욕 사람들이 보는 앞에서 그 사람하고 같이 5번 대로를 산책했으니까요.」

「세상에……」 아처 부인이 외국에서 온 사람의 행동에서 분별력을 찾아보는 것은 소용없는 일이라는 듯 한숨을 쉬었다.

「엘렌이 오후에 둥근 모자나 보닛을 쓰는지 모르겠네요. 오페라 극장에서는 암청색 벨벳 드레스를 입었다고 알고 있어요. 잠옷처럼 볼품없었다죠.」 제이니가 말했다.

「제이니!」 아처 부인이 꾸짖자 제이니 아처는 얼굴을 붉히며 아무렇지도 않은 듯 보이려 했다.

「어쨌거나 무도회에 안 간 건 그나마 양식이 있는 거죠.」 아처 부인이 다시 말했다.

갑자기 뉴랜드 아처의 빙퉁그러진 심술이 발동했다. 「그건 양식의 문제가 아니었을걸요. 메이한테 듣기로는 처음에는 가려고 하다가 아까 말한 그 드레스가 별로 예쁘지 않다고 생각해서 안 간 거라고 하니까요.」

자신의 추정이 들어맞자 아처 부인은 미소를 지었다. 「불쌍한 엘렌.」 부인은 그렇게 말하더니 연민 어린 목소리로 덧붙였다. 「메도라 맨슨이 엘렌을 아주 특이하게 키웠다는 걸 잊으면 안 돼. 첫 무도회에 검은 공단 드레스를 입고 와도 막아 주는 사람이 없던 여자아이에게 뭘 기대할 수 있겠어?」

「아, 그건 나도 똑똑히 기억해요!」 잭슨 씨가 말을 받았다. 「불쌍한 아이 같으니라고!」 그 기억을 즐거이 회고하는 한편, 그때 이미 앞날을 예견했다는 듯한 말투였다.

「참 이상해요. 엘렌같이 촌스러운 이름을 계속 쓰는 것 말이에요. 나라면 일레인으로 바꿨을 텐데.」 제이니는 이렇게 말하고 좌중을 돌아보며 사람들의 반응을 살폈다.

아처가 웃었다. 「왜 일레인인 거야?」

「모르겠어. 그러는 게 좀 더…… 좀 더 폴란드 이름 같잖아.」 제이니가 얼굴을 붉히며 말했다.

「그러면 더 눈길을 끄는걸. 그건 엘렌이 원하는 게 아니야.」 아처 부인이 냉랭하게 말했다.

「왜요?」 아처는 갑자기 따지고 싶어졌다. 「엘렌이 눈길을 끄는 게 뭐가 어때서요? 엘렌이 무슨 잘못이라도 저질렀나요? 사람들 눈을 피해야 하게요. 엘렌은 운이 나빠서 결혼을 잘못했고, 그래서 사람들 말마따나 〈불쌍한 엘렌〉이 되었어요. 하지만 그것 때문에 죄인이라도 된 것처럼 숨어 살아야 한다고는 생각하지 않아요.」

「바로 그런 생각이 밍곳가에서 취하는 입장일 거다.」 잭슨 씨가 생각에 잠겨 말했다.

젊은이의 얼굴이 붉어졌다. 「그 집 사람들한테서 들은 말이 있어서 이러는 게 아닙니다. 말씀하신 게 그런 뜻이라면 말이죠. 마담 올렌스카는 불행한 인생을 살았어요. 그것 때문에 따돌림받아야 할 이유는 없다는 거죠.」

「들리는 소문들이 있어.」 잭슨 씨가 제이니를 힐끗 쳐다보며 말했다.

「아, 알아요. 비서 이야기요.」 젊은이가 말을 받았다. 「그러지 말아요, 어머니. 제이니도 어른이에요. 엘렌이 그 야수 같은 남편에게서, 그러니까 엘렌을 포로 취급하던 남편에게서 도망치는 걸 비서가 도와주었다고 하더군요. 그래서요? 우리 중 그런 경우를 보고도 모른 체하는 남자가 없기를 바랄 뿐입니다.」

잭슨 씨는 고개를 뒤로 돌려 우울한 표정을 짓고 있는 집사에게 말했다. 「그러니까…… 저 소스를…… 조금만…….」

그러더니 자신이 직접 소스를 덜고서 말했다. 「엘렌이 집을 구하고 있다더군. 그러니까 여기서 아예 살려고 하는 거야.」

「이혼을 하려고 한대.」 제이니가 대담하게 끼어들었다.

「그래야죠!」 아처가 소리쳤다.

이 말은 아처가의 순수하고 고요한 식당에 폭탄처럼 떨어졌다. 아처 부인은 섬세한 눈썹을 살짝 치켜들어 〈집사가 있어〉라는 뜻을 전했고, 젊은이는 그런 내밀한 이야기를 공개적인 자리에서 하는 건 양식 없는 일이라는 걸 알았기에 서둘러 밍곳 노부인을 찾아간 일로 대화를 옮겨 갔다.

저녁을 마친 뒤, 오랜 관례에 따라 남자들은 1층에서 담배를 피웠고, 아처 부인과 제이니는 긴 실크 옷자락을 끌고 응접실로 올라갔다. 그리고 거기서 유리 갓에 조각이 새겨진 카르셀등 곁, 녹색 실크 주머니가 매달린 자단나무 탁자에 마주 앉아 젊은 뉴랜드 아처 부인의 응접실에 둘 〈예비〉 의자의 장식용 들꽃 무늬 태피스트리 띠 양 끝에 수를 놓았다.

응접실에서 이런 작업이 진행되는 동안, 아처는 잭슨 씨를 고딕풍 서재로 데리고 갔다. 잭슨 씨는 만족스럽게 벽난로 앞 안락의자에 앉아서 당당하게 시가에 불을 붙이고(그것을 건네준 사람이 뉴랜드였다) 석탄 쪽으로 가늘고 노쇠한 발목을 뻗으며 말했다. 「자네는 비서가 엘렌의 탈출을 도와주기만 했다고 알고 있지? 그렇다면 그 남자가 1년 후에도 엘렌을 도와주고 있었다는 이야기는 어떤가? 두 사람이 로잔에서 함께 사는 걸 본 사람이 있어.」

뉴랜드가 얼굴을 붉혔다. 「함께 살았다고요? 그러면 안 되나요? 본인이 원하지 않는데 도대체 누구한테 엘렌의 인생을 끝낼 권리가 있다는 거죠? 남편이 창녀들이랑 사는 걸 더 좋아하는데도 엘렌 나이의 젊은 여자를 산 채로 매장시키려고 하는 이런 위선이 저는 지겹습니다.」

그는 말을 멈추고는 성난 기세로 몸을 홱 돌려 시가에 불을 붙였다. 「여자들도 자유로워야 해요. 우리들만큼 말이에요.」 그가 단언했다. 그는 너무도 흥분해서 그 말에 뒤따르는 무서운 결과들은 미처 예측하지 못했다.

실러턴 잭슨 씨는 발목을 석탄 앞으로 더 뻗고는 빈정거리듯 휘파람을 불었다.

그가 잠시 후에 말했다. 「그렇다면, 올렌스키 백작[9]도 자네하고 같은 생각인 것 같군. 그 사람이 아내를 되찾으려고 손가락 하나 까딱했다는 소리를 못 들었으니 말이야.」

9 폴란드의 성(姓) 가운데 형용사에서 비롯된 것은 남성형과 여성형이 다르다. 이렇게 형용사에서 기원한 성은 귀족을 나타내는 경우가 많다 — 옮긴이주.

6

그날 저녁, 잭슨 씨가 돌아간 뒤 아처 모녀는 사라사 커튼이 쳐진 침실로 돌아갔고, 뉴랜드 아처는 심각한 표정으로 자신의 개인 서재로 올라갔다. 언제나처럼 부지런한 손이 난롯불을 지펴 놓고 램프 심지를 손질해 둔 상태였다. 수많은 책들, 벽난로 선반에 놓인 청동과 강철로 된 조그만 〈검술사〉 조각상들, 유명 그림의 사진들이 잔뜩 걸린 그 서재는 유난히 편하고 따뜻하게 느껴졌다.

벽난로 앞의 안락의자에 앉을 때, 메이 웰랜드의 커다란 사진에 눈이 닿았다. 그것은 두 사람의 로맨스가 시작된 직후에 메이가 준 것인데, 이제는 탁자 위의 모든 인물 사진을 몰아내고 혼자 자리를 차지하고 있었다. 그는 이제 자신이 그 영혼을 수호하게 될 젊은 여자의 이마와 진지한 눈, 밝고 순수한 입을 또 한 번 감탄하며 바라보았다. 메이 웰랜드의 익숙한 이목구비에서 그가 속하고 신봉하는 사회 제도의 무시무시한 산물인, 아무것도 모르고 모든 것을 기대하는 어린 소녀의 모습이 엿보였고, 그것은 마치 낯선 사람처럼 그를 바라보는 듯했다. 그러자 다시 한 번 결혼은 그가 배운 것과는 달리 어떤 안전한 정박이 아니라 미지의 바다로 떠나는 항해라는 생각이 들었다.

올렌스카 백작 부인의 일로 인해, 오래전에 확고하게 다져 둔 믿음이 흔들리고 다시 일어나 마음속을 위험스럽게 떠돌았다. 〈여자들도 자유로워야 해요. 우리들만큼 말이에요〉라는 자신의 외침은 그의 세계에서 존재하지 않는다고 합의된 문제를 뿌리째 건드린 것이다. 〈정숙한〉 여자라면 아무리 부당한 일을 당해도 그가 말한 종류의 자유를 주장하지 않고, 그러므로 자신처럼 너그러운 남자들은 — 논쟁의 열기 속에서 — 그들에게 자유를 양도하는 한층 더 높은 기사도 정신을 발휘하게 된다. 그런 언어를 통한 너그러움은, 실제로는 사회를 결속하고 사람들을 옛 습관에 속박시키는 냉혹한 관습의 가면이었다. 하지만 그는 지금 약혼녀의 사촌 언니 편에 서서, 만약 자신의 아내가 저질렀다면 교회와 국가의 온갖 벌을 요구해도 마땅하다고 여겨질 행동을 옹호하기로 맹세했다. 물론 그런 딜레마는 가설에 지나지 않았다. 그가 망나니 폴란드 귀족이 아닌데, 그런 경우 자기 아내의 권리가 어떻게 될지 상상해 보는 건 부질없는 짓이었다. 하지만 뉴랜드 아처는 상상력이 풍부했기 때문에, 자신과 메이의 경우라면 그보다 덜 추악하고 덜 고통스러운 이유로도 상처를 입으리라는 걸 짐작하지 않을 수 없었다. 자신과 그녀가 서로에 대해 무엇을 알 수 있을까? 〈품위 있는〉 남자로서 그는 과거를 감추는 것이 의무고, 결혼할 만한 처녀로서 그녀는 감출 과거가 없는 것이 의무인데, 만약 어떤 미묘한 이유로 두 사람이 서로에게 싫증이 나고 오해와 짜증이 오가면 어떻게 될까? 친구들의 — 겉으로는 행복한 — 결혼 생활을 살펴보면, 그가 메이 웰랜드와 이루려고 하는 열정적이고도 다정한 동반자 관계에 미약하게라도 호응하는 것이 없었다. 그런 관계를 실현하려면 그녀에게 경험과 융통성과 판단의 자유가 있어야 하는데, 그녀가 받은 교육은 그런 것들을 세심하게 배제하는 것이었기 때문이다. 그래서 그는 자신의 결혼 또한 주변 대부분의 결혼과 마찬가지로, 일방의 무지와 일방의 위선으로 유지되는 무미건조한 물질적 사회적 이해관계의 결합이 될 거라는 예감에 몸을 떨었다. 그가 볼 때 로렌스 레퍼츠는 이런 바람직한 이상을 가장 완벽하게 실현한 남편이었다. 예법의 대제사장에 걸맞게도, 그는 아내를 자기 편의대로 완벽하게 길들여서 그가 다른 남자의 아내들과 수도 없이 바람을 피우고 다니는 증거가 명명백백히 드러나는 순간에도 그의 아내는 순진한 미소를 짓고 사람들에게 〈로렌스가 얼마나 엄격한데요〉라고 말하고 다녔고, 누가 그녀 앞에서 줄리어스 보퍼트가 (출신이 의심스러운 〈외국인〉답게) 뉴욕에서 흔히 〈다른 생활〉이라고 부르는 삶을 살고 있다는 말을 비칠 때마다 분노로 얼굴을 붉히고 눈을 돌렸다.

아처는 자신이 래리 레퍼츠만큼 뻔뻔하지 않고 메이도 불쌍한 거트루드만큼 멍청하지는 않다는 걸로 위로를 삼으려고 했다. 하지만 그 차이는 도덕적 기준이 아니라 지적 능력의 차이였을 뿐이다. 현실적으로 그들은 모두 비밀 문자의 세계에 살았다. 현실은 어떤 말이나 행동, 심지어 생각에도 반영되지 않고, 오직 자의적 신호들의 체계로 표현되었다. 그러니까 웰랜드 부인이 아처가 보퍼트가의 무도회에서 약혼 발표를 한 이유를 잘 알면서도 (그리고 그것을 바랐으면서도) 내키지 않는 듯한 시늉을 하고, 하는 수 없이 굴복하는 듯한 — 요즘 문명사회 사람들이 읽기 시작한 원시 사회에 관한 책에서처럼 신부가 부모의 천막에서 비명을 지르며 끌려가기라도 하는 듯한 — 기색을 띠는 게 의무라고 생각한 것이 그런 경우다.

　그 결과는 당연하게도 이 복잡다단한 신비화 제도의 중심에 선 처녀를 그 솔직함과 당당함에도 불구하고 변함없이 불가해한 존재로 만드는 것이었다. 사랑스러운 처녀는 감출 게 아무것도 없기에 솔직했고, 변명할 게 없기에 당당했다. 그 이상의 어떤 준비도 없이, 처녀는 하룻밤 새 사람들이 〈인생의 현실〉이라고 모호하게 표현하는 것 속으로 뛰어들려고 하고 있었다.

　젊은이의 사랑은 진실하지만 평온했다. 그는 약혼녀의 눈부신 용모와 건강과 승마 솜씨를, 우아하고도 재빠른 운동 능력을, 또 그의 가르침 아래 키워 나가기 시작한 책과 사상에 대한 수줍은 관심을 기뻐했다. (그녀는 그와 함께 『왕의 목가』를 비웃을 만큼은 진전했지만, 아직 율리시스와 연꽃 먹는 사람들의 아름다움을 이해할 정도는 아니었다.[1] 그녀는 솔직하고 충성스럽고 용감했다. 유머 감각도 있었다. (〈그의〉 농담에 웃는다는 게 가장 큰 증거였다.) 그는 그토록 순수한 눈망울의 영혼 속에는 그가 즐거이 깨워 줄 빛나는 감정이 있을 거라고 생각했다. 하지만 그녀를 짧게나마 살펴보면 실망스럽게도 그 솔직함과 순수함이 모두 인위적 산물일 뿐이라는 생각이 들었다. 훈련받지 않은 인간의 본성이라고 솔직하고 순수한 것이 아니다. 그것은 본능적인 간교의 비틀림과

---

　1 워튼은 뉴랜드가 읽은 책과 그가 메이에게 소개하는 책들 사이의 차이점을 보여 준다. 뉴랜드는 고전뿐 아니라 오랜 전통적 신념에 의문을 제기하는 책들을 읽고, 인류학, 진화론 관련 저서에도 익숙하다. 하지만 메이에게는 그런 책을 소개해 주지 않고 앨프레드 테니슨(1809~1892. 영국의 계관 시인)의 시 같은 안전한 주제로 대화를 한다. 테니슨의 『왕의 목가』는 아서 왕 전설에, 「연꽃 먹는 사람들」은 그리스 서사시 『오디세이아』에 바탕을 둔 작품이다.

변명으로 가득하다. 그는 이런 인공적 순수함의 산물, 어머니들과 숙모들, 할머니들과 오래전에 죽은 증조 고조할머니들이 공모해서 교묘하게 만들어 낸 이 창조물에 위압감을 느꼈다. 왜냐하면 그것은 마치 눈 조각 같은 것을 깨는 지배자로서의 즐거움을 맛보기 위해서 그가 원하고 소유해야 하는 대상이라고 여겨졌기 때문이다.

이런 생각들은 일견 진부한 면이 있었다. 그러니까 결혼을 앞둔 젊은이들이 흔히 빠지는 종류의 것이었다. 하지만 그런 생각에는 대개 양심의 가책이나 자기 비하가 동반되는데, 뉴랜드 아처에게는 그런 것이 없었다. 그는 (새커리 작품의 주인공이 흔히 그래서 그를 짜증스럽게 하듯이) 신부가 자신에게 결백한 삶을 내주는 데 반해 자신은 신부에게 그렇지 못하다고 개탄하지 않았다. 자신과 그녀가 같은 방식으로 성장했다면, 두 사람은 숲 속의 아이들[2]보다 나을 게 없었을 거라는 생각을 떨칠 수 없었다. 또 아무리 생각해 보아도 자신의 신부에게 그가 경험한 것 같은 자유를 허락하지 말아야 할 공정한 (그러니까 그 자신의 순간적 쾌락이나 남성적 허영에 대한 열망과 관계가 없는) 이유도 찾을 수 없었다.

결혼을 앞둔 때에는 그런 생각이 마음속을 떠다니게 마련이었지만, 그것이 그렇게 불편하도록 끈질기고 선명한 것은 분명 올렌스카 백작 부인의 부적절한 등장 때문이었다. 그는 지금 이 약혼의 순간 — 순수한 생각과 깨끗한 희망의 순간 — 에 난데없이 혼란스러운 추문 속으로 떠밀려 들어가, 들추고 싶지 않은 특별한 문제들에 맞닥뜨려야 했다. 「망할 엘렌 올

---

2 1593년에 발표된 설화시의 제목으로 줄거리는 여러 동화에 반복되어 나온다. 재산을 노린 못된 숙부가 어린 조카 남매를 죽이기 위해 사람을 시켜 아이들을 숲에 버리라고 명령했고 아이들은 숲에서 죽는다.

렌스카!」그는 이렇게 욕을 한 뒤 벽난로 불을 끄고 옷을 벗었다. 그는 왜 그녀의 운명이 자신의 인생과 얽혀야 하는지 알 수 없었다. 하지만 자신이 약혼 때문에 하게 된 그 옹호는 어쩌면 생각지도 못한 많은 위험을 내포하고 있을지도 모른다는 것이 어렴풋이 느껴졌다.

며칠 후 번개가 떨어졌다.

러벌 밍곳 부부는 사람들에게(시종이 세 명 더 있고, 코스별로 음식이 두 접시씩 나오고, 식탁 가운데에는 로마식 펀치 칵테일이 있는) 〈정식 만찬〉 초대장을 보냈고, 초대의 목적은 〈올렌스카 백작 부인을 소개하기 위해〉라고 적었다. 그것은 새 사람이 오면 외국 왕족이라거나 적어도 외교 대사라도 되는 것처럼 대접하는 미국식 손님 접대 관례에 따른 것이었다.

초대 손님 명단을 보면 그 대담함과 차별성에서 캐서린 여제의 확고한 손길이 느껴졌다. 어디서나 초대해 왔기에 이번에도 초대한 셀프리지 메리 부부, 친척 관계인 보퍼트 부부, 실러턴 잭슨 씨와 (오빠가 가라는 곳은 어디나 가는) 여동생 소피처럼 늘 초대하는 사람들과 주도적인 〈젊은 부부〉들 가운데 가장 인기 있고 오점이 없는 로렌스 레퍼츠 부부, 레퍼츠 러시워스 부인(사랑스러운 미망인), 해리 솔리 부부, 레지치버스 부부, 젊은 모리스 대거넷과 (밴 더 루이든가 출신인) 그 아내도 있었다. 이 집단은 실로 완벽하게 선별된 것이었다. 이들은 모두 기나긴 뉴욕의 사교철 동안 지칠 줄 모르는 열정으로 밤낮 없이 어울린 소수 집단에 속했기 때문이다.

그 48시간 후 믿을 수 없는 일이 일어났다. 보퍼트 부부와 잭슨 노신사 남매를 빼고 모두가 밍곳가의 초대를 거절한 것이다. 이런 의도된 무례는 밍곳 일족에 속하는 레지 치버스 부부마저 거기 가담을 하면서 그 효과가 더욱 강렬하게 느껴졌다. 그들의 답장은 초대를 거절할 때 예의상 쓰게 되어 있는 〈선약〉이라는 변명도 없이 하나같이 〈초대를 받아들일 수 없음을 안타깝게 생각한다〉고만 쓰여 있었다.

그 시절 뉴욕 사교계는 너무도 작고 뻔해서, 거기 속한 이들은 모두 (마차 대여업자와 집사와 요리사까지 포함해서) 다른 사람들이 어느 날 저녁에 한가한지 모를 수가 없었다. 그래서 러벌 밍곳 부인의 초대를 받은 사람들은 올렌스카 백작 부인을 만나지 않겠다는 결심을 잔인할 만큼 분명하게 보여 줄 수 있었다.

그것은 예상치 못한 충격이었지만, 밍곳가 사람들은 평소처럼 그 일을 대범하게 받아들였다. 러벌 밍곳 부인은 이 일을 웰랜드 부인에게 털어놓았고, 웰랜드 부인은 뉴랜드 아처에게 털어놓았으며, 뉴랜드 아처는 분개해서 자기 어머니에게 열정적이고 강력한 호소를 했다. 그러자 그의 어머니는 내적인 저항과 외적인 주저로 얼마간 고통스러운 시간을 보내다가, (늘 그렇듯) 아들에게 굴복하더니, 이전의 망설임을 벌충하듯 아들의 신념을 더욱 열렬히 받아들여서 회색 벨벳 보닛을 쓰며 말했다. 「루이자 밴 더 루이든을 만나러 가야겠어.」

뉴랜드 아처 시절의 뉴욕은 작고 미끄러운 피라미드 구조였고, 거기에는 비집고 들어갈 어지간한 틈새도 도약을 위해 내디딜 발판도 찾아볼 수 없었다. 피라미드 맨 아래쪽에는 아처 부인이 〈평범한 사람들〉이라고 말하는 튼튼한 토대가 있었다. 거기에는 (스파이서가나 레퍼츠가, 잭슨가처럼) 유력 집안과 결혼해서 가문의 지위를 높인, 명예롭지만 별 볼일 없는 다수의 양갓집이 속했다. 아처 부인이 늘 말하듯 세상은 예전처럼 까다롭지 않았다. 그리고 캐서린 스파이서가 5번 대로 한쪽 끝을, 줄리어스 보퍼트가 다른 한쪽 끝을 다스리는 시절이다 보니 옛 전통이 그리 오래 지속되리라고는 예상할 수 없었다.

부유하지만 미미한 이 토대 위에 훨씬 작고 유력한 집단이 있고 여기에 밍곳가, 뉴랜드가, 치버스가, 맨슨가가 활발한 구성원을 이뤘다. 대부분의 사람들은 이들이 피라미드의 정상이라고 생각했지만, 이들 자신은 (적어도 아처 부인 세대는) 전문가의 눈으로 볼 때 정상의 진짜 주인은 그보다 훨씬 소수의 집단이라는 것을 잘 알았다.

아처 부인은 늘 남매에게 이렇게 말했다. 「요즘 신문들이 뉴욕의 귀족층 어쩌고 하는 건 다 헛소리야. 그런 게 있다면 밍곳가도 맨슨가도 거기 속하지 않아. 뉴랜드가도 치버스가도 마찬가지지. 우리 조부와 증조부들은 그저 존경받는 영국 상인 아니면 네덜란드 상인으로, 부를 찾아 이곳 식민지에 왔다가 일이 잘 풀려서 정착한 분들일 뿐이니까. 너희 증조부 한 분은 독립 선언문에 서명을 하셨고, 또 한 분은 워싱턴 휘하의 장군으로 계시다가 새러토가 전투가 끝난 뒤 버고인 장군의 칼을 받으셨어. 이런 일들은 자랑스러운 일이지만, 지위나 계급과는 상관이 없어. 뉴욕은 처음부터 상업 공동체였고, 진정한 의미의 귀족적 기원을 내세울 수 있는 가문은 세 곳을 넘지 않아.」

아처 부인과 그 아들딸은 뉴욕의 모든 사람들과 마찬가지로 그 특별한 가문이 어떤 가문인지 알았다. 영국 지방 귀족 출신으로 피트가와 폭스가와 연결된 워싱턴 스퀘어의 대거넷가, 드 그라스 백작의 후손들과 통혼한 래닝가, 그리고 맨해튼 최초의 네덜란드 총독의 직계 후손이자 독립 전쟁 전에 프랑스와 영국의 몇몇 귀족 가문과 결혼한 밴 더 루이든가였다.

래닝가에서 생존해 있는 후손은 결혼하지 않은 명랑한 할머니 두 명이 전부였다. 그들은 가족의 초상화와 치펜데일 가구[3]들 틈에서 옛 추억을 되새기며 유쾌하게 살았다. 대거넷가는 규모가 꽤 되었으며, 볼티모어와 필라델피아의 최고 집안들과도 연결되어 있었다. 하지만 그들보다 한 급 더 높은 밴 더 루이든가는 천공의 황혼이라고 할 만한 상태로 접어들어서, 유력 인물이라고는 헨리 밴 더 루이든 부부가 전부였다.

헨리 밴 더 루이든 부인은 처녀 시절 루이자 대거넷이었고, 부인의 어머니는 해협 섬[4]의 오랜 가문 출신인 뒤 락 대령의 손녀였으며, 뒤 락 대령은 콘월리스 휘하에서 싸우고 전쟁이 끝난 뒤에 세인트 오스트리 백작의 다섯째 딸인 레이디 안젤리카 트러베나와 메릴랜드에 정착했다. 대거넷가, 메릴랜드의 뒤 락가, 그리고 콘월의 귀족 친척인 트러베나가(家)는 언제나 긴밀하고도 따뜻한 유대 관계를 이어 갔다. 밴 더 루이든 부부는 트러베나가의 현 수장인 세인트 오스트리 공작을 만나러 그가 사는 콘월 시골의 대저택과 글로스터셔[5]의 세인트 오스트리를 각각 한 번 이상 장기 방문했으며, 공작은 (공작 부인이 대서양 건너기를 두려워하므로 혼자서) 언젠가 답방을 하겠다는 뜻을 자주 피력했다.

밴 더 루이든 부부는 메릴랜드의 트러베나와 허드슨 강 연

3 가구 제작자 토머스 치펜데일(1718~1779)의 제작 방식으로 만들어진 가구. 래닝가 사람들이 그런 고가구를 보유하고 있다는 것은 그들의 귀족적 위치와 그들이 누대의 재산을 물려받았다는 사실을 일러 준다.
4 영국과 프랑스 사이의 영국 해협에는 네 개의 섬이 있다.
5 웨일스와 맞붙어 있는 영국 중서부의 주.

안의 대영지 스쿠이터클리프를 오가며 지냈다. 이 영지는 네 덜란드 정부가 유명한 초대 총독에게 하사한 식민지 땅 가운데 하나로, 밴 더 루이든 씨는 아직도 그 땅의 〈파트룬〉[6]이었다. 매디슨 대로에 있는 그들의 크고 웅장한 저택은 좀처럼 문을 열지 않았고, 뉴욕에 왔을 때도 아주 가까운 친지들만을 불렀다.

　「너도 나랑 같이 갔으면 좋겠다, 뉴랜드.」 그의 어머니가 브라운 〈쿠페〉 마차 문 앞에 문득 멈춰 서서 말했다. 「루이자는 너를 좋아해. 그리고 내가 이런 일을 하는 건 물론 우리 메이 때문이지. 그리고 우리가 함께 뭉치지 않으면 사교계 같은 건 없어지고 말 테니까.」

6 1629년에서 1664년까지 뉴네덜란드에 있는 네덜란드 식민지의 지주를 가리키는 칭호.

7

헨리 밴 더 루이든 부인은 조용히 아처 부인의 이야기를 들었다.

밴 더 루이든 부인은 언제나 조용했고, 받고 자란 교육도 그랬지만 천성적으로 워낙 무심한 편이었으나 정말로 좋아하는 사람들에게는 아주 친절했다는 점을 여기서 미리 말해두는 게 좋을 것 같다. 그러나 이런 일을 이미 겪어 알고 있다고 해도, 매디슨 대로에 있는 그 집의 높은 천장과 하얀 벽의 응접실 — 이곳에는 그 만남을 위해서 포장을 벗긴 게 분명한 흰 브로케이드 안락의자들이 놓여 있고, 벽난로 선반의 금박 장식물들은 아직도 거즈로 덮여 있으며, 게인스보로의 「레이디 안젤리카 뒤 락」[1]이 아름다운 옛 액자에 담겨 걸려 있다 — 에 들어가면 어쩔 수 없이 몸에 한기를 느끼게 된다.

헌팅턴[2]이 그린 밴 더 루이든 부인의 초상화는 (검은 벨벳과 베니션 포인트 레이스 차림의) 사랑스러운 선대의 할머니를 마주 보고 있었다. 이 그림은 〈카바넬[3]의 작품만큼이나 훌

1 영국 화가 게인스보로(1727~1788)가 그린 초상화.
2 대니얼 헌팅턴(1816~1906). 뉴욕 시에서 태어난 미국 화가로 저명인사들의 초상화로 유명하다.

류하다〉고 여겨졌고, 완성된 지 20년이나 지났는데도 여전히 〈완벽한 초상〉이었다. 실제로 그 아래 앉아서 아처 부인의 이야기를 듣는 밴 더 루이든 부인은, 녹색 렙[4] 커튼을 배경으로 금박 안락의자에 고개를 숙이고 앉은 아직도 젊음이 남아 있는 초상화 속 금발 여자와 쌍둥이라 해도 좋을 정도였다. 밴 더 루이든 부인은 아직도 사교계에 나갈 때 검은 벨벳에 베니션 포인트 레이스 차림을 했다. 아니 (부인은 밖에서 식사하는 법이 없었으니) 사교계에 나간다기보다는 문을 열어 사교계를 맞아들인다고 하는 편이 맞을 것이다. 은발이 되지 않고 윤기를 잃은 금발 머리는 여전히 이마 위에서 가운데 가르마를 탔고, 연청색 두 눈 사이에 곧게 솟은 코는 초상화 속 시절보다 코 망울이 약간 좁아졌을 뿐이다. 실제로 뉴랜드 아처는 그녀를 보면 언제나 빙하에 갇혀 밝은 혈색을 유지하는 시체처럼, 진공 속에 섬뜩하게 보존된 완벽한 존재 같은 느낌을 받았다.

다른 식구들처럼 그 역시 밴 더 루이든 부인을 존경했다. 하지만 그녀의 부드러운 온화함은 어쩐지 몇몇 음울한 친척 할머니들, 무슨 말을 꺼내건 무조건 〈안 된다〉는 말부터 하고 보는 사나운 독신 노파들보다도 더 거리감이 느껴졌다.

밴 더 루이든 부인은 긍정도 부정도 내비치지 않으면서 언제나 관대함 쪽으로 기우는 듯하다가 마지막에는 얇은 입술에 희미한 미소를 띠고 거의 변함없이 똑같은 대답을 했다.

「남편하고 이야기해 봐야겠어요.」

부인과 밴 더 루이든 씨는 서로 너무도 비슷해서, 아처는 가끔 어떻게 40년 동안 더없이 밀착된 결혼 생활을 해서 하

3 알렉상드르 카바넬(1823~1889). 1845년에 로마 상을 받은 프랑스 화가.
4 골이 지거나 줄무늬가 있는 천.

나의 통합된 개체를 이룬 두 사람이 의논이라는 걸 할 만큼 각자 개별적인 생각을 갖고 있을까 하는 의문이 들었다. 하지만 남편도 아내도 그 수수께끼 같은 회합을 갖지 않고는 어떤 결정도 내리지 않았기에, 아처 부인과 그 아들은 이렇게 안건을 올려놓고 조용히 그 익숙한 대답을 기다렸다.

그러나 사람을 놀라게 하는 일이 매우 드문 밴 더 루이든 부인이 이번에는 긴 손을 뻗어 종 울리는 줄을 잡아당겨 아처 모자를 놀라게 했다.

「내가 볼 때는 헨리가 이 이야기를 직접 들어 봐야 할 것 같네요.」 그녀가 말했다.

시종이 나타나자 그녀가 위엄 있는 목소리로 말했다. 「밴 더 루이든 씨가 신문 읽기를 마치셨으면 이리로 나와 달라고 말씀드려 주게.」

〈신문 읽기〉라는 그 어조는 마치 장관의 부인이 〈국무 회의 주재〉라는 말을 하는 것과 비슷했다. 오만 때문이 아니라 일생에 걸친 습관과 친지들의 태도로 인해, 그녀는 밴 더 루이든 씨의 행동 하나하나를 성스러울 만큼 중요한 것으로 여기게 되었다.

그녀가 그렇게 즉각적인 반응을 보인 것은 그녀 또한 이 사건을 아처 부인만큼이나 긴급하게 여긴다는 뜻이었다. 하지만 자신이 미리부터 너무 신경을 쓴다는 인상을 주지 않기 위해 그녀는 온화한 표정을 지으며 덧붙였다. 「헨리는 부인 만나는 걸 좋아해요, 애들린. 그리고 뉴랜드에게 축하의 말을 해주고 싶을 거예요.」

두 쪽 여닫이문이 엄숙하게 다시 열리더니 헨리 밴 더 루이든 씨가 나타났다. 키 크고 여윈 몸집에 프록코트를 입은 그는 윤기 잃은 금발 머리와 곧은 코, 그리고 냉정하면서도 부드러운 눈빛이 부인과 같았지만, 그 색깔은 부인과 달리 연청색이 아니라 연회색이었다.

밴 더 루이든 씨는 아처 부인에게 다정하게 인사하고 뉴랜드에게도 아내와 똑같은 언어로 나지막하게 축하의 말을 건넨 뒤, 통치 군주의 간결한 태도로 브로케이드 안락의자 한 곳에 앉았다.

「〈타임스〉지를 방금 다 읽었습니다. 뉴욕에 오면 오전에 너무 바빠서, 신문은 점심을 먹은 다음에 읽는 것이 편합니다.」 그는 이렇게 말하면서 긴 손가락을 한데 모았다.

「충분히 일리 있는 말씀이에요. 우리 에그몬트 숙부께서는 아침 신문을 저녁 식사 후에 읽는 게 정신 건강에 더 좋다고 말씀하셨죠.」 아처 부인이 응대했다.

「그래요, 선친께서도 서두르는 걸 싫어하셨습니다. 하지만 요즘 세상은 모든 걸 다 너무 서둘러서 말입니다.」 밴 더 루이든 씨가 신중한 어조로 말하며, 하얀 덮개가 드리워진 방을 여유롭게 둘러보았다. 아처에게 그 방은 두 주인을 그대로 본뜬 것처럼 느껴졌다.

「하지만 분명히 다 읽은 거죠, 헨리?」 그의 아내가 끼어들었다.

「다 읽었소.」 그가 아내를 안심시켰다.

「그러면 애들린의 이야기를 들어 봐요.」

「아, 제 이야기라기보다는 뉴랜드 이야기예요.」 아처 부인이 미소 지으며 러벌 밍곳 부인이 당한 모욕 사건을 다시 한 번 설명했다.

「당연하게도, 오거스타 웰랜드하고 메리 밍곳은 특히 뉴랜드의 약혼과 관련해서 당신과 헨리 씨가 이 사실을 〈알아야 한다〉고 생각했어요.」 그녀가 마무리했다.

「아…….」밴 더 루이든 씨가 깊은 숨을 들이쉬며 말했다.

침묵이 내려앉았고, 흰 대리석 벽난로 선반 위 거대한 금박 시계의 초침 소리가 조포처럼 커졌다. 아처는 이 부부가 진정으로 원하는 것은 스쿠이터클리프의 완벽한 잔디밭에서 거의 보이지 않는 잡초를 뽑는다거나 둘이 각자 페이션스[5]를 하는 단순하고 조용한 삶이라는 것을 알기 때문에, 운명에 의해 머나먼 선조가 지녔던 권위의 대변자가 되어 총독과도 같은 엄숙함 속에 앉아 있는 여윈 두 사람을 경외감 어린 눈으로 바라보았다.

밴 더 루이든 씨가 먼저 입을 열었다.

「자네는 그러니까 정말로 이것이, 그러니까 로렌스 레퍼츠 부부의 의도적인 방해 때문이라고 생각하는 건가?」그가 아처를 돌아보며 물었다.

「네, 그렇게 생각합니다. 래리는 요즘 들어 ─ 부인께서 이런 말을 용납하신다면 ─ 자기 마을 우체국장의 아내인지 누구인지, 하여간 그 부류의 사람과 어처구니없는 연애를 하면서 평소보다 더 심해졌어요. 불쌍한 거트루드 레퍼츠가 의심의 기미를 보이면, 그는 문제가 생기는 걸 피하기 위해 이런 종류의 소동을 일으켜서 자신의 도덕성을 과시하고, 어떻게 예의도 없이 자기 아내에게 그런 사람을 소개시켜 주려고 하느냐고 목청을 높입니다. 그러니까 마담 올렌스카를 피뢰침으로 삼고 있는 거예요. 전에도 이런 일을 여러 번 시도했습니다.」

「〈레퍼츠 부부〉는 참…….」밴 더 루이든 부인이 말했다.

「〈레퍼츠 부부〉는 참…….」아처 부인이 이어 말했다. 「그

5 솔리테어 놀이. 서로 맞서 겨루는 대신 밴 더 루이든 부부는 각자 혼자서 하는 이 카드놀이를 한다.

런 로렌스 레퍼츠가 사람들의 사회적 지위에 대해서 이러니 저러니 하는 걸 보면 에그몬트 숙부가 뭐라고 하셨을까요? 이게 다 우리 사교계의 딱한 처지를 보여 주는 거예요.」

「그렇게 딱한 처지라고는 생각하지 맙시다.」 밴 더 루이든 씨가 결연하게 말했다.

「두 분은 너무 바깥출입을 안 했어요!」 아처 부인이 한숨을 쉬었다.

하지만 부인은 곧 자신이 실수했다는 걸 깨달았다. 밴 더 루이든 부부는 자신들의 은둔 생활에 대한 비판에 지나칠 만큼 예민했다. 그들은 자신이 상류 사회의 재판자, 최종 심급의 법정이라는 걸 알았고 그 운명에 복종했다. 하지만 수줍고 내향적인 성품 탓에 그런 역할이 걸맞지는 않아서 되도록 스쿠이터클리프의 고요한 전원 속에 살았고, 뉴욕에 와도 밴 더 루이든 부인의 건강을 핑계 삼아 모든 초대를 거절했다.

뉴랜드 아처가 어머니를 돕기 위해 나섰다. 「뉴욕 사람 모두가 두 분이 어떤 존재이신지 압니다. 그래서 밍곳 부인이 이번 올렌스카 백작 부인 모욕 사건을 반드시 두 분께 알려야 한다고 생각한 겁니다.」

밴 더 루이든 부인은 남편을 바라보았고, 남편도 그녀를 보았다.

「그런 원칙은 내가 좋아하지 않아. 명문가의 구성원이 가족의 지지를 받는다면, 그것으로 끝 아니겠나.」 밴 더 루이든 씨가 말했다.

「나는 그렇게 생각해요.」 그의 아내가 다른 견해라도 내는 것처럼 말했다.

「상황이 그렇게까지 된 줄은 전혀 몰랐네.」 밴 더 루이든 씨가 이렇게 말하고, 잠시 아내를 보았다. 「내가 볼 때는 올렌스카 백작 부인은 우리하고 친척이라고 할 수도 있을 것 같소. 메도라 맨슨의 첫 남편 쪽으로 따지고 보면 말이오. 어쨌건 뉴랜드가 결혼하면 분명히 친척이 되는 거고.」 그는 젊은이에게 고개를 돌렸다. 「오늘 아침 〈타임스〉는 읽었는가, 뉴랜드?」

「네.」 아침 커피를 마시는 동안 신문 대여섯 개를 읽어 치우는 아처가 말했다.

밴 더 루이든 부부는 다시 서로를 바라보았고 두 사람의 흐린 눈동자는 마치 길고 심각한 의논을 나누는 듯했다. 그런 뒤 밴 더 루이든 부인의 얼굴에 희미한 미소가 떠올랐다. 사태를 이해하고 인정한 게 분명했다.

밴 더 루이든 씨가 아처 부인을 바라보았다. 「부인께서 러벌 밍곳 부인에게 말씀해 주시기 바랍니다. 루이자의 건강에 무리가 없다면 우리가 그 만찬에 로렌스 레퍼츠 부부 대신 기쁘게 참석할 수 있었을 거라고 말입니다.」 그는 이 말에 담긴 아이러니가 충분히 이해될 때까지 잠시 기다렸다. 「하지만 그건 불가능한 일이죠.」 아처 부인이 공감을 표하며 말했다. 「그런데 말하는 걸 들어 보니 뉴랜드가 오늘 아침 〈타임스〉지를 읽은 모양입니다. 그러니까 루이자의 친척인 세인트 오스트리 공작이 다음 주에 러시아호 편으로 뉴욕에 온다는 소식을 보았을 겁니다. 공작은 새 요트 귀네비어호(號)로 내년 여름 국제 경기에 참가하려고 하고 있어요. 트러베나에서 흰죽지오리도 사냥하고요.」 밴 더 루이든 씨는 다시 멈추었다가 더욱 너그러운 태도로 말을 이었다. 「공작을 메릴랜드로 모시고 가기 전에 여기서 친구들을 좀 불러서 그분을 소개시켜 드릴까 합니다. 그냥 간소한 저녁 식사예요. 그런 다음에 접견회를 하고요. 올렌스카 백작 부인을 그날 함께 모실 수 있다면 루이자도 나만큼이나 기쁠 겁니다.」 그는 일어서서 친척 부인을 향해서 기다란 몸을 뻣뻣하지만 다정하게 굽히고 덧붙였다. 「아마 내 생각에는 루이자가 잠시 후 마차를 타고 나가서 직접 초대의 뜻을 전달할 것 같습니다. 우리 집 초대장으로요. 당연히 우리 초대장이지요.」

아처 부인은 그 말이 17핸드[6]의 밤색 말들이 문 앞에 있다는 뜻이라는 걸 알고 서둘러 고마움을 표시하고 일어섰다. 밴 더 루이든 부인은 아하수에로를 설득하는 에스더[7]의 미소를 지어 보였다. 하지만 남편은 그러지 말라는 의미로 손을 들었다.

「나한테 감사할 것 없어요, 애들린. 전혀요. 이런 일은 뉴욕에서 일어나서는 안 됩니다. 내가 힘을 쓰는 한 일어나지도 않을 거고요.」 그는 두 친척을 문 앞까지 배웅하면서 위엄 있고 부드러운 태도로 말했다.

두 시간 뒤, 뉴욕 사람들은 밴 더 루이든 부인이 사시사철 타고 다니는 커다란 C-스프링 마차가 밍곳 노부인의 집 앞에 섰고 큰 사각 봉투가 전달되었다는 걸 알게 되었다. 그리고 실러턴 씨는 그날 저녁 오페라 극장에서 그 봉투에는 밴 더 루이든 부부가 다음 주에 친척 세인트 오스트리 공작을 소개하는 저녁 모임에 올렌스카 백작 부인을 청하는 초대장이 들어 있었다고 전할 수 있었다.

클럽 박스의 젊은이들은 그 소식에 미소를 주고받으며, 박스 앞쪽에 앉아 무심한 듯 기다란 금빛 콧수염을 잡아당기

---

6 핸드는 주로 말의 키를 재는 데 쓰인 측정 단위로 4인치(약 10센티미터)에 해당한다.

7 『구약성경』 「에스더」 편에 따르면, 페르시아 왕비 에스더는 아하수에로 왕을 술과 음식으로 잘 대접해서 유대인 박해 음모를 중단시켰다.

는 로렌스 레퍼츠를 곁눈질했다. 소프라노가 노래를 멈춘 순간 그는 당당하게 말했다. 「몽유병의 여인[8] 역은 파티[9] 아닌 다른 사람이 시도하면 안 돼.」

8 시칠리아에서 가장 유명한 작곡가 빈첸초 벨리니(1801~1835)의 2막 오페라.
9 아델리나 파티(1843~1913). 이탈리아 소프라노.

8

　뉴욕 사람들은 대체로 올렌스카 백작 부인이 〈미모를 잃었다〉는 데 동의했다.

　뉴랜드 아처가 어렸을 때 뉴욕에 처음 나타난 그녀는 아홉 살인가 열 살쯤 된 예쁜 여자아이였고, 사람들은 그 모습을 〈그림으로 그려 두어야 한다〉고 말했다. 그녀의 부모는 유럽 대륙을 떠돌며 살았고, 그녀는 유랑 속에 보낸 유년 시절 끝에 양친을 모두 잃고 역시 유랑자인 숙모 메도라 맨슨 손에 맡겨졌다. 메도라 맨슨은 〈정착〉하기 위해 뉴욕으로 돌아가는 중이었다.

　가엾은 메도라는 번번이 남편과 사별했고, 그때마다 정착하기 위해 고향에 돌아왔는데(그때마다 집은 점점 작아졌다), 언제나 그녀의 곁에는 새 남편 아니면 입양한 아이가 동행했다. 하지만 몇 달이 지나면 어김없이 남편과 헤어지거나 아이와 싸웠고, 그런 뒤에는 손해를 보고 집을 처분한 뒤 다시 유랑에 나섰다. 그녀의 어머니가 러시워스가 출신이고 그녀의 마지막 남편이 정신병에 걸린 치버스가 사람이었다는 이유로 뉴욕은 그녀의 기행에 너그러웠지만, 그녀가 고아가 된 어린 조카딸과 함께 돌아왔을 때 사람들은 아이의 부모가 기이한 여행벽에도 불구하고 인기가 많은 사람들이었기에 그 예쁜 아이가 그녀의 손에 맡겨진 것을 안타깝게 여겼다.

사람들은 모두 어린 엘렌 밍곳에게 친절했고, 아이의 가무잡잡하면서도 발그레한 뺨과 숱 많은 곱슬머리는 아직도 상복을 입고 있어야 하는 처지에 어울리지 않는 유쾌한 분위기를 안겨 주었다. 엄격한 미국의 복상 관례를 무시한 것은 메도라의 잘못된 기행 가운데 하나였다. 그녀가 증기선에서 내렸을 때 식구들은 그녀의 검은 베일이 올케들의 베일보다 18센티미터나 짧은 데다 어린 엘렌은 버려진 집시 아이처럼 선홍색 메리노 옷에 호박 구슬 장식을 하고 있는 것에 기겁을 했다.

하지만 뉴욕은 이미 오래전에 메도라에게 체념했기 때문에 엘렌의 요란한 복장에 고개를 저은 건 몇몇 노부인뿐이었고, 엘렌의 다른 친척들은 아이의 밝은 혈색과 명랑한 성격에 매혹되었다. 아이는 대담하고 붙임성 있는 성격으로 당황스러운 질문을 던지고 조숙한 말을 하고 스페인 숄 춤을 춘다든지 기타에 맞추어 나폴리 연가를 부르는 등 이국적인 예술 취향을 보였다. 숙모(그녀의 실제 이름은 솔리 치버스 부인이었지만, 교황에게서 작위를 받은 첫 남편의 이름을 다시 쓰기 시작해서 자신을 맨슨 후작 부인이라고 불렀다. 그렇게 하면 이탈리아에 갔을 때 이름을 만초니[1]로 할 수 있었기 때문이다)의 지도 아래 소녀는 값비싸지만 체계 없는 교육을 받았는데, 그중에는 이전까지 누구도 생각해 본 적 없는 〈모델 보고 그리기〉[2]도 있었고, 직업 음악가들과 함께 5중주단

1 이탈리아 최고의 소설가 중 한 명으로 여겨지는 알레산드로 만초니(1785~1875). *Manzoni*라는 철자는 *Manson*(맨슨)과 비슷하다.

2 살아 있는 인간 모델을 보고 그리는 일. 주로 누드화를 말한다. 엘렌이 그런 경험을 가졌다는 사실은 여자가 살아 있는 모델을 놓고 그림을 그리는 일이 (특히 미국에서는 더욱) 허용되지 않았기 때문에 충격적이다.

을 이루어 피아노를 연주하는 것도 있었다.

하지만 그런 것은 물론 아무 소용 없었다. 몇 년 뒤 불쌍한 치버스가 마침내 정신 병원에서 세상을 떠났을 때, (이상한 상복을 입은) 그의 미망인은 반짝이는 눈망울의 크고 여윈 소녀로 자란 엘렌을 데리고 다시 떠났다. 얼마 동안 두 사람의 소식은 들리지 않았다. 그러더니 엘렌이 튈르리 궁의 무도회에서 만난 전설적인 명성의 부유한 폴란드 귀족과 결혼했다는 소식이 들려왔다. 그 사람은 파리와 니스, 피렌체에 웅장한 대저택이 있고, 카우스에는 요트가, 트란실바니아에는 광대한 사냥터가 있다고 했다. 그녀는 이렇듯 뜨거운 전설의 연기 속으로 사라졌는데, 몇 년 뒤에 세 번째 남편과 사별한 메도라가 한층 차분하고도 가난해진 채로 돌아와 예전보다 훨씬 더 작은 집을 찾자, 사람들은 메도라의 부유한 조카딸이 왜 아무런 도움도 주지 않았을까 하는 의문을 품었다. 그런 뒤 엘렌 자신의 결혼도 파국을 맞았으며, 그녀 또한 휴식과 망각을 찾아 친족들 곁으로 돌아오고 있다는 소식이 들렸다.

일주일 뒤, 그러니까 그 중요한 만찬 모임 날 저녁 올렌스카 백작 부인이 밴 더 루이든가의 응접실로 들어가는 모습을 보고 있자니 아처의 머릿속에 이런 사연들이 스쳐 지나갔다. 그날의 행사가 워낙 막중하다 보니, 그는 엘렌이 그 일을 제대로 해낼지 걱정이 되었다. 그녀는 약간 늦었는데, 한 손은 아직도 장갑을 끼지 않은 채로 손목에 팔찌를 두르면서, 서두르거나 당황하는 기색 없이 뉴욕 사회에서 가장 엄격하게 선별된 이들이 모인 약간 위압적인 응접실로 들어섰다.

그녀는 방 중간에 서서 주변을 둘러보았다. 입매는 굳었지만 눈에는 미소가 깃들어 있었다. 그 순간 뉴랜드 아처는 그녀의 미모에 대한 사람들의 평이 잘못되었다고 느꼈다. 어린 시절의 밝은 모습은 분명 사라졌다. 붉은 뺨의 홍조는 희미해졌다. 그녀는 여위고 지쳤으며, 서른이 다 되었을 실제 나이보다 노숙해 보였다. 하지만 그녀에게는 아름다움이 주는 신비로운 권위가 있었다. 당당한 고개와 눈의 움직임은 과장된 느낌을 주지 않으면서도 고도로 훈련되고 의식적으로 통제된 모습을 보였다. 그러면서도 그녀의 몸가짐은 거기 모인 대다수의 여자들보다 소박해서, (나중에 제이니가 말했듯이) 많은 사람들이 그녀가 좀 더 〈세련되지〉 않은 것에 실망했다. 세련됨이란 뉴욕 사람들이 가장 높이 사는 가치였기 때문이다. 그건 아마도 예전의 생기가 사라지고, 그녀의 움직임이나 목소리, 말투 그 모든 것이 다 너무 조용하기 때문일 거라고 아처는 생각했다. 뉴욕 사람들은 그런 개인사가 있는 여자에게는 훨씬 더 극적인 것을 기대했다.

저녁 식사는 약간 무거운 분위기 속에서 치러졌다. 밴 더 루이든 부부와 식사한다는 것 자체가 가벼운 일이 아니었고, 식탁에 함께한 그들의 친척 오스트리 공작은 거의 종교적이기까지 한 엄숙함을 풍겼다. 함께한 사람이 공작이라는 사실과 밴 더 루이든가의 공작이라는 사실이 (뉴욕 사회에서) 갖는 미묘한 차이는 오직 옛 뉴욕 사람들만이 감지할 수 있을 거라고 생각하니 아처는 재미있었다. 뉴욕은 길 잃은 귀족을 차분하게, 심지어 (스트러더스 집안의 경우를 빼면) 얼마간 의심과 오만에 찬 태도로 받아들였지만, 이들처럼 확실한 신분을 갖춘 사람들에게는 드브렛[3]의 서열에만 의지해 접대하는 것이라고 생각하면 큰 실수가 될 만큼 옛날식의 깊은 우

3 『드브렛의 잉글랜드, 스코틀랜드, 아일랜드 귀족 명감』(1803년 무렵 초판 발행)을 가리킨다.

의를 보였다. 아처가 때로 웃음을 지으면서도 옛 뉴욕을 소중히 여기는 것은 그런 정교한 차별화 때문이었다.

밴 더 루이든 부부는 그날 모임이 얼마나 중요한지를 강조하기 위해 최선을 다했다. 뒤 락가의 세브르[4]와 트러베나가의 조지 2세 접시[5]가 나왔다. 밴 더 루이든가의 〈로스토프트〉(동인도 회사)[6]도 대거넷가의 크라운 더비[7]도 나왔다. 밴 더 루이든 부인은 전에 없이 카바넬의 그림 같았고, 할머니가 물려준 작은 진주알과 에메랄드 목걸이를 한 아처 부인은 아들의 눈에 이자베[8]의 미니어처 초상화처럼 보였다. 모든 부인이 최고의 보석을 달았지만, 이 집의 분위기와 이 모임의 성격을 감안해서인지 대체로 약간 무겁고 옛날식이었다. 또 설득 끝에 초대를 받아들인 래닝가의 독신 할머니는 어머니가 물려준 돋을새김 알 반지를 끼고 스페인산 금갈색 숄을 둘렀다.

그날 저녁 식탁에서 젊은 여자는 올렌스카 백작 부인뿐이었다. 그런데 다이아몬드 목걸이와 치솟은 타조 깃털에 둘러싸인 통통하고 매끈한 중노년의 얼굴들을 훑다 보니, 아처는 그 얼굴들이 엘렌에 비해 신기할 만큼 미성숙해 보인다는 느낌이 들었다. 그녀의 눈을 그렇게 만든 것은 무엇일까 생각하니 두렵기까지 했다.

안주인의 오른쪽에 앉은 세인트 오스트리 공작은 당연히 그 모임의 중심인물이었다. 하지만 올렌스카 백작 부인이 희

4 프랑스 세브르에서 생산되는 고급 도자기.
5 금박을 입힌 골동품 은제 접시.
6 18세기와 19세기에 중국에서 미국으로 수출한 고급 도자기.
7 영국 더비에서 1784년에서 1848년 사이에 생산된 도자기.
8 장 바티스트 이자베(1767~1855). 미니어처 그림으로 유명한 프랑스 화가.

망했던 것보다 사람들의 눈을 덜 끌었다면, 공작은 거의 보이지 않는 거나 마찬가지였다. 훌륭한 교육을 받은 사람답게 그는 (최근에 방문한 다른 공작과 달리) 사냥 재킷 차림으로 오지 않았다. 하지만 야회복이 너무 낡고 헐렁한 데다 옷을 입은 태 역시 촌스러워서 (거기다 앉은 자세도 구부정하고 셔츠 앞쪽에 커다란 턱수염까지 늘어져서) 도무지 만찬용 정장을 했다는 느낌이 들지 않았다. 그는 키가 작고 어깨가 굽었으며, 볕에 그을린 피부와 두툼한 코, 작은 눈과 다정한 미소를 지닌 사람이었다. 하지만 말수가 적었고 가끔 말을 할 때도 목소리가 너무 작아서, 사람들이 입을 다물고 주의를 기울여도 바로 옆 자리 이상 말이 전달되지 않았다.

저녁 식사가 끝난 뒤 남자들이 여자들에게 합류했을 때, 공작은 올렌스카 백작 부인에게 곧장 다가갔고, 둘은 구석 자리에 함께 앉아 활기찬 대화를 시작했다. 순서에 따라 공작이 러벌 밍곳 부인과 헤들리 치버스 부인에게 먼저 인사를 해야 한다는 데는 두 사람 모두 생각이 미치지 못한 모양이었다. 그런 뒤 백작 부인은 온화하고 우울한 워싱턴 스퀘어의 어번 대거닛 씨와 대화를 했는데, 그는 그녀를 만나려고 1월에서 4월까지는 저녁 초대에 응하지 않는다는 규칙을 깨고 왔다고 했다. 두 사람은 20분 가까이 잡담을 나누었다. 그런 뒤 백작 부인은 자리에서 일어나 넓은 응접실을 가로질러서는 뉴랜드 아처의 옆에 가서 앉았다.

부인이 한 신사와 이야기를 그만두고 이어 다른 신사에게 가서 말을 거는 것은 뉴욕 사교계의 응접실에서는 볼 수 없는 일이었다. 예법에 따르면 여자는 양편에 앉은 남자들이 이야기를 계속하고 싶어 하는 동안은 조각상처럼 꼼짝 않고 앉아서 기다려야 했다. 하지만 백작 부인한테 자신이 무슨 규칙을 어겼다는 생각 같은 것은 없는 것 같았다. 그녀는 아주 편한 표정으로 아처의 소파에 함께 앉아서 다정한 눈으로 그를 보았다.

「메이 이야기를 좀 듣고 싶어요.」 그녀가 말했다.

그는 그 질문에 대답하지 않고 물었다. 「공작과 전부터 알았나요?」

「네. 겨울이면 늘 니스에서 만났죠. 공작은 도박을 좋아해요. 우리 집에 자주 왔죠.」 그녀는 그 말을 〈공작은 들꽃을 좋아해요〉라고 하듯 꾸밈없이 말했다. 그리고 잠시 후 솔직하게 덧붙였다. 「내 평생 가장 재미없는 사람이에요.」

아처는 이 말이 몹시 재미있어서 그녀가 조금 전에 한 말에서 받은 미세한 충격을 잊었다. 밴 더 루이든가의 공작을 재미없다고 생각하고, 그 견해를 겁 없이 발설하는 여자는 분명히 흥미로운 존재였다. 그는 그녀의 거침없는 언사가 살짝 내비친 그녀의 인생에 대해 묻고 싶었다. 하지만 힘든 기억을 건드리기가 두려웠고, 그가 다른 말을 생각해 내기 전에 그녀가 처음에 건넨 말을 다시 꺼냈다.

「메이는 사랑스러운 아이예요. 뉴욕에서 그렇게 예쁘고 똑똑한 처녀는 본 적이 없어요. 그 아이를 많이 사랑하나요?」

뉴랜드 아처는 얼굴을 붉히고 웃었다. 「남자가 여자를 사랑할 수 있는 만큼 사랑합니다.」

그녀는 그가 한 말에 깃든 모든 의미를 알아내겠다는 듯이 그를 유심히 들여다보았다. 「그렇다면 한계가 있다는 말인가요?」

「사랑에 말인가요? 있다고 해도 나는 아직 발견하지 못했습니다.」

그녀는 환한 공감의 미소를 지었다. 「아, 정말로 진정한 로맨스네요!」

「가장 로맨틱한 로맨스죠.」

「정말 멋져요! 거기다 두 사람이 직접 서로를 찾은 거잖아요. 어른들이 정한 결혼은 아니죠?」

아처는 믿을 수 없다는 눈길로 그녀를 보고는 미소 지으며 물었다. 「잊었나요? 우리나라에서는 그런 결혼을 허락하지 않는다는 걸요.」

그녀의 뺨에 검붉은 홍조가 피었고, 그는 자기가 한 말을 후회했다.

「맞아요, 잊었어요. 내가 가끔 이런 실수를 해도 용서해 줘요. 여기서는 좋은 일인데 전에 살던 곳에서는 나쁘게 여겨지는 일들이 무언지 잊을 때가 있거든요.」 그녀는 독수리 깃털로 만든 빈풍의 부채로 눈길을 돌렸고, 그는 그녀의 입술이 떨리는 걸 보았다.

「미안해요. 하지만 여기서는 모두가 마담의 친구예요.」 그가 자기도 모르게 말했다.

「그래요, 알아요. 가는 곳마다 느껴요. 그래서 돌아온 거예요. 모든 걸 잊고 싶고, 밍곳가나 웰랜드가, 당신이나 당신의 어머니, 또 여기 모인 모든 사람들처럼 다시 완전한 미국 사람이 되고 싶어요. 아, 메이가 오는군요. 아처 씨가 얼른 가서 맞아 줘야겠어요.」 그녀는 이렇게 말했지만 자리에서 움직이지 않고 시선을 문에서 아처의 얼굴로 돌렸다.

응접실에는 점점 식후 손님들이 들어찼고, 아처는 마담 올렌스카의 시선을 따라갔다가 메이 웰랜드가 어머니와 함께 들어오는 것을 보았다. 흰색과 은색의 드레스를 입고 머리에 은색 꽃 장식을 꽂은 그 키 큰 처녀는 사냥을 마치고 돌아오는 디아나 여신[9] 같았다.

「아……, 경쟁자가 너무 많군요. 사람들이 벌써 메이를 둘러싸고 있어요. 공작과 인사를 나누는군요.」아처가 말했다.

「그러면 여기 좀 더 앉아 있어요.」마담 올렌스카가 나지막이 말하면서 깃털 부채로 그의 무릎을 건드렸다. 아주 가벼운 접촉이었지만, 그는 그녀의 손길이라도 닿은 듯 짜릿한 기운이 느껴졌다.

「그래요, 좀 더 있죠.」그도 똑같은 어조로 말했지만, 자신이 뭐라고 말했는지 알 수 없었다. 하지만 바로 그때 밴 더 루이든 씨가 노신사 어번 대거넷 씨와 함께 다가왔다. 백작 부인은 근엄한 미소로 그들을 맞았고, 아처는 밴 더 루이든 씨의 눈길에 담긴 꾸지람을 느끼고 일어나서 그들에게 자리를 양보했다.

마담 올렌스카는 작별 인사라도 하듯 손을 내밀었다.

「내일 5시 이후에 기다리고 있겠어요.」그녀는 이렇게 말하고 몸을 돌려 대거넷 씨가 앉을 자리를 만들었다.

「내일…….」아처는 자신도 모르게 말했다. 하지만 두 사람이 그 시간에 만날 약속이 있던 것도 아니고, 대화 중에 그녀가 다시 만나자는 언질을 주었던 것도 아니다.

엘렌 곁을 떠나던 아처는 로렌스 레퍼츠가 큰 키와 눈부신 옷차림을 자랑하며 아내를 데리고 그녀에게 다가가는 것을 보았고, 거트루드 레퍼츠가 천진한 미소를 짓고 엘렌에게 〈우리 어렸을 때 무용을 같이 배우지 않았나요?〉라고 묻는 소리를 들었다. 그 뒤에서 백작 부인과 인사를 나누려고 기다리는 사람들 가운데는 러벌 밍곳 부인의 집에서 그녀를 만

9 그리스 신화의 아르테미스에 해당하는 로마의 여신. 달과 빛, 사냥과 순결을 상징한다. 디아나는 생식력과도 자주 연관이 되어서 원만한 결혼과 출산을 비는 여자들에게도 숭배되었다.

나기를 단호하게 거부한 부부가 여럿 보였다. 아처 부인이 말한 대로 밴 더 루이든 부부는 그럴 필요가 있다고 느끼면 사람들을 제대로 깨우쳐 준다. 의아한 것은 그들이 그런 필요를 느끼는 일이 거의 없다는 것이다.

아처의 팔에 누군가의 손이 닿아서 보니, 검은 벨벳 드레스를 입고 가보 다이아몬드를 두른 눈부신 모습의 밴 더 루이든 부인이 그를 내려다보고 있었다. 「뉴랜드, 마담 올렌스카를 위해 이렇게 신경을 써준 일은 훌륭했어. 내가 헨리에게 말해서 반드시 도와주어야 한다고 했지.」

그는 자신이 부인에게 희미한 미소를 짓는 걸 느꼈고, 부인은 그의 수줍은 천성을 이해한다는 듯이 덧붙였다. 「메이가 저렇게 사랑스러운 모습은 처음 보는구나. 공작께서 여기 모인 여자들 가운데 가장 예쁘다고 말씀하시는걸.」

9

올렌스카 백작 부인이 〈5시 이후〉라고 말했지만 그로부터 30분이 지나서야 뉴랜드 아처는 치장 벽토가 여기저기 벗겨지고 거대한 등나무가 연약한 주철 발코니를 목 조르듯 감싼 그녀의 집 앞에 서서 초인종을 울렸다. 서부 23번가 안쪽 깊숙이 자리 잡은 그 집은 그녀가 떠돌이 메도라에게서 임대한 것이었다.

정착해서 살기에는 아무래도 낯선 지역이었다. 소규모 드레스업자, 조류 박제업자, 그리고 〈글 쓰는 사람들〉이 그녀의 가장 가까운 이웃이었다. 아처는 어수선한 거리 아래 편, 포장도로의 끝에 있는 허름한 목조 주택 하나를 알아보았다. 그가 이따금 만나는 작가 겸 신문 기자 윈셋이 자기 집이라고 말한 집이었다. 윈셋은 사람을 집에 초대하지 않았지만, 언젠가 아처와 함께 밤길을 걷던 중 그 집을 가리켰고, 아처는 약간 몸을 떨면서 다른 나라의 대도시들에서도 사람들이 저렇게 형편없는 주거 환경에서 살까 하는 의문을 품었다.

마담 올렌스카의 집이 다른 집보다 나은 점이라고는 창틀에 페인트가 좀 더 많이 칠해져 있다는 것뿐이었고, 아처는 그 소박한 외관을 살펴보면서 폴란드의 백작은 그녀에게서 환상뿐 아니라 재산까지 앗아 간 모양이라고 생각했다.

그날 하루, 아처는 기분이 좋지 않았다. 그는 웰랜드가에 가서 점심을 먹고 식사 후에 메이와 함께 공원으로 산책을 나갈 생각이었다. 그녀와 단둘이 시간을 보내면서 전날 밤 그녀가 얼마나 아름다웠는지, 그가 그녀를 얼마나 자랑스러워하는지 말하고 싶었고 빨리 결혼하자고 재촉하고 싶었다. 하지만 웰랜드 부인이 아직 친지 방문이 반도 끝나지 않았다는 사실을 강력하게 상기시켰고, 그가 결혼 날짜를 앞당기고 싶다는 이야기를 비치자 나무라듯 눈썹을 추켜올리고 한숨을 쉬었다. 「모든 걸 열두 개씩 열두 벌 마련해야 돼. 손으로 직접 수를 놓아서…….」

그들은 가족 마차를 타고 친척 집을 돌아다녔고, 오후 방문 일정이 끝나자 아처는 덫에 걸려 전시되는 야생 동물이 된 것 같은 느낌 속에 약혼녀와 헤어졌다. 그러고는 인류학 책들을 좀 읽었다고 가족의 유대감을 확인하는 단순하고도 자연스러운 일을 그렇게 거칠게 보게 된 모양이라고 생각했다. 하지만 웰랜드가에서 결혼식을 가을에나 치르자고 한다는 사실을 떠올리고, 그때쯤 그의 인생이 어떻게 되어 있을까를 생각하니 낙심천만한 기분이 들었다.

「내일은 치버스가와 댈러스가를 돌 거야.」 웰랜드 부인이 그의 등 뒤에 대고 말했다. 그때 그는 부인이 양가의 친척을 알파벳 순서로 훑고 있다는 것과 그 두 집안은 알파벳의 거의 첫머리에 있다는 걸 깨달았다.

그는 메이에게 올렌스카 백작 부인이 그날 오후에 자기 집에 와달라고, 요청 — 이라기보다는 명령 — 했다는 사실을 말하려고 했다. 하지만 두 사람이 같이 있던 짧은 시간 동안 그에게는 더 급한 말들이 있었다. 게다가 그런 일을 말한다는 게 약간 어색하게 느껴졌다. 그는 자신이 엘렌에게 친절을 베푸는 것이 메이의 특별한 소망이라는 걸 알았다. 그런 소망 때문에 약혼을 서둘러 발표한 것 아닌가? 백작 부인이 오지 않았다면, 그가 자유를 다 잃은 건 아니라 해도 이렇게 더욱 확실한 관계에 묶이지는 않았을 거라고 생각하니 기이한 느낌이 들었다. 하지만 메이가 그걸 원했고, 그는 어쨌건 해야 할 일은 다한 셈이므로 원한다면 말하지 않고도 사촌 언니를 찾아갈 자유가 있다고 느꼈다.

마담 올렌스카의 집 문 앞에서 그가 가장 강력하게 느낀 감정은 호기심이었다. 그는 그녀가 자신에게 오라고 했을 때의 그 어조가 못내 의아했다. 그녀가 보기만큼 단순한 사람은 아닌 것 같았다.

외국인처럼 가무잡잡한 피부에 가슴이 크고 목에는 밝은 스카프를 두른 하녀가 문을 열었다. 그는 어렴풋이 시칠리아 출신이 아닐까 생각했다. 그녀는 흰 이를 드러내며 그를 맞아들이고, 그의 질문에 모르겠다며 고개만 젓고는 좁은 복도를 지나 벽난로가 지펴진 낮은 응접실로 안내했다. 응접실에는 아무도 없었고, 밖으로 나간 하녀가 시간이 꽤 지나도 오지 않자 그는 주인을 찾으러 간 걸까 아니면 자기가 온 이유를 전혀 모르는 걸까 하다가 아마도 시계 태엽을 감으러 간 모양이라고 생각했다. 그가 이 집에서 본 유일한 시계가 멈춰 있었기 때문이다. 그는 남유럽 사람들이 팬터마임 같은 언어로 의사소통을 한다는 걸 알았지만, 그녀의 어깻짓과 미소의 의미를 전혀 이해할 수 없어 당황스러웠다. 마침내 하녀가 램프를 들고 돌아오자 아처는 그 사이에 단테와 페트라르카[1]의 문구들을 조합해서 만든 질문으로 〈라 시뇨라 에 푸오리. 마 베라 수비토 *La signora è fuori. Ma verrà subito*〉라는 대답을 이끌어 냈고, 그것을 〈마님은 외출 중입니다. 하지만 곧 돌아올 겁니다〉라는 뜻으로 이해했다.

그 사이에 그가 램프 불빛 아래 본 것은 그가 아는 어떤 방과도 다른 퇴락하고 그늘진 매력이었다. 그는 올렌스카 백작 부인이 얼마간의 소유물 — 그녀의 표현에 따르자면 난파의 잔해 — 을 가지고 왔다는 걸 알았고, 그것은 바로 이 검은 목재로 만든 작고 가녀린 탁자들과 벽난로 선반에 놓인 섬세한 그리스 청동 조각상, 그리고 색 바랜 벽지에 못으로 고정시키고 그 위에 이탈리아 분위기의 그림 두 점을 걸어 놓은 붉은 다마스크 천이 대표해 주는 것 같았다.

뉴랜드 아처는 이탈리아 미술에 대한 지식에 자부심을 품고 있었다. 소년 시절 러스킨에 물들었으며, 존 애딩턴 시먼즈,[2] 버넌 리[3]의 『에우포리온』, P. G. 해머튼[4]의 수필들, 월터 페이터[5]의 멋진 신작 『르네상스』 같은 최신 서적들까지 모두 읽었다. 그는 보티첼리[6]를 논하는 데 아무런 어려움이 없었고, 안젤리코 수도사[7]에 대해 말할 때는 살짝 오만해졌다. 하지만 그 방의 그림들은 이해하기 어려웠다. 이탈리아 여행 때 그의 눈이 익숙하게 다가서던 (그래서 볼 수 있었던) 그림들과는 전혀 달랐기 때문이다. 하지만 어쩌면 주인 없는 낮

1 단테 알리기에리(1265~1321)와 프란체스코 페트라르카(1304~1374). 이루어질 수 없는 이상적 사랑을 노래한 이탈리아의 시인들.
2 영국의 시인(1840~1893)이자 미술사가.
3 프랑스 소설가이자 미학 이론가인 비올레 파제(1856~1935)의 가명.
4 필립 길버트 해머튼(1834~1894). 영국의 미술 비평가이자 수필가.
5 영국 비평가(1839~1894). 보티첼리와 레오나르도 다 빈치 같은 미술가를 비평한 『르네상스 역사 연구』(1873)를 출간했다.
6 산드로 보티첼리(1445년경~1510). 이탈리아 화가.
7 이탈리아의 화가이자 도미니쿠스 수도회 수도사(1400년경~1455).

선 집, 아무도 자기를 기다리지 않는 것 같은 집에 와 있는 기이한 상황 때문에 그의 관찰 능력이 손상되었는지도 몰랐다. 그는 메이 웰랜드에게 올렌스카 백작 부인이 자신을 불렀다는 이야기를 말하지 않은 것을 후회했고, 혹시 메이가 사촌 언니를 만나러 올 수도 있다고 생각하니 약간 당혹스러운 걱정도 들었다. 그가 저물녘에, 이렇듯 친밀함을 암시하는 분위기로 여자의 집 벽난로 앞에 혼자 앉아 기다리는 걸 보면 그녀가 뭐라고 생각할 것인가?

하지만 일단 왔으니 기다려 보기로 했다. 그리고 의자에 몸을 깊이 묻고 장작들 쪽으로 다리를 뻗었다.

그런 식으로 사람을 부르고 그 사실을 잊었다는 건 이상했지만, 아처는 모욕감보다는 호기심이 더 크게 느껴졌다. 그 방의 분위기는 그가 들어가 본 어느 방과도 크게 달라서 자의식은 모험심 속에 자취를 감췄다. 붉은 다마스크 천이 벽에 걸리고 그 위에 〈이탈리아 화파〉의 그림이 걸린 응접실이 처음은 아니었다. 그를 사로잡은 것은 팜파스 풀[8]과 로저스 조각상[9]이 황폐한 배경을 이룬 메도라 맨슨의 초라한 임대 주택이, 새로운 주인에 의해 몇 개의 살림이 솜씨 좋게 배치되었다는 사실만으로, 옛 시대의 로맨틱한 장면과 감정을 미묘하게 불러일으키는 아늑하고 〈이국적인〉 공간으로 변했다는 사실이었다. 그는 어떻게 그런 일이 가능한지 분석해 보려고 의자와 탁자들의 배치법을 살펴보고, 팔꿈치 옆에 놓인 길고 가는 꽃병에 (누구도 열두 송이 아래로는 사지 않는) 자크미노 장미[10]가 딱 두 송이 꽂혀 있다는 사실에 주목하고, 방

---

8 남아메리카 원산으로, 은빛을 띠며 3~4미터 이상 자라는 장식용 풀.
9 존 로저스(1829~1904)는 미국의 조각가로 감상적인 내용의 풍속 군상을 팔아 성공을 거두었다.

안을 희미하게 떠도는 향기, 손수건에 뿌리는 종류의 향기가 아니라 머나먼 동방 시장에서 나는 듯한 냄새, 터키 커피와 용연향과 마른 장미로 만든 듯한 냄새를 음미해 보았다.

그의 생각은 결혼 후 메이가 꾸밀 응접실은 어떨까 하는 데까지 이르렀다. 그는 〈씀씀이가 후한〉 웰랜드 씨가 이미 동부 39번가의 신축 주택 한 채를 점찍어 두고 있다는 걸 알았다. 위치도 너무 멀게 느껴졌고, 석재도 갈색 사암 건물이 온 뉴욕을 차가운 초콜릿 소스처럼 뒤덮는 것에 대한 반발로 젊은 건축가들이 쓰기 시작한 창백한 녹황색 돌이었지만 수도 시설은 훌륭했다. 아처는 집을 구하는 일은 뒤로 미루고 먼저 여행을 하고 싶었다. 하지만 웰랜드가는 장기간의 유럽 신혼여행은 (나아가 이집트에서 겨울을 나는 것까지는) 허락해도 여행을 마치고 돌아왔을 때 집이 있어야 한다는 생각에는 변함이 없었다. 젊은이는 자기 운명이 봉인되었다고 느꼈다. 남은 인생 동안 그는 매일 저녁 양옆에 주철 난간이 달린 녹황색 계단을 올라 폼페이식 현관 객실[11]을 지난 뒤 노랗게 니스를 바른 나무 징두리 판[12]으로 둘린 복도로 들어설 것이다. 하지만 그의 상상은 여기서 그쳤다. 2층의 응접실에 돌출 창이 있다는 것은 알았지만, 메이가 그것을 어떻게 다룰지는 짐작할 수 없었다. 그녀는 웰랜드가 응접실의 자주색 공단과 노란 술 장식을 기쁘게 받아들여서, 모조 불 상감 세공 탁자들과 모던 삭스[13]를 가득 넣은 금박 유리 캐비닛도 꺼

10 프랑스 군인 J. F. 자크미노(1787~1865)의 이름을 딴 붉은 장미.

11 폼페이 폐허에서 발굴된 집을 따라 만들어진 방. 뉴랜드가 결혼한 뒤 살 곳으로 상상하는 집은 시간 속에 멈추어 버린 집을 모형으로 삼고 있다. 이러한 언급은 뉴랜드가 화산재가 폼페이 주민을 묻었듯 결혼이 자신을 묻을 것을 두려워한다는 것을 보여 준다.

12 벽의 아랫부분을 덮는 판으로 높이는 최대 90센티미터 정도까지 이른다.

리지 않았다. 그녀가 자기 집과 다른 분위기를 원할 거라고 생각할 근거는 전혀 없었고, 그의 유일한 위안은 그녀가 서재만큼은 그의 마음대로 꾸미게 해줄 거라는 것이었다. 그는 물론 그곳은 〈진정한〉 이스트레이크 가구[14]와 유리문이 없는 단순한 새 책장들로 꾸밀 것이다.

가슴이 큰 하녀가 들어와서 커튼을 친 뒤 장작 한 개비를 뒤로 밀고는 위로하듯이 〈베라, 베라*Verrà Verrà*〉[15]라고 말했다. 하녀가 나가자 아처는 일어서서 방 안을 서성거렸다. 계속 기다려야 할까? 그의 처지가 조금 우스워지고 있었다. 어쩌면 자신이 마담 올렌스카의 말을 잘못 들었는지도 모른다. 그러니까 그녀가 오라는 말을 하지 않았는지도 모른다.

조용한 거리를 덮은 자갈길 위로 스테퍼[16]의 발굽 소리가 울렸다. 발굽 소리가 집 앞에 멈추는가 싶더니 마차 문을 여는 소리가 들렸다. 그는 커튼을 열고 초저녁의 어스름을 내다보았다. 가로등 불빛 아래 커다란 얼룩무늬 말이 끄는 줄리어스 보퍼트의 영국식 브루엄 마차가 보였다. 보퍼트가 마차에서 내려 마담 올렌스카가 내리는 걸 도와주었다.

보퍼트는 모자를 손에 들고 선 채로 뭐라고 말을 했는데, 그녀는 별로 수긍하지 않는 눈치였다. 그러더니 악수를 한 뒤 그는 마차에 올라탔고 그녀는 현관 계단을 올라왔다.

그녀는 응접실에 아처가 있는 걸 보고도 전혀 놀라지 않았다. 놀라움이란 그녀에게서 가장 멀리 떨어진 감정 같았다.

13 독일 드레스덴 근처에서 만든 고급 도자기인 올드 삭스의 모방품.
14 찰스 로크 이스트레이크(1836~1906)는 영국의 건축가로 19세기 말에 이 이름은 빅토리아풍 취향을 나타내는 친숙한 어휘가 되었다.
15 이탈리아어로 〈곧 올 것이다〉라는 뜻.
16 뽐내는 동작으로 걷는 말.

「이 별난 집을 어떻게 생각해요?」 그녀가 물었다. 「나한테는 천국 같아요.」 그녀는 이렇게 말하면서 작은 벨벳 보닛을 풀어서 긴 망토와 함께 치워 둔 뒤 진지한 눈길로 그를 바라보았다.

「멋지게 배치해 놓으셨네요.」 그는 이 말의 진부함을 알았지만, 간단하면서도 강한 인상을 주고자 하는 욕망에 사로잡혀 판에 박힌 대답을 했다.

「초라한 곳이에요. 우리 식구들은 이 집을 싫어해요. 하지만 그래도 밴 더 루이든가처럼 우중충하지는 않죠.」

이 말은 그에게 전기 충격처럼 다가왔다. 밴 더 루이든가의 대저택을 우중충하다고 말할 수 있을 만큼 당돌한 사람은 찾아보기 쉽지 않기 때문이다. 그곳을 방문할 특권을 허락받은 사람들은 몸을 떨면서 〈웅장하다〉고 말했다. 하지만 그는 돌연 사람들이 몸을 떠는 이유를 그녀가 끄집어 말해 준 것이 기뻤다.

「보기 좋은데요. 이 집을 꾸며 놓은 모습 말이에요.」 그가 다시 말했다.

「나는 이 작은 집이 좋아요.」 그녀가 인정했다. 「하지만 정말 좋은 건 내가 기쁘게도 여기, 그러니까 우리나라, 우리 동네에 있다는 거고, 그 안에 혼자 있다는 거예요.」 그녀가 너무 조그맣게 말해서 마지막 몇 마디가 제대로 들리지 않았지만, 그는 어색한 마음에 그 말을 받았다.

「혼자 있는 게 좋다고요?」

「네, 친구들이 있어서 외로움을 느끼지 않을 수 있다면요.」 그녀는 벽난로 앞 의자에 앉아서 〈나스타시아가 차를 가져올 거예요〉 하고 말한 뒤, 그에게 안락의자에 다시 앉으라고 손짓하며 덧붙였다. 「벌써 마음에 드는 자리를 만들어 놓은 것 같네요.」

그녀는 두 팔을 머리 뒤에 대고 등받이에 기댄 뒤 살짝 감긴 듯한 눈으로 벽난로 불을 들여다보았다.

「나는 이 시간이 제일 좋아요. 아처 씨는요?」

그는 체면을 잃지 말아야 한다는 생각에 이렇게 대답했다. 「혹시 시간을 잊었나 했습니다. 보퍼트하고 아주 재미있었던 모양이네요.」

그녀는 재미있다는 표정이 되었다. 「오래 기다렸어요? 보퍼트 씨와 함께 집을 좀 보러 다녔어요. 여기 오래 지내지 못할 것 같아요.」 그녀는 보퍼트도 아처도 다 잊은 듯한 표정이 되더니 다시 말했다. 「〈데 카르티에 젝상트리크〉[17]에 사는 걸 이렇게 싫어하는 도시는 처음이에요. 어디 사는지가 무슨 상관이죠? 여기는 점잖은 동네라고 들었는데 말이에요.」

「세련되지는 않았죠.」

「세련이요! 정말 모두가 그걸 그렇게 중요하게 여기는 거예요? 각자 자기 방식대로 세련될 수는 없는 건가요? 하지만 내가 너무 남의 간섭 없이 살아온 탓인지도 모르겠어요. 어쨌건 나는 여기 사람들과 다름없이 살고 싶어요. 사랑과 안온함을 느끼면서요.」

그는 전날 저녁 그녀가 자신에게는 다른 사람의 가르침이 필요하다고 말했을 때처럼 감동받았다.

「당신 친구들도 모두 그걸 원해요. 뉴욕은 지독하게 안전한 곳이죠.」 그는 약간의 냉소를 비치며 말했다.

「그래요. 느낄 수 있어요.」 그녀는 그의 비아냥거림을 알아차리지 못하고 외치듯 말했다. 「여기 있는 건 마치 어린 소

17 *des quartiers excentriques*. 프랑스어로 도시 중심부에서 멀리 떨어진 외딴 구역을 말한다. 흔히 예술가나 학생들이 거주한다.

녀가 말 잘 듣고 숙제를 다해서 휴가를 허락받은 것 같아요.」

그건 좋은 뜻으로 한 비유지만 그의 마음에 썩 들지는 않았다. 그 자신이 뉴욕을 가볍게 대하는 건 괜찮았지만, 다른 사람이 똑같은 태도를 취하는 건 별로 좋지 않았다. 그는 그녀가 뉴욕이 얼마나 강력한 힘을 가진 엔진인지, 또 이곳이 어떻게 그녀를 거의 박살내려 했는지 아직도 모르고 있는 게 아닌가 싶었다. 러벌 밍곳가의 저녁 모임이 〈막판에 이르러서〉 온갖 잡동사니 인사를 긁어모아 때워졌다는 사실을 통해서 그녀는 자신이 얼마나 아슬아슬하게 재난을 면했는지를 깨달았어야 했다. 하지만 그녀는 재난이 자신에게 다가왔다는 사실 자체를 모르거나 아니면 밴 더 루이든가의 성공적인 저녁 모임 때문에 그걸 잊은 것 같았다. 아처는 앞쪽일 가능성이 더 높다고 보았다. 그녀에게 뉴욕은 아직도 완전히 미분화된 곳이라는 생각이 들었고, 그런 추측은 그의 마음을 불편하게 했다.

「어젯밤에 온 뉴욕이 마담 앞에 선을 보였습니다. 밴 더 루이든 부부는 어떤 일이건 어중간하게 하는 법이 없으니까요.」 그가 말했다.

「그래요, 정말 친절하신 분들이에요! 파티도 좋았고요. 모두가 그분들을 좋게 보는 것 같아요.」

그건 적합한 어휘라고 할 수 없었다. 그런 말은 래닝 자매의 다과회에 대해서나 할 수 있는 말이었다.

「밴 더 루이든 부부는 뉴욕 사회에서 가장 영향력이 강한 분들입니다. 불행하게도 부인의 건강 때문에 사람들과 교류하는 일이 매우 드물지만요.」 아처가 다소 거만하게 말했다.

그녀는 머리 뒤에서 깍지 꼈던 손을 풀고 진지한 표정으로 그를 보았다.

「혹시 그게 이유인 건 아닐까요?」

「그게 이유라니요?」

「영향력이 강한 이유요. 그렇게 사람들 앞에 모습을 잘 안 나타내는 게요.」

그는 살짝 얼굴을 붉히고 그녀를 보았다. 그러고는 그녀의 말에 담긴 통찰력을 깨달았다. 그녀가 가한 일침에 밴 더 루이든 부부는 무너졌다. 그는 웃고 그들을 희생 제물로 바쳤다.

나스타시아가 차와 손잡이 없는 일본식 잔과 뚜껑이 덮인 작은 접시를 쟁반에 가져와서 낮은 탁자에 내려놓았다.

「하지만 아처 씨가 나한테 이런 일을 설명해 줘야 돼요. 내가 알아야 할 것들을요.」 마담 올렌스카가 몸을 기울여 찻잔을 건네며 말했다.

「내게 그런 걸 일러 줄 사람, 너무 오랫동안 봐서 보고도 모르게 된 것들을 다시 보게 해줄 사람은 당신이에요.」

그녀는 팔찌에 달린 작은 금 담뱃갑을 떼어서 그에게 내밀고 자신도 담배를 집어 들었다. 벽난로 선반에는 담뱃불을 붙이는 데 쓰는 가늘고 긴 나무 조각들이 있었다.

「그런 다음에는 서로가 도울 수 있겠죠. 하지만 나한테 훨씬 더 많은 도움이 필요해요. 내가 어떻게 해야 하는지 말해 줘요.」

그의 혀끝에 〈사람들 보는 데서 보퍼트하고 같이 마차를 타고 다니지 말아요……〉라는 말이 맴돌았지만, 그는 이 방의 분위기, 그러니까 그녀의 분위기에 깊이 매혹되어 있어서, 지금 그런 조언을 한다는 건 사마르칸트[18]의 장미유를 기대하는 사람에게 뉴욕의 겨울에는 방한 고무 덧신이 필수라는 말을 하는 것과 같다는 느낌이 들었다. 뉴욕이 오히려 사마

18 중앙아시아의 고대 도시로, 향수로 유명하다.

르칸트보다 더 멀리 떨어져 있는 것 같았고, 그들이 정말로 서로를 돕게 되었다면 그 상호 부조의 첫걸음은 그에게 이렇게 자신이 태어난 도시를 객관적으로 보게 하는 것으로 시작했다고도 할 수 있을 것이다. 그렇게 보니 망원경을 거꾸로 본 것처럼 뉴욕은 당혹스러울 만큼 작고 멀게 느껴졌다. 하지만 사마르칸트에서 보면 그럴 수밖에 없을 것이다.

벽난로 장작에서 불꽃이 튀었고, 그녀는 난로 위로 몸을 굽혀 가느다란 손을 뻗었다. 불에 가까워지자 타원형 손톱들 위로 희미한 후광이 빛났다. 그 빛은 총총히 땋은 뒷머리에서 살짝 풀려 나온 검은 곱슬머리를 적갈색으로 물들였고, 그녀의 창백한 얼굴을 더욱 창백하게 보이게 했다.

「당신이 어떻게 해야 하는지 가르쳐 줄 사람은 많아요.」 아처는 그들에게 막연한 부러움을 느끼며 이렇게 대답했다.

「아, 우리 고모하고 숙모들이요? 사랑하는 우리 할머니요?」 그녀는 객관적으로 그들을 생각해 보았다. 「그분들은 나 때문에 화가 나 있어요. 내가 따로 나와 살겠다고 해서요. 특히 할머니가요. 할머니는 나를 곁에 두고 싶어 하시거든요. 하지만 나는 자유가 필요해요.」 무시무시한 캐서린을 그렇게 가볍게 말한다는 게 자못 놀라웠고, 또 어떤 일들이 마담 올렌스카에게 이토록 외로운 자유를 갈망하게 했을까 하는 생각이 들자 가슴이 뭉클해지기도 했다. 하지만 보퍼트를 생각하면 마음이 불편해졌다.

「무슨 말씀인지 알겠어요. 그래도 가족은 조언을 해줄 수 있죠. 다른 점을 설명해 주고 방법도 일러 주고.」 그가 말했다.

그녀는 검고 가는 눈썹을 추켜올렸다. 「뉴욕은 그렇게나 미로인가요? 나는 그냥 곧게 뻗은 길이라고 생각했어요. 5번 대로처럼 말이에요. 그리고 그것과 교차하는 무수한 다른 길들처럼요!」그녀는 희미한 반감을 감지한 듯한 모습을 보이더니, 온 얼굴에 매혹을 뿌리는 보기 드문 미소를 띠고 덧붙였다. 「나는 그런 게 좋아요. 곧게 뻗은 것 말이에요. 그리고 모든 것에 정직한 이름이 달렸으면 좋겠어요!」

그는 기회를 잡았다. 「사물들의 이름은 제대로 달렸습니다. 사람들이 안 그렇죠.」

「그런지도 몰라요. 내가 모든 걸 너무 단순하게 생각하는지도 몰라요. 하지만 그러면 당신이 미리 일러 줘요.」그녀는 불에서 고개를 돌려 그를 보았다. 「내 말을 이해하고 나한테 세상일을 일러 줄 수 있을 것 같은 사람은 딱 두 분이에요. 당신하고 보퍼트 씨요.」

아처는 보퍼트와 한데 묶이는 일에 순간 거부감이 들었지만, 얼른 생각해 보니 그 말뜻이 이해되고 공감되고 또 연민이 느껴졌다. 사악한 힘들과 너무도 가까운 곳에서 살았기 때문에, 그녀는 아직도 그런 공기가 더 숨쉬기 편하다고 느낄 것이다. 하지만 그녀가 아처도 자신을 이해하는 것 같다고 말했으니, 이제 그가 할 일은 그녀가 보퍼트의 실체와 평판을 깨닫고 그를 혐오하게 만드는 것이었다.

그는 온화하게 대답했다. 「이해합니다. 하지만 처음에는 당신의 오랜 친구들의 손을 놓지 말아요. 그러니까 캐서린 할머니와 웰랜드 부인, 밴 더 루이든 부인 같은 나이 드신 여자 분들 말이에요. 그분들은 마담을 좋아하고 돕고 싶어 해요!」

그녀는 고개를 젓고 한숨을 쉬었다. 「나도 알아요, 알아! 하지만 불쾌한 이야기는 듣지 않는다는 조건 아래서죠. 웰랜드 고모가 바로 그렇게 말했어요……. 여기는 진실을 알고 싶어 하는 사람이 아무도 없나요, 아처 씨? 정말로 외로운 건 내 곁에 있는 다정한 분들이 모두 내게 거짓 시늉을 하라는 말밖에 하지 않는다는 거예요!」 그녀는 두 손으로 얼굴을 덮었고, 흐느낌 속에 그녀의 가는 어깨가 떨렸다.

「마담 올렌스카! 아, 그러지 말아요, 엘렌.」 그가 소리치며 일어나서 그녀를 향해 몸을 굽혔다. 그는 그녀의 한 손을 얼굴에서 떼어서 아이 손처럼 움켜쥐고 문지르며 뭐라고 위로의 말을 했지만, 그녀는 곧 손을 잡아 빼고 젖은 속눈썹으로 그를 올려다보았다.

「여기서는 울지도 않나요? 천국이라면 그럴 필요가 없기는 하겠죠.」 그녀가 웃으며 헝클어진 머리를 매만지고 찻주전자 위로 몸을 굽혔다. 아처의 의식 속에 자신이 그녀를 〈엘렌〉이라고 불렀다는 사실이 또렷이 새겨졌다. 그것도 두 번이나. 하지만 그녀는 알아차리지 못했다. 뒤집힌 망원경 끝에 메이 웰랜드의 하얀 모습이 어렴풋이 보였다, 뉴욕을 배경으로.

나스타시아가 불쑥 고개를 디밀고 끝없이 이탈리아어를 쏟아 냈다.

마담 올렌스카가 다시 머리카락에 손을 대고 〈자, 자*Già, già*〉[19]라고 짧은 승낙의 말을 전하자, 세인트 오스트리 공작이 거대한 검은색 가발에 출렁이는 모피와 붉은 깃털로 치장한 여자를 데리고 들어왔다.

「백작 부인, 내 옛 친구 스트러더스 부인을 소개해 드리고 싶어서 왔소. 스트러더스 부인은 어제 모임에 초대받지 못했는데 마담하고 인사를 나누고 싶어 해요.」

공작은 모두에게 미소를 지었고, 마담 올렌스카는 앞으로 나가 이 기이한 한 쌍을 조용히 반겨 맞았다. 그녀는 이 두 사람이 함께 있는 게 얼마나 이상한지도, 공작이 그녀를 데

19 이탈리아어로 〈그래, 물론이야〉.

려온 게 얼마나 결례인지도 모르는 것 같았다. 그리고 공작을 옹호해 주자면, 그 자신도 그것을 모르는 것 같았다.

「정말이에요. 마담을 만나고 싶었어요. 나는 젊고 흥미롭고 매력적인 사람은 누구나 만나고 싶어요. 그리고 공작께 들으니 마담이 음악을 좋아하신다고요. 맞죠, 공작님? 피아노를 잘 치신다고 들었어요. 내일 우리 집에서 사라사테[20]가 피아노를 연주하는데 들어 볼 생각 있어요? 우리 집에서는 일요일 저녁마다 이런저런 모임을 한답니다. 일요일 저녁이면 뉴욕 사람들은 뭘 해야 할지 모르잖아요. 그래서 나는 말하죠. 우리 집에 오면 즐거운 일이 있다고요. 그리고 사라사테라면 마담의 마음이 움직일 거라고 공작께서 말했어요. 친구도 많이 사귈 수 있을 거예요.」 스트러더스 부인이 화려한 깃털과 요란스러운 가발에 어울리게 낭랑하게 울리는 목소리로 말했다.

마담 올렌스카의 얼굴이 기쁨으로 환하게 밝아졌다. 「아, 고마워요! 저를 생각해 주시다니 감사합니다, 공작님. 물론 가고 싶고말고요.」 그녀가 의자를 차 탁자 앞에 내놓자 스트러더스 부인이 즐거운 표정으로 앉았다.

「좋아요. 그리고 이 젊은 신사분도 같이 모시고 오세요.」 스트러더스 부인이 아처에게 아주 다정하게 손을 내밀었다. 「이름은 모르겠지만 만난 적은 있을 거예요. 내가 안 만난 사람은 없으니까요. 여기서든 파리에서든 런던에서든. 혹시 외교관이신가요? 외교관들은 모두 나를 만나죠. 음악은 좋아하시나요? 공작님, 이분도 꼭 모시고 오세요.」

공작이 수염 속에 파묻힌 입으로 〈그러지요〉라고 말했고, 아처는 세 사람에게 돌아가며 뻣뻣하게 인사를 하고 물러났

20 파블로 드 사라사테(1844~1908). 스페인의 바이올린 겸 피아노 연주자.

다. 무심한 어른들 틈에 낀 자의식 강한 학생이 된 것처럼 몸
이 굳었다.

그는 자신의 방문이 〈대단원〉을 맞은 게 안타깝지 않았다.
그저 대단원이 좀 더 빨리 왔다면 특정한 감정의 낭비가 없
었을 거라는 생각뿐이었다. 겨울밤 속으로 나서자 뉴욕은 다
시 거대하고 긴박하게 다가왔다. 메이 웰랜드는 그 안에서
가장 사랑스러운 처녀였다. 그는 그녀에게 그날 치의 은방울
꽃을 보내려고 꽃집에 들렀다. 어찌된 일인지 그날 아침 그
는 그 일을 잊었다.

명함에 글을 쓰고 봉투를 기다리면서 화초로 가득 찬 가
게를 둘러보는데 노란 장미[21] 다발이 눈에 들어왔다. 그렇게
햇살 같은 장미는 본 적이 없었고, 그는 메이에게 은방울꽃
대신 그 장미를 보내야겠다는 생각이 들었다. 하지만 그 꽃
은 메이와 어울리지 않았다. 그 아름다움은 너무 풍성하고
너무 강렬했다. 그는 갑자기 마음이 변해서, 자기도 모르는
새, 꽃집 점원에게 상자를 하나 더 주문하고 거기 장미를 넣
으라고 손짓한 뒤, 두 번째 봉투에 명함을 넣고 그 위에 올렌
스카 백작 부인의 이름을 적었다. 하지만 돌아서는 순간 명
함을 꺼내고 상자 안에 빈 봉투만 넣었다.

「바로 보낼 수 있죠?」 그가 장미를 가리키며 물었다.

꽃집 점원은 그렇다고 대답했다.

21 19세기 꽃말 책에 따르면, 노란 장미는 부정(不貞)이다.

10

다음 날 그는 메이를 설득해서 점심 식사 후에 잠시 공원으로 산책을 나갔다. 옛 뉴욕 감독교회의 관습을 따라서 메이도 일요일 오후면 부모님과 함께 교회에 갔다. 하지만 그날 아침 웰랜드 부인은 메이에게 약혼 시기를 길게 갖고 그 사이에 적절한 개수의 자수 침구를 마련해야 한다는 사실을 설득시켰기 때문에 메이가 교회에 빠지는 걸 허락했다.

유쾌한 날이었다. 산책로를 따라 늘어선 나무들의 앙상한 가지 사이로 하늘이 청금석처럼 반짝였고, 가지 위에 쌓인 눈은 깨진 크리스털 조각처럼 반짝였다. 날씨는 메이를 더욱 빛나게 했고, 그녀는 서리 맞은 어린 단풍나무처럼 빨갛게 타올랐다. 아처는 그녀를 돌아보는 사람들의 눈길이 자랑스러웠고, 그녀를 소유했다는 기쁨으로 마음 한구석의 혼돈을 물리쳤다.

「얼마나 기분 좋은지 몰라요. 아침마다 은방울꽃 향기를 맡으며 깨어난다는 게요!」

「어제는 늦게 갔지. 아침에 시간이 없어서…….」

「하지만 그게 정기 주문이 아니라 당신이 아침마다 잊지 않고 보내 준다는 게 더 좋아요. 그리고 매일 아침 딱 정해진 시간에 온다는 것도요. 꼭 음악 선생님 같아요. 그러니까 거트루드 레퍼츠의 음악 선생님이 그랬대요. 거트루드가 로렌스하고 약혼했을 때요.」

「아, 그랬겠지.」 아처는 그녀의 예리한 말에 웃었다. 그리고 곁눈으로 그녀의 과일 같은 두 뺨을 보니 마음이 여유롭고도 편해져서 말을 덧붙였다. 「어제 오후에 꽃집에 예쁜 장미가 있길래 마담 올렌스카에게 보냈어. 괜찮은 일이겠지?」

「당신 너무 멋져요! 언니는 그런 걸 좋아해요. 그런데 언니가 왜 나한테 그 이야기를 안 했는지 이상하네요. 오늘 언니가 우리 집에서 점심을 먹었는데, 보퍼트 씨가 멋진 난초를 보냈고 헨리 밴 더 루이든 씨가 스쿠이터클리프에서 가져온 카네이션 바구니를 보냈다는 이야기를 했거든요. 꽃을 받는 일이 언니한테는 아주 놀라운가 봐요. 유럽 사람들은 꽃을 안 보내나요? 언니는 우리 풍습이 아주 좋은 것 같다고 그랬어요.」

「아, 보퍼트의 꽃 때문에 눈에 안 들어온 모양이네.」 아처가 기분이 나빠져서 말했다. 하지만 그러고 보니 자신이 장미에 명함을 넣지 않았다는 사실이 기억나서, 애초에 이 이야기를 꺼냈다는 데 화가 났다. 그는 〈어제 사촌 언니의 집에 갔어〉라고 말하고 싶었지만 머뭇거렸다. 마담 올렌스카가 이야기를 하지 않았는데, 자기가 말한다면 어색할 것 같았다. 그렇다고 아무 말도 안 한다면 그 일에 비밀스러운 분위기를 드리우게 되는데 그것 또한 그가 좋아하는 일이 아니었다. 이런 의문을 떨치기 위해서 그는 그들의 계획, 그들의 미래, 그리고 약혼 기간을 길게 가져야 한다는 웰랜드 부인의 주장으로 이야기를 돌렸다.

「그게 꼭 길다고는 할 수 없어요! 이자벨 치버스하고 레지는 약혼 2년 만에 결혼했고, 그레이스하고 솔리는 1년 반이 다 지난 뒤에야 했는걸요. 그냥 이대로 있는 건 안 좋은가요?」

전통적으로 처녀는 그렇게 질문하게 되어 있었고, 그는 그런 일을 유난히 유치하게 여기는 자신이 부끄럽게 느껴졌다. 그녀는 그저 배운 것을 반복해 말하는 것뿐이었다. 하지만 그녀는 스물두 살 생일이 멀지 않았다. 그는 〈양갓집〉 여자들은 몇 살이 되어야 자기 말을 하게 될까 하는 의문이 들었다.

〈몇 살이 되어도 불가능할 거야, 우리가 허락해 주지 않는다면.〉 그는 그렇게 생각하다가 실러턴 잭슨 씨에게 〈여자들도 우리만큼 자유를 누려야 해요〉 하고 외친 일이 떠올랐다.

이제 이 처녀의 눈을 감싼 붕대를 벗기고, 세상을 똑바로 보게 하는 게 그의 당면 과제가 될 것이다. 하지만 그녀를 만드는 데 공헌한 수없이 많은 세대의 여자들은 그렇게 눈에 붕대가 감긴 채 가족무덤까지 갔다. 과학 책에서 읽은 새로운 사상들과 널리 인용되는 켄터키 동굴 고기 — 눈을 쓸 필요가 없어서 눈이 없어졌다 — 의 예가 떠오르자 그는 잠시 몸이 떨렸다. 그가 메이 웰랜드에게 눈을 뜨라고 했는데, 그 눈이 그저 공허하게 바라본다면 어떻게 할 것인가.

「우리는 결혼하면 더 좋을 수 있어. 언제나 함께 있을 수 있고 여행도 할 수 있고.」

그녀의 얼굴이 밝아졌다. 「그건 참 좋을 것 같아요.」 그녀가 자신은 여행을 좋아한다고 털어놓았다. 하지만 그렇게 남들과 다르게 행동하려고 하는 걸 어머니는 이해하지 못할 거라고 했다.

「그러니까 단순히 〈남들과 다르다〉는 게 이유인 거잖아!」 아처는 태도를 굽히지 않았다.

「뉴랜드, 당신은 정말 독특한 사람이에요!」 그녀가 기뻐하며 소리쳤다.

뉴랜드는 가슴이 덜컹했다. 자신이 하고 있는 말은 모두 이런 처지의 젊은 남자가 해야 한다고 여겨지는 말이었고, 그녀가 하는 대답 또한 본능과 전통이 가르쳐 준 말들이었기 때문이다. 그를 독특한 사람이라고 하는 것까지 말이다.

「독특하다고! 우리는 종이 한 장을 접어서 오려 낸 인형들처럼 모두가 똑같아. 벽지의 무늬 같다고. 우리 둘이서 앞서 나갈 수는 없을까, 메이?」

그는 말을 멈추고 흥분한 채 그녀를 보았고, 그녀의 두 눈은 그에게 맑고 순수한 존경을 담아 보냈다.

「그러면 같이 도망갈까요?」 그녀가 웃었다.

「당신이 원한다면.」

「당신이 얼마나 나를 사랑하는지 알겠어요, 뉴랜드! 나는 정말 행복해요.」

「하지만 여기서 조금 더 행복해지면 안 될까?」

「그렇다고 소설에 나오는 사람들처럼 행동하면 안 되잖아요?」

「왜 안 되지, 왜, 왜?」

그녀는 그의 집요함에 약간 싫증이 난 것 같았다. 그녀는 그런 행동을 하면 안 된다는 걸 잘 알았지만, 그 이유를 댄다는 건 번거로운 일이었다. 「나는 당신하고 논쟁할 만큼 똑똑하지 않아요. 하지만 그런 일은 좀 저속한 일 아닌가요?」 그녀가 그 이야기를 끝낼 확실한 표현을 찾은 데 안심하면서 말했다.

「저속해지는 게 그렇게 두려워?」

이 질문에 그녀는 눈에 띌 만큼 당황했다. 「물론 싫죠. 당신도 그럴 테고요.」 그녀는 기분이 좀 상한 것 같았다.

그는 말없이 서서 지팡이로 구두 위를 톡톡 두드렸다. 그녀는 이 논의를 끝낼 방법을 찾았다고 생각하며 가볍게 말을 이었다. 「내가 엘렌한테 반지를 보여 주었다는 이야기를 했나요? 이렇게 예쁜 세공은 처음이래요. 라 페 거리[1]에도 이런 건 없대요. 뉴랜드, 이렇게 멋진 예술 감각을 가진 당신이 정말 좋아요!」

다음 날 오후, 아처가 저녁 식사 전에 서재에 앉아 우울하게 담배를 피우는데 제이니가 들어왔다. 그는 부유한 뉴욕 사람들이 흔히 그렇듯 법률 사무소에서 유유자적하게 일했는데, 그날은 집으로 돌아오는 길에 클럽에 들르지 않았다. 그는 침울했고 화도 좀 났고, 날마다 같은 시간에 같은 일을 한다는 데 질려 있었다.

「똑같아, 똑같아!」 그가 중얼거렸다. 그 말이 비난의 노래처럼 머릿속을 울리는데, 판유리 앞에 낯익은 운두 높은 모자 차림의 사람들이 어른거렸다. 그가 평소와는 달리 클럽에 들르지 않고 바로 집으로 왔기 때문이었다. 그는 그들이 무슨 이야기를 할지뿐 아니라 각자 어떤 역할을 맡아 이야기를 진행시킬지도 알았다. 당연히 공작 이야기가 주요한 화제일 것이다. 하지만 금발 머리 여자가 다리 짧은 두 마리 말이 끄는 진노랑 마차[2](사람들은 대개 그게 보퍼트와 관련된 물건이라고 여겼다)를 타고 5번 대로에 나타났다는 사실도 자세히 논의될 것이다. 〈그런 여자들〉(사람들은 그렇게 불렀다)은 뉴욕에 드물었고, 그중에 자기 마차를 소유한 사람은 더

1 파리의 패션 거리.
2 마차에 탄 〈금발 머리 여자〉가 보퍼트의 정부인 패니 링이라는 것을 암시한다.

욱 드물었기 때문에, 패니 링 양이 사교 시간에 5번 대로에 나타났다는 사실은 사교계에 큰 파문을 일으켰다. 그 바로 하루 전날 그녀의 마차가 러벌 밍곳 부인의 마차 곁을 지나갔는데, 밍곳 부인은 즉시 옆에 있는 종을 울려서 마부에게 바로 집으로 돌아가자고 명령했다. 「밴 더 루이든 부인에게 그런 일이 일어났다면 어쩔 뻔했어?」 사람들은 몸을 떨며 서로에게 물었다. 아처는 로렌스 레퍼츠가 사교계의 해체가 어쩌고저쩌고하며 떠드는 소리가 들리는 것 같았다.

그는 제이니가 들어오는 걸 보고 짜증스레 고개를 들었다가 아무 것도 못 본 척 얼른 다시 책에 시선을 돌렸다(스윈번의 신작 「체이스트라드」였다).[3] 제이니는 책이 쌓인 필기 탁자 위에서 『콩트 드롤라티크』[4]를 펼쳐 보더니, 고풍스러운 프랑스어에 얼굴을 찡그리고 한숨을 쉬었다. 「참 어려운 책도 읽는다!」

「무슨 일이야?」 그가 물었다. 그녀가 카산드라[5]처럼 그의 곁에 얼쩡거렸기 때문이다.

「어머니가 화가 단단히 났어.」

「화가 나? 누구한테? 무슨 일로?」

「소피 잭슨 여사가 방금 다녀갔어. 실러턴 잭슨 씨가 저녁 식사 후에 우리 집에 올 거래. 하지만 이유는 말하지 않았어. 실러턴 잭슨 씨가 자기가 직접 이야기하겠다고 미리 말하지 말라고 했대. 그분은 지금 루이자 밴 더 루이든 부인을 만나

---

3 찰스 앨저넌 스윈번(1837~1909)은 영국 시인 겸 비평가였다. 「체이스트라드」(1865)는 스코틀랜드의 메리 여왕의 인생을 주제로 한 희곡 세 편 가운데 첫 번째 작품이다.

4 〈우스운 이야기들〉이라는 뜻. 소설가 오노레 드 발자크(1799~1850)가 1832년 프랑스에서 출간한 작품.

5 그리스 신화에서 카산드라는 아폴론 신에게 예언의 능력을 받는다.

고 있어.」

「무슨 소리야? 처음부터 다시 말해 봐. 네 말을 이해하려면 전지전능한 신이라도 돼야겠는걸.」

「그런 불경한 농담을 할 때가 아니야, 뉴랜드……. 어머니는 오빠가 교회에 안 나가는 것만 가지고도 기분이 안 좋으셔…….」

그는 신음 소리를 내며 다시 책에 고개를 박았다.

「뉴랜드, 잘 들어! 오빠 친구 마담 올렌스카가 어젯밤 레뮤얼 스트러더스 부인의 집에서 열린 파티에 갔어. 공작하고 보퍼트 씨하고 같이.」

그 말의 마지막 대목에 뉴랜드의 가슴에 분별없는 분노가 솟구쳤다. 그것을 가라앉히기 위해 그는 웃었다. 「그래? 그게 뭐 대단한 일이라도 되나? 나도 마담이 거기 가려고 하는 걸 알았어.」

제이니의 얼굴이 창백해지더니 두 눈이 튀어나올 듯 휘둥그레졌다. 「알았다고? 그러면서도 말리지 않았다는 거야? 안 된다고 경고도 안 해주고?」

「말려? 경고를 해?」 그는 다시 웃었다. 「나는 올렌스카 백작 부인하고 결혼할 사이가 아니야!」 그 말은 그의 귀에 아주 멋지게 들렸다.

「그래도 그 집안사람하고 결혼하잖아.」

「아, 집안, 집안!」 그가 비아냥거렸다.

「오빠는 집안에 신경 쓰지 않는다는 거야?」

「반 푼어치도.」

「우리 친척 루이자 밴 더 루이든이 어떻게 생각할지도?」

「반의 반 푼어치도. 만약 그 부인이 처녀 할망구들처럼 생각한다면 말이야.」

「어머니는 처녀 할망구가 아니야.」 결혼하지 않은 그의 누이가 입을 오므리고 말했다.

그는 그녀에게 〈아냐, 처녀 할망구야. 그리고 밴 더 루이든 부부도 우리도 다 마찬가지야. 현실적인 문제와 관련해서는 말이야〉라고 쏘아붙이고 싶었다. 하지만 울음을 터뜨릴 듯 찡그린 그녀의 길고 부드러운 얼굴을 보니, 공연히 그녀를 괴롭히고 있다는 생각이 들어 부끄러워졌다.

「망할 올렌스카 백작 부인! 바보 같은 소리 그만해, 제이니. 나한테 그 사람을 지킬 의무가 있는 건 아니잖아.」

「알아. 하지만 오빠가 웰랜드가 사람들한테 약혼 발표를 당겨 달라고 한 건 우리 모두가 그 부인의 방패막이가 되기 위해서였잖아. 그리고 친척만 아니었으면 루이자가 공작을 위해 준비한 만찬에 마담 올렌스카를 초대하지 않았을 거야.」

「올렌스카 백작 부인을 초대한 게 무슨 문제야? 그날 손님들 가운데 제일 예뻤는데. 마담 올렌스카 덕분에 그날 모임이 밴 더 루이든가의 다른 연회들하고 달리 장례식 분위기를 면할 수 있었어.」

「우리 친척 헨리가 오빠 때문에 그 여자를 초대했다는 걸 잘 알잖아. 루이자를 설득해서 말이야. 그런데 그분들은 지금 너무 화가 나서 내일 당장 스쿠이터클리프로 돌아가겠대. 응접실에 좀 내려가 봐. 오빠는 어머니가 지금 어떤 심정인지 전혀 모르는 것 같아.」

응접실에 가니 어머니가 바느질을 하고 있었다. 부인은 불편한 심기를 담아 눈썹을 추켜세우고 물었다. 「제이니한테 이야기 들었니?」

「네. 하지만 저는 그게 왜 그렇게 큰 문제가 되는지 모르겠어요.」 그는 자신도 어머니처럼 차분하게 말하려고 했다.

「우리 친척 루이자와 헨리의 심기가 상했다는 사실도?」

「정확히 말하자면 그분들이 그렇게 사소한 일에도 심기가 잘 상한다는 게 문제죠. 올렌스카 백작 부인은 단지 그분들 눈에 비속해 보이는 여자의 집에 간 것뿐이에요.」

「〈그분들 눈에〉라고?」

「하지만 그 여자는 온 뉴욕이 다 무기력하게 늘어져 있는 일요일 저녁에 사람들에게 좋은 음악을 들려주고 있어요.」

「좋은 음악? 내가 아는 건 어떤 여자가 탁자 위에 올라가서 파리의 어떤 곳들에서 부르는 것 같은 노래를 불렀다는 것뿐이야. 담배를 피우고 샴페인을 마시면서.」

「어쨌건 그런 일은 다른 데서도 일어나고, 그래도 세상은 돌아가요.」

「설마 프랑스식 일요일[6]을 옹호하는 건 아니겠지?」

「그런데 어머니는 런던에 있을 때는 영국식 일요일에 불평을 많이 하셨잖아요.」

「뉴욕은 파리도 아니고 런던도 아니야.」

「아, 물론 그렇죠!」 아들이 한숨을 쉬었다.

「네 말은 마치 이곳 사교계가 다른 곳들만큼 훌륭하지 않다는 것 같구나. 그래, 네 말이 맞을지도 몰라. 하지만 우리는 여기 살고, 우리 곁에서 살고자 하는 사람이라면 우리 방식을 존중해야지. 특히 엘렌 올렌스카라면 더욱. 엘렌은 그 훌륭한 사교계 생활을 피해서 돌아온 거니까.」

뉴랜드는 대답하지 않았고, 잠시 후 어머니가 말했다. 「저녁 먹기 전에 보닛을 쓰고 나하고 같이 우리 친척 루이자에게 가자고 말하려던 참이었거든.」 그는 인상을 썼고, 부인은

---

6 프랑스식, 즉 대륙식 일요일이란 일요일을 교회와 휴식에 바치는 전통적 영국식과 달리 산책과 가족 나들이에 바치는 것을 말한다.

말을 이었다.「네가 방금 나한테 한 말을 부인한테 해드리는 게 좋을 것 같아. 외국 사교계는 다르고, 거기 사람들은 우리만큼 까다롭지 않다고……. 그리고 마담 올렌스카는 우리가 그런 일들을 어떻게 생각하는지 잘 몰랐을 거라고 말이야.」그리고 순진한 듯 교묘하게 말을 덧붙였다.「너도 알겠지만 그러는 게 마담 올렌스카한테 도움이 될 거야.」

「어머니, 우리가 그 문제하고 무슨 상관이 있는 거죠? 공작이 마담 올렌스카를 데리고 스트러더스 부인 집에 갔어요. 아니 사실 그분이 스트러더스 부인을 데리고 마담 올렌스카의 집에 왔어요. 세 사람이 만날 때 내가 그 집에 있었어요. 밴 더 루이든 부부가 싸울 상대를 찾는다면 진짜 범인은 자기네 지붕 밑에 있다고요.」

「싸울 상대? 뉴랜드, 너는 우리 친척 헨리가 누구랑 싸웠다는 말 들어 봤니? 게다가 공작은 그 집 손님이고 외국인이야. 방문객은 세심한 차이를 몰라. 그럴 필요가 없으니까. 하지만 올렌스카 백작 부인은 뉴욕 사람이야. 그러니 뉴욕의 사고방식을 존중했어야 해.」

「그분들이 그렇게 희생자를 원한다면 저는 상관없어요. 원하신다면 마담 올렌스카를 던져 주고 오세요. 저도 그리고 어머니도 우리를 바쳐서 마담 올렌스카의 죄를 씻고 싶지는 않으니까요.」아들이 짜증스럽게 소리쳤다.

「물론 너는 밍곳가의 입장에서 생각을 하겠지.」아처 부인의 어조가 예민해졌는데, 그것은 그녀에게 분노와 가장 가까운 말투였다.

우울한 얼굴의 집사가 응접실 휘장을 걷고 말했다.「헨리 밴 더 루이든 씨가 오셨습니다.」

아처 부인이 바늘을 떨어뜨리고 흥분한 손으로 의자를 뒤로 물렸다.

「램프를 하나 더 가져와.」 부인이 물러가는 집사에게 소리쳤고, 제이니가 고개를 숙여 어머니의 모자를 매만졌다.

밴 더 루이든 씨의 모습이 문턱에 나타나자, 뉴랜드 아처가 그를 맞으려고 앞으로 나갔다.

「지금 막 밴 더 루이든 씨 이야기를 하고 있었습니다.」 그가 말했다.

밴 더 루이든 씨는 그 말에 당황한 것 같았다. 그는 장갑을 벗어 여자들과 악수를 하더니, 제이니가 안락의자를 내미는 동안 수줍은 듯 중절모를 만졌다. 아처가 말을 이었다. 「그리고 올렌스카 백작 부인 이야기도요.」

아처 부인의 얼굴이 하얗게 질렸다.

「아, 사랑스러운 부인이지. 지금 막 만나고 오는 길이네.」 밴 더 루이든 씨가 차분한 표정을 되찾고 말했다. 그리고 의자에 앉아 옛날식으로 모자와 장갑을 자기 옆 바닥에 내려놓고 말했다. 「꽃을 장식한 솜씨가 대단하더군. 내가 스쿠이터 클리프의 카네이션 몇 송이를 보내 주었는데 그 집에 가보고 깜짝 놀랐어. 우리 집 수석 정원사처럼 한 다발로 묶어 두지 않고 여기저기 한 송이씩 흩어 놓았더군. 정확히 설명은 못 하겠네. 공작께서 나한테 말했지. 〈가서 마담 올렌스카의 응접실을 봐요, 얼마나 잘 꾸몄는지.〉 과연 그 말이 맞았어. 루이자를 데리고 가고 싶다는 생각까지 들었으니까. 동네가 그렇게 불쾌한 곳만 아니었다면 말이야.」

밴 더 루이든 씨가 이토록 말을 많이 하는 기이한 사태 앞에 아처가 사람들은 쥐 죽은 듯 입을 다물었다. 아처 부인은 바구니에서 바느질감을 꺼냈다가 다시 초조하게 떨어뜨렸다. 뉴랜드는 벽난로 선반에 기대어 벌새 깃털로 만든 망을 비틀면서, 집사가 들고 오는 램프에 환히 비친 제이니의 놀란 얼굴을 보았다.

「내가 거기 간 건, 꽃을 보낸 일로 마담이 내게 사랑스러운 편지를 보내서 감사 인사를 전하기 위해서였습니다. 덧붙여서 — 우리끼리니까 하는 말이지만 — 공작을 따라 함께 파티에 다니는 건 좋지 않다는 우정의 권고도 해주고요. 소식을 들었는지 모르겠지만…….」밴 더 루이든 씨가 파트룬의 커다란 인장 반지를 낀 핏기 없는 손으로 회색 바지에 덮인 긴 다리를 쓰다듬으며 말했다.

아처 부인이 너그러운 미소를 지었다.「공작께서 마담 올렌스카를 파티에 데리고 다니셨나요?」

「영국 대귀족들이 어떤지 아시지 않습니까. 모두 똑같아요. 루이자와 나는 우리 사촌을 아주 좋아하지만, 유럽의 궁정에 익숙한 사람들에게 우리 공화국의 세밀한 차별점을 존중해 달라고 기대할 수는 없습니다. 공작은 즐겁다고 여겨지면 갑니다.」밴 더 루이든 씨가 잠시 말을 멈추었지만 아무도 입을 열지 않았다.「그래요. 어젯밤에 공작이 레뮤얼 스트러더스 부인의 집에 마담 올렌스카를 데려간 것 같습니다. 실러턴 잭슨이 방금 우리 집에 와서 그 어처구니없는 이야기를 해주었고, 루이자는 충격을 받았습니다. 그래서 나는 내가 직접 올렌스카 백작 부인을 찾아가서 뉴욕이 특정 문제들을 어떻게 생각하는지 설명해 주는 게 — 물론 가볍게 암시하는 정도지만 — 가장 빠른 방법이라고 생각했습니다. 우리 집에서 저녁 모임을 가졌을 때 마담이 제안 비슷하게……, 그러니까 우리가 조언을 해주면 마담이 기쁘게 받아들일 거라는 식의 언질을 주어서 내가 조심스럽게 나서도 좋을 것 같다는 생각을 했습니다. 그리고 마담은 기쁘게 받아들였습니다.」

밴 더 루이든 씨는 세속의 열정이 남아 있는 얼굴이라면 자기만족으로 보일 표정을 짓고 응접실을 둘러보았다. 그의 얼굴에서 그것은 온화한 자애가 되었고, 아처 부인의 얼굴에도 같은 표정이 서렸다.

「두 분 모두 언제나 얼마나 고마우신 분들인지! 뉴랜드는 특히 더 감사할 거예요. 이제 사랑스러운 메이 때문에 그 집안하고 가족이 되니까요.」

부인이 아들에게 질책의 눈길을 던지자 아들이 말했다. 「정말 감사드립니다. 하지만 저는 밴 더 루이든 씨가 마담 올렌스카를 좋아하실 거라고 믿었습니다.」

밴 더 루이든 씨는 더없이 온화한 표정으로 그를 보았다. 「뉴랜드, 나는 싫은 사람은 집에 초대하지 않네. 조금 전에 실러턴 잭슨에게도 그렇게 말했지.」 그는 시계를 흘끔 보고 일어서서 덧붙였다. 「루이자가 기다리고 있을 겁니다. 저녁을 일찍 먹고 공작과 함께 오페라를 보러 가기로 했거든요.」

손님의 등 뒤로 휘장이 엄숙하게 닫힌 뒤 아처가 사람들에게는 침묵이 내려앉았다.

「정말 너무 로맨틱해요!」 갑자기 제이니가 격렬하게 말했다. 하지만 그 앞뒤 없는 말이 무얼 가리키는 건지는 아무도 몰랐고, 그녀의 피붙이들은 오래전부터 그런 말을 굳이 해석하려고 들지 않았다.

아처 부인이 한숨을 쉬며 고개를 저었다. 「모든 일이 잘되기만 한다면……」 하지만 그렇게 될 리가 없다고 확신하는 듯한 말투였다. 「뉴랜드, 오늘 저녁 실러턴 잭슨 씨가 오면 네가 대접해 드리렴. 나는 그분한테 무슨 말을 해야 할지 모르겠다.」

「불쌍한 어머니! 하지만 그분은 안 올 거예요.」 아들이 웃고 허리를 굽혀 어머니의 찌푸린 얼굴에 키스를 했다.

11

2주일 정도가 지난 뒤 뉴랜드 아처는 〈레터블레어 램슨 앤드 로〉 법률 사무소의 자기 방에서 하는 일 없이 멍하니 앉아 있다가 회사 대표의 호출을 받았다.

뉴욕 상류 사회 사람들에게 3대째 법률 자문을 하며 신망을 쌓은 노신사 레터블레어 씨는 마호가니 책상에 앉아 당혹스러운 표정을 감추지 못하고 있었다. 그가 짧게 깎은 하얀 구레나룻을 쓰다듬고 튀어나온 이마 위로 헝클어진 반백 머리를 훑을 때, 불경한 젊은 동업자는 그가 꼭 환자의 병을 진단하지 못해 안달하는 주치의 같다는 생각을 했다.

「선생.」 그는 아처를 언제나 〈선생〉이라고 불렀다. 「조그만 일을 하나 의논하려고 불렀네. 아직 스킵워스 씨나 레드우드 씨에게도 알리지 않았어.」 그가 말한 두 명의 신사는 법률 사무소의 다른 동업자들이었다. 뉴욕의 전통 있는 법률 사무소라면 으레 그렇듯이 이곳도 자신의 이름을 회사명으로 쓴 창업자들은 모두 오래전에 죽었다. 지금 아처와 이야기하는 레터블레어 씨는 창업자의 손자였다.

그는 의자 등받이에 기대어 이마를 찌푸린 채 말했다. 「가족 문제일세.」

아처가 고개를 들었다.

「밍곳가 말이야.」레터블레어 씨가 이해를 구한다는 미소를 짓고 고개를 끄덕이며 말했다. 「맨슨 밍곳 부인이 어제 나를 불렀어. 부인의 손녀인 올렌스카 백작 부인이 남편과 이혼 소송을 원한다는군. 지금 내 손에 몇몇 서류가 들어와 있어.」그는 말을 멈추고 책상을 두드렸다. 「선생이 곧 밍곳가와 인척 관계가 되니까 착수하기 전에 선생과 의논을 하고 싶었네.」

아처의 관자놀이가 꿈틀거렸다. 그녀의 집에 다녀온 뒤로 그가 백작 부인을 만난 건 꼭 한 번, 오페라 극장 밍곳가의 박스석에서였다. 그 사이에 그녀의 이미지는 전과 같은 강렬함과 절박함을 잃었고, 그녀가 물러간 무대 앞쪽에는 당연히 메이 웰랜드가 돌아와 있었다. 이혼 이야기는 처음에 제이니한테서 언뜻 듣고 낭설이라고 일축한 게 전부였다. 원칙적으로는 그 또한 어머니만큼이나 이혼이라는 말을 싫어했다. 거기다 레터블레어 씨가 (분명히 캐서린 밍곳 노부인의 추동을 받고) 자기를 이 일에 끌어들이려고 한다는 사실이 기분 나빴다. 밍곳가에도 그런 일을 할 만한 남자는 많고, 자신은 아직 밍곳가와 정식 인척도 아니었다.

그는 레터블레어 씨가 마저 말하기를 기다렸다. 레터블레어 씨는 서랍을 열고 서류 다발을 꺼냈다. 「이 서류들을 훑어보면…….」

아처는 눈썹을 찌푸렸다. 「죄송합니다. 하지만 제가 앞으로 그 집과 맺을 인연을 생각해서, 이 사건은 스킵워스 씨나 레드우드 씨와 의논하시는 게 좋지 않을까 싶습니다.」

레터블레어 씨는 놀라고 약간 기분 나쁜 표정을 지었다. 하위 변호사가 그런 기회를 거절하는 것은 드문 일이었다.

그는 고개를 숙였다. 「선생이 꺼리는 심정을 존중하네. 하지만 이 경우는 사태의 민감함 때문에 선생이 맡는 게 좋다는 게 내 생각이야. 실제로 이건 내가 아니라 맨슨 밍곳 부인과 그분 아드님의 생각이지. 나는 러벌 밍곳 씨와 웰랜드 부인을 모두 만났는데, 두 분 다 선생을 천거했어.」

아처는 부아가 솟구쳤다. 지난 보름 동안 그는 이런저런 일에 무기력하게 끌려다니면서, 메이의 아름다운 얼굴과 밝은 품성으로 밍곳가의 다소 끈질긴 압박을 잊으려고 했다. 하지만 맨슨 밍곳 부인의 이 명령은 그들이 장래의 사위에게 어떤 일까지 강요할 수 있다고 생각하는지를 일깨워 주었다. 그리고 그는 그 역할에 분개했다.

「이 일은 마담 올렌스카의 윗대 남자 분들이 검토해야 합니다.」 그가 말했다.

「이미 그렇게 했네. 일가붙이들이 먼저 살펴보았어. 모두 백작 부인의 생각에 반대하지만, 부인은 뜻을 굽히지 않고 법정에서 해결해야 한다고 주장하고 있어.」

젊은이는 말이 없었다. 그는 건네받은 서류 봉투도 열지 않았다.

「다시 결혼하려고 하는 겁니까?」

「그런 뜻이 있다고 생각해. 본인은 아니라고 하지만..」

「그러면..」

「내 부탁을 좀 들어주겠나, 아처 선생? 우선 이 서류를 좀 훑어봐 주게. 우리가 같이 이 사건을 의논한 다음에 내 의견을 밝히겠네.」

아처는 반갑지 않은 서류들을 들고 터덜터덜 물러났다. 마지막 만남 이후로 그는 절반쯤은 무의식적으로 이 일에 협력함으로써 마음에서 마담 올렌스카라는 부담을 덜어 내려고 했다. 그녀와 단둘이 벽난로 앞에서 보낸 시간은 순간적인 친밀감을 안겨 주었지만, 바로 그 순간 세인트 오스트리 공작이 레뮤얼 스트러더스 부인과 함께 들어오고 백작 부인이 그들을 기쁘게 맞음으로써 그런 느낌은 천만다행으로 깨져 버렸다. 이틀 뒤에 그는 그녀가 밴 더 루이든가의 은혜를 회복하는 희극에 조력했고, 그런 뒤 절대 권력을 지닌 노신사들의 꽃다발에 그렇게 요령 있게 감사 인사를 할 줄 아는 여자라면, 자기처럼 보잘것없는 젊은이의 개인적 위로도 공개적 옹호도 필요 없다고 약간 냉소적으로 생각을 정리했다. 그런 시각을 취하자 자신의 입장이 간단해졌고, 흐릿하던 가정의 덕목들도 놀라울 만큼 새롭게 보였다. 그는 메이 웰랜드가 아무리 곤란한 상황에 놓여도 자신의 어려움을 떠벌리고 낯선 남자에게 속내를 털어놓는 걸 상상할 수 없었다. 그렇게 일주일이 지나자 메이는 그에게 그 어느 때보다도 섬세하고 아름다워 보였다. 그는 약혼 기간을 길게 갖자는 그녀의 소망에 양보까지 해놓은 상태였다. 결혼을 빨리하자는 그의 재촉에 그녀가 더 이상 어쩔 수 없는 대답을 했기 때문이다.

「그러니까 중요한 일에서 당신 부모님은 어릴 때부터 당신 원하는 대로 허락해 주셨잖아.」 그가 주장하자 그녀는 더없이 맑은 표정으로 말했다. 「맞아요. 그래서 내가 두 분의 마지막 부탁을 거절하기가 이렇게 어려운 거예요.」

그것은 뉴욕의 전통에 따른 반응이었고, 그가 예전부터 자신의 아내 될 사람에게 기대한 그런 종류의 대답이었다. 뉴욕의 공기 속에서 숨을 쉬고 산 사람이라면, 그처럼 또렷하지 않은 것과 부딪히면 때로 답답함을 느꼈다.

그가 자기 방에 돌아가서 읽은 서류는 사실 별 내용이 없

있는데도, 그는 숨 막히는 대기 속에 던져진 것 같았다. 서류는 주로 올렌스카 백작 부인의 변호사들이 그녀의 재정 문제를 맡은 프랑스 법률 회사와 주고받은 서신이었다. 백작이 아내에게 보내는 짧은 편지도 한 통 있었다. 그 편지를 읽고 나서 뉴랜드 아처는 자리에서 일어나 서류들을 봉투에 우겨 넣고, 레터블레어 씨의 방으로 갔다.

「서류 여기 있습니다. 허락해 주시면 제가 마담 올렌스카를 만나 보겠습니다.」 그가 부자연스러운 목소리로 말했다.

「고맙네, 고마워, 아처 선생. 시간 있으면 오늘 저녁은 우리 집에서 먹는 게 어떤가? 저녁을 먹고 이 일을 이야기해 보세. 선생이 의뢰인을 내일 만나고자 한다면 말일세.」

뉴랜드 아처는 그날도 곧장 집으로 걸어갔다. 겨울 저녁은 투명할 만큼 맑았고, 지붕들 위로는 수줍은 초승달이 솟아 있었다. 그는 자신의 영혼을 순수한 빛으로 채우고 싶었고, 저녁을 먹고 레터블레어 씨와 다시 밀담에 들어갈 때까지는 아무 말도 하고 싶지 않았다. 그가 아까와 다른 결정을 내릴 수는 없었다. 그는 마담 올렌스카의 비밀이 세상에 드러나지 않도록 그녀를 직접 만나야 했다. 거대한 연민의 물결이 그의 무심함과 초조함을 휩쓸어 갔다. 그녀는 그의 눈앞에 처량한 모습을 드러낸 채, 이 운명을 거스른 모험의 과정에서 더 이상 상처받지 않고 구조되기를 기다리고 있었다.

웰랜드 부인이 그녀에게 〈불쾌한〉 과거에 대해 함구하라고 요구했다는 이야기가 떠오르자, 그는 바로 그런 태도가 뉴욕의 공기를 그토록 정화시키는 게 아닐까 하는 생각에 몸이 떨렸다. 〈우리는 결국 모두 바리새인[1]일 뿐인가?〉 그의 머릿

1 독선적이고 위선적인 사람들. 본래는 전통과 율법을 엄격히 지키고 엘리트 의식을 지닌 고대 유대교 분파를 말한다.

속에서 인간의 잔혹함에 대한 본능적인 거부감과 그 못지않
게 인간의 나약함에 대한 본능적인 동정심이 뒤죽박죽 엉켜
들었다.

그는 처음으로 자신의 원칙이 얼마나 초보적이었는지를
깨달았다. 그는 모험을 겁내지 않는 젊은이로 통했다. 어리
석은 솔리 러시워스 부인과의 비밀 연애는 사실 그에게 예사
롭지 않은 분위기를 더해 줄 만큼 그렇게 대단한 비밀이 아
니었다. 하지만 러시워스 부인은 멍청하고 허영심 강하고 음
흉했으며, 그가 지닌 매력이나 자질보다는 비밀 연애의 아슬
아슬함에 훨씬 더 매혹되어 있는 〈그런 종류의 여자〉였다.
그 사실을 깨달았을 때 그의 상심은 이루 말할 수 없었지만,
지금 보면 그것이야말로 그 사건이 준 교훈 같았다. 그것은
말하자면 그 또래 젊은이 대부분이 빠져 들었다가 결국 정신
을 차리고 나오는 경험이었고, 그걸 통해 사랑하고 존경하는
여자와 잠시 즐기는 — 그리고 불쌍히 여기는 — 여자는 분
명히 구별해야 한다는 확신을 갖게 되었다. 이런 견해를 어
머니들, 숙모들, 그 외에 나이 든 여자들이 열심히 부추겼다.
그들은 모두 아처 부인과 마찬가지로 〈그런 일이 일어나면〉
남자도 물론 실수한 거지만, 어째서인지 여자 쪽은 언제나
사악한 사람이라고 생각하고 있었다. 아처가 아는 나이 든
여자들은 경솔하게 사랑에 빠지는 여자는 예외 없이 부도덕
하고 음흉하며 남자들은 거기 속수무책으로 걸려든 단순한
사람들이라고 여겼다. 이때 할 일은 가능한 한 빨리 남자를
설득해서 좋은 여자와 결혼시키고, 그녀에게 남자를 맡기는
것이었다.

아처의 머릿속에는 복잡하고 유구한 유럽 사회에서는 사
랑의 문제가 이렇게 간단하거나 쉽게 분류되지는 않을 거라

는 생각이 들었다. 부유하고 한가롭고 꾸미기 좋아하는 사교계는 그런 상황들을 훨씬 더 많이 만들 게 분명했다. 그리고 천성적으로 예민하고 냉담한 여자가 상황에 의해, 또는 무력함이나 외로움에 의해 관습적 기준으로 볼 때 용서할 수 없는 관계에 끌리는 경우도 있을 것이다.

그는 집에 도착하자마자 올렌스카 백작 부인에게 내일 몇 시에 찾아가는 게 좋을지 묻는 편지를 써서 전령 소년에게 들려 보냈는데, 소년은 금방 돌아와서 백작 부인은 다음 날 아침 스쿠이터클리프에 가서 밴 더 루이든 부부와 함께 일요일을 보낼 예정이지만, 그날 저녁 식사 시간 이후에는 집에 혼자 있을 거라는 요지의 답장을 전했다. 편지는 약간 지저분한 반절지에 쓰였고 날짜도 주소도 없었지만, 그녀의 필체만은 확고하면서도 자유로웠다. 그는 그녀가 스쿠이터클리프의 웅장한 고독 속에서 주말을 보낸다는 게 재미있었지만, 곧바로 그녀가 거기서 강렬하게 느낄 것은 〈불쾌한〉 것을 완강하게 피하는 차가운 마음들일 거라는 생각이 들었다.

그는 정확히 7시에 레터블레어 씨의 집에 갔고, 저녁 식사 후 그 약속을 핑계 삼아 곧장 집을 빠져나갈 수 있게 된 게 기뻤다. 자신이 본 서류에 근거해서 사태를 파악해 보니, 그는 그 일을 상급자와 함께 의논하고 싶다는 생각이 별로 들지 않았다. 레터블레어 씨는 부인이 죽고 없었기에, 두 사람은 누렇게 바래 가는 「채텀의 죽음」[2]과 「나폴레옹의 대관식」[3] 복제화가 걸린 어둡고 칙칙한 식당에서 단둘이 천천히 푸짐한 식사를 했다. 낮은 찬장 위에는 홈이 팬 셰러턴풍 나이프

2 미국 화가 존 싱글턴 코플리(1738~1815)의 작품.
3 프랑스 화가 자크 루이 다비드(1748~1815)의 작품.

함들[4]과 옛 래닝 포트와인 병(의뢰인에게서 받은 선물)이 하나씩 있었다. 포트와인은 부랑아 톰 래닝이 샌프란시스코에서 수수께끼와 불명예 속에 죽기 1~2년 전에 팔던 것인데, 그때 그의 가족은 그가 그렇게 죽었다는 사실보다 자기 집 저장고의 포도주를 공개적으로 팔았다는 것을 더욱 수치스러워했다.

부드러운 굴 수프에 이어서 청어와 오이가 나왔고, 다시 옥수수튀김을 얹은 어린 칠면조 구이, 건포도 젤리와 셀러리 마요네즈를 얹은 흰죽지오리 요리가 나왔다. 점심을 샌드위치와 차로 때운 레터블레어 씨는 천천히 음미하며 식사를 했고, 손님에게도 똑같이 할 것을 권했다. 마침내 식사가 마무리되어 식탁보가 걷히고 담배를 물자, 레터블레어 씨는 뒤로 기대앉으면서 포트와인을 손님 쪽으로 밀었다. 그리고 석탄불을 향해 등을 기분 좋게 펴면서 말했다. 「그 집에서는 모두 이혼에 반대하고 있어. 그리고 내 생각엔 그게 옳아.」

아처는 자기 생각이 곧장 그 반대편에 가 서는 걸 느꼈다. 「왜 그렇죠? 이런 경우라면…….」

「이러건 저러건 무슨 소용인가? 백작 부인은 여기 있고 남편은 저기 있어. 대서양을 사이에 두고 말이야. 부인은 남편이 자발적으로 돌려준 것 이상의 돈은 받지 못할 거야. 이 망할 이교도식 결혼 계약이 그 점을 아주 명확히 하고 있지. 일이 그렇게 되는 동안, 올렌스키는 너그럽게 행동했어. 한 푼도 없이 부인을 쫓아낼 수도 있었는데 말일세.」

젊은이도 그것을 알았기에 아무 말 하지 않았다.

「하지만 지금 부인은 돈 문제는 별로 중요하게 생각하지 않

4 영국의 유명한 신고전주의 디자이너인 토머스 셰러턴(1751~1806)의 스타일로 만든 함.

고 있어. 그래서 식구들은 이대로 두는 게 낫지 않느냐는 거지.」레터블레어 씨가 말을 이었다.

한 시간 전 그 집에 갈 때 아처가 했던 생각은 레터블레어 씨의 견해와 완전히 일치했다. 하지만 이 이기적이고 호의호식하며 남의 일에 무심한 노인의 입에서 나오는 그 말은, 불쾌한 일을 막는 데 전심을 기울이는 사교계 바리새인의 목소리처럼 들렸다.

「그건 올렌스카 백작 부인이 결정할 일 아닐까요?」

「흠, 부인이 이혼을 결정하면 어떤 결과들이 생길지 생각해 봤나?」

「남편의 편지에 적힌 위협들 말인가요? 그게 중요한가요? 분노한 악당의 막연한 비난일 뿐이에요.」

「그렇지. 하지만 그가 정식으로 소송에 맞선다면, 불쾌한 이야기가 꽤 오가게 될 걸세.」

「불쾌하다고요!」아처가 폭발하듯 소리쳤다.

레터블레어 씨가 의아한 듯 눈썹을 추켜올린 채 그를 보았고, 젊은이는 자기 생각을 설명하는 게 소용없다는 걸 깨닫고 묵묵히 고개를 숙였다. 상급자는 말을 이었다. 「이혼은 언제나 불쾌한 일이야.」

「내 말에 동의하는가?」잠시 침묵이 흐른 뒤 다시 레터블레어 씨가 말했다.

「물론입니다.」

「그러면 내가 선생을 믿어도 될 것 같군. 밍곳가는 선생에게 의지하고 있어. 선생의 힘으로 부인의 생각을 꺾어 달라는 거지.」

아처는 망설였다. 「올렌스카 백작 부인을 만나기 전까지는 장담을 드리기가 어렵습니다.」그가 마침내 말했다.

「아처 선생, 이해가 안 되는군. 선생은 이혼 소송으로 물의를 빚고 있는 집안과 결혼하고 싶은가?」

「그게 이 사건과 무슨 상관이 있는지 모르겠습니다.」

레터블레어 씨는 포트와인 잔을 내려놓고 걱정스럽고 두렵다는 눈길로 젊은 동료를 응시했다.

아처는 이 사건이 자신에게서 철회될지도 모른다는 걸 알았고, 어떤 알 수 없는 이유로 그렇게 되는 걸 원치 않았다. 이 사건이 그에게 던져진 이상 그는 포기할 생각이 없었다. 그리고 혹시나 그렇게 되는 걸 막기 위해 밍곳가의 법률적 양심 역할을 하는 이 상상력 없는 노인을 안심시켜야 했다.

「레터블레어 씨께 보고하기 전까지는 결정적인 행동은 하지 않겠습니다. 그러니까 마담 올렌스카의 말을 듣기 전까지는 아무 의견도 내지 않겠다는 겁니다.」

레터블레어 씨는 뉴욕의 전통 가운데 가장 훌륭한 것이라 할 만한 그런 과도한 조심성에 고개를 끄덕였고, 젊은이는 시계를 보고 약속이 있다며 자리에서 일어섰다.

12

옛 관습을 따르는 뉴욕 사람들은 7시에 저녁을 먹었고, 식후 방문의 전통은 아처 무리에게는 조롱받았지만 아직도 널리 행해졌다. 그가 웨이벌리 플레이스에서 5번 대로를 걸어 올라갈 때, 그 긴 대로에 인적이라고는 레지 치버스의 집 앞에 무리 지어 선 마차들(공작 초청 만찬이 있었다)과 이따금 두꺼운 외투와 목도리 차림으로 갈색 사암 계단을 올라 가스등 밝힌 현관으로 사라지는 노신사들뿐이었다. 그래서 아처는 워싱턴 스퀘어를 지나다가 뒤 락 씨가 대거넷 일족을 방문하러 가는 걸 보았고, 서부 10번가 모퉁이를 돌다가는 사무소 동료 스킵워스 씨를 목격했다. 그는 래닝 자매의 집으로 가는 게 분명했다. 5번 대로 약간 위쪽에서는 보퍼트의 그림자가 현관 계단 불빛 속에 나타나더니 개인 마차를 타고 어딘지 알 수 없는 곳으로 달려갔다. 그날 밤은 오페라가 없었고 파티도 없었기에, 보퍼트의 외출은 분명히 말하기 곤란하리만큼 비밀스러운 성격일 것이다. 아처는 그 외출이 렉싱턴 대로 너머에 있는, 최근에 리본 커튼과 꽃 상자들로 새로 장식한 집과 관련이 있을 거라고 생각했다. 새로 페인트를 칠한 그 집 문 앞에는 패니 링 양의 진노란색 마차가 자주 눈에 띄었다.

아처 부인의 세계를 이루는 작고 미끄러운 피라미드 너머에는 예술가와 음악가와 〈글 쓰는 사람들〉이 사는, 지도에 오르지 않은 영역이 있었다. 여기저기 흩어져 사는 이 인간 무리는 사회 구조에 편입되겠다는 소망을 보인 적이 없었다. 이상하게 살지만 그래도 그들은 대개 상당한 품위가 있다고 여겨졌다. 하지만 그들은 자기들끼리 지내는 걸 더 좋아했다. 메도라 맨슨이 한참 부유할 때 〈문학 살롱〉을 열었지만 문인들이 오기를 꺼려서 얼마 지나지 않아 문을 닫았다.

다른 사람들도 똑같은 시도를 해서, 블렌커가(家) — 요란하고 수다스러운 어머니와 그녀를 닮은 붉은 얼굴의 세 딸이 있다 — 에 가면 에드윈 부스[1]도 있고, 패티와 윌리엄 윈터[2] 부부도 있고, 신예 셰익스피어 배우인 조지 리그놀드도 있고, 몇몇 잡지 편집자와 음악 또는 문학 평론가들도 있었다.

아처 부인과 그 집단은 이런 사람들에 대해서는 어떤 두려움을 느꼈다. 그들은 이상했다. 그들은 종잡을 수 없었다. 그들의 인생과 사상의 배경에는 알 수 없는 것들이 있었다. 아처 무리는 문학과 예술을 깊이 존경했고, 아처 부인은 언제나 아이들에게 워싱턴 어빙이나 피츠 그린 핼렉, 「죄인 요정」의 시인[3]

1 미국의 셰익스피어 비극 전문 배우(1833~1893). 동생 존 월크스 부스가 링컨 대통령을 암살했다.
2 1865년에서 1909년까지 『뉴욕 트리뷴』지에서 활동한 유명 연극 평론가.
3 어빙(1798~1859)은 미국 최초의 전업 작가이자 역시 최초로 국제적 명성을 얻은 작가 중 한 명이다. 핼렉(1790~1867)은 「죄인 요정」의 저자 조지프 로드먼 드레이크(1795~1820)와 「크로커 신문」(1819)에 함께 글을 쓴 미국 시인이다. 워튼은 자서전에서 어빙과 핼렉은 그녀의 부모님이 존경한 소수의 작가에 속했고, 이들은 〈안전하다〉고 여겨졌다고 말했다. 드레이크는 상류 사회의 일원도 아니고 훌륭한 시인도 아닌 사람의 예로 들고 있다.

이 참여했던 사교계는 훨씬 유쾌하고 교양이 풍부했다고 강조했다. 그들 세대의 유명 작가들은 〈신사〉였다. 그들을 계승한 미지의 사람들이 신사의 심성을 갖고 있을지는 몰라도 그들의 출신이나 외관, 머리 모양, 그들이 무대나 오페라와 가진 친밀한 관계는 옛 뉴욕의 기준에는 합당하지 못했다.

「내가 어렸을 때는 배터리에서 커널 가 사이에 사는 사람을 모두 알았어. 그리고 마차는 우리가 아는 사람들한테만 있었지. 그때는 누구라도 쉽게 알아봤어. 하지만 지금은 그럴 수도 없고, 굳이 알아보고 싶지도 않아.」 아처 부인은 늘 이렇게 말했다.

오직 캐서린 밍곳 노부인만이 도덕적 편견 없이, 그리고 미묘한 차이에 대해 〈파르브뉘〉[4]가 보이는 것 같은 무관심으로 그 간극을 채울 수 있었을 것이다. 하지만 그녀는 책을 펼치거나 그림에 눈길을 준 일이 없고, 음악은 오직 튈르리 궁을 드나들던 화려했던 시절에 〈이탈리앵〉[5]에서 열린 갈라 음악회를 연상시켜 주기 때문에 좋아했을 뿐이다. 대담함에서 부인의 맞수라고 할 만한 보퍼트가 양쪽을 엮어 낼 수 있을지도 모른다. 하지만 그의 웅대한 집과 실크 스타킹 차림의 시종들은 격식 없는 사교 행사에 걸림돌이었다. 게다가 그는 밍곳 노부인만큼이나 문예에 무지했고, 〈글 쓰는 친구들〉을 부유한 계층에게 봉사하는 여흥 조달업자 정도로 여겼다. 그리고 그의 의견에 영향을 미칠 만큼 부유한 사람은 아무도 거기에 의문을 달지 않았다.

뉴랜드 아처는 오래전부터 이런 일을 알았고, 그것을 그가

4 프랑스어로 〈오다〉라는 뜻의 동사에서 비롯되었으며, 미미한 출신으로 부를 통해 신분 상승을 이룬 사람을 말한다.
5 유럽의 나이트클럽.

사는 세상 구조의 일부로 받아들였다. 그는 어떤 사교계에서는 화가와 시인, 소설가와 과학자, 심지어 뛰어난 배우까지 공작 못지않은 인기를 누린다는 걸 알았다. 그는 메리메[6](그의 『모르는 여인에게 보내는 편지』는 아처의 애독서 가운데 하나였다)니 새커리니 브라우닝[7]이니 윌리엄 모리스[8]니 하는 이야기가 넘쳐나는 응접실들에 드나드는 상상도 자주 해보았다. 하지만 뉴욕에서는 그런 일은 상상할 수도 없고 생각만 해도 불안한 일이었다. 아처는 〈글 쓰는 친구〉와 음악가, 화가들을 대부분 알았다. 센추리[9]에서 만나거나 그때 막 태동되던 소규모 음악 및 연극 클럽에서 만난 사람들이었다. 그는 그런 곳에서 그들을 만나면 즐거웠지만, 열렬하지만 촌스러운 차림의 여자들이 그들을 진기한 포획물처럼 취급하는 블렌커가에서는 지루했다. 그리고 네드 윈셋과 흥미진진한 대화를 나누고 나면 언제나 자신의 세계도 좁지만 그들의 세계 역시 좁다는, 그리고 각자의 세계를 넓힐 방법은 양쪽이 자연스럽게 통합되는 풍속의 단계에 이르는 것뿐이라는 결론이 났다.

그가 이런 생각을 다시 하게 된 것은 올렌스카 백작 부인이 살며 고통받았을, 그리고 ─ 아마도 ─ 정체 모를 기쁨을 누렸을 사회를 떠올리면서였다. 그는 그녀가 매우 재미있다는 표정을 짓고, 밍곳 노부인과 웰랜드가 사람들이 〈글 쓰는 사람들〉에게 점령된 그런 〈보헤미안〉 지역[10]에 사는 데 반

6 프로스페르 메리메(1803~1870)는 단편소설로 유명한 프랑스 작가.
7 로버트 브라우닝(1812~1889)은 극적 독백으로 유명한 영국 시인.
8 윌리엄 모리스(1834~1896)는 영국 시인이자 디자이너.
9 작가와 예술가들로 이루어진 뉴욕의 남성 클럽.
10 미술가, 작가, 배우 등 사회 인습에 얽매이지 않는 창조적인 사람들이 많이 사는 지역.

대했다고 말한 것을 기억했다. 밍곳가 사람들이 싫어한 것은 위험이 아니라 가난이었지만, 그런 차이를 모르는 그녀는 그들이 문학을 위험하다고 여긴다고 생각했다.

그녀 자신은 문학을 겁내지 않았고 응접실 여기저기 (대체로 책들이 놓이기에 별로 〈어울리지 않는〉 장소에) 흩어진 책들은 주로 소설이기는 했지만 폴 부르제,[11] 위스망스,[12] 공쿠르 형제[13] 같은 새로운 이름 때문에 아처의 관심을 끌었다. 이런 일들을 곱씹으며 그녀의 집 앞에 이르니, 그녀가 아주 특이한 방식으로 자신의 가치관을 뒤집고 있다는 사실과 자신이 곤경에 놓인 그녀에게 도움을 주려면 지금껏 알던 것들과는 전혀 다른 상황에서 생각해야 한다는 필요성이 다시 한 번 인식되었다.

나스타시아가 수수께끼 같은 미소를 지으며 문을 열었다. 현관 복도 벤치에는 검은담비 모피로 안을 댄 외투와 안쪽에 금색으로 J. B.라는 글씨가 새겨진 무광 실크 재질의 접힌 오페라 모자와 흰색 실크 목도리가 놓여 있었다. 이 값비싼 물품들이 줄리어스 보퍼트의 것임은 의심할 여지가 없었다.

아처는 화가 났다. 너무 화가 나서 명함에 인사말만 적어 전하고 그냥 돌아가려고까지 했다. 하지만 마담 올렌스카에게 전갈을 보낼 때 너무 신중을 기하느라 둘이서 조용히 만나고 싶다고 말하지 않았다는 사실이 떠올랐다. 그러므로 그

---

11 프랑스 작가(1852~1935)로 시와 비평, 소설을 썼다.
12 샤를 마리 조르주 위스망스(1848~1907). 프랑스 작가.
13 에드몽 루이 앙투안 위오 드 공쿠르(1822~1896)와 쥘 알프레 위오 드 공쿠르(1830~1870). 프랑스의 리얼리즘 소설가들. 대부분의 작품을 함께 협력해서 썼다.

녀가 다른 손님을 맞아들인 일을 두고 책망할 사람은 자신
뿐이었다. 그는 보퍼트가 알아서 먼저 자리를 뜨게 만들고
말겠다고 굳게 결심하고 응접실로 들어섰다.

은행가는 낡은 자수천이 깔린 벽난로 선반에 기대어 서 있
었다. 자수천 위에는 놋쇠 가지 촛대들이 놓여 있었고, 촛대
에는 노란 밀랍으로 만든 교회용 초들이 꽂혀 있었다. 그는
가슴을 내민 채 어깨를 선반에 기대고 에나멜가죽 구두를 신
은 커다란 발 한쪽으로 체중을 지탱하고 있었다. 아처가 들
어갔을 때 그는 미소 띤 얼굴로 집주인을 내려다보고 있었
고, 그녀는 굴뚝과 직각을 이룬 소파에 앉아 있었다. 그 뒤로
꽃이 수북이 쌓인 탁자가 놓여 있었고, 보퍼트의 온실에서
온 것이 분명한 난초와 진달래를 배경으로 마담 올렌스카가
손으로 머리를 괴고 반쯤 누운 듯 앉은 모습이 보였다. 넓은
소맷자락은 팔꿈치까지 내려와 있었다.

저녁에 손님을 맞는 여자들은 〈간편한 디너용 드레스〉라
는 옷을 입는 게 보통이었다. 그것은 고래수염 실크로 만든
몸에 꼭 끼는 갑옷[14]으로 목 부분이 살짝 벌어지지만 그 틈은
레이스 주름이 가려 주고, 좁은 소매는 끝에 주름이 달려서
손목과 거기 찬 에트루리아 금팔찌나 벨벳 띠만 보였다. 하
지만 마담 올렌스카는 전통 같은 것에 개의치 않고 반짝이는
검은 모피로 턱 주변과 가슴판을 두른 붉은 벨벳 드레스를
입고 있었다. 아처는 마지막으로 파리에 갔을 때 카롤뤼스
뒤랑[15]이라는 신인 화가의 초상화를 본 기억이 났다. 그의 그
림들 중 몸에 붙는 대담한 옷을 입고 턱을 모피에 묻은 여자

14 고래수염은 본래 드레스가 흐트러지지 않고 몸매에 꼭 맞게 하면서 동
시에 몸을 보호하는 역할도 한다는 걸 암시한다.
15 1870년대에 유명해진 프랑스 초상화가(1838~1917).

들의 초상화는 살롱[16]에서 큰 화제를 불러일으키고 있었다. 저녁나절에 따뜻하게 불을 지핀 응접실에서 모피를 두르고 있다는 것과 목은 가리고 팔을 내보인다는 사실은 뻐딱하고 도발적인 느낌을 전해 주었지만, 보는 즐거움이 있다는 것은 부정할 수 없었다.

「기절하겠구먼. 스쿠이터클리프에서 사흘을 지낸다고요!」 아처가 들어섰을 때 보퍼트는 우렁차고도 조롱 가득한 목소리로 그렇게 말하고 있었다. 「집에 있는 모피 옷하고 온수병을 전부 가지고 가야 될 거요.」

「왜요? 그 집이 그렇게 추운가요?」 그녀가 아처에게 손을 내밀면서 물었는데, 아처는 왠지 그녀가 거기에 키스해 주기를 바란다는 느낌이 들었다.

「아뇨. 하지만 여주인한테서 찬바람이 쌩쌩 불어요.」 보퍼트가 건성으로 젊은이에게 고개를 끄덕이며 말했다.

「저는 그분이 친절하다고 생각했는데요. 여기까지 직접 와서 초대의 말을 전해 주셨어요. 할머니는 내가 반드시 가야 한다고 말씀하세요.」

「할머니야 당연히 그러시겠죠. 하지만 다음 주 일요일에 내가 당신하고 캄파니니,[17] 스칼키[18] 같은 즐거운 사람을 여럿 불러서 델모니코[19]에서 굴 요리 만찬을 열려고 하는데, 거기 당신이 빠진다면 안타까울 거라는 말씀을 드리고 싶습니다.」

그녀는 은행가에게서 아처에게로 미심쩍은 눈길을 돌렸다.

「아, 그렇다면 마음이 흔들리는데요! 스트러더스 부인의

16 파리 루브르에서 해마다 열리는 프랑스 왕립 회화 조각 아카데미 전시회.
17 이탈로 캄파니니(1845~1896). 이탈리아 테너.
18 소피아 스칼키(1850~1922). 이탈리아 콘트랄토.
19 뉴욕의 유명 레스토랑.

집에 간 날을 빼면, 여기 온 뒤로 예술가를 한 명도 못 만났어요.」

「어떤 예술가를 말씀하시나요? 알고 지내는 아주 괜찮은 화가가 두어 명 있는데, 원하신다면 만나게 해드릴 수도 있습니다.」 아처가 대담하게 말했다.

「화가? 뉴욕에 화가도 있나?」 보퍼트는 자신이 그림을 사지 않는데 화가가 어떻게 있겠느냐는 투로 말했다. 마담 올렌스카는 무거운 미소를 짓고 아처에게 말했다. 「그것도 좋을 것 같아요. 하지만 내가 생각했던 건 무대와 관련된 사람들, 가수, 배우, 음악가들이에요. 남편의 집에는 언제나 그런 사람들이 가득했죠.」

그녀가 〈남편〉이라고 말할 때의 그 어조는 어두운 분위기가 전혀 없었고, 오히려 결혼 생활의 즐거움을 잃은 데 한숨을 쉬는 것처럼 느껴질 정도였다. 아처는 어리둥절해서 그녀를 바라보며, 그녀가 지금 이 순간 평판의 위기를 감수하면서까지 결별하고자 하는 과거를 그렇게 쉽게 말하는 건 경박함일까 아니면 능청일까 하는 생각을 했다.

「그래도 〈앵프레뷔〉[20]는 재미를 더해 주는 것 같아요. 똑같은 사람을 날마다 보는 건 잘못인지도 모르죠.」 그녀가 두 남자 모두에게 말했다.

「끔찍하게 지루한 일이기는 합니다. 뉴욕은 지루함으로 죽어 가고 있어요.」 보퍼트가 불평스레 말했다. 「그리고 내가 당신을 위해서 즐거운 일을 만들려고 했더니 당신이 나를 배신하는군요. 생각을 바꿔 봐요! 이번 일요일이 마지막 기회예요. 캄파니니는 다음 주면 볼티모어와 필라델피아로 떠나니까요. 별실을 잡아 놓았고 스타인웨이 피아노도 있어요.

20 *imprévu*. 프랑스어. 〈예상치 못한 일〉이라는 뜻.

그 사람들은 나를 위해 밤새도록 노래해 줄 겁니다.」

「정말 좋겠어요! 다시 생각해 보고 내일 아침에 연락을 드리면 안 될까요?」

그녀는 다정하게 말했지만, 그 목소리에는 희미하게나마 거절의 기미가 담겨 있었다. 보퍼트는 그것을 눈치챘다. 그는 거절에 익숙하지 않은지라, 두 눈 사이에 완고한 주름을 잡고 그녀를 바라보았다.

「왜 지금 결정하지 못하는 겁니까?」

「이렇게 늦은 시간에 그런 심각한 결정을 내릴 수는 없어요.」

「지금이 늦다는 겁니까?」

그녀는 차분하게 그를 보았다. 「네, 아처 씨하고 해야 할 이야기도 있으니까요.」

「아.」 보퍼트가 차갑게 말했다. 그녀의 목소리에서 부탁의 기미는 느껴지지 않았고, 그는 어깨를 가볍게 으쓱해 보인 뒤 냉정함을 되찾았다. 그리고 숙달된 동작으로 그녀의 손에 키스한 뒤 문턱을 넘으며 말했다. 「뉴랜드, 만약 자네가 백작 부인을 뉴욕에 남도록 설득할 수 있다면 자네도 당연히 그 모임에 초대하겠네.」 그리고 무겁고도 거드름 피우는 걸음으로 응접실을 나갔다.

아처는 잠시 레터블레어 씨가 그녀에게 미리 자신의 방문을 알렸을 거라고 생각했다. 하지만 그녀의 뜬금없는 말에 생각을 바꾸어야 했다.

「화가들을 안다고요? 그 사람들하고 같은 〈환경〉에서 사는 건가요?」 그녀가 흥미가 가득 담긴 눈으로 물었다.

「딱히 그렇지는 않습니다. 이곳에서 예술이 자리 잡을 만한 곳은 없어요. 어떤 분야건요. 예술은 사람이 드문 외곽 지역 같은 거죠.」

「하지만 그런 것들을 좋아하시죠?」

「아주 좋아합니다. 파리나 런던에 가면 전시회를 놓치지 않아요. 뒤처지지 않기 위해 노력을 하죠.」

그녀는 긴 드레스 아래 살짝 드러난 공단 구두코를 내려다보았다.

「예전에는 나도 아주 좋아했어요. 내 인생은 그런 것들로 가득했어요. 하지만 이제는 그러기 싫어요.」

「그러기 싫다고요?」

「그래요. 옛 생활 방식을 떨쳐 버리고 그냥 여기 사람들하고 같아지고 싶어요.」

아처는 얼굴을 붉히고 말했다. 「당신은 여기 사람들하고 같아질 수 없어요.」

그녀는 곧은 눈썹을 살짝 추켜올렸다. 「그런 말 하지 말아요. 내가 남들과 다른 걸 얼마나 싫어하는지 안다면요!」

그녀의 얼굴은 비극의 가면처럼 어두워졌다. 그녀는 몸을 앞으로 숙여 여윈 두 손으로 무릎을 감싼 뒤, 그에게서 고개를 돌려 아득히 먼 어둠을 바라보았다.

「나는 그런 모든 것에서 벗어나고 싶어요.」 그녀가 굽히지 않고 말했다.

그는 잠시 말없이 기다렸다가 목을 가다듬고 말했다. 「알아요. 레터블레어 씨가 이야기해 주었습니다.」

「네?」

「그 일 때문에 온 거예요. 그분이 나한테……. 알겠지만 나는 그 회사에서 일합니다.」

그녀는 약간 놀란 표정이 되더니 곧 두 눈이 밝아졌다. 「그러면 당신이 내 일을 해결해 줄 수 있다는 말인가요? 레터블레어 씨 대신 당신한테 말할 수 있다는 건가요? 그러면 훨씬 편해지겠는걸요!」

그녀의 말투가 그의 마음을 움직였고, 그는 자기만족과 자신감이 더해지는 걸 느꼈다. 그녀가 보퍼트에게 자신과 할 말이 있다고 한 건 그저 그를 보내기 위해서였던 것이 분명했다. 그러자 보퍼트를 보낸 건 일종의 승리처럼 여겨졌다.

「그 일을 이야기하러 온 겁니다.」 그가 다시 말했다.

그녀는 말없이 앉아 있었다. 머리는 여전히 소파 등받이에 얹은 팔 위에 놓여 있었다. 그녀의 얼굴은 붉은 드레스에 빛을 잃은 듯 창백하고 기운 없어 보였다. 아처는 갑자기 그녀가 불쌍하고 심지어 처량해 보이기까지 했다.

〈이제 잔인한 사실을 꺼내야 할 시간이야.〉 이런 생각을 하자, 그 동안 그가 어머니와 그 세대 사람들에게 자주 비판한 본능적인 위축이 자신에게도 일어나는 게 느껴졌다. 그가 특이한 상황을 다루어 본 경험이란 얼마나 일천한가! 그런 상황에서 쓰는 어휘들조차 낯설고 그저 소설이나 연극에 속한 것만 같았다. 앞으로 벌어질 일을 떠올리며, 그는 어린 소년 같이 어색함과 민망함을 느꼈다.

잠시 후 마담 올렌스카가 예상치 못한 어조로 격렬하게 말했다.

「나는 자유를 얻고 싶어요. 과거를 모두 지워 버리고 싶어요.」

「이해합니다.」

그녀의 얼굴이 온기를 띠었다. 「그러면 나를 도와줄 거죠?」

「우선 사실 관계를 조금 더 자세히 알아야 할 것 같습니다.」 그가 망설였다.

그녀는 놀란 것 같았다. 「내 남편이 어떤 사람인지 알죠? 내가 그 사람하고 어떻게 살았다는 것도?」

그는 긍정의 신호를 보냈다.

「그러면 더 뭐가 필요한가요? 이 나라에서는 그런 일을 참고 견디나요? 나는 개신교도예요. 우리 교회는 이런 경우에 이혼을 금지하지 않는다고요.」

「그렇죠.」

그들은 다시 말을 잃었고, 아처는 올렌스키 백작의 편지가 유령처럼 두 사람 사이에 둥둥 떠서 흉측하게 얼굴을 찌푸리고 있는 것 같은 느낌을 받았다. 종이 반 장 분량의 그 편지는 그가 레터블레어 씨에게 말한 대로 그저 분노한 악당의 막연한 비난에 지나지 않았다. 하지만 그 뒤에 얼마만한 진실이 있을까? 그것은 오직 올렌스키 백작의 부인만이 알려 줄 수 있었다.

「당신이 레터블레어 씨에게 준 서류들을 훑어보았습니다.」 그가 마침내 말했다.

「그렇다면 그보다 더 혐오스러운 일들이 있을 수 있나요?」

「없습니다.」

그녀는 자세를 살짝 바꾸고, 한 손을 들어 두 눈을 가렸다.

「물론 당신도 알다시피, 남편이 편지에 적었듯이 이 소송에 적극 맞서기로 결심한다면…….」 아처가 말을 이었다.

「네?」

「그 사람은 그러니까, 당신에게 불쾌한……, 그러니까 별로 좋지 않은 이야기를 할 겁니다. 그걸 공공연하게 떠들어서 소문이 나고 당신이 그로 인해 피해를 입도록 말입니다. 설령…….」

「설령?」

「설령 아무리 근거 없는 헛소리라고 해도 말이죠.」

그녀는 오랫동안 가만히 있었다. 그 시간이 너무 길어서, 눈을 가린 그녀의 얼굴을 계속 바라보기가 불편했던 그는 그녀의 무릎에 놓인 손과 그 손의 약지와 새끼손가락에 긴 반지 세 개를 아주 꼼꼼히 살펴볼 수 있었다. 결혼반지는 없었다.

「그 사람이 그런 주장을 한다고 여기 있는 내가 무슨 피해를 입나요?」

그의 입에 〈이런, 다른 어느 곳에서보다 가장 큰 피해를 입죠!〉라는 외침이 떠올랐다. 하지만 그 대신 자신의 귀에 레터블레어 씨처럼 들리는 목소리로 대답했다. 「뉴욕 사회는 당신이 살던 곳과 비교하면 아주 좁습니다. 그리고 겉보기와 달리…… 뭐랄까 좀 낡은 생각을 지닌 소수의 사람들이 다스리고 있습니다.」

그녀는 아무 말도 하지 않았고, 그는 말을 이었다. 「그중에서도 결혼과 이혼에 대한 생각이 특히 보수적입니다. 우리의 법률은 이혼을 인정하지만 사회적 관습은 그렇지 않습니다.」

「절대로요?」

「그러니까 여자가 아무리 크게 다치고 잘못이 없다고 해도, 아주 미약하게나마 불리한 모습을 보이거나 관습에서 벗어나는 행동으로 부정적인 암시를 주면 그렇습니다.」

그녀는 살짝 고개를 숙였고, 그는 다시 기다리며 분노의 폭발이라든가 짧은 부정의 외침이라도 터져 나오기를 간절하게 바랐다. 하지만 어느 쪽도 없었다.

그녀의 팔꿈치 옆에서 작은 여행용 시계가 나직하게 똑딱거렸고, 장작이 두 쪽 나면서 불꽃이 튀어 올랐다. 방 전체가 무거운 침묵에 잠긴 채 그와 함께 말없이 기다리는 것 같았다.

「그래요, 우리 가족도 그렇게 말해요.」 그녀가 웅얼거렸다.

그는 몸을 약간 움찔했다. 「그건 어찌 보면 자연스러운 일입니다.」

「우리 가족은 이제 당신 가족이기도 하죠.」 그녀가 말했고 아처는 얼굴을 붉혔다. 「우리는 이제 곧 사촌 사이가 될 테니까요.」 그녀가 부드럽게 말을 이었다.

「제 소망입니다.」

「당신도 우리 가족과 같은 생각인가요?」

이 말에 그는 자리에서 일어나 방 저편으로 걸어갔다. 거기서 멍한 눈으로 붉은 다마스크 천 위에 걸린 그림 하나를 바라보다가 머뭇머뭇 그녀의 곁으로 돌아왔다. 뭐라고 말해야 할까. 「그렇습니다. 당신 남편이 암시하는 말이 사실이거나 당신이 그게 거짓이라는 걸 증명하지 못한다면요.」

「있는 그대로 말하겠어요.」 그녀가 입을 열어서 그의 말을 막았다.

그는 눈길을 내리깔고 불을 들여다보았다. 「있는 그대로 말해야겠죠. 그렇다면 잔인한 이야기가 무수히 오갈지 모르는데, 아니 분명히 그렇게 될 텐데, 그걸 감수해도 좋을 만한 보상이 있을까요?」

「하지만 내 자유는요? 그건 아무것도 아닌가요?」

그 순간 그의 머릿속에는 편지에 적힌 말이 사실이고, 그녀는 죄를 저지른 상대와 결혼하기를 바란다는 생각이 스쳤다. 그녀가 정말로 그런 계획을 품고 있다면 뉴욕 주의 법률은 그에 냉혹하게 반대한다는 걸 어떻게 말할 수 있을까? 그의 마음속에 떠오른 의혹만으로도 그녀를 향한 그의 마음은 차갑고 초조해졌다. 「하지만 지금 당신은 더없이 자유롭잖아요? 누가 당신을 건드리나요? 레터블레어 씨가 돈과 관련된 문제는 이미 정리되었다고 하던데.」 그가 말했다.

「아, 그래요.」 그녀가 관심 없다는 듯 말했다.

「그러면 막대한 불편과 고통을 감수하면서까지 그 일을 할 가치가 있을까요? 신문을 생각해 봐요. 그 치졸한 기사들을! 그건 어리석고 편협하고 부당한 일이지만, 사교계를 환골탈태시킬 수는 없어요.」

「그래요.」 그녀가 힘없이 동의했다. 그 목소리가 너무도 희미하고 쓸쓸해서 아처는 자기 머릿속의 냉혹한 생각들에 후회가 들었다.

「이런 경우 당사자는 대개 집단 관심이라는 것에 희생당합니다. 사람들은 가족 관계를 유지해 주고 자녀들을 지켜 주는 관습이라면 그 어떤 것에도, 설령 그것이 허구라 해도 매달리죠.」 그는 그녀의 침묵이 드러냈다고 여겨지는 추한 현실을 덮고자 입술에 떠오르는 뻔한 말들을 닥치는 대로 지껄였다. 그녀가 그림자를 걷을 어떤 말도 할 수 없거나 하지 않을 터였기에, 그는 그녀에게 자신이 비밀을 캐려고 한다는 느낌을 주지 않기를 바랐다. 신중함을 중시하는 뉴욕의 방식대로, 치유할 수 없는 상처를 드러내기보다는 표면적 접근만 유지하는 게 나았다.

「사람들이 이 일을 어떻게 보는지를 당신이 깨닫도록 도와주는 게 나의 일입니다. 당신을 가장 사랑하는 사람들, 밍곳가, 웰랜드가, 밴 더 루이든가, 그 모든 친구와 친척들 말이에요. 이런 문제에 대한 그 사람들의 판단을 내가 당신에게 정직하게 이야기해 주지 않는다면, 그게 공정한 일이라고 할 수 있을까요?」 그는 거대한 침묵의 공허를 채우려는 열망에 휩싸여 거의 간청을 하는 듯한 어조로 끈질기게 말했다.

그녀가 천천히 말했다. 「아뇨, 공정하다고 할 수 없을 거예요.」

벽난로 불이 사위어 잿빛으로 변해 있었고, 램프 하나가 꾸르륵 하는 소리를 내자 마담 올렌스카가 일어서서 심지를 돋우고 벽난로 앞으로 돌아왔지만, 다시 자리에 앉지는 않았다.

그렇게 서 있는 모습은 두 사람 사이에 더 이상 할 이야기가 없다는 표시처럼 보였고, 아처도 일어섰다.

「좋아요. 당신이 원하는 대로 할게요.」 그녀가 불쑥 말했다. 그는 이마에 피가 쏠렸다. 그리고 갑작스러운 항복에 놀라서 어색하게 그녀의 두 손을 잡았다.

「나는…… 나는 정말로 당신을 돕고 싶어요.」 그가 말했다.

「당신은 많은 도움을 주고 있어요. 안녕히 가세요, 사촌.」

그는 고개를 숙여서 그녀의 두 손에 입술을 댔다. 손은 차갑고 힘이 없었다. 그녀는 손을 뺐고, 그는 문을 향해 돌아서서 복도의 희미한 가스등 아래 코트와 모자를 찾은 뒤, 말더듬이의 뒤늦은 능변을 터뜨리며 겨울밤 속으로 뛰어들었다.

13

그 밤, 월랙 극장은 매우 붐볐다.

연극은 디온 부시코의 「방랑자」[1]로, 디온 부시코가 주역을, 해리 몬터규와 에이다 디아스가 연인 역을 맡았다. 이 영국 극단의 인기는 절정이었고, 「방랑자」가 공연되면 극장은 언제나 미어터졌다. 꼭대기의 이등석은 열기가 사정없이 들끓었다. 일등석과 박스석 사람들은 진부한 정서와 허풍스러운 상황들에 가볍게 미소를 짓기는 했지만, 이등석 못지않게 연극을 즐겼다.

위층 아래층 상관없이 객석 전체를 강력하게 휘어잡은 한 대목이 있었다. 해리 몬터규가 디아스 양에게 결별을 고하는 거의 단음절로 이루어진 슬픈 장면 뒤 그가 작별 인사를 하고 돌아서는 대목이었다. 벽난로 앞에 서서 불을 들여다보는 여배우는 훤칠한 몸에 딱 달라붙어 발치까지 길게 출렁거리며 내려오는 장식 없는 회색 캐시미어 드레스를 입고 있었다. 목에 두른 벨벳 재질의 좁고 검은 띠가 등 뒤로 흘러내려 와 있었다.

1 아일랜드 태생(1820~1890)의 배우이자 극작가인 디온 부시코의 3막 희곡.

애인이 돌아서자 여자는 벽난로 선반에 팔을 얹고 두 손에 얼굴을 묻었다. 남자는 문턱에 멈춰 서서 여자를 보고는 몰래 돌아와서 벨벳 리본의 한쪽 끄트머리를 집어 들어 키스를 한 뒤 방을 나간다. 여자는 그것을 눈치채지도 못하고 자세를 바꾸지도 않는다. 이 고요한 이별 장면에서 커튼이 내려온다.

뉴랜드 아처가 「방랑자」를 보러 가는 건 언제나 이 장면 때문이었다. 그는 몬터규와 에이다 디아스의 이별이 파리에서 본 크루아제트와 브레상의 연기나 런던에서 본 매지 로버트슨과 켄달의 연기에 뒤지지 않는다고 보았다. 이 장면의 절제된 대사와 조용한 슬픔은 그 어떤 유명한 극적 감정 분출보다 그를 감동시켰다.

그날 밤 그 장면은 — 이유는 알 수 없었지만 — 그가 일주일인가 열흘 전에 마담 올렌스카와 긴밀한 대화를 나누고 그 집을 떠나던 순간을 상기시켜서 더욱더 통절하게 느껴졌다.

그때의 상황과 지금 연극의 장면은 관련된 사람들의 겉모습만큼이나 비슷한 점을 찾기 어려웠다. 뉴랜드 아처는 젊은 영국 배우의 로맨틱한 생김과 전혀 닮지 않았고, 붉은 머리에 키도 덩치도 큰 디아스 양의 못생겼지만 매력적인 하얀 얼굴은 엘렌 올렌스카의 생기 있는 이목구비와 조금도 비슷하지 않았다. 아처와 마담 올렌스카가 상심의 침묵 속에 헤어진 애인도 아니었다. 그들은 의뢰인과 변호사로서 대화를 나누고 헤어진 것이었고, 그 대화를 통해 변호사는 사건에 대해 최악의 인상을 받았다. 그 어디에 아처가 회상에 젖어 가슴 설렐 유사성이 있다는 말인가? 그건 아마도 일상적인 경험 바깥에서 비극적이고 감동적인 일이 발생할 수 있음을 암시하는 마담 올렌스카의 수수께끼 같은 능력 때문인 것 같았다. 그녀는 그런 인상을 주는 말은 거의 하지 않았지만, 그녀의 일부 그러니까 그녀의 신비하고 이국적인 배경이라든가 아니면 그녀 자신에게 내재된 극적이고 열정적이며 특이한 속성이 투사돼 있었다. 아처는 예전부터 사람의 운명에서 우연이나 환경보다는 사건을 일으키는 개인의 내재된 성향이 더 큰 역할을 한다고 생각하는 경향이 있었다. 그는 마담 올렌스카를 보면서 처음부터 그런 걸 느꼈다. 조용하고 거의 수동적으로까지 보이는 이 젊은 여자는 주변에 일들이 일어나게 만드는 그런 종류의 사람 같았다. 그녀가 얼마나 그런 일을 싫어하는지, 그걸 피하려고 얼마나 노력하는지에 상관없이 말이다. 흥미로운 것은 그녀의 인생이 너무도 극적인 환경에서 펼쳐진 나머지, 그런 일을 불러일으키는 그녀의 성향은 사람들에게 잘 인식되지 않았다는 것이다. 그녀가 이상하리만큼 놀라는 일이 없다는 사실은 그녀가 얼마만한 혼돈에서 빠져나왔는지를 가늠하게 해주었다. 그녀가 당연하게 여기는 일들을 보면 그녀가 무엇에 반항했는지를 추측해 볼 수 있었다.

아처는 올렌스키 백작의 비난이 전혀 근거 없는 이야기는 아니라는 확신을 갖고 그녀의 집을 나섰다. 지난날 그녀의 〈비서〉라고 표현된 수수께끼의 인물은 아마도 그녀의 탈출을 도운 데 따른 보상을 받았을 것이다. 그녀가 도망친 그곳은 말할 수 없을 만큼, 믿을 수 없을 만큼 끔찍했다. 그녀는 젊었고 겁에 질리고 절박했다. 그런 상황에서 자신을 구해 준 사람에게 고마움을 느끼는 것은 더없이 자연스러운 일 아니겠는가? 안타까운 것은 그녀가 그에게 고마움을 전한 방식이 법과 세상의 눈에 그녀를 흉악한 남편과 동급의 자리에 놓았다는 것이다. 아처는 자신의 의무대로 그녀에게 이것을 이해시켰다. 또 그녀가 지금 뉴욕의 자비에 의존하고 있지만, 단순하고 친절한 뉴욕은 관용을 바랄 근거가 가장 빈약한 곳이라는 사실도 이해시켰다.

이 사실을 그녀에게 명백히 일러 주는 일 — 그리고 그녀가 체념하며 그걸 수용하는 걸 지켜보는 일 — 은 참기 어려울 만큼 고통스러웠다. 그는 자신이 불분명한 질투와 동정에 휩싸여 그녀에게 이끌려 가는 것을 느꼈다. 마치 그녀가 침묵으로 고백한 지난날의 과오가 그녀의 약점과 사랑스러움을 드러내며 그녀 자신을 그의 손에 맡기기라도 한 것 같았다. 그는 그녀가 자신에게 비밀을 밝혀서 레터블레어 씨의 냉정한 조사도 가족들의 당황한 눈길도 피하게 된 것이 기뻤다. 그는 즉시 양쪽에게 그녀가 이 절차의 무용성을 이해하고 이혼 생각을 포기했다는 사실을 알렸다. 그들은 더없이 안도하면서 그녀로 인해 맞닥뜨릴 뻔했던 〈불쾌한 일〉에서 일제히 시선을 돌렸다.

「뉴랜드가 해낼 줄 알았어.」 웰랜드 부인이 장래의 사위를 자랑스러워하며 말했다. 밍곳 노부인은 그를 따로 불러서 그의 명철함을 칭찬하다가 답답하다는 듯 덧붙였다. 「바보 같은 아이야! 내가 그 애한테 직접 그건 바보짓이라고 말했어. 그만큼 복을 받아 결혼도 하고 백작 부인도 되어 놓고, 엘렌 밍곳으로 돌아와 노처녀가 되겠다니 말이 돼?」

이런 사건들로 인해 젊은이는 그때 마담 올렌스카와 나눈 대화를 생생하게 간직했고, 그로 인해 헤어지는 두 배우 위로 막이 내릴 때 그의 두 눈에는 눈물이 차올랐다. 그는 극장을 나가려고 자리에서 일어섰다.

그런데 극장 뒤편으로 돌아서다가, 그는 지금껏 생각하고 있던 여자가 박스석에 보퍼트 부부, 로렌스 레퍼츠, 그리고 다른 남자 한두 명과 함께 앉아 있는 모습을 보았다. 그날 저녁 이후 그는 그녀와 따로 이야기를 나눈 적이 없었고, 사람들 틈에 그녀와 함께 있게 되는 일을 애써 피했다. 하지만 두 사람의 눈이 마주쳤고, 그와 동시에 보퍼트 부인이 그를 알아보고 나른한 동작으로 그를 불러서 박스석에 가지 않을 도리가 없게 되었다.

보퍼트와 레퍼츠가 길을 비켜 주었고, 아처는 오직 아름답게 보이는 것에만 관심이 있을 뿐 대화를 좋아하지 않는 보퍼트 부인과 몇 마디 이야기를 나눈 뒤 마담 올렌스카의 뒤에 앉았다. 그 외에 박스석에는 실러턴 잭슨 씨뿐이었다. 그는 보퍼트 부인에게 비밀이라도 말하는 듯한 목소리로 지난 일요일에 레뮤얼 스트러더스 부인이 연 접견회(사람들의 보고에 따르면 무도회가 있었다고 한다)에 대해 이야기하고 있었다. 보퍼트 부인은 완벽한 미소를 지은 채 일등석에서 볼 때 얼굴 옆면이 보이는 각도로 그의 말을 듣고 있었고, 그 틈을 타서 마담 올렌스카가 낮은 소리로 말했다.

「저 남자가 내일 아침에 여자한테 노란 장미를 보낼까요?」 그녀가 무대 위로 흘끔 눈길을 던지며 물었다.

아처의 얼굴이 붉게 달아올랐고, 심장은 깜짝 놀라서 쿵쿵 뛰었다. 그는 마담 올렌스카의 집에 두 번 갔고, 그때마다 노란 장미 상자를 보냈고, 두 번 다 명함을 넣지 않았다. 그녀는 지금까지 한 번도 꽃 이야기를 하지 않았고, 그는 꽃을 누가 보냈는지 그녀가 모를 거라고 생각했다. 그런데 지금 그녀가 그 선물을 알고 있었음을 밝히면서 그것을 무대 위에서 벌어진 이별과 연결시키자 그의 마음속에는 들뜬 기쁨이 차올랐다.

「나도 그 생각을 했습니다. 저 장면을 마음에 담아 가려고 극장을 나서려던 참이었어요.」그가 말했다.

놀랍게도 그녀의 얼굴에 홍조가 희미하게 서서히 떠올랐다. 그녀는 진주로 장식한 오페라글라스를 든 장갑 낀 손을 내려다보더니 잠시 후 말했다. 「메이가 떠나 있는 동안 뭘 하고 지낼 건가요?」

「일해야죠.」그는 이 질문에 약간의 불쾌감을 느끼며 대답했다.

웰랜드가는 오랜 가족 전통에 따라 지난주에 세인트오거스틴으로 떠났다. 그들은 웰랜드 씨의 약한 기관지 때문이라며 늦겨울이면 언제나 그곳에 갔다. 웰랜드 씨는 온화하고 조용한 사람으로 자기 의견은 없었지만 습관은 많았다. 그 습관은 아무도 거스를 수 없었는데, 그 가운데 하나는 해마다 남부로 떠날 때 아내와 딸이 반드시 동행해야 한다는 것이었다. 그가 마음의 평화를 유지하는 데는 집과 다름없는 가정적 분위기가 필수였다. 웰랜드 부인이 말해 주지 않는다면 그는 머리빗이 어디 있는지도 모르고, 편지를 써도 우표를 어떻게 구해야 하는지 모를 테니 말이다.

웰랜드 가족은 서로를 사랑했고 웰랜드 씨는 그런 사랑과 숭배의 중심적 존재였기 때문에, 그를 세인트오거스틴까지 혼자 보낸다는 것은 그의 아내와 메이에게는 생각할 수도 없는 일이었다. 그리고 법률 일에 종사해서 겨울에 뉴욕을 떠날 수 없는 두 아들은 부활절에 거기 합류해서 나중에 함께 돌아왔다.

아처는 메이가 아버지를 따라가는 일을 두고 아무 말도 할 수 없었다. 밍곳가의 주치의는, 웰랜드 씨가 앓은 적 없는 폐렴 발작에 권위 있는 의사로 명성을 쌓았기에, 세인트오거스틴에 가야 한다는 그의 주장은 반박의 여지가 없었다. 본래 메이의 약혼 발표는 그들 가족이 플로리다에서 돌아온 뒤에 하기로 되어 있었고, 그 시기가 좀 앞당겨졌다고 웰랜드 씨의 계획을 바꿀 수는 없었다. 아처도 거기 따라가서 몇 주일 동안 약혼녀와 함께 햇빛과 보트 놀이를 즐기고 싶었지만, 그러기에는 자신이 관행과 인습에 너무 깊이 매여 있었다. 그의 업무 부하는 대단치 않았지만, 한겨울에 휴가를 요청한다면 온 밍곳 일족이 그를 경솔하다고 비난할 것이다. 그는 체념 속에 메이의 여행을 받아들이며, 그런 자세는 결혼 생활의 주요 요소 가운데 하나가 될 거라는 느낌을 받았다.

그는 마담 올렌스카가 눈을 살짝 내리깐 채로 그를 보는 걸 느꼈다.

「나는 당신 뜻대로 했어요. 당신 조언대로요.」 그녀가 불쑥 말했다.

「아, 기쁩니다.」 그는 그녀가 그런 순간에 그 이야기를 꺼내는 데 당황하며 대답했다.

「그래요. 당신이 옳았어요. 하지만 인생은 때로 어려워요. 혼란스럽고…….」 그녀가 약간 숨을 헐떡이며 말했다.

「맞아요.」

「그리고 정말로 당신이 옳았다고 느낀다는 말을 하고 싶었어요. 그리고 고맙다고도요.」 그녀는 말을 맺고 얼른 눈에 오페라글라스를 갖다 댔다. 박스석 문이 열리면서 보퍼트의 우렁찬 목소리가 들렸기 때문이다.

아처는 일어서서 박스석을 나와 극장을 떠났다.

바로 전날 그는 메이 웰랜드에게서 편지를 받았는데, 편지에는 그녀다운 꾸밈없는 말투로 자신들이 없는 동안 〈엘렌한테 잘해 달라〉는 부탁이 적혀 있었다. 〈언니는 당신을 좋아하고 존경해요. 겉으로 내색하지 않아도 언니가 아주 외롭고

슬프다는 건 당신도 잘 알 거예요. 할머니도 러벌 밍곳 숙부도 언니를 잘 이해하시지 못하는 것 같아요. 언니는 그분들 생각만큼 세속적이거나 사교계를 좋아하지 않거든요. 그리고 식구들은 인정하지 않겠지만, 뉴욕은 언니한테 답답할 거예요. 언니는 그동안 우리한테 없는 여러 가지 것들에 익숙해졌잖아요. 멋진 음악, 미술 전시회, 유명한 사람들, 당신이 칭찬하는 미술가들, 작가들, 그리고 똑똑한 사람들 말이에요. 할머니는 만찬 모임과 옷 말고 다른 데 욕심 내는 건 이해하지 못하세요. 하지만 나는 알아요. 뉴욕에서 언니가 정말로 좋아하는 일들에 대해 이야기를 나눌 사람은 거의 당신 한 사람뿐이라는 걸요.〉

지혜로운 메이, 그 편지를 받고 그는 얼마나 메이에 대한 사랑이 샘솟았던가! 하지만 그 말에 따를 생각은 없었다. 우선 그는 바빴고, 약혼한 남자로서 마담 올렌스카를 지나치게 옹호하고 싶지 않았다. 그녀는 순진한 메이가 생각하는 것보다는 훨씬 더 자신을 돌볼 줄 아는 여자 같았다. 그녀의 발밑에는 보퍼트가 있고 머리 위에는 밴 더 루이든 씨가 수호신처럼 날개를 펴고 있고, 그 중간에는 무수한 후보(로렌스 레퍼츠도 그 가운데 한 명이었다)가 기회를 노리고 있었다. 그래도 그녀를 보거나 그녀와 몇 마디 말을 주고받을 때면 메이의 순진함이 오히려 예언과도 같은 능력을 지녔다는 느낌을 피할 수 없었다. 엘렌 올렌스카는 외롭고 또 슬펐다.

14

로비에 나갔다가 아처는 친구 네드 윈셋과 마주쳤다. 제이니가 말하는 그의 〈똑똑한 친구들〉 가운데, 그가 클럽이나 간이식당에서 오가는 농담보다 조금이나마 심도 있는 이야기를 나누고 싶은 상대는 윈셋이 유일했다.

그는 아까 극장 안에서 굽은 어깨에 추레한 옷을 입은 윈셋을 보았다. 그의 눈길은 보퍼트의 박스석을 향하고 있었다. 두 사람은 악수를 했고 윈셋은 근처에 있는 작은 독일 식당에서 흑맥주나 한잔하자고 했다. 아처는 거기서 나눌 것이 예상되는 대화가 별로 마음에 들지 않아 집에 가서 할 일이 있다며 거절했다. 그러자 윈셋이 말했다. 「그건 나도 마찬가지야. 나도 근면한 도제[1]가 될 거라고.」

그들은 함께 유유히 걸었고, 얼마 지나지 않아 윈셋이 말했다. 「궁금한 게 하나 있어. 자네가 있던 훌륭한 박스석에 보퍼트 부부하고 같이 있던 갈색 머리 여자분 이름이 뭐지? 자네 친구 레퍼츠가 폭 빠진 것 같던데.」

---

1 윌리엄 호가스의 연작 판화 「근면과 나태」의 주인공. 근면한 도제는 승승장구를 거듭해 시장의 자리에까지 오르는 반면, 나태한 도제는 범죄에 빠져 들었다가 교수형을 선고받는다 ― 옮긴이주.

이유는 알 수 없었지만 아처는 기분이 좀 나빴다. 네드 윈셋이 엘렌 올렌스카의 이름을 알아서 뭘 하겠다는 말인가? 그리고 무엇보다 엘렌을 왜 레퍼츠와 연결시키는가? 이런 호기심을 보이는 건 윈셋답지 않았다. 하지만 아처는 어쨌건 그가 신문 기자라는 사실을 떠올렸다.

「설마 인터뷰를 하려는 건 아니겠지?」 그가 웃었다.

「신문에 낼 건 아니고 그냥 나를 위해서지.」 윈셋도 웃었다. 「사실 우리 동네에 사는데 — 저런 미인이 살기에는 어울리지 않는 동네지만 — 우리 아들이 고양이를 쫓다가 그 집 앞에 넘어져서 상처가 크게 났을 때 신세를 져서 말이야. 모자도 안 쓴 채 아이를 품에 안고 달려왔대. 무릎에 붕대를 말끔하게 매어서 말이야. 그런데 그 모습이 너무도 다정하고 아름다워서 집사람이 그만 이름 묻는 걸 잊었다지 뭐야.」

아처의 가슴에 기분 좋은 만족감이 번졌다. 이상한 점이라고는 찾을 수 없는 이야기였다. 여자라면 누구나 이웃집 아이를 위해 그 정도는 할 수 있었다. 하지만 모자도 쓰지 않은 채 아이를 안고 달려가서 윈셋 부인이 이름을 묻는 것마저 잊을 만큼 매혹적인 모습을 보인 것은 엘렌다운 일이라고 그는 생각했다.

「올렌스카 백작 부인이야. 밍곳 노부인의 손녀지.」

「우와, 백작 부인!」 네드 윈셋이 휘파람을 불었다. 「백작 부인이 그렇게 이웃에게 다정할 줄은 몰랐는걸. 밍곳가 사람들은 안 그렇잖아.」

「자네가 허락해 주면 그 사람들도 그럴 거야.」

「아, 그래.」 상류 사회에 드나들기를 꺼리는 〈똑똑한 사람들〉의 고집이란 아무리 해도 끝없는 이야기였고, 두 사람 다 그런 이야기를 다시 해봐야 소용없다는 걸 알았다.

「그런데 백작 부인이 어쩌다가 우리 동네같이 가난한 데서 살게 된 거지?」윈셋이 불쑥 물었다.

「왜냐면 어디 사는지 따위에는 전혀 신경 쓰지 않으니까. 그뿐 아니라 다른 시시한 사회적 표지들에도 그래.」그녀를 그렇게 설명하는 데 아처는 은근히 자부심을 느꼈다.

「음, 좀 더 큰 세상에서 지내다 온 모양이로군. 아, 나는 여기서 꺾어져야 해.」윈셋이 말했다.

그는 어기적어기적 브로드웨이를 건너갔고, 아처는 가만히 그의 등을 바라보면서 그의 마지막 말을 생각해 보았다.

네드 윈셋은 그런 날카로운 통찰력이 있었다. 그것이 그의 가장 흥미로운 점이었고, 그가 왜 남들은 아직도 분투하는 나이에 그렇게 덤덤하게 패배를 받아들였는지가 아처는 늘 의문이었다.

아처는 윈셋에게 아내와 아이가 있다는 걸 알았지만 본 적은 없었다. 두 사람은 언제나 센추리 또는 그 밖에 신문 기자나 극장 관계자들이 드나드는 곳에서 만났다. 조금 전에 윈셋이 흑맥주를 마시러 가자고 한 곳도 그런 곳 가운데 하나였다. 그의 말로는 아내가 아프다고 했는데, 그건 사실일 수도 있지만 어쩌면 그녀에게 사교성이나 야회복이 부족하거나 어쩌면 두 가지가 다 부족하다는 뜻일지도 몰랐다. 윈셋은 사회적 의례 같은 것을 격렬하게 혐오했다. 아처는 밤에 옷을 갈아입는 것이 더 깔끔하고 편안하다고 생각해서 그렇게 하지만, 넉넉하지 않은 사람들에게는 깔끔함과 편안함이 가장 값비싼 항목이라는 것까지는 생각해 본 적이 없다. 그래서 그는 윈셋의 그런 태도를 식상한 〈보헤미안〉적 태도의 하나로 보았다. 이런 부류의 사람들은 아무 말 없이 옷을 갈아입고 집에 있는 하인의 숫자를 끝없이 떠벌리지도 않으며 훨씬 단순하고 남의 눈도 의식하지 않는 것 같았다. 그럼에도 윈셋을 만나면 그는 언제나 자극을 받았고, 그래서 그의 여윈 얼굴과 턱수염과 우울한 눈을 볼 때마다 자리에서 끌어내서 오래도록 이야기를 나누곤 했다.

윈셋은 자신이 원해서 신문 기자가 된 것은 아니었다. 그는 불행히도 문학이 필요 없는 시대에 태어난 순수한 문학인이었다. 짧지만 뛰어난 문학 평론집을 한 권 출간한 뒤 — 이 책은 120권 팔리고 30권 증정되었으며, 나머지는 잘 팔릴 만한 다른 책에 공간을 내주기 위해 (계약에 따라) 출판사가 폐기했다 — 그는 진정한 소명을 버리고 의상 도판과 종이 옷본, 뉴잉글랜드 연애 소설과 무알코올 음료 광고가 뒤섞인 여성 주간지의 부주필 자리를 얻었다.

「벽난로의 불」(그 신문의 제목)에 대해 이야기할 때면 그는 더없이 재미있었다. 하지만 그 재미있는 모습 아래로는 노력했으나 실패하고 생산력을 잃어버린 젊은 남자의 쓰라린 한숨이 비쳤다. 아처는 그와 대화를 나눌 때마다 자기 인생을 측정해 보고, 그 안의 내용물이 정말로 빈약하다는 걸 느꼈다. 하지만 어쨌건 윈셋의 인생은 자신보다도 더 빈약했고, 지적 관심과 호기심이라는 공통점 때문에 두 사람의 대화는 유쾌했지만, 의견 교환은 대개 사색적 딜레탕티슴의 영역에 머물렀다.

「문제는 말이야, 인생이 자네나 나에게 별로 호의적이지 않다는 거야. 나는 이미 끝났어. 아무것도 할 수 없어. 내가 할 수 있는 건 한 가지뿐인데, 그걸 사줄 시장은 지금 여기 없거나 내 생전에는 안 생길 거야. 하지만 자네는 자유롭고 부유해. 왜 사람들 속으로 들어가지 않는 거지? 할 일은 한 가지야. 정치에 뛰어드는 거.」 언젠가 윈셋은 말했다.

아처는 고개를 젖히고 웃었다. 윈셋 같은 사람과 그렇지 않은 사람 ― 아처의 부류 ― 의 넘을 수 없는 선을 확인하는 순간이었다. 상류 사회 사람들은 모두 미국에서 〈신사는 정치에 뛰어들 수 없다〉는 걸 알았다. 하지만 윈셋에게 그런 식으로 말할 수는 없었기 때문에 그는 에둘러 말했다. 「미국 정치에서 정직한 사람의 행로를 봐! 사람들은 우리를 원하지 않아.」

「〈사람들〉이란 게 누구야? 자네 같은 사람이 모여서 〈사람들〉이 되면 되잖아?」

아처의 웃음은 짐짓 우쭐한 미소가 되어 입술에 남았다. 이런 이야기는 계속해 봐야 소용없었다. 오명을 입을 것을 무릅쓰고 뉴욕에서 시 또는 주 정치에 뛰어들었던 몇몇 사람들이 얼마나 처참한 운명에 봉착했는지는 모두가 안다. 그런 일이 가능하던 시절은 갔다. 이 나라는 지금 보스[2]와 이국자의 손에 잡혀 있고, 점잖은 사람들은 스포츠와 문화로 물러서야 했다.

「문화! 그래, 우리한테 가꿀 문화가 있다면! 하지만 있는 것이라곤 여기저기 조그만 밭뙈기들뿐이고, 그것도 말하자면 괭이질과 이종 교배의 부족으로 죽어 가고 있지. 그건 자네들의 선조가 가지고 온 유럽 전통의 마지막 유산인데 말이야. 하지만 자네들은 중심은 물론 경쟁도 관객도 없는 가련한 소수파야. 폐가의 벽에 걸린 「신사의 초상화」라는 그림 같다고. 소매를 걷어붙이고 오물 속으로 들어가지 않으면 자네들 중 의미 있는 성과를 거둘 사람은 아무도 없어. 아니면 이민을 가는 거야. 젠장! 이민만 갈 수 있다면…….」

아처는 난처해진 심정으로 조용히 대화의 주제를 책으로

2 부패한 뉴욕 시의 관리와 정치인을 가리키는 말.

옮겼다. 책이라면 윈셋은 약간의 변덕은 있어도 언제나 흥미를 느꼈다. 이민이라! 신사가 조국을 버릴 수 있다는 말인가! 소매를 걷어붙이고 오물 속으로 들어갈 수 없는 것과 마찬가지로 이민을 가는 것도 불가능했다. 신사는 그냥 고향에 남아 절제하며 살아야 했다. 하지만 윈셋 같은 남자에게 그런 걸 깨닫게 해줄 수는 없었다. 그리고 그런 이유로 문학 클럽과 이국적 레스토랑들을 거느린 뉴욕이 처음에는 만화경처럼 보이지만, 나중에는 5번 대로를 떠다니는 원자들의 총합보다 작고 무늬도 단조로운 상자로 드러나는 것이다.

다음 날 아침 아처는 사방을 돌아다니며 노란 장미를 구하려고 했지만 실패했다. 그러다 보니 사무소에 지각을 하게 됐는데, 그의 지각이 누구에게도 문제 되지 않는 것을 보고 정교하게 꾸며진 자기 인생의 무용성에 갑작스럽게 좌절감을 느꼈다. 지금 이 순간 자신은 왜 메이 웰랜드와 함께 세인트오거스틴에 가 있지 않은가? 그가 이렇게 직업을 가지고 일하는 척한다고 거기 속을 사람도 없었다. 레터블레어 씨가 이끄는 법률 사무소와 같이 대규모 영지 관리와 〈보수적〉 투자를 주 업무로 삼는 옛날식 법률 사무소에는 어김없이 부유하고 아무런 직업적 야망이 없는 젊은이가 두세 명 있었다. 그들은 하루에 일정 시간씩 책상에 앉아 시시한 일을 하거나 그냥 신문이나 읽었다. 직업을 갖는 게 올바르다고 여겨지기는 해도, 돈을 버는 품위 없는 일은 아직도 경멸을 받았고, 법률가라는 직업은 사업보다는 신사에 더 걸맞은 일로 여겨졌다. 하지만 이런 젊은이들은 직업 세계에서 성공할 희망도, 그러고자 하는 진지한 열망도 없었고, 많은 이들에게 이미 피상성의 푸른곰팡이가 잔뜩 피어 있었다.

아처는 그런 곰팡이가 자신에게도 피어 있을 거라는 생각에 몸을 떨었다. 그에게는 분명히 다른 취미와 관심이 있었다. 그는 휴가 때면 유럽 여행을 가서, 메이가 말하는 〈똑똑한 사람들〉과 교제하고, 그가 마담 올렌스카에게 얼마간의 소망을 담아 말했듯이 전체적으로 〈추세에 뒤지지 않으려고〉 노력했다. 하지만 결혼을 하면, 그의 인생에 진정한 경험 영역이라고 할 이 좁은 여백은 어떻게 될 것인가? 그가 본 많은 젊은이가 그리 열렬하지는 않아도 나름대로 꿈을 가지고 살다가, 결국은 위 세대들과 다를 바 없이 평온하고 호사스러운 일상 속으로 침몰해 갔다.

그는 사무실 사환에게 편지를 들려 보내서 마담 올렌스카에게 그 날 오후에 방문해도 좋겠느냐고 묻고 답은 클럽으로 전해 달라고 했다. 하지만 클럽에는 아무런 답신도 오지 않았고, 그 다음 날도 마찬가지였다. 이런 예기치 못한 침묵은 그에게 터무니없이 큰 수모감을 안겨 주어서, 그는 다음 날 아침 꽃집의 유리창 안에 노란 장미 다발이 있는 것을 보고도 그냥 지나쳤다. 사흘째 날 아침이 되어서야 그는 우편을 통해 올렌스카 백작 부인의 편지를 받았다. 놀랍게도 그 편지는 스쿠이터클리프에서 왔다. 밴 더 루이든 부부는 공작을 증기선에 태워 보낸 뒤 재빨리 그곳으로 물러가 있었다.

〈도망쳐 왔어요.〉 편지는 다짜고짜 (인사말도 없이) 그렇게 시작했다. 〈당신을 극장에서 본 다음 날에요. 이곳의 친절하신 분들이 나를 받아 주셨어요. 조용히 이런저런 생각을 하고 싶었어요. 당신 말대로 이분들은 참 친절하시네요. 이곳은 안전하다는 느낌이 들어요. 당신이 곁에 없는 게 안타까워요.〉 그녀는 언제 돌아온다는 암시도 없이 〈당신의 친구〉라는 의례적인 말로 편지를 맺었다.

아처는 편지의 어조에 놀랐다. 마담 올렌스카가 무엇을 피해 도망을 쳤다는 말인가? 그리고 무엇 때문에 안전하다는 느낌을 원하는가? 처음에 든 생각은 외국에서 어떤 협박이 왔나 하는 것이었다. 그런 뒤 생각해 보니 자신은 그녀가 본래 어떤 식으로 편지를 쓰는지를 몰랐다. 그러니 그건 수사적 과장일 수도 있었다. 여자들은 언제나 과장이 심하다. 게다가 그녀는 영어 사용이 완전하다고 볼 수 없었다. 가끔 프랑스어를 번역한 것처럼 말했다. 그래서 첫 문장을 프랑스어로 〈*Je me suis évadée*……〉라고 옮겨 보니, 그 내용은 그저 지루한 약속들로 가득한 생활에서 탈출하고 싶었다는 뜻으로 읽혔다. 그 해석은 꽤 신빙성 있는 것 같았다. 그가 볼 때 그녀는 변덕스럽고 순간의 쾌락에 금세 물리는 사람이었으니까.

그는 밴 더 루이든 부부가 그녀를 또 한 번 스쿠이터클리프에 데리고 갔다는 사실이 흥미로웠다. 그리고 이번에는 기한이 무한정이었다. 스쿠이터클리프는 방문자에게 문을 좀처럼 열지 않았고, 그나마 문을 여는 예외적인 경우도 대부분 추운 주말이었다. 아처는 지난번 파리 방문 때 라비슈[3]의 유쾌한 연극 「무슈 페리숑의 여행」[4]을 본 기억이 났다. 거기서 무슈 페리숑은 자신이 빙하에서 구해 낸 젊은이에게 지독하고도 끈질긴 애착을 보였다. 밴 더 루이든 부부도 마담 올렌스카를 빙하만큼이나 차가운 운명에서 구해 냈다. 그녀에게 끌릴 만한 이유는 많았지만, 아처는 그 모든 것 뒤에는 그녀를 구해 내고 말겠다는 친절하고도 집요한 결심이 있다는 걸 알았다.

3 외젠 마랭 라비슈(1815~1888). 다작으로 유명한 프랑스 극작가.
4 스위스를 배경으로 한 라비슈의 연극(1860).

그녀가 멀리 떨어져 있다는 사실을 깨닫자 그의 마음속에 또렷한 실망이 몰려왔다. 그리고 바로 전날 레지 치버스 부부가 이번 주 일요일에 허드슨 강변에 있는 집으로 오라고 초대한 것을 거절했다는 사실이 떠올랐다. 그 집은 스쿠이터 클리프와 겨우 몇 마일 거리였다.

그는 이미 오래전부터 하이뱅크의 시끄러운 파티, 강변 항해, 빙상 보트, 썰매 타기, 눈밭 걷기, 남녀 간에 나누는 가벼운 희롱과 더 가벼운 장난들에 식상함을 느꼈다. 그리고 런던의 서점에서 보낸 새 책들이 도착한 터라, 일요일은 그것들과 함께 조용히 보내는 쪽을 선택한 것이다. 하지만 그는 이제 클럽의 서재로 가서 급하게 전보문을 쓴 뒤 하인에게 즉시 보내라고 시켰다. 레지 부인은 손님들의 갑작스러운 변심을 나무라지 않는다는 것과 그녀의 융통성 있는 집에는 언제나 남는 방이 있다는 걸 알았기 때문이다.

15

　뉴랜드 아처는 금요일 저녁 치버스의 집에 도착해서 토요일은 하이뱅크의 주말에 어울리는 갖가지 행사들로 성실하게 채웠다.

　아침에는 여주인과 다른 튼튼한 손님 몇 명과 함께 빙상 보트를 탔다. 오후에는 레지와 함께 〈농장 시찰〉을 가서 정성껏 꾸민 마구간에서 말에 대한 길고도 인상적인 강연을 들었다. 차를 마신 뒤에는 전에 그의 약혼 발표에 크게 상심했다고 밝힌, 하지만 이제는 자신의 결혼 전망에 대해 이야기해 주고 싶어 들뜬 젊은 여자와 불 지핀 복도 구석에서 대화를 나누었다. 마지막으로 자정 무렵에는 한 손님의 침대에 금붕어 넣는 장난에 가담하고, 겁 많은 한 숙모의 욕실에서 한 사람을 도둑으로 분장시켜 세워 두고, 새벽에는 어린이 방에서 지하실까지 오가며 베개 싸움을 했다. 하지만 일요일 점심 식사 뒤에는 말 한 필이 끄는 작은 썰매를 빌려서 스쿠이터클리프로 갔다.

　스쿠이터클리프의 집은 예전부터 이탈리아식 빌라라고 전해졌다. 이탈리아에 가본 적이 없는 사람들은 그 말을 믿었다. 가본 사람 중에도 일부는 믿었다. 그 집은 밴 더 루이든 씨가 젊은 시절 〈장기 여행〉에서 돌아온 뒤 루이자 대거넷 양과의 결혼을 기다리면서 지은 것이었다. 사각형 구조의 커다란 목조 건물로, 은촉 이음 벽에는 연녹색과 흰색을 칠했고, 주랑 현관은 코린트식이었으며, 창문들 사이에는 세로로 홈이 길게 팬 벽기둥이 서 있었다. 집은 높직한 땅에 위치해 있었는데, 그 아래에는 난간과 항아리로 가장자리를 두른 계단식 대지가 강철 판화처럼 정확한 규격으로 내리뻗어, 마침내 가지를 아래로 늘어뜨린 희귀한 침엽수와 아스팔트가 주변에 펼쳐진 불규칙한 모양의 작은 호수까지 이어졌다. 집 오른쪽과 왼쪽에는 (하나하나 종이 다른) 〈표본〉 나무들이 심어진 그 유명한 잡초 없는 잔디가 멀리까지 뻗어 가서 정교한 주물 장식들이 서 있는 기다란 풀밭들로 연결되었다. 그리고 아래 계곡에는 최초의 파트룬이 1612년에 하사받은 땅이 있고 그곳에는 네 칸짜리 석조 주택이 들어서 있었다.

온 땅을 덮은 흰 눈과 잿빛 어린 겨울 하늘 아래, 이탈리아식 빌라는 상당히 음울한 느낌을 던져 주었다. 여름에도 그 집은 거리감을 주었고, 대담한 콜레우스 꽃밭도 위압적인 현관과는 언제나 9미터 이상의 거리를 두고 있었다. 집 앞에서 초인종을 울린 아처는 길게 끌리는 그 종소리가 꼭 능묘 안에서 울리는 것 같다는 생각을 했다. 마침내 그 소리를 듣고 나타난 집사는 마지막 잠에서 깨어 불려 온 듯 크게 놀란 모습이었다.

다행히도 아처가 그 집안과 친척이었기에 그렇게 난데없는 방문에도 불구하고, 올렌스카 백작 부인이 정확히 45분 전에 밴 더 루이든 부인과 함께 오후 예배 참석차 외출했다는 이야기를 들을 수 있었다.

「밴 더 루이든 씨는 안에 계십니다. 하지만 아마 낮잠을 주

무시거나 어제 치 〈이브닝 포스트〉를 읽고 계실 것 같습니다. 아침에 교회에서 돌아오시면서 점심을 먹은 뒤에 〈이브닝 포스트〉를 훑어보겠다고 말씀하셨거든요. 원하신다면 제가 서재로 가서 문에 귀를 대고 기척이 있는지 알아보겠습니다.」 집사가 말했다.

하지만 아처는 그에게 고맙다며 부인들을 직접 찾으러 가겠다고 했고, 집사는 역력한 안도의 기색을 보이며 근엄하게 문을 닫았다.

마구간지기가 썰매를 마구간에 넣었고, 아처는 대정원을 걸어 큰 길 쪽으로 갔다. 스쿠이터클리프 마을은 거기서 2.5킬로미터 정도밖에 떨어지지 않았지만, 그는 밴 더 루이든 부인은 걷는 일이 없으니 마차와 만나려면 큰길로 가야 한다는 걸 알았다. 하지만 얼마 지나지 않아 큰길과 교차하는 작은 길에서 붉은 망토를 두른 여윈 형체가 다가왔는데, 커다란 개 한 마리가 그 앞에서 뛰고 있었다. 그가 서둘러 다가가자 마담 올렌스카가 반가운 미소를 짓고 멈추어 섰다.

「아, 왔군요!」 그녀는 이렇게 말하고 원통형 토시에서 손을 뺐다.

붉은 망토 때문에 그녀는 옛날의 엘렌 밍곳처럼 생기발랄해 보였다. 그는 웃으면서 그녀의 손을 잡고 말했다. 「당신이 무엇을 피해서 도망쳤는지 알고 싶어서 왔어요.」

그녀는 얼굴이 어두워지더니 말했다. 「아, 그건…… 곧 보게 될 거예요.」

이 말에 그는 어리둥절했다. 「그러면 여기 와서도 피하지 못했다는 겁니까?」

그녀는 나스타시아하고도 좀 비슷한 동작으로 어깨를 으쓱하더니 좀 더 가벼운 말투로 대답했다. 「조금 걸을까요? 설교를 들었더니 너무 추워요. 그리고 무슨 상관이에요? 당신이 여기 나를 보호해 주려고 왔는데…….」

아처의 얼굴에 피가 솟구쳐 관자놀이까지 빨갛게 물들었고, 그는 그녀의 망토 자락을 잡았다. 「엘렌, 그게 뭔가요? 말해 줘요.」

「곧 알게 될 거예요. 그 전에 좀 뛰어요. 발이 너무 시려서 땅바닥에 붙어 버릴 것 같아요.」 그녀는 그렇게 외치고는 망토 자락을 움켜쥔 채 눈밭 위로 뛰어갔고, 개가 그 옆을 경중거리며 도발하듯 짖어 댔다. 아처는 잠시 가만히 서서 흰 눈 위를 내닫는 붉은 유성 같은 빛을 두 눈 가득 담았다. 그런 뒤 그녀를 쫓아 뛰어갔고, 두 사람은 곧 대정원으로 들어가는 쪽문 앞에서 만났다. 숨은 찼지만 웃음이 가득했다.

그녀는 그를 올려다보며 말했다. 「당신이 올 줄 알았어요!」

「내가 오기를 바랐다는 말이로군요.」 그가 이런 바보 같은 대화에 어처구니없이 큰 기쁨을 느끼며 말했다. 하얗게 반짝이는 나무가 공기를 신비로운 빛으로 가득 채웠고, 둘이 함께 걷는 발밑에서 눈 덮인 땅도 노래하는 것 같았다.

「어디에서 온 거예요?」 마담 올렌스카가 물었다.

그가 질문에 대답하고 이어 말했다. 「당신 편지 때문에 왔어요.」

잠시 후 그녀가 알 듯 말 듯 한 냉기가 담긴 목소리로 말했다. 「메이가 당신한테 나를 잘 보살펴 주라고 부탁했군요.」

「그 부탁 때문에 온 거 아니에요.」

「그렇다면 내가 그토록 대책 없고 무력하다는 뜻인가요? 당신들은 모두 나를 정말 불쌍하게 보고 있어요! 하지만 여기 여자들은 그러지 않는 것 같아요. 전혀 필요를 못 느끼는 것 같아요. 천국에 있는 복 받은 사람들처럼 말이에요.」

그는 목소리를 낮추어 물었다. 「무슨 필요를 말하는 거죠?」

「나한테 묻지 말아요! 나는 당신네 말을 못 해요.」 그녀는 토라진 목소리로 말했다.

그 말은 그에게 충격이었고, 그는 길 위에 멈추어 서서 그녀를 내려다보았다.

「내가 당신과 다른 말을 쓴다면 나는 여기 무엇 하러 온 겁니까?」

「아, 당신!」 그녀는 그의 팔에 가볍게 손을 댔고 그는 뜨거운 목소리로 물었다. 「엘렌, 무슨 일이 있는 건지 왜 말 안 하는 겁니까?」

그녀는 다시 어깨를 으쓱했다. 「천국에서 무슨 일이 일어나나요?」

그는 입을 다물었고, 그들은 한마디도 없이 몇 미터를 걸었다. 마침내 그녀가 말했다. 「말할게요. 하지만 어디서? 저 거대한 신학교 같은 집에서는 개인적인 시간을 가질 수가 없어요. 모든 문이 활짝 열려 있고, 하인들이 쉬지 않고 차와 장작과 신문을 날라 와요. 미국의 집에는 혼자 있을 데가 전혀 없나요? 모두가 그토록 수줍어하면서도 모두가 너무나 공개적으로 살아요. 수녀원에 다시 들어온 것 같기도 하고 무대에 선 것도 같기도 하고 그래요. 그런데 그 관객들은 지독하게 예의가 바르면서도 박수는 쳐주지 않아요.」

「아, 당신은 우리를 싫어하는군요!」 아처가 소리쳤다.

그들은 벽이 낮고 사각형의 작은 창문 몇 개가 중심 굴뚝 주변에 밀집한 옛 파트룬의 집을 지나쳤다. 덧창들이 열려 있었고, 아처는 새로 닦은 유리창 안쪽으로 벽난로 불빛을 보았다.

「저 집 문이 열려 있어요!」 그가 말했다.

그녀는 멈춰 섰다. 「아뇨, 오늘만이에요. 내가 이 집을 구경하고 싶다고 하니까 밴 더 루이든 씨가 벽난로에 불을 지피고 창문을 열어 놓게 했어요. 아침에 교회 갔다 오는 길에 들를 수 있도록요.」 그녀는 현관 계단으로 달려가서 문을 잡아당겼다. 「아직 안 잠갔어요. 이런 행운이! 들어와요. 여기라면 조용히 이야기할 수 있겠네요. 밴 더 루이든 부인은 라인벡의 숙모님들을 만나러 가셨어요. 한 시간 정도는 아무도 우리를 찾지 않을 거예요.」

그는 그녀를 따라 좁은 복도로 들어섰다. 그녀의 마지막 말에 낙심했던 그의 기분은 분별없이 좋아졌다. 그 작고 소박한 집은 그들을 맞기 위해 마술로 생겨난 것 같았다. 벽난로 불빛에 나무 널과 놋쇠 장식이 반짝반짝 빛났다. 부엌 난로 안에는 커다란 깜부기불들이 아직도 아물거렸고, 그 위로는 쇠솥 하나가 낡은 갈고리에 걸려 있었다. 타일을 붙인 화로 앞에는 골풀 안락의자들이 마주 놓여 있었고, 선반에는 델프트 접시들[1]이 벽에 기대 세워져 있었다. 아처는 허리를 굽히고 깜부기불 위로 장작을 던져 넣었다.

마담 올렌스카는 망토를 떨어뜨리고 안락의자 한 곳에 앉았다. 아처는 배연관에 몸을 기대고 그녀를 보았다.

「지금 당신은 웃지만, 나한테 편지를 보낼 때는 우울했어요.」 그가 말했다.

「맞아요.」 그녀가 말을 멈추었다. 「하지만 당신이 여기 있는데 우울할 수는 없어요.」

「나는 금방 가야 돼요.」 그가 대답했다. 더 이상 말하지 않으려고 입술에 힘을 주었다.

「알아요. 하지만 나는 앞일은 생각하지 않아요. 기쁠 때는

1 덴마크의 델프트에서 만든 도자기 접시.

그 순간만 생각해요.」

그 말은 유혹처럼 조용히 그에게 다가왔고, 그는 그것을 느끼지 않으려고 난로 앞을 떠나 눈 위로 솟은 검은 나무줄기들을 내다보았다. 하지만 그녀 또한 자리를 움직인 것처럼 그의 눈에는 여전히 그녀가 보였다. 그와 나무들 사이에서 나른한 미소를 짓고 불 위로 몸을 굽힌 그녀의 모습이. 아처의 심장이 멋대로 뛰었다. 그녀가 피하고자 한 것이 자신이라면, 그리고 그 말을 하려고 이 비밀스러운 방에 둘이 따로 있게 될 때까지 기다린 것이라면, 그러면 어떻게 할 것인가?

「엘렌, 내가 당신에게 정말로 도움이 된다면, 내가 여기 오는 걸 진심으로 바랐다면, 뭐가 문제인지 말해 줘요. 당신이 무얼 피해 달아나고 있는지 말해 줘요.」

그는 자세를 바꾸지 않고 그녀를 돌아보지도 않은 채 물었다. 만약 그 답을 듣게 된다면, 이런 상태에서 들어야 했다. 방 이편과 저편 끝에 뚝 떨어진 채로, 그리고 시선은 세상을 뒤덮은 눈에 고정한 채로.

오랫동안 그녀는 말이 없었다. 그 긴 순간 동안 아처는 그녀가 조용히 뒤로 다가와서 그의 목에 팔을 두르는 장면을 상상했다. 그 발소리가 거의 귀에 들릴 지경이었다. 그가 기적을 기다리는 동안 몸과 마음이 다 떨렸다. 하지만 그때 그의 눈에는 모피 깃이 달린 두꺼운 코트 차림의 남자가 작은 길을 걸어 그 집으로 다가오는 모습이 기계적으로 포착되었다. 줄리어스 보퍼트였다.

「아!」 아처가 소리치며 웃음을 터뜨렸다.

마담 올렌스카가 벌떡 일어나서 그에게 다가와 손을 살짝 잡았다. 하지만 창밖을 내다보고 얼굴이 창백해져서 물러섰다.

「저 사람이었나요?」 아처가 조롱을 섞어 물었다.

「저 사람이 여기 있는 줄 몰랐어요.」 마담 올렌스카가 나직
이 말했다. 그녀는 아직도 아처의 손을 잡고 있었다. 하지만
그는 그녀에게서 물러서서는 복도로 나가 현관문을 열었다.
「안녕하십니까, 보퍼트. 이쪽이에요! 마담 올렌스카가 기
다리고 있었어요!」 그가 말했다.

다음 날 아침 뉴욕으로 돌아오는 아처의 머릿속에는 스쿠
이터클리프에서 겪은 마지막 순간들이 피곤할 만큼 생생하
게 되살아났다.

보퍼트는 그가 마담 올렌스카와 함께 있는 데 기분이 상
한 게 분명했지만, 언제나처럼 고압적으로 거드름을 피웠다.
같이 있기 싫은 사람을 완전히 무시하는 그의 태도는 예민한
사람에게는 자신이 투명 인간이 되었다거나 아예 존재가 없
어진 듯한 느낌을 안겨 주었다. 셋이 함께 대정원을 산책하
는 동안, 아처는 그런 기이한 소멸감을 느꼈다. 자존심이 상
하는 일이기는 했지만, 덕분에 그는 상대의 시선을 받지 않
고 그를 관찰할 수 있었다.

보퍼트는 평소처럼 편안하고 자신감 넘치는 태도로 그 작
은 집에 들어섰다. 하지만 두 눈 사이에 새겨진 세로 주름은
미소로도 감출 수 없었다. 마담 올렌스카가 보퍼트의 방문
을 예상하지 못한 것은 분명해 보였다. 물론 그녀가 아처에
게 한 말이 이미 그런 가능성을 암시하기는 했지만, 어쨌거
나 그녀가 아무 말 없이 돌연 뉴욕을 떠난 일에 보퍼트가 낙
심했던 건 분명했다. 그가 거기 온 표면상의 이유는 바로 전
날 밤, 시장에 나오지는 않았지만 그녀에게 꼭 맞는 〈작고 완
벽한 집〉을 발견했는데 얼른 사지 않으면 놓쳐 버릴 것 같아
서였다. 그는 이렇게 도망을 쳐서 자신이 그녀를 찾아 나서

게 했다고 큰 소리로 장난스럽게 꾸짖었다.

「전선을 통해서 대화를 나눈다는 그 새 기계가 조금만 더 완성 단계에 다다랐어도 나는 뉴욕에서 소식을 전하면서, 당신을 따라 이렇게 눈밭을 걷는 대신 클럽의 벽난로에 발가락을 데우고 있었을 거요.」 그는 기분이 상한 진짜 이유를 감추고 그렇게 투덜거렸다. 그 말에 마담 올렌스카는 언젠가 서로 다른 동네에서 심지어는 — 불가능한 꿈이지만! — 서로 다른 도시에서도 대화를 나눌 수 있을 거라는 환상적인 이야기로 대화의 방향을 틀어서 그를 누그러뜨렸다. 그것은 셋 모두에게서 에드거 포와 쥘 베른[2]의 이야기를 이끌어냈고 그것은 최고 지식인들이 시간을 보내기 위해 대화하거나 너무 앞서 믿는 사람을 순진해 보이게 하는 새로운 발명품에 대한 이야기를 나눌 때면 번번이 언급되는 뻔한 화제로 이어졌다. 그렇게 전화라는 것에 관한 의구심을 나누는 동안 그들은 안전하게 큰 집에 도착했다.

밴 더 루이든 부인은 아직 돌아오지 않았다. 아처는 그들에게 인사를 하고 썰매를 가지러 갔고, 보퍼트는 올렌스카 백작 부인을 따라 집 안으로 들어갔다. 밴 더 루이든 부부가 연락 없이 찾아오는 손님을 반기지는 않지만, 그래도 그를 저녁 식탁에 부르고 9시 기차 시간에 맞추어 역까지 마차에 태워 보낼 가능성은 충분했다. 하지만 그 이상은 어려울 것이다. 그들 부부에게 짐 없이 찾아온 신사가 하룻밤 묵기를 청한다는 건 상상할 수도 없는 일이었고, 보퍼트처럼 어느 정도 선을 긋고 지내는 사람에게 그들이 먼저 그런 일을 제안할 리도 없었다.

2 프랑스 작가(1828~1905). 놀라운 여행과 당시로서는 불가능해 보이던 기술을 다룬 책들을 써서 과학 소설의 창시자 가운데 한 명으로 여겨진다.

보퍼트는 이 모든 걸 알고 예상했을 것이다. 그러므로 이 토록 작은 대가를 바라고 그 먼 길을 왔다는 것은 그의 조바심이 얼마나 큰지를 말해 주었다. 그는 의심할 나위 없이 올렌스카 백작 부인을 좇고 있었다. 보퍼트가 예쁜 여자를 좇는 목적은 하나였다. 지루하고 아이도 없는 집에는 진작에 관심을 잃은 뒤, 그는 안정적인 위안 대상에 만족하지 않고 언제나 뉴욕 사교계에서 모험적 연애 상대를 찾았다. 이 사람이 바로 마담 올렌스카를 도망치게 만든 사람이었다. 문제는 그녀가 피한 게 그가 이렇게 집요하게 구는 게 싫어서였는지 아니면 그에게 저항하기가 어려워서였는지 알 수 없다는 것이었다. 물론 도망을 쳤다는 말도 구실이고 이런 잠적도 다 교묘한 술수였을 가능성도 없는 건 아니었다.

하지만 아처는 그렇다고는 생각하지 않았다. 마담 올렌스카를 본 시간이 얼마 되지는 않아도 그녀의 얼굴, 아니면 적어도 목소리를 읽을 수 있다고 생각했다. 그 얼굴도 목소리도 모두 보퍼트의 돌연한 출현에 당황하고 더 나아가 낙담한 기색이었다. 하지만 어쨌건 자신이 제대로 파악한 거라면 그녀가 그를 만날 분명한 목적으로 뉴욕을 떠난 것보다는 낫지 않은가? 만약 그랬다면 그녀는 관심의 대상이기를 포기하고, 위선자들 가운데서도 최악인 자에게 운명을 던지는 셈이었다. 보퍼트의 애인이 된 여자는 돌이킬 수 없는 〈낙인〉이 찍혔다.

아니다. 만약 그녀가 보퍼트를 제대로 판단하고 그래서 그를 경멸하지만, 그러면서도 주변 남자들보다 우월해 보이는 이런저런 특징 — 두 대륙과 두 사교계를 경험한 일, 예술가나 배우나 여러 유명한 사람들과 친근하게 교제하는 일, 뉴욕 사회의 편견에 대해 거리낌 없이 비웃어 주는 것들 말이다 — 에 이끌린다면 그것은 천배나 나쁜 일이었다. 보퍼트는 저속하고 교양도 없고 재산 자랑을 일삼았지만, 인생 경험과 타고난 영리함으로 인해, 도덕적으로나 사회적으로 그보다 우월해도 삶의 지평이 배터리 지역과 센트럴 파크를 넘지 못하는 많은 남자들보다 즐거운 대화 상대가 되었다. 더 넓은 세상에서 온 사람이 어떻게 그 차이를 감지하고 거기 이끌리지 않을 수 있겠는가?

마담 올렌스카는 조금 전에 아처와 자신은 쓰는 언어가 다르다고 쏘아붙였고, 젊은이는 그게 어느 면에서는 사실이라는 걸 알았다. 반면에 보퍼트는 그녀의 언어를 구석구석 잘 알고 또 유창하게 구사할 것이다. 그의 인생관, 그의 말투, 그의 태도는 올렌스키 백작의 편지에서 보이는 것보다 조금 더 조야할 뿐이었다. 그것은 올렌스키 백작의 아내에게는 별로 장점이 안 된다고 여겨질지도 모르겠지만, 엘렌 올렌스카 같은 젊은 여자가 자기 과거를 연상시키는 모든 걸 피할 거라고 생각하기에는 아처의 지성이 너무 예리했다. 그녀 스스로는 거기에 온 마음을 다해 반항한다고 생각할지 모른다. 하지만 한때 그녀를 매혹시켰던 것은 여전히 그녀를 매혹시킬 것이다. 설령 그런 일이 그녀의 뜻에 반하는 것이라고 해도.

이렇게 젊은이는 고통스러울 만큼 객관적인 추론을 통해 보퍼트와 그가 노리는 여자의 일을 이해했다. 그녀를 깨우치고 싶은 열망이 강렬했다. 그리고 그녀가 부탁하는 것은 오직 그런 깨우침일 거라는 생각도 여러 차례 들었다.

그날 저녁 그는 런던에서 온 책을 풀었다. 상자에는 그가 애타게 기다리던 물건이 가득했다. 허버트 스펜서[3]의 새 책, 왕성한 필력을 과시하는 알퐁스 도데[4]의 빛나는 새 단편 모음집, 최근 흥미로운 비평이 많이 나온 〈미들마치〉라는 제목의 소설이었다.[5] 그는 이 즐거움을 위해 세 건의 만찬 초대를 거절했다. 하지만 애서가로서 갖는 감각적인 기쁨 속에 책장을 넘기면서도 그는 자신이 무엇을 읽는지 알지 못했고, 책들은 차례차례 손을 떠났다. 그러다 제목에 끌려서 주문한 작은 시집 한 권이 눈에 띄었다. 제목은 〈생명의 집〉[6]이었다. 그는 책을 집어 들었고, 자신도 모르는 새 여태껏 책 속에서 맡아 보지 못한 새로운 공기 속으로 빨려 들어갔다. 그것은 따뜻하고 풍성하고 그러면서도 더없이 부드러워서, 인간 열정의 가장 기본적인 것들에 새롭고도 떨치기 힘든 아름다움을 입혀 주었다. 온밤이 지나도록 그는 마법의 책장을 헤치며 엘렌 올렌스카의 얼굴을 하고 있는 여자의 환영을 좇아 다녔다. 하지만 다음 날 아침에 깨어나 길 건너편 갈색 사암 집들을 내다볼 때 레터블레어 씨 사무소에 있는 자기 책상과 그레이스 교회의 가족석에 생각이 미치자, 스쿠이터클리프 대정원의 시간은 밤의 환영들처럼 현실성의 울타리 바깥으로 멀리 사라져 갔다.

「아니, 오빠 얼굴이 왜 그렇게 창백해?」 아침 식탁에서 커피를 마실 때 제이니가 물었고, 그의 어머니도 한마디 덧붙였다. 「뉴랜드, 요즘 보니까 기침을 하더구나. 너무 과로하는 건

3 영국의 철학자(1820~1903)이자 사회 과학자로 다윈 이론의 선구적 역할을 했다. 워튼은 뉴랜드가 사회 과학의 최신 이론에 품은 관심을 보여 주면서 동시에 이 작품과 진화론의 관계를 강조한다.
4 프랑스의 시인(1840~1897)이자 단편소설 및 희곡 작가.
5 조지 엘리엇(메리 앤 에번스, 1819~1880)의 소설로 과학과 철학에 대한 내용이 많이 담겨 있다. 1871년부터 1872년까지 연재 형태로 발표되었다.
6 단테이 게이브리얼 로세티(1828~1882)의 소네트집. 로세티는 런던 출생의 시인이자 화가이다.

아니겠지?」 그들 모녀는 아처가 직장 상사들의 엄혹한 폭압 속에서 더없이 힘겨운 전문직 노동에 인생을 바치고 있다고 믿었고, 아처는 그동안 굳이 그들의 착각을 깨우칠 필요를 못 느꼈다.

이삼 일이 아주 힘들게 지나갔다. 일상생활은 재처럼 입에 썼고, 이따금 미래가 자신을 덮쳐 산 채로 묻어 버리는 것 같은 느낌도 받았다. 올렌스카 백작 부인 또는 그 작고 완벽한 집에 대해서는 아무런 소식이 없었고, 클럽에서 보퍼트를 만나기는 했지만 휘스트[7] 탁자 너머로 목례만 나누었을 뿐이다. 그러다 나흘째 되는 날 저녁 집에 돌아와 보니 그녀의 편지가 기다리고 있었다. 〈내일 느지막이 와요. 당신한테 설명할게요. 엘렌.〉 편지에 적힌 글은 그게 전부였다.

밖에서 저녁을 먹을 예정이던 젊은이는 편지를 주머니에 쑤셔 넣고 〈당신한테〉라는 말에서 느껴지는 프랑스식 느낌에 살짝 미소를 지었다. 저녁을 먹은 뒤 그는 연극을 보러 갔다. 그리고 자정이 넘어 집에 돌아온 뒤에야 마담 올렌스카의 편지를 다시 꺼내서 여러 번 천천히 읽었다. 거기 답을 하는 방법은 몇 가지가 있었고, 그는 들뜬 상태에서 밤을 지새우며 각각의 방법을 꼼꼼히 생각해 보았다. 아침이 왔을 때 그가 결정한 것은 커다란 여행 가방에 옷가지를 던져 넣고 그날 오후에 세인트오거스틴으로 떠나는 배를 타는 것이었다.

7 두 사람이 하는 카드놀이.

16

아처는 세인트오거스틴의 모래 깔린 중심가를 걸어 누군가 웰랜드 씨의 집이라고 가리켜 준 곳을 향해 가다가, 메이 웰랜드가 머리에 햇살을 받으며 목련 나무 아래 서 있는 것을 보고 왜 이제야 여기 왔을까 하고 생각했다.

여기 진실이 있고, 여기 현실이 있고, 여기 그에게 속한 인생이 있었다. 자의적 속박을 그렇게도 비웃던 그가 멋대로 휴가를 쓴다고 사람들이 뭐라고 할까 봐 책상을 떠나지 못하고 있었다니!

그녀가 그를 보고 〈뉴랜드, 무슨 일 있어요?〉라고 소리치자, 그는 그녀가 자기 눈을 보고 왜 왔는지 이유를 금세 파악했다면 더욱 〈여성스러웠을〉 거라는 생각이 들었다. 하지만 그가 〈있지. 당신을 만나야만 한다는 거〉라고 말했을 때 그녀의 얼굴에 떠오른 기쁨의 홍조는 그녀의 놀란 표정에 어렸던 거리감을 거두어 갔다. 그는 자신이 쉽게 용서받을 것이고, 레터블레어 씨의 온화한 비난도 이들 가족의 아량 있는 미소 속에 금세 사라질 것을 알았다.

아직 이른 시각이었는데도 중심가는 격식을 갖춘 인사 외에는 아무것도 할 수 없을 정도였고, 아처는 메이와 단둘이 있을 수 있는 곳으로 가서 자신의 애정과 조바심을 쏟아 내고 싶었다. 웰랜드가의 늦은 아침 식사까지는 아직도 한 시간이 남아 있었고, 그녀는 안으로 들어가는 대신 중심가 바깥쪽의 옛 오렌지 정원으로 산책을 가자고 했다. 그녀는 강에서 막 보트 놀이를 마치고 돌아온 참이었는데, 강물 위에 금색 그물을 친 햇빛에 잡혀 버렸던 것 같았다. 따뜻한 갈색 뺨 위로 날리는 머리카락이 은색 철사처럼 반짝였다. 더욱 밝아진 두 눈은 싱그럽고 맑은 기운 속에 거의 투명해 보일 정도였다. 보폭 넓고 가벼운 발걸음으로 아처의 곁을 걷는 그녀의 얼굴은 희고 매끄러운 젊은 운동선수의 여유와 평온함을 담고 있었다.

신경이 곤두서 있던 아처에게 그 모습은 파란 하늘이나 잔잔한 강물처럼 편안했다. 함께 오렌지 나무 아래 벤치에 앉자, 그는 그녀에게 한 팔을 두르고 키스했다. 그것은 햇빛이 비치는 차가운 샘물을 마시는 것 같았다. 하지만 그의 압박이 의도했던 것보다 조금 더 강했던 모양이다. 그녀가 얼굴을 붉히고 놀란 듯 몸을 뒤로 뺐기 때문이다.

「무슨 일이야?」 그가 미소 짓고 물었다. 그녀는 놀란 표정으로 그를 보며 대답했다. 「아무것도 아니에요.」

두 사람 사이에 약간 어색한 침묵이 흘렀고, 그녀는 그의 손에서 자기 손을 뺐다. 보퍼트의 온실에서 가볍게 껴안았던 때를 빼면 그녀의 입술에 키스한 건 그때가 처음이었고, 그는 그녀가 당황해서 소년같이 침착함을 잃었다는 걸 알았다.

「당신이 무얼 하며 지내는지 이야기해 줘.」 그가 두 팔을 엇갈려서 뒤로 젖힌 머리 뒤에 대고 모자를 앞으로 밀어 햇빛을 막으며 말했다. 그녀에게 익숙하고 하찮은 일들에 관해 이야기하게 만드는 것은 그가 자신만의 생각을 할 수 있는 가장 쉬운 방법이었다. 그는 수영과 세일링과 승마로 이루어진 단순한 생활의 이야기를 들었다. 특이한 일이라면 전함이 한 척 들어왔을 때 작은 여관에서 가끔 무도회가 벌어졌다는 것이다. 필라델피아와 볼티모어에서 온 유쾌한 사람 몇 명이 그 여관에서 지내고 있었고, 셀프리지 메리 부부도 케이트 메리의 기관지염 때문에 석 주 전에 거기 와 있었다. 그들은 모래밭에 잔디 테니스 코트를 깔려고 하는데, 라켓 있는 사람도 케이트와 메이밖에 없고 대부분의 사람은 테니스가 뭔지도 모른다고 했다.

이런 일들로 그녀는 매우 바빴고, 아처가 저번 주에 보낸 조그만 가죽 장정 책(『포르투갈인의 소네트』)[1]을 들여다보는 것 이상을 할 시간이 없었다. 하지만 그녀는 「겐트에서 엑스까지 어떻게 이 좋은 소식을 가져왔을까」[2]를 외우고 있었다. 그 시는 그가 그녀에게 읽어 준 첫 시들 가운데 하나였기 때문이다. 그리고 케이트 메리는 로버트 브라우닝이라는 시인을 들어 본 적 없다고 했다며 즐겁게 말했다.

잠시 후 그녀가 깜짝 놀라더니 식사에 늦겠다고 했고, 그들은 서둘러 웰랜드가가 겨울을 나는 낡은 집으로 갔다. 그 집의 주랑 현관은 아무런 칠도 되어 있지 않았고, 갯질경이와 양아욱으로 이루어진 생울타리는 가지치기가 되어 있지 않았다. 가정적인 분위기에 민감한 웰랜드 씨는 남부의 초라한 호텔에서 지내는 걸 싫어했고, 웰랜드 부인은 해마다 엄청난 비용과 해결 불가능해 보이는 어려움을 무릅쓰고 불만에 찬 뉴욕의 하인과 그 지역의 흑인을 뒤섞은 주거를 급조해

---

1 영국 시인 엘리자베스 배럿 브라우닝(1806~1861)이 쓴 사랑에 관한 연작시.
2 로버트 브라우닝의 시.

내야 했다.

「의사들은 남편이 집에 있을 때하고 똑같은 기분을 느끼게 해야 한다고 그래요. 안 그러면 우울해져서 이곳의 따뜻한 날씨가 아무 도움이 안 될 거라고요.」부인은 공감을 표시하는 필라델피아와 볼티모어 사람들에게 해마다 설명했다. 그리고 웰랜드 씨는 기적적으로 조달된 온갖 진미가 넘치는 아침 식탁에 앉아 뿌듯한 미소로 아처를 건너다보며 말했다. 「보다시피 우리는 여기서 이렇게 천막 살이를 하고 있네. 말 그대로 천막 살이지. 이렇게 해서 아내하고 메이한테 풍찬노숙하는 법을 일러 주고 싶어.」

웰랜드 부부는 젊은이의 난데없는 등장에 메이만큼이나 놀랐다. 하지만 아처가 지독한 감기에 걸릴 것 같은 느낌이 들어서 왔다고 되는대로 핑계를 둘러대자, 웰랜드 씨는 그것은 어떤 의무도 내팽개칠 충분한 이유가 된다고 생각하는 것 같았다.

「아무리 주의해도 지나치지 않아. 특히 봄이 가까울 때는 말이지. 자네 나이 때 내가 그만큼 신중했다면 메이는 지금 이렇게 늙은 병자하고 황무지에서 겨울을 보내는 대신 어셈블리스[3]에서 춤추고 있을 걸세.」그가 접시 위에 밀짚 색깔의 팬케이크들을 쌓고 거기 황금빛 시럽을 부으면서 말했다.

「하지만 저는 여기가 좋아요, 아버지. 아시잖아요. 뉴랜드가 같이 있을 수 있다면 저는 뉴욕보다 여기가 천배는 좋아요.」

「뉴랜드는 감기가 완전히 떨어질 때까지 여기 있어야 해.」웰랜드 부인이 다정하게 말했다. 젊은이는 웃으며 세상에는 직업적 의무라는 것도 있다고 말했다.

하지만 그는 회사와 전보를 주고받은 뒤, 감기를 일주일짜

3 유명 사교계 모임.

리로 만들 수 있었다. 레터블레어 씨가 너그러움을 베푼 이유 중 하나는 이 영특한 젊은 변호사가 올렌스키 이혼 건이라는 골치 아픈 사건을 만족스럽게 해결해 주었기 때문이라는 걸 생각하니 아이러니하지 않을 수 없었다. 레터블레어 씨는 이미 웰랜드 부인에게 아처가 집안 전체에 〈더할 수 없이 큰 기여〉를 했고, 특히 맨슨 밍곳 노부인이 기뻐하셨다는 소식을 전했다. 그래서 며칠 후 메이가 아버지와 함께 그 집의 유일한 교통수단을 타고 나갔을 때, 웰랜드 부인은 그 기회를 빌려 딸 앞에서는 피했던 주제의 이야기를 꺼냈다.

「안타깝게도 엘렌은 우리하고는 생각이 전혀 다른 것 같아. 메도라 맨슨이 그 아이를 유럽에 다시 데리고 갔을 때 갓 열여덟이었으니까. 엘렌이 첫 무도회에 검은 옷을 입고 왔을 때 어떤 난리가 났는지 기억하지? 메도라의 변덕이란 참……. 그런데 그때 그건 거의 예언적이었어! 아마 12년도 더 된 일일 거야. 그 뒤로 엘렌은 미국에 온 적이 없었어. 엘렌이 완전히 유럽 사람이 된 것도 무리는 아니야.」

「하지만 유럽 사교계는 이혼에 호의적이지 않습니다. 올렌스카 백작 부인은 자신이 자유를 원하는 건 미국식 사고에 따르는 일이라고 생각했습니다.」 스쿠이터클리프를 떠난 뒤 그는 처음으로 그녀의 이름을 입에 올렸고, 뺨이 붉게 달아오르는 것을 느꼈다.

웰랜드 부인은 따뜻한 미소를 지었다. 「바로 외국 사람들이 우리를 그렇게 오해한다니까. 그 사람들은 우리가 식사를 2시에 하는 줄 알고 이혼도 용인하는 줄 알아. 그래서 나는 뉴욕에 온 외국 사람들을 열심히 대접하는 것도 다 어리석은 일 같아. 그 사람들은 잘 대접받고 돌아가서는 늘 똑같은 헛소리만 하니 말이야.」

아처는 거기 아무런 말도 하지 않았고, 웰랜드 부인은 말을 이었다. 「하지만 자네가 엘렌을 설득해서 그 생각을 포기하게 한 건 정말로 너무나 고마운 일이야. 엘렌의 할머니도 숙부인 러벌도 엘렌을 어쩌지 못했거든. 두 사람 다 엘렌이 마음을 바꾼 건 자네 덕분이라고 편지를 보냈어. 실제로 엘렌이 할머니한테 직접 그렇게 말을 했대. 그 애는 자네를 더할 나위 없이 존경해. 불쌍한 엘렌, 그 애는 어렸을 때부터 고집이 셌어. 앞으로 어떻게 될지…….」

〈모든 분이 꾀한 것이, 올렌스카 백작 부인이 괜찮은 남자의 아내가 되는 게 아니라 보퍼트의 정부가 되는 것이었다면, 그 노력은 옳은 방법이었습니다.〉 그는 이렇게 대답하고 싶었다.

그리고 이 말을 마음속으로 생각하는 데 그치지 않고 직접 발설했다면 웰랜드 부인이 뭐라고 했을까 생각해 보았다. 일생 동안 사소한 것들을 연마하여 인위적인 권위를 얻은 확고하고도 평온한 이목구비가 일시에 흔들릴 것은 분명했다. 그 이목구비에는 아직도 자신의 딸과 같은 생기 있는 아름다움이 남아 있었다. 그는 메이도 그와 같이 절대 순수의 얼굴로 중년을 맞이할 운명인가 자문해 보았다.

안 돼. 그는 메이가 그런 순수함을 갖는 게 싫었다. 상상력이 봉쇄된 정신과 다양한 경험을 느껴 보지 못하는 마음을 만드는 그런 순수함은!

웰랜드 부인이 말을 이었다. 「분명한 건, 만약 이 끔찍한 사건이 신문에 났다면 우리 바깥어른한테 치명상이 되었을 거라는 거야. 나는 자세한 건 전혀 몰라. 가엾은 엘렌이 그 일을 이야기하려고 했을 때, 내가 직접 그렇게 말했듯이, 알고 싶지도 않았거든. 집에 병자가 있으니 나는 마음을 밝고 즐겁게 가져야 했지. 우리 바깥어른은 많이 힘들었어. 어떻게 되었는지 소식을 기다리는 동안 아침마다 미열이 있었으니까. 우리 딸이 세상에 그런 일이 가능하다는 걸 알게 되는 것도 끔찍한 일이었어. 하지만 물론 뉴랜드, 자네도 그렇게 생각했겠지. 자네가 메이를 생각하고 있다는 건 우리 모두 잘 알아.」

「저는 언제나 메이를 생각합니다.」젊은이가 대화를 끝내기 위해 일어서면서 말했다.

그는 웰랜드 부인과 단둘이 있는 기회를 잡아서 결혼 날짜를 앞당겨 달라고 부탁할 생각이었다. 하지만 부인의 마음을 움직일 어떤 논거도 생각해 낼 수 없었고, 웰랜드 씨와 메이의 마차가 현관으로 다가오자 안도감마저 들었다.

그의 유일한 희망은 다시 메이에게 부탁하는 것이었기에 출발 전날 그는 그녀와 함께 스페인 선교소의 허물어진 정원으로 산책을 나갔다. 그 배경은 유럽의 풍경 같은 느낌을 안겨 주었고, 맑디맑은 눈 위로 챙 넓은 모자를 쓴 메이는 그 어느 때보다도 아름다운 모습으로 그라나다와 알람브라 궁전 이야기에 들떠 있었다.

「올봄에 그걸 모두 볼 수도 있어. 세비야의 부활절 축제까지.」그는 더 큰 양보를 얻어 낼 요량으로 자신이 원하는 걸 과장했다.

「세비야에서 부활절을 보낸다고요? 그 다음 주가 사순절이잖아요!」그녀가 웃었다.

「결혼하고 사순절을 보내면 안 되는 이유가 뭐지?」그가 되물었다가 그녀의 놀란 얼굴을 보고 실수를 깨달았다.

「물론 정말 그러자는 말은 아니야. 하지만 부활절 끝나고 곧, 그러니까 4월 말에는 배를 탈 수 있도록 하자고. 사무소 일은 내가 조정할 수 있어.」

이 말에 그녀는 꿈꾸는 듯한 미소를 지었지만, 그건 꿈을 꾸는 걸로 만족하는 미소였다. 그것은 그가 시집에서 세상에 있을 수 없는 아름다운 것들을 읽어 줄 때와 똑같았다.

「계속해요, 뉴랜드. 듣기만 해도 너무 멋져요.」

「하지만 왜 듣기만 해야 하지? 그걸 현실로 만들면 안 되나?」

「당연히 그렇게 할 거예요, 뉴랜드. 내년에요.」 그녀의 목소리가 여운을 남겼다.

「더 빨리 현실로 만들고 싶지 않아? 지금 내가 나랑 같이 도망치자고 하면 어때?」

그녀는 고개를 숙여서 널따란 모자챙으로 몸을 가렸다.

「무엇 때문에 1년을 허송해야 하는 거지? 나를 봐, 메이! 내가 당신을 얼마나 아내로 삼기 원하는지 모르겠어?」

그녀는 한순간 꼼짝도 하지 않았다. 그런 뒤 눈을 들었는데, 그 눈이 절망적일 만큼 깨끗해서 그는 그녀의 허리를 안았던 손을 어정쩡하게 놓고 말았다. 하지만 갑자기 그녀의 표정에 이해할 수 없는 그림자가 떠올랐다. 「잘 안다고 말할 수는 없을 것 같아요. 그건 혹시 당신이 그때까지 나에게 애정을 품고 있을 자신이 없어서인가요?」 그녀가 말했다.

아처는 자리에서 튀어 일어났다. 「이럴 수가…… 어쩌면…… 몰라!」 그는 분개해서 소리쳤다.

메이 웰랜드도 일어섰다. 그를 마주 보고 선 그녀는 여성다운 당당함과 위엄이 한층 더해 보였다. 두 사람 다 예기치 못한 대화의 진행에 당황한 듯 한순간 말이 없었다. 잠시 후 그녀가 낮은 목소리로 말했다. 「혹시 다른 사람이 있나요?」

「다른 사람? 당신하고 나 사이에?」 그는 그녀가 한 말을 천천히 되물었다. 그 말이 이해하기 어려운 말이라도 되는 것처럼, 또 자신에게 그 질문을 해볼 시간이 필요하다는 것처럼. 그녀는 그의 목소리에 담긴 흔들림을 간파한 것 같았다. 그녀가 다시 입을 열었을 때 말투가 더 무거워져 있었기 때문이다. 「우리 솔직히 말해요, 뉴랜드. 당신이 전과 다르게 느껴져요. 특히 약혼을 발표한 뒤로요.」

「메이, 무슨 말도 안 되는 소리를!」 그는 정신을 차리고 소리쳤다.

그녀는 그의 항변에 희미한 미소로 답했다. 「만약 그게 사실이라면, 그 이야기를 하는 게 해가 되지는 않을 거예요.」 그녀는 잠깐 멈추었다가 그녀의 특징 중 하나인 기품 있는 동작으로 고개를 들며 덧붙였다. 「아니 그게 사실이라고 해도, 그 이야기를 하지 말아야 할 이유가 있나요? 당신이 실수한 걸 수도 있어요.」

그는 고개를 숙이고 발치 쪽을 내려다보았다. 거기에는 햇빛 비치는 길 위로 검은 나뭇잎 그림자가 드리워 있었다. 「실수란 누구나 하는 거지. 하지만 만약 내가 당신이 말하는 그런 실수를 했다면, 이렇게 결혼을 서두르자고 할 것 같아?」

그녀도 눈길을 아래로 내리깔았고, 양산 꼭지로 그림자를 훑으면서 적절한 표현을 찾았다. 「네. 당신은 그 문제를 그렇게 해결하려고 할지도 몰라요. 한 가지 방법이니까요.」 그녀가 마침내 말했다.

그는 그녀의 조용한 명석함에 놀랐지만, 그녀가 냉정함을 유지하고 있다는 착각은 하지 않았다. 널따란 모자의 챙 아래로 그녀의 창백해진 옆얼굴이 보였고, 결연하게 다문 입술 위로 콧구멍이 가늘게 떨렸다.

「그렇다면?」 그는 이렇게 말하면서 벤치에 앉아 고개를 들고 장난스럽게 인상을 쓰려고 했다.

그녀는 다시 앉아서 말을 이었다. 「젊은 처녀라고 부모님이 가르쳐 주시는 것만 아는 건 아니에요. 듣는 게 있고 눈치 채는 게 있어요. 자기 감정도 있고 생각도 있죠. 당신이 나를 좋아한다고 말하기 오래전에 나는 당신이 다른 사람한테 관심이 있다는 걸 알았어요. 2년 전 뉴포트에서는 모두가 그 이야기를 했으니까요. 그리고 어느 무도회에서 당신과 그 여자분이 베란다에 함께 앉아 있는 걸 보았어요. 그런 뒤 여자분이 슬픈 얼굴이 되어 안으로 들어왔고, 나는 그분이 안타까웠어요. 우리가 약혼했을 때 나는 그때 일이 떠올랐어요.」

그녀의 목소리는 속삭임처럼 가늘어졌고, 그녀는 양산 손잡이에 양손을 깍지 끼었다 풀었다 했다. 젊은이는 자기 손을 그녀의 손에 얹고 지그시 눌렀다. 뭐라 말할 수 없는 안도감이 그의 가슴에 퍼졌다.

「사랑하는 메이, 그게 전부야? 당신이 진실을 안다면…….」

그녀가 재빨리 고개를 들었다. 「내가 모르는 진실이 있나요?」

그는 계속 그녀의 손을 눌렀다. 「내 말은, 당신이 말하는 오래전 이야기의 진실 말이야.」

「하지만 그게 바로 내가 알고 싶은 거예요, 뉴랜드. 내가 알아야 하는 거요. 나는 다른 사람에게 나쁜 일, 부당한 일을 당하게 하면서까지 내 행복을 구할 수는 없어요. 그건 당신도 마찬가지라고 믿고 싶어요. 그런 토대에서 시작한다면 우리가 그 위에 어떤 삶을 꾸릴 수 있겠어요?」

그녀의 얼굴에 떠오른 놀라운 비극적 용기에 그는 그녀의 발밑에 엎드려 절을 하고 싶었다. 그녀가 말을 이었다. 「오래전부터 이야기하고 싶었어요. 당신한테 말하고 싶었어요. 두 사람이 서로 진실로 사랑한다면 세상의 의견을 거스르는 게 옳을 때도 있어요. 당신이…… 우리가 말한 그 사람한테…… 어떤 식으로든 약속한 게 있다면…… 그리고 만약…… 만약에 약속을 지킬 방법이 있다면…… 그게 그 여자분을 이혼시키는 것이라도…… 뉴랜드, 나 때문에 그 사람을 포기하지 말아요!」

그는 그녀가 두려워하는 것이 이제는 아득하고도 완전한 과거가 된 솔리 러시워스 부인과의 연애라는 데 놀랐지만, 그 놀라움은 곧 그녀의 너그러움에 대한 감탄으로 바뀌었다. 그렇게 과감하게 전통에 맞서는 태도에는 무언가 초인적인 것이 있었고, 다른 문제들이 정신을 압박하지 않았다면 그는 옛 정부와 결혼할 것을 독려하는 메이의 놀라운 관용에 멍하니 정신을 잃었을 것이다. 하지만 그는 아직도 희미하게 감지된 위기에서 아슬아슬하게 빠져나온 것에 현기증이 났고, 젊은 처녀의 신비에 새로운 경외감이 차올랐다.

그는 잠시 가만히 있다가 말했다. 「약속 같은 건 없어. 당신이 생각하는 의무라든가 그런 것도 없어. 그런 일은 보이는 것처럼 그렇게 간단한 게 아니야……. 하지만 그건 상관없어. 당신의 너그러운 마음을 사랑해. 나도 그런 일에 대해서는 당신하고 같은 생각이니까……. 그러니까 각각의 경우는 개별적으로, 그 고유한 가치로 판단해야 한다고 생각해. 어리석은 인습이 아니라…… 그러니까, 모든 여자에게 자유를 누릴 권리가…….」 그는 자기 생각의 행로에 놀라서 말을 멈추었다가 다시 미소를 짓고 그녀를 보았다. 「당신이 그렇게 많은 걸 이해하고 있으니까 거기서 조금 더 나가서, 우리가 또 하나의 어리석은 인습에 굴복할 필요가 없다는 걸 이해해 줄 수는 없을까? 우리 사이에 아무도 아무것도 끼어 있지 않다면, 그건 결혼을 미루기보다는 앞당길 이유가 되지 않을까?」

그녀는 기쁨으로 얼굴을 붉히고 고개를 들어 그를 보았다. 그는 그 얼굴을 향해 몸을 굽히다가 그녀의 눈에 행복의 눈물이 가득한 걸 보았다. 하지만 다음 순간 그녀는 여성다운 당당함을 잃고 다시 연약하고 소심한 소녀로 돌아간 것 같았다. 그는 그녀의 용기와 주체성은 모두 다른 사람을 위한 것이고, 자기 자신을 위한 것은 아무것도 없다는 걸 알았다. 그런 이야기를 하는 건 훈련받은 차분한 태도에서 드러나는 것 이상으로 힘겨운 일이었고, 그녀는 안전을 확인해 주는 첫마디에 지나치게 모험심이 강한 아이가 어머니의 품속으로 대피하듯이, 예전의 모습으로 돌아갔다.

아처는 그녀에게 계속 간청할 기운이 없었다. 투명한 눈으로 그를 향해 그토록 깊은 시선을 던지던 새로운 존재가 사라진 것이 너무도 실망스러웠다. 메이도 그의 실망을 눈치챈 것 같았지만, 그것을 누그러뜨릴 방법을 몰랐다. 두 사람은 일어서서 말없이 집으로 걸어갔다.

17

「오빠가 세인트오거스틴에 가 있는 동안 사촌이 될 백작 부인이 어머니를 찾아왔어.」 그가 돌아온 저녁에 제이니 아처가 뉴랜드에게 알렸다.

어머니와 누이와 셋이서만 단출히 저녁 식사를 하던 젊은 이는 그 말에 놀라 고개를 들었다가, 아처 부인이 짐짓 침착하게 접시에 고개를 숙이고 있는 것을 보았다. 아처 부인은 자신이 세상과 교류하지 않고 지내는 것이 자신이 세상에서 잊힐 이유는 되지 않는다고 생각했다. 뉴랜드는 어머니가 기분이 상한 것은 그가 마담 올렌스카의 방문 소식에 놀랐기 때문일 거라고 생각했다.

「흑석 단추가 달린 검은 벨벳 폴로네즈[1]를 입고, 원통형 초록색 원숭이 털 토시를 끼고 왔어. 그렇게 세련된 차림은 처음 봤어. 일요일 오후 일찍 혼자 왔는데, 다행히 응접실 벽난로에 불이 있었지. 그 신형 명함첩 하나를 갖고 있더라. 오빠가 자기한테 잘해 줘서 우리 식구하고 잘 알고 지내고 싶다고 했어.」 제이니가 말했다.

뉴랜드는 웃었다. 「마담 올렌스카는 친구들 이야기를 할

1 치마 뒷부분을 부풀려 올리고 치마를 한 겹 덧댄 것이 특징인 드레스.

때는 늘 그런 식이야. 고향 사람들하고 다시 어울려 지내게 돼서 아주 기뻐하고 있어.」

「그렇다고 말하더구나. 여기서 지내게 된 걸 감사하는 것 같았어.」 아처 부인이 말했다.

「어머니 마음에 드셨기를 바랍니다.」

아처 부인은 입술을 오므렸다. 「기분을 맞춰 주려고 신경은 많이 쓰더구나. 이런 늙은이를 찾아와서도 말이다.」

「어머니는 마담 올렌스카가 그렇게 단순한 사람이 아니라고 생각해.」 제이니가 찡그린 눈으로 오빠를 바라보며 끼어들었다.

「그저 내 케케묵은 느낌이지. 나한테는 사랑스러운 메이가 최고야.」 아처 부인이 말했다.

「아, 두 사람은 서로 다르죠.」 아들이 말했다.

세인트오거스틴을 떠날 때 아처는 밍곳 노부인에게 전할 전언을 잔뜩 받아 왔다. 그래서 뉴욕에 돌아온 뒤 하루 이틀 후에 부인을 방문했다.

노부인은 유난히 따뜻하게 그를 맞았다. 부인은 그가 올렌스카 백작 부인을 설득해서 이혼을 포기시켜 준 것에 감사를 표했다. 그리고 그가 메이가 너무 보고 싶은 나머지 휴가도 받지 않고 세인트오거스틴으로 달려갔다고 말하자, 살진 얼굴에 미소를 짓고 거대한 말불버섯 같은 손으로 그의 무릎을 두드렸다.

「아, 아…… 그러니까 그냥 박차고 달려 나간 거로군. 오거스타와 웰랜드는 우울한 얼굴로 세상 종말이라도 온 것처럼 행동했을 것 같은걸? 하지만 장담하건대 메이는 좀 더 현명하게 굴지 않았을까?」

「저도 그러기를 바랐습니다. 하지만 제가 그곳까지 내려가서 한 부탁은 들어주려고 하지 않았습니다.」

「그래? 무슨 부탁이었는데?」

「4월 전에 결혼하자고 했어요. 1년을 허송하는 게 무슨 소용이 있겠냐고요.」

맨슨 밍곳 부인은 작은 입술을 오므려서 새침한 표정을 짓고 가늘게 뜬 심술궂은 눈을 반짝이며 그를 보았다. 「〈엄마한테 물어보세요〉라는 거겠지. 뻔한 이야기야. 아, 밍곳네들은 다 똑같아! 다들 쳇바퀴 속에서 태어나고 거기서 빠져나올 수가 없어. 내가 이 집을 지었을 때 무슨 캘리포니아로 이사라도 가는 것처럼 법석이었다니까! 누구도 40번가 위쪽에는 집을 짓지 않았으니까. 하지만 크리스토퍼 콜럼버스가 아메리카를 발견하기 전까지는 배터리 지역 근방에도 집이 없었어. 아무도 다르게 살려고 하지 않아. 다르다는 걸 천연두처럼 두려워해. 친애하는 아처 군, 나는 보잘것없는 스파이서가 출신에 지나지 않지만 내 운명이 고마워. 내 자손들 가운데 나를 닮은 건 엘렌뿐이야.」 부인은 여전히 반짝이는 눈으로 그를 바라보며 말을 끊더니, 노인들 특유의 뜬금없는 질문을 던졌다. 「그런데 자네는 왜 엘렌이랑 결혼하지 않았지?」

아처가 웃었다. 「무엇보다 엘렌이 여기 없었으니까요.」

「없었지. 그래. 안타까운 일이야. 그리고 이젠 너무 늦었지. 그 아이 인생은 끝났어.」 부인은 노인다운 냉정하고도 편안한 말투로 젊은이의 희망의 무덤에 흙을 끼얹었다. 그의 심장에 한기가 돌아 서둘러 말했다. 「할머니 힘으로 웰랜드가 사람들을 좀 설득해 주실 수 없나요? 긴 약혼은 저한테 맞지 않습니다.」

캐서린 노부인은 다정하게 미소를 지었다. 「그래, 안 맞지.

알아. 자네는 성미 급한 친구니까. 어린 시절에는 분명히 식탁에서 음식도 가장 먼저 받고 싶어 했을 거야.」 부인은 고개를 젖히고 웃었고 그 바람에 층층이 겹친 턱이 작은 파도처럼 물결쳤다. 「아, 지금 여기 엘렌이 있어!」 부인이 소리쳤고, 그녀의 등 뒤에서 휘장이 걷히며 마담 올렌스카가 미소를 띠고 다가왔다. 그녀의 얼굴에는 생기와 즐거움이 흘러넘쳤다. 그녀는 유쾌한 태도로 아처에게 손을 내밀고 고개를 숙여 할머니의 키스를 받았다.

「지금 아처 군에게 묻고 있었단다, 〈왜 우리 엘렌하고 결혼하지 않았니?〉 하고.」

마담 올렌스카는 여전히 미소를 띠고 아처를 바라보았다. 「뭐라고 대답하던가요?」

「그건 네가 알아내려무나! 아처 군은 약혼녀를 만나려고 플로리다까지 다녀왔다는구나.」

「네, 알아요. 당신이 어디 갔는지 궁금해서 아처 부인을 찾아갔어요. 편지를 보냈는데 답장이 없어서 말이죠. 혹시 몸이 아픈 건 아닌가 걱정이 됐어요.」 그녀는 여전히 그를 보았다.

그는 갑자기 서둘러 떠나게 됐고 또 세인트오거스틴에 가서 답장을 하려고 했다는 말을 우물우물했다.

「거기 갔으니 내 생각을 잊은 건 당연하죠!」 그녀는 계속 미소를 지은 채, 무관심을 위장한 것으로도 보이는 경쾌한 태도로 말했다.

〈아직 내가 필요하다고 해도 나한테 그걸 알리고 싶지는 않은 거야.〉 그는 그녀의 태도에 충격을 받고 생각했다. 그는 어머니를 방문해 줘서 고맙다고 말하고 싶었지만, 노부인의 심술궂은 눈길 아래 혀가 굳고 몸이 움츠러드는 것 같았다.

「이 친구 좀 보거라. 빨리 결혼하고 싶어서 프랑스식으로 떠나서는[2] 그 바보 같은 여자애한테 무릎을 꿇고 빌었단다! 애인이라는 게 그래. 잘생긴 보브 스파이서는 불쌍한 우리 어머니를 그런 식으로 채가 놓고, 내가 젖도 떼기 전에 싫증을 내버렸지. 내가 여덟 달 만에 태어났는데도 말이야! 하지만 자네는 스파이서가 아니야, 젊은이. 그건 자네한테도 메이한테도 다행이지. 그 나쁜 피를 조금이라도 간직한 건 가엾은 엘렌뿐이야. 나머지는 전부 전형적인 밍곳들이야.」 노부인의 외침에 경멸의 빛이 담겼다.

아처는 마담 올렌스카가 할머니의 옆에 앉아 여전히 그를 신중하게 살펴보고 있다는 걸 알았다. 그녀의 눈에서 명랑한 기운은 사라졌고, 그녀는 더없이 온화하게 말했다.「할머니, 우리 둘이 메이네 식구를 설득해서 아처 씨 소원을 들어주게 할 수 있지 않을까요?」

아처는 떠나려고 자리에서 일어섰다. 마담 올렌스카의 손을 잡았을 때, 그는 그녀가 답장받지 못한 편지에 대한 언급을 바라고 있다는 걸 느꼈다.

「언제 다시 만날 수 있죠?」 그녀가 방문 앞까지 따라 나오자 그가 물었다.

「당신이 좋을 때요. 하지만 그 작은 집을 다시 보고 싶으면 서둘러야 할 거예요. 다음 주에 이사 가거든요.」

그 천장 낮은 응접실의 램프 불빛 아래서 보낸 시간들의 기억이 떠오르면서, 그의 가슴에 통증이 지나갔다. 짧은 시간이었지만 많은 기억으로 가득했다.

「내일 저녁은 어때요?」

2 주인에게 작별 인사를 하지 않고 떠나는 18세기 프랑스 관습에 따라 생긴 말. 이런 표현은 오늘날 허락을 구하거나 알리지 않고 행하는 모든 상황을 설명하는 데 쓰인다.

그녀가 고개를 끄덕였다. 「내일 좋아요. 하지만 일찍 와요. 외출하거든요.」

다음 날은 일요일이었고, 그녀가 일요일 저녁에 〈외출〉한다면 그건 분명 레뮤얼 스트러더스 부인의 집일 것이다. 그는 약간 마음이 상했다. 그녀가 거기 가서가 아니라(그는 오히려 그녀가 밴 더 루이든 부부의 조언을 무시하고 가고 싶은 곳에 다니는 게 좋았다) 거기 가면 보퍼트를 만난다는 걸 이미 알고 있고 그녀는 필시 거기서 보퍼트를 만날 것이기 때문이다. 어쩌면 그 목적으로 거기 가는 건지도 몰랐.

「좋아요. 내일 저녁이요.」 그는 대답하면서 마음속으로는 일찍 가지 않겠다고, 늦게 가서 그녀가 스트러더스 부인의 집에 가는 걸 막거나 아니면 그녀가 떠난 다음에 도착하겠다고 결심했다. 모든 상황을 고려해 보아도 그것이 가장 간단한 해결책이었다.

결국 그는 8시 반밖에 되지 않았을 때 등나무 밑에 서서 초인종을 울렸다. 의도했던 시각보다 30분이나 빨랐지만 격심한 초조함이 그를 그곳으로 몰고 갔다. 하지만 그는 스트러더스 부인의 일요일 저녁 모임은 무도회와 다르고, 그곳의 손님들은 악행을 최소화하기라도 하려는 듯 대개 일찍 떠난다는 점을 떠올렸다.

하지만 마담 올렌스카의 집 현관에 들어섰을 때 거기서 다른 사람의 모자와 외투를 발견하리라고는 미처 생각하지 못했다. 사람들과 함께 저녁 식사 모임을 갖는다면 왜 자신더러 일찍 오라고 했단 말인가? 하지만 나스타시아가 그 옆에 그의 옷을 거는 동안 살펴보니 분노는 호기심으로 변했다. 외투들은 그가 점잖은 집의 실내에서 본 것들 중 가장 이상한 것이었고, 한 번만 흘낏 보아도 둘 다 줄리어스 보퍼트의 것이 아님을 알 수 있었다. 하나는 〈기성품〉이라는 것이 역력한 노란색 낡은 얼스터 코트[3]였고, 다른 하나는 심하게 낡고 빛바랜 망토였다. 프랑스 사람들이 〈마크파를란〉[4]이라고 부르는 것과 비슷했다. 몸집이 아주 거대한 사람의 것으로 보이는 이 외투는 오래도록 거칠게 입은 게 분명했고, 오랜 시간을 술집 벽에 기대서 보냈다는 걸 암시해 주듯 암녹색 주름 사이에서는 젖은 톱밥 같은 냄새가 났다. 그 위에는 낡은 회색 목도리와 사제복과도 비슷한 기이한 펠트 모자가 걸려 있었다. 아처가 눈썹을 추켜올려 나스타시아에게 질문을 하자, 그녀 역시 눈썹을 올리면서 하는 수 없다는 듯이 〈자*Già*〉라고 말하면서 응접실 문을 열어젖혔다.

젊은이는 집주인이 거기 없다는 걸 금방 알 수 있었다. 그리고 놀랍게도 벽난로 옆에 다른 여자가 서 있었다. 큰 키와 여윈 몸집에 흐트러진 차림의 그 여자는 고리와 술 장식이 복잡하게 달리고, 격자무늬, 줄무늬, 띠무늬가 종잡을 수 없는 모양으로 뒤엉킨 옷을 입고 있었다. 백발이 되지 않고 색이 바래 버린 머리는 스페인식 빗과 검은 레이스 스카프로 치장되어 있었고, 류머티즘 걸린 손에는 기운 자국이 눈에 띄는 실크 벙어리장갑이 끼워져 있었다.

그녀 옆에는 시가 연기 구름 속에 외투의 주인들이 서 있었다. 둘 다 오전부터 입고 있던 게 분명한 옷차림이었다. 두 사람 중 하나는 놀랍게도 네드 윈셋이었고, 거대한 덩치로 보아 〈마크파를란〉의 주인이 분명한 좀 더 나이 든 사람은

---

3 단추가 두 줄로 달리고 망토가 있는 외투. 본래 아일랜드의 얼스터 지방의 거친 모직물로 만들었다.
4 양옆에 절개선이 있는 가벼운 외투.

헝클어진 반백 머리가 약간 사자 같은 느낌을 주었는데, 무릎 꿇은 군중에게 평신도의 축복이라도 나누어 주는 듯 두 팔을 크게 휘저었다.

이 세 사람이 난로 앞 양탄자를 함께 밟고 서서 마담 올렌스카가 주로 앉는 소파에 놓인 엄청나게 큰 진홍색 장미 꽃다발과 그 밑동에 달라붙어 있는 보라색 팬지 꽃들을 들여다보고 있었다.

「이 계절에 얼마나 비쌌을까? 물론 중요한 건 여기 담긴 마음이지만!」 아처가 들어갔을 때 여자가 한숨 쉬며 딱딱 끊는 어조로 말하고 있었다.

그의 등장에 세 사람이 놀라 고개를 돌렸고, 여자가 앞으로 다가와서 손을 내밀었다.

「오, 친애하는 아처 씨, 나하고도 친척이 될 뉴랜드! 나는 맨슨 후작 부인이야.」 그녀가 말했다.

아처가 고개를 숙여 인사했고 그녀는 말을 이었다. 「엘렌이 며칠 동안 나더러 여기서 지내라고 했어. 겨울 동안 쿠바에서 스페인 친구들이랑 지내다가 왔거든. 정말로 유쾌하고도 멋진 친구들이야. 옛 카스티야[5]의 최고 귀족들이지. 아처 씨가 그 사람들을 만난다면 얼마나 좋을까! 하지만 멋진 친구 카버 박사가 불러서 여기 왔어. 애거선 카버 박사하고 만난 적 없지? 사랑의 골짜기 공동체의 창립자야.」

카버 박사는 사자 같은 머리를 앞으로 숙였고, 후작 부인이 말을 이었다. 「아, 뉴욕, 뉴욕. 이곳에는 아직 정신적인 삶이 닿지를 못했어! 그런데 아처 씨는 윈셋 씨하고 서로 아는 사이 같은걸.」

「아, 네. 얼마 전에 알았죠. 하지만 그런 방식으로는 아님

5 스페인 한 지방의 중심지.

니다.」 윈셋이 메마른 미소를 띠고 말했다.

후작 부인은 마음에 들지 않는다는 듯 고개를 저었다. 「그걸 어떻게 알아, 윈셋 씨? 영혼은 제가 희망하는 데로 가는 법이야.」

「들어라. 아, 들어라!」 카버 박사가 큰 소리로 중얼거렸다.

「앉아, 아처 씨. 우리 넷은 함께 즐거운 저녁 식사를 했어. 우리 아이는 지금 옷을 갈아입으러 올라갔어. 아처 씨를 기다리고 있었지. 금방 내려올 거야. 우리는 지금 이 멋진 꽃다발에 감탄하고 있는 중이야. 엘렌이 내려오면 이걸로 놀라게 해주려고 해.」

윈셋은 계속 서 있었다. 「저는 가봐야겠습니다. 마담 올렌스카가 이 동네를 버리면 모두가 어찌할지 모를 거라고 전해주세요. 이 집은 오아시스였습니다.」

「아, 하지만 엘렌은 당신을 버리지 않을 거예요. 시와 예술은 엘렌한테 생명의 호흡과 같으니까. 윈셋 씨가 쓰는 글은 시죠?」

「아뇨. 하지만 가끔 읽기는 합니다.」 윈셋이 그렇게 말하고는 모두를 향해 목례를 한 번 하고 응접실 밖으로 나갔다.

「신랄한 정신…… 〈욍 푀 소바주〉.[6] 하지만 재치는 넘치네요. 카버 박사께서도 윈셋 씨가 재치 있다고 생각하세요?」

「나는 재치에 대해서는 생각하지 않습니다.」 카버 박사가 엄격하게 말했다.

「아, 아…… 재치에 대해서는 생각하지 않는다고요! 이분은 우리 약한 인간들한테 정말로 무자비한 분이야, 아처 씨! 하지만 오직 영혼의 세계에 사시니까. 그리고 오늘 밤은 블

---

6 *un peu sauvage*. 프랑스어로 약간 야만적이라는 뜻. 여기서는 윈셋의 냉소에 대한 설명으로 쓰였다.

렌커 부인 집에서 해야 할 연설도 머릿속에 준비하고 계시지. 카버 박사님, 블렌커가로 떠나기 전에 아처 씨에게 직접적 접촉[7]에 대한 놀라운 발견을 설명해 줄 시간이 있을까요? 아, 안 되겠네요. 9시가 다 되었어요. 그렇게 많은 사람이 박사님 말씀을 기다리는 걸 알면서 우리가 여기 박사님을 잡아 둘 수는 없죠.」

카버 박사는 이런 결론에 약간 실망한 것 같았지만, 자신의 육중한 금시계를 마담 올렌스카의 작은 여행용 시계와 비교해 본 뒤 내키지 않는다는 태도로 거대한 팔다리를 추슬러 출발을 준비했다.

「나중에 올 거죠?」 그가 후작 부인에게 물었고, 그녀는 미소로 응답했다. 「엘렌의 마차가 오면 저도 곧 갈게요. 그때까지 강연이 시작되지 않았으면 좋겠네요.」

카버 박사는 심각한 표정으로 아처를 보았다. 「만약 이 젊은 신사분이 내 경험에 관심이 있다면, 블렌커 부인이 이분의 참석도 허락해 줄까요?」

「박사님, 그럴 수 있다면 부인은 분명히 아주 기뻐할 거예요. 하지만 엘렌한테 아처 씨가 필요한 것 같은데요.」

「그렇다면, 안타깝군요. 하지만 여기 제 명함입니다.」 카버 박사가 아처에게 명함을 건넸고, 아처는 거기 고딕체로 찍힌 글자를 읽었다.

애거선 카버

사랑의 골짜기

키타스쿼타미, 뉴욕

7 특정한 형태의 강신술.

카버 박사는 인사를 하고 나갔고, 맨슨 부인은 아쉬움이라고도 안도라고도 해석될 수 있는 한숨을 쉰 뒤 다시 아처에게 자리에 앉으라고 손짓했다.

「엘렌은 곧 내려올 거야. 그리고 그 전에 내가 아처 씨하고 조용히 이야기할 시간이 생겨서 기뻐.」

아처는 만나서 반갑다는 말을 우물거렸고, 후작 부인은 낮고 한숨 섞인 어조로 말을 이었다. 「나는 다 알고 있어, 아처 씨. 아처 씨가 무슨 일을 해주었는지 우리 아이가 다 이야기해 주었어. 그 현명한 조언, 용기 있는 신념…… 너무 늦지 않아서 천만다행이야!」

젊은이는 적잖은 당혹감 속에 그녀의 말을 들었다. 자신이 마담 올렌스카의 사적 영역에 개입한 일을 그녀는 모든 사람에게 말하고 다닌 걸까?

「마담 올렌스카가 과장한 겁니다. 저는 그저 부탁을 받고 법률적 조언을 해주었을 뿐입니다.」

「하지만 그러면서 자신도 모르게 그, 그…… 우리 현대인들이 섭리를 뭐라고 그러더라? 그것의 도구가 되었어.」 후작 부인은 고개를 한쪽으로 기울이고 눈꺼풀을 오묘하게 내리깔면서 외쳤다. 「바로 그 순간 나한테 호소하는 사람이 있었다는 걸 아처 씨는 몰랐을 거야. 대서양 저편에서 말이야!」

그녀는 누가 엿들을까 봐 살펴보는 것처럼 어깨 뒤를 슬쩍 돌아보았다. 그리고 의자를 더 가까이 끌어다 놓고 작은 상아 부채를 입술에 댄 채 나직이 말했다. 「백작이 직접 말이야. 불쌍하고 어리석고 정신 나간 올렌스키. 나더러 엘렌이 원하는 대로 다 해주고 그 아이를 데리고 와달라고 말했어.」

「말도 안 돼요!」 아처가 벌떡 일어서며 소리쳤다.

「놀랐어? 물론 그렇겠지. 이해해. 불쌍한 스타니슬라스는 늘 나더러 둘도 없는 친구라고 말하지만 그래도 그 친구를 변호할 생각은 없어. 올렌스키도 자신을 변호하지 않아. 그저 엘렌의 발밑에 몸을 던질 뿐이야, 나를 통해서.」 그녀는 여윈 가슴을 두드렸다. 「여기 그 사람 편지가 있어.」

「편지요? 마담 올렌스카도 봤나요?」 아처가 말을 더듬었다. 충격에 머릿속이 빙글빙글 도는 것 같았다.

맨슨 후작 부인은 천천히 고개를 저었다. 「시간, 시간. 나한테는 시간이 필요해. 나는 엘렌을 알아. 도도하고 고집 세고, 그리고 뭐랄까 용서를 잘 안 하지.」

「하지만 용서하는 것과 지옥으로 돌아가는 건 별개의 일이죠.」

「그래.」 후작 부인은 인정했다. 「엘렌도 그렇게 말하더군. 예민한 것! 하지만 물질적인 면을 본다면 아처 씨, 눈을 좀 낮추고 그런 쪽 일을 생각해 본다면, 엘렌이 지금 무얼 포기하고 있는지 알고 있어? 소파에 있는 저 장미꽃 좀 봐. 니스에 있는 그 사람의 타의 추종을 불허하는 계단식 정원에는 저런 꽃이 유리 온실과 노지에 끝도 없이 피어 있어. 보석, 역사가 깃든 진주들, 소비에스키[8]의 에메랄드, 검은담비 모피. 하지만 엘렌한테 그런 건 아무것도 아니야! 예술과 아름다움, 엘렌이 좋아하고 추구하는 건 그런 거지. 나나 그 밖에 엘렌 주변을 둘러싼 사람들처럼 말이야. 그림, 값비싼 가구, 음악, 빛나는 대화. 젊은이, 이런 표현을 양해해 줬으면 좋겠는데, 여기 있는 자네는 짐작도 못 할 것들이야! 그리고 엘렌은 그 모든 걸 가졌었지. 최고 예술가들의 존경도. 엘렌 말로는 뉴욕 사람들은 그 애를 예쁘다고 생각하지 않는다더군. 말도 안 돼! 엘렌은 초상화를 아홉 번 그렸어. 유럽 최고의 미

8 폴란드의 귀족 가문 — 옮긴이주.

술가들이 초상화를 그리게 해달라고 간청했다고. 이런 게 아무것도 아닌 건가? 거기다 남편의 참회도?」

이야기가 최고조에 이르면서 맨슨 후작 부인의 얼굴에는 황홀한 회상의 표정이 떠올랐고, 그렇게 충격으로 굳어 있지 않았다면 아처는 그것을 재미있게 여겼을 것이다.

누군가 그에게 메도라 맨슨이 악마의 전령 가면을 쓰고 그의 앞에 처음 모습을 보일 거라고 말해 주었다면, 그는 웃었을 것이다. 하지만 지금 그는 전혀 웃을 기분이 아니었다. 그에게 그녀는 엘렌 올렌스카가 간신히 빠져나온 그 지옥에서 곧장 올라온 사람 같았다.

「아직 마담 올렌스카는 모르죠, 이 모든 일을요?」 그가 불쑥 물었다.

맨슨 부인은 입술에 보랏빛 손가락을 댔다. 「직접적으로는 모르지. 하지만 추측은? 그거야 모르지. 사실은 아처 씨, 내가 자네를 기다리고 있었어. 자네가 그토록 확고한 입장을 견지했다는 말을 듣고 또 엘렌이 자네를 그렇게 믿는 걸 보니까, 자네가 나를 좀 도와서 엘렌을 설득하면……..」

「그곳으로 돌아가라고요? 그러느니 차라리 죽는 게 나을 겁니다!」 젊은이가 격하게 소리쳤다.

「아.」 후작 부인이 힘없이 말했다. 성난 기색은 보이지 않았다. 잠시 동안 그녀는 안락의자에 앉아서 장갑 낀 손으로 기이한 상아 부채를 펼쳤다 접었다 했다. 그러다 고개를 번쩍 들고 귀를 기울였다.

「엘렌이 내려오고 있어.」 그녀가 빠르고 나직하게 속삭였다. 그리고 소파의 꽃다발을 가리키며 말했다. 「그러면 아처 씨는 그편을 선호한다는 거지? 어쨌건 결혼은 결혼이고……. 내 조카딸은 아직 그 사람의 아내니까……..」

18

「두 사람이 무슨 모의를 하는 거예요, 메도라 숙모?」 마담 올렌스카가 응접실로 들어오면서 말했다. 그녀는 무도회에 가는 것처럼 입고 있었다. 드레스를 빛으로 만들기라도 한 것처럼 그녀를 감싼 모든 것이 반짝이고 아른거렸다. 그녀는 사방에 가득한 경쟁자에게 도전하는 예쁜 여자처럼 고개를 꼿꼿이 세우고 있었다.

「너에게 줄 깜짝 선물 이야기를 하고 있었단다.」 맨슨 부인이 자리에서 일어나서 장난스러운 동작으로 꽃을 가리키며 대답했다.

마담 올렌스카는 자리에서 멈춰 서서 꽃다발을 바라보았다. 얼굴색은 변하지 않았지만 하얀 분노의 광선이 여름날의 번개처럼 지나갔다. 「아.」 그녀는 아처가 한 번도 들어 보지 못한 날 선 목소리로 소리쳤다. 「도대체 어떤 바보가 나한테 꽃다발을 보낸 거죠? 왜 꽃다발이에요? 그리고 왜 하필 오늘 밤이에요? 내가 무도회라도 가나요? 내가 약혼한 처녀라도 되나요? 하지만 어떤 사람들은 언제나 바보 같은 짓만 하죠.」

그녀는 돌아서서 문을 열고 소리쳤다. 「나스타시아!」

그러자 없을 때가 없는 하녀가 재빨리 나타났고, 아처는 마담 올렌스카가 그더러 잘 들으라고 일부러 그러는 듯 느린 이탈리아어로 말하는 소리를 들었다. 「여기 이것 쓰레기통에 버려 줘!」 그러자 나스타시아가 말도 안 된다는 표정으로 바라보았다. 「아냐, 꽃은 잘못이 없어. 아이한테 시켜서 꽃을 여기서 세 번째 집에 가져다주라고 해. 거기는 윈셋 씨 집이야. 오늘 여기서 저녁을 먹은 검은 머리 신사분 말이야. 아내분이 아파. 꽃을 보면 기분이 좋아질지도 몰라. 바깥에 아이 있지? 그러면 나의 소중한 나스타시아, 어서 가. 여기 내 망토를 두르고. 이 물건을 한순간도 집에 두고 싶지 않아. 그리고 절대 내가 보낸 거라고 말하지 마!」

그녀는 벨벳 오페라 망토를 하녀의 어깨에 둘러 주고 응접실로 돌아와서 문을 탁 닫았다. 레이스 장식이 된 가슴이 부풀어 올랐고, 한순간 아처는 그녀가 울음을 터뜨릴 거라고 생각했다. 하지만 대신 그녀는 웃음을 터뜨리고 후작 부인과 아처를 번갈아 바라보다가 갑자기 물었다. 「두 분은 서로 친구가 되셨군요!」

「아처 씨가 할 말이 그거지. 아처 씨는 네가 옷을 갈아입는 동안 참을성 있게 기다려 주었어.」

「그래요, 시간이 좀 많이 걸렸죠. 머리가 제대로 되지 않아서요.」 마담 올렌스카가 말아서 부풀린 〈시농〉[1]에 손을 대고 말했다. 「하지만 그러고 보니 카버 박사가 떠났나 본데, 숙모님이 블렌커가에 늦는 거 아니에요? 아처 씨, 숙모님을 마차에 태워 주시겠어요?」

그녀는 후작 부인을 따라 현관 입구까지 나와서는, 부인이 각종 덧신과 숄과 티핏[2]을 겹쳐 신고 걸치는 모습을 본 뒤 문 앞에서 외쳤다. 「잊지 말아요. 10시까지는 마차를 이리 돌려

1 뒷머리에 땋아서 틀어 올려 핀으로 고정시킨 머리 ─ 옮긴이주.

보내야 돼요!」 그런 뒤 응접실로 돌아갔고, 아처가 후작 부인 전송에서 돌아왔을 때는 벽난로 선반 옆에 서서 거울에 자신을 비추어 보고 있었다. 뉴욕 사회에서 귀부인이 객실 하녀에게 〈나의 소중한〉이라는 말을 붙여 부르고, 자신의 오페라 망토를 둘러 주며 심부름 보내는 건 흔한 일이 아니었다. 아처는 이렇게 올림포스 신의 속도로 행동이 감정을 뒤따라가는 세계에 있다는 것에 마음속 깊이 즐거운 흥분을 느꼈다.

마담 올렌스카는 그가 뒤에서 다가가도 움직이지 않았고, 한순간 두 사람의 눈길이 거울 속에서 마주쳤다. 잠시 후 그녀가 돌아서더니 소파 구석에 털썩 앉아 한숨을 쉬었다. 「담배 한 대 필 시간은 있어요.」

그는 그녀에게 담배 상자를 건네고 나뭇개비에 불을 붙여 주었다. 불길이 그녀의 얼굴 위로 피어오르자 그녀는 웃음이 담긴 눈으로 그를 보고 말했다. 「내가 화내는 걸 보니까 어때요?」

아처는 잠깐 가만히 있다가 갑자기 결연한 태도가 되어 대답했다.

「당신 숙모님이 당신에 대해 한 이야기가 맞다고 생각했어요.」

「숙모님이 제 이야기를 했을 것 같았어요. 뭐라고 그래요?」

「당신이 여기 사람들은 절대로 줄 수 없는 화려하고 즐겁고 가슴 뛰게 하는 그런 모든 것에 익숙하다고 그랬어요.」

마담 올렌스카는 입가에 핀 동그란 담배 연기 속으로 희미하게 미소를 지었다.

「메도라 숙모는 대책 없이 로맨틱해요. 그건 숙모님한테

2 모피, 실크, 또는 벨벳으로 만든 납작한 깃으로, 끝이 가슴 위까지 길게 늘어지는 패션 액세서리.

는 많은 일들에 대한 보상이 되었죠.」

아처는 망설이다가 다시 용기를 냈다.「숙모님의 로맨틱함에 정확함도 따르는 것 아닌가요?」

「숙모님 말이 진실이냐는 건가요?」마담 올렌스카가 잠시 생각하더니 대답했다.「글쎄요, 숙모님 말씀은 언제나 진실과 거짓이 뒤섞여 있어요. 하지만 그걸 왜 묻죠? 당신한테 무슨 말을 했나요?」

그는 눈을 돌려 벽난로를 들여다보고 다시 그녀의 빛나는 모습으로 눈길을 돌렸다. 그 시간이 그들이 그 난롯가에서 보내는 마지막 저녁이고, 곧이어 마차가 와서 그녀를 데려갈 거라고 생각하자 심장이 조여들었다.

「숙모님 말씀이 올렌스키 백작이 당신을 설득해서 도로 유럽으로 보내 달라고 부탁했다더군요.」

마담 올렌스카는 대답하지 않았다. 그녀는 담배를 든 손을 들다 말고서 꼼짝 않고 앉아 있었다. 얼굴 표정도 변하지 않았다. 아처는 그녀가 놀라는 걸 본 적이 없다는 사실이 떠올랐다.

「그러면 알고 있었다는 말인가요?」그가 참지 못하고 물었다.

그녀는 계속 말없이 앉아 있었고 담배에서 재가 떨어졌다. 그녀는 담배를 바닥에 떨어뜨렸다.「무슨 편지 이야기를 언뜻 하기는 했어요. 가엾은 메도라 숙모! 숙모님 말로는…….」

「그러면 숙모님이 여기 갑자기 온 것도 남편의 부탁 때문인가요?」

마담 올렌스카는 그 질문도 생각해 보는 것 같았다.「몰라요. 숙모는 카버 박사에게서 〈영혼의 부름〉인지 뭔지 하는 걸 받았다고 했어요. 숙모가 카버 박사하고 결혼할까 봐 걱정돼요. 가엾은 메도라 숙모는 언제나 누군가와 결혼을 하고 싶어 해요. 쿠바의 친구들은 아마 숙모한테 싫증이 났을 거예요. 숙모는 그 사람들한테 돈을 받고 일종의 말동무 비슷하게 지냈던 것 같아요. 숙모가 왜 왔는지는 정말 모르겠어요.」

「하지만 남편이 보낸 편지를 가지고 왔다는 건 믿는 거죠?」

마담 올렌스카는 다시 한 번 무거운 침묵에 잠겼다가 말했다. 「어쨌건 다 예상했던 일이에요.」

젊은이는 일어나서 벽난로에 가서 기댔다. 갑작스레 초조함이 몰려왔고, 이제 시간이 얼마 없고 곧 마차가 돌아올 거라는 생각에 혀가 굳었다.

「숙모님은 당신이 돌아갈 거라고 믿고 있던걸요?」

마담 올렌스카는 재빨리 고개를 들었다. 얼굴에 진한 홍조가 떠올라 목과 어깨로 번져 갔다. 그녀는 얼굴 붉히는 일이 드물었는데, 그때마다 화상이라도 입는 듯 고통스러워했다.

「나와 관련해서 사람들은 잔인한 일들을 많이 믿죠.」

「아 엘렌, 어리석고 야수 같은 나를 용서해요!」

그녀는 가볍게 웃었다. 「당신은 너무 불안해하고 있어요. 당신 문제도 있잖아요. 웰랜드가하고 결혼 문제에서 생각이 많이 어긋나는 걸 알아요. 물론 나는 당신이 맞다고 생각해요. 유럽에서는 우리 미국 사람들이 약혼하고 이렇게 오래 있다 결혼하는 걸 이해하지 못해요. 그 사람들은 우리만큼 침착하지 않은가 봐요.」 그녀는 〈우리〉라는 말에 살짝 힘을 주어서 그 말에 아이러니한 느낌을 더했다.

아처는 그 아이러니를 느꼈지만, 차마 거기에 반응할 수는 없었다. 어쨌건 그녀는 아마도 의도적으로 자기 일에서 화제를 돌렸고, 그의 마지막 말이 그녀에게 준 고통을 생각하면 그가 할 수 있는 일은 그저 그녀의 주도를 따라가는 것뿐이었다. 하지만 시간이 부족하다는 생각에 그는 필사적인 심정이 되었다. 두 사람 사이에 다시 말의 장벽이 세워질 거라는 생각을 참을 수가 없었다.

「네. 메이에게 부활절 뒤에 결혼하자고 하려고 내려갔죠. 그때 결혼 못 할 이유가 없어요.」 그가 불쑥 말했다.

「메이는 당신을 사랑해요. 그런데도 설득하지 못했다는 말이에요? 메이처럼 똑똑한 아이가 그렇게 어처구니없는 미신에 얽매일 줄은 몰랐네요.」

「메이는 지나치게 똑똑해요. 그리고 미신에 매여 있지 않아요.」

마담 올렌스카가 그를 보았다. 「무슨 말인지 모르겠는걸요.」

아처는 얼굴을 붉히고 서둘러 말했다. 「우리는 솔직하게 이야기했어요. 거의 처음이었어요. 메이는 내가 그렇게 안달하는 게 나쁜 신호라고 생각해요.」

「뭐라고요? 나쁜 신호라고요?」

「내가 그때까지 자기를 좋아할 자신이 없어서라는 거죠. 그러니까 내가 빨리 결혼하는 방법으로 더 좋아하는 다른 사람에게서 벗어나려고 한다는 거예요.」

마담 올렌스카는 그 말을 기이하게 여겼다. 「하지만 정말 그렇게 생각한다면 왜 메이도 같이 서두르지 않는 거죠?」

「왜냐면 메이는 그런 사람이 아니니까요. 훨씬 생각이 깊어요. 그래서 더 여유를 갖고 나한테 시간을 주어야 한다는 거예요.」

「메이를 포기하고 다른 여자를 선택할 시간을요?」

「내가 원한다면요.」

마담 올렌스카는 몸을 벽난로 쪽으로 기울이고 불길에 눈

을 고정했다. 아처는 조용한 거리에서 그녀의 마차가 돌아오
는 소리를 들었다.

「정말로 생각이 깊네요.」 그녀가 약간 갈라진 목소리로 말
했다.

「그래요. 하지만 바보 같은 생각이에요.」

「바보 같아요? 당신이 다른 사람을 좋아하는 게 아니라서?」

「다른 사람하고 결혼할 생각이 없으니까요.」

「아.」 다시 한 번 긴 침묵이 이어졌다. 마침내 그녀가 그를
보고 물었다. 「그 다른 여자, 그 여자도 당신을 사랑하나요?」

「아, 다른 사람은 없어요, 전혀. 그러니까 지금은 물론 전
에도 메이가 생각하던 그 사람은요.」

「그러면 왜 서두르는 건가요?」

「마차가 왔네요.」 아처가 말했다.

그녀는 몸을 살짝 세워서 건성으로 옷매무새를 훑었다. 부
채와 장갑은 그녀가 앉은 소파 위에 있었고, 그녀는 기계적
으로 그것을 집어 들었다.

「그래요, 가야겠어요.」

「스트러더스 부인 집에 가는 거죠?」

「네.」 그녀가 미소 짓고 덧붙였다. 「초대받은 곳에는 가야
돼요. 안 그러면 너무 외로워지니까요. 같이 안 갈래요?」

아처는 무슨 일이 있어도 그녀를 자기 곁에 두어야 한다
고, 그녀가 그날 저녁 자기 곁을 떠나지 않게 해야 한다고 느
꼈다. 그는 그녀의 질문을 무시하고 다시 벽난로 선반에 기
대서, 시선의 힘으로 그녀의손에서 장갑과 부채를 떨어뜨리
기라도 할 듯이 그녀의 손을 뚫어지게 바라보았다.

「메이의 짐작은 옳았습니다. 다른 여자가 있어요. 하지만
메이가 생각한 사람은 아닙니다.」 그가 말했다.

엘렌 올렌스카는 대답도 하지 않고 움직이지도 않았다. 잠시 후 그는 그녀 옆에 앉아서 그녀의 손을 잡았다. 그가 그 손을 부드럽게 펼치자 장갑과 부채가 소파 위 두 사람 사이에 떨어졌다.

그녀는 깜짝 놀라서 그에게서 몸을 떼고 벽난로 저편으로 갔다. 「나한테서 사랑을 구하지 말아요! 그랬던 사람이 너무 많아요.」 그녀가 얼굴을 찌푸리고 말했다.

아처도 낯빛이 바뀌어서 일어났다. 그녀가 그에게 할 수 있는 가장 가혹한 비난이었다. 「나는 당신한테 사랑을 구하지 않았습니다. 앞으로도 그럴 거고요. 하지만 만약 상황이 허락했다면 내가 결혼했을 사람은 당신입니다.」 그가 말했다.

「상황이 허락했다면이라고요?」 그녀가 꾸밈없이 놀란 표정으로 그를 보았다. 「하지만 상황을 불가능하게 만든 건 당신이잖아요.」

그는 오직 한 가닥 빛줄기만이 내비치는 어둠 속을 더듬어 그녀를 바라보았다.

「내가 상황을 불가능하게 만들었다고요?」

「당신, 바로 당신이요!」 그녀는 울음이 차오른 아이처럼 입술을 떨면서 소리쳤다. 「이혼을 포기하게 만든 건 당신이잖아요. 이혼이 얼마나 이기적이고 나쁜 일인지 일러 주고, 결혼의 신성함을 지키기 위해 희생해야 한다고 하고…… 가족이 구설수와 추문에 휘말리지 않게 하라고요! 그리고 당신하고 우리 가족이 친척이 될 거니까, 메이를 위해서 또 당신을 위해서 나는 당신이 말한 대로 했어요. 당신이 설득한 대로 했어요. 아!」 그녀는 갑자기 웃음을 터뜨렸다. 「내가 그런 결정을 내린 게 당신 때문이라는 걸 나는 전혀 숨기지 않았는데요!」

그녀는 다시 소파에 주저앉아서, 겁에 질린 가장 무도회 참가자처럼 화려한 드레스 주름 속에 몸을 웅크렸다. 젊은이는 벽난로 옆에 서서 꼼짝도 하지 않고 그녀를 바라보았다.

「맙소사, 그때 내 생각은…….」 그가 신음하듯 말했다.

「그때 생각이라고요?」

「아, 그게 뭔지 묻지 말아요!」

그는 여전히 그녀에게 시선을 고정한 채, 아까와 같이 타는 듯한 홍조가 그녀의 목을 타고 얼굴로 올라가는 것을 보았다. 그녀는 허리를 펴고 앉아서 꼿꼿한 위엄 속에 그를 마주 보았다.

「하지만 묻겠어요.」

「그렇다면 당신이 나더러 읽으라고 한 그 편지에서…….」

「남편이 보낸 편지요?」

「맞아요.」

「그 편지 내용은 하나도 겁나지 않아요. 전혀요! 내가 두려워한 건 우리 가족에 오명과 추문이 돌아오는 거였어요. 당신하고 메이한테요.」

「맙소사.」 그는 다시 신음하듯 말하고 고개를 숙여 두 손에 얼굴을 묻었다.

그 뒤의 침묵은 최종적이고 결정적인 무게로 두 사람을 짓눌렀다. 아처는 자신의 묘비가 자신을 찍어 누르는 것 같은 느낌을 받았다. 넓게 펼쳐진 미래 어디에도 그것을 자신의 심장에서 들어 올려 줄 것이 보이지 않았다. 그는 그 자리에서 움직이지도 않고 손에 묻은 얼굴을 들지도 않았다. 두 손에 가려진 그의 두 눈은 계속해서 완전한 어둠을 응시했다.

「적어도 나는 당신을 사랑했어요.」 그가 입을 열었다.

벽난로 맞은편, 그녀가 아직도 웅크리고 있을 소파 모퉁이에서 아이처럼 숨죽여 우는 소리가 희미하게 들렸다. 그는 깜짝 놀라서 그녀의 곁으로 갔다.

「엘렌, 왜 그래요! 왜 우는 거예요? 돌이킬 수 없는 일은 하나도 벌어지지 않았어요. 나는 아직 자유롭고, 당신도 자유를 얻을 거예요.」 그는 그녀를 안고, 젖은 꽃 같은 그녀의 얼굴에 입술을 댔다. 모든 헛된 두려움이 새벽빛 속의 귀신들처럼 오그라들었다. 놀라웠던 건 이렇게 그녀를 끌어안으면 모든 일이 간단해지는 것을 5분 동안이나 서로 뚝 떨어진 자리에서 말다툼이나 하고 있었다는 사실이었다.

그녀도 그의 키스에 응답했다. 하지만 잠시 후 그의 품 안에 안겨 있던 몸이 뻣뻣해지더니 그를 옆으로 밀고 일어섰다.

「불쌍한 뉴랜드! 이렇게 될 수밖에 없었겠죠. 하지만 그렇다고 달라지는 건 없어요.」 이제는 그녀가 난로 앞에 서서 그를 내려다보았다.

「나한테는 모든 게 달라질 수 있어요.」

「아니요. 그러면 안 돼요. 그럴 수 없어요. 당신은 메이하고 약혼했고 나는 결혼한 여자예요.」

그도 일어섰다. 상기되고 결연한 얼굴이었다. 「말도 안 돼요! 그러기에는 너무 늦었어요. 우리는 남들에게도 우리에게도 거짓말을 할 권리가 없어요. 당신의 결혼 이야기는 하지 말죠. 하지만 이런 일이 있고 난 뒤에도 내가 메이하고 결혼하는 게 상상이 됩니까?」

그녀는 여윈 팔꿈치를 벽난로 선반에 대고 말없이 서 있었다. 뒤에 있는 유리에 그녀의 옆모습이 비쳐 보였다. 그녀의 〈시뇽〉 하나가 흐트러져서 목으로 늘어졌다. 그녀는 초췌해 보였고, 늙어 보이기까지 했다.

「당신이 메이에게 그 같은 문젯거리를 던져 주리라고 생각하지 않아요. 할 수 있나요?」그녀가 마침내 말했다.

그는 무슨 상관이냐는 듯 어깨를 으쓱 치켜들었다. 「그러지 않기에는 너무 늦었어요.」

「당신이 그렇게 말하는 건 그게 진실이라서가 아니라, 지금 이 순간 그렇게 말하는 게 가장 쉽기 때문이에요. 사실 우리는 각자가 이미 결정한 것 이외의 다른 일을 하기에는 너무 늦었어요.」

「아, 나는 당신을 이해하지 못하겠어요!」

그녀가 억지로 처량한 미소를 짓자 얼굴이 펴지기보다 오히려 구겨졌다. 「당신은 이해 못 해요. 당신 때문에 내 주변이 얼마나 달라졌는지 당신은 짐작조차 못 하기 때문이에요. 처음부터…… 당신이 한 그 모든 일들을 내가 알기 훨씬 전부터.」

「내가 한 일들이라고요?」

「그래요. 처음에 나는 이곳 사람들이 나를 꺼린다는 걸 전혀 몰랐어요. 내가 사람들이 기피하는 종류의 사람이라는 걸요. 사람들은 나와 만나는 만찬 모임도 거절했던 것 같아요. 나는 나중에 알았어요. 당신이 당신 어머니하고 같이 밴 더 루이든 씨 집에 갔다는 것과 나를 지켜 주는 가족이 하나 더 있다는 걸 보여 주기 위해서 보퍼트의 무도회에서 약혼 발표를 했다는 걸요.」

거기서 그는 웃음을 터뜨렸다.

「생각해 보면, 내가 그렇게 바보 같고 우둔했어요. 어느 날 할머니가 불쑥 말씀하실 때까지 전혀 몰랐어요. 뉴욕은 나에게 그저 평화와 자유였으니까요. 나는 집에 돌아온 거였어요. 그리고 나와 같은 사람들 사이에서 지내는 게 행복했고, 만나는 사람들은 모두 친절하고 다정하고 나를 반기는 것 같았어요. 하지만 처음부터…… 당신만큼 친절한 사람은 없었어요. 내가 그토록 어렵고 필요 없다고까지 여긴 일을 왜 해야 하는지 그 이유를 설명해 준 사람은 아무도 없었어요. 그 친절한 사람들은 나를 설득하지 않았어요. 아무도 유혹이란 걸 받은 적이 없는 것 같았어요. 하지만 당신은 알고 이해했어요. 당신은 바깥세상이 황금 손가락으로 사람을 끌어당긴다는 걸 알았어요. 하지만 그게 사람에게 요구하는 대가를 싫어했죠. 당신은 불충과 잔인함과 무관심으로 얻는 행복을 싫어했어요. 그건 내가 전혀 알지 못하던 거였어요. 그리고 내가 알던 그 어떤 것보다도 좋았죠.」

그녀는 침울한 어조로 말했지만, 얼굴에는 눈물도 흥분도 보이지 않았다. 그녀의 입에서 나온 말 한 마디 한 마디가 뜨거운 납 물처럼 그의 가슴 위로 떨어졌다. 그는 떨어뜨린 고개를 두 손으로 움켜쥔 채 난로 앞 양탄자와 그녀의 드레스 자락 사이로 드러난 공단 구두코를 바라보았다. 그러다 갑자기 무릎을 꿇고 그녀의 구두에 입을 맞추었다.

그녀가 허리를 굽혀 그의 어깨에 두 손을 얹고는, 너무 그윽해서 그가 꼼짝도 할 수 없는 눈길로 그를 내려다보았다.

「당신이 지금껏 한 일들을 거스르지 말아요! 내가 이제 와서 다른 생각을 할 수는 없어요. 나는 당신을 포기해야만 당신을 사랑할 수 있어요.」 그녀가 소리쳤다.

그는 열망을 담아 두 팔을 그녀에게 뻗었지만 그녀는 뒤로 몸을 뺐고, 두 사람은 그녀의 말이 빚어낸 거리를 사이에 두고 서로를 마주 보았다. 그는 갑자기 분노가 솟구쳤다.

「보퍼트 때문인가요? 그 사람이 이제 나를 대신하는 건가요?」

그는 이 말을 하면서 분노의 반격을 예상했다. 그리고 그것을 기꺼이 받아들여 분노의 연료로 삼을 작정이었다. 하지만 마담 올렌스카는 얼굴만 조금 더 창백해졌을 뿐, 두 팔을 앞에 늘어뜨리고 고개를 살짝 굽힌 채 가만히 서 있었다. 그녀가 무슨 문제를 생각할 때 하는 자세였다.

「보퍼트는 지금 스트러더스 부인 집에서 당신을 기다리고 있어요. 왜 가지 않는 거죠?」그가 비아냥거렸다.

그녀는 돌아서서 종을 울렸다. 「오늘 저녁은 외출하지 않을 거야. 마차를 도로 보내서 후작 부인을 모셔 오게 해.」하녀가 오자 그녀가 말했다.

문이 다시 닫힌 뒤에도 아처는 그녀에게 계속 차가운 눈길을 보냈다. 「왜 이런 희생을 하죠? 나한테 외롭다고 했잖아요. 내가 당신의 교우 관계를 방해할 권리는 없죠.」

그녀는 젖은 속눈썹 아래로 가벼운 미소를 지어 보였다. 「이제 외롭지 않을 거예요. 외로웠죠. 두려웠고요. 하지만 공허와 어둠은 갔어요. 지금은 나 자신을 돌아보면, 밤에도 언제나 불이 켜진 방으로 들어가는 아이 같아요.」

그녀의 목소리와 표정은 여전히 부드러웠지만 접근하기 어려운 분위기에 휩싸여 있었다. 아처는 다시 한 번 신음 소리를 냈다. 「당신을 이해하지 못하겠어요!」

「하지만 당신은 메이를 이해하잖아요!」

이 대꾸에 그는 얼굴이 상기되었지만 그녀에게서 시선을 돌리지는 않았다. 「메이는 나를 포기할 준비가 되어 있어요.」

「뭐라고요? 결혼을 앞당기자고 무릎 꿇고 애원하고 돌아온 지 사흘 만에요?」

「메이가 거절했어요. 그러니까 나한테는 권리가 있어요.」

「아, 그게 얼마나 더러운 말인지 당신이 내게 가르쳐 주었죠.」그녀가 말했다.

그는 극단적인 피로감 속에 돌아섰다. 몇 시간 동안 가파른 절벽 표면을 기어오르려고 씨름한 끝에 이제 막 꼭대기에 이르렀는데, 그 순간 발 디딘 곳이 무너지면서 어둠 속으로 곤두박질치게 된 것 같았다.

다시 한 번 그녀를 안을 수 있다면 그녀의 반론을 씻어 낼 수 있을지도 몰랐지만, 그녀는 여전히 다가갈 수 없는 거리를 유지하고 있었다. 그것은 그녀의 표정과 태도에 깃든 정체를 알 수 없는 냉담함 때문이기도 했고, 그녀의 진정성에 대한 그 자신의 경외감 때문이기도 했다. 마침내 그가 다시 항변을 시작했다.

「우리가 지금 이러면 앞으로 더 나빠져요, 모두에게 더욱.」

「아니에요, 아니에요, 아니에요!」 그녀는 그 말에 놀란 듯 거의 비명을 지르다시피 했다.

그 순간 종소리가 길게 집 안을 울렸다. 집 앞에 마차가 서는 소리를 못 들었기에 두 사람 모두 놀란 눈으로 서로를 보면서 가만히 서 있었다.

나스타시아의 발소리가 현관을 향했고, 현관이 열린 뒤 잠시 후 그녀가 전보를 가지고 와서 올렌스카 백작 부인에게 건네주었다.

「부인은 꽃 선물을 아주 기뻐했습니다.」 나스타시아가 앞치마를 매만지면서 말했다. 「〈시뇨르 마리토〉[3]가 보낸 줄 알고 울음을 터뜨리고는 바보짓이라고 말했어요.」

마담 올렌스카가 미소를 짓고 노란 봉투를 받아 들었다. 그리고 봉투를 개봉하고는 램프 앞으로 갔다가, 문이 다시 닫히자 아처에게 전보문을 건네주었다.

세인트오거스틴에서 올렌스카 백작 부인에게 보낸 것이었

3 *signor marito*. 이탈리아어로 〈남편〉이라는 뜻.

다. 그는 읽었다. 〈할머니 전보가 통했음. 엄마 아빠가 부활절 뒤에 결혼 허락. 뉴랜드에게도 전보 보낼 예정. 말할 수 없이 기쁘고 언니를 사랑해. 늘 감사하는 메이.〉

30분 뒤 아처가 자기 집 현관문을 여니, 비슷한 봉투가 입구 탁자에 쌓인 그 뭇의 우편물들 위로 놓여 있었다. 봉투 안에 든 전보는 역시 메이 웰랜드가 보낸 것으로 다음과 같은 내용이었다. 〈부모님 부활절 뒤 결혼 허락. 화요일 2시 그레이스 교회. 신부 들러리 여덟 명. 목사님 찾아가 보기 바람. 행복한 메이.〉

아처는 노란 종이를 구겼다, 그렇게 하면 거기 담긴 소식을 무효로 만들 수 있기라도 하다는 듯. 그런 뒤 작은 수첩을 꺼내서 떨리는 손으로 종잇장을 넘겼지만, 원하는 것이 보이지 않자 전보를 주머니에 우겨 넣고 계단을 올랐다.

제이니의 조그만 옷방 겸 내실에서 빛이 새어 나왔고, 아처는 조급하게 방문을 두드렸다. 문이 열리고 제이니가 변함없이 자주색 플란넬 실내복 차림에 〈핀으로 고정한〉 머리를 하고 나타났다. 창백하고도 두려운 얼굴이었다.

「뉴랜드! 그 전보 설마 나쁜 소식은 아니겠지? 일부러 기다렸어. 혹시…….」 (뉴랜드의 모든 서신은 제이니의 눈을 피해 갈 수 없었다.)

그는 제이니의 질문을 무시했다. 「올해 부활절이 며칠이지?」

그녀는 기독교인답지 않은 그런 무지에 깜짝 놀란 표정이 되었다. 「부활절? 그야 당연히 4월 첫째 주지. 왜?」

「첫째 주?」 그가 한숨을 쉬고 수첩에 재빨리 계산을 했다. 「첫째 주라고 그랬어?」 그는 고개를 젖히고 한참 동안 웃었다.

「도대체 왜 그러는 거야?」

「아무것도 아냐. 그냥 내가 한 달 후에 결혼할 거라는 거지.」
제이니는 그의 목을 잡고 오빠를 자주색 플란넬 가슴으로 끌어당겼다. 「오빠, 정말 잘됐다! 너무 기뻐! 하지만 왜 그렇게 웃는 거야? 좀 조용히 해. 어머니가 깨신단 말이야.」

제2부

19

그날은 먼지를 일으키며 활기찬 봄바람이 부는 싱그러운 날이었다. 양가의 노부인은 모두 칙칙해진 검은담비 모피와 누렇게 바랜 흰 담비 모피를 꺼내 입었고, 앞쪽 신도석에서 나는 장뇌[1] 향은 제단을 장식한 백합의 희미한 봄 향기를 질식시킬 지경이었다.

뉴랜드 아처는 교회지기의 신호를 받고 부속실에서 나와, 그레이스 교회의 제단으로 이어지는 계단에 신랑 들러리와 함께 섰다.

교회지기의 신호는 신부와 아버지가 탄 마차가 나타났다는 뜻이었다. 하지만 본당 입구에서 이런저런 것들을 정돈하고 의논하는 데는 분명히 상당한 시간이 걸릴 것이다. 그곳에는 신부 들러리들이 부활절 꽃처럼 엉겨 기다리고 있었다. 이런 어쩔 수 없는 시간이 지나가는 동안 신랑은 열렬한 마음에 대한 증거로 거기 모인 하객들 앞에 홀로 나와 있게 되어 있었다. 아처는 19세기의 뉴욕 결혼식을 역사의 태동기부터 전해지는 예식인 양 느끼게 해주는 모든 의식과 마찬가지로 이런 의식에도 군말 없이 따랐다. 그가 밟아 가야 하는 그

1 강력한 냄새가 나는 방충 물질. 이 물질은 성욕을 억제하는 기능이 있다.

길에서는 모든 것이 똑같이 수월했고 — 달리 표현하자면 똑같이 고통스러웠고 — 그는 자신이 들러리로서 다른 신랑들을 이끌고 그 똑같은 미로를 걸어갈 때 그들이 자기 말에 공손하게 복종했듯이 그의 들러리가 허둥대며 내리는 지시에 고분고분 따랐다.

그에게는 지금까지 자신의 의무를 다했다는 합당한 자신감이 있었다. 흰 백합과 은방울꽃으로 만든 신부 들러리 여덟 명의 꽃다발은 제 시간에 도착했고, 하객 안내원 여덟 명이 착용할 금과 사파이어 커프스 단추도, 신랑 들러리의 묘안석[2] 스카프 핀도 마찬가지였다. 아처는 새벽까지 앉아서 남자 친구들과 옛 애인들이 보낸 마지막 선물에 제각기 다른 말로 감사 편지를 썼다. 주교와 교구 목사 사례비는 들러리의 주머니에 안전하게 준비되어 있었다. 그의 짐은 피로연이 열릴 맨슨 밍곳 부인의 집에 이미 가 있었고, 갈아입을 여행복도 마찬가지였다. 신혼부부를 싣고 미지의 목적지로 달려갈 기차의 개인실도 예약되어 있었다. 신혼 첫날밤의 장소를 비밀에 붙이는 것은 이 선사 시대 예식의 가장 신성한 금제들 가운데 하나였다.

「반지 잘 간수하고 있지?」 신랑 들러리 일을 해본 적이 없고, 책임의 무게에 위압된 젊은 밴 더 루이든 뉴랜드가 속삭였다.

아처는 그동안 수많은 신랑에게서 본 동작을 반복했다. 장갑을 안 낀 오른손으로 암회색 조끼 주머니 속을 더듬어 작은 금반지가 제자리에 있다는 걸 확인시켜 준 것이다. (반지 안쪽에는 〈뉴랜드가 메이에게, 187X년 4월 XX일〉이라고

2 값비싼 석영의 일종으로, 불빛과 각도가 맞으면 고양이 눈과 비슷해 보인다.

새겨져 있었다.) 그런 뒤 전과 같은 태도로 돌아가 예복 모자와 검은색 수를 놓은 진주 빛 회색 장갑을 왼손에 든 채 교회 문을 바라보았다.

머리 위에서는 헨델의 행진곡이 둥근 인조석 천장을 웅장하게 울리며, 그 선율 위로 많은 결혼식의 빛바랜 표류물을 실어 날랐다. 그는 바로 그렇게 그 제단 앞에 서서 즐겁고도 무심하게 다른 신부들이 다른 신랑을 향해 다가오는 모습을 수도 없이 보았다.

〈오페라 극장의 첫날과 이렇게 똑같을 수가!〉 그는 똑같은 박스석(아니, 회중석)에 앉은 똑같은 얼굴들을 보면서, 최후의 나팔 소리가 울릴 때도 셀프리지 메리는 저런 보닛에 저런 공작 깃털을 달고 있을까, 보퍼트 부인은 저런 귀고리를 달고 저런 미소를 짓고 있을까, 그리고 다른 세상에도 그들을 위한 특등석이 이미 마련되어 있을까 하는 생각을 했다.

그러고 나서도 여전히 앞줄에 앉은 익숙한 얼굴들을 하나하나 살펴볼 시간이 있었다. 호기심과 흥분으로 팽팽해진 여자들의 얼굴, 점심 식사 전에 프록코트를 입어야 한다는 의무와 피로연에서 음식을 두고 밀치락달치락해야 한다는 사실 때문에 시무룩한 남자들의 얼굴.

「캐서린 할머니네서 식사를 해야 한다니.」 레지 치버스의 말소리가 들리는 것 같았다. 「하지만 듣자니 러벌 밍곳이 자기 집 〈셰프〉한테 요리를 맡겨야 한다고 우겼대요. 그러니까 얻어먹을 수만 있다면 괜찮을 거예요.」 그리고 실러턴 잭슨이 권위 있게 덧붙이는 소리도 상상할 수 있었다. 〈그 이야기 못 들었어? 피로연 음식은 영국의 유행을 따라서 작은 식탁들에 차려질 거야.〉

아처의 눈이 잠시 회중석 왼쪽에 머물렀는데, 그곳에는 헨리 밴 더 루이든의 팔짱을 끼고 교회에 들어온 어머니가 두 손을 외증조할머니에게 물려받은 흰담비 토시에 묻은 채 샹티 베일[3] 아래 조용히 울고 있었다.

〈불쌍한 제이니! 아무리 고개를 뽑아도 앞줄 사람들밖에 안 보일 거야. 거의 촌스러운 뉴랜드가 아니면 대거넷가지.〉 그는 누이를 보며 생각했다. 가족석을 분리해 놓은 흰 띠 이편에는 큰 키의 보퍼트가 붉은 얼굴을 하고 앉아서 오만한 눈길로 여자들을 살펴보았다. 그 옆에는 은색 친칠라 모피[4]에 제비꽃을 두른 그의 아내가 앉아 있었다. 흰 띠 저편에 있는 로렌스 레퍼츠의 매끈하게 빗은 머리는 예식을 주관하는 보이지 않는 〈예법〉의 신을 호위하는 것 같았다.

아처는 로렌스 레퍼츠의 날카로운 눈이 그의 신이 주관하는 이 의식에서 얼마나 많은 잘못을 찾아낼지 생각해 보았다. 그러자 갑자기 자신도 한때는 그런 문제가 중요하다고 생각했다는 사실이 떠올랐다. 그의 일상을 채웠던 일들이 이제는 인생에 대한 소꿉장난 같은 모방이거나 중세 학자들이 아무도 이해 못 하는 형이상학적 용어들을 두고 싸운 일 같았다. 결혼 선물을 〈공개〉해야 하는지를 둘러싼 격렬한 논의가 결혼식 직전에 어둠을 드리웠다. 아처는 성인들이 그런 사소한 일에 그렇게 열을 올리고, 결국 웰랜드 부인이 분노의 눈물을 터뜨리며 〈집에 기자들을 푸는 게 낫겠어〉라고 말하면서 사태가 (안 한다는 쪽으로) 결정되었다는 게 어처구니없게 여겨졌다. 그렇지만 아처 또한 그런 문제들에 확고하고 얼마간 공격적이기까지 한 의견을 지녔던 때가 있었다. 그가 속한 소규모 부족의 예절과 관습에 관련된 모든 것이

3 프랑스 샹티 지방에서 생산되는 섬세한 레이스로 만든 베일.
4 남아메리카 안데스 산맥에 사는 설치류 털로 만든 값비싼 모피.

216

세계적인 중요성을 지닌 듯이 여겨진 때가 있었다.

〈그러는 동안…… 어딘가에는 진짜 사람들이 살았고 진짜 일들이 일어났지……〉 그는 생각했다.

「저기 온다!」 신랑 들러리가 흥분해서 속삭였다. 하지만 신랑은 그보다는 현명했다.

교회 문이 조심스레 열린 것은 마차 대여소의 브라운 씨가 (겸업으로 교회지기 일을 하면서 검은 옷차림을 하고) 자신의 대원들을 들여보내기 전에 미리 안을 살펴보기 위한 것이었다. 문은 다시 조용히 닫혔다가 잠시 후 웅장하게 열렸고, 웅성거리는 소리가 교회 안을 가득 울렸다. 「신부 가족이야!」

웰랜드 부인이 장남의 팔짱을 낀 채 맨 먼저 들어왔다. 분홍색을 띤 부인의 커다란 얼굴은 적절한 엄숙함을 보였고, 옆구리에 연청색 띠가 박힌 자두색 공단 드레스와 작은 공단 보닛에 꽂힌 파란색 타조 깃털은 전체적인 호평을 받았다. 하지만 웰랜드 부인이 아처 부인 맞은편 회중석에 자리를 잡기도 전에 사람들은 그 뒤에 오는 사람을 보려고 고개를 뺐다. 그 전날 맨슨 밍곳 부인이 신체적 불편함에도 불구하고 예식에 참석하기로 마음먹었다는 소문이 사방으로 퍼졌다. 그런 소문은 부인의 모험심 강한 성격과 너무도 잘 들어맞는 일인지라, 부인이 본당으로 걸어 들어와 좌석에 끼어 앉을 수 있을지 없을지를 둘러싸고 클럽에서는 높은 금액의 내기가 걸렸다. 부인이 자신의 목수를 보내서 앞쪽 회중석의 마감 널이 부서질 가능성이 있는지 알아보고, 좌석과 제단 사이 공간은 얼마나 되는지 측정해 오라고 시킨 일은 이미 알려져 있었다. 하지만 결과는 부정적이었고, 하루 동안 가족은 부인이 거대한 바스 의자[5]에 앉은 채로 본당을 가로질러 가서 제단 발치에 자리를 잡을까 어쩔까 고민하는 것을 불안과 초조 속에 지켜보았다.

부인이 사람들 앞에 그 거대한 몸을 드러낸다는 건 친척들에게는 너무도 괴로운 일이었고, 마침내 한 영리한 사람이 그 의자의 폭이 교회 문에서 도로까지 뻗은 차양의 철 지지대 간 폭보다 넓다는 사실을 발견했을 때 식구들은 그 사람에게 금이라도 발라 주고 싶은 심정이 되었다. 차양을 없애서 천막 연결부에 다가가려고 실랑이하는 드레스업자와 신문 기자들에게 신부를 노출시킨다는 것은 캐서린 노부인의 용기로도 감당할 수 없는 일이었다. 하지만 부인은 잠시 그 가능성을 진지하게 고민했다. 「사람들이 우리 아이 사진을 찍어서 〈신문에 낼지도 몰라요!〉」 노부인의 마지막 계획에 대한 암시에 웰랜드 부인이 소리쳤고, 일가붙이들은 이 말도 안 되는 법석에서 일제히 몸을 떨며 물러섰다. 노부인은 포기해야 했다. 하지만 그걸 양보하는 대신 피로연은 자기 집에서 열어야 한다는 조건을 달았다. (워싱턴 스퀘어의 소식통이 말했듯이) 웰랜드가를 지척에 두고, 그 인적 드문 곳까지 가기 위해 브라운 씨에게 특별 요금을 주어야 한다는 건 괴로운 일이었다.

잭슨 남매가 이 모든 상황을 널리 알렸지만, 모험심 강한 소수는 아직도 밍곳 노부인이 교회에 나타날 거라는 믿음을 버리지 않았고, 부인 대신 부인의 며느리가 나타나자 교회 안의 열기는 눈에 띄게 떨어졌다. 러벌 밍곳 부인은 그 연령대에 그런 습성을 지닌 부인들이 새 드레스에 몸을 힘겹게 우겨 넣을 때 흔히 그렇듯 얼굴이 홍조를 띠고 눈은 흐리멍텅했다. 하지만 밍곳 노부인이 나타나지 않은 데 따른 실망

5 바퀴가 달린 커다란 의자로, 요양지가 많은 영국 바스 지방 상류 사회에서 비롯되었다.

감이 가라앉자, 라일락 색 공단 위로 검은 샹티를 두른 그녀의 드레스와 파르마 제비꽃[6]을 꽂은 보닛이, 청색과 자두색이 섞인 웰랜드 부인의 드레스와 멋진 조화를 이룬다는 데 사람들의 의견이 일치했다. 그러나 밍곳 씨의 팔짱을 끼고 점잔 빼는 걸음으로 들어온 여윈 부인은 전혀 다른 인상을 주었다. 줄무늬 천과 술 장식과 너풀대는 스카프가 멋대로 헝클어진 이 유령 같은 사람이 마지막 시야에 미끄러져 들어오자 아처는 심장이 덜컹 오그라들어 박동을 멈추었다.

그는 맨슨 후작 부인이 아직 워싱턴에 있는 줄 알았다. 그녀는 4주 전에 조카 마담 올렌스카와 함께 워싱턴으로 갔다. 사람들은 두 사람의 갑작스러운 여행은 마담 올렌스카가 메도라 맨슨이 애거선 카버 박사의 불길한 능변에 넘어가는 걸 막기 위해 꾸민 일이라고 이야기했다. 메도라 맨슨은 사랑의 골짜기의 신입 회원으로 이름을 올리기 직전까지 갔었다. 이런 상황에서는 둘 중 누구라도 결혼식 때문에 돌아올 거라고 생각되지 않았다. 아처는 한순간 메도라의 기이한 모습에 눈을 고정시키고 그 뒤에 누가 오는지를 보았다. 하지만 중요도가 떨어지는 가족이 모두 자리를 잡으면서 짧은 행렬은 끝났고, 이주를 준비하는 새들 혹은 벌레들처럼 모여 있던 여덟 명의 키 큰 안내인도 이미 옆문을 통해 로비로 나가고 있었다.

「뉴랜드, 〈신부가 왔어!〉」 들러리가 속삭였다.

아처는 정신이 번쩍 들었다.

그의 심장이 박동을 멈춘 뒤 시간이 꽤 오래 흐른 모양이었다. 흰색과 장미색 행렬이 본당을 절반쯤 올라왔고, 주교,

6 이탈리아 북부의 도시 파르마에서 자란다고 알려진 연자주색 혹은 진자주색 꽃.

교구 목사, 흰 날개를 단 조수 두 명이 꽃에 싸인 제단 근처를 맴돌았고, 슈포어[7] 교향곡의 도입부가 신부 앞에 꽃 같은 음들을 흩뿌리고 있었다.

아처는 눈을 떴다. (하지만 정말로 그가 생각하던 대로 눈을 감고 있기는 했던 걸까?) 그리고 심장이 본래의 임무를 재개하는 것을 느꼈다. 음악, 제단의 백합 향기, 점점 더 가까이 다가오는 망사 천과 오렌지 꽃의 구름, 행복한 흐느낌으로 떨리는 아처 부인의 얼굴, 교구 목사가 나직이 중얼거리는 축사, 여덟 명의 분홍빛 신부 들러리와 여덟 명의 검은빛 내빈 안내인의 질서 정연한 행진, 그 자체로는 더없이 익숙하지만 자신이 관련되고 보니 너무도 낯설고 의미 없게 느껴지는 모든 소리와 감각이 머릿속에 뒤죽박죽 엉켰다.

〈이런! 반지가 제대로 있나?〉 그는 생각했다. 그리고 다시 한 번 허둥대는 신랑의 몸짓을 해보였다.

그러자 순식간에 메이가 그의 옆에 와 섰다. 그 기운이 어찌나 밝은지 그의 마비된 몸에도 희미한 온기가 느껴졌다. 그는 몸을 똑바로 하고 그녀를 보며 미소를 지었다.

「사랑하는 여러분, 오늘 우리가 여기 모였습니다.」 교구 목사가 예식을 집전하기 시작했다.

반지는 그의 손에 있었고, 주교가 축복 기도를 했고, 신부 들러리들이 다시 행진 준비를 했고, 오르간은 뉴욕에서 모든 신혼부부의 탄생에 함께 하는 멘델스존의 행진곡[8]을 쏟아 낼 전조를 보였다.

「팔을…… 〈신부에게 팔을 줘!〉」 젊은 신랑 들러리가 불안

---

7 독일의 작곡가이자 바이올린 연주자인 루이스 슈포어(1784~1859).
8 결혼식에 전통적으로 연주되던, 독일 작곡가 펠릭스 멘델스존(1809~1847)의 곡.

한 목소리로 꾸짖었다. 아처는 다시 한 번 자신이 머나먼 미지의 나라를 헤매고 있었다는 걸 깨달았다. 무엇이 자신을 그리로 보낸 걸까? 아마도 교회 수랑(守廊)에 자리한 낯선 하객들 틈에 언뜻 보인 검은 곱슬머리 때문일 것이다. 잠시 후 모자 아래 드러난 얼굴은 코가 길쭉한 낯선 여자였고, 그녀를 보고 떠올린 사람하고 어찌나 딴판인지 그는 자신이 환영을 보고 있나 하는 의문까지 들었다.

잠시 후 그와 그의 아내는 멘델스존의 가벼운 음률에 실려 본당 중앙 복도를 천천히 걸어 내려갔다. 활짝 열린 문밖에서는 봄날이 손짓했고, 휘장 터널의 끝에서는 이마에 리본을 단 웰랜드 부인의 적갈색 말들이 뽐내듯이 껑충거렸다.

그보다도 훨씬 더 큰 흰색 리본을 널따란 옷깃에 단 시종이 메이의 몸에 흰색 망토를 둘러 주었고, 아처는 마차에 올라 그녀의 옆자리에 앉았다. 그녀는 환한 미소로 그를 바라보았고, 두 사람의 손이 그녀의 베일 아래서 얽혔다.

「나의 신부!」 아처가 말했다. 그는 갑자기 암흑의 심연이 그의 앞에 입을 벌리고, 자신이 그리로 떨어져 내리는 걸 느꼈다. 아래로 더 아래로 떨어지는 동안 그의 목소리는 매끄럽고도 활기차게 주절거렸다. 「정말로 반지를 잃어버린 줄 알았어. 불쌍한 신랑이 그런 일을 겪지 않고 끝나는 결혼식은 없는 것 같아. 하지만 당신은 나를 너무 오래 기다리게 했어! 기다리는 동안, 이런 일이 생기면 어쩌지 저런 일이 생기면 어쩌지 별의별 걱정이 다 드는 거야.」

그녀는 놀랍게도 번화한 5번 대로에서 그를 향해 몸을 돌리고 그의 목에 팔을 둘렀다. 「이제 우리가 부부가 되었으니 어떤 일도 일어날 수 없어요, 뉴랜드!」

그날의 모든 일정이 워낙 꼼꼼하게 준비된지라 신혼부부는 피로연이 끝난 뒤 여유롭게 여행복으로 갈아입고, 신부 들러리들의 웃음과 부모들의 울음 속에 밍곳 부인 집의 넓은 계단을 내려가서, 전통에 따라 뿌리는 쌀과 공단 구두의 소나기 속에 마차에 올라탔다. 그리고 기차역에 가서 숙달된 여행자의 태도로 신문 판매점에서 최신 주간지들을 사고, 예약된 객실에 들어가 자리를 잡았다. 출발까지는 시간이 30분이나 남았다. 객실에는 메이의 하녀가 이미 비둘기 빛 여행 망토와 런던에서 산 반짝이는 새 화장품 가방을 준비해 놓았다.

라인벡에 사는 뒤 락가의 노숙모들이 뉴욕에서 아처 부인과 함께 일주일을 보내리라는 기대로 자신들의 집을 신혼부부에게 내주었고, 남들처럼 필라델피아나 볼티모어의 호텔에 〈신방〉을 마련하는 게 마뜩잖던 아처는 주저 없이 그 제안을 받아들였다.

메이는 시골로 간다는 사실에 매료되어 있었고, 또 여덟 명의 신부 들러리가 그들이 숨어드는 수수께끼의 장소가 어디일지 알아내려고 애쓸 거라는 생각에 아이처럼 즐거워했다. 시골에 임대 주택을 갖고 있는 것은 아주 〈영국적인〉 일로 여겨졌고, 그런 사실은 많은 사람이 그해 가장 훌륭한 결혼이라고 여긴 그날의 행사에 마지막 품위를 안겨 주었다. 하지만 그 집의 위치는 신랑 신부 부모를 빼고는 누구도 알 수 없게 되어 있었다. 신랑 신부의 부모는 사람들의 추궁을 받자 입술을 오므리고 알쏭달쏭하게 〈아이들이 말을 안 해줬네요〉라고 말했는데 그건 사실이었다. 말해 줄 필요가 없었기 때문이다.

그들이 객실에 자리를 잡고, 기차가 끝도 없어 보이던 지루한 교외 지역을 지나 마침내 희미하게 펼쳐진 봄 풍경 속으로 들어가자, 대화는 아처의 생각보다 수월하게 펼쳐졌다. 메이는 표정도 말투도 어제와 다를 바 없는 소박한 처녀로 결혼식과 관련된 일들에 대해 그와 즐겁게 의견을 교환했는데, 그 태도는 마치 신부 들러리가 식장 안내자에게 말하듯 치우침이 없었다. 처음에 아처는 이런 차분한 태도는 내면의 흥분을 가린 가식일 거라고 생각했지만, 그녀의 맑은 눈에서 보이는 건 더없이 평온한 무지뿐이었다. 그녀는 처음으로 남편과 혼자 있었다. 하지만 그녀의 남편은 어제까지 멋진 벗이었을 뿐이다. 그녀가 그만큼 사랑하는 사람도, 그만큼 완전하게 믿는 사람도 없었다. 그리고 약혼과 결혼이라는 즐거운 모험의 절정을 이루는 〈기쁨〉은 어른처럼, 〈결혼한 여자〉처럼 그와 단둘이 어딘가로 떠나는 것이었다.

실로 신기한 것은 — 그가 세인트오거스틴의 선교소 정원에서 깨달았듯이 — 그렇게 깊은 감정이 그러한 상상력 부재와 공존할 수 있다는 것이었다. 하지만 그때도 그녀가 마음의 짐을 내려놓기 무섭게 아무런 표정 없는 처녀로 돌아가서 그를 놀라게 했다는 게 기억났다. 그리고 그는 그녀가 각각의 경험이 닥칠 때마다 최선을 다해 그 일을 해결해 나갈 테지만, 앞을 힐끔이라도 내다보는 일은 없을 거라는 걸 알았다.

아마도 그런 무지 때문에 그녀의 눈이 그토록 투명하고, 그녀의 얼굴은 개인이라기보다는 어떤 유형을 대표하는 것처럼 보이는 것일지 모른다. 그녀는 마치 시민 도덕이나 그리스 여신의 모델로 선택된 사람 같았다. 그녀의 깨끗한 피부 밑을 흐르는 피는 파괴의 요소가 아니라 보존액인지도 몰랐다. 하지만 누구도 파괴할 수 없을 만큼 강고해 보이는 그녀의 젊은 모습은 냉혹하거나 둔해 보이지 않고 원시적이고 순수해 보일 뿐이었다. 아처는 이런 생각에 빠져 있다가 불현듯 자신이 그녀를 낯선 사람의 놀란 눈으로 보고 있다는 걸 깨닫고, 피로연의 일들과 그곳에서 발휘된 캐서린 노부인의 엄청난 존재감으로 생각을 옮겼다.

메이는 즐거움을 감추지 않고 그 이야기를 본격적으로 하기 시작했다. 「그래도 정말 놀랐어요. 당신은 안 놀랐나요? 메도라 숙모가 오신 거요. 엘렌이 보낸 편지에 보면 두 사람 다 여기 올 만한 몸 상태가 아니라고 그랬거든요. 건강이 좋아진 게 엘렌이었으면 좋았을 텐데! 언니가 나한테 보낸 오래된 예쁜 레이스 봤어요?」

그는 이 순간이 곧 오리라는 걸 알았지만, 막연하게도 어떤 의지력 같은 것으로 그 접근을 막을 수 있을지 모른다고 생각하고 있었다.

「봤어. 아니…… 그래, 봤어. 아주 예뻤어.」 그는 그렇게 말하고, 멍한 눈으로 그녀를 보며 앞으로 그 이름 두 음절을 들을 때마다 자신이 공들여 쌓은 세계가 카드로 만든 집처럼 무너져 내리는 건 아닐까 하는 생각을 했다.

「안 피곤해? 도착해서 차를 좀 마시면 좋을 거야. 숙모님들이 모든 걸 완벽하게 준비해 놓으셨을 거야.」 그는 그녀의 손을 잡으며 주절거렸고, 그녀의 마음은 곧장 보퍼트 부부가 선물한 멋진 볼티모어 은제 차와 커피 잔 세트로 달려갔다. 그 은 식기들은 러벌 밍곳이 준 쟁반과 접시들과 〈완벽하게〉 어울렸다.

봄의 황혼 속에 기차는 라인벡 역에 섰고, 두 사람은 기다리고 있는 마차를 향해 승강장을 나섰다.

「밴 더 루이든 부부는 정말 친절해. 스쿠이터클리프에서 사람을 보내 우리를 맞게 하다니.」 평복 차림의 수수한 사람이

다가와서 하녀의 짐을 덜어 주자 아처가 감탄했다.

「죄송합니다, 나리. 뒤 락 마님들 댁에 약간 문제가 생겼습니다. 수조가 새고 있어요. 어제 그렇게 되었습니다. 밴 더 루이든 씨는 오늘 아침 이 소식을 듣고 아침 기차로 하녀를 보내서 파트룬의 집을 준비해 두셨습니다. 그 집에서 지내기는 그렇게 불편하시지 않을 겁니다, 나리. 그리고 뒤 락 마님들께서는 두 분께서 라인벡에서와 똑같이 지내실 수 있도록 요리사를 그리 보내 놓으셨습니다.」밴 더 루이든가에서 보낸 사람이 말했다.

아처의 어리벙벙한 눈을 보고 그 사람은 더욱더 죄송한 기색으로 말했다. 「분명히 이곳과 똑같을 겁니다, 나리.」그러자 메이의 열렬한 목소리가 어색한 침묵을 덮으며 터져 나왔다. 「라인벡과 똑같다고요? 파트룬의 집이요? 백배는 좋을 거예요. 안 그래요, 뉴랜드? 그곳을 생각해 내다니 밴 더 루이든 씨는 정말 너무 친절해요.」

그래서 두 사람은 마차에 올랐고, 하녀는 마부 옆에 앉고, 반짝이는 신혼여행 가방들은 앞 좌석에 놓였다. 그녀는 들뜬 목소리로 말했다. 「생각해 봐요. 난 거기 한 번도 들어가 본 적이 없어요. 당신은요? 밴 더 루이든 부부가 웬만한 사람한테는 그 집을 열어 주지 않잖아요. 하지만 엘렌한테는 열어 주었던 것 같아요. 언니가 정말로 사랑스러운 집이라고 그랬어요. 미국에서 본 집들 가운데 행복하게 살 수 있을 것 같은 유일한 집이라고 그랬어요.」

「그러니까 우리가 거기서 지내게 되는 거지?」그녀의 남편이 명랑하게 물었고 그녀는 소년 같은 미소를 지으며 대답했다. 「우리의 행운은 이제부터 시작이에요. 우리 두 사람이 계속 함께 나눌 멋진 행운이요!」

20

「우리는 당연히 카프리 부인하고 식사를 해야 돼.」아처가
말했고, 그의 아내는 아침 식탁에 놓인 거대한 브리타니아
식기[1] 너머로 불안한 듯 얼굴을 찡그리고 그를 보았다.

비 내리는 사막 같은 가을날의 런던에는 뉴랜드 아처가 아
는 사람이 둘뿐이었다. 그러나 아처 부부는 외국의 친지에게
자신을 알리는 것은 〈품위〉 없는 일이라는 옛 뉴욕의 전통에
따라 그 두 사람을 열심히 피하고 있었다.

아처 부인과 제이니는 유럽을 방문할 때마다 이 원칙을 굳
게 지켰고 동료 여행객이 다정하게 말을 건넬 때도 굳건히 입
을 다물어서, 호텔이나 기차역 종사자들을 제외한 어떤 〈외
국인〉과도 말을 나누지 않는 기록을 거의 달성할 지경이었
다. 같은 미국인의 경우는 전부터 알고 있었거나 적절한 방
식으로 신용을 인증받은 사람을 제외하면 훨씬 더 상대할 필
요가 없다고 생각해서, 어쩌다 우연히 치버스가나 대거넷가
나 밍곳가 사람을 마주치는 일이 없다면 두 사람은 수개월의
외국 여행을 끊임없는 〈테트아테트〉[2] 속에서 보내야 했다. 하
지만 지극한 주의도 때로는 소용이 없는 법이다. 어느 날 밤

1 푸르스름한 흰색 금속으로 만든 접시 및 찻주전자 같은 가정생활 용품.

보첸[3]에서 복도 맞은편에 묵는 영국 여자 두 명(그들의 이름과 복장과 사회적 위상을 제이니는 이미 알고 있었다)이 문을 두드리고 아처 부인에게 바르는 진통제가 있는지를 물었다. 동행 — 문을 두드리고 들어온 사람의 언니인 카프리 부인 — 이 기관지염 발작을 일으켰다고 했는데, 여행할 때마다 가정 상비약을 완전히 구비해서 다니는 아처 부인은 다행히 거기 필요한 약을 건네줄 수 있었다.

카프리 부인은 용태가 매우 안 좋았고 동생 할리 양과 단둘이 여행을 하던 중이었기 때문에, 아처 모녀가 그토록 훌륭한 구급약을 제공하고 또 유능한 하녀로 하여금 병자가 건강을 회복하도록 간호해 준 일에 깊이 감사했다.

보첸을 떠날 때 아처 모녀는 카프리 부인과 할리 양을 다시 보리라고는 전혀 생각하지 않았다. 아처 부인이 볼 때 한때 우연히 도움을 준 〈외국인〉에게 자신이 왔다는 걸 알리는 것만큼 〈품위 없는〉 일은 없었다. 하지만 이런 시각을 알지 못하고, 안다 해도 이해하지 못할 카프리 부인과 여동생은 보첸에서 그렇게 큰 은혜를 베푼 〈사랑스러운 미국인들〉에게 영원한 빚을 지고 있다고 여겼다. 그들은 아처 부인과 제이니가 유럽 여행을 떠나면 감동적일 만큼 충실하게 그들을 만날 기회를 잡았고, 거의 초자연적인 예지를 발휘해서 그들이 출국 길이나 입국 길에 언제 런던을 지날지를 알아냈다. 그들과의 친교는 확고해졌고, 아처 부인과 제이니가 브라운스 호텔에 도착할 때는 언제나 다정한 두 친구가 기다리고 있었다. 그들도 아처 모녀처럼 천장이 둥근 유리 상자에 고사리

2 *tête-à-tête*. 프랑스어로 〈머리를 맞대고〉라는 뜻으로, 두 사람 사이의 친밀한 대화를 가리킨다.
3 이탈리아 북부 볼차노의 독일식 이름.

를 키웠고, 마크라메 레이스[4]를 짰으며, 번센 남작 부인[5]의 회고록을 읽었고, 런던 주요 교회의 사제들에 대한 견해를 갖고 있었다. 아처 부인이 말했듯 카프리 부인과 할리 양을 알게 된 일은 〈런던을 다른 곳으로〉 만들었다. 그리고 뉴랜드가 약혼했을 무렵 두 집안의 유대는 너무도 공고해져서 그 영국 자매에게 청첩장을 보내는 것은 〈지당한〉 일로 여겨졌다. 영국 자매는 알프스의 꽃을 눌러 유리 액자에 넣은 예쁜 꽃다발을 보냈다. 그리고 뉴랜드와 그의 아내가 영국을 향해 떠날 때 부두에서 아처 부인이 마지막으로 한 말은 〈카프리 부인에게 메이를 꼭 인사시키렴〉이었다.

뉴랜드와 그의 아내는 이 명령에 어떻게 할지 몰랐지만, 카프리 부인은 변함없는 예지로 그들을 추적해 저녁 식사 초대장을 보냈다. 메이 아처가 차와 머핀이 놓인 식탁에서 이마를 찡그리고 있는 것은 바로 이 초대장 때문이었다.

「당신한테는 좋은 일이에요, 뉴랜드. 당신은 그분들을 알잖아요. 하지만 나는 처음 보는 사람들 속에서 아주 어색할 거예요. 그리고 옷은 어떻게 입어야 하죠?」

뉴랜드는 의자에 기대앉아서 그녀에게 미소를 보냈다. 그녀는 아름다웠고 어느 때보다도 더욱 디아나 여신 같았다. 축축한 영국 공기가 두 뺨의 홍조를 더 깊게 하고 약간 날카로웠던 처녀의 이목구비를 부드럽게 둥글린 것 같았다. 아니면 그저 얼음 속 불빛처럼 내면에서 빛나는 행복 때문인지도 몰랐다.

「옷이라고? 지난주에 파리에서 옷이 한 트렁크분 온 걸로

4 장식 무늬 매듭으로 만드는 레이스.
5 프랜시스 워딩턴 번센(1791~1876)은 1868년에 자신의 남편 번센 남작 (1791~1860)에 대한 두 권짜리 회고록을 출간했다.

아는데?」

「맞아요. 내 말은 그중 〈어떤 걸〉 입어야 할지 모르겠다는 거예요. 런던에서는 나가서 식사를 한 적이 없잖아요. 바보처럼 보이기는 싫다고요.」 그녀가 살짝 토라진 표정을 지었다.

그는 그녀의 어려움을 이해해 보려고 했다. 「하지만 영국 여자들이라고 저녁에 우리하고 다른 옷을 입는 건 아니지 않을까?」

「뉴랜드! 어떻게 그런 어처구니없는 말을 할 수가 있죠? 그 사람들이 구식 무도회 드레스를 입고 맨머리로 극장에 가는 걸 보면서도 말이에요.」

「그러면 집에서는 신식 무도회 드레스를 입는지도 모르지. 하지만 어쨌건 카프리 부인과 할리 양은 안 그럴 거야. 그 사람들은 우리 어머니처럼 챙이 없는 모자를 쓰고 숄도 두를 거야. 아주 부드러운 걸로.」

「그래요. 하지만 다른 여자분들은 어떨까요?」

「당신만큼 잘 입은 사람은 없을 거야.」 그가 대답하며, 무엇이 갑자기 그녀의 마음속에 제이니만큼이나 옷에 대한 병적인 관심을 키웠을까 하는 의문을 품었다.

그녀는 한숨을 쉬며 의자를 뒤로 밀었다. 「그런 말은 고맙지만 별 도움은 안 돼요.」

그에게 생각이 하나 떠올랐다. 「결혼식 드레스를 입으면 어때? 그걸 입으면 문제 될 게 없을 거야.」

「아, 뉴랜드, 결혼식 드레스가 여기 있다면요! 하지만 그건 내년 겨울용으로 고치려고 파리로 보냈는데, 워스[6]가 아직 보내 주지 않았어요.」

「아, 봐. 안개가 걷히고 있어. 서둘러 내셔널 갤러리[7]에 가면

6 19세기에 여성 패션의 중심지였던 파리의 대표적인 의상 디자이너.

그림들을 볼 수 있을지도 몰라.」아처가 일어서면서 말했다.

뉴랜드 아처 부부는 메이가 친구들에게 보낸 편지에서 뭉뚱그린 표현으로 〈더없이 행복했다〉고 말한 석 달 동안의 신혼여행을 마치고 집으로 돌아가고 있었다.

둘은 이탈리아 호수들에 가지 않았다. 곰곰이 생각해 보니, 아처는 자기 아내가 그런 환경에 있는 모습을 떠올릴 수 없었다. 메이가 원한 것은 (파리의 드레스 상점가에서 한 달을 보낸 뒤에) 7월에는 등산을 하고 8월에는 수영을 하는 것이었다. 그들은 이런 계획을 충실하게 수행해서, 7월은 인터라켄[8]과 그린델발트[9]에서 보내고 8월은 누군가 옛스럽고 조용하다고 추천한 노르망디 해안의 에트르타라는 작은 마을에서 보냈다. 알프스 산에서 아처는 한 번인가 두 번 남쪽을 가리키며 말했다.「저기가 이탈리아야.」메이는 용담 꽃 밭에 발을 담그고 밝은 미소를 지으며 말했다.「내년 겨울에 가면 참 좋겠네요. 그러니까 당신이 뉴욕에 없어도 된다면요.」

하지만 그녀는 예상했던 것보다도 훨씬 여행에 관심이 없었다. 그녀에게 여행이란 (드레스 주문이 끝나면) 그저 산책과 승마와 수영, 그리고 잔디 테니스[10]라는 흥미로운 새 경기를 좀 더 많이 할 수 있는 기회일 뿐이었고, 마침내 런던(거기서 두 사람은 보름을 지내며 뉴랜드의 옷을 주문할 계획이었다)에 이르자 그녀는 얼른 배를 타고 싶다는 열망을 숨기지

7 런던의 미술관으로 1824년에 개관했다.
8 19세기에 알프스가 사람들의 관심을 끌면서 인기를 얻기 시작한 스위스의 도시.
9 스위스의 산악 휴양지.
10 실내가 아닌 야외에서 하는 테니스.

않았다.

런던에서 그녀가 관심을 갖는 것은 극장과 상점뿐이었고, 런던의 극장들은 그녀에게 파리의 〈카페 샹탕〉[11]만큼 홍미를 주지 못했다. 파리의 샹젤리제 거리에서 그녀는 꽃피는 마로니에 나무가 가지를 드리운 레스토랑 테라스에 앉아서 〈코코트〉[12]가 주를 이룬 청중을 내려다보며, 남편이 신부가 듣기에 적합하다고 여긴 노래의 가사를 해석해 주는 새로운 경험을 했다.

결혼에 대한 아처의 생각은 조상 전래의 것으로 돌아갔다. 전통에 순응하고, 다른 친구들이 아내를 대하듯 메이를 대하는 것이 그가 매인 데 없던 총각 시절 철없이 품었던 이론을 실천해 보는 것보다 덜 피곤했다. 자신이 자유롭지 않다는 생각을 전혀 하지 않는 아내를 해방시키려고 하는 일은 무용한 일이었다. 그는 이미 오래전에 메이가 스스로 가졌다고 생각하는 자유를 쓰는 경우는 그것을 아내에게 어울리는 숭배의 제단에 바치는 것뿐이라는 걸 알았다. 천부적인 위엄을 지닌 그녀는 그 재능을 저열하게 쓰지 않았다. 그리고 (예전에 한 번 그랬듯이) 그를 위해서라고 생각되면 그것을 모두 회수할 날이 올지도 모른다. 하지만 그녀처럼 단순하고 호기심 없는 결혼관을 가진 사람에게 그런 위기란 그가 눈에 띄게 어처구니없는 행동을 하지 않는 한 생겨나지 않을 것이다. 그리고 그에 대한 그녀의 순수한 감정 때문에 그런 일은 생각할 수도 없었다. 어떤 일이 있어도 그녀는 충실하고 당당하고 의연할 것이라는 걸 그는 알았다. 그리고 그 사실 때

11 *cafés chantants*. 프랑스어로 〈노래하는 카페〉라는 뜻. 손님들에게 노래를 불러 주는 카페.
12 프랑스어로 〈연인〉.

문에 그 역시 그녀와 같은 미덕을 행할 것을 서약했다.

이 모든 일로 인해 그는 예전 같은 생각에 빠져 들었다. 그녀의 단순함이 옹졸한 단순함이라면 그는 화를 내며 반발했을 것이다. 하지만 그녀의 단순한 품성은 그 얼굴만큼이나 고운 틀로 빚어져서 그녀는 그가 가진 모든 옛 전통과 존경의 수호신이 되었다.

그런 성품은 외국 여행에 활기를 불어넣는 종류의 것은 아니었지만, 그래도 두 사람은 수월하고 즐거운 동행이 되었다. 그러나 그는 그것이 본래의 환경에 돌아가면 제자리를 잡을 것을 금세 알았다. 그는 그것에 의해 억압당하는 것이 두렵지는 않았다. 그의 예술과 지성의 삶은 예전과 마찬가지로 가정의 울타리 밖에서 지속될 테니까. 그리고 가정의 울타리 안에서도 사소하고 숨 막히는 일은 없을 것이다. 아내에게로 돌아가는 일은 너른 들을 떠돌다가 답답한 방에 들어가는 것 같지는 않을 것이다. 그리고 아이가 생기면 두 사람 인생의 빈 모퉁이들은 채워질 것이다.

이 모든 생각은 메이페어를 떠나 카프리 부인 자매가 사는 사우스켄징턴까지 가는 길고 느린 마찻길에서 그의 마음속을 스쳐갔다. 아처도 자매의 친절을 피하고 싶었다. 가족의 전통에 따라 그 역시 길을 떠나면 언제나 다른 사람들의 존재를 오만하게 무시하는 관광객이자 구경꾼으로 다녔다. 하버드 대학을 마친 직후 꼭 한 번 피렌체에서 특이하게 유럽화된 미국인 한 무리와 몇 주일 동안 어울려 지낸 적이 있다. 작위 있는 귀부인들과 궁전에서 밤새도록 춤을 추고 낮에는 상류 사회 클럽에서 난봉꾼, 멋쟁이들과 도박을 했다. 하지만 그것들은 세계에서 으뜸가는 쾌락이기는 했지만, 그에게는 사육제처럼 비현실적으로 느껴졌다. 세계주의적 사고를 가진 그 기이한 여자들은 자신들이 휘말린 복잡한 연애 관계를 만나는 모든 사람에게 이야기해 주어야 한다는 의무감을 지닌 것 같았고, 그들의 비밀 이야기의 등장인물이거나 청중이 되는 멋진 청년 장교들과 머리를 염색한 노숙한 재사(才士)들은 아처가 보면서 자란 사람들과는 너무도 달랐다. 그들은 그저 값도 비싸고 냄새도 좋지 않은 온실 속 외래 식물 같아서, 그의 상상력을 오래도록 붙들지 못했다. 자신의 아내를 그런 세계에 소개하는 건 불가능했다. 그리고 그 밖에는 그의 여행길에 동행이 되고자 하는 뚜렷한 열망을 보여 준 사람도 없었다.

런던에 도착하고 얼마 지나지 않아 그는 우연히 세인트 오스트리 공작을 만났는데, 공작은 즉시 그를 알아보고 따뜻하게 〈한번 들르시오〉라고 말했다. 하지만 제대로 정신이 박힌 미국 사람이라면 그런 제안을 진지하게 받아들이지 않는 법이고, 그 만남은 그걸로 끝이었다. 그들은 심지어 영국인과 결혼한 메이의 이모, 그러니까 아직도 요크셔에 사는 은행가의 아내도 잘 피했다. 실제로 둘이 런던에 가는 시기를 가을까지 늦춘 것은 사교철에 거기 가서 이런 잘 모르는 친지들에게 부담스럽고 속물스럽게 보이는 일을 피하기 위해서였다.

「카프리 부인 집에는 아마 아무도 없을 거야. 이맘때 런던은 사막이나 다름없어. 그리고 당신은 정말 아름답게 차려입었어.」 아처가 2인승 마차 옆자리에 앉은 메이에게 말했다. 가장자리를 백조 솜털로 두른 하늘색 망토가 얼마나 아름다운지, 런던의 먼지 속에 그녀를 내보내는 일이 불경해 보일 지경이었다.

「우리가 야만인처럼 옷을 입었다는 말을 듣고 싶지 않아요.」 그녀가 포카혼타스가 들으면 분개할 만한 경멸을 담아 대답했고, 그는 세속의 때가 가장 덜 묻은 미국 여자들조차 품고 있는 의복의 사회적 이점에 대한 종교적 경의에 다시 한 번 놀랐다.

〈옷은 그들의 갑옷이야. 모르는 세계에 대한 방어고 저항인 거야.〉 그는 생각했다. 그리고 그에게 잘 보이려고 머리에 리본 하나도 제대로 맬 줄 모르는 메이가 왜 그토록 많은 옷을 선택하고 주문하는 엄숙한 과제를 수행했는지 처음으로 이해했다.

카프리 부인 집의 모임이 조촐할 거라는 그의 예상은 옳았다. 그들 자매 이외에 그 길고 썰렁한 응접실에 더 있던 사람은 숄을 두른 부인, 그 부인의 남편인 온화한 목사, 카프리 부인이 조카라고 말한 조용한 소년, 그리고 그 조카의 가정 교사라고 소개한 프랑스 이름을 가진 몸집이 작고 피부가 까무잡잡한 신사뿐이었다.

우중충한 조명 속에 모인 이 우중충한 사람들 속에서 메이 아처는 노을빛을 받은 백조처럼 떠다녔다. 그녀는 아처가 그때까지 본 어떤 모습보다 더 크고 아름답고 발랄해 보였다. 그는 그런 밝고 발랄한 모습이 극단적이고도 유아적인 수줍음의 표시라는 걸 알아차렸다.

〈사람들은 도대체 내가 무슨 이야기 하길 바라는 걸까요?〉 그녀의 대책 없는 눈이 그에게 하소연할 때, 그녀의 눈부신 모습은 그들의 가슴에 똑같은 불안을 일으켰다. 하지만 아름다움은 그 자신이 불신할 때조차 남자의 가슴에 신뢰를 일으키는 법이고, 목사와 프랑스 이름의 가정 교사는 곧 메이를 편하게 해주려고 애쓰는 게 보였다.

그러나 최선의 노력에도 불구하고 저녁 모임은 지지부진

234

하게 흘러갔다. 아처의 아내가 외국인들 앞에서 자기 마음이 편하다는 걸 보여 주는 방법은 완강할 만큼 미국 이야기만 하는 것이었다. 그래서 그녀의 사랑스러움은 사람들의 찬사를 불러일으켰지만, 그녀의 대화는 사람들의 입을 다물게 만들었다. 목사는 금세 그런 노력을 포기했지만, 가정 교사는 능숙하고 세련된 영어로 그녀에게 계속 말을 걸었다. 그러다 마침내 여자들이 응접실로 올라가자 거기 모인 모든 사람이 역력히 안도감을 표시했다.

목사는 포트와인을 한 잔 마시고는 집회를 위해 서둘러 떠났고, 병색이 있는 수줍은 사촌은 자러 갔다. 하지만 아처와 가정 교사는 포도주를 앞에 두고 계속 앉아 있었는데, 그러다 아처는 자신이 네드 윈셋과 나눈 마지막 토론 이후 쓴 적이 없는 말투로 이야기를 하고 있다는 걸 깨달았다. 카프리가의 조카는 알고 보니 폐병을 앓아서 해로 스쿨[13]을 그만두고 스위스로 가서 레만 호수의 온화한 기후 속에서 2년을 보냈다. 책을 좋아하는 까닭에 소년은 무슈 리비에르에게 맡겨져 그와 함께 영국으로 돌아왔고, 그는 내년 봄에 소년이 옥스퍼드 대학에 입학할 때까지 곁에 있을 예정이라고 했다. 그런 뒤에는 다른 직업을 찾아봐야 한다고 무슈 리비에르는 담담히 덧붙였다.

아처가 볼 때 그렇게 관심 분야도 다양하고 재능도 많은 사람이라면 직업을 얻는 데 그리 오랜 시간이 걸리지 않을 것 같았다. 그는 서른 살가량 된 사내였고, 여위고 못생긴 얼굴(메이라면 평범한 생김이라고 하겠지만)은 생각의 움직임에 따라 풍성한 표정을 지었는데, 그런 활기찬 모습은 조금도 경박하거나 값싸 보이지 않았다.

13 작위가 있는 부유한 집안의 아들들이 다니는 사립 중등학교.

일찍이 돌아가신 선친은 중책은 아니지만 외교관으로 일했고, 아들 또한 자신과 같은 길을 걷기를 원했다. 하지만 문학에 대한 끝없는 관심은 젊은이를 신문계에 던져 넣었다가 (실패한 것으로 보이는) 작가의 길을 걷게 했고, 결국에는 ― 그 밖에 다른 실험들과 우여곡절에 대해서는 말을 아꼈다 ― 가정 교사가 되어 스위스의 영국 소년들을 가르치게 되었다. 그러나 그 전에는 파리에 오래 살면서 공쿠르 〈다락방〉[14]에 드나들었고, 모파상[15]에게 글을 쓰지 않는 게 좋겠다는 조언을 받았고(그것조차 아처에게는 놀라운 영예로 보였다), 메리메와 그의 어머니 집에서 자주 만나 이야기를 나누었다. 그는 언제나 궁핍하고 불안하게 지낸 것이 분명했고(어머니와 결혼하지 않은 누이를 부양해야 했다), 그의 문학적 야심은 실패한 것 같았다. 사실 물질적 측면으로 보면, 그의 상황은 네드 윈셋의 경우보다 나을 게 없었다. 하지만 그는 그의 말마따나 관념 세계를 사랑하는 사람들이 정신적 허기를 겪지 않는 환경에서 살았다. 그것은 바로 가엾은 윈셋이 죽도록 갈망하는 것이었기에, 아처는 가난 속을 이토록 풍요롭게 헤쳐 나가는 열정 넘치는 무일푼 젊은이에게 대리 질투 비슷한 것을 느꼈다.

「무슈도 아시겠지만, 지적인 자유를 유지하는 것은 어떤 희생도 치를 가치가 있습니다. 자신의 인식 능력과 비판 능력을 다른 것의 노예로 만들지 않는 것 말입니다. 제가 신문사를 그만두고 훨씬 재미없는 가정 교사와 개인 비서 일을 시작한 건 그 때문입니다. 물론 잡무는 많지만 도덕적 자유는

14 공쿠르 형제가 파리 서부의 오퇴유에 연 문학 살롱. 〈다락방〉의 첫 공식 모임은 1885년 2월 1일 다락방에서 이루어졌다.
15 기 드 모파상(1850~1893). 프랑스 소설가.

지킬 수 있어요. 프랑스어로 〈캉 타 수아〉[16]라고 하는 것 말입니다. 그리고 좋은 대화를 들으면 자기 의견을 가지고 끼어들 수도 있고, 아니면 가만히 들으면서 마음속으로 대답할 수도 있습니다. 아, 좋은 대화, 세상에 그것만 한 건 없지요. 이 세상에서 호흡할 가치가 있는 공기는 오직 관념의 공기뿐입니다. 그래서 나는 외교관 일이나 신문사 일을 포기한 걸 전혀 후회하지 않습니다. 좀 다른 상황이긴 해도, 둘 다 자신을 위한 자발적 포기라는 점에서는 같죠.」그는 강렬한 눈길로 아처를 바라보면서 새 담배에 불을 붙였다. 「〈부아예 부〉,[17] 무슈. 인생을 정면으로 바라볼 수 있다면 지붕 밑 방에 살아도 좋은 거 아닐까요? 하지만 어쨌건 그 방세를 낼 만큼은 돈을 벌어야죠. 그리고 고백컨대 가정 교사로 ― 아니면 〈가정〉이나 〈개인〉이라는 말이 붙는 어떤 직업이든지 ― 늙어 가는 건 부쿠레슈티의 보조 서기직만큼이나 상상력에 도움이 안 되는 게 사실입니다. 때로는 내가 모험을 해야 한다는 생각이 듭니다. 아주 과감한 모험을요. 이를 테면 미국에……그러니까 뉴욕에서 제가 할 만한 일이 있을까요?」

아처는 놀란 눈으로 그를 보았다. 공쿠르 형제와 플로베르[18]의 집에 드나들던 젊은이, 호흡할 가치가 있는 공기는 오직 관념의 공기뿐이라는 젊은이에게 뉴욕이라니! 그는 당황한 시선을 계속 무슈 리비에르에게 고정한 채, 그가 가진 우수성과 장점들이 성공의 걸림돌이 된다는 걸 어떻게 말해 줄 수 있을지 생각했다.

16 *quant à soi*. 프랑스어로 〈위엄〉이라는 뜻.
17 *voyez-vous*. 프랑스어로 〈이봐요〉라는 뜻.
18 귀스타브 플로베르(1821~1880). 『보바리 부인』으로 유명한 프랑스 소설가.

「뉴욕, 뉴욕……. 하지만 꼭 뉴욕이어야 합니까?」그는 좋은 대화가 삶의 유일한 필수 요소인 젊은이에게 자신의 고향 도시가 어떤 쓸 만한 자리를 줄 수 있을까를 암담하게 생각하면서 말을 더듬었다.

무슈 리비에르의 창백한 얼굴에 홍조가 밀려들었다.「뉴욕은 아처 씨 나라의 대도시라고 생각했습니다. 그곳의 지성계는 좀 더 활발하지 않은가요?」그가 말했다. 그러더니 부탁하는 인상을 주는 것이 싫은 듯 얼른 덧붙였다.「이런 밑도 끝도 없는 제안을 진지하게 여기실 필요는 없습니다. 다른 사람이 아니라 그냥 저한테 해보는 말이죠. 갑작스러운 기대는 하지 않습니다.」그리고 자리에서 일어서면서 말을 이었다.「그런데 카프리 부인께서는 제가 아처 씨를 위층으로 모시고 올 것을 기대하고 계실 것 같습니다.」

마차를 타고 숙소로 돌아가는 동안 아처는 이 사건을 곰곰이 생각해 보았다. 무슈 리비에르와 함께 보낸 시간은 그의 폐에 새로운 바람을 불어넣었고, 마음 내키는 대로 하자면 내일 당장 그를 저녁 식사에 초대하고 싶었다. 하지만 그는 결혼한 남자들이 왜 마음 내키는 대로 일을 저지르지 못하는지 천천히 이해해 가고 있는 중이었다.

「젊은 가정 교사는 아주 재미있더군. 저녁을 먹고 나서 책 이야기며 뭐며 해서 좋은 대화를 나누었어.」그가 2인승 마차 안에서 조심스레 말을 꺼냈다.

메이는 꿈결 같은 침묵에서 깨어났다. 6개월 동안의 결혼 생활이 그에게 깨우쳐 주기 전까지 그가 엄청나게 많은 의미를 집어넣어 해석했던 침묵이었다.

「그 키 작은 프랑스 남자요? 너무 평범하지 않았나요?」그녀는 냉담하게 물었다. 그는 그녀가 말은 하지 않아도, 런던에서 초대받은 저녁 식사 자리에서 겨우 성직자 한 명과 프랑스 가정 교사 한 명을 만났다는 데 꽤나 실망했다는 걸 알 수 있었다. 그 실망은 흔히 속물근성이라고 하는 감정 때문이 아니라 외국 땅에서 위엄의 손상을 무릅쓸 때 옛 뉴욕 사람들이 응당 기대하는 것들 때문에 발생한 것이었다. 메이의 부모가 5번 대로에서 카프리가 사람들을 대접했다면 그들은 목사와 선생보다는 좀 더 실속 있는 무언가를 제공했을 것이다.

아처는 기분이 언짢아서 그녀의 말꼬리를 잡았다.

「평범? 〈어디서〉 평범했다는 거지?」 그가 묻자 그녀는 평소답지 않게 재빨리 대답했다. 「그러니까 교실이 아닌 모든 곳에서 말이에요. 그런 사람들은 사교 모임에서는 늘 어색하잖아요. 하지만…….」 그러더니 그녀는 상냥하게 덧붙였다. 「그 사람이 똑똑한지 아닌지 내가 알아보지 못한 것 같아요.」

아처는 그녀가 사용하는 〈똑똑하다〉는 말이 〈평범하다〉는 말 못지않게 싫었다. 하지만 그가 자꾸 그녀에게서 마음에 들지 않는 점들을 마음에 담아 두게 된다는 사실이 두려워졌다. 어쨌거나 그녀의 견해는 일관되었다. 그리고 그것은 그가 보면서 자란 모든 사람의 생각이기도 했고, 그는 언제나 그것을 필요하지만 무시해도 좋은 것으로 여겼다. 몇 달 전까지 그는 인생을 다르게 보는 〈양갓집〉 여자를 알지 못했고, 남자가 결혼을 한다면 그 상대는 당연히 양갓집 여자여야 했다.

「아, 그러면 그 사람은 저녁 식사에 초대하지 않겠어!」 그가 웃으면서 말했고, 메이가 놀란 표정으로 말했다. 「어머나, 카프리가의 가정 교사 말인가요?」

「그러니까 당신 생각이 그렇다면 카프리가 사람들하고 같이 부르지는 않겠어. 하지만 그 사람하고 다시 한 번 이야기를 해보고 싶어. 그 사람은 뉴욕에서 일자리를 얻고 싶어 해.」

그녀의 놀라움과 냉담함이 동시에 커졌다. 아처는 그녀가 자신에게 나쁜 〈외국물〉이 들었다고 의심한다는 생각까지 들려고 했다.

「뉴욕의 일자리요? 어떤 일자리요? 프랑스인 가정 교사를 원하는 사람은 없어요. 그 사람은 무슨 일을 원하나요?」

「가장 원하는 건 좋은 대화 같더군.」 그녀의 남편이 심술궂게 쏘아붙였다. 그러자 그녀는 말뜻을 이해했다는 듯 웃음을 터뜨렸다. 「뉴랜드, 너무 재미있어요! 정말 〈프랑스인〉답지 않나요?」

어쨌거나 그는 무슈 리비에르를 초대하고자 하는 자신의 소망을 그녀가 진지하게 여기지 않은 게 다행이라는 결론을 내렸다. 다시 만나서 대화를 하다 보면 뉴욕에 대한 질문을 피하기 어려웠을 것이다. 그리고 그 일을 생각하면 할수록 자신이 아는 뉴욕 어디에도 무슈 리비에르는 어울리지 않았다.

앞으로도 많은 문제가 이렇게 부정적인 방향으로 풀릴 거라는 섬뜩한 예감이 그의 머리를 스치고 지나갔다. 하지만 2인승 마차의 삯을 치르고 아내의 긴 드레스 자락을 따라 집으로 들어온 그는 결혼 후 첫 6개월이 가장 힘들다는 흔한 조언을 위로로 삼았다. 〈그 정도 지나면 서로의 모난 부분이 많이 둥글어지겠지〉라고 그는 생각했다. 하지만 가장 큰 문제는 메이가 압력을 가하기 시작한 부분이 그가 가장 날카롭게 유지하고자 하는 바로 그 부분이라는 것이었다.

21

작고 잘 정돈된 잔디밭은 부드럽게 뻗어 나가 넓고 깨끗한 바다에 이르렀다.

잔디밭 가장자리에는 선홍색 제라늄과 콜레우스 꽃이 피었고, 초콜릿 빛깔의 주철 화분이 바다로 이어지는 꼬부랑길을 따라 띄엄띄엄 늘어서서, 깔끔하게 정돈된 자갈길 위로 피튜니아와 아이비제라늄으로 엮은 꽃줄이 고리 모양으로 늘어져 있었다.

절벽 끝과 사각 목조 주택(이 역시 초콜릿 빛깔이지만 베란다 위의 양철 지붕은 황색과 갈색 줄무늬로 되어 있어 차양임을 나타낸다) 중간 지점에 커다란 과녁 두 개가 관목 덤불을 등지고 서 있었다. 과녁을 마주하는 잔디밭 반대편에는 천막이 쳐지고 벤치가 여기저기 놓여 있었다. 여름 드레스 차림의 숙녀와 회색 프록코트를 입고 운두 높은 모자를 쓴 신사들이 잔디밭에 서 있거나 벤치에 앉아 있었다. 이따금 풀 먹인 모슬린 옷차림의 날씬한 처녀가 활을 들고 천막 밖으로 나와 과녁을 향해 화살을 날리면, 관객들은 대화를 멈추고 결과를 주시했다.

뉴랜드 아처는 목조 주택 베란다에 서서 호기심 어린 눈길로 이 장면을 내려다보았다. 반짝이는 페인트를 칠한 계단 양옆에는 황색 받침대에 올려놓은 커다란 청색 도자기 화분이 하나씩 있었다. 잎이 삐죽삐죽한 초록색 식물이 양쪽 화분을 채웠고, 베란다 밑에는 붉은 제라늄으로 가장자리를 두른 푸른 수국 화단이 있었다. 그의 등 뒤에는 응접실과 베란다를 나누는 프랑스식 유리문이 있었고, 거기 쳐진 흔들리는 레이스 커튼 너머로는 윤나는 나무 널마루와 그 위에 이리저리 흩어진 사라사 〈푸프〉,[1] 작은 안락의자, 그리고 은색 식기가 놓인 벨벳 탁자들이 보였다.

뉴포트 궁술 클럽은 언제나 보퍼트의 집에서 8월 모임을 가졌다. 궁술은 아직까지는 크로케를 빼고 경쟁자가 없는 스포츠로 알려졌지만, 점점 잔디 테니스에 밀려 인기를 잃고 있었다. 그래도 잔디 테니스는 지나치게 거칠고 세련미가 없어서 여전히 사교 모임에는 어울리지 않는다고 여겨졌고, 활과 화살은 아름다운 드레스와 우아한 자태를 뽐내는 기회로 받아들여져 자기 자리를 지키고 있었다.

아처는 놀라움에 잠겨 이 익숙한 광경을 내려다보았다. 자신의 견해가 완전히 변했는데도 인생은 여전히 옛 방식으로 흘러가고 있는 것이 놀라웠다. 그가 그런 변화의 폭을 처음 절감한 곳도 뉴포트였다. 그와 메이가 뉴욕에 돌아와서 내닫이창이 달리고 폼페이식 현관 객실이 있는 녹황색 새 집에 정착한 지난겨울, 그는 안도하며 사무소의 옛 일상으로 복귀했고 이런 일상의 재개를 통해 옛날의 자신과 연결되었다. 거기다 메이의 마차(웰랜드가에서 메이에게 주었다)를 끌 멋진 회색 말을 고르는 일도 즐거웠고, 새 서재를 꾸미는 오랜 일도 흥미로웠다. 서재는 가족의 의구심과 반대에도 불구하고

1 *pouf.* 프랑스어로 야트막한 패딩 의자, 쿠션, 또는 소파를 말한다.

그가 꿈꾸던 대로 올록볼록한 검은 벽지와 이스트레이크 책장, 그리고 〈진정한〉 안락의자와 탁자들로 채워졌다. 센추리 클럽에서 그는 다시 윈셋을 만났고 니커보커스 클럽[2]에서는 자기 부류의 멋진 젊은이들을 만났다. 법률에 바쳐진 시간들, 초대받고 초대하는 모임에 바쳐진 시간들, 거기에 이따금 오페라나 연극을 보는 저녁들로 채워진 그의 인생은 여전히 꽤 현실적이고도 필연적으로 보였다.

하지만 뉴포트는 의무에서 벗어나 순전한 휴가의 분위기로 도피하는 것을 상징했다. 아처는 메이에게 메인 주 앞바다의 외딴섬(적절하게도 마운트 데저트라는 이름이 붙었다)에서 여름을 보내자고 하려고 했다. 몇몇 용감한 보스턴과 필라델피아 사람들이 〈원주민〉 오두막에서 지내면서, 그곳의 아름다운 풍경에 대해, 그리고 숲과 바다에 둘러싸여 거의 덫 사냥꾼처럼 사는 야성적 삶에 대해 이야기했기 때문이다.

하지만 웰랜드가 사람들은 절벽 위에 땅뙈기를 소유한 뉴포트로 갔고, 그들의 사위는 자신과 메이가 그들을 따라가지 말아야 할 이유를 댈 수 없었다. 웰랜드 부인이 약간 날카롭게 지적했듯이, 메이가 파리에서 여름옷을 입어 보느라 그렇게 고생을 해놓고 지금 여기서 그걸 입어 볼 수 없다면 모든 게 다 헛수고가 될 판이었다. 그리고 그것은 아처가 아직 대답할 말을 찾지 못한 종류의 논거였다.

메이는 그토록 타당하고도 즐거운 여름휴가 계획에 그가 미적지근한 태도를 보이는 걸 이해하지 못했다. 그녀는 그에게 결혼 전에는 뉴포트를 좋아하지 않았느냐고 물었고, 그것은 맞는 말이었기에 그는 그저 이제는 둘이 함께 가니 전보

243

다도 더 좋아하게 될 거라고 대답할 수밖에 없었다. 하지만 보퍼트 집의 베란다에 서서 밝은 옷차림의 사람들이 점점이 박힌 잔디밭을 내려다보니, 이곳을 전혀 사랑할 수 없을 거라는 생각이 몸서리치도록 절실하게 다가왔다.

그것은 메이의 잘못이 아니었다. 신혼여행 동안 두 사람의 발걸음이 약간씩 어긋났다고 해도, 익숙한 환경으로 돌아온 뒤에는 다시 조화가 회복되었다. 그는 처음부터 그녀가 자신을 실망시키지 않으리라는 걸 알았다. 그리고 그 생각은 옳았다. 그가 결혼한 것은 (대부분의 청년이 그렇듯이) 의미 없는 감정의 모험이 때 이른 염증 속에 끝났을 때 더없이 사랑스러운 처녀를 만났기 때문이다. 그리고 그녀가 평화와 정착과 동료애, 그리고 불가피한 의무라는 안정감을 상징했기 때문이다.

그러한 선택이 잘못이었다고는 말할 수 없었다. 그녀는 그가 기대한 모든 것을 충족시켜 주었기 때문이다. 뉴욕에서 손꼽힐 만큼 아름답고 인기 있는 젊은 여자의 남편으로 사는 것은 두말할 나위 없이 뿌듯한 일이었다. 게다가 그녀는 누구에게도 뒤지지 않을 만큼 다정한 성품과 합리적인 사고를 지니고 있었다. 아처는 그런 메이의 장점들을 모르지 않았다. 결혼식 전날 밤 그를 사로잡은 순간적인 광기는 그가 폐기한 실험의 마지막 시도로 여기기로 했다. 그가 제정신으로 올렌스카 백작 부인과 결혼을 꿈꾼다는 건 생각할 수도 없는 일이 되었고, 그의 기억 속에 그녀는 가장 애처롭고 통절한 유령으로 남아 있을 뿐이었다.

하지만 이런 모든 분리 제거 작업은 그의 정신을 텅 비어 웅웅 울리는 공간으로 만들었고, 아마도 그것이 자신이 보퍼트네 잔디 위에서 바쁘고 활기차게 움직이는 사람들을 보고

묘지에서 노는 아이들을 보듯 놀란 이유 가운데 하나일 거라는 생각이 들었다.

치맛자락 쓸리는 소리가 들리더니 맨슨 후작 부인이 응접실 유리문으로 나왔다. 그녀는 평소처럼 온갖 꽃줄과 장식으로 요란하게 꾸몄고, 머리 위에 얹은 힘없는 레그혼 모자[3]는 색 바랜 사(紗) 천을 둘둘 말아 고정시켰으며, 상아 손잡이가 달린 조그만 검은색 벨벳 양산을 그보다 더 폭이 넓은 모자 챙 위로 우스꽝스럽게 펼쳐 들고 있었다.

「뉴랜드, 자네하고 메이가 온 줄은 몰랐어! 어제서야 온 거지? 아, 그래, 일, 일, 직업적 의무…… 이해해. 주말이 아니고는 여기 와서 아내하고 함께 지낼 시간이 없는 남편이 좀 많아?」 그녀는 고개를 한쪽으로 기울이고 실눈을 뜬 채 슬픈 표정을 지었다. 「하지만 결혼이라는 건 기나긴 희생이지. 내가 엘렌한테 자주 말했듯이…….」

아처의 심장이 예전의 어느 순간처럼 덜컹 멈추었고, 동시에 그와 바깥세상 사이에 문이 쾅 닫히는 것 같았다. 하지만 그 단절의 순간은 매우 짧았던 게 분명하다. 메도라가 아처가 한 것이 분명한 질문에 대답하는 소리가 들렸기 때문이다.

「아니, 나는 여기가 아니라 블렌커 모녀하고 같이 포츠머스의 달콤한 고독 속에서 지내. 보퍼트가 친절하게도 오늘 아침에 레지나의 원유회에 구경을 오라고 그 유명한 트로터[4]들을 보내 줬어. 하지만 나는 오늘 저녁 시골로 돌아가야 해. 기발한 생각을 해내는 블렌커 모녀는 포츠머스에 아주 낡은 농가를 빌려서 거기 대표적인 사람들을 불러 모으고 있어…….」 그녀는 커다란 모자 아래 고개를 약간 숙이더니 얼굴을 살짝

---

3 커다란 밀짚모자.
4 빠르고 오래 달리도록 품종을 개량하고 훈련시킨 마차용 말.

붉히고 덧붙였다. 「이번 주에 애거선 카버 박사가 거기서 〈내면적 사고〉 집회를 몇 차례 열기로 했어. 이렇게 들떠 있는 세속적 즐거움과는 대조되는 일이지. 하지만 나는 언제나 대조 속에서 살아왔어. 단조로움은 곧 죽음이야. 엘렌한테도 늘 그렇게 말해. 단조로운 걸 조심하라고. 그거야말로 모든 대죄의 어머니라고. 하지만 가엾은 우리 아이는 지금 세상을 혐오하며 한껏 흥분해 있는 상태야. 자네도 알겠지만 엘렌은 뉴포트에 남아 있어 달라는 청을 전부 거절했어. 밍곳 할머니의 부탁도 말이야. 믿어지지 않겠지만, 나랑 같이 블렌커네 집에 가자고 설득하는 일도 얼마나 힘들었는지 몰라. 지금 엘렌이 사는 방식은 병적이고 부자연스러워. 아직 가능성이 있었을 때 그 아이가 내 말을 들었더라면……. 아직 문이 열려 있었을 때……. 그런데 같이 내려가서 이 재미있는 경기를 좀 볼까? 메이도 참가한다고 들었어.」

보퍼트가 큰 키와 육중한 몸을 이끌고 천천히 천막 밖으로 나가 잔디 위의 사람들에게 다가갔다. 단춧구멍에 집에서 키운 난초 한 송이를 꽂고 단추를 꼭 채운 런던식 프록코트는 그의 몸에 지나치게 껴 보였다. 두세 달 만에 그를 보는 아처는 그의 겉모습의 변화에 놀랐다. 뜨거운 여름 햇빛 아래 그의 불그죽죽한 얼굴은 둔하고 통통해 보였고, 꼿꼿한 어깨와 걸음걸이만 아니라면, 그는 지나치게 먹고 치장한 노인처럼 보였을 것이다.

보퍼트에 관해서는 온갖 소문이 떠돌았다. 지난봄에 그는 새로 장만한 증기 요트를 타고 서인도 제도로 오랜 크루즈 여행을 떠났는데, 그가 기항한 여러 지점에서 패니 링과 비슷하게 생긴 여자가 그의 곁에 있었다고 한다. 클라이드 강[5]에

5 조선업으로 유명한 스코틀랜드의 강.

서 건조하고, 타일 바른 화장실을 비롯해서 여러 가지 듣도 보도 못한 호화 장치들을 갖춘 그 증기 요트는 가격이 50만 달러나 된다고 했다. 그리고 여행을 마치고 왔을 때 그가 아내에게 선물한 진주 목걸이는 그런 속죄의 봉헌물로 부족하지 않을 만큼 대단했다. 보퍼트의 재산은 그런 엄청난 지출을 버텨 낼 만한 힘이 있었다. 그래도 심상치 않은 소문은 계속되었고, 그 소문은 5번 대로뿐 아니라 월 가까지 퍼져 갔다. 어떤 사람은 그가 철도에 투자해서 막심한 손해를 입었다고도 했고, 또 어떤 사람은 패니 링과 같은 직업여성 중에 가장 욕심 많은 이가 그의 재산을 뭉텅뭉텅 축내고 있다고도 했다. 그리고 이런 파산 임박 소문이 퍼질 때마다, 보퍼트는 새 난초 온실을 짓는다거나 새 경주마를 산다거나 개인 화랑에 메소니에[6]나 카바넬의 새 작품을 구입한다거나 하는 또한 차례의 과소비로 거기에 응답했다.

그가 언제나처럼 반쯤 비웃는 듯한 미소를 띠고 후작 부인과 뉴랜드에게 다가왔다. 「안녕하십니까, 메도라! 트로터들이 제구실을 하던가요? 40분이요? 나쁘지 않군요. 부인의 신경을 건드리지 않게 조심해야 했던 걸 생각하면요.」 그는 아처와 악수했고 함께 돌아서서 맨슨 부인의 옆에 가 섰다. 그리고 낮은 목소리로 부인과 몇 마디를 나누었는데, 아처는 바로 옆에 있으면서도 무슨 말인지 알아듣지 못했다.

후작 부인이 외국인 같은 특이한 몸짓과 〈크 불레 부?〉[7]라는 말로 응답하자 보퍼트는 인상을 썼지만, 그러면서도 얼굴에 축하하는 미소를 그럴 듯하게 꾸며 내고서 아처에게 말했

6 장 루이 에르네스트 메소니에(1815~1891). 프랑스의 유명 화가이자 석판화가, 조각가.
7 *Que voulez-vous*? 프랑스어로 〈뭘 원하시나요?〉라는 뜻.

다. 「메이가 일등 상을 타겠지?」

「그러면 일등은 계속 우리 가족인 거네요.」 메도라가 말했다. 그 순간 그들은 천막에 이르렀고, 연자주색 모슬린과 부풀린 베일로 소녀처럼 치장한 보퍼트 부인이 그들을 맞았다.

메이 웰랜드가 천막 밖으로 나오고 있었다. 허리에 연녹색 리본을 맨 흰 드레스를 입고 모자에는 담쟁이 화관을 두른 그녀는 약혼을 발표하던 날 보퍼트의 무도회장에 들어서던 때와 조금도 다를 바 없이 디아나처럼 침착한 모습이었다. 그때부터 지금 이 순간까지 어떤 생각도 그녀의 눈앞을 지나가지 않고 어떤 느낌도 그녀의 심장을 지나가지 않은 것 같았다. 아처는 그녀가 그 두 가지 모두를 수용할 능력이 있다는 걸 알았지만, 경험을 비껴가는 그녀의 태도는 새삼스레 놀라움을 안겨 주었다.

그녀는 한 손에 활과 화살을 들고 잔디 위에 초크로 표시가 된 자리에 선 뒤 활을 어깨높이로 들어 올리고 과녁을 겨누었다. 움직임 하나하나에 고전적인 우아함이 가득해서 그녀의 등장과 함께 찬탄의 웅성거림이 솟았고, 아처는 자신이 그녀의 남편이라는 자부심으로 순간적이고 헛된 행복감을 느꼈다. 그녀의 경쟁자들인 레지 치버스 부인, 메리가 처녀들, 홍안의 솔리가 여인들, 대거넷가, 밍곳가 여자들이 긴장한 채 사랑스럽게 무리를 이루며 그녀의 뒤에 서서 점수 판 위로 갈색과 금발의 머리들을 기울이고 있었고, 연한 모슬린 드레스와 화관 모자들이 무지개처럼 엉켜 있었다. 모두가 젊고 아름다웠고, 여름빛 속에 담뿍 잠겨 있었다. 하지만 그의 아내만큼 님프 같은 우아함을 지닌 사람은 하나도 없었다. 그녀는 근육을 팽팽히 긴장시키고 얼굴은 즐겁게 찡그린 채 자신의 영혼을 육체의 성취에 기울이고 있었다.

「어허…… 메이 아처처럼 활을 든 사람은 하나도 없네요.」
아처는 로렌스 레퍼츠가 말하는 소리를 들었다. 그러자 보퍼트가 대꾸했다.「그야 그렇지. 하지만 메이는 오직 저런 종류의 과녁만을 맞힐 수 있지.」

아처는 분별없이 화가 치솟았다. 그 집의 주인이 메이의 〈단정함〉에 대해 칭찬한 것은 모든 남편이 자기 아내에 대해 듣고 싶어 하는 말이었지만, 거기에는 얕보는 듯한 뉘앙스도 실려 있었다. 성품이 거친 남자가 그녀에게서 부족한 매력을 발견했다는 것은 그녀의 높은 자질에 대한 또 하나의 반증일 뿐이었다. 하지만 그 말은 그의 가슴에 미세한 전율을 일으켰다. 지고의 경지에 이른 그 〈단정함〉이 부정일 뿐이라면, 공허 앞에 드리운 장막일 뿐이라면? 메이가 상기되었지만 차분한 얼굴을 하고 마지막으로 과녁을 맞히고 돌아오는 모습을 보면서 그는 아직 자신이 그 장막을 걷어 본 적이 없다는 느낌이 들었다.

그녀는 경쟁자들을 비롯해서 다른 참석자들의 축하를 담담하게 받아들였는데 그것은 그녀의 우아함의 정점으로 여겨질 만했다. 혹시 이기지 못했다 해도 변화가 없었을 것만 같은 그 차분한 태도에 그녀에게 질투를 느낄 사람은 아무도 없었다. 하지만 남편과 눈이 마주치고 그 얼굴에 어린 기쁨을 보자 그녀의 얼굴이 환해졌다.

바구니 공예로 꾸민 웰랜드 부인의 조랑말 마차가 두 사람을 기다렸고, 그들은 흩어지는 마차들 틈에서 말을 몰아 떠났다. 메이가 고삐를 잡고 아처가 옆에 앉았다.

오후의 햇살은 아직도 밝은 잔디밭과 덤불숲에 어물거리고 있었고, 벨뷰 대로를 따라 빅토리아,[8] 도그카트,[9] 가족 마

8 지붕이 없으며 바닥이 낮아서 오르내리기 쉬운 마차.

차, 비자비[10]들이 두 줄을 이루어서 보퍼트 집의 원유회나 오션 드라이브의 오후 외출에서 집으로 돌아가는 멋진 옷차림의 신사 숙녀들을 실어 날랐다.

「할머니 보러 갈까요? 할머니한테 상 탄 이야기를 해드리고 싶어요. 저녁 전까지는 아직 시간이 많잖아요.」 메이가 갑자기 말했다.

아처는 그러자고 했고 그녀는 내려건셋 대로로 조랑말을 몰아 스프링 가를 건넌 뒤 그 너머 바위가 무성한 황야로 향해 갔다. 언제나처럼 선례를 무시하고 돈을 아끼는 캐서린 여제는 젊은 시절에 화려함과는 거리가 먼 이곳에 바다가 보이는 값싼 땅을 골라 지붕이 뾰족뾰족 숫고 대들보가 가로놓인 〈코타주 오르네〉[11]를 지었다. 이곳 키 작은 참나무 숲 속에서 이 집의 베란다들은 섬들이 점점이 박힌 바다 쪽으로 펼쳐져 있었다. 구불구불한 마찻길은 철제 수사슴 상(像)과 제라늄 둔덕에 박힌 청색 유리 공 사이를 지나, 줄무늬 베란다 지붕 아래 니스를 진하게 칠한 호두나무 현관 앞으로 이어졌다. 현관 안으로 뻗은 좁은 복도에는 검고 노란 별무늬가 박힌 나무 널이 깔렸으며, 이탈리아 실내 장식 화가가 올림푸스의 온갖 신을 그려 넣은 천장 아래 두꺼운 나사지[12]로 도배한 작은 방 네 개가 이어졌다. 밍곳 부인은 살의 무게에 짓눌리게 되자 그 방들 중 하나를 침실로 만든 뒤 옆방으로 연결된 문과 창문 사이에 커다란 안락의자를 놓고 거기 앉아 하루를

9 말 한 마리가 끄는 이륜마차. 두 개의 좌석이 등을 맞대고 있으며 그 사이에 개를 태울 수 있게 되어 있다.

10 *vis-à-vis*. 프랑스어로 〈얼굴을 맞대고〉라는 뜻. 두 사람이 서로 마주 보고 앉게 되어 있는 마차.

11 *cottage-orné*. 크고 아름다운 시골 별장.

12 털실이나 천 부스러기로 결을 낸 벽지.

보내며 야자 잎사귀 부채를 쉴 새 없이 부쳤지만, 거대하게 돌출한 가슴 때문에 부채는 몸에서 멀찌감치 떨어져 있을 수밖에 없었고, 그것이 일으키는 바람은 그저 의자 팔걸이 덮개 술 장식을 흔드는 정도에 그쳤다.

아처의 결혼식을 당기는 데 적극적인 역할을 한 뒤로 캐서린은 도움을 베푼 사람이 도움을 받은 사람에게 느끼는 다정한 마음을 아처에게 자주 표시했다. 부인은 그가 결혼을 서두른 이유는 억제할 수 없는 열정 때문이라고 믿었고, 충동을 찬양(그게 돈의 낭비로 이어지지 않는 한)하는 사람으로서 그를 볼 때마다 공모자의 다정한 눈빛과 다행스럽게도 메이가 알아차리지 못하는 것 같은 암시를 보냈다.

부인은 메이가 경기가 끝나고서 가슴에 단 다이아몬드 촉화살을 흥미롭게 관찰하고 감정하며, 부인 시절에는 줄 세공 브로치만으로도 충분했지만 보퍼트는 돈을 아끼는 법이 없다고 말했다.

「가보로 물릴 만하겠구나. 네 첫딸에게 주어야 한다.」노부인이 웃으며 메이의 하얀 팔을 꼬집자 손녀의 얼굴이 붉게 달아오르는 것이 보였다. 「이런, 내가 무슨 말을 했기에 붉은 깃발처럼 된 게냐? 딸은 안 낳을 생각이었던 게냐? 아들만 낳을 거였어? 이런, 얼굴이 더 빨개지네! 그런 말도 하면 안 되는 게냐? 우리 아이들이 나한테 머리 위에 있는 저 온갖 남신과 여신을 싹 칠해 없애 버리라고 하면, 나는 언제나 아무 일에도 안 놀라는 자들이 곁에 있는 게 너무 만족스럽다고 말하지.」

아처가 웃음을 터뜨렸고 메이도 따라 웃었다. 얼굴이 눈부위까지 새빨개졌다.

「이제 원유회 이야기를 해주렴. 그 정신없는 메도라한테서는 제대로 된 이야기를 듣지 못할 테니 말이다.」 노부인이 말을 이었다. 그리고 메이가 놀라서 〈메도라 숙모요? 포츠머스로 돌아간다고 하던데요?〉 하고 말하자, 차분히 대답했다. 「맞아, 그리로 갈 거다. 하지만 엘렌을 데려가려고 여기 들른 거야. 아, 엘렌이 여기 와서 나랑 같이 지내고 있는 건 몰랐지? 여기 와서 여름을 보내지 않겠다니, 그런 바보짓이 어디 있냐? 하지만 나는 젊은 애들이랑 말다툼하는 건 50년 전에 포기했다. 엘렌, 〈엘렌〉!」 부인이 베란다 아래 잔디밭을 내려다보려고 몸을 힘껏 굽히며 노인 특유의 새된 목소리로 외쳤다.

아무 대답이 없자, 밍곳 부인은 반짝이는 마루를 지팡이로 초조하게 두드렸다. 밝은 터번을 두른 뮬라토 하녀가 부름에 응해 나타나더니 〈엘렌 양〉이 바닷가 가는 길로 내려가는 걸 보았다고 말했고, 밍곳 부인은 아처에게 고개를 돌렸다.

「어서 가서 데리고 와, 착한 손자처럼. 원유회 이야기는 이 예쁜 부인이 해줄 테니.」 부인이 말했고 아처는 꿈을 꾸듯 일어섰다.

그들이 마지막으로 만나고 1년 반이 지나는 동안, 그는 올렌스카 백작 부인 이름을 자주 들었고 그 사이에 일어난 그녀 인생의 주요 사건들도 잘 알았다. 그녀는 지난해 여름을 뉴포트에서 보내며 사교계 활동에 적극적이었지만, 가을이 되자 갑자기 보퍼트가 그렇게 애써 구해 준 〈완벽한 집〉을 다시 세놓고 워싱턴에 가서 살았다. 그리고 겨울 동안 그는 (워싱턴에 있는 예쁜 여자들 소식은 늘 들려오는 법이기에) 그녀가 행정부의 사교적 결함을 메우는 역할을 하는 〈화려한 외교 집단〉에서 빛나는 활약을 한다는 이야기를 들었다. 그는 이런 소식들과 더불어 그녀가 어디 참석해서 무슨 대화를 하고 어떤 견해를 펼치고 어떤 사람들과 친해졌는지에 대해 온갖 상반되는 보고를 접했지만, 그럴 때마다 죽은 지 오래된 사람에 대한 회고를 듣듯 초연했다. 그러던 것이 메도라가 궁술 경기에서 불쑥 엘렌 올렌스카의 이름을 꺼내자, 그녀는 그에게 다시 살아 있는 존재가 되었다. 후작 부인의 바보 같은 수다는 벽난로에 불이 타오르던 작은 응접실과 인적 드문 거리를 달려 돌아오던 마차 소리를 떠오르게 했다. 전에 읽은 이야기 하나가 생각났다. 토스카나 지방의 시골 어린이들이 길가의 동굴에 들어가 지푸라기 다발에 불을 붙이자, 오랜 옛날 그 무덤 속에 그려 넣었던 침묵의 그림들이 눈앞에 드러났다는 것이다.

바닷가로 가는 길은 집이 자리 잡은 높은 둑에서 아래로 내려가 버드나무가 심어진 해변 산책로로 이어졌다. 버드나무가 베일처럼 드리워진 틈으로 아처는 반짝이는 라임 록과 거기 서 있는 회칠한 탑, 그리고 영웅적인 등대지기 아이다 루이스가 존경할 만한 여생을 보냈다는 작은 집을 보았다. 그 너머로는 평평한 바다와 고트 섬 관청의 흉측한 굴뚝들이 보였다. 만은 금빛으로 반짝이며 북쪽으로 뻗어 나가 키 작은 참나무가 가득한 프루던스 섬과 아른거리는 노을 속에 희미하게 드러난 코네니컷 해변에까지 이르렀다.

버드나무 산책로에서 뻗어 나간 조그만 목조 나루 끝에 탑 비슷하게 생긴 정자가 있었다. 그리고 그 안에 한 여자가 육지를 등진 채 난간에 기대어 서 있었다. 그 모습을 보고 아처는 잠에서 깨어나듯 멈추어 섰다. 눈앞에 보이는 과거의 환영은 꿈이었고, 현실은 둑 위의 집에서 그를 기다리고 있었다. 웰랜드 부인의 조랑말 마차는 현관 앞의 타원형 공간을 돌고 또 돌고, 메이는 부끄러움을 모르는 올림포스 신들

아래서 은밀한 기대로 얼굴을 붉히며, 벨뷰 대로 저쪽 끝에는 웰랜드가의 빌라가 있고, 웰렌드 씨는 이미 저녁 식사 복장을 하고 한 손에 시계를 든 채 소화 불량에 걸린 듯 초조하게 응접실을 서성거리고 있을 터였다. 그 집은 특정 시간에 무슨 일이 벌어지는지 모두가 아는 집이었다.

〈나는 뭐지? 한 사람의 사위.〉 아처는 생각했다.

나루 끝의 여자는 움직이지 않았다. 한참 동안 젊은이는 비탈길 중턱에 서서 돛배와 요트 모선, 낚싯배, 그리고 시끄러운 예인선과 그것이 끄는 검은 석탄 바지선이 물 위에 항적(航跡)을 남기며 오가는 만을 바라보았다. 정자 안의 여자도 같은 풍경을 바라보는 것 같았다. 포트 애덤스[13]의 잿빛 성벽 너머 길게 뻗은 노을이 천 개의 불꽃으로 부서졌고, 그 빛은 캣보트[14] 돛에 가 부딪혀서 라임 록과 해변 사이의 물길 위로 퍼져 갔다. 그 장면을 보니 아처는 연극 「방랑자」에서 몬터규가 방을 나가지 않고 몰래 에이다 디아스의 리본을 들어 입술에 대는 장면이 떠올랐다.

〈엘렌은 몰라. 짐작 못 하고 있어. 엘렌이 내 뒤에 왔다면 나는 알아챘을까?〉 그는 생각했다. 그리고 불쑥 혼잣말을 했다. 「저 돛배가 라임 록을 지나갈 때까지 엘렌이 뒤돌아보지 않는다면 나는 돌아갈 거야.」

배는 썰물에 실려서 나갔다. 그리고 라임 록 앞으로 미끄러져 가서 아이다 루이스의 작은 집을 잠시 가리더니 이어 등대가 있는 탑을 지나갔다. 아처는 섬 끝의 모래톱과 배의 고물 사이에서 널따란 바닷물이 반짝일 때까지 기다렸다. 그래도 정자 안의 여자는 움직이지 않았다.

13 뉴포트 항의 입구에 위치한 화강암 요새.
14 얕은 물을 항해하기 위해 만든 넓은 선폭의 외돛배.

그는 돌아서서 언덕을 올라갔다.

「엘렌을 못 찾았다니 안타깝네요. 언니를 다시 한 번 보고 싶은데 말이에요.」 땅거미 속에 집으로 돌아가는 길에 메이가 말했다. 「하지만 언니는 별로 신경 쓰지 않을 거예요. 그동안 정말 많이 변한 것 같아요.」

「변했다고?」 남편의 목소리가 무미건조하게 울렸다. 그의 눈은 조랑말의 씰룩거리는 귀에 고정되어 있었다.

「친구들 일에 너무 무심해요. 뉴욕하고 살던 집을 포기하고 그렇게 이상한 사람들 틈에 가서 지내잖아요. 블렌커 모녀하고 지내는 건 얼마나 불편할까요? 언니 말로는 언니가 거기 가는 건 메도라 숙모한테 나쁜 일이 닥치지 않게, 그러니까 숙모가 잘못된 결혼을 하지 못하게 막기 위해서라는데, 어쩔 때는 언니한테는 처음부터 우리가 지루했을 거라는 생각이 들어요.」

아처는 대답하지 않았고 그녀는 그가 그동안 그 솔직하고 꾸밈없는 목소리에서 한 번도 느껴 보지 못한 냉혹함을 담아 말을 이었다. 「어쨌건 나는 언니가 남편한테 돌아가는 게 더 행복하지 않을까 하는 생각이 들어요.」

그는 웃음을 터뜨렸다. 「〈상크타 심플리키타스!〉」[15] 그의 외침에 그녀가 어리둥절한 듯 얼굴을 찌푸리고 바라보자 그가 덧붙였다. 「당신이 그렇게 잔인한 말을 하는 건 처음 듣는걸.」

「잔인하다고요?」

「그래. 저주받은 자들의 고통을 지켜보는 게 천사들의 최고 스포츠라고 하지. 하지만 천사도 사람이 지옥에서 더 행

---

15 라틴어로 〈신성한 단순함〉이라는 뜻. 다른 사람의 순진함에 놀랐을 때 사용하는 말이다.

복할 거라고 생각하지는 않을 거야.」

「언니가 외국에서 결혼한 게 문제예요.」메이가 자기 어머니가 아버지의 변덕에 직면했을 때 사용하는 차분한 어조로 말했다. 아처는 자신이 비합리적인 남편의 대열로 조용히 분류되고 있다는 걸 느꼈다.

둘은 벨뷰 대로를 지나서 꼭대기에 주철 램프가 있고 모서리를 둥글린 목조 대문 기둥 사이로 들어섰다. 웰랜드 빌라에 다 왔음을 의미했다. 창문 밖으로는 벌써 불빛이 새어 나왔고, 마차가 멈추자 아처는 장인이 상상했던 대로 손에 시계를 든 채, 이미 오래전에 분노보다 더 효과가 있다는 걸 알게 된 고통스러운 표정을 짓고 응접실을 서성대는 것을 보았다.

그는 아내를 따라 현관 입구로 들어서면서 이 집에 대한 느낌이 이상하게 역전되는 걸 느꼈다. 웰랜드가의 화려함, 그리고 사소한 규칙 준수와 의무로 가득한 이 집 안의 빽빽한 대기에는 언제나 그의 몸에 마약처럼 스며드는 것이 있었다. 무거운 양탄자, 주의 깊은 하인들, 끊임없이 시간을 상기시키는 정연한 시계들의 똑딱 소리, 끊임없이 갱신되는 명함 더미와 현관 입구 탁자의 초대장들, 하루의 모든 시간을 빽빽하게 채우고 집안의 모든 가족을 서로에게 얽혀 놓는 혹독하리만큼 사소한 일들의 끝없는 연속은 그보다 약간이라도 흐트러지거나 풍족하지 못한 것은 비현실적이고 불안정하게 보이게 만들었다. 하지만 이제 비현실적이고 부적합하게 보이는 것은 웰랜드의 집이고 그 안에서 그가 영위하리라 예상되는 삶이었다. 바닷가에서 그가 비탈길을 내려가다 말고 어정쩡하게 서서 바라본 짧은 광경이 핏줄 속의 피처럼 가깝게 느껴졌다.

밤새도록 그는 사라사 천으로 꾸민 커다란 침실에서 메이

의 옆자리에 누워 양탄자 위로 비스듬히 비쳐 드는 달빛을
바라보며, 엘렌 올렌스카가 보퍼트의 트로터 말이 끄는 마차
를 타고 반짝이는 해변을 지나 집으로 돌아가는 모습을 생
각했다.

22

「블렌커가를 위한 파티라……. 블렌커가를 위한?」

웰랜드 씨가 나이프와 포크를 내려놓고 점심 식탁 맞은편에 앉은 아내를 불안과 의심 깃든 눈길로 바라보았다. 부인은 금테 안경을 조절하면서 과장되고 우스꽝스러운 말투로 초대장을 읽었다. 「에머슨 실러턴 교수 부부는 8월 25일 3시 정각에 〈수요일 오후〉 클럽에 웰랜드 부부를 초대합니다. 블렌커 부인과 딸들을 소개해 드리고자 합니다. 레드 게이블스, 캐서린가(家) R. S. V. P.[1]」

「이럴 수가.」 웰랜드 씨는 초대장을 두 번 읽고서야 이런 일이 얼마나 기막힌 일인지 깨달을 수 있었다는 듯 놀라 한숨을 토했다.

「불쌍한 에이미 실러턴! 실러턴 교수가 하는 일은 늘 예측 불허라니까요. 블렌커가를 이제 알게 됐나 봐요.」 웰랜드 부인이 한숨을 쉬었다.

에머슨 실러턴 교수는 뉴포트 사교계에서 옆구리에 박힌 가시 같은 존재였다. 그리고 그것은 뺄 수 없는 가시였다. 존

---

1 *Répondez, s'il vous plaît*의 약자. 프랑스어로 〈답신 주시기 바랍니다〉라는 뜻.

경할 만하고 존경받는 가문 출신이기 때문이었다. 그는 사람들 말마따나 〈부족한 게 없는〉 사람이었다. 그의 아버지는 실러턴 잭슨의 숙부였고, 어머니는 보스턴의 페닐로가(家) 출신이었다. 양쪽 모두 부와 사회적 지위를 지녔고 서로 잘 어울렸다. 세상 어떤 것도 — 웰랜드 부인이 자주 말하듯이 — 에머슨 실러턴에게 고고학자나 다른 어떤 분야건 간에 교수 자체가 되는 걸 강요하지 않았고, 겨울에 뉴포트에 사는 것도, 그 밖에 그가 벌이는 모든 혁명적인 일도 마찬가지였다. 하지만 그가 전통과 단절하고 사교계를 정면에서 비웃을 거였다면, 적어도 불쌍한 에이미 대거넷과 결혼할 필요는 없었다. 그녀는 〈다른 것〉을 기대할 권리가 있었고, 자기 마차를 가질 돈이 있었다.

밍곳 일가의 누구도 에이미 실러턴이 왜 남편이 집 안에 머리 긴 남자들과 머리 짧은 여자들을 쉴 새 없이 들이고, 함께 여행을 가도 파리나 이탈리아 대신 유카탄[2]으로 가서 무덤을 탐험하는 그런 기행을 참고 사는지 이해하지 못했다. 하지만 어쨌건 그들은 그런 생활에 정착해서, 자신들이 남과 다르다는 걸 의식하지 않는 것처럼 보였다. 그들이 우중충한 연례 원유회를 하면, 클리프스에 있는 모든 가족은 실러턴, 페닐로, 대거넷가의 인맥을 무시할 수 없기에 추첨을 해서 가기 싫은 누군가를 대표로 보내야 했다.

「그래도 그나마…… 요트 경기 날을 고르지 않은 게 놀라운 걸요? 생각나요? 2년 전에 그 사람들이 줄리아 밍곳의 〈테 당상〉[3] 날에 흑인 남자를 소개하는 파티를 열었잖아요. 다행히

---

2 멕시코의 주. 언급된 무덤은 마야인의 무덤이다.
3 *thé dansant.* 프랑스어로 〈차 무도회〉를 말한다. 차가 나오고 손님들이 춤을 추는 오후 여흥의 일종.

이번에는 내가 아는 한 다른 일하고 겹치지는 않네요. 우리 중 누군가는 가야 할 테니까요.」 웰랜드 부인이 말했다.

웰랜드 씨가 초조한 한숨을 쉬었다. 「〈우리 중 누군가〉라……. 그건 한 명 이상인 거요? 3시라면 참 어정쩡한 시간인데. 나는 3시 반에는 집에서 약을 먹어야 해. 벤콤의 새 치료법은 철저히 따르지 않으면 아무 소용이 없는 거니까. 그리고 내가 뒤미쳐 거기 간다면 마차 산책을 놓치게 될 테고.」 그러더니 그는 나이프와 포크를 다시 내려놓았다. 가는 주름에 덮인 뺨 위로 불안의 홍조가 피어올랐다.

「당신은 갈 필요 없어요, 여보.」 그의 아내가 이제는 습관이 된 밝은 말투로 대답했다. 「벨뷰 대로의 다른 집들에 가서 명함을 전할 일이 있어요. 그러니까 3시 반에 거기 가서 에이미가 무시당했다는 느낌을 안 받을 때까지 있다가 올게요.」 그녀는 머뭇거리는 눈길로 딸을 보았다. 「뉴랜드가 오후 시간이 차 있으면 메이가 조랑말 마차에 당신을 태우고 나가서 새로 장만한 적갈색 마구를 써볼 수 있을 거예요.」

웰랜드가에서는 사람들의 시간이 웰랜드 부인이 표현하는 대로 〈차 있어야〉 했다. 〈시간을 때워야〉 하는 우울한 경우는 (특히 휘스트나 솔리테어를 좋아하지 않는 사람이라면) 웰랜드 부인이 볼 때 자선가가 실업을 없애려고 노력하듯 힘을 다해 퇴치해야 할 대상이었다. 부인이 가진 또 하나의 원칙은 부모는 결혼한 자녀의 일정에 (적어도 눈에 띄게) 간섭하면 안 된다는 것이었다. 그래서 메이의 독립에 대한 존중과 웰랜드 씨의 긴급한 요구를 조화시키는 난제에는 아주 교묘한 수완이 필요했고, 그 수완을 발휘하느라 웰랜드 부인의 시간은 일분일초도 비어 있을 때가 없었다.

「당연히 제가 아버지를 모시고 가야죠. 뉴랜드는 할 일이 있을 거예요.」 메이가 남편에게 그의 무반응을 부드럽게 일러 주는 어조로 말했다. 웰랜드 부인에게는 사위가 그렇게 생각 없이 일정을 꾸린다는 것이 끊임없는 근심거리였다. 그곳에 와서 지낸 보름 동안 그는 이미 여러 번, 오후에 무얼 하면서 시간을 쓸 계획이냐는 부인의 질문에 역설적인 대답을 했다. 「분위기를 좀 바꿔서, 시간을 〈쓰는〉 대신 〈저축〉해 볼까 해요.」 그리고 언젠가는 부인과 메이가 오랫동안 미루었던 오후 이웃 순회를 다녀왔을 때, 그는 오후 내내 집 아래쪽 바닷가 바위 아래 누워 있었다고 고백했다.

「뉴랜드는 앞을 내다보지 않는 것 같아.」 웰랜드 부인은 한번 용기를 내서 딸에게 불만을 털어놓았다. 메이는 차분히 대답했다. 「맞아요. 하지만 그건 중요하지 않아요. 특별한 일이 없으면 그 사람은 책을 읽으니까요.」

「그래, 자기 아버지처럼 말이지!」 웰랜드 부인이 유전된 기이한 특성을 인정하듯 말했다. 그 뒤로 뉴랜드의 텅 빈 일정에 대한 질문은 조용히 사라졌다.

그럼에도 불구하고 실러턴 부부의 접견회 날이 다가오자, 메이는 차츰 그의 안위에 대해 자연스럽게 걱정을 드러내면서 자기가 집을 비우는 시간에 치버스가에서 테니스 경기를 하거나 줄리어스 보퍼트의 작은 돛배를 타고 뱃놀이를 하는 게 어떻겠느냐고 제안했다. 「6시까지는 돌아올 거예요. 아버지는 6시 이후에는 마차를 타시지 않으니까요.」 아처가 소형 마차를 하나 빌려서 그녀의 마차에 쓸 두 번째 말을 살펴보러 종마 사육장에 가보겠다고 하자 그녀는 그제야 안심을 했다. 둘은 얼마 전부터 그 말을 구하던 중이었기에 그 제안은 더없이 훌륭해 보였고, 메이는 어머니에게 〈보셨죠? 이 사람도 우리 못지않게 시간 계획을 잘한다고요〉 하고 말하는 듯

한 눈길을 던졌다.

종마 사육장에 가서 새 말을 본다는 생각이 아처의 머리에 떠오른 것은 에머슨 실러턴의 초대 이야기가 처음 거론된 날이었다. 하지만 그는 거기 무슨 비밀이라도 담겨 있고, 발각되면 그 계획이 무산되기라도 하듯 입을 꾹 다물고 있었다. 하지만 미리 소형 마차와 아직도 평지는 30킬로미터가량 뛸 수 있는 늙은 트로터 두 마리를 빌려 두었다. 그리고 2시가 되자 얼른 점심 식탁을 떠나 마차에 뛰어들었다.

날씨는 완벽했다. 북쪽에서 부는 산들바람이 짙푸른 하늘에서 조그만 솜구름들을 흩뜨렸고, 그 아래에는 맑은 바다가 출렁거렸다. 그 시간에 벨뷰 대로는 비어 있었고, 아처는 말 대여소 청년을 밀 가 모퉁이에 내려놓은 뒤 올드 비치 로드로 방향을 틀어 이스트맨스 비치를 가로질러 갔다.

그는 학창 시절 오전 수업만 있는 날 미지의 장소를 향해 떠날 때 느끼던 설명할 수 없는 흥분을 느꼈다. 말들을 느리게 걷게 해도 3시 전에 종마 사육장에 도착할 수 있었다. 사육장이 파라다이스 록스에서 그리 멀지 않았기 때문이다. 그러니 말을 둘러보고 (또 괜찮아 보이면 타보기도 하고) 난 뒤에도 그가 쓸 수 있는 황금 같은 시간이 네 시간이나 있었다.

실러턴 부부의 파티 이야기를 듣는 순간, 그는 맨슨 후작부인이 블렌커 모녀와 함께 뉴포트에 올 게 분명하다고 생각했다. 그러면 마담 올렌스카가 그 기회를 이용해서 할머니를 방문할지도 몰랐다. 어쨌거나 블렌커가의 집에는 사람이 없을 테고, 자신은 별달리 주의하지 않고도 그와 관련된 막연한 호기심을 충족시킬 수 있을 것 같았다. 마담 올렌스카를 다시 보고 싶은 건지 어쩐지는 그도 잘 몰랐다. 하지만 만으로 내려가는 비탈길에서 그녀를 본 뒤, 그는 그녀가 사는 집을 보고 그가 정자에서 본 그녀의 형상이 어떤 행동을 보일지 좇아 보고 싶다는 비이성적이고 설명할 수 없는 욕망을 느꼈다. 그 소망은 밤낮없이 그를 사로잡았다. 병든 사람이 오래전에 한번 맛보고 잊은 음식이나 술을 느닷없이 탐하는 것처럼 끈질기고도 정체를 알 수 없는 갈망이었다. 그 갈망 너머는 보이지 않았다. 그것이 어디로 이어질지도 생각하지 못했다. 마담 올렌스카에게 말을 한다든지 그녀의 목소리를 듣는다든지 하는 어떤 소망도 의식되지 않았기 때문이다. 그는 그저 그녀가 걸어간 땅과 그걸 감싼 하늘과 바다의 모습을 담아 갈 수 있다면, 세상이 지금보다는 덜 공허해질 것 같다고 느꼈을 뿐이다.

종마 사육장에 가서 보니 한눈에도 말은 그가 원하는 게 아니었다. 하지만 그는 자신이 서두르지 않는다는 걸 스스로에게 증명하기 위해 그 말을 마차에 묶고 한 바퀴를 돌아 보았다. 그러나 3시가 되자 그는 트로터 말들 위로 고삐를 흔들며 포츠머스로 가는 샛길로 들어섰다. 바람은 사그라졌고, 수평선의 희미한 아지랑이를 보면 물때가 바뀔 때 새코넷 강 위로 안개가 올라올 것을 알 수 있었다. 하지만 주변에는 들도 숲도 황금색 빛에 깊이 잠겨 있었다.

그는 회색 너와를 인 과수원 농가들을 지나고, 건초 밭과 참나무 숲을 지나고, 빛이 사위어 가는 하늘 위로 첨탑이 뾰족하게 솟은 마을들을 지난 뒤, 들에서 일하는 남자들에게 길을 물어 마침내 높다랗게 자란 미역취와 산딸기 사이로 난 작은 길로 돌아들었다. 길 끝에는 파란 강물이 반짝였다. 그 왼쪽에는 참나무와 단풍나무들이 있고, 그 앞으로 나무 벽의 흰색 페인트가 군데군데 벗겨진 길쭉하고 퇴락한 집이 있었다.

정문을 마주한 쪽에는 뉴잉글랜드 사람들이 농기구를 보

관하고 방문객의 〈말들〉을 〈매어 두는〉 열린 창고가 있었다. 아처는 마차에서 뛰어 내려 말 두 마리를 창고에 넣고 기둥에 묶은 뒤 집을 향해 돌아섰다. 집 앞 잔디는 건초 밭으로 변했지만, 왼쪽에는 무성한 달리아와 색 바랜 장미 화단이 한때 흰색이었던 것으로 보이는 황량한 격자 세공 나무 정자를 감싸고 있었고, 정자 위에는 활과 화살을 잃고도 쓸데없이 겨냥 자세를 지속하고 있는 나무 큐피드 상이 세워져 있었다.

아처는 잠시 문에 기대어 섰다. 아무도 보이지 않았고, 열린 창밖으로 새어 나오는 소리도 없었다. 문 앞에서 졸고 있는 회색 뉴펀들랜드 개도 경비 역할로는 화살 잃은 큐피드만큼이나 쓸모없어 보였다. 이런 정적과 퇴락에 휩싸인 집이 요란스러운 블렌커가의 집이라는 게 이상했다. 하지만 아처는 집을 잘못 찾은 게 아니라는 확신이 들었다.

그는 한참 동안 그 광경을 마음에 새기며 차츰 몽롱한 마력에 빠져 들었다. 그러다 시간이 꽤 지났다는 생각에 정신이 들었다. 이렇게 실컷 바라본 뒤 돌아가야 하는 걸까? 그는 어물쩍 서 있다가 문득 집 안을 보고 거기 마담 올렌스카가 앉아 있는 모습을 떠올려 보고 싶어졌다. 그가 문 앞으로 가서 초인종을 울리는 데 방해할 것은 아무것도 없었다. 만약 그녀가 그 집 식구들과 함께 파티에 갔다면, 그는 가볍게 명함을 건네주고 편지를 남기겠다며 거실로 들어갈 수 있을 것이다.

하지만 그는 대신 잔디 위를 걸어 화단 쪽으로 갔다. 화단에 들어서자 정자 안에 밝은 색 물체 하나가 놓여 있는 게 보였고, 그는 그것이 분홍색 양산이라는 걸 금방 알아챘다. 양산은 자석처럼 그를 끌어당겼다. 그것은 그녀의 것이 분명했다. 그는 정자 안에 들어가 삐걱거리는 의자에 앉으면서, 실크 양산을 집어 들고 조각이 새겨진 손잡이를 바라보았다. 손잡이는 어떤 향기 나는 희귀한 나무로 만들어져 있었다. 아처는 손잡이를 입술에 댔다.

화단에 옷자락 쓸리는 소리가 나자, 그는 두 손에 움켜잡은 양산 손잡이에 몸을 기댄 채 꼼짝 않고 앉아서 눈도 들지 않고 옷자락 소리가 다가오기를 기다렸다. 그는 오래전부터 이런 일이 일어날 것을 알고 있었다.

「아, 아처 씨!」 젊은 처녀의 커다란 목소리가 들렸다. 고개를 들어 보니 덩치가 크고 금발 머리에 얼굴이 붉은 블렌커가의 막내딸이 모슬린 드레스를 질질 끌고 와 있었다. 뺨 한쪽에 새겨진 붉은 자국은 조금 전까지 베개에 눌려 있던 게 분명했고, 졸음이 남아 있는 두 눈은 친절하지만 어리둥절한 표정으로 그를 바라보았다.

「세상에, 어디서 오신 거예요? 해먹에서 세상모르고 잠을 잤네요. 다른 사람들은 모두 뉴포트에 갔어요. 초인종을 울리셨나요?」 그녀가 두서없이 물었다.

아처는 그녀보다도 더 혼란스러웠다. 「나는 아니…… 그러니까 초인종은 곧 울릴 생각이었습니다. 말을 한 마리 보려고 근처에 왔다가 블렌커 부인과 이 집 손님들을 볼 수 있을까 해서 와봤습니다. 그런데 집이 빈 것 같아서 여기 앉아서 기다리기로 했습니다.」

블렌커 양은 몸을 흔들어 잠을 털고서 흥미로운 표정으로 그를 보았다. 「집은 비었어요. 어머니는 안 계시고요. 후작 부인도요. 어쨌건 저밖에 없어요.」 그녀의 눈에 살짝 비난의 기색이 어렸다. 「실러턴 교수 부부 댁에서 오늘 오후에 우리 식구들을 소개하는 원유회가 있다는 걸 모르셨나요? 안타깝게도 나는 못 가게 되었어요. 목이 아프고, 어머니는 저녁 때 집에 돌아올 일을 걱정했거든요. 세상에 이렇게 실망스러운 일이 또 있을까요? 물론, 아처 씨가 온다는 걸 알았다면 그렇게 실망하지 않았을 거예요.」 그녀가 유쾌하게 덧붙였다.

그녀가 인사치레로 떠는 아양에 어찌할 바 몰라 아처는 용기를 내서 말을 잘랐다.

「그런데 마담 올렌스카도 같이 뉴포트로 갔습니까?」

블렌커 양이 놀란 표정으로 그를 보았다. 「마담 올렌스카요? 연락 받고 떠난 걸 몰랐나요?」

「연락을 받고 떠나요?」

「아, 내가 제일 좋아하는 양산! 리본하고 잘 어울려서 케이티라는 바보한테 빌려 줬더니 무신경하게 여기다 두고 갔네요. 우리 집 사람들은 모두 그렇게…… 진짜 보헤미안 같아요!」 그녀는 살진 손으로 양산을 잡고 펼쳐서 장밋빛 지붕을 머리 위로 들어 올렸다. 「그래요, 엘렌은 어제 떠났어요. 우리더러 그냥 엘렌이라고 부르라고 했어요. 보스턴에서 전보가 왔어요. 이틀 정도 걸릴 거라고 했어요. 엘렌은 정말 머리를 예쁘게 잘하는 것 같아요.」 블렌커 양이 주절주절 떠들었다.

아처는 블렌커 양이 투명하기라도 하듯 그녀를 보면서도 보지 못했다. 그의 눈에 보이는 건 그녀의 킬킬대는 얼굴 위로 활짝 펼쳐진 조잡한 분홍색 양산뿐이었다.

잠시 후 그가 다시 용기를 내서 물었다. 「혹시 마담 올렌스카가 왜 보스턴으로 갔는지 알고 있나요? 나쁜 소식은 아니겠죠?」

블렌커 양은 그 질문에 쾌활하고 경쾌하게 답했다. 「그런 것 같지는 않아요. 전보 내용은 일러 주지 않았어요. 후작 부인이 알게 되는 걸 원하지 않는 것 같았어요. 엘렌은 정말 낭만적으로 생기지 않았나요? 〈제럴딘 부인의 구애〉[4]를 읽을 때면 꼭 스콧 시돈스 부인[5] 같다니까요. 혹시 들어 본 적 있나요?」

아처는 밀려드는 생각들을 허겁지겁 정리하고 있었다. 그의 미래 전체가 눈앞에 펼쳐지는 것 같았다. 그 끝없는 공허 속에 평생 어떤 일도 없을 쇠락한 남자의 형상이 보였다. 그는 멋대로 자란 정원과 퇴락한 집과 땅거미가 내려앉는 참나무 숲을 둘러보았다. 마담 올렌스카를 발견하기 마땅한 바로 그런 장소였다. 하지만 그녀는 멀리 떠났고, 분홍색 양산마저 그녀의 것이 아니었다.

그는 얼굴을 찌푸리고 망설이며 말했다. 「블렌커 양은 몰랐겠지만 내가 내일 보스턴에 갑니다. 그래서 혹시 마담 올렌스카를 만날 수 있다면…….」

블렌커 양은 여전히 미소 띤 얼굴이었지만 그에게 관심을 잃은 기색이었다. 「그럼요. 정말 친절한 분이세요! 엘렌은 파커 하우스에 머물고 있어요. 이런 날씨에 거기 지내기는 아주 힘들 거예요.」

그 뒤로 아처는 자신이 무슨 이야기를 하고 있는지 드문드문 이해했을 뿐이다. 기억나는 것은 식구들이 돌아올 때까지 기다렸다가 이른 저녁을 먹고 가라는 청을 완강하게 거부한 것뿐이었다. 마침내 그는 블렌커 양의 배웅을 받으며 나무 큐피드의 사정거리 밖으로 벗어나서 말들을 풀고 그곳을 떠났다. 길이 꺾이는 지점에서 보니 블렌커 양이 대문 앞에 서서 분홍색 양산을 흔들고 있었다.

4 엘리자베스 배릿 브라우닝의 시로, 장래 남편 로버트 브라우닝의 시를 칭찬하는 내용이 들어 있다.
5 메리 프랜시스 스콧 시돈스(1844~1896). 영국 여배우.

23

다음 날 아침, 폴리버 기차에서 내린 아처에게 보스턴의 찌는 듯한 한여름 더위가 엄습했다. 기차역 근처의 거리는 맥주 냄새, 커피 냄새, 썩은 과일 냄새로 진동했고, 그 길들 위로는 셔츠 차림의 사람들이 복도 저편의 화장실로 가는 하숙생들처럼 거칠 것 없이 오가고 있었다.

아처는 승합 마차를 타고 서머셋 클럽에 가서 아침을 먹었다. 상류층 거주 지역이나 유럽의 도시들에서는 어떤 더위에도 볼 수 없는, 집 안에서나 가능한 단정치 못한 분위기를 풍기고 있었다. 캘리코 천의 옷을 입은 관리인들이 부유한 집들 현관 앞을 어슬렁거렸고, 커먼 파크는 프리메이슨들이 소풍을 나온 유원지처럼 보였다. 아처가 엘렌 올렌스카가 예상하지 못한 장소에 가 있는 모습을 상상해 보려 했다고 해도, 이렇게 더위에 지치고 쓸쓸한 보스턴만큼 그녀와 어울리지 않는 곳은 생각해 내지 못했을 것 같았다.

그는 멜론 한 조각을 시작으로 차근차근 맛있게 아침을 먹고, 토스트와 스크램블드에그를 기다리며 아침 신문을 꼼꼼히 읽었다. 전날 밤 메이에게 보스턴에 일이 있어서 그날 밤 바로 폴리버행 배를 타고 떠났다가 다음 날 저녁 뉴욕으

로 갈 거라고 말한 뒤로 그는 새로운 기운과 활력에 사로잡
혔다. 식구들은 전부터 그가 이번 주 초에 뉴욕으로 돌아갈
거라고 생각했고, 그가 포츠머스에서 돌아왔을 때 법률 사무
소에서 보낸 편지가 운명의 선물처럼 현관 입구 탁자에 당당
하게 놓여 있었기 때문에, 그의 갑작스러운 계획 변경은 아
무런 의문을 불러일으키지 않았다. 그는 심지어 이 모든 일
이 이렇게 쉽게 이루어진 것에 약간 부끄러운 마음마저 들었
다. 불편했던 그 순간, 그에게는 로렌스 레퍼츠가 자유를 얻
어 내는 간계가 연상되었다. 하지만 그 괴로움은 오래가지
않았다. 그는 무언가를 분석하고픈 마음 상태가 아니었기 때
문이다.

아침을 먹은 뒤 그는 담배를 피우고「커머셜 애드버타이
저」를 훑어보았다. 그러는 동안 그가 아는 남자가 두세 명 들
어왔고 익숙한 인사말이 오갔다. 시간과 공간의 그물을 빠져
나온 듯한 기이한 느낌에 사로잡혀 있는데도 여전히 똑같은
세계였다.

그는 시계를 보고 9시 반이라는 걸 확인한 뒤 자리에서 일
어나 편지 작성실로 갔다. 거기서 짧은 편지를 쓰고 전령을
불러 승합 마차로 파커 하우스에 가서 답신을 받아 오라고
했다. 그런 뒤 다른 신문을 펼쳐 들고 승합 마차가 파커 하우
스까지 가는 데 시간이 얼마나 걸릴지 계산해 보았다.

「부인은 외출 중이십니다.」 갑자기 옆에서 종업원의 목소
리가 들렸다. 아처는 외국어라도 하듯이 더듬거리며 말했다.
「외출했다고?」

그는 일어나서 현관을 향해 갔다. 착오가 분명했다. 그 시
간에 외출했을 리 없었다. 그는 자신의 어리석음에 대한 분
노로 얼굴이 달아올랐다. 왜 도착하자마자 편지를 보내지 않

았을까?

그는 모자와 지팡이를 찾아서 거리로 나섰다. 갑자기 먼 나라에서 온 여행자처럼 도시가 낯설고 거대하고 공허해 보였다. 한순간 그는 현관 계단에 서서 머뭇거렸다. 그런 뒤 파커 하우스로 가기로 마음먹었다. 그녀가 있는데 전령이 착각했던 것이라면 어쩌겠는가?

그는 커먼을 가로질러 걷기 시작했다. 그리고 나무 아래 첫 번째 벤치에 그녀가 앉아 있는 것을 보았다. 그녀는 회색 실크 양산을 쓰고 있었다. 어떻게 그녀가 분홍색 양산을 쓴다고 생각했을까? 그녀에게 다가가면서 그는 그녀의 힘없는 모습에 충격을 받았다. 그녀는 앉아 있는 것밖에 할 일이 없는 사람처럼 보였다. 그는 고개를 숙인 그녀의 옆모습과 목 뒤로 묶어 검은 모자 아래로 늘어뜨린 머리카락, 양산 든 손에 낀 길고 쭈글쭈글한 장갑을 보았다. 그가 다가가자 그녀가 고개를 돌려 그를 보았다.

「아.」 그녀가 말했고, 처음으로 그는 그녀의 놀란 표정을 보았다. 하지만 곧 조용히 신기하고도 만족스러운 미소가 번졌다.

「아.」 그녀가 다시 말했지만 말투는 달랐다. 그가 그녀를 내려다보자 그녀는 몸을 일으키지 않고 벤치에 그가 앉을 자리를 내주었다.

「일 때문에 여기 왔습니다. 지금 막 도착했어요.」 아처가 그렇게 말하면서, 자신도 모르게 만나서 놀랍다는 표정을 연출했다. 「그런데 당신은 이렇게 쓸쓸한 곳에서 뭘 하고 있는 거죠?」 그는 자신이 무슨 말을 하는지도 몰랐다. 아득히 먼 공간 너머로 그녀에게 소리를 지르고 있는 것 같았고, 그가 다가가기도 전에 그녀가 사라져 버릴 것도 같았다.

「나요? 나도 일 때문에 왔어요.」그녀가 대답하고 고개를 돌려 그를 마주 보았다. 그는 그 말을 거의 이해하지 못했다. 그는 그녀의 목소리만을 알아챘고, 그 목소리가 기억 속에 전혀 남지 않는다는 데 놀랐다. 그는 그 목소리가 낮고 발음이 약간 거칠다는 것도 기억하지 못했다.

「머리 모양을 다르게 했네요.」그가 말했다. 그의 심장은 돌이킬 수 없는 말이라도 한 것처럼 뛰었다.

「달라요? 아뇨. 나스타시아가 없을 때면 그냥 늘 이렇게 해요. 이게 최선이에요.」

「나스타시아가 같이 오지 않았나요?」

「아뇨. 혼자 왔어요. 겨우 이틀이니까 나스타시아가 올 필요가 없었어요.」

「그러면 혼자 있다는 말인가요, 파커 하우스에?」

그를 바라보는 그녀의 얼굴에 예전의 차가운 표정이 살짝 어렸다.

「위험하다는 건가요?」

「아뇨. 위험한 건 아니고…….」

「관습에 어긋난다는 건가요? 그래요, 그런 것 같네요.」그녀는 잠시 생각했다. 「하지만 그런 생각은 미처 못 했어요. 이보다 훨씬 관습에 어긋나는 일을 하고 났더니 말이에요.」그녀의 눈에 희미한 냉소가 떠올랐다. 「나는 상당한 액수의 돈을 돌려받지 않겠다고 했어요. 내 소유였던 돈을요.」

아처는 벌떡 일어나서 뒤로 두어 걸음 물러섰다. 그녀는 그 사이 접어 두었던 양산을 가지고 자갈길에 건성으로 그림을 그렸다. 그가 곧 그녀 앞으로 돌아와 섰다.

「여기로…… 누가 찾아왔나요?」

「그래요.」

「그 일을 제안하러?」

그녀가 고개를 끄덕였다.

「당신은 그 제안을 거절했고요, 조건 때문에?」

「거절했어요.」 그녀가 잠시 후에 말했다.

그는 다시 그녀 옆에 앉았다. 「어떤 조건이었습니까?」

「그렇게 힘든 건 아니었어요. 이따금 그 사람의 식탁 상석에 앉아 주는 게 전부였어요.」

다시 한 번 침묵이 이어졌다. 아처의 심장이 이상하게 덜컹 내려앉았고, 헛되이 적절한 말을 찾으려 애쓰고 있었다.

「그 사람은 당신이 돌아오기를 바라는군요. 무슨 대가를 치르더라도요.」

「상당한 대가죠. 어쨌건 내게는 상당한 액수예요.」

그는 다시 말을 멈췄다. 해야 할 것 같은 질문이 입 속에서 맴돌았다.

「그 사람을 만나러 여기 온 겁니까?」

그녀는 그를 바라보다가 웃음을 터뜨렸다. 「그 사람을 만난다고요? 내 남편을요? 〈여기서요〉? 이맘때 그 사람은 늘 카우스 아니면 바덴[1]에 있어요.」

「그러면 사람을 보냈나요?」

「네.」

「편지를 가지고?」

그녀는 고개를 저었다. 「아뇨, 구두 전언만 있었어요. 그 사람은 편지를 안 써요. 내가 지금까지 그 사람한테 받은 편지는 딱 한 통뿐이에요.」 그 편지가 거론되자 그녀의 뺨에 홍조가 떠올랐고, 그것은 아처의 벌겋게 단 얼굴에 그대로 비쳤다.

「왜 편지를 안 쓰나요?」

1 오스트리아의 휴양 도시.

「그럴 필요가 없으니까요. 비서들은 어디 쓰게요?」

젊은이의 얼굴은 더욱 빨개졌다. 그녀는 그 말을 다른 말들과 조금도 다름없이 무심하게 내뱉었다. 잠시 동안 그의 혀끝에 〈그러면 비서를 보냈습니까?〉 하는 말이 맴돌았다. 하지만 올렌스키 백작이 아내에게 보낸 유일한 편지의 기억이 너무도 생생했다. 그는 다시 가만히 있다가 새로 질문을 던졌다.

「그러면 그 사람은?」

「여기 보낸 사자요? 그 사람은, 이러건 저러건 상관없지만 벌써 떠났을지도 몰라요. 하지만 말로는 오늘 저녁까지 기다린다고 했어요……. 혹시…… 생각이 바뀔 때를 대비해서요…….」 마담 올렌스카가 여전히 미소 띤 얼굴로 대답했다.

「그래서 여기 나와서 생각을 다시 해보는 건가요?」

「그냥 바람을 쐬러 나왔어요. 호텔은 너무 답답해요. 나는 오후 기차로 포츠머스로 돌아가요.」

그들은 말없이 앉아 있었다. 시선은 서로를 피해 지나가는 사람들을 향해 있었다. 마침내 그녀가 눈길을 돌려 그의 얼굴을 바라보며 말했다. 「당신은 변하지 않았네요.」

그는 대답하고 싶었다. 〈변해 있었어요, 당신을 다시 만나기 전까지는.〉 하지만 대답을 하는 대신 자리에서 벌떡 일어나 푹푹 찌는 더위 속에 어수선한 공원을 둘러보았다.

「여기도 형편없네요. 바닷가로 가는 게 어때요? 바람이 불 테니 여기보다는 시원할 거예요. 증기선을 타고 알리 곳까지 갈 수도 있어요.」 그녀는 망설이며 그를 올려다보았고 그는 말을 이었다. 「월요일 아침에는 배에 사람도 없을 거예요. 나는 저녁에나 기차를 타요. 나는 뉴욕으로 돌아갑니다. 문제 될 것 없지 않나요?」 그는 그녀를 내려다보며 설득하다가 갑자기 소리치듯 말했다.「우리가 할 수 있는 건 다하지 않았나요?」

「아……..」그녀는 다시 말을 더듬었다. 그녀는 일어서서 다시 양산을 펴고는 주변의 동의를 구하듯이, 또 거기 계속 있는 게 불가능하다는 걸 확인하듯이 사방을 둘러보았다. 그런 뒤 그녀의 눈이 그의 얼굴로 돌아왔다.「나한테 그런 말을 하면 안 돼요.」그녀가 말했다.

「당신이 원한다면 어떤 말이라도 하겠어요. 아니면 한마디도 안 할 수 있어요. 당신이 허락하기 전에는 입을 열지 않을 거예요. 이렇게 하는데 무슨 일이 있겠습니까? 나는 그저 당신의 이야기를 듣고 싶을 뿐이에요.」그가 더듬거리며 말했다.

그녀는 에나멜 사슬이 달린 작은 금시계를 꺼냈다.「시간을 재지 말아요. 오늘은 나한테 맡겨요. 당신이 그자를 못 만나게 하고 싶어요. 그 사람이 몇 시에 오기로 했나요?」그가 내뱉었다.

그녀의 얼굴이 다시 붉어졌다.「11시에요.」

「그러면 당장 나와 함께 가죠.」

「걱정할 것 없어요. 내가 안 가도 말이에요.」

「당신도 걱정할 것 없어요. 나와 함께 가도 말이에요. 맹세컨대 내가 원하는 건 오직 당신이 그동안 어떻게 지냈는지 이야기를 듣는 것뿐이에요. 우리가 마지막으로 만난 게 1백 년은 됐어요. 다시 만날 때까지 또 1백 년이 걸릴지 모른다고요.」

그녀는 여전히 불안한 눈길로 그를 바라보며 주저했다.「내가 할머니 집에 있던 날 왜 바닷가로 내려와서 나를 불러 데려가지 않았나요?」그녀가 물었다.

「당신이 돌아보지 않아서요. 내가 와 있는 걸 몰라서요. 당신이 돌아보지 않으면 가지 않겠다고 속으로 맹세했습니다.」

이 고백이 너무 어린애 같아서 그는 웃었다.

「하지만 나는 일부러 돌아보지 않은 거예요.」

「일부러 그랬다고요?」

「당신이 온 걸 알았어요. 당신이 집에 들어올 때 마차의 조랑말을 알아보았어요. 그래서 바닷가로 나갔죠.」

「나한테서 최대한 멀리 피하려고요?」

그녀는 낮은 목소리로 그 말을 반복했다. 「당신한테서 최대한 멀리 피하려고요.」

그는 다시 웃었다. 이번에는 소년 같은 만족감이 담긴 웃음이었다.

「그렇다면 소용없는 일이었어요. 당신한테 털어놓는 게 좋을지 모르겠군요. 내가 여기 온 일이란 당신을 찾는 거였어요. 그런데 지금 출발하지 않으면 배를 놓쳐요.」 그가 말했다.

「배라고요? 하지만 먼저 호텔에 가야 돼요. 편지를 남겨야 하거든요.」 그녀는 혼란스럽다는 듯 찌푸렸다가 미소를 지었다.

「편지는 얼마든지 써요. 하지만 여기서도 쓸 수 있어요.」 그는 지갑과 만년필을 꺼냈다. 「여기 봉투까지 있어요. 모든 게 이렇게 척척 맞아떨어지잖아요! 무릎에 판판하게 놓아 봐요. 내가 금방 펜이 나오게 할게요. 잘 손봐 줘야 해요. 잠깐요.」 그는 펜을 쥔 손을 벤치 등받이에 대고 탕 쳤다. 「온도계의 수은주를 내리는 것하고 비슷해요. 간단한 방법이죠. 이제 써 봐요.」

그녀는 웃고 그가 지갑 위에 펴놓은 종이 위로 고개를 숙이고 글을 쓰기 시작했다. 아처는 몇 걸음 물러서서, 지나가는 행인을 응시했다. 밝게 빛나지만 아무것도 눈에 들어오지 않았다. 이 행인도 그를 보더니 자리에 멈추어 서서 상류층 옷차림의 숙녀가 커먼의 벤치에 앉아 무릎 위에 종이를 놓고 편지를 쓰는 신기한 장면을 바라보았다.

마담 올렌스카는 편지지를 봉투에 넣고 그 위에 이름을 쓴 뒤 봉투를 주머니에 넣었다. 그런 뒤 그녀도 자리에서 일어났다.

두 사람은 비컨 가 쪽으로 돌아갔고, 클럽 근처에 이르러 아처는 가장자리를 플러시 천으로 두른 〈허딕〉[2]을 보았다. 그것은 파커 하우스로 그의 편지를 가져갔던 마차로, 마부는 길모퉁이 급수대에서 이마를 씻으며 쉬고 있었다.

「모든 게 척척 맞아떨어진다고 했죠? 여기 우리를 태우고 갈 마차도 있네요!」 그들은 그런 시각에, 또 승합 마차 정류소라는 게 아직도 낯선 〈외국〉 문물로 여겨지는 도시에서 대중교통을 탈 수 있게 된 기적에 놀라서 웃었다.

아처는 시계를 보고 증기선을 타기 전에 파커 하우스에 들를 시간이 있다는 걸 알았다. 그들은 뜨거운 거리를 덜컹덜컹 지나서 호텔 문 앞에 섰다.

아처가 손을 내밀어 편지를 달라고 했다. 「내가 안에 두고 올까요?」 그가 물었다. 하지만 마담 올렌스카는 고개를 젓고 일어서서 반짝거리는 문 안으로 사라졌다. 이제 겨우 10시 반이었다. 하지만 백작의 사자가 그녀의 대답을 빨리 듣고 싶은 마음이거나 아니면 시간을 보낼 방법을 몰라서, 이미 거기 와 그녀가 들어갈 때 아처가 흘낏 본 저 여행객들 틈에 앉아서 시원한 음료수를 옆에 두고 있다면 어떻게 할 것인가?

그는 허딕 마차 앞을 서성거리며 기다렸다. 나스타시아와 같은 눈을 가진 시칠리아 젊은이가 구두를 닦아 주겠다고 했고, 아일랜드 여자가 복숭아를 사라고도 했다. 문이 시시때때

2 이륜 혹은 사륜마차로 출입구가 뒤쪽에 나 있으며 좌석은 양 옆면에 있다.

로 열리고 밀짚모자를 뒤로 밀어 쓴 더위에 지친 남자들이 나타나서 그를 힐끔 보며 지나갔다. 그는 문이 그렇게 자주 열린다는 사실을 발견하고 거기서 나오는 사람들이 서로 닮았을 뿐 아니라 그 시각 미국 전역의 호텔 문을 드나드는 더위에 지친 모든 남자들하고도 아주 비슷하다는 사실에 놀랐다.

그런데 그때 갑자기 다른 얼굴들과 구별되는 얼굴이 나타났다. 하지만 그 얼굴은 그가 호텔 반대 방향으로 서성거리고 갔다가 호텔을 향해 돌아서는 순간 언뜻 보았을 뿐이다. 전형적인 얼굴들 ― 홀쭉하고 지친 얼굴, 둥글고 놀란 얼굴, 수척하고 유순한 얼굴 ― 틈에서 무어라 한마디로 단정할 수 없는, 너무도 다른 얼굴이었다. 그것은 더위에, 아니면 걱정에, 아니면 둘 다에 지친 젊은이의 창백한 얼굴이었지만, 그러면서도 어딘가 좀 더 기민하고 생기가 돌고 지각 있어 보였다. 아처는 잠시 가느다란 기억의 실을 더듬어 보았지만, 실은 탁 끊어지면서 사라지는 얼굴과 함께 떠내려갔다. 아마도 외국 사업가 같았는데, 이런 환경에서 보니 외국인 같은 느낌이 두 배로 커졌다. 그는 행인들의 물결 속으로 자취를 감추었고, 아처는 다시 순찰을 개시했다.

그는 호텔 앞에서 시계를 들고 있는 모습을 보이고 싶지 않았고, 막연히 시간의 경과를 짐작해 보건대 마담 올렌스카가 이렇게 오랫동안 나오지 않는 것은 그 사자를 만나서 붙들려 있는 것밖에는 이유가 없다고 결론을 내렸다. 그런 생각이 들자 아처의 두려움은 고뇌의 지경에 이르렀다.

〈이제 곧 나오지 않으면 내가 들어가서 찾아야 해.〉 그가 생각했다.

다시 한 번 문이 열리고 그녀가 그의 곁에 와 섰다. 두 사람은 허딕 마차에 올랐고, 마차가 움직이자 그는 시계를 꺼내

보고 시간이 3분밖에 지나지 않았다는 걸 깨달았다. 헐거운 창문들이 시끄럽게 덜거덕거려서 두 사람은 아무런 대화도 하지 못한 채 울퉁불퉁한 자갈길을 달려 나루에 이르렀다.

승객이 절반 정도밖에 차지 않은 배의 의자에 나란히 앉고 보니, 두 사람은 서로에게 할 말이 없었다. 아니 그보다는 그들의 할 말은 이렇게 세상 바깥에 떨어져 나온 축복된 침묵 속에서 가장 잘 전달되었다.

프로펠러가 돌면서 나루와 배들이 뜨거운 대기의 베일 속으로 물러서기 시작하자, 아처는 습관에 의해 사는 익숙한 옛 세계의 모든 것도 그렇게 물러서는 것 같았다. 그는 마담 올렌스카에게 그녀도 똑같은 느낌이냐고 묻고 싶었다. 자신들이 어쩌면 돌아오지 않을 긴 여행을 떠나고 있다는 느낌. 하지만 그 말, 아니 그녀의 신뢰라는 섬세한 균형을 흔들지 모르는 그 어떤 말도 하기가 두려웠다. 그는 그 신뢰를 저버릴 마음이 없었다. 그들이 나눈 키스의 기억은 수많은 낮과 밤에 그의 입술에서 타올랐다. 그 전날 포츠머스로 가는 길에서도 그녀에 대한 생각은 불길처럼 그를 휩쓸고 지나갔다. 하지만 그녀와 나란히 앉아서 함께 알 수 없는 세계로 떠나는 지금, 그들은 손만 살짝 대도 깨어질 듯한 깊은 친밀함에 이른 것 같았다.

배가 항구를 떠나 바다로 접어들자 바람이 밀려왔고, 만은 번들거리는 긴 물결들로 부서지다가 물보라 날리는 잔물결로 잦아들었다. 도시 위에는 아직도 무더위의 장막이 뿌옇게 늘어져 있었지만, 앞쪽에는 출렁이는 물결들과 햇빛 속에 등대를 내민 먼 곳들이 새로운 세계처럼 펼쳐져 있었다. 마담 올렌스카는 배 난간에 등을 기댄 채 입을 약간 벌리고 시원한 공기를 들이마셨다. 그녀는 긴 베일을 모자에 감았지만 얼굴은 가리지 않았다. 아처는 그녀의 즐거우면서도 차분한 표정에 놀랐다. 그녀는 그들의 모험을 당연한 일로 여기는 듯, 예상치 못한 사태를 두려워하지도 않았고 (더 나쁘다고 할 수 있는) 지나친 기대에 들뜨지도 않았다.

둘만의 시간을 기대하고 들어간 여관의 썰렁한 식당에는 젊은 남녀들이 시끄러운 파티를 벌이고 있었고 — 놀러 나온 학교 교사들이라고 여관 주인이 말했다 — 그 법석을 뚫고 대화를 해야 한다는 사실에 아처는 낙심했다.

「이래선 안 되겠는걸요. 따로 방을 하나 달라고 해야겠어요.」 그가 말했고, 마담 올렌스카는 아무런 반대 없이 그가 방을 구해 올 때까지 기다렸다. 방에는 긴 나무 베란다가 있었고, 창밖으로 바다가 밀려오는 게 보였다. 가구도 없이 썰렁했지만 시원했다. 거친 체크무늬 보로 덮인 탁자 위에는 피클 병과 블루베리 파이가 철제 바구니 속에 놓여 있었다. 사람들의 눈을 피하는 남녀에게 이보다 더 꾸밈없는 〈카비네 파르티퀼리에〉[3]가 피난처로 제공된 일은 없었다. 아처는 맞은편에 앉은 마담 올렌스카의 얼굴에 희미하지만 즐거운 미소가 떠오른 것을 보고 그녀가 안심하고 있다는 걸 확신했다. 남편에게서 도망친 여자 — 그것도 다른 남자와 함께 — 라면 모든 일을 당연하게 받아들이는 법을 터득했을 가능성이 많다. 하지만 그녀의 차분한 태도에서 보이는 어떤 특성이 그의 이런 냉소를 누그러뜨렸다. 그토록 조용하고 놀라는 일 없고 단순한 그녀의 태도는 관습을 옆으로 제쳐 두게 했고, 그에게는 할 이야기가 많은 오랜 친구를 이렇게 따로 만나고 싶어 하는 건 당연한 일이라는 느낌을 안겨 주었다.

3 *cabinet particulier.* 프랑스어로 〈개인적 방〉 또는 〈사무실〉을 말한다.

24

두 사람은 밀려드는 대화 사이에 이따금 침묵의 간격을 두고 천천히, 명상하듯 점심을 먹었다. 마법이 풀리면서 두 사람 다 하고 싶은 말이 많았지만, 말이라는 것이 긴 무언의 대화의 부속물에 지나지 않는 순간들도 있었기 때문이다. 아처는 자기 이야기는 하지 않았다. 의식적으로 그런 게 아니라 그녀의 이야기를 한마디도 놓치고 싶지 않았기 때문이다. 그녀는 탁자에 몸을 기대고 깍지 낀 손에 턱을 얹은 채, 그들이 만나지 않은 1년 반 동안의 일들을 이야기했다.

그녀는 사람들이 〈사교계〉라고 부르는 것에 진력이 나 있었다. 뉴욕은 친절했고, 압박감이 느껴질 만큼 호의적이었다. 뉴욕이 자신을 다시 맞아 준 그 따뜻함을 잊어서는 안 되었다. 하지만 최초의 신선한 흥분이 지나간 뒤, 그녀는 (그녀의 표현 그대로 말하면) 자신이 너무도 〈달라서〉 뉴욕이 중요시하는 걸 중요시할 수 없다는 것을 깨달았다. 그래서 워싱턴에 가보기로 했다. 그곳에서는 좀 더 다양한 사람과 의견을 접할 수 있을 거라 생각했다. 그리고 어쨌건 워싱턴에 정착해서 가엾은 메도라가 거기서 제대로 살 수 있게 해주어야 할 것 같았다. 메도라는 위험한 결혼을 막아 줄 주변의 도움이 절실한 시기였지만, 친척들은 이미 그녀에게서 지쳐 떨어져 나가 있었다.

「하지만 카버 박사는……. 카버 박사가 겁나지 않아요? 블렌커가에서 당신하고 같이 머물고 있다고 들었는데요.」

그녀가 미소 지었다. 「카버 박사는 더 이상 위험하지 않아요. 카버 박사는 똑똑한 사람이에요. 그 사람한테 필요한 건 자기 계획에 돈을 대줄 부유한 아내예요. 메도라는 그저 홍보용 개종자죠.」

「개종이라면 어떤 걸 믿는 건가요?」

「새롭고 황당한 온갖 사회 제도요. 그런데 그런 제도는 나한테는 내 친족들이 맹목적으로 순응하는 전통 ─ 다른 사람들의 전통 ─ 보다 더 흥미로웠어요. 아메리카를 발견해 놓고 거기다 다른 나라의 복사판을 하나 더 만든다는 건 너무 어리석은 일 같아요.」 그녀는 탁자 맞은편에서 미소 지었다. 「크리스토퍼 콜럼버스가 셀프리지 메리 부부하고 오페라 극장에 가기 위해서 그 모든 수고를 했다고 생각하세요?」

아처는 얼굴색이 바뀌었다. 「보퍼트는요? 이런 일을 보퍼트한테도 이야기합니까?」 그가 불쑥 물었다.

「그분을 못 본 지 아주 오래됐어요. 하지만 전에는 이야기를 했죠. 그분도 이해해요.」

「내가 늘 이렇게 말했죠. 당신은 우리를 좋아하지 않는다고. 그리고 보퍼트는 우리하고 너무나 달라서 좋아하고요.」 그는 휑뎅그렁한 방을 둘러보고, 고개를 돌려 썰렁한 바닷가와 거기 줄지어 들어선 새하얀 시골집들을 바라보았다. 「우리는 지독하게 무미건조해요. 우리는 개성도 없고 특징도 없고 다양성도 없죠. 그래서 나는…… 당신이 왜 돌아가지 않는지 궁금합니다.」 그가 소리쳤다.

그녀의 눈빛이 어두워졌고 그는 분노의 반응을 기대했다. 하지만 그녀는 그의 말을 생각해 보는 듯 말없이 앉아 있었고, 그는 그녀가 자기 생각도 그렇다고 말할까 봐 덜컥 겁이 났다.

마침내 그녀가 말했다. 「당신 때문인 것 같아요.」

그런 고백을 그보다 밋밋하게, 또는 그 말을 듣는 상대에게 우쭐한 감정을 전혀 안겨 주지 않는 어조로 전달하기란 불가능했다. 아처는 얼굴이 관자놀이까지 빨개졌지만 몸을 움직이지도 입을 열지도 못했다. 그녀의 말이 손가락 하나만 까딱해도 놀라 날아가지만 가만히 두면 주변에 한 무리가 모여드는 어떤 희귀한 나비라도 되는 것 같았다.

그녀가 말을 이었다. 「적어도…… 나한테 이런 무미건조함 뒤에는 섬세하고 예민하고 아름다운 것도 있어, 이에 비하면 내가 다른 세계에서 아끼던 것들조차 값싸게 보인다는 걸 깨닫게 해준 사람은 당신이에요. 뭐라고 설명해야 할지 모르겠네요.」 그녀는 고민하는 듯 이마를 찌푸렸다. 「하지만 이전까지 나는 가장 정교한 즐거움을 맛보기 위해서는 얼마나 많은 고통과 초라함, 저열함을 대가로 치러야 하는지 몰랐던 것 같아요.」

〈정교한 즐거움이라……. 그런 걸 누렸다면 대단한 일이죠!〉 그는 되쏘고 싶었지만 그녀의 눈에 깃든 간절함이 그의 입을 막았다.

그녀가 말을 계속했다. 「나는 당신한테…… 아주 솔직하고 싶어요. 그리고 나한테도요. 오랫동안 이런 기회를 바랐어요. 당신이 나한테 얼마나 큰 도움을 주고 얼마나 큰 영향을 미쳤는지 이야기할 수 있는 기회를…….」

아처는 눈썹을 찌푸린 채 앞을 노려보며 앉아 있었다. 그러다 웃음으로 그녀의 말을 잘랐다.「그러면 당신이 내게 미친 영향은 어떤 것 같은가요?」

그녀의 얼굴이 살짝 창백해졌다.「당신한테요?」

「그래요. 내가 당신에게 미친 영향보다 당신이 내게 미친 영향이 더 크니까요. 내가 어떤 여자랑 결혼한 것은 다른 여자가 그렇게 하라고 말했기 때문입니다.」

그녀의 창백한 얼굴에 잠깐 홍조가 떠올랐다.「미리 약속한 거 아닌가요, 오늘은 그런 이야기를 하지 않기로?」

「아, 정말 여자답군요! 여자들은 험한 상황을 제대로 보려고 하지 않는다니까요!」

그녀는 목소리를 낮추었다.「이게 험한 상황이라는 말인가요, 메이에게?」

그는 창가에 서서 돌출된 창틀을 툭툭 치며, 사촌 동생의 이름을 말하는 그녀의 슬프고도 부드러운 목소리를 온몸으로 느꼈다.

「그건 우리가 늘 생각해야 하는 일이라는 걸 당신이 일러 주지 않았나요?」그녀가 굽히지 않고 말했다.

「내가 일러 주었다고요?」그가 여전히 멍한 눈으로 바다를 보며 되물었다.

「그렇지 않다면……」그녀가 고통스럽도록 진지하게 생각을 이어갔다.「그러니까 다른 사람들이 환멸과 고통에 빠지는 걸 막기 위해서 무언가를 포기하고 버린 일이 아무 소용이 없다면, 내가 집에 돌아온 모든 목적, 다른 곳에서 누린 내 삶을 그토록 공허하고 초라해 보이게 만든 모든 것 ― 그곳에서는 아무도 그런 일에 신경을 쓰지 않았으니까요 ― 이 거짓이거나 꿈이었다는 이야기죠.」

그는 자리에 선 채 고개를 돌렸다.「그렇다면 당신이 돌아가지 않을 이유가 없겠네요.」그가 결론을 내려 주었다.

그녀의 눈이 그에게 간절하게 매달렸다. 「정말 이유가 없나요?」

「당신이 내 결혼의 성공에 모든 걸 걸고 있다면 그렇죠. 내 결혼이…… 당신을 여기 잡아 둘 구경거리는 아닙니다.」그가 거칠게 말했다. 그녀는 대답하지 않았고 그는 말을 이었다. 「여기 있는 게 무슨 소용있나요? 당신은 내게 진실한 인생을 처음으로 보여 주고는, 바로 그 자리에서 계속 가짜 인생을 살라고 부탁했습니다. 그건 인간이 견딜 만한 게 아닙니다. 내 말은 이게 전부입니다.」

「그런 말 하지 말아요. 나는 견디고 있으니까요!」그녀가 소리쳤고, 눈에는 눈물이 가득 차 있었다.

그녀는 두 팔을 탁자에 떨어뜨린 채, 얼굴로 쏟아지는 그의 시선을 받으며 완전한 절망에 사로잡혀 있었다. 그 얼굴은 영혼을 거느린 그녀의 인격 전체이기라도 하듯 그녀를 고스란히 드러냈다. 아처는 그 얼굴이 전하는 말에 압도되어 말을 잃고 서 있었다.

「당신도, 지금까지 당신도 내내?」

그에 대한 대답으로, 그녀의 두 눈에서 눈물이 넘쳐 천천히 흘러내렸다.

아직도 두 사람은 방 절반 거리를 사이에 두고 있었고, 어느 쪽도 자리에서 움직이지 않았다. 아처는 자신이 그녀의 육체에 이상하리만큼 무심하다는 걸 의식했다. 그녀가 탁자에 떨군 손 하나가 그의 눈길을 끌지 않았다면, 그런 것을 알아차리지도 못했을 것이다. 그것은 마치 예전에 23번가의 작은 집에서 그녀의 얼굴을 보지 않으려고 손에 눈길을 고정하고 있던 때와 같았다. 이제 그의 상상력은 소용돌이의 가장

자리를 돌 듯 그 손을 중심으로 돌았다. 그렇지만 그는 아직도 가까이 다가가지는 않았다. 그는 애무에 의존하고 그걸 북돋는 종류의 사랑을 알았다. 하지만 그 자신의 신체보다도 더 친밀하게 느껴지는 이 열정은 그렇게 피상적인 만족을 구하는 것이 아니었다. 그에게 드는 유일한 공포는 자신의 어떤 행동으로 그녀가 말하는 소리와 인상이 지워져 버리지나 않을까 하는 것이었고, 유일한 생각은 이제 다시는 외로움을 느끼지 않을 거라는 것이었다.

하지만 잠시 후 그에게 몰락감과 허무감이 밀어닥쳤다. 두 사람은 지금 세상에서 안전하게 격리된 채 서로의 곁에 있었다. 그렇지만 지구 반대편에 있다 해도 무방할 별개의 운명에 묶여 있었다.

「하지만 당신이 돌아가 버리면 아무 소용 없는 일이죠!」 그가 소리쳤다. 그것은 〈내가 어떻게 하면 당신을 곁에 붙잡아 둘 수 있나요?〉 하는 절망적인 외침이었던 것이다.

그녀는 눈꺼풀을 내리깐 채 꼼짝하지 않고 앉아 있었다. 「아, 나는 아직 돌아가지 않을 거예요.」

「아직이라고요? 그러면 언젠가는 가는 건가요? 그때가 언제인지 이미 알고 있나요?」

그 말에 그녀는 더없이 또렷한 눈을 들어 그를 바라보았다. 「약속할게요. 당신이 변하지 않는 한 가지 않는다고요. 우리가 이렇게 서로를 똑바로 볼 수 있는 한은요.」

그는 의자에 주저앉았다. 그녀의 대답에 담긴 진실은 〈당신이 손가락 하나만 까딱해도 나는 돌아갈 수밖에 없어요. 당신이 아는 부도덕과 당신이 짐작하는 유혹들이 있는 곳으로요〉였다. 그는 그녀가 직접 그렇게 말하기라도 한 것처럼 그것을 또렷하게 이해했고, 그로 인해 감동적이고 신성한 순종 속에 탁자 이편에 뿌리박힌 듯 서 있었다.

「당신에게 너무 가혹한 인생이에요!」 그가 한숨을 토했다.

「하지만 당신 인생의 일부가 된다면 상관없어요.」

「그리고 내 인생이 당신 인생의 일부가 되고?」

그녀는 고개를 끄덕였다.

「그게 전부인가요, 우리 두 사람에게?」

「그게 전부 아닌가요?」

그 말에 그는 일어섰다. 그녀의 달콤한 얼굴 외에는 아무것도 의식되지 않았다. 그녀도 일어섰다. 그를 반기는 것도 피하는 것도 아닌, 그저 가장 힘든 과제가 끝났으니 이제 기다리기만 하면 된다는 듯 고요한 자세였다. 너무도 고요해서 그가 다가올 때 그녀가 앞으로 뻗은 두 손은 그를 저지한다기보다 인도하는 역할을 했다. 그녀의 손이 그의 손안에 잡혔지만, 부드럽게 뻗은 두 팔은 그가 더 다가오는 것을 막았고 대신 모든 것을 내맡긴 얼굴이 나머지 이야기를 했다.

그들은 그렇게 오래도록 서 있었는지 모른다. 어쩌면 그 시간은 아주 짧았는지도 모른다. 하지만 그 시간은 그녀의 침묵이 그에게 해야 할 모든 말을 전하고, 중요한 건 하나뿐이라는 걸 느끼게 하기에 충분했다. 그는 이 만남을 마지막 만남으로 만들어 버릴 일을 하지 말아야 했다. 자신들의 미래를 그녀의 손에 맡겨 두고, 그녀에게 그것을 꼭 붙들어 달라고 부탁해야 했다.

「불행해하지 말아요.」 그녀가 손을 빼면서 갈라진 목소리로 말했다. 「돌아가지 않을 거죠? 돌아가지 않는 거죠?」 견딜 수 없는 일은 오직 그것뿐이라는 듯 그가 말했다.

「돌아가지 않아요.」 그녀가 말했다. 그리고 돌아서서 문을 열고 공용 식당을 향해 걸어갔다.

시끄러운 학교 교사들은 제각기 부두로 떠날 준비를 하면서 짐을 한곳에 모아 놓고 있었다. 바닷가 저편 나루에는 흰색 증기선이 정박해 있었고, 햇빛 아른거리는 물결 너머에는 보스턴이 한줄기 아지랑이 속에 떠 있었다.

25

다시 한 번 배에 올라 사람들의 시선에 노출되었지만, 아처는 놀랍고도 든든한 영혼의 평온을 느꼈다.

그날은 세간의 평가 기준에 따르자면 어처구니없는 실패에 가까웠다. 그는 마담 올렌스카의 손에 키스조차 하지 못했고, 그녀에게서 앞날에 기회가 있을 거라는 어떤 약속도 얻지 못했다. 그렇지만 충족되지 못한 사랑에 지치고 기약할 수 없는 시간 동안 열정의 대상과 떨어져 있던 남자로서, 그는 거의 부끄러움이 느껴질 만큼 차분하고 편안했다. 그에게 그토록 큰 흥분과 안정을 동시에 안겨 준 것은 주변 사람들에 대한 의무와 서로에 대한 진실 사이에 그녀가 완벽하게 유지한 균형이었다. 그녀의 눈물과 망설임이 보여 주었듯 그것은 정교하게 계산된 균형이 아니라 편견 없는 솔직함에서 자연스럽게 나온 것이었다. 그래서 위험이 사라진 지금 그는 애정이 깃든 경외감으로 가득 찼고, 자신이 개인적 허영이나 현학적인 목격자들 앞에서 어떤 역할을 한다는 느낌에 휩싸여 그녀를 유혹하지 않게 해준 운명에 감사했다. 폴리버 역에서 손을 잡고 작별 인사를 한 뒤나 혼자 돌아선 뒤에도, 그는 그 만남을 통해서 자신은 희생한 것보다 훨씬 많은 것을 얻었다는 믿음을 갖고 있었다.

그는 천천히 걸어 클럽으로 돌아갔다. 그리고 아무도 없는 서재에 혼자 앉아서 둘이 함께한 시간을 1초도 남김없이 음미했다. 꼼꼼히 검토해 보니, 그녀가 결국 유럽으로 — 남편에게 — 돌아가는 쪽을 선택한다고 해도 그것은 옛 생활에 이끌려서가 아니라는 게 더욱 분명해졌고 그것은 새로운 제안을 받은 상태에서도 마찬가지였다. 그녀가 돌아간다면 그것은 자신이 아처에게 유혹이 된다고, 즉 그들이 세운 기준에서 그를 이탈시키는 유혹이 된다고 느껴서일 것이다. 그녀는 그가 더 가까이 오라고 부르지 않는 한 그의 근처에 조용히 머무는 것을 선택할 것이다. 결국 그녀를 그 안전하고 격리된 자리에 두는 건 그에게 달린 일이었다.

기차를 타고 가는 동안에도 그런 생각은 계속 그에게 남아 있었다. 그 생각들은 황금빛 아지랑이처럼 그를 감쌌고, 아지랑이 바깥의 얼굴들은 까마득하고 흐릿했다. 만약 그가 지금 동승객들과 이야기를 한다면 사람들은 그의 말을 이해하지 못할 것 같았다. 이런 망연한 상태에서 새로운 하루가 밝았고, 잠에서 깬 그는 목을 조이듯 답답한 뉴욕의 9월을 맞닥뜨렸다. 기다란 기차 안의 더위에 지친 얼굴들이 그의 곁을 지나갔고, 그는 여전히 그 황금빛 안개에 싸여 그들을 바라보았다. 그런데 기차역 밖으로 나설 때 한 얼굴이 다른 얼굴들과 분리되어 다가오더니, 그의 의식에 강력하게 새겨졌다. 순간적인 기억에 따르면 그 사람은 어제 파커 하우스 앞에서 본 얼굴, 그러니까 어떤 유형으로도 분류되지 않고 미국 호텔에서 흔히 마주치는 얼굴이 아니라는 느낌을 준 젊은 남자였다.

이번에도 동일한 느낌이 들었고, 왠지 그를 만난 적이 있는 것 같았다. 젊은이는 미국 여행의 가혹함에 지친 외국인처럼 혼란스러운 표정으로 주변을 둘러보았다. 그러더니 아처에게 다가와 모자를 들고 영어로 말했다.「무슈, 우리 런던에서 만나지 않았나요?」

「아, 맞아요. 런던이에요!」아처가 놀라움과 반가움을 느끼며 그의 손을 잡았다.「결국 이곳에 오셨군요.」그가 카프리가의 소년을 가르친 프랑스 가정 교사의 예리하지만 지쳐 보이는 얼굴에 의문 가득한 눈길을 던지며 말했다.

「네, 왔습니다…… 그래요. 하지만 오랜 일정은 아닙니다. 모레 떠나니까요.」무슈 리비에르는 입술을 오므리고 미소를 지었다. 그가 깔끔하게 장갑을 낀 손에 가벼운 서류 가방을 들고서, 초조함과 난처함, 얼마간의 하소연까지 담긴 눈길로 아처의 얼굴을 보았다.

「이렇게 운 좋게 무슈를 만났으니…….」

「나도 같은 말을 하려고 했습니다. 같이 점심을 하는 게 어떻습니까? 그러니까 시내에서요. 우리 사무소로 찾아오면 내가 근처의 괜찮은 레스토랑으로 모시겠습니다.」

무슈 리비에르는 감동받고 놀란 표정이 되었다.「친절한 말씀입니다. 하지만 내가 하려던 말은 운송 수단을 찾을 방법을 묻는 거였습니다. 짐꾼도 보이지 않고, 아무도 내 말에 귀를…….」

「압니다. 외국 사람 눈으로 보면 미국의 기차역은 정말 황당할 거예요. 짐꾼을 구해 달라면 껌이나 씹으라고 주죠. 하지만 나랑 같이 가면 도와 드리겠습니다. 그리고 점심 식사를 같이하는 겁니다.」

젊은이는 약간 망설이더니 말씀은 정말 고맙다고 하면서, 그다지 수긍이 가지 않는 말투로 이미 약속이 있다고 했다.

하지만 비교적 안전한 지점에 이르자 오후에 찾아가도 되겠느냐고 물었다.

아처의 사무소 일은 한여름 동안에는 여유로웠기 때문에, 그는 시간을 정하고 주소를 적어 주었다. 프랑스인은 거듭 고맙다는 말과 함께 모자를 크게 흔들면서 그것을 주머니에 넣었다. 그런 뒤 철도마차[1]에 올라탔고 아처는 걸어갔다.

무슈 리비에르는 약속 시각에 정확히 맞추어 나타났다. 면도도 하고 옷도 말끔하게 갖추어 입었지만, 침울하고 무거운 분위기는 감출 수 없었다. 아처는 자기 방에 혼자 있었고, 젊은이는 아처가 권한 의자를 무시하고 불쑥 말했다. 「어저께 보스턴에서 무슈를 본 것 같습니다.」

그것은 그다지 중요할 것 없는 말이었기에 아처는 그랬을 수 있다고 대답하려고 했지만, 손님의 집요한 눈길에서 느껴지는 미묘하고도 번득이는 빛에 그만 입을 다물었다.

「정말로 기이한 일입니다. 우리가 이런 상황에서 만났다는 사실이 말이에요.」 무슈 리비에르가 말했다.

「이런 상황이라니요?」 아처는 이 사람이 돈이 필요한가 하는 약간 야박한 생각이 들어 물었다.

무슈 리비에르는 계속 망설이는 눈길로 그를 유심히 바라보았다. 「내가 여기 온 건 지난번 만났을 때 말한 것처럼 일자리를 찾기 위해서가 아닙니다. 나는 특별 임무를 갖고 왔습니다.」

「아!」 아처가 소리쳤다. 그의 마음속에서 돌연 그 두 번의 만남이 연결되었다. 그는 갑자기 깨달은 상황을 받아들이기 위해 입을 다물었고, 무슈 리비에르도 그가 한 말이 충분한 정보가 되었다는 듯 입을 열지 않았다.

1 철로 위를 달리며 말이 끄는 대중 교통수단.

「특별 임무요.」아처가 마침내 그의 말을 따라 읊었다.

젊은 프랑스인은 두 손바닥을 펴서 위로 약간 들어 올렸다. 한동안 서로가 책상을 사이에 두고 마주 본 뒤, 아처가 정신을 차리고 말했다. 「앉으시죠.」그러자 무슈 리비에르가 목례를 하고는 멀찌감치 놓인 의자에 앉아 아처의 말을 기다렸다.

「그 임무에 대해서 나하고 의논을 하려는 겁니까?」아처가 마침내 물었다.

무슈 리비에르는 고개를 숙였다. 「나를 위해서는 아닙니다. 그 점에 대해서는 충분히 숙고했습니다. 내가 바라는 건 ─ 허락해 주신다면 ─ 무슈에게 올렌스카 백작 부인의 일을 이야기하는 것입니다.」

아처는 이미 지난 몇 분 동안 이 말이 곧 나올 것임을 알았다. 하지만 실제로 이 말이 나오자, 숲 속에서 뒤로 당겨져 휘었다가 튀어나오는 가지에 얻어맞기라도 한 것처럼 피가 관자놀이까지 솟구쳤다.

「그러면 누구를 위해서…… 이런 일을 하는 겁니까?」그가 말했다.

무슈 리비에르는 그 질문을 흔들림 없이 받았다. 「글쎄요. 아마도 〈부인〉을 위해서라고 해야겠네요. 이 말이 무례하게 들리지 않는다면요. 바꿔 말하면 추상적인 정의를 위해서라고 할까요?」

아처는 비아냥거리는 표정으로 그를 보았다. 「다시 말하면 당신은 올렌스키 백작의 사자로군요.」

아처는 무슈 리비에르의 창백한 얼굴에 어둡게 홍조가 비치는 것을 보았다. 「무슈에게는 아닙니다. 제가 아처 씨에게 온 건 다른 일 때문입니다.」

「이런 상황에서 당신이 다른 일을 할 권리가 있나요? 사자로 왔다면 사자의 일을 해야죠.」 아처가 쏘아붙였다.

젊은이는 그 말을 생각했다. 「내게 맡겨진 임무는 끝났습니다. 올렌스카 백작 부인과 관련된 일은 실패했으니까요.」

「그 일은 내가 도와 드릴 수 없는 일입니다.」 아처가 여전히 비아냥거리는 억양으로 말했다.

「물론 그렇죠. 하지만 확신컨대…….」 무슈 리비에르는 말을 멈추고 아직도 장갑을 끼고 있는 두 손으로 모자를 돌려 안쪽을 들여다보다가 아처의 얼굴로 눈길을 돌렸다. 「무슈가 도와줄 수 있는 일도 있습니다. 다른 가족도 그것에 실패하도록 하는 겁니다.」

아처는 의자를 밀고 일어나 소리쳤다. 「그럼요. 그렇고말고요!」 그는 주머니에 손을 넣고 분노에 찬 눈으로 그 작은 프랑스인을 내려다보았다. 그도 일어났지만, 그의 얼굴은 여전히 아처의 눈에서 1~2인치 아래 있었다.

핏기가 빠져나가면서 무슈 리비에르의 얼굴은 평소의 안색으로 돌아갔다. 그보다 창백한 빛은 있을 수 없었다.

「도대체 무엇 때문에…… 당신이 — 나하고 마담 올렌스카의 관계를 근거로 당신이 이런 부탁을 하는 것 같으니까 — 내가 다른 가족과 상반되는 견해를 가졌다고 생각하는 겁니까?」 아처가 폭발하듯 말했다.

잠시 동안 무슈 리비에르는 표정 변화 이외의 반응을 보이지 않았다. 그의 표정은 망설임에서 깊은 괴로움으로 옮겨갔다. 그토록 유능한 태도를 견지하던 젊은이로서 그보다 더 무방비한 모습을 보이기는 어려웠을 것이다. 「아, 무슈.」

「나는 이해를 못 하겠습니다. 올렌스카 백작 부인과 훨씬 가까운 사람들이 많이 있는데 왜 하필 나를 찾아온 건지 말입니다. 더 이해하기 어려운 건 당신이 받아 온 그 논리가 왜 나한테 좀 더 잘 받아들여지리라고 여겨졌는가 하는 겁니다.」 아처가 말했다.

무슈 리비에르는 상대를 당혹스럽게 하는 겸손한 태도로 이런 공격을 받아들였다. 「제가 무슈에게 펴고자 했던 논리는 제 논리지 저를 보낸 분의 논리가 아닙니다.」

「그러면 이야기를 들을 이유가 더욱더 없군요.」

무슈 리비에르는 다시 모자 속을 들여다보았다. 마지막 말이 이제 그만 모자를 쓰고 가라는 암시인 건지 생각해 보는 것 같았다. 그런 뒤 갑작스레 결연한 목소리로 말했다. 「무슈, 한 가지만 말씀해 주십시오. 아처 씨가 문제 삼는 게 내가 여기 올 권리가 없다는 겁니까? 아니면 혹시 이 모든 일에 이미 결론이 내려졌다고 생각하는 겁니까?」

그의 조용하고도 끈질긴 태도 앞에서 아처는 자신의 분노가 멍청하게 느껴졌다. 무슈 리비에르는 자신의 존재 가치를 확고히 하는 데 성공했다. 아처는 약간 얼굴을 붉히고 다시 의자에 앉아서 프랑스 청년에게 앉으라고 손짓했다.

「묻고 싶군요. 왜 그 일이 아직 끝난 게 아닌가요?」

무슈 리비에르는 고통스러운 표정으로 그를 응시했다. 「그러면 무슈도 다른 가족들처럼 제가 새로운 제안을 가지고 온 지금, 마담 올렌스카가 남편에게 돌아가지 않을 길은 없다고 생각하는 겁니까?」

「오, 하느님!」 아처가 소리쳤다. 그러자 무슈 리비에르는 낮게 웅얼거리며 사실을 확인했다.

「부인을 만나기 전에 나는 올렌스키 백작의 요청에 따라 러벌 밍곳 씨를 만났습니다. 그리고 보스턴으로 가기 전에 몇 차례 대화를 했죠. 저는 밍곳 씨 의견은 그 어머니의 의견을 반영하고, 맨슨 밍곳 부인의 의견은 집안 전체에 중대한 역할을 한다고 알고 있습니다.」

아처는 산사태가 일어나는 절벽에 매달린 듯한 기분으로 말없이 앉아 있었다. 자신이 이 협상에서 제외되었을 뿐 아니라 그런 일이 벌어지고 있다는 사실조차 몰랐다는 것이 너무도 놀라웠고, 그 놀라움은 그가 지금 깨닫고 있는 더 커다란 경이로도 좀처럼 달래지지 않았다. 그는 문득 집안사람들이 자신과 의논하지 않은 것은 그들의 종족 본능이 아처가 더 이상 그들의 편이 아니라고 일러 주었기 때문이라는 생각이 들었다. 그리고 궁술 대회 날 맨슨 밍곳 부인 집에서 돌아올 때 메이가 마차에서 〈어쨌건 엘렌은 어쩌면 남편한테 돌아가는 게 더 행복할지 몰라요〉라고 한 말이 무슨 뜻인지 이해되었다.

이렇게 정신없이 밀려드는 깨달음 가운데서도 아처는 자신이 그때 벌컥 화를 냈다는 사실과 그 후로는 아내가 한 번도 자기 앞에서 마담 올렌스카의 이름을 언급하지 않았다는 사실을 기억했다. 무심해 보이던 그녀의 한마디는 의심할 바 없이 바람의 방향을 알아보기 위해 들어 올린 지푸라기였다. 그 결과가 식구들에게 보고되고, 그 뒤로 아처는 조용히 가족 논의 공간에서 제외된 것이다. 그는 메이로 하여금 이런 결정에 굴복하게 한 가족의 규율을 높이 샀다. 양심에 거리꼈다면 그녀가 그렇게 했을 리 없다는 걸 그는 알았다. 하지만 그녀 또한 아마도 마담 올렌스카는 별거하는 아내보다는 불행한 아내로 사는 게 더 좋으며, 언젠가부터 이상하게도 근본적인 일들을 당연하게 받아들이지 않게 된 듯한 뉴랜드하고는 이런 일을 의논해 봐야 소용없다는 가족의 견해를 공유했을 것이다.

아처는 고개를 들어 손님의 불안한 눈길을 마주 보았다. 「모르셨습니까, 무슈? 어떻게 그런 일이 있을 수 있나요? 가족들이 이제 백작 부인에게 남편의 마지막 제안을 거절하라고 조언하는 게 옳은지 의심스러워하기 시작했다는 걸 말입니다.」

「당신이 가져온 제안 말입니까?」

「제가 가져온 제안이요.」

자신이 알았건 몰랐건, 그건 무슈 리비에르가 상관할 일이 아니라는 외침이 아처의 입술 언저리까지 튀어나왔다. 하지만 무슈 리비에르의 시선에 담긴 겸손하면서도 담대한 끈기가 그 말을 가로막았고, 아처는 다른 질문으로 응답했다. 「당신이 내게 이런 이야기를 하는 목적은 뭡니까?」

그는 조금도 머뭇거리지 않고 대답했다. 「간청하기 위해서입니다, 무슈. 제 모든 능력을 다해서 부인을 돌려보내지 말라고 간청하기 위해서입니다. 아, 제발 돌려보내지 말아 주세요!」 무슈 리비에르가 외쳤다.

아처는 더욱 놀란 눈길로 그를 보았다. 그의 괴로움의 진정성도 결심의 강고함도 의심할 여지가 없었다. 그는 그 사실을 명확히 알려야 한다는 궁극적인 욕망 이외의 다른 모든 것은 방기할 굳은 결심을 하고 있었다. 아처는 그의 말에 대해 생각했다.

그가 마침내 물었다. 「그렇다면, 이게 당신이 올렌스카 백작 부인에게 취한 방침입니까?」

무슈 리비에르는 얼굴을 붉혔지만 눈빛은 흔들리지 않았다. 「아닙니다, 무슈. 저는 제 임무를 충심으로 받아들였습니다. 굳이 말씀드릴 필요 없는 몇 가지 이유로 나는 마담 올렌스카가 옛 자리와 재산을 회복하고, 남편의 지위가 안겨 주는 사회적 존경을 되찾는 게 좋을 거라고 믿었습니다.」

「그랬을 거라고 생각합니다. 그런 임무를 다른 식으로 받아들이기는 어려웠을 테니까요.」

「이 임무를 맡지 말아야 했습니다.」

「그렇다면?」 아처가 다시 말을 멈추었고, 두 사람의 눈이 마주쳐 또 한 차례 긴 탐색을 했다.

「아, 무슈, 부인을 만나서 이야기를 들은 뒤 나는 부인이 여기 사는 게 더 좋다는 걸 알았습니다.」

「알았다고요?」

「무슈, 나는 임무를 충실히 이행했습니다. 내 생각은 조금도 보태지 않고 백작의 생각과 제안을 전했습니다. 백작 부인은 참을성 있게 들어 주었습니다. 그리고 친절하게도 저를 두 번이나 만나 주었습니다. 그리고 내가 전한 모든 이야기를 객관적으로 고려했습니다. 그리고 그 두 번의 만남을 통해서 나는 마음을 바꾸고 상황을 달리 보게 되었습니다.」

「무엇 때문에 그런 변화가 생겼는지 여쭈어도 될까요?」

「마담 올렌스카의 변화를 본 게 전부입니다.」 무슈 리비에르가 대답했다.

「마담 올렌스카의 변화라고요? 그러면 전에도 부인을 알았다는 말인가요?」

젊은이의 얼굴에 다시 홍조가 떠올랐다. 「부인과는 백작의 집에서 알았습니다. 올렌스키 백작과는 오랜 친분이 있고요. 백작이 이런 일에 낯선 사람을 보내지 않았으리라는 건 짐작하실 수 있을 겁니다.」

아처의 눈길이 사무실의 텅 빈 벽으로 건너가서 미국 대통령의 울퉁불퉁한 이목구비 아래 걸린 달력에 머물렀다. 그가 다스리는 수백만 마일 평방 한구석에서 이런 대화가 이루어지고 있다는 게 인간이 상상할 수 있는 그 어떤 것 못지않게 기이하게 여겨졌다.

「변화라 하면 어떤 변화 말인가요?」

「아, 무슈, 말씀드릴 수 있다면 저도 좋겠습니다.」 무슈 리비에르가 말을 멈추었다. 「〈트네〉,[2] 전에는 생각 못 했던 걸 발견했다고 말씀드리고 싶습니다. 그러니까 부인이 미국인이라는 사실 말이죠. 부인과 같은 부류의, 그러니까 아처 씨와 같은 부류의 미국인들에게는 다른 어떤 사회에서는 문제없이 받아들여지거나 적어도 전반적인 편리를 위한 상호 관계의 일부로 용인하는 일들이 생각할 수도 없는, 그야말로 생각할 수도 없는 일이 됩니다. 마담 올렌스카의 가족 분들이 그런 일들의 정체를 안다면, 부인 자신만큼이나 부인의 복귀에 반대할 것입니다. 하지만 그분들은 아내더러 돌아오라고 하는 남편의 요청은 가정생활을 회복하려는 강력한 소망 때문이라고 여깁니다.」 무슈 리비에르는 잠시 멈추었다가 덧붙였다. 「그건 그렇게 단순한 일이 아닌데 말입니다.」

아처는 다시 미국 대통령의 얼굴을 보다가 그의 책상으로 눈길을 돌려 흩어진 종이들을 보았다. 1~2초 동안 그는 입을 열어 말을 할 만한 자기 확신을 가질 수 없었다. 그러는 사이 무슈 리비에르의 의자가 뒤로 밀리는 소리가 들려 그가 일어섰다는 걸 알았다. 다시 고개를 들어 보니 그 또한 자신 못지않게 벅찬 상태라는 걸 알 수 있었다.

「고맙습니다.」 아처는 그렇게만 말했다.

「저한테 고마울 건 없습니다, 무슈. 오히려 제가…….」 무슈 리비에르는 말하는 게 너무 힘들다는 듯 멈추었다가 〈하지

2 *Tenez*. 프랑스어의 감탄사로, 여기서는 〈자, 그러니까〉 정도로 해석될 수 있다.

만〉이라고 하며 좀 더 확고한 목소리로 말을 이었다. 「한 가지 덧붙이고 싶습니다. 나더러 올렌스키 백작의 고용인이냐고 물으셨죠. 지금 이 순간은 그렇습니다. 나는 몇 달 전에 백작에게 돌아갔습니다. 노인과 병자를 부양해야 하는 사람이라면 누구나 겪는 개인적인 어려움 때문입니다. 하지만 이런 일을 무슈에게 이야기하려고 첫발을 내디딘 순간 나는 그 임무를 버렸습니다. 그리고 돌아가면 백작에게 그 사실과 이유를 설명할 것입니다. 내 이야기는 끝입니다, 무슈.」

무슈 리비에르는 목례를 하고 뒤로 한 걸음 물러섰다.

「고맙습니다.」 아처가 다시 말하면서 악수를 했다.

해마다 10월 15일이면 5번 대로는 덧창을 열고 양탄자를 깔고 창문에 세 겹 커튼을 쳤다.

11월 1일이 되면, 이런 가정 의식이 끝나고 사교계가 주위를 둘러보면서 자신을 평가하기 시작했다. 그러다 15일이 되면 사교철이 무르익어, 오페라 극장을 비롯한 각종 극장이 새로운 작품을 선보이고 만찬 약속들이 쌓여 가며 무도회 날짜들이 잡힌다. 정확히 이 무렵 아처 부인은 뉴욕이 예전하고 정말 달라졌다고 말했다.

방관자로서 한 단계 높은 시점에서 관찰하는 데다 실러턴 잭슨과 소피 잭슨 남매의 도움에 힘입어서, 부인은 그 표면에 새로 생겨난 금들과 정연하게 자리 잡은 사회적 식물들 사이에 비집고 들어온 이상한 잡초들을 남김없이 추적할 수 있었다. 어머니에게서 해마다 그에 대한 결과를 듣는 것은 젊은 시절 아처의 즐거움 가운데 하나였다. 그러면서 어머니는 그런 분열의 표시로 아처의 성긴 눈으로는 간파하지 못한 사소한 변화들을 하나하나 열거했다. 아처 부인이 볼 때 뉴욕은 오직 나쁜 방향으로만 변했고, 소피 잭슨은 이런 관점에 충심으로 동의했다.

실러턴 잭슨 씨는 세속적인 남자답게 판단을 보류하고, 즐겁고 공정한 태도로 여자들의 한탄을 들었다. 하지만 그조차 뉴욕이 변했다는 것은 부인하지 않았다. 그리고 결혼 후 두 번째 겨울을 맞는 뉴랜드 아처는 뉴욕이 지금까지는 변하지 않았다 해도 지금은 분명히 변하고 있다는 것을 인정하지 않을 수 없었다.

아처 부인의 추수 감사절 만찬에서는 언제나 이런 점들이 거론되었다. 한 해 동안의 축복을 공식적으로 감사하는 날에, 부인은 자신의 세계를 분노까지는 아니라고 해도 깊은 한탄 속에 정리하고 감사할 일이 도대체 뭐가 있는지 의문을 제기하는 것이 습관이었다. 어쨌거나 사교계의 지금 상태는 감사할 대상이 아니었다. 사교계는 — 그런 게 있다고 말할 수 있다면 — 성경의 저주를 부를 만큼 꼴불견이었고, 애시모어 목사가 추수 감사 예배 때 설교용 성경 구절로「예레미야서」(2장 25절)[1]를 골랐을 때 그가 품은 의도는 모두가 알 수 있었다. 애시모어 목사는 세인트 매슈 교회의 새 교구 목사로 매우 〈진보적〉이라는 이유 때문에 선택되었다. 그의 설교는 대담한 견해와 참신한 말이 가득하다고 여겨졌다. 상류 사회를 맹렬히 비난할 때 그는 언제나 그 〈추세〉를 말했다. 자신이 어느 방향으로 흘러가는 공동체의 일원이라는 사실은 아처 부인에게 두렵고도 매혹적인 일이었다.

「애시모어 목사님이 옳고말고요. 분명한 추세가 있어요.」 부인은 그것이 벽에 간 금처럼 눈에 보이고 측정까지 할 수 있는 것처럼 말했다.

1 그러다가는 신발이 다 해질라, 목이 다 탈라, 일러 주었건만 한다는 소리가 〈다 버린 몸 말리지 마세요. 나는 외간 남자들이 좋아요. 외간 남자들을 따라가겠어요〉.

「하지만 추수 감사절에 그런 설교를 한다는 건 좀 이상했죠.」 소피 잭슨이 의견을 펴자 아처 부인이 냉담하게 답했다. 「목사님은 우리가 남은 것들에 대해 감사하기를 바란 거예요.」

아처는 어머니의 이런 연례 예언을 들으며 미소를 짓는 쪽이었다. 하지만 올해는 변화한 것들에 대한 열거를 들으면서 그조차도 〈추세〉가 눈에 보인다고 인정하지 않을 수 없었다.

「드레스에 어찌나 돈들을 쓰는지……. 실러턴이 오페라 개막 공연에 나를 데리고 갔어요. 내가 작년에 봤던 드레스는 제인 메리의 드레스뿐이었답니다. 그것조차도 앞 패널[2]을 바꿨더군요. 하지만 나는 제인 메리가 워스한테서 그 옷을 맞춘 게 겨우 2년 전이라는 걸 알아요. 제인이 파리에서 옷을 사오면, 입기 전에 항상 내 단골 재봉사한테 맡겨 고치거든요.」 소피 잭슨이 말했다.

「제인 메리는 〈우리〉 부류죠.」 아처 부인이 한숨을 쉬며 말했다. 부인 세대와 달리 여자들이 집에서 조용히 옷을 묵힐 줄 모르고 세관을 나서자마자 파리의 드레스를 자랑하기 시작하는 시대에 사는 것은 그다지 바람직한 일이 아니라는 듯했다.

「그래요. 제인 메리도 우리 같은 소수죠. 내가 젊었을 때는 최신 유행 드레스를 입는 건 천박하다고 여겼고, 에이미 실러턴 말로는 보스턴에서는 파리의 드레스는 2년 동안 꺼내지 않는 게 법칙이라고 했어요. 손이 크던 고(故) 백스터 페닐로 부인은 1년에 파리의 드레스를 열두 벌씩 주문했어요. 두 벌은 벨벳, 두 벌은 공단, 두 벌은 실크, 그리고 나머지 여섯 벌은 포플린과 최고급 캐시미어로요. 그건 고정 주문이었죠. 부인이 2년 동안 병석에 있다가 돌아가신 뒤에 보니까 마흔

2 옛 드레스에 새로운 느낌을 주기 위해 치마에 붙이는 삼각형 천.

302

여덟 벌의 워스 드레스가 포장지도 뜯기지 않은 채 그대로 있었어요. 나중에 그 집 딸들이 상복을 벗은 뒤 교향악단 연주회 때 처음 그 드레스를 입었는데, 그때는 이미 그게 유행에 앞선다는 느낌을 전혀 주지 않았죠.」 소피 잭슨이 말했다.

「그래요, 보스턴은 뉴욕보다 보수적이에요. 하지만 내가 볼 때 숙녀라면 프랑스 드레스를 적어도 한 철은 묵혀 두는 게 예의라고 생각해요.」 아처 부인이 양보했다.

「그런 새 유행을 시작한 건 보퍼트죠. 새로 도착한 프랑스 드레스를 자기 아내한테 바로 입혀서 내보냈으니까요. 하지만 그거 하나는 레지나의 능력이에요. 그러고 다니면서도 그렇게…… 그러니까……」 소피 잭슨은 식탁 주변을 둘러보다가 제이니의 튀어나올 듯한 눈길과 마주치자 한발 물러서서 알아듣기 어렵게 웅얼거렸다. 「경쟁자들하고는 달라 보이죠.」 실러턴 잭슨이 경구라도 읊듯이 말했다.

「아.」 여자들이 낮게 탄식했고, 아처 부인은 제이니가 이런 금지된 주제에 관심을 갖지 못하게 할 겸해서 덧붙였다. 「불쌍한 레지나! 이번 추수 감사절은 전혀 즐겁지 않았을 거예요. 보퍼트의 투기 소문 들었나요?」

실러턴 잭슨이 건성으로 고개를 끄덕였다. 문제의 소문을 모르는 사람은 없었고, 그는 이미 공유재가 되어 버린 사실을 안다고 수긍하는 데 약간 경멸을 느꼈다.

무거운 침묵이 내려앉았다. 보퍼트를 좋아하는 사람은 아무도 없었고, 그의 사생활이 최악의 상태가 된다는 것이 완전히 불쾌하기만 한 것은 아니었지만, 그가 아내의 집안에 재정적 불명예를 안겼다는 사실은 그의 적들조차도 즐거워할 수 없는 충격이었다. 아처의 뉴욕은 사적 관계의 위선은 용납했지만, 사업 영역에서는 투명하고 완벽한 정직을 요구했다. 이름이 알려진 은행가가 신용을 잃은 마지막 사건은 아주 오래전의 일이었지만, 그때 회사의 중역들이 사회적으로 퇴출되었다는 사실은 아직도 모두 기억하고 있었다. 보퍼트 부부 역시 그가 아무리 힘이 있고 그 아내가 아무리 인기 있다 해도 마찬가지일 것이다. 레지나의 남편이 벌인 불법 투기에 대한 보고가 전혀 거짓이 아니라면, 댈러스가의 연줄을 모두 동원한다고 해도 가엾은 그녀를 구할 수 없을 것이다.

대화는 좀 더 가벼운 주제로 피해 갔다. 하지만 모든 주제가 아처 부인이 말하는 그 가속화되는 추세를 확인해 주는 것 같았다.

「물론 뉴랜드, 나는 네가 사랑스러운 메이를 일요일 저녁마다 스트러더스 부인 집에 보내는 걸 알고 있어.」 부인이 입을 열었다. 그러자 메이가 유쾌하게 끼어들었다. 「하지만 요즘은 모두가 스트러더스 부인 집에 가는걸요. 스트러더스 부인은 지난번 할머니의 접견회에도 초대받았답니다.」

그런 식으로 뉴욕은 변해 간다고 아처는 생각했다. 사람들은 변화가 끝날 때까지 힘을 모아 그것을 무시하다가, 어느 순간 그 일은 이미 선대에 일어난 것이라고 진심으로 믿었다. 성채 안에는 언제나 모반자가 있었다. 그자(대개는 여자였는데)에게서 열쇠를 건네받고 난 다음에 그것이 난공불락인 척 꾸밀 필요가 뭐가 있겠는가? 스트러더스 부인이 제공하는 일요일 저녁의 가벼운 여흥을 맛보고 나면, 사람들은 그 집의 샴페인이 실은 구두약이 둔갑한 거라고 생각하면서도 집에 가만히 있기가 쉽지 않았다.

「나도 알아, 그래, 알아.」 아처 부인이 한숨을 쉬었다. 「그런 일은 있게 마련이지. 사람들이 〈여흥〉이라는 걸 찾는 한에는 말이야. 하지만 나는 아직도 네 사촌인 마담 올렌스카가 누구보다 먼저 스트러더스 부인에게 호의를 베푼 일을 용서하지 못했어.」

젊은 아처 부인의 얼굴이 확 달아올랐다. 그것은 탁자에 앉은 다른 사람들 못지않게 그녀의 남편 또한 놀라게 했다. 「아, 〈엘렌〉. 그리고 〈그 블렌커 모녀들〉…….」 그녀가 자신의 부모님처럼 강력한 비난조로 웅얼거렸다.

올렌스카 백작 부인이 남편의 제안을 뿌리치고 뉴욕에 남는 쪽을 선택함으로써 그들에게 놀라움과 당혹감을 안겨 준 뒤로, 아처가에서 그녀의 이름은 으레 그런 어조로 불렸다. 하지만 메이 역시 그렇다는 것은 단순하게 느껴지지 않았다. 아처는 그녀가 주변 환경과 가장 일치하는 모습을 보일 때 느껴지는 이질감 속에 그녀를 바라보았다.

그의 어머니는 평소처럼 분위기를 예리하게 파악하지 못하고 계속 말했다. 「나는 옛날부터 올렌스카 백작 부인처럼 귀족 사회에서 살았던 사람은 우리의 사회적 품위를 무시하는 게 아니라 그걸 유지하는 데 도움을 주어야 한다고 생각했어.」

메이는 계속해서 선명한 홍조를 띠고 있었다. 그것은 마담 올렌스카의 사회적 신조가 잘못되었다고 인정하는 것 이상의 의미를 담고 있는 것 같았다.

「외국 사람들이 보면 우리는 다 똑같을 거예요.」 소피 잭슨이 차갑게 말했다.

「제가 볼 때 엘렌의 마음이 사교계에 있는 것 같지는 않아요. 하지만 그 마음이 어디 가 있는지는 아무도 몰라요.」 메이가 무언가 두루뭉술한 표현을 찾은 것처럼 말했다.

「그래.」 아처 부인이 다시 한숨을 쉬었다.

올렌스카 백작 부인이 가족의 총애를 잃었다는 건 모두가 알았다. 그녀를 깊이 옹호하는 맨슨 밍곳 노부인마저 그녀가 남편에게 돌아가지 않는 일을 옹호할 수는 없었다. 밍곳가 사람들은 그런 불만을 대놓고 떠들지는 않았다. 그러기에는 그들의 연대가 너무 강했다. 그들은 그저, 웰랜드 부인이 말했듯이, 〈불쌍한 엘렌이 자기 위치를 찾아가게〉 내버려 두었다. 여기서 말하는 그 위치는, 수치스럽고도 이해하기 어려운 사실이지만, 블렌커가 사람들이 득세하고 〈글 쓰는 사람들〉이 단정치 못한 의식을 벌이는 어둠침침한 타락의 심연이었다. 믿을 수 없는 일이었지만, 엘렌은 모든 기회와 특권을 갖고도 〈보헤미안〉이 되었다. 이 사실은 그녀가 올렌스키 백작에게 돌아가지 않은 것이 치명적 실수라는 주장에 힘을 실어 주었다. 결국 젊은 여자의 자리는 남편의 그늘 아래고, 특히나 그녀 자신이 그런 상황에서 그곳을 떠나왔다면 더욱더 그랬다. 그런 상황이란…… 물론 잘 들여다봐야 아는 것이었지만 말이다.

「마담 올렌스카는 신사분들한테 인기가 많아요.」 소피 잭슨이 말했다. 그녀는 자신이 비수를 꽂는다는 걸 알면서도, 겉으로는 유화적인 이야기를 한다는 기색을 띠었다.

「그건 마담 올렌스카 같은 젊은 여자들한테 언제나 닥치는 위험이죠.」 아처 부인이 슬픈 듯 동의했다. 이런 결론과 함께 여자들은 드레스 자락을 모으고 응접실의 둥근 카르셀 등을 보러 갔고, 아처와 실러턴 잭슨 씨는 고딕풍 서재로 물러갔다.

난로 앞에 자리를 잡고 앉아 불만족스러운 저녁 식사를 완벽한 시가로 달래자, 잭슨 씨는 엄숙한 태도로 말문을 열었다.

「보퍼트가 파산하면…… 여러 가지 일이 드러날 거야.」 그가 말했다.

아처는 얼른 고개를 들었다. 보퍼트의 이름을 들으면 그는 언제나 값비싼 모피와 구두 차림으로 스쿠이터클리프의 눈 속을 걸어오던 육중한 모습을 선연히 떠올리지 않을 수 없었다.

「틀림없어. 아주 고약하게 까발려질 거야. 그 친구가 레지나한테만 돈을 쓴 건 아니니까.」 잭슨 씨가 말을 이었다.

「하지만 그게 새삼 문제가 될까요? 그 사람은 곧 손을 뗄 겁니다.」 젊은이가 화제를 돌리기 원하며 말했다.

「아마 그렇겠지? 물론 그럴 거야. 그 친구는 오늘 몇몇 유력자를 만나기로 되어 있었어.」 잭슨 씨는 마지못해 인정했다. 「그 사람들이 자기를 구해 주기 바란 거지. 적어도 이번에는 말이야. 가련한 레지나가 평생을 파산자들을 위한 외국의 초라한 온천지에서 살 걸 생각하면 마음이 아파.」

아처는 아무 말도 하지 않았다. 그가 볼 때는 돈을 부정 취득했다면 잔인한 대가를 치르는 것이 비극적이기는 해도 지극히 자연스러운 일이었기에, 그의 마음은 보퍼트 부인의 운명을 지나쳐 좀 더 자신과 관련 있는 문제로 흘러갔다. 올렌스카 백작 부인이 거론되었을 때 메이가 얼굴을 붉힌 건 무슨 뜻이었을까?

그 여름 그와 마담 올렌스카가 하루를 함께 보낸 이후 넉 달이 지났다. 그때 이후 그는 그녀를 보지 못했다. 그녀가 워싱턴으로 돌아가서 다시 메도라와 함께 작은 집에서 살고 있다는 건 알았다. 그녀에게 한 차례 언제 다시 만날 수 있을지를 짧게 묻는 편지를 보냈는데 그녀는 〈아직은 아니에요〉 하는 더욱 짧은 답장을 보냈다.

그 이후 두 사람 사이에 더 이상 연락은 없었고, 그는 마음속에 일종의 성소를 만들어 놓고, 거기서 그녀가 그의 비밀스러운 생각과 열망들을 다스리며 군림하도록 했다. 그것은 조금씩 그의 진정한 삶의 무대이자 유일하게 이성적인 활동의 공간이 되어 갔다. 그가 읽는 책, 그를 살찌우는 사상과 감정, 그의 판단과 환영을 그는 모두 그곳으로 가지고 갔다. 그 바깥에 있는 실제 생활의 무대에서는 정신 나간 자가 자기 방 안의 가구들에 부딪히듯 익숙한 편견과 전통적 관점을 거스르는 실책을 연발하며, 나날이 커지는 비현실감과 결핍감 속에 행동했다. 물러나 있는 자, 그것이 그였다. 그는 주변의 다른 사람들이 지극히 현실적이고 가깝게 느끼는 모든 것에서 완전히 물러나 있어서, 이따금 사람들이 아직도 자신이 곁에 있다고 생각한다는 사실에 깜짝깜짝 놀랐다.

잭슨 씨가 더 깊은 이야기를 하려고 목청을 가다듬는 소리가 들렸다.

「자네 처가에서 사람들 사이에 떠도는 말을 얼마나 아는지는 모르겠지만……. 그러니까 마담 올렌스카가 남편의 요청을 받고도 돌아가지 않은 일에 대해서 말이야.」

아처는 말을 하지 않았고 잭슨 씨는 완곡하게 말을 이었다. 「마담이 떠나지 않은 건 안타까운 일이야. 정말로 안타까워.」

「안타까운 일이라고요? 왜죠?」

잭슨 씨는 다리 아래로 시선을 던져 주름이 잡히지 않은 양말과 그 아래 반짝이는 구두를 보았다.

「가장 낮은 차원의 문제부터 짚어 보면, 이제 마담이 무슨 수입으로 살겠나?」

「이제라뇨?」

「만약 보퍼트가…….」

아처는 벌떡 일어나서 검은색 호두나무 테두리가 둘린 필기 탁자를 주먹으로 쾅 내리쳤다. 놋쇠 잉크 대에 놓인 잉크

병 두 개가 덜거덕거리며 춤을 추었다.

「도대체 그게 무슨 말씀이시죠?」

잭슨 씨는 의자에 앉은 채 살짝 몸을 움직이며 고개를 들어 젊은이의 불타는 얼굴을 차분히 바라보았다.

「이건 상당히 확고한 근거를 갖고 하는 이야기야. 사실을 말하면 캐서린 노부인이 직접 말해 줬지. 올렌스카 백작 부인이 남편에게 돌아가기를 거부했을 때, 밍곳가에서는 부인에게 주는 생활비를 대폭 깎았다는 거야. 그리고 재결합을 거부하면서 부인은 결혼할 때 약속받은 돈도 잃게 됐지. 부인이 돌아오면 올렌스키가 기꺼이 줄 돈이었는데 말이야. 그런데 내 말이 무슨 뜻이냐고 묻는 이유는 뭐지?」 잭슨 씨가 온화하게 되물었다.

아처는 벽난로 앞에 가서 허리를 굽히고 창살 속으로 담뱃재를 털었다.

「저는 마담 올렌스카의 개인적인 일은 아무것도 몰라요. 하지만 잭슨 씨가 암시하는 그런 일들을 알 필요는…….」

「내가 아니야. 레퍼츠가 장본인일세.」 잭슨 씨가 아처의 말을 잘랐다.

「레퍼츠요? 그 사람은 마담 올렌스카에게 치근대다가 실패했죠!」 아처가 경멸스럽게 외쳤다.

「아, 그랬나?」 잭슨 씨가 바로 그것이야말로 자신이 유도한 말이라는 듯 가볍게 말했다. 그는 여전히 벽난로를 옆에 두고 앉아서 강철 용수철과도 같은 강고한 시선으로 아처의 얼굴을 바라보았다.

「그래그래. 보퍼트가 추락하기 전에 부인이 떠나지 않은 건 안타까운 일이야. 〈지금 와서〉 떠난다면 그리고 보퍼트가 파산한다면, 세간의 의심을 확인시켜 줄 뿐이지. 그런 의심은 레퍼츠만 하고 있는 게 아니야.」 그가 다시 말했다.

「마담 올렌스카는 가지 않을 거예요. 이제는 갈 이유가 더 없죠!」 이렇게 말을 하자 아처는 다시 한 번 잭슨 씨가 기다린 게 바로 이런 반응이었다는 느낌이 들었다.

노신사는 그를 유심히 바라보았다. 「그건 자네 생각이지? 글쎄, 자네는 알겠지. 하지만 사람들이 모두 자네한테 말할 걸세. 메도라 맨슨의 남은 몇 푼 재산이 다 보퍼트의 수중에 있다고. 그 두 부인이 보퍼트 없이 어떻게 생활을 해나갈지 나는 모르겠어. 물론 마담 올렌스카가 캐서린 노부인의 마음을 누그러뜨리는 길은 아직도 있어. 노부인은 마담이 여기 남는 걸 가장 혹독하게 반대한 사람이지만, 원한다면 돈은 얼마든지 줄 수 있어. 하지만 노부인이 큰돈 쓰기를 싫어하는 건 우리 모두가 잘 아는 사실이지. 그리고 나머지 식구는 마담 올렌스카가 여기 있는 것에 별다른 관심이 없어.」

아처는 아무 소용 없는 분노에 불타올랐다. 그는 지금 뻔히 다 알면서도 어리석은 짓을 하게 되어 있는 그런 상태였다.

마담 올렌스카가 캐서린 노부인을 비롯한 일가족과 갈등을 빚고 있다는 사실을 아처가 몰랐다는 데 잭슨 씨는 놀란 기색이었다. 그리고 아처가 가족회의에서 배제된 이유에 대해 자기 나름의 결론을 내린 것 같았다. 그래서 아처는 조심하는 게 좋다는 걸 알았지만, 보퍼트와의 관계에 대한 암시는 그를 무모하게 만들었다. 하지만 그는 자신이 처한 위험은 잊었다고 해도, 지금 잭슨 씨는 어쨌건 자기 어머니 집에 와 있고 그래서 자신의 손님이라는 사실은 잊지 않았다. 옛 뉴욕은 손님 접대의 예절을 성실히 지켰다. 손님하고 대화를 나누다가 의견 충돌을 빚는 일은 허용되지 않았다.

「위층에 가서 어머니를 뵐까요?」 잭슨 씨의 마지막 재가 팔꿈치 옆의 놋쇠 재떨이로 떨어지는 걸 보고 아처가 짧게 말했다.

집으로 오는 길에 메이는 기이할 만큼 말이 없었다. 어둠 속에서 그는 그녀가 아직도 위협적으로 얼굴을 붉히고 있는 걸 느꼈다. 그 험악함의 의미는 짐작할 수 없었다. 하지만 마담 올렌스카의 이름이 그것을 촉발시킨 건 분명했고, 그것은 충분한 경고가 되었다.

2층에 올라온 뒤 그는 서재를 향해 돌아섰다. 그녀는 대개 그를 따라왔다. 하지만 지금 그녀는 복도를 지나 침실을 향해 가는 소리가 났다.

「메이!」 그가 견디지 못하고 불렀다. 그러자 그녀가 그의 말투에 약간 놀란 기색을 띠고 돌아왔다.

「이 램프가 다시 연기가 나는걸. 하인들한테 제때 심지를 깎으라고 이야기해야겠어.」 그가 초조한 목소리로 말했다.

「미안해요. 다시는 이런 일이 없도록 할게요.」 그녀가 어머니에게서 익힌 확고하고도 밝은 어조로 말했다. 그는 그녀가 이미 자신을 웰랜드 씨처럼 다루기 시작했다는 사실에 좌절감을 느꼈다. 그녀는 고개를 숙여 심지를 내렸고, 그는 그녀의 흰 어깨와 단정한 얼굴에 비치는 불빛을 보면서 생각했다. 〈메이는 너무도 젊어! 이런 인생은 얼마나 한없이 이어져야 하는 걸까?〉

그는 자신의 강건한 젊음과 핏줄 속에 끓는 피가 무섭게 느껴졌다. 「메이, 며칠 동안 워싱턴에 좀 다녀와야 할 것 같아. 아마 다음 주쯤에……」 그가 불쑥 말했다.

그녀는 한 손을 램프 열쇠에 댄 채 그에게 천천히 고개를 돌렸다. 불꽃의 열기에 발그레 달아올랐던 얼굴이 고개를 드는 순간 창백해졌다.

「일 때문에요?」 그녀가 다른 이유는 생각할 수 없다는 듯이, 그 질문은 그가 시작한 문장을 마무리 짓기 위해 자동적으로 제기한 것이라는 듯이 물었다.

「당연히 일 때문이지. 대법원에 가는 특허 건이 하나 있어.」 그가 관련 발명가의 이름을 대고 로렌스 레퍼츠 같은 숙달된 능변으로 그 내용을 설명하는 동안, 그녀는 주의 깊게 이야기를 들으면서 중간 중간 〈네, 알겠어요〉 하고 말했다.

「당신도 기분 전환이 좀 필요해요.」 그가 이야기를 마치자 그녀는 그렇게 말하더니, 구김살 없는 미소를 짓고 그를 똑바로 바라보면서 덧붙였다. 「그리고 거기 가면 잊지 말고 엘렌을 만나고 와요.」 마치 귀찮아도 가족의 의무를 게을리하지 말라고 하는 듯한 말투였다.

그와 관련해서 두 사람이 주고받은 말은 그게 전부였다. 하지만 그들은 모두 그 뒤에 숨은 암호를 읽는 훈련이 되어 있었다. 〈당신도 알겠지만, 나는 사람들이 엘렌에 대해 뭐라고 말하는지 다 알고, 또 엘렌을 남편에게 돌려보내야 한다는 가족의 견해에 공감해요. 나는 당신이 나한테 말하지 않는 어떤 이유로 엘렌에게 그와 반대되는, 그러니까 할머니뿐 아니라 우리 집안 어른 전부가 뜻을 모아 내린 그 결정과 반대되는 조언을 했다는 것도 알아요. 그리고 당신이 부추겼기 때문에 엘렌이 우리 모두의 뜻을 어기고, 실러턴 잭슨 씨가 아마도 오늘 밤 당신에게 했을 그런 비난을 받고 있다는 것도 알아요. 당신은 그 암시들에 분개했겠죠……. 암시는 부족하지 않았어요. 하지만 당신이 다른 사람들의 암시를 받으려고 하지 않으니 내가 직접 당신에게 말해 주겠어요. 우리처럼 잘 배운 사람들이 서로에게 불쾌한 일을 거론할 때 사용하는 그런 방식으로요. 당신이 워싱턴에 갔을 때 엘렌을 볼 생각이 있다는 걸, 아니 어쩌면 그 목적으로 거기 간다는 걸 내가 안다는 걸 알려 주는 거예요. 당신이 엘렌을 볼 게 너무도 분명하니까, 나는 거기에 분명 전적으로 동의해 주고 싶어요. 이 기회를 빌려서 당신이 엘렌에게 부추긴 행동이 어디로 이어지게 될지를 엘렌에게 알려 주세요.〉

이런 소리 없는 전언이 그에게 남김없이 이르렀을 때, 그녀의 손은 아직도 램프 열쇠에 얹혀 있었다. 그녀는 심지를 내리고 램프 막을 올린 뒤 시원찮은 불꽃에 대고 입김을 뿜었다.

「꺼버리면 냄새가 덜할 거예요.」 그녀가 주부다운 밝은 태도로 말했다. 그리고 문턱에 서서 그의 키스를 기다렸다.

27

　다음 날 월 가는 보퍼트의 상황에 대해서 약간 희망적인 보고를 했다. 분명하지는 않지만 해결될 가능성이 있다는 것이었다. 그는 위기가 닥쳤을 때 유력자들을 찾아가서 부탁하는 방법을 썼는데, 그 일을 성공적으로 해냈다는 이야기가 돌았다. 그리고 그날 저녁 보퍼트 부인이 옛날 같은 미소 속에 새로운 에메랄드 목걸이를 하고 오페라 극장에 나타나자 사교계는 안도의 한숨을 쉬었다.

　뉴욕은 불법 사업 행위는 가혹하게 단죄했다. 사업상의 청렴결백 의무라는 암묵적인 규칙을 깨고서 그 대가를 치르지 않은 사람은 지금까지 한 명도 없었다. 그리고 보퍼트와 그 아내라고 해도 그 원칙에 가차없이 회부될 것을 모두가 알고 있었다. 하지만 그들을 그렇게 되도록 내버려 두는 것은 고통스러울 뿐 아니라 불편한 일이기도 했다. 보퍼트 부부가 사라지면 그 작고 응집력 강한 사회에는 꽤 큰 구멍이 생길 것이다. 무지 또는 무신경함으로 그들의 부도덕에 반감을 못 느끼는 자들은 뉴욕 최고의 무도회장이 사라질 위기에 울부짖었다.

　아처는 워싱턴에 가기로 마음을 굳게 먹었다. 그리고 메이에게 말한 그 소송 건이 시작되기만을 기다렸다. 그래야 워싱턴에 가는 날짜를 거기 맞출 수 있었기 때문이다. 하지만 화요일이 되자 레터블레어 씨는 그에게 소송이 몇 주 뒤로 미루어질지 모른다고 말했다. 하지만 그날 오후 집으로 돌아간 아처는 어찌 되었건 다음 날 저녁 떠나기로 결심을 굳혔다. 그의 직장 생활에 대해 아무것도 모르고 이렇다 할 관심도 보인 적 없는 메이가 그 사건이 연기된 사실을 알 가능성도 없고, 설령 알게 된다고 해도 그가 말한 소송 관계자들의 이름을 기억할 리 없었다. 그리고 이러건 저러건 그는 더 이상 마담 올렌스카와의 만남을 미룰 수 없었다. 그녀에게 해야 할 말이 너무 많았다.

수요일 아침에 출근을 했더니 레터블레어 씨가 심난한 얼굴로 그를 맞았다. 보퍼트가 결국 〈해결하지〉 못한 것이다. 하지만 해결했다는 소문을 흘리는 방법으로 예금자들을 안심시켰고, 불안한 소식이 다시 커지기 시작하던 전날 저녁까지 많은 돈이 은행으로 흘러들었다. 그 결과 예금 인출 사태가 벌어지면서 영업 시간이 끝나기도 전에 은행 문이 닫힐 지경이 되었다. 보퍼트의 비열한 수작에 대한 욕설이 난무했고, 그의 파산은 월 가 역사에 손꼽힐 만큼 불명예스러운 사건으로 남게 될 가능성이 농후했다.

이런 극악한 재난은 레터블레어 씨를 창백하고 무력하게 만들었다. 「평생 험한 일을 많이 겪었지만, 이토록 심각한 일은 처음일세. 우리가 아는 모든 사람이 어떤 방식으로든 타격을 입을 거야. 그리고 보퍼트 부인은 어떻게 되겠나? 우리가 그 부인을 어떻게 해줄 수 있겠어? 누구보다 맨슨 밍곳 부인이 안됐어. 그런 고령에 이런 일이 얼마나 큰 충격이 될지 누가 알겠어? 부인은 언제나 보퍼트를 믿었지. 둘은 친구지 않았나! 그리고 댈러스가 사람들이 있지. 가엾은 보퍼트 부인은 선생 일족 전체와 친척 관계야. 부인이 살 길은 남편을 떠나는 것뿐인데……. 누가 그런 말을 해줄 수 있겠어? 남편 곁을 지키는 게 부인의 의무야. 다행히 보퍼트 부인은 전부터 남편의 사생활 문제는 전혀 몰랐던 것 같아.」

누군가 문을 두드리자 레터블레어 씨는 날카롭게 고개를 돌렸다.「무슨 일이지? 번거로운 일은 곤란한데.」

사무원이 들어와 아처에게 편지를 전하고 나갔다. 아처는 아내의 필체를 확인하고 봉투를 열었다. 〈오늘 되도록 일찍 퇴근해 줄래요? 어젯밤 할머니한테 가벼운 뇌졸중이 왔어요. 어떻게 된 건지 은행과 관련된 그 나쁜 소식을 할머니가 가장 먼저 아시게 됐어요. 러벌 숙부는 언제나처럼 사냥을 떠나 있고, 아버지는 이 불미스러운 사건에 놀란 나머지 열이 솟구쳐서 바깥출입을 못 하세요. 어머니가 당신을 간절하게 기다려요. 그리고 나도 당신이 얼른 퇴근해서 바로 할머니 집으로 와주었으면 좋겠어요.〉

아처는 편지를 상급 동업자에게 보여 주었고, 몇 분 후에 붐비는 북행 철도마차를 탔다가 14번가에서 5번 대로를 달리는 높직한 대형 승합 마차로 갈아탔다. 12시를 넘기자 힘겹게 달린 마차는 그를 캐서린 노부인의 집 앞에 떨구었다. 캐서린 노부인이 주로 지낸 1층 거실 창가에는 부인의 딸 웰랜드 부인이 불안한 모습으로 서 있다가 아처를 보자 지친 기색으로 인사를 했다. 문 앞에서는 메이가 그를 맞았다. 현관 입구는 잘 정돈된 집에 갑자기 병마가 닥쳤을 때의 부자연스러운 분위기를 풍겼다. 의자에는 외투와 모피들이 높이 쌓여 있었고, 탁자에는 의사의 가방과 외투가 놓여 있었으며, 그 옆에는 편지와 카드들이 아무도 거들떠보지 않는 가운데 벌써 수북이 쌓여 있었다.

메이는 창백했지만 미소를 짓고 있었다. 방금 전에 두 번째로 찾아온 벤콤 박사는 아까보다 희망적인 견해를 보였고, 밍곳 부인의 삶과 회복에 대한 결연한 의지는 이미 가족들에게 영향을 미치고 있었다. 메이는 아처를 데리고 노부인의 거실로 들어갔다. 침실로 통하는 미닫이문이 닫혀 있었고, 그 위로 무거운 노란색 다마스크 휘장이 쳐져 있었다. 거기서 웰랜드 부인이 겁에 질린 작은 소리로 그에게 그간 있었던 일을 이야기해 주었다. 전날 저녁 끔찍하고도 수수께끼 같은 일이 일어난 것 같았다. 8시쯤 밍곳 부인이 저녁을 먹고 늘 하던 대로 솔리테어 카드놀이를 마쳤을 때, 초인종이 울리더니 아주 두꺼운 베일을 써서 하인들이 얼른 알아보지 못한 여자가 접견을 청했다.

집사는 목소리를 들은 뒤에야 비로소 누군지 알아차리고 거실 문을 열어 〈줄리어스 보퍼트 부인이 오셨습니다〉라고 알렸고, 두 부인 뒤로 다시 문을 닫았다. 집사의 말에 따르면 두 사람은 한 시간 정도 함께 있었던 것 같다. 밍곳 부인이 종을 울렸을 때 보퍼트 부인은 아무도 모르게 이미 떠나 있었고, 하얗게 질린 거대한 몸집의 노부인은 커다란 의자에 혼자 앉아 집사에게 자신을 방으로 옮겨 달라고 손짓했다. 그때만 해도 부인은 정신적 타격을 받은 것은 역력했지만, 몸과 두뇌는 문제없이 가누고 있었다. 뮬라토 하녀가 부인을 침대에 누이고 평소처럼 차를 가져온 뒤 방을 정돈하고 나갔다. 하지만 새벽 3시에 다시 종이 울렸고, 두 하인이 이례적인 호출(캐서린 노부인은 대개 아기처럼 잘 잤다)에 놀라 달려갔더니 부인이 일그러진 미소를 지은 채 베개에 기대앉아 있었고, 조그만 손이 거대한 팔에 힘없이 매달려 있었다.

뇌졸중은 가벼운 것이 분명했다. 말도 할 수 있었고, 무얼 원하는지 전달할 수 있었고, 의사가 다녀간 뒤로는 얼굴 근육도 다스릴 수 있게 되었다. 하지만 충격은 컸다. 그리고 노부인의 조각난 말을 통해서 레지나 보퍼트가 와서 너무나 뻔뻔하게 남편을 지원해 달라고, 자신들을 구해 달라고 — 레지나의 표현을 빌리면 〈버리지〉 말아 달라고 — 아니 아예 밍곳 일가가 그들의 추악한 불명예를 덮고 용서해 달라고 부탁했다는 사실이 알려지자, 충격에 비례하는 분노가 일었다.

「나는 말했어. 〈밍곳가에서 명예는 언제나 명예고 정직은 정직이야. 내가 관 속에 들어갈 때까지 그건 변하지 않아〉라고 말이야.」 노부인이 딸의 귀에 대고 부분 마비된 사람의 뒤틀린 발음으로 힘겹게 말했다. 「그러자 레지나가 〈하지만 숙모님, 내 이름은 레지나 댈러스예요〉라고 말했어. 내가 다시 말했지. 〈보퍼트가 너를 보석으로 휘감았을 때 네 이름은 보퍼트가 되었어. 그리고 그 친구가 너를 수모로 휘감은 지금 너는 계속 보퍼트의 이름으로 남아 있어야 해.〉」

웰랜드 부인은 이런 불쾌함과 불명예를 목도해야 하는 익숙지 않은 의무에 질겁해서 눈물과 한숨과 전율 속에 여기까지 전했다. 「자네 장인 귀에 이런 이야기가 들어가지 말아야 하는데……. 그이는 언제나 〈오거스타, 제발 내 마지막 환상을 깨지 말아 줘〉라고 말하거든. 어떻게 해야 이런 참담한 이야기가 그이에게 전해지지 않을까?」 가엾은 부인은 울부짖었다.

「하지만 어머니, 어쨌건 아버지가 그들을 직접 보시는 일은 없을 거예요.」 부인은 딸이 일깨워 주자 한숨을 돌렸다. 「그야 그렇지. 그이가 지금 침대에 누워 있는 게 얼마나 다행인지 몰라. 벤콤 박사도 어머니가 회복되실 때까지, 그리고 레지나가 어딘가로 사라질 때까지 아버지를 계속 침대에 묶어 두겠다고 그랬어.」

아처는 창가에 앉아서 멍한 눈길로 인적 없는 대로를 내다 보았다. 그가 호출된 건 충격에 휩싸인 여자들이 정신적으로 기댈 사람을 찾아서지, 그에게 특별한 도움을 바라서가 아니 라는 게 분명했다. 러벌 밍곳 씨에게 전보가 갔고, 뉴욕의 일 가붙이들에게 인편으로 소식이 전달되고 있었다. 그러는 동 안 할 일이라고는 보퍼트의 불명예와 그 아내의 당돌한 행동 의 결과를 숨죽여 이야기하는 것뿐이었다.

다른 방에서 편지를 쓰던 러벌 밍곳 부인이 다시 나타나서 목소리를 보탰다. 중년 부인들은 〈그들 때〉에는 남편이 사업 상 불명예를 저질렀을 때 아내가 할 수 있는 일은 조용히 몸 을 낮추고 남편과 함께 사라지는 것뿐이었다고 입을 모았 다. 「가엾은 스파이서 할머니의 경우가 있지. 그러니까 메이, 네 증조할머니 되시는 분이다. 물론…….」 그리고 웰랜드 부 인은 서둘러 덧붙였다. 「증조할아버지의 돈 문제는 개인적인 거였어. 카드놀이에서 돈을 잃은 건지 누군가에게 어음을 써 준 건지 나도 자세히는 모른다. 어머니가 말씀을 안 해주시 니까. 하지만 어머니는 시골에서 자라야 했어. 그게 어떤 일 이었건 간에 그 불명예 사건 때문에 할머니가 뉴욕을 떠나야 했으니까. 우리 어머니는 여름 겨울 없이 열여섯 살이 될 때 까지 허드슨 강 위쪽 아무도 없는 곳에서 살았어. 친척들에게 레지나의 표현대로 〈호의를 베풀어 달라〉고 한다는 건 스파 이서 할머니한테는 상상도 할 수 없는 일이었을 거야. 개인 적 불명예는 무고한 수백 명에게 피해를 안긴 이런 추문에 비 교하면 아무것도 아닌데 말이야.」

「그래요. 다른 사람의 도움 어쩌고 하는 것보다는 자기 얼굴을 가리는 게 레지나한테는 더 어울릴 거예요.」러벌 밍곳 부인이 동의했다. 「지난 금요일에 레지나가 오페라 극장에 하고 왔던 에메랄드 목걸이는 그날 오후에 볼 앤드 블랙사(社)에서 후불 조건으로 산 거였대요. 그 사람들이 그걸 돌려받을 수 있을까요?」

아처는 이 가차없는 합창을 별다른 감정 없이 듣고 있었다. 재정상의 절대 청렴결백이란 그에게 신사 법전의 첫 번째 법률로 깊이 새겨져 있어서 그것을 깰 만한 어떤 동정의 감정도 들지 않았다. 레뮤얼 스트러더스 같은 모험가는 헤아릴 수 없이 많은 수상쩍은 거래에 기반을 두고 구두약 사업으로 수백만 달러의 부를 쌓았을지 모르지만, 흠결 없는 정직은 옛 뉴욕 경제계의 〈노블레스 오블리주〉[1]였다. 보퍼트 부인의 운명도 아처의 마음을 크게 흔들지 않았다. 물론 그는 지금 분노하고 있는 친척들보다는 그녀에게 좀 더 동정을 느꼈다. 하지만 남편과 아내의 결속이란 호시절에는 깨어질 수 있어도 불행 속에서는 그럴 수 없는 것 같았다. 레터블레어 씨가 말했듯이 남편이 어려움에 처했을 때 아내는 그의 곁에 있어야 했다. 사교계는 그의 곁에 없었고, 사교계의 도움을 기대한 보퍼트 부인의 뻔뻔한 행동은 그녀를 공범자처럼 만들었다. 여자가 친족에게 남편의 사업상 불명예를 가려 달라고 부탁하는 건 용납할 수 없는 일이었다. 그것은 〈친족〉이라는 사회 기관이 할 수 없는 유일한 일이었다.

뮬라토 하녀가 러벌 밍곳 부인을 현관으로 불렀고, 부인은 금세 이마를 찌푸리고 돌아왔다.

「어머니께서 저더러 엘렌 올렌스카에게 편지를 쓰라고 하

1 *noblesse oblige.* 프랑스어로 〈고귀함에는 의무가 따른다〉는 뜻. 사회의 상층 성원들에게 요구되는 자선이나 도덕적 행동을 가리킨다.

시네요. 물론 그동안 저는 엘렌하고 계속 편지 연락을 했어요. 메도라하고도요. 하지만 지금은 그것만으로는 부족한가 봐요. 얼른 전보를 쳐서 혼자서 오라고 그러라고 하시네요.」

사람들은 침묵 속에 그 말을 받아들였다. 웰랜드 부인이 어쩔 수 없다는 듯 한숨을 쉬었고, 메이는 자리에서 일어나 바닥에 흩어진 신문을 주워 모았다.

「어쨌거나 그러는 게 당연하겠죠.」 러벌 밍곳 부인이 다른 사람의 반박을 바라는 것처럼 말했고, 메이가 방 한가운데로 돌아왔다.

「그러는 게 당연하죠. 할머니는 허투루 말씀하시는 분이 아니고, 우리는 할머니의 소망을 들어 드려야 해요. 숙모님, 제가 대신 전보문을 써드릴까요? 지금 바로 보내면 엘렌이 내일 아침 기차로 올 수 있을 거예요.」 그녀는 엘렌이라는 이름을 은종 두 개를 두드리는 듯 유난히 명료하게 발음했다.

「지금 당장 보낼 수는 없어. 재스퍼도 심부름꾼 아이도 편지와 전보를 보내러 나가고 없으니까.」

메이는 미소를 띠고 남편에게 돌아섰다. 「하지만 무슨 일이라도 해 줄 뉴랜드가 있잖아요. 뉴랜드, 당신이 전보를 가지고 가줄래요? 점심 전까지 시간이 약간 있을 거예요.」

아처가 당장 가겠다고 웅얼거리며 일어섰고, 메이는 캐서린 노부인의 자단 〈보뇌르 뒤 주르〉[2] 앞에 앉아 아이 같은 필체로 크게 전보문을 썼다. 그런 뒤 압지를 대서 잉크를 빨아들이고 아처에게 건네주었다.

「안타깝게 되었네요. 당신하고 엘렌이 서로 엇갈리게 되었으니 말이에요!」 그녀는 어머니와 숙모를 돌아보면서 말했

---

2 자단은 암갈색 바탕에 검은빛 줄무늬가 있는 나무이며, 보뇌르 뒤 주르 *Bonheur du Jour*는 프랑스어로 작은 필기 탁자나 책상을 말한다.

다. 「뉴랜드는 대법원 특허 소송 때문에 워싱턴에 가야 하거든요. 러벌 숙부님은 내일 밤이면 오실 테고 또 할머니가 회복이 빠르시니까 뉴랜드가 중요한 회사 업무를 포기할 수는 없을 것 같아요, 그렇죠?」

그녀는 대답을 기다리듯 가만히 있었고, 웰랜드 부인이 얼른 대답했다. 「그렇고말고. 할머니는 그런 일을 전혀 바라지 않으실 게다.」 전보문을 가지고 방을 나가는 아처의 귀에 그의 장모가 아마도 러벌 밍곳 부인에게 〈하지만 도대체 왜 엘렌 올렌스카한테 전보를 치라고 그러시는 거지〉 말하고, 이어 메이가 맑은 목소리로 〈아마도 남편한테 돌아가는 게 언니의 의무라는 걸 다시 한 번 말씀해 주시기 위한 게 아닐까요?〉 하고 대답하는 소리가 들렸다.

아처의 등 뒤로 바깥문이 닫혔고, 그는 서둘러 전신 사무소로 갔다.

28

「OI, oi……. 철자가 어떻게 되죠?」 아처가 웨스트 유니언 전신국 사무소의 놋쇠 수납대에 아내가 써준 전보문을 내밀자 젊은 여자가 퉁명스럽게 물었다.

「올렌스카요. 올, 렌, 스, 카.」 그가 말하며, 메이가 산만하게 쓴 외국 이름을 똑바로 적어 주려고 전보문을 잡아당겼다.

「뉴욕 전신 사무소에서는 듣기 쉽지 않은 이름이로군. 적어도 이 지역에서는 말이지.」 예상치 못한 목소리에 뒤를 돌아보니, 로렌스 레퍼츠가 다가와서 전보문을 보지 않는 척하며 태연히 콧수염을 쓸어 당겼다.

「안녕, 뉴랜드. 여기 오면 자네를 만날 수 있을까 했어. 밍곳 노부인의 뇌졸중 소식을 방금 듣고 그 집으로 가다가 자네가 이 길로 오는 걸 보고 따라왔어. 그 집에서 오는 것 맞지?」

아처가 고개를 끄덕이고, 전보문을 격자창 밑으로 밀어 넣었다.

「안 좋으신 모양이군. 가족에게 전보를 보내니 말이야. 올렌스카 백작 부인까지 부르는 걸 보니 심각하신 것 같아.」 레퍼츠가 계속 말했다.

아처의 입술이 굳었다. 자기 옆에 선 길고 잘생긴 오만한 얼굴에 주먹을 날리고 싶은 충동이 들었다.

「왜지?」 그가 물었다.

일체의 논의를 피하는 것으로 유명한 레퍼츠는 눈썹을 힐끔 추켜세워 얼굴을 살짝 찡그려서 격자창 안쪽의 처녀를 조심하라는 경고를 보냈다. 그 표정은 아처에게 공공장소에서 감정을 자제하지 못하는 것만큼 〈예법〉을 해치는 것은 없다는 걸 일깨워 주었다.

아처는 지금까지 예법에 신경 쓰지 않은 때가 없었다. 하지만 이 순간 레퍼츠에게 신체적 상해를 가하고 싶은 충동이 일었다. 이런 때에 그와 함께 엘렌 올렌스카의 이름을 가지고 이러쿵저러쿵하는 것은 어떤 도발이 있었다고 해도 생각할 수 없는 일이었다. 그는 전보 요금을 치렀고, 두 젊은이는 함께 거리로 나갔다. 거기서 아처는 자제력을 되찾고 말을 이었다. 「밍곳 부인께서는 많이 좋아지셨어. 의사 말로는 더 걱정할 필요가 없대.」 그러자 레퍼츠는 크게 안심한 표정이 되어 보퍼트에 대해 흉악한 소문이 돌고 있는 걸 아느냐고 물었다.

그날 오후 보퍼트의 도산 소식이 모든 신문에 실렸다. 그 소식은 맨슨 밍곳 노부인의 뇌졸중 소식을 가려 버렸고, 그녀의 병을 비만과 노령 탓으로 돌리지 않은 건 그 두 사건 사이의 수수께끼 같은 관련성을 전해 들은 소수의 사람들뿐이었다.

보퍼트의 부도 이야기는 온 뉴욕에 어둠을 드리웠다. 레터블레어 씨가 말했듯이, 그의 기억뿐 아니라 그 회사를 세운 할아버지 레터블레어 씨의 기억에도 이보다 나쁜 경우는 없었다. 은행은 도산을 면할 수 없는 상태에서도 만 하루 동안 돈을 받아들였다. 그리고 많은 고객이 이런저런 상층 집안에 속해 있었기 때문에, 보퍼트의 사기 행각은 두 배로 음험해 보였다. 보퍼트 부인이 그런 불운(그녀의 표현)을 〈우정의 시험대〉라는 식으로 말하지 않았다면, 그녀에 대한 동정이 남편에 대한 분노를 누그러뜨릴 수도 있었을지 모른다. 하지만 특히 그녀가 전날 밤 맨슨 밍곳 부인을 찾아간 목적이 알려지고 나자 그녀의 음험함은 남편 이상이라 여겨지게 되었고, 그녀는 〈외국인〉이라는 사실로 정상을 참작받을 수도 — 또 그녀를 비방하는 사람들을 만족시킬 수도 — 없었다. 보퍼트가 어쨌건 외국인이라는 사실은 (자기 주식이 화를 입지 않은 사람들에게는) 약간의 위안이 되었다. 하지만 사우스캐롤라이나 주의 댈러스 가문 출신이 이 사건을 보퍼트의 관점으로 보고 그가 곧 〈다시 일어설〉 거라고 떠들어 댔다면, 그런 논리는 아무런 설득력이 없었고 사람들은 이것을 결혼은 깨질 수 없다는 확고한 증거로 받아들일 수밖에 없었다. 사교계는 보퍼트 부부 없이도 잘 이어져 나갈 것이고, 그걸로 그 사건은 끝이었다. 예외라면 이 재난의 희생자가 된 메도라 맨슨과 가엾은 래닝 자매, 그리고 잘못된 길에 들어선 좋은 집안의 몇몇 부인들뿐이었다. 그들이 헨리 밴 더 루이든 씨의 이야기를 경청하기만 했더라도 이야기는 달라졌을 것이다.

「보퍼트 부부가 할 수 있는 최선은 노스캐롤라이나에 있는 레지나의 조그만 집에 가서 사는 거야. 보퍼트는 늘 경주마를 두었으니까, 거기서 속보마 사육 일을 하는 게 좋을 거야. 나는 그자가 말 매매업에 성공할 모든 자질을 갖추고 있다고 봐.」 아처 부인이 진단을 내리고 치료 방법을 처방하듯 결론을 내렸다. 모두가 부인의 말에 동의했지만, 보퍼트 부부가 정말로 무슨 일을 하려는지를 묻는 사람은 아무도 없었다.

다음 날 맨슨 밍곳 부인은 병세가 더욱 호전되었다. 부인은 이제는 충분히 회복한 목소리로 누구도 다시는 자기 앞에서 보퍼트의 이름을 언급하지 말라고 명령했고 — 벤콤 박사가 왔을 때 — 도대체 왜 식구들이 이렇게 자기 건강 문제에 법석이냐고 물었다.

「내 나이의 사람이 저녁에 치킨 샐러드를 먹으면 어떤 일이 벌어지겠소?」 부인이 물었다. 의사가 부인의 식단을 조절해 준 이후 뇌졸중은 소화 불량으로 변해 있었다. 하지만 확고한 어조에도 불구하고 캐서린 노부인의 삶에 대한 태도는 전과 같지 않았다. 노령 특유의 무심함이 커져 가면서 — 그렇다고 남들에 대한 호기심은 줄지 않았지만 — 안 그래도 별로 크지 않던 남의 불행에 대한 동정심이 더욱 무뎌졌다. 부인은 보퍼트 참사를 마음에서 몰아내는 데 아무런 어려움이 없는 것 같았다. 하지만 처음으로 자신의 병세에 깊은 관심을 갖게 되었고, 지금까지 경멸 어린 무관심을 보냈던 몇몇 가족 구성원에게 각별한 감정을 느끼게 되었다.

특히 부인의 주목을 끈 것은 웰랜드 씨였다. 부인은 사위들 가운데 웰랜드 씨를 가장 일관되게 무시했다. 웰랜드 부인이 아무리 남편이 (마음만 먹으면) 강한 성격과 뛰어난 지성을 발휘할 수 있다고 강조해도, 돌아오는 건 조롱 섞인 웃음뿐이었다. 하지만 병약자로 익히 알려진 그는 크나큰 관심의 대상이 되었고, 밍곳 부인은 그에게 열이 내리는 대로 자신을 찾아와서 식단을 비교해 보자는 지엄한 명령을 내렸다. 캐서린 노부인은 이제 열과 관련해서는 아무리 주의해도 부족하지 않다는 걸 처음으로 알게 되었다.

마담 올렌스카에게 전보를 친 지 24시간 만에 그녀가 다음 날 저녁 워싱턴에서 도착한다는 답신이 왔다. 아처가 웰랜드가에서 점심 식사를 할 때 누가 저지시티까지 그녀를 마중 나갈까 하는 문제가 제기되었다. 그리고 웰랜드가가 어떤 변경 지방에라도 사는 듯 겪고 있는 여러 가지 구체적인 문제들 때문에 논의가 뜨거워졌다. 웰랜드 부인은 그날 오후에 남편을 데리고 캐서린 노부인의 집으로 가야 했기 때문에 갈 수 없었다. 마차도 내줄 수 없었다. 웰랜드 씨가 뇌졸중을 겪은 장모를 보고 〈충격〉을 받으면 얼른 집으로 돌아와야 했기 때문이다. 웰랜드가의 아들들은 당연히 〈시내에〉 있을 것이다. 러벌 밍곳 씨는 사냥터에서 서둘러 돌아오고 있을 거고, 밍곳가의 마차는 그를 맞으러 가 있을 것이다. 그리고 이런 겨울날 저물녘에 아무리 자기 마차를 타고라도 메이에게 혼자 저지시티로 가는 배에 오르라고 할 수는 없었다. 그래도 기차역에 내린 마담 올렌스카를 맞아 주는 가족이 한 사람도 없다면 그건 너무 몰인정하고, 또 캐서린 노부인의 소망에도 어긋나 보였다. 웰랜드 부인의 피곤한 목소리는 늘 〈그래, 엘렌은 언제나 가족을 곤란하게 만든다니까〉라고 말하는 것 같았다. 「도대체 일이 끊이지를 않네요.」 가엾은 부인이 보기 드물게 반항기 어린 목소리로 한탄했다. 「어머니가 벤콤 박사 말만큼 회복하신 것 같지 않은 증거가 바로 이렇게 당장 엘렌을 불러오라는 괴이쩍은 명령을 하셨다는 거예요. 그 애를 맞아들이는 게 이렇게 불편한데 말이에요.」

짜증 속에 내뱉는 말이 흔히 그렇듯 그 말은 사려 깊지 못한 것이어서, 웰랜드 씨가 당장 그 말을 받았다.

「오거스타. 벤콤이 전만큼 믿을 만하지 않다고 생각하는 이유가 또 있소? 그 사람이 나나 장모님을 치료하는 데 전만큼 성실하지 않다는 징표 같은 게 있었소?」 그가 창백해진 얼굴로 포크를 내려놓으며 말했다.

자신의 실언의 결과가 끝없이 펼쳐지기 시작하자, 이제 얼굴이 창백해진 사람은 웰랜드 부인이었다. 하지만 그녀는 애써 가벼운 웃음을 짓고 크림 소스 굴을 두 번째로 접시에 던 뒤, 전과 같은 유쾌함의 보호막을 두르고 말했다. 「여보, 어떻게 그런 생각을! 내 말은 그저 어머니가 엘렌은 남편에게 돌아가야 한다는 결론을 확고하게 내려놓고서, 그 아이를 꼭 봐야겠다고 갑자기 고집을 피우시는 게 이상하다는 거예요. 손자 손녀라면 엘렌 말고도 대여섯 명이나 있잖아요. 하지만 우리는 어머니가 아무리 활력이 넘치신다 해도 늙으신 분이라는 걸 잊지 말아야 해요.」

웰랜드 씨의 이마에 드리운 그림자는 가시지 않았다. 그리고 그의 혼란스러운 생각은 즉시 부인의 마지막 말에 매달린 듯했다. 「그래요. 장모님은 늙으셨지. 그리고 벤콤은 고령자들을 치료하는 데는 실력이 달릴지도 몰라요. 당신 말처럼 일이 끊이지를 않는구려. 앞으로 10년이나 15년 뒤에는 기꺼이 새 의사를 찾아봐야겠소. 그런 조치는 일이 닥치기 전에 미리미리 해두는 게 좋은 법이니까.」 이런 스파르타인[1] 같은 결론에 이른 뒤, 웰랜드 씨는 포크를 집어 들었다.

「하지만 아무래도 엘렌을 어떻게 내일 저녁 여기 데리고 올지 모르겠네요. 24시간 전에는 결정을 해놓고 싶은데 말이에요.」 웰랜드 부인이 그렇게 말하며 식탁에서 일어나 자주색 공단과 공작석으로 뒤덮인 안쪽 응접실로 앞장서 갔다.

---

1 고대 그리스의 도시 스파르타에 사는 사람의 용기와 혹독한 훈련을 가리키는 말. 이것은 건강에 과도한 염려를 하는 웰랜드 씨에 대한 워튼의 반어적 표현이다.

아처가 원형의 줄무늬 마노가 둘린 팔각형 흑단 액자의 작은 그림 — 두 명의 추기경이 먹고 마시는 장면 — 을 흥미롭게 들여다보다가 시선을 돌렸다.

「제가 마중을 나갈까요? 조금 일찍 퇴근해서 나루로 곧장 가고, 메이가 그리로 마차를 보내 주면 될 것 같은데요.」 그가 제안했다. 그 말을 하는 그의 가슴이 쿵쾅쿵쾅 뛰었다.

웰랜드 부인은 감사의 한숨을 쉬었고, 창가로 가 있던 메이는 그에게 승인의 미소를 보냈다. 「그러면 어머니, 24시간 전에 결정이 됐네요.」 그녀가 말하고 허리를 굽혀 근심에 싸인 어머니의 이마에 입을 맞추었다.

메이의 마차가 현관에서 그녀를 맞았고, 아처는 유니언 스퀘어까지 함께 타고 가다가 거기서 브로드웨이를 달리는 철도마차를 타고 사무소로 돌아갈 예정이었다. 마차 안쪽에 앉으면서 그녀가 말했다. 「어머니한테 새로 걱정을 끼치게 될까 봐 아무 말 안 했는데요, 당신 내일 워싱턴으로 가야 하는데 어떻게 엘렌을 마중 나가겠다는 거예요?」

「그게, 안 가게 됐어.」 아처가 대답했다.

「안 간다고요? 무슨 일이 생긴 거죠?」 종소리처럼 맑은 그녀의 목소리에 아내다운 걱정이 가득했다.

「소송이 그러니까…… 미뤄졌어.」

「미뤄졌다고요? 이상하네요! 오늘 아침에 레터블레어 씨가 어머니한테 보낸 편지를 봤는데, 대법원에서 있을 큰 특허 소송 건으로 내일 워싱턴에 간다고 하던걸요. 당신이 말하던 그것도 특허 건 맞죠?」

「아, 맞아. 하지만 사무실 사람들이 다 갈 수는 없지. 레터블레어 씨가 가기로 오늘 아침에 결정됐어.」

「그러면 연기된 건 아니네요?」그녀가 평소답지 않게 집요하게 물었고, 그는 마치 그녀가 돌연 전통적 가치에서 이탈해 부끄러운 듯, 자신의 얼굴이 달아오르는 게 느껴졌다.

「내가 가는 것만 연기됐어.」그가 워싱턴에 가겠다고 할 때 쓸데없이 이야기를 자세히 한 걸 후회하면서 말했다. 훌륭한 거짓말쟁이는 자세한 내용을 지어 내지만, 가장 훌륭한 거짓말쟁이는 그러지 않는다는 글을 어디선가 읽은 기억이 났다. 그는 메이에게 거짓말을 하는 것보다 그녀가 그걸 알아차리지 못한 척하려고 애쓰는 모습이 두 배로 괴로웠다.

「나는 나중에 가게 됐어. 처가를 위해 다행이지 뭐야.」그가 비겁하게 냉소를 방패로 삼으며 말했다. 그리고 메이가 자신을 바라보는 걸 느끼고, 시선을 피한다는 인상을 주지 않으려고 고개를 돌렸다. 두 사람의 시선이 잠깐 마주쳤고, 두 사람의 의중이 어쩌면 각자가 원하는 것보다 더 깊이 전해진 것 같았다.

「그래요, 정말로 다행이지 뭐예요. 어쨌건 당신이 엘렌을 마중 갈 수 있게 되어서 말이에요. 어머니가 얼마나 기뻐하셨는지 봤죠?」메이가 밝은 얼굴로 동의했다.

「나도 도움을 드리게 돼서 기뻐.」마차가 섰고, 그가 내리자 그녀가 밖으로 몸을 내밀고 그의 손에 자기 손을 얹으며 〈잘 가요〉라고 말했다. 그 눈이 너무도 파래서 나중에 그는 그 눈에 눈물이 비쳤던가 생각해 보았다.

그는 돌아서서 빠른 걸음으로 유니언 스퀘어를 건너가면서 주문이라도 외듯 중얼거렸다. 「저지시티에서 캐서린 할머니의 집까지 가는 데 족히 두 시간은 걸려, 족히 두 시간은……. 어쩌면 더 걸릴 수도 있어.」

29

나루에서 아처를 맞은(아직도 결혼식 날의 도색이 그대로 있는) 아내의 암청색 마차는 그를 편안히 태우고 저지시티의 펜실베이니아 터미널에 가 닿았다.

눈 내리는 음울한 오후였고, 메아리가 웅웅 울리는 커다란 기차역은 가스등을 밝히고 있었다. 그는 워싱턴 특급 열차를 기다리며 승강장을 거닐다가, 앞으로 허드슨 강 아래로 터널이 뚫려 펜실베이니아 철도가 뉴욕까지 곧장 연결될 거라고 생각하는 사람들이 있다는 데 생각이 미쳤다. 그런 자들은 대서양을 닷새 안에 건너는 배가 생겨나고, 하늘을 나는 기계가 발명되고, 전기로 등을 켜고, 전선 없이 장거리 연락을 주고받고, 그 밖에 『아라비안나이트』에 나오는 것 같은 여러 가지 환상적인 일들을 예언했다.

〈그런 환상들 중에 어떤 게 실현되건 상관없어. 아직 터널만 없으면 돼.〉 아처는 생각했다. 어린 학생 같은 철없는 기쁨 속에 그는 마담 올렌스카가 기차에서 내리는 일, 무수히 지나가는 의미 없는 얼굴들 속에 멀리서 그녀를 알아보는 일, 마차로 인도하기 위해 팔짱을 끼는 일, 말들과 짐이 가득 실린 수레와 목청 높은 마부들 틈을 지나 천천히 부두로 다가가는 일, 그런 뒤 마차에 나란히 앉아 탑승한 여객선이 마치 땅이 그들 아래로 미끄러져 가듯 놀라운 고요 속에 눈을 맞으며 태양의 반대편에 다다를 일을 떠올렸다. 그녀에게 해야 할 많은 이야기와 그것들이 그토록 논리적인 순으로 그의 입에 떠오르고 있다는 사실이 믿기 어려울 지경이었다.

삐거덕삐거덕, 쨍그랑쨍그랑 소리가 가까이 다가왔고, 기차가 사냥감을 잔뜩 지고 굴로 들어오는 괴물처럼 천천히 역으로 들어왔다. 아처는 사람들을 밀치면서 높직한 객차에 달린 창문들을 미친 듯이 훑었다. 그러다 마담 올렌스카의 창백하고 놀란 얼굴이 눈앞에 다가오자, 다시 한 번 그녀가 어떻게 생겼는지를 잊고 있었다는 자괴감이 들었다.

서로에게 다가가서 악수를 한 뒤, 그는 그녀의 손을 잡아 자신에게 팔짱을 끼게 했다. 「이쪽으로 와요. 마차가 있어요.」 그가 말했다.

그 뒤로는 모든 일이 그가 꿈꾼 대로 일어났다. 그녀가 짐을 가지고 마차에 오르는 일을 도와주고, 할머니의 상태가 많이 좋아졌다고 안심시킨 뒤, 보퍼트의 상황을 간략하게 전해 준 기억이 희미하게 났다. (그는 그녀의 차분한 반응에 놀랐다. 〈가엾은 레지나!〉라는 말뿐이었다.) 그러는 동안 마차는 역 주변의 소용돌이를 벗어났고, 흔들리는 석탄차와 갈팡질팡하는 말들과 흐트러진 특급 짐마차들과 빈 영구차에 위협을 받으며, 부두로 이어지는 미끄러운 경사로를 내려갔다. 영구차 옆을 지나갈 때, 그녀는 눈을 감고 아처의 손을 꼭 잡았다.

「저게 혹시……. 아, 가엾은 할머니!」

「아니, 아니에요. 할머니는 지금 많이 회복되셨어요. 정말로 별문제 없습니다. 아, 이제 지나갔네요!」 그게 무슨 큰 문제라도 되었던 것처럼 그가 소리쳤다. 그녀의 손은 여전히 그의 손안에 있었고, 마차가 기우뚱 기울어진 채 여객선으로 이어지는 배다리를 건너갈 때, 그는 고개를 숙여 그녀의 꼭 끼는 갈색 장갑 단추를 풀고 유물에라도 입을 맞추듯 손바닥에 키스했다. 그녀가 희미한 미소를 짓고 그에게서 몸을 떼어 내자 그가 말했다. 「내가 나올 줄 몰랐지요?」

「네, 몰랐어요.」

「원래는 당신을 만나러 워싱턴에 갈 생각이었어요. 모든 준비를 다 해 놨지요. 자칫하면 어긋날 뻔했어요.」

「아.」 그녀가 그 아슬아슬함에 놀란 듯 탄성을 질렀다.

「그거 알아요? 내가 당신을 자꾸만 잊는다는 거?」

「자꾸만 잊는다고요?」

「그러니까 뭐라고 설명해야 할까? 언제나 그래요. 〈당신을 만날 때마다 모든 게 완전히 새로워요.〉」

「그래요. 나도 알아요! 알아요!」

「혹시…… 당신한테도 내가 그런가요?」 그가 물었다.

그녀가 창밖을 보며 고개를 끄덕였다.

「엘렌, 엘렌, 엘렌!」

그녀는 대답하지 않았고, 그는 조용히 앉아서 그녀의 옆얼굴이 창밖의 눈발 날리는 어스름 앞에서 차츰 흐려지는 것을 지켜보았다. 기나긴 지난 넉 달 동안 그녀는 무엇을 하고 지냈을지 궁금했다. 어쨌거나 그들 두 사람은 서로에 대해 아는 것이 너무 없었다. 소중한 순간들이 미끄러져 사라져 갔지만, 그는 그녀에게 하려던 말을 모두 잊고, 그들의 놀라울 만큼 가깝고도 먼 거리에 대한 상념에 빠졌다. 그것은 두 사람이 이렇게 나란히 앉아서도 서로의 얼굴을 보지 못하는 상황이 상징적으로 드러내 주는 것 같았다.

「마차가 예쁘네요! 메이의 마차인가요?」 그녀가 갑자기 창문에서 고개를 돌리며 물었다.

「네.」

「그러면 나를 마중하라고 당신을 보낸 것도 메이겠군요. 정말 마음이 고운 애예요!」

그는 잠시 아무 대답 없이 가만히 있다가 폭발하듯 말했다. 「당신 남편의 비서가 나를 만나러 왔어요. 우리가 보스턴에서 만난 다음 날에요.」

그녀에게 보낸 짧은 편지에는 무슈 리비에르의 일을 전혀 언급하지 않았고, 그는 그 사건을 가슴에 묻어 두려고 했다. 하지만 그녀가 그들이 탄 마차가 자기 아내의 것이라는 사실을 상기시키자 복수의 충동이 일었다. 자기가 메이의 이름을 들을 때 느끼는 감정을 그녀가 리비에르의 이름을 듣고서 느끼는지 보고 싶었다. 그러나 이미 몇 차례 그녀가 충격에 흔들리리라 예상했던 경우에 그랬듯이 그녀는 전혀 놀란 기색이 없었고, 그는 두 사람이 편지를 주고받고 있다고 결론을 내렸다.

「무슈 리비에르가 당신을 만나러 갔다고요?」

「그래요. 몰랐습니까?」

「몰랐어요.」 그녀가 간단하게 대답했다.

「그런데도 놀라지 않네요.」

그녀는 망설였다. 「왜 놀라야 하죠? 보스턴에서 그 사람은 당신을 안다고 말했어요. 영국에서 만난 적이 있다고 했던 것 같아요.」

「엘렌, 묻고 싶은 게 하나 있어요.」

「물어보세요.」

「그 사람을 만난 뒤 묻고 싶어졌지만 편지에는 쓸 수 없었

334

어요. 당신이 남편 곁을 떠날 때 도와준 비서가 리비에르였습니까?」

그의 심장은 미친 듯이 뛰었다. 그녀는 이 질문도 역시 차분하게 받을 것인가?

「네, 나는 무슈 리비에르한테 큰 빚을 졌어요.」그녀가 떨림이라고는 조금도 느껴지지 않는 조용한 목소리로 대답했다.

그녀의 말투가 너무도 자연스럽고 무관심하기까지 해 보여서 아처의 흥분은 가라앉았다. 다시 한 번 그녀의 담백하기 짝이 없는 태도는 그가 스스로는 관습을 벗어던지고 있다고 생각하면서도 실제로는 아직도 어리석도록 관습에 얽매여 있다는 사실을 느끼게 해주었다.

「당신은 내 평생에 가장 솔직한 여자예요!」그가 외쳤다.

「그렇지 않아요. 법석을 싫어하는 편이라고 하는 게 좀 더 맞을 거예요.」그녀가 미소가 느껴지는 목소리로 말했다.

「뭐라고 말하건 간에 당신은 세상을 있는 그대로 봐요.」

「아, 그래야 했어요. 고르곤[1]을 쳐다봐야 했어요.」

「그러고도 눈이 멀지 않았군요! 고르곤 또한 다른 마귀들하고 다를 게 없다는 걸 알게 됐을 거예요.」

「고르곤을 본다고 눈이 멀지는 않아요. 대신 눈물이 말라요.」

그 대답에 아처의 입에서 나오려던 간청이 입술에 멈추었다. 그녀의 말은 그가 닿을 수 없는 깊은 경험에서 나오는 것 같았다. 여객선의 느린 움직임이 멈추었고, 이물이 나루에 거세게 부딪쳤다. 그러자 배가 비틀거려서 아처와 마담 올렌스카의 몸이 맞부딪쳤다. 젊은이는 몸을 떨면서 자신에게 얹힌 그녀의 어깨를 느꼈고 그녀에게 한 팔을 둘렀다.

「눈이 멀지 않았다면 당신은 영원히 이런 식일 수는 없다

1 고전 신화의 괴물로, 보는 사람을 돌로 만들어 버린다.

는 걸 알겠죠.」

「이런 식이라뇨?」

「우리가 함께이면서도 함께가 아닌 이런 식 말이에요.」

「그래요. 당신이 오늘 나를 마중 나온 건 잘못이에요.」 그녀는 목소리를 바꿔 말했다. 그러더니 몸을 돌려 그를 끌어안고 그의 입술에 자기 입술을 포갰다. 동시에 마차가 움직이기 시작했고, 나루 머리의 가스등이 창문 속으로 번쩍 비쳐 들었다. 그녀는 몸을 뗐고, 두 사람은 마차가 착륙장 주변에 뒤엉킨 다른 마차들 틈을 빠져나가는 동안 아무 말 없이 가만히 앉아 있었다. 거리로 나왔을 때 아처가 서둘러 입을 열었다.

「나를 겁낼 거 없어요. 그렇게 구석에 웅크릴 필요도 없어요. 도둑 키스는 내가 원하는 게 아니에요. 봐요. 나는 당신 옷소매도 건드리지 않잖아요. 우리 두 사람의 이런 감정이 흔해 빠진 밀실 연애로 변질되는 걸 원하지 않는 당신 마음을 내가 모를 거 같아요? 어저께라면 이렇게 말하지 않았을 것 같아요. 당신하고 떨어져 있으면 당신을 만날 기대에 가득 차서 모든 생각이 커다란 불꽃으로 타오르니까요. 하지만 당신이 왔고, 당신은 내가 기억하던 것보다 훨씬 훌륭해요. 내가 당신한테 원하는 건 목마른 기다림의 황야를 건너 이따금 한두 시간 만나는 것과는 다른 차원의 일이기 때문에, 나는 당신 곁에 이렇게 차분히 앉아 있을 수 있어요. 내 마음에 있는 다른 환상이 실현되기를 조용히 바라면서요.」

잠시 동안 그녀는 대답하지 않았다. 그러더니 거의 속삭이듯이 물었다. 「다른 환상이 실현되기를 바란다는 건 무슨 뜻이죠?」

「결국 그렇게 될 거라는 거 당신도 알지 않아요?」

「우리가 함께한다는 거요? 정말로 훌륭한 장소를 골라서 그런 말을 하는군요.」 그녀가 차가운 웃음을 터뜨렸다.

「내 아내의 마차에 타고 있다고 그러는 건가요? 그렇다면 내려서 걷죠. 눈을 좀 맞아도 괜찮겠죠?」

그녀는 다시 웃었다. 이번에는 좀 더 부드러운 웃음이었다. 「아뇨, 내려서 걷지 않겠어요. 지금 내가 할 일은 할머니 댁에 되도록 빨리 가는 거니까요. 그리고 당신하고 나는 옆에 나란히 앉아서 환상이 아닌 현실을 볼 거예요.」

「당신이 말하는 현실이라는 게 무슨 뜻인지 모르겠군요. 나에게 유일한 현실은 이거예요.」

그녀는 긴 침묵으로 거기 답했고, 그동안 마차는 어둑한 샛길을 달리다가 5번 대로의 탐조등 안으로 돌아들었다.

「그렇다면 당신 말은 내가 당신의 정부로 살아야 한다는 건가요, 당신의 아내는 될 수 없으니?」 그녀가 물었다.

그 질문의 노골성이 그를 놀라게 했다. 그것은 그가 속한 사회 계급의 여자들이 심지어 그것을 둘러싼 이야기를 할 때도 애써 사용을 피하는 단어였다. 그는 마담 올렌스카가 그 단어를 어휘 목록의 익숙한 자리에서 꺼내듯 발음했다는 사실을 깨닫고, 그녀가 도망쳐 나온 참혹한 인생에서는 그 단어가 횡행했을까 하는 생각이 들었다. 그녀의 질문에 말문이 막힌 그는 허둥대며 말했다.

「나는 어떻게 해서든 당신하고 같이, 그런 말들…… 그런 범주들이 존재하지 않는 그런 세계로 달아나고 싶어요. 우리 둘이 그저 사랑하는 두 사람으로 살 수 있는 곳, 그리고 서로에게 전부가 될 수 있는 곳, 세상의 다른 어떤 것도 중요하지 않은 곳 말이에요.」

그녀는 깊은 한숨을 쉬더니 다시 웃고 물었다. 「맙소사, 그

나라가 어딘가요? 가봤어요?」 그리고 그가 찌무룩한 침묵을
지키자 말을 이었다. 「나는 그 나라를 찾으려고 했던 사람을
많이 알아요. 그런데 그 사람들은 하나같이 노변 역에서 내
리는 실수를 저질렀어요. 불로뉴, 피사, 몬테카를로 같은 곳
말이에요. 자신들이 떠나온 곳과 조금도 다르지 않고, 오직
그보다 좀 더 협소하고 침침하고 문란한 곳들이요.」

그녀가 그에게 이런 어조로 말하는 것은 처음이었다. 그는
그녀가 조금 전에 한 말을 기억해 냈다.

「맞아요, 고르곤이 당신의 눈물을 마르게 했군요.」 그가 말
했다.

「그리고 눈을 뜨게도 해줬어요. 고르곤을 보면 눈이 먼다
는 건 거짓이에요. 사실은 반대거든요. 사람들의 눈을 뜬 채
로 고정시켜서 다시는 어둠의 축복을 누릴 수 없게 만들어
요. 중국에 그런 고문이 있다고 그러지 않나요? 분명히 있을
거예요. 진심으로 말하는데 그 나라는 비참한 나라예요!」

마차는 42번가를 지났다. 메이의 튼튼한 말은 켄터키 속
보마라도 되는 것처럼 그들을 북쪽으로 끌고 갔다. 아처는
낭비된 시간과 헛된 말에 목이 막혔다.

「그러면 당신은 우리 일을 어떻게 계획하고 있는 겁니까?」
그가 물었다.

「〈우리〉 일이요? 그런 의미의 〈우리〉는 없어요! 우리는 서
로에게서 떨어져 있어야 가까워질 수 있어요. 그래야 진정한
우리일 수 있어요. 그렇지 않으면 우리는 우리를 믿는 사람
들을 속이고 행복을 찾으려는 엘렌 올렌스카의 사촌 제부 뉴
랜드 아처와 뉴랜드 아처의 사촌 처형 엘렌 올렌스카가 될
뿐이에요.」

「나는 그런 건 넘어섰어요.」 그가 신음하듯 말했다.

「아뇨, 넘어서지 않았어요! 당신은 한 번도 넘어선 적 없어요. 하지만 〈나〉는 그런 적 있어요. 그리고 그곳이 어떤지 알아요.」 그녀가 낯선 목소리로 말했다.

그는 말할 수 없는 고통에 얼이 빠져 침묵 속에 앉아 있었다. 그런 뒤 어두운 마차 속을 더듬어 마부에게 명령을 전하는 작은 종을 찾았다. 메이가 마차를 세울 때면 종을 두 번 울렸다는 게 기억났다. 그는 종을 울렸고, 마차는 보도 옆에 멈추어 섰다.

「왜 여기에 선 거죠? 아직 할머니 집에 안 왔잖아요.」 마담 올렌스카가 소리쳤다.

「맞아요, 나는 여기서 내립니다.」 그는 더듬거리며 말하고, 마차 문을 열어 도로로 뛰어내렸다. 가로등 불빛에 그녀의 놀란 얼굴과 그를 잡으려고 본능적으로 내민 손이 보였다. 그는 문을 닫고 창문을 향해 잠시 몸을 기울였다.

「당신 말이 맞아요. 내가 마중을 나온 게 잘못이었어요.」 그가 마부가 듣지 못하도록 목소리를 낮추어 말했다. 그녀가 무슨 말인가 하려는 듯 몸을 내밀었지만, 아처가 이미 마부에게 가라고 소리쳤고 마차는 그를 길모퉁이에 세워 둔 채 떠났다. 눈은 그쳤지만, 매운바람이 멍하니 선 그의 얼굴을 휘갈겼다. 눈썹에 딱딱하고 차가운 게 느껴져서 보니 그의 얼굴에 흐르던 눈물이 바람에 언 것이었다.

그는 두 손을 주머니에 쑤셔 넣고, 집을 향해 빠른 걸음걸이로 5번 대로를 걸어 내려갔다.

30

　그날 저녁, 아처가 식사 전에 집에 도착해 보니 응접실은 비어 있었다.

　저녁 식사를 할 사람은 그와 메이 둘뿐이었다. 모든 가족 행사가 맨슨 밍곳 부인의 와병 때문에 미루어져 있었다. 메이는 아처보다 시간을 잘 지키는 사람이었기에, 그녀가 자신보다 늦게 나타났을 때 그는 놀랐다. 그는 그녀가 집에 있다는 걸 알았다. 옷을 갈아입을 때 그녀가 자기 방에서 움직이는 소리가 들렸기 때문이다. 그는 무슨 일로 메이가 늦었을까 궁금해졌다.

　그는 생각을 현실에 고정하는 방편으로 그런 추측에 매달리는 버릇이 생겼다. 때로는 그의 장인이 왜 그렇게 사소한 일에 집착하는지 알 것 같다는 생각도 들었다. 어쩌면 웰랜드 씨도 오랜 옛날에 도피와 환상에 시달린 끝에, 그것을 피하기 위해 오만 가지 가정적 의무를 만들어 낸 건지도 몰랐다.

　메이가 나타났을 때 그는 그녀가 피곤해 보인다는 생각이 들었다. 그녀는 밍곳가의 격식에 따르자면 가장 격의 없는 자리에서 입는 목 선이 낮고 레이스가 촘촘히 달린 디너 드레스를 입었고, 금발 머리는 평소처럼 위로 틀어 올렸다. 반대로 얼굴은 기운 없고 꺼칠했다. 하지만 그를 보자 그녀는 평소 같은 다정한 웃음을 보냈고, 두 눈은 전날의 푸른빛을 간직하고 있었다.

「어떻게 된 일인가요? 할머니 댁에서 기다렸는데, 엘렌이 혼자 와서는 당신이 급한 일로 중간에 내렸다고 했어요. 무슨 일 있어요?」 그녀가 물었다.

「그냥 편지 보낼 것들이 좀 있어서. 저녁 전에 보내고 싶었거든.」

「아…….」 그녀가 말하더니 잠시 후에 〈당신이 할머니 댁에 안 와서 속상했어요. 급한 편지였다면 어쩔 수 없었겠지만요〉라고 덧붙였다.

「급한 거였어. 게다가 내가 굳이 할머니 댁에 갈 필요가 있었는지도 모르겠는걸. 당신이 거기 가 있는 줄 몰랐어.」 그가 그녀의 집요함에 놀라서 대답했다.

그녀는 돌아서서 벽난로 선반 위에 건 거울 앞으로 갔다. 그녀가 거기 서서 복잡하게 모양낸 머리에서 풀어져 내린 머리 타래를 고정하려고 긴 팔을 들었을 때, 아처는 그 나른하고 탄력 없는 모습에 놀라서 그들의 죽도록 단조로운 인생이 그녀에게도 무겁게 내리 덮치는 건가 하는 의문이 들었다. 그런 뒤 그는 그날 아침 집을 나설 때 그녀가 계단에서 할머니 집에 가 있을 테니 나중에 둘이 같이 집으로 오자고 큰 소리로 말한 것이 생각났다. 그는 유쾌한 목소리로 〈그래!〉라고 대답했는데, 다른 환상들에 파묻혀 그 약속을 잊은 것이다. 그는 양심의 가책에 휩싸이기도 했지만, 결혼 후 2년 가까운 시간이 지난 지금 그런 사소한 건망증이 커다란 과실로 축적되고 있다는 데 화가 났다. 그는 이렇게 미적지근한 신혼여행처럼 열정의 온기는 없되 의무들은 잔뜩 지고 사는 데

진력났다. 메이가 마음에 품은 (분명히 적지 않을)불만을 입밖에 내서 말했다면 웃음으로 넘겼을지도 모르지만, 그녀는 상상 속 상처들은 스파르타인 같은 미소로 감추도록 훈련되어 있었다.

그는 이런 불편한 마음을 가리기 위해 할머니의 용태를 물었고, 그녀는 계속 좋아지고 있지만 보퍼트 부부에 대한 마지막 소식을 듣고는 충격을 좀 받았다고 대답했다.

「무슨 소식?」

「두 사람이 계속 뉴욕에서 산다는 것 같아요. 보퍼트는 보험업인가 뭔가를 시작하려고 한대요. 지금 두 사람은 작은 집을 하나 구하려고 하고 있어요.」

그 일의 황당무계함은 어떤 논의도 불가능하게 만들었고, 두 사람은 식사를 하러 들어갔다. 저녁을 먹는 동안 두 사람의 대화는 평소의 한정된 범위에서 이루어졌다. 하지만 아처는 아내가 마담 올렌스카에 대해서도, 캐서린 노부인이 그녀를 어떻게 맞았는지에 대해서도 아무런 말이 없다는 걸 알아차렸다. 그는 그 사실이 고마우면서도 왠지 불길하게 느껴졌다.

두 사람은 커피를 마시러 서재로 갔고, 아처는 시가에 불을 붙인 뒤 미슐레[1]의 책을 내려놓았다. 그가 시집 읽는 모습을 보면 메이가 자주 읽어 달라고 부탁하자, 그는 저녁 시간에 주로 역사책을 읽게 되었다. 자기 목소리가 듣기 싫어서가 아니라 자신이 읽은 대목에 대해 그녀가 뭐라고 말할지 어김없이 예견할 수 있었기 때문이다. 약혼 시절에 그녀는 (지금 돌아보면) 자신이 해준 말을 그대로 반복하기만 했다. 하지만 그가 의견 표현을 그만둔 뒤로 그녀는 과감하게 자신

1 쥘 미슐레(1798~1874). 프랑스 역사가로 『프랑스 역사』(1833~1867)를 썼다.

의 의견을 형성하기 시작했는데, 그것은 그의 작품 감상에 파괴적인 영향을 미쳤다.

그가 역사책을 집어 드는 것을 보고, 그녀는 바느질 바구니를 가져다가 녹색 갓을 두른 램프 곁에 안락의자를 놓고 요즘 수놓는 중인 그의 소파 쿠션을 꺼냈다. 메이는 바느질 솜씨가 좋은 여자는 아니었다. 그녀의 커다란 손은 승마, 노젓기 같은 야외 활동에 적합했다. 하지만 다른 여자들이 모두 남편의 쿠션에 수를 놓기 때문에, 그녀는 아내로서의 헌신을 보여 줄 이 마지막 연결 고리를 생략하고 싶어 하지 않았다.

그녀가 자리를 잡자, 아처는 눈만 살짝 들어도 그녀가 수틀 위로 고개를 숙인 모습과 팔꿈치 길이 소매에 달린 러플이 탄탄하고 둥그런 팔 위로 미끄러져 왔다 갔다 하는 모습과 왼손에 사파이어 약혼반지와 넓은 금띠 결혼반지가 나란히 끼워진 모습, 오른손에 들린 바늘이 느리지만 부지런히 쿠션 천을 찌르는 모습을 볼 수 있었다. 램프 빛이 그녀의 깨끗한 이마를 밝게 비추는 걸 보면서, 그는 은밀한 좌절 속에 자신은 언제나 그 이마에 든 생각을 알 수 있을 거라고 생각했다. 그녀의 생각은 앞으로 얼마만한 세월이 지나도 그를 놀라게 할 뜻밖의 분위기나 새로운 생각, 약점, 잔인함 또는 강렬한 감정을 보여 주지 못할 것이다. 그녀가 지녔던 시심과 낭만은 짧았던 연애 기간에 소비되었다. 필요가 사라지니 기능은 소진되었다. 이제 그녀는 자기 어머니의 복사판으로 무르익어 가고 있었고, 신기하게도 그 과정을 통해서 그를 또 하나의 웰랜드 씨로 만들려 하고 있었다. 그가 책을 내려놓고 벌떡 일어서자 그녀가 고개를 들었다.

「무슨 일이에요?」

「방이 너무 답답해서 바람을 좀 쐬어야겠어.」

서재 커튼을 걸었다 쳤다 할 수 있도록 봉에 매달자고 주장한 사람은 그였다. 거실 커튼은 금박 코니스에 못으로 박은 뒤 겹겹의 레이스가 움직이지 않도록 고리로 고정했지만, 서재는 그와 달리 저녁이 되면 커튼을 내릴 수 있어야 한다고 했다. 그는 그 커튼을 걷고 내리닫이창을 밀어 올린 뒤 차가운 밤 속으로 몸을 내밀었다. 탁자 옆에 앉아 램프 불빛을 받고 있는 메이를 보지 않는다는 단순한 사실, 그리고 다른 집과 지붕과 굴뚝들을 보며 자기 인생 바깥의 다른 인생들, 뉴욕 너머의 다른 도시들, 자기 세상 너머의 온 세상을 느껴 본다는 사실에 머리가 맑아지고 숨쉬기가 수월해졌다.

그렇게 몇 분 동안 어둠 속에 고개를 내밀고 있는데 메이의 목소리가 들렸다. 「뉴랜드! 창문 닫아요. 그러다 감기 걸려 죽어요.」

그는 창틀을 내리고 〈죽는다고!〉라고 말했다. 그는 이렇게 덧붙이고 싶었다. 〈하지만 나는 이미 죽었어. 나는 지금 죽은 사람이야. 벌써 오래전에 죽었어.〉

그렇게 말장난을 하다 보니 불현듯 흉측한 생각이 들었다. 만약 죽은 게 〈그녀〉라면! 그녀가 죽어서 ― 그러니까 곧 죽어서 ― 자신을 자유롭게 해준다면! 따뜻하고 익숙한 방 안에 서서 그녀를 바라보며 그녀가 죽기를 바라는 그 마음이 너무도 기이하고 생생하고 압도적이어서, 처음에는 그 바람의 거대한 크기를 느끼지 못했다. 그것은 그저 그의 병든 영혼이 매달릴 새로운 가능성이라고 느꼈을 뿐이다. 물론 메이는 죽을 수 있다. 누구나 죽는다. 그녀처럼 젊고 건강한 사람도 죽는다. 그녀도 죽어서 자신에게 자유를 줄지 모른다.

그녀가 그를 올려다보았고, 그는 그녀의 동그란 눈을 보고 자신이 뭔가 이상하다는 걸 깨달았다.

「뉴랜드! 당신 아파요?」

그는 고개를 젓고 안락의자로 돌아섰다. 그녀는 수틀에 고개를 숙였고, 그는 지나가면서 그녀의 머리에 손을 대고 말했다. 「가엾은 메이!」

「가엾어요? 뭐가 가엾다는 거죠?」 그녀가 긴장된 웃음을 띠며 물었다.

「내가 창문을 열 때마다 걱정할 테니까.」 그도 웃으면서 답했다.

잠시 동안 그녀는 말이 없었다. 그러더니 다시 수틀로 고개를 돌리고 낮은 목소리로 말했다. 「당신이 행복하다면 걱정하지 않을 거예요.」

「아, 메이, 나는 창문을 열 수 없다면 행복할 수 없어!」

「〈이런〉 날씨에 말이에요?」 그녀가 질책했고, 그는 한숨을 쉬며 책에 얼굴을 묻었다.

엿새인가 이레인가가 지났다. 아처는 마담 올렌스카에게서 아무 소식도 듣지 못했고, 가족 중 어느 누구도 자기 앞에서 그녀의 이름을 언급하지 않는다는 사실을 깨달았다. 그는 그녀를 만나려고 하지 않았다. 엄중히 경호되는 캐서린 노부인의 침대맡에서 그녀를 만나는 것은 불가능했다. 불확실한 상황 속에서 그는 그 추웠던 날 서재 창밖으로 고개를 내밀었을 때 다가온 결심, 그 생각의 표면 아래를 의식적으로 떠돌았다. 그 결심의 강력함이 아무런 내색 없이 기다리는 일을 수월하게 만들어 주었다.

그러던 어느 날 메이가 맨슨 밍곳 부인이 그를 보고 싶어 한다고 했다. 그 말은 전혀 놀라울 것이 없었다. 노부인은 꾸

준히 상태가 좋아지고 있었고, 전부터 모든 손녀사위 가운데
아처를 가장 편애한다는 말을 거리낌 없이 했기 때문이다.
메이는 즐거운 기색으로 그 소식을 전했다. 그녀는 캐서린
노부인이 자기 남편을 인정해 주는 걸 기뻐했다.

짧은 침묵이 흐른 뒤 아처는 의무감을 느끼고 물었다. 「좋
아. 오늘 오후에 같이 갈까?」

아내는 얼굴이 밝아졌지만 곧바로 대답했다. 「아뇨. 당신
혼자 가는 게 좋아요. 같은 사람을 너무 자주 보면 할머니도
지겨우실 거예요.」

밍곳 부인 집의 초인종을 누를 때 아처의 심장은 미친 듯
이 뛰었다. 그는 무엇보다 그곳에 혼자 가고 싶었다. 이번에
는 올렌스카 백작 부인과 따로 이야기할 기회가 생길 거라고
확신했기 때문이다. 그는 그 기회가 자연스럽게 오기를 기다
렸고, 지금 그것이 왔다. 그는 그 집 문 앞에 당도했다. 문 안
쪽, 현관 입구 옆 방의 노란색 다마스크 커튼 안쪽에 그녀가
기다리고 있을 것이다. 그는 금세 그녀를 볼 테고, 그녀가 자
신을 병자의 방으로 데리고 들어가기 전에 그녀와 이야기를
할 수 있을 것이다.

그가 하고 싶은 질문은 오직 한 가지였다. 그러고 나면 그
의 길이 분명해질 것이다. 그가 묻고 싶은 것은 그녀가 언제
워싱턴에 돌아가는가 하는 것이었다. 그 질문에는 대답하지
않기가 어려울 것이다.

하지만 노란 거실에서 그를 기다리는 건 뮬라토 하녀였다.
하녀는 흰 이를 건반처럼 빛내면서 미닫이문을 도로 닫고 그
를 캐서린 노부인 앞에 데리고 갔다.

노부인은 침대 옆에 놓인 옥좌처럼 거대한 안락의자에 앉
아 있었다. 옆에 있는 마호가니 받침대에는 조각이 새겨진

둥근 유리 막에 녹색 종이 갓을 씌운 청동 주조 램프가 놓여 있었다. 손이 닿을 만한 거리에는 책이나 신문 같은 것이 전혀 없었고, 여자들의 일감도 보이지 않았다. 밍곳 부인은 대화를 유일한 취미로 삼았고, 수예에 관심을 갖는 척하는 일은 경멸했을 것이다.

뇌졸중이 남긴 비틀림의 흔적은 전혀 보이지 않았다. 부인은 그저 좀 더 창백해졌고, 비대한 몸집 구석구석의 그늘이 조금 더 짙어 보일 뿐이었다. 첫 번째 턱 아래 풀 먹인 리본으로 실내 모자를 잡아매고, 출렁이는 자주색 실내 가운 위로 모슬린 목 수건을 늘어뜨린 부인은 식탁의 즐거움을 지나치게 누린 빈틈없고도 인정 많은 부인 자신의 조상과 같아 보였다.

부인은 거대한 허벅지 위의 우묵한 곳에 애완동물처럼 놓여 있던 작은 손을 들고 하녀에게 말했다. 「다른 사람은 들이지 마. 딸들이 오면 잔다고 그래.」

하녀는 사라졌고 노부인은 손녀사위에게 고개를 돌렸다.

「내 꼴이 아주 흉하지?」 부인이 쾌활하게 물으며 한 손을 뻗어 닿기 힘든 가슴 위의 모슬린 주름을 찾았다. 「딸들은 내 나이에는 그런 게 상관없다더군. 흉측함을 감출 수 없는 지경이 되면 이러건 저러건 상관없다는 뜻인가 봐!」

「무슨 말씀을요. 어느 때보다도 아름다우신걸요!」 아처가 부인과 똑같은 어조로 응대했고, 부인은 고개를 젖히고 웃었다.

「하지만 엘렌만큼 아름답지는 않지.」 부인이 장난스러운 눈빛을 반짝이며 불쑥 말했다. 그리고 그가 대답하기 전에 덧붙였다. 「지난번에 여객선에서 데리고 오던 날 그 아이가 그렇게 아름다웠어?」

　그는 웃었고 부인이 말을 이었다. 「네가 그렇다고 말해서 그 애가 너를 길에다 내려놓은 게야? 내가 젊었을 때 젊은 남자들은 그런 경우가 아니면 예쁜 여자를 버리고 가지 않았어!」 부인은 다시 가볍게 웃더니 갑자기 불평하듯이 말했다. 「그 애가 너하고 결혼했다면 좋았으련만. 나는 늘 그 애한테 그렇게 말했지. 그랬으면 내가 이 모든 걱정을 덜었을 거라고. 하지만 누가 할미의 걱정을 덜어 줄 생각을 하겠어?」

　아처는 병 때문에 부인의 정신이 흐려진 건 아닌가 싶었다. 하지만 부인이 말했다. 「하지만 이제 결정됐어. 엘렌은 내 곁에 있을 거야, 식구들이 뭐라고 하건! 그 애가 여기 온 지 5분도 지나지 않아서 나는 무릎이라도 꿇고 빌고 싶어졌어. 물론 지난 20년 동안 무릎 꿇을 바닥이 어디 있는지 볼 수가 없었지만!」

　아처는 말없이 들었고 부인은 계속 말했다. 「모두가 나를 설득했어. 물론 너도 알겠지. 러벌, 레터블레어, 오거스타 웰랜드, 그리고 다른 사람도 모두 입을 모아서 내가 엘렌을 멀리하고 돈을 끊어야 그 애가 올렌스키에게 돌아가는 게 자기 의무라는 걸 깨닫는다고. 그 비서인가 뭔가 하는 사람이 백작의 제안을 가지고 왔을 때 사람들은 내가 완전히 설득되었다고 생각했지. 그 정도면 너그러운 제안이라고 하지 않을 수 없었으니까. 어쨌거나 결혼은 결혼이고 돈은 돈이고…… 둘 다 나름대로 유용한 것들이고…… 나는 뭐라고 대답해야 할지 몰랐어…….」 부인은 말을 끊고서, 이야기하는 게 아주 힘들어진 것처럼 숨을 길게 들이쉬었다. 「하지만 그 애를 보자 나는 이렇게 말했지. 〈귀여운 아가씨! 다시 그 새장으로 돌아가겠어? 그럴 수는 없어!〉 그리고 이제 엘렌이 여기 남아서 할미를 간호하게 됐어. 간호할 할미가 있을 때까지는 말이

야. 그다지 유쾌한 인생의 전망은 아니지만 그 애는 상관 안
해. 그리고 물론 레터블레어에게도 엘렌한테 적절한 생활비
를 지급해 달라고 말했지.」

부인의 이야기를 듣는 동안 젊은이는 혈관이 뜨거워졌다.
하지만 혼란스러운 그의 정신으로는 그 소식에 기쁨을 느껴
야 하는지 고통을 느껴야 하는지 알 수 없었다. 그는 자신이
그날 하기로 한 일에 대한 결심이 너무도 굳은 나머지 생각
을 재조정할 방법을 찾지 못했다. 하지만 어려움이 물러나고
기회가 기적적으로 생겨났다는 달콤한 생각이 천천히 다가
왔다. 엘렌이 할머니와 같이 사는 데 동의했다면, 그것은 틀
림없이 그를 포기할 수 없다는 깨달음 때문일 것이다. 그가
그 날 던진 마지막 제안에 대한 그녀의 대답이었다. 그가 몰
아붙인 과격한 방식을 따르지는 않았지만, 어쨌건 중간쯤 되
는 지점으로 양보한 것이다. 어떤 위험도 감수할 각오가 되
어 있던 그는 자신도 모르게 긴장이 풀리면서 위험하리만큼
달콤한 안정감이 밀려드는 것을 느꼈다.

「돌아가는 건 마담 올렌스카의 선택이 될 수 없었습니다.
그건 불가능했어요!」 그가 소리쳤다.

「애야, 나는 옛날부터 네가 엘렌의 편이라는 걸 알았어. 그
래서 오늘 너를 보자고 한 거고, 네 예쁜 각시가 같이 오겠다
고 했을 때 〈애야, 뉴랜드가 보고 싶어 죽겠구나. 하지만 아무
도 그 황홀경에 같이 끼워 주고 싶지는 않아〉라고 말한 거
야.」 부인은 겹치고 겹친 턱이 허용하는 한도에서 최대한 고
개를 뒤로 잡아 빼서 그의 눈을 뚫어지게 보았다. 「너도 알겠
지만 이제 싸움이 시작될 테니까. 식구들은 엘렌이 여기 있는
걸 반대하고, 내가 병에 걸리고 힘없는 늙은 할망구라서 엘
렌이 나를 구워삶았다고 말할 거야. 나는 식구들하고 일일이

싸울 기력이 없어. 네가 나 대신 그 일을 좀 해다오.」

「제가요?」 그가 더듬거리며 말했다.

「그래. 안 될 게 뭐 있나?」 부인은 몸을 앞으로 당겼다. 동그란 눈이 불현듯 주머니칼처럼 날카로워졌다. 부인의 손이 안락의자 팔걸이에서 날아오르더니, 새 발톱 같은 작고 흰 손톱으로 그의 손을 움켜잡았다. 「안 될 게 뭐가 있나?」 부인이 탐색하듯이 다시 물었다.

아처는 부인의 집요한 눈길 아래 평정을 되찾았다.

「사람들이 제 말은 신경 쓰지 않으니까요. 저는 너무 하찮은 존재예요.」

「하지만 너는 레터블레어의 동업자 아니냐? 레터블레어를 통해서 접촉해야 돼, 다른 이유가 없다면.」

「할머니, 저는 할머니께서 제 도움 없이 식구들과 맞서시는 쪽을 지지합니다. 하지만 필요하시다면 도움을 드릴 수 있습니다.」 그가 부인에게 말했다.

「그러면 이제 된 거로군!」 부인은 한숨을 쉬고, 늙은 꾀를 다해 그에게 미소를 지어 보이며 쿠션에 다시 머리를 묻었다. 「나는 네가 우리를 지지해 줄 걸 알았어. 사람들이 엘렌의 의무에 대해 말할 때 네 의견에 대해서는 한 번도 언급하지 않았거든.」

그는 부인의 놀라운 명민함에 몸을 움찔했다. 그리고 이렇게 묻고 싶었다. 〈메이는요? 메이의 견해는 못 들으셨나요?〉 하지만 질문을 돌리는 편이 좋을 거라고 판단했다.

「마담 올렌스카는요? 제가 좀 만날 수 있을까요?」 그가 말했다.

노부인은 웃고 눈꺼풀을 찌그러뜨려 짓궂은 표정을 지었다. 「오늘은 안 돼. 한 번에 한 사람씩만 봐. 마담 올렌스카는 외출했어.」

그는 낙담했고 부인은 말을 이었다. 「외출했어. 내 마차를 타고 레지나 보퍼트를 만나러 갔어.」

부인은 이 말이 효과를 내도록 잠시 멈추었다가 말했다. 「그 애가 벌써 나를 이 지경으로 만들었지 뭐야. 여기 온 다음 날 제일 예쁜 보닛을 쓰고 차분하기 이를 데 없는 말투로 레지나 보퍼트한테 간다고 하더군. 〈나는 모르는 사람이로구나. 그게 누구냐?〉 내가 말했지. 그 애는 〈할머니 조카 손녀 잖아요. 지금 큰 불행에 빠져 있고요〉라고 말하더구나. 내가 〈건달의 아내로구나〉 했더니, 〈그건 나도 마찬가지예요. 그 런데도 식구들은 나더러 그 남자에게 돌아가라고 해요〉 하더군. 그 말에 나는 말문이 막혀서 그 애가 가는 걸 허락했다. 그랬더니 어느 날은 비가 너무 많이 와서 걸어갈 수가 없다고 마차를 빌려 달라고 하더구나. 내가 〈왜?〉라고 물었더니 〈사촌 레지나를 만나러 가려고요〉 하는 거야. 〈사촌〉이라니! 밖을 내다보니 비라고는 한 방울도 내리지 않았어. 하지만 나는 이해했지. 그래서 마차를 쓰라고 했다. 어쨌거나 레지나는 용감한 여자고 엘렌도 마찬가지지. 그리고 나는 언제나 용기를 가장 좋아했어.」

아처는 고개를 숙여 아직도 자기 손 위에 놓인 작은 손에 입을 맞추었다.

「어, 어, 어! 도대체 누구 손이라고 생각하고 키스를 하는 게냐? 물론 네 아내겠지?」 노부인이 장난스럽게 웃으며 큰 소리로 말했다. 그가 일어서자 부인이 그의 등 뒤에 대고 말했다. 「메이한테 할미 안부를 전해 다오. 하지만 우리가 나눈 이야기는 안 전하는 게 좋을 게다.」

31

캐서린 노부인의 이야기는 아처를 놀라게 했다. 마담 올렌스카가 할머니의 부름을 받고 서둘러 워싱턴에서 돌아온 건 자연스러운 일이었다. 하지만 할머니와 한집에 살기로 결심했다는 것은 — 밍곳 부인이 건강을 거의 회복한 상황에서 — 그렇게 설명이 쉽지 않았다.

아처는 마담 올렌스카의 결심이 재정적 상황의 변화에 영향받은 것은 아니라는 걸 확신했다. 그는 그녀의 남편이 별거 때 그녀에게 허락한 약소한 수입의 규모를 정확히 알았다. 할머니가 보태 주는 생활비 없이는 밍곳가에서 생각할 수 있는 범위 안의 생활은 불가능했다. 게다가 함께 사는 메도라 맨슨도 파산했으니 그 적은 돈으로 두 여자가 제대로 먹고 입기란 매우 힘든 일이었다. 하지만 아처는 마담 올렌스카가 할머니의 제안을 받아들인 건 그런 타산적인 이유에서 기인한 게 아니라고 믿었다.

그녀는 큰 재산에 익숙하고 돈에 관심 없는 사람들이 흔히 그렇듯 무분별하게 너그럽고 충동적인 낭비를 했지만, 친척들이 필수 불가결하게 여기는 것들 없이도 살 수 있었다. 러벌 밍곳 부인과 웰랜드 부인은 올렌스키 백작가(家)의 국제적 사치를 즐긴 사람이라면 〈세상 일이 돌아가는 방식〉에 관심이 없는 게 당연하다는 한탄을 자주 했다. 게다가 아처가 알고 있듯이 마담 올렌스카가 생활비를 삭감당한 지 이미 여러 달이 지났다. 하지만 그 사이에 그녀는 할머니의 애정을 회복하려는 어떤 노력도 기울이지 않았다. 그러므로 그녀가 행로를 바꾼 것은 다른 이유 때문인 게 분명했다.

그 이유는 멀리서 찾지 않아도 되었다. 여객선에서 내려 밍곳 노부인의 집으로 가는 길에 그녀는 자신들은 떨어져 있어야 한다고 말했다. 하지만 그 말을 할 때 그녀는 그의 가슴 위에 머리를 얹고 있었다. 그녀의 말에 교묘한 술수 같은 것은 없었다. 그가 운명과 싸우는 동안 그녀 또한 자신의 운명과 싸우고 있었고, 자신들을 믿는 이들을 배신하면 안 된다는 결심을 굳게 하고 있었다. 하지만 뉴욕에 돌아와 열흘이 지나는 동안, 그녀는 그의 침묵을 통해서 그리고 그가 그녀를 만나려고 노력하지 않는다는 사실을 통해서, 그가 한번 가면 돌아올 수 없는 결정적인 걸음을 고려하고 있다는 걸 짐작했을 것이다. 그와 더불어 자신의 나약함에 대한 두려움에 사로잡히자, 그녀는 결국 그런 경우에 흔히 취하는 절충적 방법에 의지해서 저항을 최소화하는 게 낫다고 느꼈을 것이다.

한 시간 전 밍곳 부인 집의 초인종을 울렸을 때 아처는 자기 앞에 놓인 길은 아주 선명하다고 생각했다. 마담 올렌스카와 단둘이 잠깐 이야기를 나누려고 했지만, 그게 실패하자 할머니를 통해서 그녀가 언제 어느 기차 편으로 워싱턴에 돌아가는지 알아내고자 했다. 그 기차를 타고 그녀와 함께 워싱턴까지 가거나 아니면 그녀가 원한다면 더 멀리 어디까지라도 갈 생각이었다. 그의 공상은 일본으로 기울었다. 어쨌거나 그녀는 어딜 가건 그가 따라간다는 걸 알 것이다. 메이에게는 편지를 남겨 일체의 다른 가능성을 차단할 생각이었다.

그는 자신이 용기를 내서 이런 모험을 도모할 뿐 아니라 열정적으로 그걸 원한다고 생각했지만, 상황이 바뀌었다는 소식을 들었을 때 가장 먼저 느낀 감정은 안도였다. 하지만 밍곳 부인의 집을 나와 집으로 걸어가며 생각해 보니, 이제 그의 앞에 놓인 일들이 점점 입에 쓰게 느껴졌다. 그가 앞으로 걸을 그 길은 그가 너무도 잘 알고 그에게 너무도 익숙한 길이었다. 하지만 이전까지 그 길을 걸을 때 그는 누구에게도 자기 행동을 설명할 필요가 없는 자유로운 남자였고, 그래서 흥미가 깃든 초연한 태도로 그 역할에 필요한 주의와 거짓, 은폐와 추종의 책략을 펼칠 수 있었다. 그 과정은 〈여자의 명예를 보호〉하는 일이라고 불렸고, 그는 최고의 소설들과 만찬 후 연장자들의 이야기를 통해 이미 오래전에 그 규정의 세목들을 하나하나 배워 두었다.

이제 새로운 관점에서 이 사건을 보자, 그는 자신의 역할이 기이하게 줄어들었다는 느낌이 들었다. 그것은 사실 예전에 솔리 러시워스 부인이 아무것도 모르는 어리숙한 남편에게 하던 것과 똑같은 행동이었다. 미소, 농담, 비위 맞추기, 조심스럽고 끊임없는 거짓말. 낮에도 거짓말, 밤에도 거짓말, 손길마다 눈길마다 거짓말, 사랑할 때도 싸울 때도 거짓말, 말할 때도 침묵할 때도 거짓말.

아내 쪽에서 남편에게 그렇게 하는 게 좀 더 쉽고 전체적으로도 덜 비겁한 일이었다. 사람들은 암암리에 여자의 정직성이 남자보다 낮다고 여겼다. 여자는 종속된 존재라서 자유롭지 못한 자들이 흔히 갖는 간책에 정통해 있었다. 거기다 여자는 언제나 기분과 신경을 핑계 댈 수 있고, 지나치게 책임 추궁을 당하지 않을 권리가 있다. 그래서 가장 엄격한 사회에서도 비웃음은 언제나 남편을 향한 것이었다.

아처가 속한 작은 세계에서는 누구도 배신당한 아내를 비웃지 않았고, 결혼 후 엽색 행각을 계속하는 남자들에게는 일정한 경멸이 따라붙었다. 돌고 도는 계절 속에 방탕의 계절도 있게 마련이었지만, 그 계절이 한 번 이상 되풀이되는 것은 용납되지 않았다.

아처는 전부터 이런 견해에 동의했다. 그는 레퍼츠는 경멸받아 마땅한 사람이라고 여겼다. 하지만 엘렌 올렌스카를 사랑하는 일이 레퍼츠 같은 사람이 되는 일은 아니었다. 아처는 처음으로 개별적 사례의 두려운 논리와 맞닥뜨렸다. 엘렌 올렌스카는 다른 여자와 달랐고, 그 역시 다른 남자들과 달랐다. 그러므로 그들의 상황은 다른 누구의 상황과도 비슷하지 않았고 그들은 자신들의 판단 아닌 어떤 심판대에도 설 필요가 없었다.

그렇다. 하지만 10분만 더 가면 그는 자기 집 현관 계단을 오를 것이고, 거기에는 메이가 있고 자신과 주변 사람들이 예전부터 믿어 온 관습과 명예와 그 모든 낡은 예절들이 있었다.

집으로 향하는 모퉁이에서 그는 잠시 망설이다가 5번 대로 아래로 계속 걸어 내려갔다.

겨울밤을 걷는 그의 눈앞에 불이 꺼진 커다란 집이 나타났다. 그리로 다가가면서 그는 그 집에 불이 휘황하게 밝혀지고, 현관 계단에 차양과 카펫이 쳐지고, 보도에는 마차들이 두 줄을 이루어 서 있던 모습을 얼마나 많이 보았나 하는 생각을 했다. 골목길을 따라 커다란 덩치를 검게 웅크리고 있는 그 온실에서 그는 메이에게 첫 키스를 했다. 무도회장을 밝힌 무수한 촛불 아래 그녀가 젊은 디아나 여신처럼 은빛 반짝이는 훤칠한 모습으로 나타났다.

이제 무덤처럼 어두워진 그 집에 빛이라고는 지하실의 희미한 가스등과 블라인드를 내리지 않은 2층 방 한 곳의 불빛뿐이었다. 모퉁이로 다가가 보니, 문 앞에 서 있는 마차는 맨슨 밍곳 부인의 것이었다. 실러턴 잭슨이 지금 이곳을 지나간다면 얼마나 훌륭한 정보를 얻을 것인가! 캐서린 노부인에게서 마담 올렌스카가 보퍼트 부인을 어떻게 대하는지 들었을 때 그는 큰 감동을 받았다. 그것은 뉴욕의 의로운 질책을 무정한 외면처럼 보이게 만들었다. 하지만 엘렌 올렌스카가 사촌을 방문한 일을 두고 클럽과 응접실에서 어떤 이야기가 오갈지는 너무도 뻔했다.

그는 자리에 멈추어 서서 불 밝힌 창문을 올려다보았다. 두 여자가 같이 앉아 있는 게 분명했다. 보퍼트는 아마도 다른 곳에서 위안을 찾는 것 같았다. 그가 패니 링과 함께 뉴욕을 떠났다는 소문도 있었다. 하지만 보퍼트 부인의 태도는 그런 소문의 신빙성을 떨어뜨렸다.

5번 대로의 밤 풍경 속에 아처 외에 다른 사람은 거의 보이지 않았다. 그 시간에 사람들은 대부분 집에서 저녁 식사를 위해 옷을 갈아입고 있었다. 그는 그 집에서 나오는 엘렌의 모습이 사람들 눈에 띄지 않을 거라는 데 몰래 기쁨을 느꼈다. 그 생각이 스치는 순간 문이 열리고 그녀가 나왔다. 등 뒤로 희미한 불빛이 보였다. 나가는 길을 밝혀 주기 위해 켜진 불빛 같았다. 그녀는 돌아서서 누군가와 잠깐 이야기를 했다. 그런 뒤 문이 닫히고 그녀가 현관 계단을 내려왔다.

「엘렌.」 그녀가 도로에 이르렀을 때 그가 낮은 목소리로 말했다.

그녀는 흠칫 멈추어 섰고, 그는 잘 차려입은 젊은이 두 명이 다가오는 것을 보았다. 그들의 외투 분위기나 흰 타이 위로 멋진 실크 목도리를 두른 방식이 어딘가 익숙했다. 그는 어떻게 그런 계층의 젊은이들이 이렇게 일찍 식사를 하러 나가는지 이상했다. 그러다가 거기서 몇 집 떨어져 있지 않은 레지 치버스의 집에서 그날 밤 「로미오와 줄리엣」에 출연한 애들레이드 닐슨을 초대해서 큰 파티를 연다는 게 기억났고, 두 청년이 그 파티의 손님일 거라고 짐작했다. 그들이 가로등 아래를 지날 때 그는 로렌스 레퍼츠와 치버스가의 젊은이 하나를 알아보았다.

마담 올렌스카가 보퍼트가 앞에서 사람들 눈에 띄지 않기를 바라던 얄팍한 소망은 그녀의 손이 내뿜는 강렬한 온기가 느껴지는 순간 사라졌다.

「당신을 봐야 했어요. 당신하고 같이 있고 싶어요.」그가 말했다. 그는 자신이 무슨 말을 하는지도 제대로 알지 못했다.

「아, 할머니가 말씀해 주셨어요?」그녀가 대답했다.

그녀를 보는 동안, 레퍼츠와 치버스는 길모퉁이에 다다라 조심스럽게 5번 대로를 가로질러 갔다. 그것은 그 자신도 여러 차례 실행했던 남성 연대의 표현이었지만, 지금은 그들의 묵인에 역겨움이 느껴졌다. 그녀는 정말 그와 이런 식으로 살 수 있다고 생각한 것일까? 그게 아니라면 그녀의 생각은 무엇인가?

「내일 만나요. 둘만 따로 만날 수 있는 곳에서요.」그는 자신이 들어도 거의 분노한 것처럼 들리는 목소리로 말했다.

그녀는 망설이다가 마차를 향해 다가갔다.

「하지만 나는 내일 할머니 집에 있을 거예요. 당분간은 그래요.」 그녀가 자신이 계획을 바꾼 일에 설명이 필요하다는 걸 안다는 듯 덧붙였다.

「우리 둘이 따로 만날 수 있는 곳에서요.」 그는 끈질기게 말했다.

그녀의 희미한 웃음소리가 그의 귀에 거슬렸다.

「뉴욕에서요? 하지만 교회도 없고…… 기념관 같은 것도…….」

「센트럴 파크 안에 박물관이 있어요. 2시 반이요. 문 앞에서 기다릴게요.」 그는 그녀의 어리둥절한 표정을 보고 말했다.

그녀는 대답하지 않고 돌아서서 얼른 마차에 탔다. 마차가 달려갈 때 그녀가 몸을 앞으로 기울이는 걸 보고 그는 그녀가 어둠 속에서 손을 흔들었다고 생각했다. 그는 모순된 감정들의 소용돌이 속에서 그녀의 뒷모습을 바라보았다. 사랑하는 여자가 아닌 다른 여자, 이미 싫증 난 쾌락의 제공자와 이야기를 한 것 같은 느낌이 들었다. 그 자신이 이런 진부한 어휘의 감옥에 갇혀 있다는 사실이 혐오스러웠다.

「엘렌은 올 거야!」 그는 거의 경멸하듯이 혼잣말을 했다.

주철과 납화 타일로 된 특이하고 황량한 메트로폴리탄 박물관 건물에서는 일화가 담긴 화폭들로 가득한 〈울프 컬렉션〉 전시관이 인기를 끌었지만, 그들은 그곳을 피해서 세놀라 유물[1]이 쓸쓸히 썩어 가는 전시실을 향해 걸었다.

구석에 박힌 이 우울한 전시실에 사람이라고는 두 사람뿐이었고, 그들은 중앙 스팀 난방기를 둘러싼 소파에 앉아 검게 칠한 나무 위에 놓인 유리 캐비닛을 말없이 바라보았다.

1 메트로폴리탄이 최초로 대량 구매한 전시물을 가리키는 말. 이 가운데는 페니키아, 그리스, 아시리아의 유물들이 있고, 루이지 팔마 디 세놀라 장군이 약탈한 키프로스 섬의 이집트 묘비도 있었다.

캐비닛 안에는 복원된 일리움[2]의 유물이 담겨 있었다.

「이상해요. 전에는 여기 온 적이 없어요.」 마담 올렌스카가 말했다.

「언젠가 여긴 훌륭한 박물관이 될 거예요.」

「그래요.」 그녀가 무심하게 동의했다.

그녀는 일어서서 전시실 안을 걸었다. 아처는 자리에 앉아서 그녀의 가벼운 움직임을 관찰했다. 무거운 모피 옷을 입고 왜가리 깃이 절묘하게 꽂힌 모피 모자를 쓰고, 귀 위쪽 뺨에는 갈색 곱슬머리가 납작 눌린 포도 덩굴 같은 무늬를 이루고 있는데도 너무나 소녀 같아 보였다. 그의 마음은, 둘이 만나는 순간 처음에는 언제나 그렇듯이, 그녀를 다른 누구도 아닌 그녀로 만드는 세밀한 아름다움에 완전히 몰두했다. 이어서 그도 일어나 그녀가 서서 바라보는 진열장 앞으로 갔다. 진열장의 유리 선반은 유리, 점토, 변색된 청동, 그 밖에 시간에 마모된 여러 가지 재료로 만든 깨진 물건 ― 좀처럼 알아볼 수 없는 가정용품, 장식품, 개인 용품 ― 들로 가득했다.

「잔인하게 느껴져요. 시간이 지나면 모든 게 이 작은 물건들처럼 된다는 게요. 지난날의 어떤 사람들에게는 필요하고 소중했던 물건을 우리는 확대경으로 들여다보며 짐작해 보다가 〈용도 미상〉이라는 표찰을 달잖아요.」 그녀가 말했다.

「그래요, 하지만…….」

「하지만…….」

그녀가 기다란 물개 가죽 코트를 입고, 두 손을 작은 원통형 토시에 찔러 넣고, 투명 마스크 같은 베일을 코까지 드리우고, 가쁜 숨을 내쉬어 그가 건네준 한 다발의 제비꽃이 바르르 떨리는 모습을 보니, 그는 이런 선과 색의 완전한 조화

2 트로이의 라틴어 이름.

가 변화라는 어리석은 법칙에 굴복당해야 한다는 사실이 부조리하게 느껴졌다.

「하지만 모든 게 중요해요, 당신과 관련된 것이라면……」 그가 말했다.

그녀는 신중한 표정으로 그를 보고 소파로 돌아갔다. 그는 그 옆에 가 앉아서 가만히 기다렸다. 하지만 멀찌감치 떨어진 텅 빈 전시실에서 갑자기 발소리가 울리자, 그는 서두를 필요를 느꼈다.

「나한테 하고 싶었던 말이 뭐죠?」 그녀가 경고라도 받은 사람처럼 물었다.

「당신한테 하고 싶었던 말이 뭐냐고요? 나는 당신이 두려워서 뉴욕에 왔다고 생각해요.」 그가 말했다.

「두려워서라고요?」

「내가 워싱턴에 갈 것에 대해서요.」

그녀는 토시를 내려다보았고, 그녀의 손이 그 안에서 불안하게 움직였다.

「어때요?」

「맞아요.」 그녀가 말했다.

「그게 두려웠다면 당신은 이미 알고 있었던 거죠?」

「그래요, 알고 있었어요……」

「그렇다면?」 그가 집요하게 물었다.

「그렇다면 이편이 더 낫지 않은가요?」 그녀가 긴 한숨과 함께 되물었다.

「더 낫다고요?」

「다른 사람들이 받을 상처를 줄일 수 있죠. 당신이 처음부터 원하던 게 그것 아닌가요?」

「당신을 여기 이렇게, 가깝고도 먼 거리에 두는 일이요? 당신을 이런 식으로 몰래 만나는 일이요? 이건 내가 원하는 것하고 정반대예요. 내가 무얼 원하는지는 지난번에 이야기했습니다.」

그녀는 잠시 망설이고는 말했다. 「그러면 당신은 아직도 이게 나쁜 선택이라고 보는 건가요?」

「천배는 나빠요!」 그리고 그는 잠시 멈추었다. 「당신한테 거짓을 말하기는 쉬울 거예요. 하지만 진실을 말하자면 내게 그건 너무도 혐오스러워요.」

「나도 그래요!」 그녀는 깊은 안도의 한숨 속에 탄식하듯 말했다.

그는 자리에서 일어났다. 「그러면 내가 물을 차례군요. 당신은 어느 쪽이 낫다고 생각합니까?」

그녀는 고개를 앞으로 기울이고 토시에 낀 두 손을 잡았다 풀었다 했다. 발소리가 가까워졌고, 장식 끈이 달린 모자를 쓴 경비가 공동묘지를 떠도는 유령처럼 힘없는 모습으로 걸어 들어왔다. 그들은 동시에 앞에 있는 진열장을 보았고, 관리인의 모습이 미라와 석관들 사이로 사라지자 아처가 다시 물었다.

「당신은 어느 쪽이 더 좋은가요?」

그녀는 거기 대답하지 않고 나직이 말했다. 「할머니한테 여기서 지내겠다고 말한 건 그편이 위험을 피하는 길이라고 생각했기 때문이에요.」

「나라는 위험 말인가요?」

그녀는 그를 외면한 채 고개를 살짝 숙였다.

「나를 사랑하는 위험을 말하는 건가요?」

그녀의 얼굴은 움직이지 않았지만, 속눈썹으로 눈물이 흘러 베일 망에 맺혔다.

「돌이킬 수 없는 잘못을 저지르는 위험이요. 우리 제발 다른 사람들처럼 되지 말아요!」 그녀가 하소연했다.

「다른 사람 누구 말하는 거죠? 나는 다른 사람들과 다르지 않습니다. 나는 그들하고 똑같은 욕망과 똑같은 열망에 시달리고 있어요.」

그녀는 일종의 공포가 담긴 눈으로 그를 힐끔 보았고, 그는 그녀의 뺨에 옅은 홍조가 스며드는 것을 보았다.

「그러면 내가 일단 당신한테 갔다가 집으로 돌아갈까요?」 그녀가 갑자기 낮고 선명한 목소리로 말했다.

젊은이의 이마로 피가 몰렸다. 「내 사랑!」 그는 꼼짝 못 하고 말했다. 마치 자신의 심장이 조금이라도 움직이면 흘러넘칠 것처럼 컵에 담겨 그의 손에 쥐어진 것 같았다.

그런 뒤 그녀의 마지막 말이 귀에 남아 그는 얼굴이 어두워졌다. 「집으로 돌아간다고요? 집에 돌아간다는 게 무슨 뜻이죠?」

「남편한테 가는 거요.」

「내가 그러라고 대답할 거 같은가요?」

그녀는 고통스러운 눈을 들어 그를 보았다. 「그 밖에 또 어떤 길이 있죠? 여기서 살면서 내게 친절을 베푸는 사람들에게 거짓말을 할 수는 없어요.」

「그래서 내가 당신하고 같이 떠나자고 하잖아요!」

「그렇게 해서 그 사람들 삶을 망치자고요? 내가 새 삶을 살도록 도와준 사람들을요?」

아처는 자리에서 벌떡 일어나 뭐라 말할 수 없는 절망 속에 그녀를 내려다보았다. 〈그래요, 일단 와요〉라고 말하기는 쉬웠을 것이다. 거기 동의한다면 그녀가 자신의 손에 어떤 힘을 쥐어 줄지 그는 알았다. 그런 뒤에 그녀에게 남편에게 돌아가지 말라고 설득하는 것은 그리 어려운 일이 아닐 것이다.

하지만 무슨 이유에서인지 그 말을 입 밖으로 내뱉지 못했다. 그녀가 가진 열렬한 정직성 같은 것이 그녀를 세속적인 덫으로 끌어들이는 것을 포기하게 만들었다. 그는 〈내가 그녀를 곁에 오게 한다 해도 그녀를 다시 떠나보내야 할 거야〉라고 생각했다. 그런 일은 생각할 수도 없었다.

하지만 그녀의 젖은 뺨에 드리워진 속눈썹의 그림자를 보자 마음이 흔들렸다.

「어쨌건…… 우리는 우리만의 삶이 있어요. 불가능한 걸 시도하는 건 소용없어요. 당신은 어떤 일들에는 그토록 편견이 없고 당신 말대로 고르곤을 보는 데도 익숙해져 있으면서, 왜 우리 일은 똑바로 바라보고 실체를 알려고 하지 않는 거죠? 그게 희생할 가치가 없는 일이라고 생각하지 않는다면요.」 그가 말했다.

그녀도 일어서서 얼굴을 찡그리고 입술을 바짝 조였다.

「그러면 그렇게 생각하세요. 난 가야겠어요.」 그녀는 품에서 작은 시계를 꺼내며 말했다.

그녀가 돌아섰고 그는 그 뒤를 따라와 손목을 잡았다. 「그러면 언제 한번 나한테 와요.」 그가 말했다. 그녀를 잃는다는 생각에 머리가 빙글빙글 돌았다. 그들은 잠시 적을 바라보듯 서로를 보며 서 있었다.

「언제 올 거예요? 내일?」 그가 물었다.

그녀가 망설였다. 「내일모레요.」

「내 사랑!」 그가 다시 말했다.

그녀는 손목을 뺐다. 하지만 잠시 동안 둘은 서로의 눈을 마주 보았고, 그는 그녀의 창백해진 얼굴에 깊은 내면의 빛이 차오르는 것을 보았다. 경외감에 심장이 쿵쿵 뛰었다. 사랑이 이렇게 눈에 보이는 일을 이전까지 겪은 적이 없는 것 같았다.

「늦겠어요. 이만 안녕히……. 아뇨, 더 이상은 따라오지 말아요.」 그녀는 그렇게 말하고 길쭉한 전시실 저편으로 서둘러 걸어갔다, 그의 눈에 비친 내면의 빛에 놀라기라도 한 것처럼. 그리고 문 앞에 이르자 그녀는 돌아서서 짧게 손을 흔들어 작별 인사를 했다.

아처는 집에 혼자 걸어왔다. 집에 들어섰을 때는 어둠이 내리고 있었고, 그는 현관 입구에 놓인 익숙한 물건들을 무덤 너머에서 보듯 건너다보았다.

객실 하녀가 그의 발소리를 듣고 계단 꼭대기에 가스등을 켜려고 계단을 뛰어 올라갔다.

「아처 부인은 안에 계시나?」

「아뇨. 부인은 점심 식사 후 마차로 외출하신 뒤 아직 돌아오지 않으셨습니다.」

그는 안도감을 느끼며 서재로 들어가 안락의자에 몸을 던졌다. 하녀가 따라 들어와 독서 등을 켜고 벽난로의 죽어 가는 불에 석탄을 약간 얹었다. 하녀가 나간 뒤에도 그는 팔꿈치를 무릎에 대고 깍지 낀 손에 턱을 얹은 뒤 두 눈을 붉은 벽난로 창살에 고정시킨 자세로 꼼짝 않고 앉아 있었다.

의식적인 생각도 시간이 흐른다는 느낌도 없이, 그는 인생을 북돋기보다 오히려 정지시키는 듯한 깊고 근심스러운 놀라움에 사로잡혀 있었다. 「이렇게 되어야 했어……. 이렇게 되어야 했어.」 그는 운명의 손아귀에 사로잡힌 것처럼 반복해서 말했다. 그가 꿈꾸던 것은 이것과는 너무도 다른 것이었기에 그의 황홀감에는 죽음 같은 냉기가 흘렀다.

문이 열리고 메이가 들어왔다.

「너무 늦었어요. 걱정한 건 아니죠?」 그녀가 그의 어깨에 손을 얹더니, 평소답지 않게 다정하게 쓰다듬으며 물었다.

그가 놀라서 고개를 들었다. 「지금이 늦은 시간인가?」

「7시가 넘었어요. 당신, 잠이 들었었나 봐요.」 그녀가 웃으며 머리의 핀을 빼서 벨벳 모자를 소파 위에 던졌다. 안색은 평소보다 더 창백해 보였지만, 이례적으로 생기가 넘쳤다.

「할머니 댁에 갔어요. 그러다가 이제 그만 떠나려는데 엘렌이 산책을 마치고 돌아왔어요. 그래서 엘렌이랑 오래 이야기를 나눴어요. 우리가 이야기다운 이야기를 한 게 언제였는지 모르겠어요.」 그녀는 그와 마주한 자신의 안락의자에 앉아서, 부스스하게 일어난 머리카락을 손가락으로 훑었다. 그는 그녀가 자신이 말하기를 기다린다고 생각했다.

「정말로 좋았어요.」 그녀가 부자연스러울 만큼 생기발랄한 미소를 띠고 말을 이었다. 「언니는 정말, 옛날의 엘렌이랑 똑같았어요. 요사이 내가 언니한테 좀 편견을 품었던 게 미안했어요. 나는 가끔 언니가…….」

아처는 일어서서 독서 등 불빛을 벗어나 벽난로 선반에 기댔다.

「가끔 뭐?」 그녀가 말을 멈추자 그가 물었다.

「언니를 제대로 이해하지 못했어요. 언니는 너무 달라요. 어쨌건 겉으로는요. 그렇게 이상한 사람들하고 어울리고, 사람들 눈에 띄는 걸 좋아하는 것 같아요. 아마도 유럽의 향락적 사교계 생활이 그랬던 것 같아요. 언니 눈에 우리가 지독하게 지루해 보이는 건 당연한 일이죠. 하지만 나는 언니를 부당하게 오해하고 싶지 않아요.」

그녀는 이례적으로 긴 이야기에 숨이 찬 듯 다시 말을 멈쳤고, 입술을 약간 벌리고 두 뺨에 깊은 홍조를 띠었다.

그 모습을 보니 아처는 세인트오거스틴의 선교소 정원에
서 그녀의 얼굴을 물들이던 빛이 떠올랐다. 그녀가 그때와
같이 분명치 않은 노력을 기울이며 자신의 평소 시야 바깥에
있는 것을 향해 손을 내뻗고 있다는 것을 알 수 있었다.

〈메이는 엘렌을 싫어해. 그런데 그런 감정을 극복하려고 애
쓰면서 내가 그 일을 도와주기 바라고 있어.〉 그는 생각했다.

그 생각이 마음을 움직여서 그는 한순간 둘 사이의 침묵을
깨고 그녀의 손에 자신을 맡길까 하는 생각까지 들었다.

「당신도 알죠? 식구들이 가끔 언짢아한 이유 말이에요. 처
음에 우리는 엘렌을 위해 할 수 있는 일을 했어요. 하지만 엘
렌은 이해하지 못하는 것 같았어요. 그리고 보퍼트 부인을
만나러 간다는 생각, 그것도 할머니 마차를 타고 간다는 생
각! 엘렌은 밴 더 루이든 부부하고도 사이가 멀어진 것 같아
요.」 그녀가 말했다.

「아.」 아처가 짜증스러운 웃음을 터뜨렸다. 두 사람 사이
에 열렸던 문이 다시 닫혔다.

「이제 옷 입을 시간이야. 오늘 밖에서 저녁 모임 있는 거
맞지?」 그가 벽난로 앞을 떠나며 물었다.

그녀도 일어섰지만, 난로 곁에 잠시 더 머물렀다. 그가 그
곁을 지나는데 그녀가 그를 잡기라도 할 듯 불쑥 다가왔다.
두 사람의 눈이 마주쳤고, 그녀의 눈은 그가 저지시티로 떠
날 때와 똑같은 물기 어린 파란빛을 띠었다.

그녀는 그의 목에 팔을 두르고 그의 얼굴에 뺨을 댔다.

「오늘 키스 안 해줬어요.」 그녀가 속삭였고 그는 그녀가
품 안에서 떠는 것을 느꼈다.

32

「튈르리 궁에서는 그런 일들이 공개적으로 용인됩니다.」
실러턴 잭슨이 옛 추억에 미소를 지으며 말했다.

장소는 매디슨 대로에 있는 밴 더 루이든가의 검은 호두나무 식당이었고, 시간은 뉴랜드 아처가 박물관에 간 다음 날 저녁이었다. 보퍼트의 도산 소식에 황급히 스쿠이터클리프로 달아났던 밴 더 루이든 부부는 며칠 일정으로 뉴욕에 돌아와 있었다. 이 개탄할 만한 사태로 뉴욕 사교계가 격심한 혼란에 빠져 든 지금, 그 어느 때보다 밴 더 루이든 부부가 뉴욕을 지켜 줄 필요가 있다는 견해가 그들에게 전달되었다. 그것은 아처 부인 말대로 그들이 오페라 극장에 모습을 보이고, 나아가서는 대문을 열어 손님도 초대하는 〈사교계에 대한 의무〉를 이행하는 것을 말했다.

「친애하는 루이자, 레뮤얼 스트러더스 부인 같은 사람들이 레지나의 자리를 차지하겠다고 생각하는 걸 허락해서는 안 됩니다. 새로운 사람들은 바로 이런 때를 타고 밀고 들어와 발붙일 데를 마련하는 법입니다. 스트러더스 부인이 처음 왔을 때 기혼 남자들이 그 여자 집에 하나둘 모여든 건 뉴욕에 수두가 돌았기 때문이에요. 아내들이 아이들 방에 틀어박

혔으니까요. 언제나 그랬듯이 루이자 당신과 헨리가 이런 난국에 꿋꿋이 버텨 주어야 합니다.」

밴 더 루이든 부부는 그런 요청에 귀를 막고 있을 수가 없어서, 소극적이지만 영웅적으로 뉴욕에 돌아와 대문을 열고 두 차례의 만찬과 한 차례의 저녁 접견회 초대장을 보냈다.

그리고 그날 저녁 그들은 실러턴 잭슨과 아처 부인, 그리고 뉴랜드 부부를 오페라 극장으로 초대했다. 오페라 극장에서는 그해 겨울 「파우스트」의 첫 공연이 있었다. 밴 더 루이든 부부 앞에서는 어떤 일도 격식 없이 치러지지 않았고, 손님이 넷뿐인데도 남자들이 담배를 피우러 가기 전에 제대로 된 코스 요리가 여유롭게 식탁에 오르도록 식사는 7시 정각에 시작되었다.

아처는 그 전날 저녁 이후 거기서 아내를 처음 보았다. 그날 아침은 일찍 출근을 해서 온갖 시시한 일 더미에 머리를 박고 있었다. 오후에는 상급 동업자 중 한 사람이 갑자기 시간을 청하는 바람에 늦게 퇴근했고, 집에 가니 메이는 먼저 밴 더 루이든가로 가서 마차를 집에 돌려보낸 상태였다.

스쿠이터클리프의 카네이션과 거대한 음식 접시 너머로 바라본 그녀는 창백하고도 힘없어 보였다. 하지만 두 눈은 반짝였고, 이야기를 할 때는 과장된 생기를 보였다.

실러턴 잭슨이 가장 이야기하고 싶어 하는 화제는 밴 더 루이든 부인에 의해 (아처가 볼 때는 은근한 의도 속에) 제기되었다. 보퍼트의 도산, 아니 도산에 대처하는 보퍼트 부부의 태도는 아직도 응접실 도덕가들에게 먹음직스러운 주제였다. 그것을 낱낱이 살펴서 죄를 물은 뒤, 밴 더 루이든 부인은 메이 아처에게 엄격한 눈길을 돌렸다.

「내가 들은 이야기가 정말 사실인지 궁금하구나. 네 할머니 밍곳 부인의 마차가 보퍼트 부인의 집 앞에 서 있는 걸 여러 사람이 봤다고 하던데 말이야.」 그녀가 문제의 부인을 더 이상 레지나라고 부르지 않는다는 걸 알아차릴 수 있었다.

메이의 얼굴이 빨개졌고 아처 부인이 서둘러 말했다. 「그렇더라도 밍곳 부인은 분명히 모르셨을 거예요.」

「그래요?」 밴 더 루이든 부인이 말을 멈추고 한숨을 쉰 뒤 남편에게 눈길을 던졌다.

「내가 듣기로는…… 마담 올렌스카가 친절한 마음씨 때문에 보퍼트 부인을 방문하는 과를 범하지 않았나 싶습니다.」 밴 더 루이든 씨가 말했다.

「아니면 이상한 사람을 좋아하는 취미 때문에 그런지도 모르죠.」 아처 부인이 의심 없는 눈길로 아들을 보며 냉담하게 말했다.

「마담 올렌스카가 그랬다니 안타깝군요.」 밴 더 루이든 부인이 말했고 아처 부인이 조용히 덧붙였다. 「스쿠이터클리프로 두 번이나 초대를 받았는데도 말이죠.」

바로 이 지점에서 실러턴 잭슨이 기회를 잡고 암시의 말을 던졌다.

「튈르리에서는…….」 그가 좌중이 자신에게 기대에 찬 눈길을 던지는 것을 보고 말했다. 「어떤 점들에 관해서는 기준이 아주 느슨했습니다. 모르니[1]의 돈이 어디서 나왔느냐, 또는 몇몇 궁정 미녀의 빚을 누가 갚아 주었느냐…….」

「실러턴 씨, 설마 우리가 그런 기준을 채택해야 한다고 말씀하시는 건 아니겠지요?」 아처 부인이 말했다.

「물론 그렇지 않습니다. 하지만 마담 올렌스카가 외국에

1 프랑스의 정치가이자 나폴레옹 3세의 이복동생인 모르니 공작(1811~1865).

서 자라서 그런 일들에 조금 무뎌진지도 모르지요.」실러턴 잭슨이 단호하게 대답했다.

「아.」두 중년 부인이 한숨을 쉬었다.

「그래도 할머니의 마차를 사기꾼의 집 앞에 두다니!」밴 더 루이든 씨가 항변했다. 아처는 그가 23번가의 작은 집에 카네이션 바구니를 보냈던 일을 기억하고 분개한다고 짐작했다.

「저도 옛날부터 마담 올렌스카가 우리하고는 세상을 아주 다르게 보고 있다고 말했어요.」아처 부인이 정리해 말했다.

메이의 이마가 붉어졌다. 그녀는 식탁 맞은편의 남편을 건너다보고 서둘러 말했다.「엘렌은 좋은 뜻으로 한 일일 거예요.」

「좋은 뜻으로 무분별한 일을 하는 사람들은 많아.」아처 부인이 그런 사실은 참작할 만한 사항이 되기 어렵다는 듯이 말했다. 이어 밴 더 루이든 부인이 나직하게 말했다.「마담 올렌스카가 누구하고 의논이라도 했으면 좋았을 텐데…….」

「마담 올렌스카는 그런 일을 한 적이 전혀 없어요!」아처 부인이 말했다.

이때 밴 더 루이든 씨가 아처 부인 쪽으로 고개를 살짝 기울인 아내에게 눈길을 던졌다. 세 여자의 반짝이는 드레스 자락이 문밖으로 나가자 남자들은 시가를 피울 준비를 갖추었다. 오페라 날이면 밴 더 루이든 씨는 짧은 시가를 냈다. 하지만 그것이 너무도 훌륭해서 손님들은 오페라 날에만 그것을 내는 엄격함을 한탄했다.

1막이 끝난 뒤 아처는 일행에게서 빠져나와 클럽 박스 뒤쪽으로 갔다. 거기서 치버스, 밍곳, 러시워스가 사람들의 뒷모습을 여럿 보았다. 2년 전 엘렌 올렌스카를 처음 만나던 날과 똑같은 모습이었다. 그는 밍곳 노부인의 박스석에 그녀가 나타나기를 막연히 기대했지만 그 박스석은 비어 있었다. 거기 시선을 고정한 채 꼼짝 않고 앉아 있는데, 마담 닐손의 맑은 소프라노 음성이 〈마마, 논 마마……〉 하고 터져 나왔다.

아처는 무대로 고개를 돌렸다. 거대한 장미꽃들과 펜 닦는 종이로 만든 팬지 꽃이 가득한 익숙한 무대에서, 그때와 똑같은 커다란 몸집의 금발 머리 여자가 그때와 똑같은 조그만 몸집의 갈색 머리 악당에게 굴복하고 있었다.

그의 눈은 무대를 떠나 말편자 모양을 한 박스석에 이르렀다. 거기에는 메이가 두 중년 부인 사이에 앉아 있었다. 2년 전 그날 밤에도 그녀는 러벌 밍곳 부인과 새로 온 〈외국 출신〉 사촌 사이에 앉아 있었다. 그날 밤 그녀는 흰옷을 입고 있었다. 조금 전까지 그녀가 무엇을 입었는지 몰랐던 아처는 그녀가 결혼식 날 입었던 청색과 흰색 배색의 레이스가 달린 공단 드레스를 입고 있다는 것을 알았다.

옛 뉴욕에서는 신부들이 결혼 후 한두 해 동안 값비싼 결혼식 드레스를 입고 다니는 것이 관습이었다. 아처는 어머니가 제이니가 언젠가 입게 될 날을 기다리면서 자신의 드레스를 곱게 싸두고 있다는 걸 알았다. 하지만 안타깝게도 가련한 제이니는 진주 빛 나는 회색 포플린 드레스를 입고 들러리 없는 결혼을 하는 게 더 〈적절〉하게 여겨지는 나이에 이르고 있었다.

그때 아처는 신혼여행에서 돌아온 뒤 메이가 그 결혼식 드레스를 입은 적이 거의 없다는 사실이 떠올랐고, 그 옷을 입은 모습을 보니 지금의 그녀와 2년 전 그가 행복한 기대 속에 바라보던 젊은 아가씨가 비교되었다.

여신 같은 체격으로 이미 예견할 수 있었듯이, 그녀는 그때보다 몸집이 아주 약간 불기는 했지만 꼿꼿한 자세와 소녀다운 맑은 표정은 변하지 않았다. 최근 들어 아처의 눈에 조금씩 띄는 가벼운 피로감을 빼면, 그녀는 약혼을 발표하던 날 은방울꽃 꽃다발을 가지고 놀던 처녀와 똑같은 모습이었다. 그 사실은 그에게 안타까움을 더해 주었다. 그런 순수함은 아이가 믿음을 담아 꽉 잡은 손처럼 감동을 주는 것이었다. 그런 뒤 그는 그 호기심 없는 차분함 아래 뜨거운 관대함이 깃들어 있는 것을 기억했다. 그가 보퍼트 무도회에서 약혼을 발표하자고 재촉했을 때 그녀가 보내던 이해의 눈빛을 기억했다. 선교소 정원에서 그녀가 말하던 목소리가 또렷이 떠올랐다. 〈다른 사람에게 부당한 일을 당하게 하면서까지 내 행복을 구할 수는 없어요.〉 그러자 그는 그녀에게 진실을 말하고, 그녀의 자비를 구하고, 한때 그가 물리쳐 두었던 자유를 요구하고 싶다는 통제 불가능한 열망에 사로잡혔다.

뉴랜드 아처는 조용하고 자제력이 강한 젊은이였다. 작은 사회의 규율에 대한 순응은 그의 제2의 천성이었다. 밴 더 루이든 씨가 싫어하고 클럽 박스 성원들이 예법이 아니라며 비난하는 신파적이고 떠들썩한 일은 그도 혐오했다. 하지만 그는 이제 클럽 박스도, 밴 더 루이든 씨도, 오랫동안 그를 습관의 따뜻한 거처에 가둔 모든 것이 신경 쓰이지 않았다. 그는 오페라 극장 뒤쪽의 반원형 복도를 걷다가 미지의 세계로 가는 문을 열듯 밴 더 루이든 부인의 박스석 문을 열었다.

「〈마마!〉」 마르게리트가 당당하게 소리쳤다. 그리고 박스석의 사람들은 놀라서 아처를 보았다. 그는 이미 자신이 속한 세계의 규칙 하나를 깨뜨렸다. 그것은 독창 중에는 박스석에 들어가지 않는 것이었다.

그는 밴 더 루이든 씨와 실러턴 잭슨 사이에 앉아서 아내에게 몸을 굽혔다.

「두통이 심해서 그러는데, 아무한테도 말하지 말고 우리 그냥 집에 가는 게 어떨까?」그가 속삭였다.

메이는 이해의 눈길을 보냈고, 그녀가 아처 부인에게 귀엣말을 하자 부인이 안됐다는 듯 고개를 끄덕였다. 그런 뒤 그녀는 밴 더 루이든 부인에게 양해를 구했고, 마르게리트가 파우스트의 품으로 떨어지는 순간 자리에서 일어났다. 아처는 메이가 오페라 망토를 두르는 걸 도와주면서, 두 중년 부인이 의미심장한 미소를 주고받는 것을 보았다.

집으로 가는 마차 안에서 메이는 그의 손에 수줍게 자기 손을 얹었다. 「당신이 몸이 안 좋은 걸 보니 나도 마음이 안 좋아요. 사무소에서 일을 너무 많이 시키는 것 같아요.」

「아니, 그건 아니야. 창문을 좀 열어도 될까?」그가 어수선하게 대답하면서 좌석 옆의 유리창을 내렸다. 그는 거리를 내다보았다. 옆자리의 아내가 말없이 경계하듯 질문하는 것처럼 느껴져서, 지나가는 집들에 시선을 고정했다. 집 문 앞에서 그녀는 치맛자락이 마차 계단에 걸려 그를 향해 쓰러졌다.

「다친 데 없어?」그가 한 팔로 그녀를 일으키며 물었다.

「네, 하지만 드레스가, 드레스가 찢어졌어요!」그녀가 소리쳤다. 그녀는 허리를 굽혀 흙 묻은 천 조각을 집어 들고 그를 따라 현관 계단을 올랐다. 그들이 이렇게 일찍 올 줄 몰랐기에, 하인들은 계단 꼭대기의 가스등을 희미하게 해놓고 있었다.

아처는 계단을 올라 불을 좀 더 밝게 하고, 서재 벽난로 선반 양쪽의 가스등에 성냥을 댔다. 커튼이 내려져 있었고, 서재의 따뜻하고 다정한 분위기는 비밀스러운 일을 하던 중에 마주친 친근한 얼굴처럼 다가왔다.

그는 아내의 얼굴이 몹시 창백한 것을 보고 브랜디를 좀 마시겠느냐고 물었다.

「아뇨.」그녀가 살짝 얼굴을 붉히며 말하고 망토를 벗었다. 「하지만 당신은 얼른 잠자리에 드는 게 좋을 것 같은데요?」 그가 탁자 위의 은제 상자를 열고 담배를 한 대 꺼내자 그녀가 말했다.

아처는 담배를 툭 던져 내려놓고 늘 가는 벽난로 옆자리로 걸어갔다.

「아니, 두통이 그렇게 심한 건 아냐.」그는 잠깐 멈추었다. 「그리고 당신한테 하고 싶은 말이 있어. 아주 중요한 것, 지금 당장 해야 할 말이……..」

그녀는 안락의자에 앉았다가 그의 말에 고개를 들고 〈그래요?〉라고 말했다. 그 말투가 너무도 부드러워서, 그는 이런 식으로 꺼내는 말을 그렇게 호기심 없이 받아들이는 그녀의 태도에 놀랐다.

「메이…….」그가 그녀의 의자 몇 발짝 앞에 서서, 그 짧은 거리가 건널 수 없는 심연이라도 되는 듯 그녀를 건너다보며 입을 열었다. 아늑한 고요 속에서 그의 목소리는 기이한 울림을 일으켰다. 「당신한테 해야 할 말이 있어. 나 자신에 대해서…….」

아처는 입술로 가득 올라오는 인습적인 자기 비하의 문장을 제지했다. 그는 이 일을 아주 형편없이, 헛된 자기 비난이나 변명 없이 할 생각이었다.

「마담 올렌스카 ―」그가 말했다. 하지만 그 이름을 듣더니 아내가 손을 들어 그의 말을 막았다. 가스등 불빛이 결혼반지의 금띠 위에서 반짝 빛났다.

「오늘 밤 우리가 왜 엘렌 이야기를 해야 하죠?」그녀가 가벼운 짜증을 비치며 물었다.

「왜냐면 내가 전에 벌써 이야기해야 했는데 아직도 안 했으니까.」

그녀의 얼굴은 평온했다. 「그럴 필요가 있나요? 내가 이따금 엘렌을 공정하게 대하지 못한 건 알아요. 아마 우리 모두가 그랬던 것 같아요. 당신은 우리보다 엘렌을 잘 이해했죠. 언제나 엘렌에게 친절했고요. 하지만 그게 무슨 상관인가요? 이제 모든 게 끝났는데.」

아처는 멍한 표정으로 그녀를 보았다. 자신이 느껴 온 비현실에 갇혀 있다는 느낌이 아내에게도 전달되었나? 그런 일이 가능한가?

「모든 게 끝나다니 그게 무슨 말이지?」그가 불분명하게 우물거리며 물었다.

메이는 여전히 투명한 눈으로 그를 바라보았다. 「그러니까 언니가 이제 곧 유럽으로 돌아가니까 말이에요. 할머니가 다 이해하고 승인해 줬고, 또 언니가 남편에게서 독립적으로 살 수 있도록 준비해 주고…….」

그녀는 거기서 말을 끊었고, 아처는 벽난로 선반 한 귀퉁이를 떨리는 손으로 움켜잡아 몸을 가누고, 비틀거리는 생각 또한 그렇게 지탱하려고 헛된 노력을 기울였다.

아내의 목소리는 다시 이어졌다. 「나는 당신이 이 일을 처리하느라고 오늘 저녁에 퇴근이 늦은 줄 알았는걸요. 이 일은 오늘 아침에 결정된 것 같아요.」그녀가 그의 멍한 눈길 아래 눈을 내리떴고, 그녀의 얼굴 위로 또 한 차례의 짧은 홍조가 일었다.

그는 자신이 눈을 똑바로 뜨고 있을 수 없는 상태라는 것을 깨닫고, 뒤로 돌아서 벽난로 선반에 팔꿈치를 얹고 두 손으로 얼굴을 가렸다. 귓속이 왱왱 울려서 자기 피가 뛰는 소리인지 벽난로 선반의 시계 소리인지 분간이 되지 않았다.
메이는 시계 바늘이 천천히 5분을 재는 동안 미동도 말도 없이 앉아 있었다. 석탄 덩이 하나가 떨어져서 벽난로에 툭 부딪쳤다. 그녀가 그것을 도로 넣으려고 일어서는 소리가 들리자, 아처는 마침내 돌아서서 그녀를 보았다.
「말도 안 돼.」그가 소리쳤다.
「말도 안 돼요?」
「그 이야기를 어떻게 안 거지?」
「어제 엘렌을 만났어요. 할머니 집에서 만났다고 했잖아요.」
「엘렌이 그때 이야기를 한 건 아니잖아?」
「그래요. 그건 오늘 오후에 편지를 받고 알았어요. 볼래요?」
그는 목소리가 나오지 않았다. 그녀는 서재를 나가더니 곧바로 돌아왔다.
「당신이 아는 줄 알았어요.」그녀는 꾸밈없는 태도로 말했다.
그녀가 탁자에 편지 종이를 내려놓자 아처는 손을 내밀어 집어 들었다. 편지는 몇 줄뿐이었다.
〈메이, 내가 할머니를 방문한 건 말 그대로 방문일 뿐이라는 걸 드디어 할머니께 납득시켰어. 할머니는 언제나처럼 친절하고 너그러우셨어. 이제 유럽에 돌아가면 나는 혼자 살거나 아니면 가엾은 메도라 숙모하고 살아야 한다는 것을 아시게 됐어. 메도라 숙모는 이번에 나하고 같이 갈 거야. 나는 일단 워싱턴에 가서 짐을 싸고 다음 주에 배를 탈거야. 내가 떠나면 할머니한테 잘해 드려. 나한테 잘해 주었던 것처럼 말이야. 엘렌.
만약 누가 내 마음을 바꾸어 놓겠다고 생각한다면, 그건 완전히 헛수고라고 전해 줘.〉
아처는 그 편지를 두세 번 읽고서 던져 버린 뒤 웃음을 터뜨렸다.

그 웃음소리에 그 자신도 놀랐다. 결혼 날짜가 앞당겨졌다는 메이의 전보를 받고 그가 이해할 수 없는 웃음을 터뜨려 제이니를 한밤중에 놀라게 한 일이 떠올랐다.

「왜 엘렌이 이런 편지를 쓴 거지?」 그가 애써 웃음을 누르며 물었다.

메이는 흔들림 없이 솔직하게 대답했다. 「아마 어제 우리가 한 이야기 때문에…….」

「무슨 이야기를 했는데?」

「내가 그동안 언니한테 공정하지 못했던 게 미안하다고 했어요. 언니가 여기서 친척이지만 이방인과 다를 바 없는 사람들 틈에 사는 게 얼마나 힘들지 이해하지 못할 때가 있었다고요. 친척들은 언니를 비난할 권리가 있다고 생각했지만, 언제나 상황을 제대로 이해하지는 못했잖아요.」 그녀는 말을 멈추었다. 「언니가 처음부터 끝까지 의지할 수 있던 사람은 당신뿐이라는 걸 알아요. 나는 언니한테 당신과 나는 똑같다고, 모든 걸 똑같이 느낀다고 말했어요.」

그녀는 그의 말을 기다리는 듯 망설이다가 천천히 덧붙였다. 「언니는 이런 말을 하는 내 마음을 이해했어요. 언니는 모든 걸 이해하는 것 같아요.」

그녀는 아처에게 다가가 차가운 그의 손을 들어 자신의 뺨에 댔다.

「나도 머리가 아프네요. 잘 자요.」 그녀는 그렇게 말하고 문을 향해 돌아섰다. 찢어지고 흙 묻은 결혼식 드레스가 그녀를 따라 방을 쓸고 지나갔다.

<h1 style="text-align:center">33</h1>

아처 부인이 미소를 짓고 웰랜드 부인에게 말했듯이, 젊은 부부가 처음으로 대규모 만찬을 여는 것은 보통 일이 아니었다.

뉴랜드 아처 부부는 가정을 꾸린 뒤로 비공식 초대를 자주 했다. 아처는 친구 서너 명을 불러 함께 식사하는 걸 좋아했고, 메이는 결혼 생활에 관한 어머니의 모범을 따라 빛나는 미소로 그들을 맞았다. 아처는 아내가 혼자 있게 되면 집에 초대라는 걸 할 것인지 의문이 들었지만, 그는 이미 오래전에 그녀에게서 전통과 훈련이 빚어 놓은 자아와 진정한 자아를 분리하려는 노력을 포기했다. 뉴욕의 부유한 젊은 부부는 비공식 손님 접대를 자주 하는 게 관례였고, 아처가와 결혼한 웰랜드가 사람에게는 그런 전통에 따를 의무가 두 배가 되었다.

하지만 대규모 만찬, 그러니까 〈셰프〉를 부르고, 시종 두 명을 고용하고, 얼음 넣은 로마식 펀치와 헨더슨사(社)의 장미와 금박 테두리의 〈메뉴〉 카드를 준비하는 것은 그와는 또 다른 문제로, 결코 가볍게 여길 수 없는 일이었다. 아처 부인이 말했듯 로마식 펀치가 그 모든 차이를 만들었다. 펀치 자체가 아니라 거기 담긴 다중의 함의가 그랬다. 로마식 펀치는 흰죽지오리나 테라핀 거북 요리, 두 종류의 수프, 냉온 두 종류의 다과, 짧은 소매의 〈데콜르타주〉,[1] 그리고 거기 상응하는 지체 높은 손님들을 의미했기 때문이다.

젊은 부부가 처음 보내는 3인칭 주어의 초대장은 언제나 많은 흥미를 일으켜서, 그들의 요청은 경험 많은 자들이나 인기 많은 자들도 좀처럼 거절하지 않았다. 그래도 밴 더 루이든 부부가 메이의 요청에 따라 올렌스카 백작 부인의 환송 만찬에 참석하기로 한 것은 일종의 개가로 여겨졌다.

만찬 당일 오후 두 사돈 부인은 메이의 응접실에 앉아 있었다. 아처 부인은 티파니사(社)에서 산 두꺼운 금박 테두리 브리스틀지(紙)[2]에 〈메뉴〉를 썼고, 웰랜드 부인은 야자나무와 램프 대 놓는 일을 감독했다.

아처가 느지감치 퇴근했을 때도 두 부인은 아직 거기 있었다. 아처 부인은 이제 식탁에 놓을 이름표를 손보고 있었고, 웰랜드 부인은 커다란 금박 소파를 내서 피아노와 창문 사이에 〈모퉁이〉를 하나 더 만들면 어떨까 하는 생각을 하고 있었다.

메이는 식당에서 기다란 식탁 가운데 놓인 자크미노 장미와 공작고사리 다발을 살펴보며, 큰 촛대들 사이에 놓인 은제 망사 바구니에 메이야르 사탕을 넣고 있다고 두 부인이 아처에게 말해 주었다. 피아노 위에는 밴 더 루이든 씨가 스쿠이터클리프에서 보낸 커다란 난초 바구니가 놓여 있었다. 간단히 말해서 모든 것이 이 중대한 행사를 치르기에 걸맞은 상태로 준비되어 있었다.

아처 부인은 목록을 신중하게 살피며 이름 하나하나를 날카로운 금 펜으로 지워 나갔다.

「헨리 밴 더 루이든, 루이자, 러벌 밍곳 부부, 레지 치버스

1 목을 깊이 판 드레스.
2 표면이 매끈한 장식 판지.

379

부부, 로렌스 레퍼츠와 거트루드. (그래, 메이가 이 부부를 초대한 건 잘한 일이야.) 셀프리지 메리 부부, 실러턴 잭슨, 밴 뉴랜드 부부. (세월이 이렇게 빠르다니! 이 친구가 네 들러리를 선 게 엊그제 같은데 말이야, 뉴랜드!) 그리고 올렌스카 백작 부인. 그래, 이게 전부인 것 같아.」

웰랜드 부인은 사랑스러운 눈길로 사위를 살폈다. 「누구도 자네하고 메이가 엘렌한테 훌륭한 환송 파티를 마련해 주지 않는다고는 말하지 못할 거야.」

「나는 메이 마음을 이해해요. 사촌 언니가 외국 사람들에게 우리가 야만인이 아니라고 말해 주기를 바라는 거예요.」 아처 부인이 말했다.

「엘렌은 이 일에 감사할 거예요. 오늘 아침에 뉴욕에 도착한다고 알고 있는데, 이 만찬이 아름다운 마지막 기억이 될 거예요. 배 타기 전날 밤은 대개 쓸쓸하기 마련인데 말이죠.」 웰랜드 부인이 유쾌하게 말을 이었다.

아처가 문을 향해 돌아섰을 때 장모가 그에게 소리쳐 말했다. 「식당에 가서 식탁을 좀 살펴보고, 메이한테 쉬엄쉬엄하라고 그래.」 하지만 그는 못 들은 척 계단을 올라 서재로 갔다. 서재는 예의 바르게 얼굴을 찌푸린 낯선 사람처럼 그를 바라보았다. 그는 서재가 무자비하게 〈정돈〉되고 준비되었다는 걸 알았다. 남자들이 들어와 담배를 필 수 있도록 재떨이와 삼나무 상자들이 정갈하게 배치되어 있었다.

〈아, 그래, 오래 걸리지는 않을 거야.〉 그는 생각했다. 그리고 옷 방으로 들어갔다.

마담 올렌스카가 뉴욕을 떠난 뒤로 열흘이 지났다. 그 열흘 동안 그가 그녀에게서 받은 것이라고는 포장용 박엽지에 싸인 채 봉인된 편지 봉투에 담겨 사무소로 반환된 열쇠뿐이었다. 겉봉에는 그녀의 필체로 주소가 적혀 있었다. 그의 마지막 호소에 대한 이런 응답은 익숙한 놀이의 고전적인 응수로 해석될 수 있었지만, 그는 거기 다른 의미를 주기로 마음먹었다. 그녀는 아직도 자기 운명에 맞서 싸우고 있다는 것이다. 그녀는 유럽으로 가지만, 남편에게는 돌아가지 않는다. 그러므로 그 어떤 것도 그가 그녀를 따라가는 걸 막을 수 없었다. 그리고 그가 그 길에 들어서서 그것이 돌이킬 수 없다는 걸 증명하면, 그녀는 분명 그를 돌려보내지 않을 것이다.

미래에 대한 이런 확신은 그를 안정시켜서 그가 현재 맡은 역할을 할 수 있게 해주었다. 그 확신 덕분에 그는 그녀에게 편지를 쓰지도, 어떤 형태로건 불행과 고통을 드러내지도 않을 수 있었다. 그는 완전한 침묵 속에 벌어지는 두 사람 사이의 놀이에서 으뜸 패를 쥔 쪽은 여전히 자기라고 생각하며 조용히 기다렸다.

하지만 몹시 어려운 순간도 있었다. 마담 올렌스카가 떠난 다음 날 레터블레어 씨가 그를 불러서 맨슨 밍곳 부인이 손녀에게 설정해 주고자 하는 신탁을 검토시켰을 때 같은 경우가 그랬다. 두어 시간 동안 아처는 상급 동업자와 함께 그 법률 조치의 조건을 살펴보았고, 그러는 내내 자신이 협의 상대로 선택된 것은 사촌지간이라는 명백한 이유가 아닌 다른 이유 때문이며, 그것은 협의를 끝내는 시점에서 드러날 거라는 막연한 느낌을 받았다.

「마담도 이게 후한 계약이라는 걸 부인할 수 없을 거야.」 레터블레어 씨가 계약의 개요를 읊은 뒤 정리해 말했다. 「실제로 나는 마담이 모든 부분에서 후한 대접을 받았다고 생각해.」

「모든 부분이라고요? 남편이 본래 부인의 소유였던 돈을 돌려주겠다고 한 걸 말씀하시는 건가요?」아처가 조롱기를 담아서 되물었다.

레터블레어 씨의 두툼한 눈썹이 살짝 올라갔다. 「선생, 법률은 법률일세. 그리고 선생 안사람의 사촌은 프랑스 법률에 따라 결혼했어. 그게 무슨 의미인지 마담 올렌스카는 알았을 걸세.」

「알았다고 해도 그다음에 벌어진 일은…….」하지만 아처는 거기서 멈추었다. 레터블레어 씨가 크고 골진 코에 펜 손잡이를 대고, 덕망 있는 노신사가 젊은이들에게 무지는 미덕이 아니라는 걸 일러 주고 싶어 할 때의 표정으로 아래를 내려다보고 있었기 때문이다.

「백작의 일탈 행위들을 가벼이 보고 싶은 마음은 없네. 하지만 그래도…… 나라면 손을 불속에 넣지는 않을 거야. 또 보복도 없었고……. 그 젊은 조력자에게 말일세.」레터블레어 씨는 서랍 자물쇠를 열고 접어 놓은 서류를 아처에게 건넸다. 「이 보고서는 신중한 조사의 결과야.」그러더니 아처가 서류를 보려고도 하지 않고 제안에 반박하지도 않자, 약간 사무적인 어조로 말했다. 「확정적인 건 아냐. 아직도 멀었지. 하지만 분명한 징조는 있어……. 그리고 전체적으로 이렇게 점잖은 해결책에 이르게 된 건 당사자 모두에게 대단히 만족스러운 일일세.」

「네, 대단하죠.」아처가 동의하면서 서류를 도로 밀었다.

하루인가 이틀인가 뒤에 맨슨 밍곳 부인이 그를 불러들였을 때는 더 깊은 영혼의 시험을 받았다.

노부인은 우울하고 부루퉁해 있었다.

「그 애가 나를 버리고 갔다는 이야기 들었어?」부인은 그렇게 시작했다. 그리고 대답할 겨를도 없이 말을 이어 갔다.

「이유가 뭔지는 묻지 마! 그 애가 하도 여러 가지 이유를 대서 하나도 생각이 안 나니까. 내 생각에는 그냥 여기가 지겨워진 것 같아. 어쨌거나 오거스타하고 우리 며느리들 생각은 그래. 그리고 그 애를 나무라야 할지 어쩔지도 모르겠어. 올렌스키는 가망 없는 악당이야. 하지만 그 사람하고 지낸 시간은 5번 대로에서 보낸 시간들보다 훨씬 유쾌했겠지. 식구들이 그걸 인정한다는 건 아니야. 식구들한테 5번 대로는 천국에 라 페 거리를 더한 곳이니까. 가엾은 엘렌은 남편에게 돌아갈 생각은 당연히 없어. 그런 생각에는 강력하게 저항했지. 그래서 바보 같은 메도라하고 파리에 정착해 살겠다는 거야……. 그래, 파리는 파리야. 거기서는 거저나 다름없는 돈으로 마차를 가질 수 있어. 하지만 그 애는 작은 새처럼 예뻤고 나는 그 애가 그리울 거야.」노인 특유의 메마른 눈물이 부푼 두 뺨으로 흘러내려 가슴속 심연으로 사라졌다.

「내가 바라는 건 식구들이 이제 나를 더 괴롭히지 않는 거야. 내가 먹은 죽은 소화할 수 있게 내버려 두었으면 좋겠어.」부인이 말을 맺었다. 그리고 아처에게 안타까움을 담은 눈빛을 보냈다.

그날 집으로 돌아왔을 때 메이가 사촌 언니의 환송 만찬을 열겠다는 생각을 밝혔다. 마담 올렌스카가 워싱턴으로 달아난 뒤 아처의 집에서 그녀의 이름을 들을 수는 없었다. 아처는 놀란 눈으로 아내를 보았다.

「만찬이라고? 왜?」그가 물었다.

그녀의 얼굴에 홍조가 떠올랐다. 「하지만 당신은 엘렌을 좋아하잖아요. 기뻐할 줄 알았는데…….」

「그렇게 말해 주는 건 고맙지만 내가 볼 때는…….」

「할 생각이에요, 뉴랜드.」그녀가 조용히 일어나서 자기 책상 앞으로 가며 말했다. 「초대장도 써놨어요. 어머니가 도와주셨어요. 어머니도 찬성하세요.」 그녀는 부끄러운 미소 속에 말을 멈추었고, 아처는 자신의 눈앞에서 불현듯 〈가족〉이라는 것을 체현한 이미지를 보았다.

「좋아.」 그는 그녀가 손에 쥐어 준 초대 손님 목록을 멍한 눈으로 보면서 말했다.

아처가 만찬에 앞서 응접실에 들어가 보니, 메이는 벽난로를 들여다보며 장작들이 깨끗한 타일에서 잘 타도록 이리저리 손을 보고 있었다.

커다란 램프 대에는 모두 불이 켜져 있었고, 밴 더 루이든 씨의 난초는 현대적인 도자기와 울퉁불퉁한 은 꽃병에 꽂혀 눈에 잘 띄게 배치되어 있었다. 뉴랜드 아처 부인의 응접실은 대개 호평을 받았다. 앵초와 시네라리아가 규칙적으로 새것으로 교체되는 금박 입힌 대나무 화분이 돌출 창 앞에 놓여 있었다. (나이 든 사람들은 청동으로 만든 밀로의 비너스 상을 선호할 만한 자리였다.) 연한 색 소파와 안락의자들은 은제 장난감, 도자기 동물 장식, 꽃무늬 사진틀이 오밀조밀 놓인 작은 플러시 탁자 주변에 보기 좋게 배열되었다. 장밋빛 갓을 두른 높직한 램프들은 야자나무 틈에 피어난 열대 꽃 같았다.

「엘렌은 이 방에 불 켜진 걸 한 번도 못 본 것 같아요.」 메이가 이렇게 말하며 불을 들여다보느라 빨개진 얼굴로 몸을 일으킨 후, 나무랄 데 없는 긍지가 깃든 시선으로 주변을 둘러보았다. 그녀가 굴뚝 옆에 세워 둔 놋쇠 부젓가락이 쨍그랑하고 쓰러져서 아처의 대답이 묻혔다. 그리고 그가 다시 뭐라고 대답하기 전에, 밴 더 루이든 부부의 도착을 알리는 벨이 울렸다.

곧이어 다른 손님들도 도착했다. 밴 더 루이든 부부는 제시간에 식사하는 걸 좋아한다고 알려져 있었기 때문이다. 응접실은 거의 찼고, 아처가 셸프리지 메리 부인에게 고광택을 입힌 페어베크호벤의 소품「양 습작」[3] ─ 웰렌드 씨가 크리스마스 선물로 메이에게 준 것이다 ─ 을 보여 주고 있을 때 마담 올렌스카가 곁에 와 섰다.

그녀의 얼굴은 유난히 창백했다. 그 창백함 때문에 갈색 머리가 전보다 더 짙고 무거워 보였다. 그 때문인지 아니면 목에 서너 겹으로 두른 호박 구슬 목걸이 때문인지, 그는 갑자기 메도라 멘슨이 그녀를 뉴욕에 처음 데리고 왔을 때 아이들 파티에서 함께 춤추던 꼬마 엘렌 밍곳이 떠올랐다.

호박 구슬 목걸이는 그녀의 안색에 맞지 않았다. 아니면 드레스하고 어울리지 않는 건지도 몰랐다. 그녀의 얼굴은 윤기도 없고 거의 못생겨 보였지만, 그는 그 어느 때보다 더 그 얼굴을 사랑했다. 두 사람의 손이 마주쳤고, 그녀의 목소리가 들리는 것 같았다.「그래요, 내일 러시아호로 떠나요.」그런 뒤 문이 열리는 소리가 나고, 잠시 후 메이의 목소리가 들렸다.「뉴랜드! 만찬이 시작되었어요. 엘렌을 데리고 들어가요.」

마담 올렌스카가 그의 팔짱을 꼈다. 그는 그녀가 장갑을 끼지 않은 것을 알아차렸고, 그가 23번가의 작은 집 응접실에 있을 때 얼마나 그 손에 시선을 집중했나 하는 것이 생각났다. 그녀의 얼굴을 떠난 모든 아름다움이 그의 팔에 매달린 길고 파리한 손가락과 살짝 팬 손마디에 피신하고 있는 것 같은 모습을 보면서 그는 〈오직 이 손을 다시 보기 위해서

3 에우게네 요제프 페어베크호벤(1798~1881)은 벨기에 화가로, 동물 그림으로 유명하다.

라도 나는 엘렌을 따라갈 거야〉라고 생각했다.

밴 더 루이든 부인이 주인의 왼쪽에 앉는 지위 격하를 참는 경우는 그날의 행사가 〈외국 손님〉을 위한 것이라는 명분이 있을 때뿐이었다. 마담 올렌스카가 〈외국 출신〉이라는 사실을 이 환송 만찬보다 더 능란하게 강조할 수 있는 방법은 없었다. 밴 더 루이든 부인이 출국하는 그녀에게 보여 주는 다정한 태도는 부인이 그 일에 동의한다는 사실을 의심할 여지 없이 보여 주었다. 일단 하기로 마음을 먹으면 넉넉하고 철저하게 할 일들이 있다. 옛 뉴욕의 규범에 따르면, 그 가운데 하나는 부족을 떠나는 여자를 위한 부족 집회였다. 올렌스카 백작 부인의 유럽행이 확정된 이상, 웰랜드가와 밍곳가는 그녀를 향한 변함없는 사랑을 선포하지 못할 이유가 없었다. 식탁 상석에 앉은 아처는 지칠 줄 모르는 무언의 활동을 통해서 그녀의 인기가 회복되고, 그녀에 대한 불만이 잠재워지고, 그녀의 과거가 묵인되고, 그녀의 현재가 가족의 인정이라는 빛에 휩싸이는 모습을 놀라움 속에 지켜보았다. 밴 더 루이든 부인은 그녀로서는 온정에 가장 가까운 표현인 희미한 자비심을 비쳤고, 메이 오른쪽에 앉은 밴 더 루이든 씨는 식탁을 둘러보며 스쿠이터클리프에서 보낸 모든 카네이션이 거기 얼마나 잘 어울리는지를 확인했다.

샹들리에와 천장 사이를 떠도는 듯한 기묘한 무중력 상태에서 그 장면에 동참하고 있던 아처는 다른 무엇보다 그 일의 진행 과정에서 자신이 맡고 있는 역할에 가장 놀랐다. 평온하고 영양 좋은 얼굴들 사이로 시선을 돌려 보니, 메이의 흰죽지오리에 몰두한 이 온순한 인상의 사람들이 말 없는 음모가 집단으로, 그리고 자신과 오른쪽에 앉은 창백한 여자가 음모의 중심으로 보였다. 그러더니 갑자기 그 모든 사람이 그와 마담 올렌스카를 애인 사이로, 특히 〈외국〉 어휘에서 눈에 띄는 극단적 의미의 애인 사이로 보고 있다는 사실이 수많은 빛의 파편으로 이루어진 거대한 섬광처럼 다가왔다. 그는 지난 몇 달 동안 자신이 조용한 관찰과 집요한 청취의 중심이 되었다는 걸 짐작했고, 자신이 알지 못하는 방법으로 그와 공범자를 갈라놓는 일이 성취되었음을 알았다. 그리고 온 일족이 자신들은 아무것도 모르고 아무것도 상상하지 않은 체하며, 그날의 만찬은 오직 사촌 언니를 사랑 속에 떠나보내고자 하는 메이 아처의 자연스러운 소망에서 비롯된 것이라는 무언의 전제 아래 그의 아내를 중심으로 모였다는 것을 알 수 있었다.

그것은 〈피를 뿌리지 않고〉 목숨을 빼앗는 옛 뉴욕의 방식이었다. 또한 추문을 질병보다 두려워하고, 용기보다 예의를 중시하며, 〈소동〉보다 더 천박한 일은 소동을 일으킨 당사자들의 행동을 빼고는 없다고 생각하는 이들의 방식이었다.

이런 생각이 꼬리를 물자 아처는 무장한 진지의 중심에 끌려온 포로가 된 것 같은 느낌이 들었다. 그는 식탁을 둘러보며, 사람들이 플로리다산(産) 아스파라거스를 먹으면서 보퍼트 부부에 대해 이야기하는 말투를 듣고 포획자들의 냉혹함을 짐작했다. 〈나에게 보여 주려는 거야. 《나》한테 어떤 일이 벌어질 거라는 걸⋯⋯.〉 그는 생각했다. 행동보다 암시와 비유가, 충동적인 말보다 침묵이 우세하다는 무시무시한 직감이 지하 가족무덤의 문이 되어 그를 가두었다.

그는 웃었고, 밴 더 루이든 부인의 놀란 눈과 마주쳤다.

「그 일이 우습다는 건가?」 부인이 굳은 미소를 짓고 말했다. 「물론 뉴욕에 남아 있겠다는 가엾은 레지나의 생각은 어처구니없는 면이 있지.」 이 말에 아처가 우물거렸다. 「아, 네,

그렇죠.」

그때 그는 마담 올렌스카의 오른쪽에 앉은 사람이 한동안 자기 오른쪽의 부인과 이야기 나누고 있는 것을 깨달았다. 그리고 그 순간 밴 더 루이든 씨와 셀프리지 메리 씨 사이에 우아하게 자리 잡은 메이가 식탁 아래편으로 재빨리 시선을 던지는 것을 보았다. 집주인과 그 오른쪽의 부인이 침묵 속에 식사를 이어 가기란 불가능했다. 그는 마담 올렌스카에게 눈을 돌렸고 그녀의 창백한 미소와 마주쳤다. 그 미소는 〈견뎌 내자고요〉라고 말하는 듯했다.

「워싱턴에서 오는 길이 피곤하지 않았나요?」 그가 자신도 놀랄 만큼 자연스러운 목소리로 물었고, 그녀는 이보다 편했던 여행길은 별로 없었다고 대답했다.

「기차 안이 너무 더웠다는 점만 빼면요.」 그녀가 덧붙였고, 그는 이제 가게 되는 나라에서는 그런 고충은 없을 거라고 말했다.

「언젠가 4월에 칼레에서 파리로 가는 기차 안에서 얼어 죽을 뻔한 적도 있어요.」 그가 힘을 주어 말했다.

그녀는 그리 놀라운 일이 아니라고 말한 뒤, 어쨌건 무릎 덮개를 여유롭게 챙겨서 다닐 필요가 있고, 어떤 여행이건 고충은 있다고 말했다. 그 말에 그는 불쑥 그런 고충은 떠나는 기쁨에 비하면 아무것도 아닐 거라고 대꾸했다. 그녀의 얼굴빛이 변했고, 그는 갑자기 날카로운 목소리로 덧붙였다. 「나도 머지않아 여행을 많이 다닐 생각입니다.」 그녀의 얼굴에 떨림이 스쳐 갔고, 그는 레지 치버스 쪽으로 몸을 굽히고 소리쳤다. 「레지, 세계 일주 어때? 지금 당장, 아니면 다음 달 정도에 말이야. 자네한테 뜻이 있다면 나도 할 마음이 있어.」 그 말에 레지의 아내가 부활절 주간에 맹인 요양원을 위한 마사 워싱턴 무도회가 열리는데 이것이 끝나기 전에는 레지를 보낼 수 없다고 말했고, 그녀의 남편은 그때가 되면 자신은 국제 폴로 경기 연습을 해야 할 거라고 차분히 덧붙였다.

하지만 셀프리지 메리 씨가 〈세계 일주〉라는 말을 받았다. 증기 요트로 세계를 한 바퀴 돈 경험이 있는 그는 이것을 기회로 지중해의 항구들이 얼마나 얕은가를 일러 주는 몇 가지 흥미로운 이야기를 식탁에 올렸다. 하지만 그는 아테네와 스미르나,[4] 콘스탄티노플[5]을 보았는데 무엇이 더 필요하겠느냐며 그건 중요하지 않다고 덧붙였다. 그리고 메리 부인은 열병 위험이 있는 나폴리로 가지 말라고 당부한 벤콤 박사가 더없이 고맙다고 말했다.

「하지만 인도를 제대로 보려면 3주는 필요해요.」 그녀의 남편은 자신이 경박한 세계 일주자가 아니라는 사실을 사람들이 이해해 주기 바라면서 이 말에 수긍했다.

그리고 이어 여자들은 응접실로 올라갔다.

더 비중 있는 인사들도 있었지만, 서재는 로렌스 레퍼츠가 지배했다.

화제는 평소와 마찬가지로 보퍼트 부부를 둘러싸고 이루어졌고, 따로 마련된 귀빈용 안락의자에 앉은 밴 더 루이든 씨와 셀프리지 메리 씨도 젊은이의 성토를 묵묵히 들었다.

레퍼츠가 이토록 뜨거운 감정에 휩싸여 기독교적 인성과 가정의 신성함을 미화한 적은 없었다. 분노는 그에게 맹렬한 능변을 안겨 주었고, 모두가 그의 모범을 따르고 그가 말하는 대로 행동한다면 사교계는 보퍼트 같은 외국 졸부를 받아

---

4 에게 해에 있는 터키 제2의 항구로, 이즈미르라고도 불린다.
5 기원전 7세기에 비잔티움이라는 이름으로 건설된 고대 도시.

들일 만큼 허약한 지경에 이르지 않을 것 같았다.

「이런 일은 있을 수 없는 거죠. 그런 자들이 댈러스가가 아니라 밴 더 루이든가나 래닝가와 결혼한다고 해도 말이에요. 그자가 먼저 몇몇 집안으로 교묘하게 비집고 들어가지 못했다면, 댈러스가 같은 가문과 결혼하는 일 자체가 어떻게 가능했겠습니까? 그러고 났더니 레뮤얼 스트러더스 부인 같은 사람이 그 발자취를 따라 비집고 들어오지 않았습니까? 사교계가 천박한 여자를 받아들인다면 이득이야 의심스럽겠지만 피해는 대수롭지 않을 겁니다. 하지만 미미한 출신에 부정한 재산을 가지고 온 남자를 용인하기 시작한다면 결과는 완전한 붕괴일 뿐입니다. 그것도 그리 멀지 않은 시기예요.」 그가 격렬하게 추궁했다.

「지금 같은 속도로 흘러간다면…….」 레퍼츠는 아직 돌팔매질을 당하지 않은 풀[6] 정장 차림의 젊은 예언자처럼 비분강개해서 외쳤다. 「우리 아이들은 사기꾼의 집에 초대받으려고 기를 쓰고, 보퍼트의 사생아와 결혼하게 될 겁니다.」

「이봐, 진정해!」 레지 치버스와 젊은 뉴랜드가 항의했다. 셀프리지 메리 씨는 진실로 두려움을 느낀 표정이었고, 밴 더 루이든 씨의 섬세한 얼굴에는 고통과 혐오의 표정이 내려앉았다.

「보퍼트한테 사생아가 있어?」 실러턴 잭슨 씨가 귀를 쫑긋 세우고 물었다. 레퍼츠가 웃음으로 대답하려고 하는데 노신사가 아처의 귀에 대고 속삭였다. 「이상해. 언제나 사태를 바로잡으려고 하는 친구들 말이야. 형편없는 요리사를 둔 사람들이 남들한테 외식하면 식중독에 걸린다고 말하는 법이지. 하지만 우리 친구 레퍼츠의 저런 맹비난에는 절실한 이유가

6 런던 최고의 복식업자 가운데 한 명.

있다고 들었어. 이번에는 타자수라던가…….」

그 이야기는 그저 멈출 줄 모르기에 흘러가는 바보 같은 강물처럼 아처의 곁을 흘러 지나갔다. 아처는 주변 사람들이 흥미롭고 즐겁고 심지어 웃긴다는 표정까지 짓고 있는 걸 보았다. 젊은이들의 웃음소리와 함께, 밴 더 루이든 씨와 메리 씨가 아처가의 마데이라 포도주를 신중하게 칭찬하는 것을 들었다. 그러는 동안 사람들이 전체적으로 자신에게 다정한 태도를 보이는 것이 희미하게 느껴졌다. 스스로 갇혀 있다고 느끼는 감옥의 간수가 자신에게 약간의 여유를 허락해 주는 것과 같았다. 그런 느낌은 자유를 얻어야 한다는 그의 열렬한 결심을 더욱 강하게 만들었다.

곧이어 남자들은 여자들이 있는 응접실로 갔고, 메이의 자신감 넘치는 두 눈과 마주치자 그는 모든 일이 매끄럽게 〈흘러갔다〉는 걸 알 수 있었다. 그녀가 마담 올렌스카 옆자리에서 일어나자, 밴 더 루이든 부인이 곧바로 마담 올렌스카에게 손짓해서 자신이 옥좌처럼 올라앉은 금박 소파 옆자리로 불렀다. 셀프리지 메리 부인이 응접실 저편에서 그들에게 다가갔고, 아처는 여기서도 권리 회복과 망각의 음모가 이루어지고 있음을 알았다. 그의 작은 세계를 지탱하는 침묵의 조직은 마담 올렌스카의 행동이 타당한지, 아처의 가정 행복이 완벽한지 한순간도 의문을 제기한 적 없다고 결연하게 공언하고자 했다. 이곳에 모인 상냥하고 냉혹한 사람들은 모두 그들이 믿는 것과 어긋나는 이야기는 들어 본 적도 생각한 적도, 심지어 가능하다고 인정한 적 없다고 여기는 가식의 행진에 굳건히 참여하고 있었다. 그리고 이런 정교한 상호 위장의 상황에서 아처는 다시 한 번 뉴욕이 자신을 마담 올렌스카의 애인으로 믿고 있다는 사실을 분별해 냈다. 그는 아내의 눈에 비친 승리의 빛을 보고 그녀 또한 그 믿음을 함께 갖고 있다는 사실을 처음으로 눈치챘다. 이러한 발견은 그의 내부에 악마 같은 웃음을 일으켰고, 그 웃음은 그가 레지 치버스 부인과 젊은 뉴랜드 부인과 함께 마사 워싱턴 무도회에 대해 이야기하기 위해 기울이는 모든 노력 가운데 울려 퍼졌다. 그렇게 저녁은 멈출 줄 모르는 멍청한 강물처럼 흐르고 흘러 지나갔다.

마침내 마담 올렌스카가 일어나서 작별 인사를 하는 모습이 보였다. 그는 그녀가 금세라도 떠날 걸 알았기에, 자신이 만찬 자리에서 그녀에게 무슨 말을 했는지 기억하려고 했지만 둘이 나눈 이야기가 한마디도 떠오르지 않았다.

그녀가 메이에게 다가가자, 주위로 사람들이 둥그렇게 모여 섰다. 두 젊은 여자는 손을 잡았다. 메이가 고개를 숙여 사촌에게 키스했다.

「아무리 봐도 이 집 안주인이 훨씬 더 예뻐.」 아처는 레지 치버스가 젊은 뉴랜드 부인에게 조그맣게 말하는 소리를 들었다. 그리고 보퍼트가 메이의 아름다움이 별 매력 없다고 거칠게 조롱하던 일이 떠올랐다.

잠시 후 그는 현관 입구로 나가 마담 올렌스카의 어깨에 망토를 둘러 주었다.

이렇게 정신이 혼란스러운 상태에서도 그는 그녀를 놀라게 하거나 불안하게 할 말은 하지 않기로 굳게 결심하고 있었다. 이제 그 어떤 힘도 그의 의지를 꺾을 수 없다는 믿음이 있었기에, 상황이 흘러가는 대로 내버려 둘 수 있는 힘을 얻었다. 하지만 마담 올렌스카를 따라 현관 입구로 나갔을 때는 잠시라도 그녀의 마차 앞에 단둘이 서 있고 싶다는 돌연한 갈망을 느꼈다.

「마차를 가져왔나요?」 그가 물었다. 하지만 그 순간 검은 담비 모피를 웅장하게 두른 밴 더 루이든 부인이 부드럽게 말했다.「우리가 엘렌을 집까지 태워다 줄 거야.」

아처의 심장이 움찔했다. 마담 올렌스카는 한 손으로 망토와 부채를 잡고 다른 손을 그에게 내밀며 말했다.「잘 있어요.」

「잘 가요. 하지만 곧 파리에서 만날 겁니다.」 그가 큰 소리로 말했다. 소리를 친 것처럼 느껴졌다.

「아, 메이하고 같이 온다면요!」 그녀가 웅얼거렸다.

밴 더 루이든 씨가 그녀에게 팔을 내밀었고, 아처는 밴 더 루이든 부인에게 돌아섰다. 그리고 잠시 커다란 사륜마차 안의 출렁이는 어둠 속에서 희미한 타원형 얼굴과 차분히 반짝이는 눈을 보았다. 그리고 그녀는 떠났다.

그가 현관 계단을 올라가는데 로렌스 레퍼츠가 아내와 함께 내려오고 있었다. 레퍼츠는 아처의 소매를 잡아당겨서 거트루드가 먼저 지나가게 했다.

「이봐, 내일 밤 자네랑 나랑 클럽에서 같이 저녁하는 거 잊지 않았지? 고마워, 친구! 잘 있게.」

「모든 게 잘됐어요, 그렇죠?」 메이가 서재 문턱에서 물었다.

아처는 깜짝 놀라 몸을 일으켰다. 마지막 마차가 떠난 뒤 그는 서재에 들어와 문을 닫고 앉아, 아직 아래층에 머물고 있던 아내가 곧장 자기 방으로 가주기를 바랐다. 하지만 그녀는 창백하고 꺼칠한 얼굴로 서서 피로를 감추며 마지막 힘을 발휘하고 있었다.

「들어가서 이야기 좀 해도 될까요?」 그녀가 물었다.

「당신이 원한다면 물론. 하지만 피곤하지 않아?」

「아뇨, 피곤하지 않아요. 당신 곁에 잠깐 있고 싶어요.」

「좋아.」 그가 말하고 그녀의 의자를 난로 앞에 끌어다 놓았다.

그녀는 거기 앉았고 그는 자기 자리로 돌아갔다. 하지만 한동안 누구도 말을 하지 않았다. 마침내 아처가 먼저 입을 열었다. 「당신이 피곤하지 않고 또 이야기를 하고 싶어 하니까 당신한테 하고 싶은 말이 하나 있어. 지난번에 하려던 이야기야.」

그녀가 얼른 그를 바라보았다. 「네. 당신에 관한 이야기인가요?」

「나에 관한 이야기야. 당신은 피곤하지 않다고 하는데 나는 피곤해. 지독하게 피곤해.」

그녀는 순식간에 애정 가득한 걱정에 사로잡혔다. 「그럴 줄 알았어요, 뉴랜드! 당신은 그동안 너무 과로했어요.」

「그럴지도 몰라. 어쨌건 나는 좀 쉬고 싶어.」

「쉰다고요? 사무소를 그만둔다는 말인가요?」

「어쨌건 떠나고 싶어, 당장, 긴 여행을. 아주 멀리, 모든 것을 떠나서……..」

그는 거기서 말을 멈추었다. 변화를 원하지만 너무 지쳐서 그걸 기쁘게 받아들일 수 없는 남자처럼 무심하게 말하려던 시도가 실패했다는 걸 알았다. 무엇을 하건 가슴속의 열렬함이 묻어 나왔다. 「모든 것을 떠나서.」 그가 다시 한 번 말했다.

「아주 멀리요? 예를 들면 어디요?」 그녀가 물었다.

「몰라. 인도라든지 일본이라든지.」

그녀는 일어섰다. 고개를 숙이고 두 손에 턱을 묻은 그는 그녀의 따뜻하고 향기로운 기운이 머리 위에 이는 것을 느꼈다.

「그렇게나 멀리요? 하지만 그러려면 나를 데리고 가야 돼요.」 그녀가 떨리는 목소리로 말했다. 그리고 그가 아무 말이 없자, 너무나 맑고 평온해서 음절 하나하나가 머릿속을 두드리는 작은 망치처럼 느껴지는 어조로 말을 이었다. 「그러니까 의사가 허락해 준다면요…… 하지만 아마 허락해 주지 않을 거예요. 뉴랜드, 오늘 아침에 알았어요. 내가 그토록 오랫동안 갈망하고 소망했던 일이 일어났다는 걸요.」

그가 병자 같은 눈길을 들어 그녀를 보았고, 그녀는 이슬에 젖은 장미 같은 모습으로 내려앉아 그의 무릎에 얼굴을 묻었다.

「아, 이런.」 그가 그녀를 안고 차가운 손으로 머리를 쓰다듬으며 말했다.

오랜 침묵이 흘렀고, 내면의 악마들이 그 침묵 속을 거칠고 요란한 웃음으로 채웠다. 그런 뒤 메이가 그의 팔을 풀고 일어섰다.

「짐작 못 했어요?」

「아니…… 아, 그러니까 못 했다고. 물론 나도 바랐지만…….」

둘은 잠시 서로를 바라보고 다시 말을 잃었다. 그가 그녀에게서 눈길을 돌리며 불쑥 물었다. 「다른 사람한테도 말했어?」

「어머니하고 당신 어머니 두 분께만요.」 그녀는 잠시 말을 멈추었다가 덧붙였다. 얼굴이 이마까지 빨개졌다. 「그리고 엘렌한테요. 지난번에 우리가 아주 오랫동안 이야기를 했다고 그랬잖아요. 엘렌이 나한테 정말 다정하게 대해 줬다고요.」

「아!」 아처는 심장이 멎는 것 같았다.

아내가 자신을 유심히 보는 게 느껴졌다. 「내가 엘렌한테 먼저 말해서 기분 나빠요, 뉴랜드?」

「기분이 나빠? 왜?」 그는 사력을 다해 평정을 유지했다. 「하지만 그건 보름 전이었잖아. 그리고 그 사실을 알게 된 건 오늘 아침이었다고 하지 않았나?」

그녀의 얼굴이 더욱 빨개졌지만, 눈빛은 흔들리지 않았다. 「그때는 확실하지 않았어요. 하지만 엘렌한테는 확실하다고 말했어요. 그런데 내 생각이 맞았어요!」 그녀는 탄성을 질렀다. 그녀의 파란 두 눈은 승리감으로 젖어 있었다.

34

뉴랜드 아처는 동부 39번가의 서재에 있는 필기 탁자에 앉아 있었다.

그는 메트로폴리탄 박물관의 새 전시관 개관 기념으로 열린 성대한 공식 접견회에서 돌아온 참이었다. 옛 시대의 약탈물이 가득한 넓은 방들과 과학적으로 분류된 보물들 사이를 거니는 상류 사회 사람들을 바라보니 갑자기 녹슨 기억이 용수철처럼 튀어 올랐다.

「이 방에서 예전에 세뇰라 유물전을 했지.」 누군가의 말소리가 들리는 순간, 주변의 모든 것이 희미해져 버렸다. 그는 혼자 난방기 앞의 딱딱한 가죽 소파에 앉아 있었고, 기다란 물개 가죽 망토를 두른 여읜 그림자가 빈약한 옛 박물관의 정경 속을 걸어갔다.

그 광경은 그에게 많은 연상을 불러일으켰다. 그는 지난 30년 동안 고독한 상념과 모든 가족 대화의 배경이 된 서재를 새로운 눈으로 바라보았다.

그의 인생에서 중요한 일은 대부분 그 방에서 일어났다. 거기서 아내는 거의 26년 전에, 다음 세대 여자들이 보았으면 미소 지었을 수줍고도 조심스러운 표현으로 자신이 아이를 가졌다는 사실을 알렸다. 그리고 거기서 장남 댈러스 —
한겨울에 교회에 데려가기에는 너무도 연약했던 그 아기 —
는 그들의 오랜 친구이자 풍채 좋고 당당하고 누구도 대신할
수 없는 뉴욕 주교로 기나긴 시간 동안 교구의 긍지이자 광
채를 더해 주었던 그에게 세례를 받았다. 거기서 댈러스가
처음으로 〈아빠〉라고 소리치며 뒤뚱뒤뚱 걸음마를 할 때, 메
이와 유모는 문 앞에 서서 웃었다. 거기서 (어머니와 너무도
닮은) 그들의 둘째 아이 메리가 레지 치버스의 많은 아들 가
운데 가장 둔하지만 믿음직스러운 친구와 약혼을 발표했다.
그리고 거기서 아처는 자동차로 그레이스 교회까지 가기 전
에 딸의 베일 쓴 얼굴에 키스했다. 모든 것이 기우뚱거리는
세상에서 〈그레이스 교회 결혼식〉만은 변하지 않는 전통으
로 남아 있었다.

그 서재에서 그와 메이는 끊임없이 아이들의 미래를 의논
했다. 댈러스와 둘째 아들 빌의 학업이나 〈성취〉에 대한 메리
의 치유 불가능한 무관심과 스포츠와 자선 활동에 대한 열
정, 그리고 부산하고 호기심 많은 댈러스를 결국 뉴욕의 신진
건축 사무소에 자리 잡게 만든 〈예술〉에 대한 막연한 애호 등
이 그 예다.

오늘날의 젊은이들은 법률과 사업의 좁은 영역에서 해방
되어 온갖 새로운 일에 뛰어들었다. 주 정치나 시 개혁에 관
심이 없는 자들은 중앙아메리카 고고학이나 건축, 조경 분야
로 들어갔다. 그들은 미국 독립 이전의 자국 건축물들에 깊
고도 지적인 관심을 기울였고, 조지 왕조풍[1]을 공부하고 적
용했으며, 아무 의미 없이 〈식민지풍〉[2]이라는 말을 쓰는 것

1 1730~1830년 사이에 미국 건축가들이 채택한 식민지풍 건축 방식 가
운데 하나.

을 거부했다. 오늘날에는 교외에 사는 부유한 식품점 주인들 말고는 누구도 〈식민지풍〉 집을 소유하지 않았다.

하지만 무엇보다 — 아처는 이따금 그 일이 최고 정점이 었다고 생각하는데 — 어느 날 뉴욕 주지사[3]가 올버니에서 저녁 식사와 하룻밤 숙박을 위해 찾아왔다가 바로 그 서재에 서 아처에게 돌아서서 탁자를 주먹으로 내리치고 안경을 썹 으며 〈직업 정치가들 다 죽어 버리라고 해! 나라가 원하는 건 자네 같은 사람일세, 아처. 이 마구간 청소가 시작된다면 자 네 같은 사람이 청소 작업에 힘을 보태야 해〉라고 말한 일이 있었다.

〈자네 같은 사람〉, 이 말에 아처는 얼마나 뿌듯한 웃음을 지었던가! 그리고 얼마나 열렬하게 그 부름에 응했던가! 그 것은 예전에 소매를 걷어붙이고 구정물 속으로 들어가라던 네드 윈셋의 호소와 같은 것이었지만, 그런 행동의 모범을 보인 자의 입에서 나왔기 때문에 그 소환에 따르지 않을 수 없었다.

돌아보면 자신 같은 사람이 나라에 필요한 사람이었는지 확신은 없었다. 적어도 시어도어 루스벨트가 지적한 그런 적 극적인 역할은 하지 못했다. 실제로 별로 필요 없는 사람이 었다고 생각할 이유가 있었다. 1년간의 주 의회 활동 끝에 재 선에 실패했기 때문이다. 덕분에 그는 유용할지는 몰라도 어 쨌건 미미한 시의 일로 돌아왔고, 그때부터 조국을 무감각에 서 깨어나게 하려는 개혁적인 성향의 주간지 한 곳에 다시 이 따금 글을 싣기 시작했다. 돌아볼 게 별로 많지는 않았다. 하

2 미국 식민지들에 있던 여러 가지 건축 방식을 뭉뚱그려서 가리키는 말.
3 미국 26대 대통령(1901~1909)이었던 시어도어 루스벨트(1859~1919) 는 1899년에서 1900년까지 뉴욕 주 주지사를 지냈다.

지만 그 세대와 계층의 젊은이들이 기대했던 것들 — 그들은 돈벌이, 스포츠, 사교계라는 좁은 틈바구니에 시야가 한정돼 있었다 — 을 기억해 보면, 새로운 상황에 대한 그의 미미한 기여는 견고한 벽의 벽돌 하나 같은 역할을 한 것처럼 보였다. 공적 생활에서 그는 별로 한 일이 없었다. 그의 천성은 변함없이 사색적인 딜레탕트적이었기 때문이다. 하지만 그는 중요한 문제에 심사숙고했고, 훌륭한 것들을 즐겼으며, 한 위대한 남자와 나눈 우정을 힘과 긍지로 여겼다.

그는 간단히 말해서 사람들이 〈선량한 시민〉이라 부르기 시작하는 인물이었다. 지난 오랜 세월 동안, 뉴욕에서 사회사업이나 지방 행정이나 예술 분야에서 일어난 새로운 운동은 모두 그의 의견을 경청하고 그의 이름을 원했다. 최초의 장애 어린이 학교를 세울 때, 메트로폴리탄 박물관을 재조직할 때, 그롤리에 클럽[4]을 만들 때, 새 도서관[5]의 문을 열 때 사람들은 〈아처에게 물어봐〉 하고 말했다. 그의 나날은 많은 일로 가득했고 그 일들은 남부끄럽지 않았다. 그는 사람이 인생에서 요구할 수 있는 건 그게 전부라고 생각했다.

무언가 놓친 게 있다는 건 알았다. 인생의 꽃이었다. 하지만 이제 그것은 너무도 아득하고 불가능한 일로 여겨져서, 그걸 불평한다는 건 복권에 일등 당첨되지 않았다고 낙심하는 것과 같았다. 그 복권은 수천만 장이 팔렸고 일등은 오직 하나였다. 그가 일등에 당첨될 가능성은 거의 없었다. 엘렌 올렌스카를 떠올리면, 책이나 그림에 나오는 상상의 애인처럼 추상적이지만 고요한 마음이 들었다. 그녀는 그가 놓친 모든 것을 한데 모은 영상이 되었다. 희미하고도 끈질긴 그

4 1884년에 창립된 뉴욕 남성 독서 클럽.
5 1895년에 설립된 뉴욕 공립 도서관.

영상 덕분에 그는 다른 여자들을 생각하지 않을 수 있었다. 그는 세상이 말하는 충실한 남편이었다. 그리고 메이가 막내를 간호하다가 폐렴이 옮아서 갑자기 죽었을 때 그는 진실로 애통해했다. 그들이 함께한 오랜 시간은 결혼이 설령 지루한 의무에 지나지 않는다 해도 의무의 위엄을 지키기만 한다면 큰 문제가 되지 않는다는 것을 보여 주었다. 그런 위엄을 잃은 결혼은 추악한 취향의 전쟁터가 되었다. 그는 주변을 돌아보며 지난날을 명예롭게 추억했고 그것을 잃은 것을 애통해했다. 어쨌거나 옛 방식에도 좋은 것이 있었다.

그는 방을 둘러보다가 ― 그 방은 댈러스가 영국 메조틴트 동판[6]과 치펀데일 캐비닛, 그리고 멋진 갓을 단 청백색 전등으로 꾸민 것이었다 ― 한 번도 버릴 생각을 하지 않은 낡은 이스트레이크 필기 탁자와 아직도 그의 잉크스탠드 옆에 놓여 있는 그가 처음 가진 메이의 사진으로 돌아갔다.

그녀는 거기 있었다. 큰 키, 둥근 가슴, 풀 먹인 모슬린 옷과 챙이 늘어진 레그혼 모자 차림의 날씬하고 우아한 모습, 그것은 선교소 정원의 오렌지 나무 밑에서 보았던 것과 같은 모습이었다. 그리고 그녀는 그날 그 모습 그대로 남아 있었다. 그때와 같이 절정의 모습은 아니었지만 거기서 크게 떨어지지는 않았다. 너그럽고 충실하고 부지런했지만 상상력이 결여되고 발전이 없어서, 그녀가 젊은 날에 알던 세계가 산산조각 나 새로이 건설되는 것도 의식하지 못했다. 이렇게 견고하고도 명백한 무지로 인해 그녀의 삶의 지평은 전혀 변화하지 않았다. 그녀가 변화를 인식하지 못했기에, 자녀들은 아처가 그랬듯이 그녀에게 자신의 생각을 드러내지 않았다. 처음부터 아버지와 아이들은 무의식적인 협력 아래 모든 것

6 1642년 루트비히 폰 지겐이 발명한 동판을 이용한 인쇄법.

이 변하지 않은 것처럼 가장했다. 그것은 일종의 무해한 가족 위선이었다. 그녀는 이 세상에는 자신의 가정처럼 사랑과 조화가 넘치는 가정이 가득하다고 생각했고, 이제 무슨 일이 있어도 뉴랜드가 댈러스에게 그들 부부의 인생을 형성한 원칙과 편견을 똑같이 가르쳐 줄 것이고, 다음에는 (뉴랜드가 그녀의 뒤를 따랐을 때) 댈러스가 그 신성한 신탁물을 막내 빌에게 전해 줄 거라고 믿으면서 순순히 세상을 떠났다. 그리고 메리는 그녀 자신만큼이나 깊이 믿었다. 그래서 막내 빌을 죽음의 손아귀에서 구해 내다가 자신의 목숨을 내어 준 그녀는 만족 속에 세인트 마크 교회의 아처가 지하 묘소로 내려갔다. 그곳에는 아처 부인이 이미 자기 며느리는 평생 알아차리지 못한 무서운 〈추세〉에서 뚝 떨어진 채 안전하게 누워 있었다.

메이의 사진 맞은편에는 딸 사진이 있었다. 메리 치버스는 어머니처럼 키가 크고 금발이었지만, 변화된 유행에 따라 허리가 굵고 가슴이 납작하고 자세가 구부정했다. 메리 치버스가 스포츠에서 이룬 뛰어난 업적들은 하늘색 허리띠를 가볍게 두른 메이 아처의 20인치 허리로는 불가능했을 것이다. 그리고 그 차이는 상징적으로 보였다. 어머니의 인생은 그 허리만큼이나 좁게 옭아매어진 것이었다. 메리 역시 어머니 못지않게 관습적이고 비지성적이었지만, 좀 더 넓은 인생을 살았고 좀 더 포용적인 견해를 가졌다. 새로운 체제에도 좋은 점이 있었다.

전화가 울렸고 아처는 사진에서 돌아서서 팔꿈치 옆에 있던 전화기에서 수화기를 집어 들었다. 놋쇠 단추를 단 복장의 전령 소년이 뉴욕에서 가장 빠른 통신 수단이었던 시절에서 그들은 얼마나 멀리 왔는가!

「시카고에서 온 전화입니다.」

아, 댈러스의 장거리 전화일 것이다. 댈러스는 독창적인 생각이 가득한 젊은 백만장자와 호숫가 대저택을 계약했고 그 일을 의논하러 시카고로 출장 가 있었다. 그의 회사는 그런 일이 있으면 언제나 댈러스를 보냈다.

「여보세요, 아버지. 네, 댈러스예요. 저기 수요일에 배 타실 생각 없으세요? 모러테이니어호[7]로요. 네, 다음 주 수요일이에요. 의뢰 고객이 결정을 내리기 전에 저보고 이탈리아 정원을 좀 둘러보고 와 달라면서, 당장 배를 타라고 부탁했어요. 6월 1일까지는 돌아와야 해요. 그러니까 서둘러야 돼요. 아버지가 도와주셨으면 좋겠어요. 같이 가요.」 목소리가 기쁘지만 수줍은 웃음으로 변했다.

댈러스는 마치 아버지와 같은 방에 있는 것처럼 이야기했다. 목소리는 그가 벽난로 앞의 가장 좋아하는 안락의자에 앉아 있는 것처럼 가깝고 자연스럽게 느껴졌다. 그 사실은 평소라면 별로 놀랍지 않았을 것이다. 장거리 전화는 전등이나 대서양 5일 횡단처럼 자연스러운 일이 되었다. 하지만 그 웃음은 그를 놀라게 했다. 수백 마일의 거리 ― 숲과 강과 산과 초원과 번잡한 도시와 바쁘고 무심한 수백만 인구 ― 를 지나 댈러스가 웃음소리와 함께 〈물론 무슨 일이 있어도 6월 1일까지는 돌아와야 돼요. 왜냐면 나는 패니 보퍼트하고 그달 5일에 결혼하니까요〉라고 말할 수 있다는 것은 아직도 신기했다.

아들이 다시 말했다. 「생각해 본다고요? 아뇨, 그럴 시간 없어요. 지금 그러겠다고 말하세요. 왜 망설이시나요? 한 가지 이유라도 대실 수 있다면……. 아뇨, 뭔지 알았어요. 그러

7 대서양 횡단선 가운데 가장 빠르다는 커나드 라인의 선박.

면 가는 거죠? 왜냐면 내일 아침 일찍 아버지가 커나드 사무소[8]에 전화해 주셔야 할 것 같거든요. 그리고 마르세유에서 귀국 선편도 예약해 주세요. 아버지, 우리 부자가 이런 식으로 함께 시간을 보내는 건 이번이 마지막일 거예요. 아, 좋아요! 허락해 주실 줄 알았어요.」

시카고와의 연결이 끊겼고, 아처는 일어나서 서재 안을 서성거리기 시작했다.

이런 식으로 둘이 함께 시간을 보내는 건 마지막이 될 것이다. 댈러스의 말이 맞았다. 댈러스가 결혼한 다음에는 분명히 다른 식의 〈시간〉이 많이 있을 것이다. 그들 부자는 천생 동지였기 때문이다. 그리고 패니 보퍼트는 사람들 평이야 어떻든 그런 부자지간을 훼방할 것 같지 않았다. 오히려 지금껏 보아 온 바로는 자연스럽게 그들 관계 속으로 편입될 것 같았다. 그래도 변화는 변화고 차이는 차이였다. 며느릿감이 매우 마음에 들기는 했지만, 자기 아들과 단둘이 마지막 시간을 보낼 기회를 갖는다는 것은 유혹적이었다.

그 기회를 잡지 않을 이유는 없었다. 이유라면 오직 그가 여행하는 버릇을 잃었다는 것뿐이었다. 메이는 아이들을 데리고 바다나 산으로 가는 것 같은 명확한 이유가 없을 때는 움직이는 것을 싫어했다. 그 밖에 다른 것은 39번가의 집이나 뉴포트 웰랜드가 구역의 편안한 거처를 떠날 이유가 되지 못했다. 댈러스가 학위를 딴 뒤에 그녀는 6개월 여행을 의무로 받아들여서, 온 가족이 함께 옛날식으로 영국, 스위스, 이탈리아를 여행했다. (이유는 아무도 몰랐지만) 시간이 부족해서 프랑스는 생략했다. 아처는 랭스와 샤르트르 대신 몽블랑을 고려해 보자는 요구에 댈러스가 분개했던 게 생각났다.

8 커나드 라인 증기선 회사.

하지만 댈러스를 따라다닌 영국 성당 순례에 진력이 난 메리와 빌은 등산을 원했다. 그러자 언제나 아이들에게 공평한 메이는 운동 성향과 예술 성향 사이에 균형을 맞추자고 주장했다. 그래서 남편더러 보름 동안 파리에 갔다가 그들이 스위스 여행을 〈마치면〉 그때 이탈리아의 호수에서 만나자고 제안했다. 하지만 아처는 거절했다. 「가족은 흩어지면 안 돼.」 그가 말하자, 메이는 남편이 댈러스에게 그렇게 좋은 모범을 보이는 것에 얼굴이 밝아졌다.

그녀가 죽은 지 2년 가까운 시간이 흐르는 동안, 그가 옛 방식을 고수하고 살 이유는 없었다. 아이들은 그에게 여행을 권했다. 메리 치버스는 그가 외국에 나가서 〈미술관들을 구경하면〉 여러 가지로 좋을 거라고 굳게 믿었다. 메리는 그런 치료법의 불가사의한 특성 때문에 더욱 그것이 효과적이라고 믿었다. 하지만 아처는 습관과 기억에 붙들려 살았고, 새로운 것들 앞에서는 놀라 움츠러들었다.

이제 과거를 돌이켜 보니, 그는 자신이 지독한 쳇바퀴 속에 틀어박혀 살았다는 걸 알았다. 의무를 다한 일의 최악의 결과는 그 어떤 다른 일도 하기에 부적합한 사람이 된다는 것이었다. 적어도 아처와 같은 세대의 남자들은 그렇게 보았다. 옳은 것과 그른 것, 정직과 부정직, 점잖은 것과 그 반대를 가르는 선이 너무도 명확해서 예측하지 못한 것이 들어설 여지가 없었다. 환경에 굴복해서 지내던 상상력이 어느 순간 일상적 수준 위로 솟아올라서 인생의 긴 굽잇길을 바라보는 순간들이 있다. 아처는 그곳에 높이 머물면서 생각했다.

그가 자라난 작은 세계, 그를 굴복시키고 구속한 그 세계의 기준들 가운데서 지금 무엇이 남았는가? 그는 가엾은 로렌스 레퍼츠가 오래전 바로 그 방에서 조롱 섞어 가며 한 예

언을 떠올렸다. 〈지금 같은 속도로 흘러간다면, 우리 아이들
은 보퍼트의 사생아와 결혼하게 될 겁니다.〉

아처 인생의 긍지인 그의 장남이 바로 그 일을 하려고 하
고 있었지만, 그 이유를 묻거나 꾸짖는 사람은 아무도 없었
다. 아직도 저물던 청춘 시절과 똑같은 제이니 고모조차 분
홍색 솜으로 싸둔 어머니의 에메랄드와 작은 진주알 장신구
를 꺼내 직접 떨리는 손에 들고 가서 미래의 신부에게 선물했
다. 그리고 패니 보퍼트는 파리의 보석상에서 맞춘 〈세트〉를
받지 못한 것이 실망스럽다는 기색을 보이지 않고, 그 옛날
식 아름다움에 감탄했으며 그걸 끼면 이자베의 미니어처 초
상화가 된 것 같은 느낌이 들 거라고 말했다.

부모가 모두 죽은 뒤 열여덟 살에 뉴욕에 나타난 패니 보
퍼트는 30년 전 마담 올렌스카가 그랬듯이 뉴욕의 마음을
사로잡았다. 다른 점이라면 이제 사교계는 그녀를 의심하고
두려워하는 대신, 기쁜 마음으로 당연하게 받아들였다는 점
뿐이다. 패니는 예쁘고 재미있고 교양 있었다. 그 밖에 무엇
을 더 원한다는 말인가? 누구도 그 아버지의 과거라든가 그
녀 자신의 출신 같은 가물가물한 기억을 긁어모아 그녀를 비
난하는 옹졸함을 보이지 않았다. 나이 든 사람들만이 보퍼
트의 파산이라든지, 아내가 죽은 뒤 보퍼트가 그 유명한 패
니 링과 조용히 결혼한 일, 그런 뒤 새 아내와 그 미모를 물려
받은 어린 딸을 데리고 미국을 떠났다는 사실 같은 뉴욕 사
업계의 희미한 사건들을 기억했다. 그는 이어서 콘스탄티노
플에 있다 했고, 이어 러시아에 있다고 하더니 12년 뒤에는
부에노스아이레스에서 큰 보험 사업체를 이끌면서 미국 여
행객들을 인심 좋게 대접했다. 그와 아내는 그곳에서 풍요의
향기 속에 죽음을 맞이했다. 그리고 고아가 된 딸은 어느 날

메이 아처의 올케인 잭 웰랜드 부인의 인솔 아래 — 잭 웰랜드가 그녀의 후견인으로 지명되었기에 — 뉴욕에 나타났다. 그래서 그녀와 뉴랜드 아처의 아이들은 사촌 비슷한 관계가 되었고, 댈러스의 약혼이 발표되었을 때 놀란 사람은 아무도 없었다.

세상이 얼마나 변했는지 이보다 더 명확하게 보여 주는 사례는 없었다. 요즘 사람들은 너무도 바빠서 — 개혁과 〈운동〉,[9] 열풍과 열광, 유행으로 바빠서 — 주변 사람들을 상관하지 않았다. 사회의 모든 원자가 같은 평면에서 도는 거대한 만화경 같은 세상에서 사람의 과거라는 게 무슨 의미가 있다는 말인가?

뉴랜드 아처는 호텔 창밖으로 파리 거리의 장중한 화려함을 내다보다가, 젊은 시절과 같은 혼란과 열정으로 심장이 뛰는 걸 느꼈다.

점점 폭이 넓어지는 조끼 속에서 심장이 격렬하게 곤두박질쳤다 솟구쳐서 다음 순간 가슴이 휑해지고 관자놀이가 뜨겁게 느껴진 일은 너무도 오랜만이었다. 그는 아들의 심장도 패니 보퍼트 앞에서 그렇게 뛸까 생각해 보고는 그렇지 않다고 결론 내렸다. 〈활발하게 움직이는 거야 분명하지만 리듬이 달라.〉 그는 댈러스가 가족의 허락이 당연하다고 믿고 차분하게 약혼을 발표하던 일이 떠올랐다.

〈차이점은 요즘 젊은이들은 자기가 원하는 건 무엇이든 얻을 수 있다고 믿지만, 우리는 거의 대부분 그렇지 않다고 믿었다는 거야. 하지만 궁금해. 미리 획득을 확신하고 있다면 심장이 그렇게 격렬하게 뛸 수 있을까.〉

9 19세기 말에서 20세기 초의 〈진보 시대〉와 관련된 프로그램들.

파리에 도착한 다음 날, 아처는 봄 햇살에 붙들려 방돔 광장의 넓은 은빛 전망이 내다보이는 창가에 서 있었다. 댈러스와 함께 파리에 가겠다고 승낙하면서 그가 아들에게 요구한 것 하나는 — 그러니까 그것은 거의 유일한 요구였다고 할 수 있는데 — 그를 새로 생긴 〈궁전〉 같은 호텔들로 데리고 가지 않는다는 것이었다.

「좋아요. 물론이죠. 아버지를 유쾌한 구석 장소들로 모시고 갈게요. 예를 들면 브리스톨이라든가…… 그런 곳으로요.」 댈러스가 기꺼이 동의했다. 1세기에 걸쳐 왕과 황제의 거소가 되었던 곳을 이제 고풍스러운 불편함과 약간 남아 있는 지역 특색을 맛보러 가는 구식 여관쯤으로 말하는 소리를 듣고 아처는 할 말을 잃었다.

초조와 안달 속에 보낸 처음 몇 년 동안 아처는 자신이 파리로 돌아가는 장면을 자주 떠올렸다. 그런 뒤 개인적 환상이 희미해지자 그 도시를 마담 올렌스카의 삶의 배경으로 그려 보려고 했다. 밤에 집안 식솔이 모두 잠자리에 들면 그는 서재에 혼자 앉아서, 마로니에 나무가 늘어선 대로에 찬란하게 터져 오르는 봄, 공원을 밝히는 꽃과 조각상들, 꽃 노점에서 풍기는 라일락 향기, 거대한 다리 아래로 웅장하게 흐르는 강물, 대동맥을 터질 듯 가득 채우는 예술과 학문, 쾌락의 인생을 떠올렸다. 그 모습이 지금 그의 눈앞에 찬란하게 펼쳐져 있었고, 그것을 내다보는 자신은 멋쩍고 구식이고 부적합해 보였다. 그가 되고자 꿈꾸었던 거침없고 당당한 자에 비교하면 그저 잿빛 점에 지나지 않는 모습이었다.

댈러스의 손이 경쾌하게 그의 어깨에 얹혔다. 「아버지, 멋지죠?」 둘은 한동안 침묵 속에 바깥을 내다보았고, 젊은이가 다시 말했다. 「그런데 아버지한테 전해 드릴 말이 있어요. 올렌스카 백작 부인이 내일 5시 반에 아버지와 저를 만나고 싶어 해요.」

댈러스는 다음 날 피렌체로 떠나는 저녁 기차 시각 같은 사소한 정보를 전하듯 가볍고 무심하게 그 말을 했다. 아처는 아들을 보고, 그 명랑하고 젊은 두 눈에서 증조할머니 밍곳의 장난기를 보았다.

「제가 말 안했나요? 패니가 나더러 파리에 있는 동안 세 가지를 하라고 시켰어요. 하나는 드뷔시[10] 말년의 노래 악보를 구하는 것과 그랑 귀뇰[11]에 가는 것, 그리고 마담 올렌스카를 만나는 거예요. 아시겠지만 패니의 아버지가 패니를 부에노스아이레스에서 성모승천 수도원으로 보냈을 때 그분이 많은 도움을 주셨거든요. 패니는 파리에 아는 사람이 한 명도 없었는데, 마담 올렌스카가 패니에게 많은 친절을 베풀고 휴일이면 시내 구경도 시켜 주고 하셨대요. 아마 보퍼트 씨의 첫 부인하고 친하셨나 봐요. 그리고 우리 친척이기도 하잖아요. 그래서 오늘 아침 외출하기 전에 전화를 걸어서, 아버지하고 제가 여기 이틀 동안 머물 건데 한번 만나 뵙고 싶다고 했죠.」

아처는 멍하니 댈러스를 바라보았다. 「내가 여기 왔다고 했다고?」

「네. 말하면 안 되나요?」 댈러스의 눈썹이 묘하게 올라갔다. 그러다 아무런 대답이 없자 아버지 팔 아래 자기 팔을 끼고 지그시 끌어당겼다.

「아버지, 그분은 어떤 분이셨나요?」

10 클로드 드뷔시(1862~1918). 인습 타파적인 프랑스 작곡가로 「목신의 오후」(1894)와 「바다」(1904) 같은 작품이 있다.
11 격렬하고 무시무시한 연극을 공연하는 파리의 극장.

아처는 아들의 뻔뻔한 눈길 아래 얼굴이 화끈 달아오르는 게 느껴졌다. 「말해 봐요, 두 분은 아주 가까운 사이였죠? 마담 올렌스카는 사랑스러운 분이었을 것 같아요.」

「사랑스러워? 그건 모르겠다. 하여간 많이 달랐지.」

「맞아요, 언제나 그래요! 〈그 여자는 다르다.〉 이유는 알 수 없어요. 제가 바로 패니한테 그렇게 느끼거든요.」

아버지는 아들의 팔을 풀며 뒤로 한 발짝 물러섰다. 「패니 한테? 하긴 그래야지! 하지만 내가 볼 때…….」

「아버지. 그렇게 노인네처럼 굴지 말아요! 그분이 옛날에 아버지의 패니였나요?」

댈러스는 몸과 마음이 모두 새 세대에 속했다. 그는 뉴랜드와 메이 아처의 맏이였지만, 아무리 가르쳐도 말을 아끼는 법을 배우지 못했다. 「뭐하러 아리송하게 굴어요? 그러면 사람들이 더 코를 킁킁거릴 뿐이라고요.」 신중하게 행동하라고 가르치면, 그는 언제나 이렇게 반박했다. 하지만 그의 눈을 본 아처는 농담 속에 깃든 아들의 애정을 느꼈다.

「나의 패니?」

「그러니까 그 사람을 위해서라면 모든 걸 던져 버릴 수 있는 여자 말이에요. 물론 그러시지는 않았지만.」 댈러스가 계속 놀라운 말을 이어 갔다.

「그러지는 않았다.」 아처가 약간 엄숙하게 말했다.

「그래요. 아버지는 구식이니까. 하지만 어머니 말로는…….」

「너희 어머니?」

「네, 돌아가시기 전날 어머니가 저를 따로 불렀던 거 생각나세요? 그때 어머니는 아버지가 계시니 우리 일은 걱정되지 않는다고 말씀하셨어요. 예전에 어머니가 아버지께 부탁드리니까, 아버지는 인생에서 가장 간절히 원하던 것을 포기하셨다고요.」

아처는 이 기이한 이야기를 침묵 속에 들었다. 두 눈은 창문 아래 사람들 가득한 햇빛 밝은 광장에 멍하니 고정되어 있었다. 마침내 그가 낮은 목소리로 말했다. 「너희 어머니는 부탁한 적 없다.」

「아, 잊었네요. 두 분은 서로에게 부탁 같은 거 안 하셨죠. 이야기도 안 하시고요. 가만히 앉아서 서로를 바라보며 속마음을 짐작하기만 했어요. 그러니까 벙어리 귀머거리 수용소였다니까요! 물론 아버지 세대가 상대방의 속마음도 척척 알았던 데 반해서 우리 세대는 자기 마음도 잘 모른다는 건 저도 인정해요. 정말이에요, 아버지.」 댈러스가 잠시 말을 멈추었다. 「저한테 화나신 건 아니죠? 만약 그렇다면 이 이야기는 그만하고 앙리에 가서 점심 식사 해요. 그다음에 서둘러 베르사유 궁전에 가야 하거든요.」

아처는 아들과 함께 베르사유에 가지 않았다. 대신 혼자서 오후의 파리 거리를 거니는 쪽을 선택했다. 그는 말하지 못하고 살아온 세월 속에 쌓였던 회한과 억눌렀던 기억들을 처리해야 했다.

시간이 얼마간 지나자 그는 댈러스의 신중하지 못한 언행을 책망하지 않게 되었다. 어쨌거나 누군가는 그의 고통을 알고 연민했다는 사실을 알게 되자, 그의 심장에서 쇠 심 하나가 빠져나가는 것 같았다. 그리고 그 사람이 자신의 아내였다는 것은 더없이 감동적이었다. 댈러스는 애정 어린 통찰력을 지녔지만 그것을 이해하진 못했을 것이다. 그 아이가 볼 때 그 사건은 그저 헛된 좌절과 낭비된 힘의 서글픈 사례에 지나지 않았을 것이다. 하지만 정말 그것뿐이었을까? 아처는 인파로 물결치는 샹젤리제 거리의 벤치에 오랫동안 앉아서 생각했다.

거기서 거리 몇 개만 더 지나가면, 그리고 몇 시간 후면 마담 올렌스카를 만날 수 있었다. 그녀는 남편에게 돌아가지 않았고, 몇 년 전 남편이 죽었을 때도 사는 법을 바꾸지 않았다. 이제 그녀와 아처를 갈라놓는 것은 아무것도 없었다. 그리고 그날 오후 그는 그녀를 만날 예정이었다.

그는 일어서서 콩코르드 광장과 튈르리 정원을 지나 루브르 박물관으로 갔다. 그녀가 전에 거기 자주 간다는 말을 했기에, 남는 시간을 그녀가 최근에 들렀을 가능성이 있는 곳에서 보내고 싶어졌다. 그는 한 시간가량 눈부신 오후 햇살을 받으며 여러 전시관을 천천히 거닐었다. 그러자 그림들이 잊혀져 가던 광휘 속에서 하나하나 살아나, 그의 영혼을 아름다움의 긴 메아리들로 채웠다. 어쨌건 그의 인생은 너무 허기져 있었다.

그러다 티치아노[12]의 눈부신 작품 앞에서 그는 자신도 모르게 말했다. 「하지만 난 이제 겨우 쉰일곱인걸.」 그리고 돌아섰다. 그런 여름날의 꿈을 꾸기에는 너무 늦었지만, 그녀의 곁에서 조용히 우정과 동료애를 수확하기에는 늦지 않았을 것이다.

그는 호텔로 돌아가 약속대로 댈러스를 만난 뒤, 함께 콩코르드 광장을 지나 국회 의사당으로 이어지는 다리를 건넜다.

댈러스는 아버지 마음속에서 벌어지는 일을 모른 채 베르사유에 대해 들뜬 이야기를 쏟아 냈다. 그때까지 그가 베르사유를 본 것은 식구들하고 같이 스위스로 가게 되는 바람에 모든 것을 주마간산 격으로 허겁지겁 훑어야 했던 그 휴가

12 티치아노 베첼리오(1485년경~1576). 이탈리아의 유명한 화가.

여행 때 딱 한 번이었다. 그의 입술에서는 격렬한 열광과 자신에 찬 비판이 서로 충돌하며 흘러나왔다.

그의 말을 듣다 보니, 아처는 점점 자신이 자격도 없고 할 말도 없다는 느낌이 들었다. 그의 아들은 둔한 아이가 아니었다. 아들에게는 운명을 자신의 지배자가 아니라 동급자로 바라보는 데서 오는 유연함과 자신감이 있었다. 〈그거야. 이 아이들은 자신이 모든 것과 대등하다고 생각해. 일을 해나가는 방법을 알아.〉 그는 아들을 옛 경계표를 모두 쓸어 내면서 안내 표지와 위험 표지도 함께 없애 버린 새로운 세대의 대변인으로 여기며 생각에 빠졌다.

댈러스가 갑자기 멈춰 서더니 아버지의 팔을 움켜쥐고 〈아, 멋진데요〉 하고 소리쳤다.

그들은 앵발리드[13] 앞의 나무로 가득한 광장에 들어서 있었다. 망사르 돔[14]은 싹 트는 나무들과 회색 건물의 길쭉한 정면 위로 아른아른 떠 있었다. 오후 햇살을 모두 빨아들이며 공중을 부유하는 그 모습은 인류 영광의 가시적 상징처럼 보였다.

아처는 마담 올렌스카가 앵발리드에서 방사상으로 뻗어 나가는 대로 한 곳에 딸린 광장에 산다는 걸 알았다. 아처의 상상 속에서 그곳은 중심부를 밝힌 화려함과는 무관하게 조용하고 눈에 잘 띄지도 않는 곳일 것 같았다. 이상한 연상 작용에 의해서 그 황금빛 햇살은 그녀를 품은 충만한 조명이 되었다. 30년 가까운 세월 동안 그녀의 인생은 — 그는 이상할 만큼 그것에 대해 아는 게 없었다 — 이미 그의 폐가 감당

13 루이 14세가 1671년에 세운 상이군인 시설.
14 프랑스 건축가 쥘 아르두앙 망사르의 작품으로 안에 나폴레옹의 무덤이 있는 앵발리드 교회의 금박 돔.

하기에는 지나치게 밀도가 높고 자극적이라고 느껴지는 이 풍성한 대기 속에서 흘러갔다. 그는 그녀가 다녔을 극장, 그녀가 바라보았을 그림, 그녀가 드나들었을 엄숙하고 화려한 고택, 그녀가 함께 대화를 나누었을 사람들, 그 밖에 이 사교성 높은 종족이 태고적 관습을 배경으로 쏟아 낸 사상과 호기심, 이미지와 연상의 끊임없는 활동을 생각했다. 그리고 한때 어떤 젊은 프랑스인이 그에게 한 말을 떠올렸다. 〈아, 좋은 대화. 세상에 그것만 한 건 없죠.〉

아처는 30년 가까운 세월 동안 무슈 리비에르를 본 적도 없고 소식을 들은 적도 없다. 그 사실은 그가 얼마나 마담 올렌스카의 인생을 모르고 살았는지에 대한 척도가 되었다. 반생 이상의 시간이 그들 사이에 가로놓여 있었고, 그 긴 세월을 그녀는 그가 모르는 사람들과, 그가 어렴풋이 짐작할 뿐인 사교계에서, 그가 결코 완전히 이해할 수 없을 환경 가운데 보냈다. 그 시간 동안 그는 그녀의 젊은 시절의 기억과 더불어 살았다. 하지만 그녀는 분명 그보다는 현실적인 인간관계를 가졌을 것이다. 그녀 또한 그의 기억을 따로 간직해 두고 있는지 모른다. 하지만 그렇다 해도 그것은 날마다 찾아가 기도할 수는 없는 작고 어두운 예배당의 성물과 같은 것이리라.

둘은 앵발리드 광장을 지나서 건물 측면과 나란히 뻗은 큰길을 걸어갔다. 거리는 화려함과 유구한 역사에도 불구하고 조용했다. 이 사실은 파리가 앞으로 활용할 수 있는 부의 일면을 보여 주었다. 이런 풍경들이 지금은 무심한 소수에게만 향유되고 있었기 때문이다.

하루가 햇빛 물든 부드러운 아지랑이 속으로 저물어 가면서 여기저기서 노란 전등이 불을 밝혔고, 그들이 들어선 작은 광장에는 행인이 띄엄띄엄 있었다. 댈러스가 다시 멈춰 서서 고개를 들었다.

「여기일 거예요.」 그렇게 말하면서 그는 아버지의 팔짱을 꼈고, 아처는 멋쩍었지만 아들의 팔을 뿌리치지 않았다. 둘은 함께 서서 집을 올려다보았다.

이렇다 할 특징이 없는 현대식 건물이었지만, 창문이 많고 미색의 넓은 정면에는 발코니들이 보기 좋게 달려 있었다. 건물 위쪽, 광장의 마로니에 나무 위로 높직이 걸린 발코니 한 곳에는 방금 전까지 햇빛이 들기라도 한 것처럼 아직도 차양이 쳐져 있었다.

「몇 층이더라?」 댈러스가 그렇게 말하고 〈포르트 코셰르〉[15]로 가서 수위실에 고개를 들이밀더니 돌아와서 말했다. 「5층이래요. 저 차양이 쳐진 집일 거예요.」

아처는 꼼짝하지 않고 이제 순례의 목적이 달성되기라도 한 듯 위쪽 창문들을 바라보았다.

「아버지, 6시가 다 되었어요.」 아들이 기다리다가 말했다.

아버지는 나무 밑에 있는 빈 벤치로 눈길을 돌렸다.

「저기 잠깐 앉아야겠다.」 그가 말했다.

「왜요? 어디 안 좋으세요?」 아들이 놀라서 물었다.

「아냐. 하지만 너 혼자 올라가는 게 좋겠구나.」

댈러스는 어리둥절한 표정으로 머뭇거렸다. 「하지만 아버지, 그러면 아예 안 올라가시겠다는 건가요?」

「모르겠다.」 아처가 천천히 말했다.

「아버지가 안 가시면 마담 올렌스카가 의아해하실 텐데요.」

「일단은 너 혼자 가렴. 내가 뒤따라갈 수도 있어.」

댈러스는 땅거미 속에서 아버지를 한참 동안 바라보았다.

15 *porte-cochère*. 안뜰로 이어지는 길.

「하지만 가서 뭐라고 말씀드려요?」

「얘야, 너는 언제나 무슨 말을 해야 할지 잘 알지 않니?」 아버지가 미소 띤 얼굴로 대답했다.

「좋아요. 아버지가 너무 구식이라 승강기를 타지 않고 5층까지 걸어 올라오실 거라고 말씀드릴게요.」

아버지가 다시 웃었다. 「내가 구식이라고만 말하렴. 그러면 충분할 게다.」

댈러스는 다시 그를 보더니 잠시 후 믿을 수 없다는 몸짓을 해 보이고 현관 안으로 사라졌다.

아처는 벤치에 앉아서 차양이 쳐진 발코니를 계속 응시했다. 아들이 승강기를 타고 5층까지 올라가서 초인종을 누르고 집 안으로 들어가서 응접실로 안내될 때까지 걸릴 시간을 짐작해 보았다. 댈러스가 빠르고 당당한 걸음걸이와 밝은 미소를 띤 얼굴로 응접실에 들어가는 모습을 떠올리자, 댈러스가 〈아버지를 닮았다〉는 사람들의 말이 맞는 걸까 하는 의문이 들었다.

그런 뒤 그 방에 있는 사람들을 떠올려 보았다. 사교 모임에 적합한 시각이었으니 아마도 다른 사람이 더 있을 것이다. 그리고 그 가운데 갈색 머리 여자, 창백한 피부의 갈색 머리 여자가 고개를 들고 절반쯤 일어서면서 반지 세 개를 낀 가늘고 긴 손을 내밀 것이다. 그녀는 아마 난롯가에 놓인 소파 구석에 앉아 있을 테고, 등 뒤의 탁자에는 진달래가 놓여 있을 것이다.

「나는 저기 올라가는 것보다는 여기 있는 게 더 맞아.」 그는 자신도 모르게 중얼거렸다. 현실의 마지막 그림자가 힘을 잃을지도 모른다는 두려움이 그를 계속 거기 앉아 있게 했다.

그는 짙어 가는 어둠 속에서 오래도록 벤치에 앉아 있었고, 그의 두 눈은 발코니를 떠나지 않았다. 마침내 창밖으로 불빛이 새어 나왔고, 잠시 후 남자 하인이 발코니로 나와 차양을 접은 뒤 덧창을 닫았다.

그러자 그게 기다리던 신호이기라도 했다는 듯이, 뉴랜드 아처는 천천히 일어나 혼자서 호텔로 돌아갔다.

섬세한 문장과 냉혹한 리얼리티의 작가
이디스 워튼

『순수의 시대』 펭귄판 표지에 보면 미국의 비영리 독서 교육 운동 단체인 그레이트 북스 재단이 토론용 도서로 추천했다는 글귀가 새겨져 있다. 소설의 주인공이 논란의 대상이 되는 일이야 흔하지만, 이 작품 속 인물들의 행보에 대해서는 정말로 다양한 견해가 나올 수 있고, 그래서 아주 활발하고도 재미있는 토론이 벌어질 수 있겠다는 생각이 들었다. 억압하는 현실에 대해 새로운 눈을 뜨지만 새로운 힘까지 얻지는 못하는 뉴랜드 아처, 관습 때문에 큰 희생을 치르지만 관습에 맞서지는 않는 엘렌 올렌스카, 자신이 관습의 바깥에서는 생존할 수 없다는 것을 알기에 적잖은 통찰력을 지니고도 관습의 화신처럼 되는 메이 웰랜드, 이 세 사람이 벌이는 〈겉으로는〉 조용하지만 〈수면 아래는〉 격렬하게 요동치는 갈등과 충돌은 독자들에게 어느 한쪽을 전적으로 지지하기 어렵게 만드는 복잡한 양가감정을 안겨 주기 때문이다.

하지만 지적, 도덕적 열정을 지녔는데도 유럽과 미국 양쪽에서 인생의 피해자가 되는 엘렌 올렌스카에 대해서는 많은 사람들이 공통적으로 연민의 감정을 느낄 것이다. 누구보다도 진실과 아름다움을 열망하지만 위선적 관습에 의해 날개가 꺾이는 엘렌 올렌스카는 이디스 워튼과 여러모로 비슷한 인물이다. 워튼도 엘렌처럼 옛 뉴욕 출신이지만 일생의 많은 부분을 유럽에서 보내며 지적, 예술적 소양을 살찌웠다. 워튼도 엘렌처럼 족쇄가 된 결혼에 인생이 마모된 경험이 있다. 또 워튼도 엘렌처럼 옛 뉴욕의 숨막히는 관습을 〈돌파〉하거나 〈혁파〉하는 것만이 해결책이라고 여기지 않았다.

그러나 엘렌과 달리 워튼은 인생의 희생자가 되지 않았다. 문학적으로도 뛰어난 성취를 이루었을 뿐 아니라 작품의 상업적 성공으로 진정한 경제적 독립을 이루었고, 제1차 세계 대전 때에는 정력적인 구호 활동을 펼쳐 프랑스 정부에서 레종 도뇌르 훈장까지 받았다. 20세기 후반부터 많은 여성주의 연구자들이 워튼을 주목하는 것은 그녀의 작품 속에 여성과 사회에 대한 예리한 통찰이 담겨서이기도 하지만, 작가 자신이 이렇듯 시대를 앞서 간 여성으로서 빛나는 모범이 되었기 때문이기도 하다.

이디스 워튼은 1862년 1월 24일 미국 뉴욕 시 맨해튼에서 이디스 뉴볼드 존스Edith Newbold Jones로 태어났다. 아버지 조지 프레더릭 존스와 어머니 루크레시아 라인랜더 존스는 모두 뉴욕 최고의 명문가 출신이었다. 〈남에게 뒤지지 않으려고 허세를 부린다〉는 뜻의 영어 숙어 *keep up with the Joneses*의 *Joneses*가 바로 워튼의 집안을 가리킨다는 이야기까지 있을 정도다. 부모님은 성격은 달랐지만 전통과 관습에 깊이 침윤되어 있다는 점에서는 같았다. 옛 뉴욕의 관습에 따르면, 부모가 딸에게 바라는 의무는 〈아름답고 순수할 것〉이 전부고 성공의 길은 오직 〈결혼을 잘하는 것〉뿐이었다.

하지만 워튼은 어릴 적부터 이야기 지어내는 걸 좋아했고,

글을 배운 뒤로는 (제대로 된 종이는 주어지지 않았기 때문에) 배달된 소포의 포장지에 이야기를 적으며 문학의 꿈을 키웠다. 〈양갓집 규수〉의 〈글쟁이 꿈〉은 부모님에게 환영받지 못했고, 어머니는 특히 이를 못마땅하게 여겨서 워튼을 통상적인 나이보다 일찍 사교계에 데뷔시켰다. 워튼은 결국 1885년에 보스턴 출신의 에드워드 로빈스 워튼Edward Robbins Wharton과 결혼했다. 그러나 에드워드는 여행을 좋아한다는 점을 빼고는 이디스와 공통점이 거의 없었고, 아내의 지성과 예술적 안목을 이해할 능력도 없었다. 두 사람의 결혼 생활은 서서히 시들어 갔고 28년 만에 결국 이혼으로 마무리 지어졌다.

그때까지 미국과 유럽을 넘나들면서 살던 워튼은 이혼한 뒤로 거의 유럽에 정착했다. 당시 워튼은 이미 열여덟 권의 책을 발표하고 작가로서 명성도 수입도 상당한 상태였다. 그리고 얼마 지나지 않아 제1차 세계 대전이 벌어지자, 수많은 구호 단체를 조직하고 운영하며 전쟁을 최일선에서 겪었다.

제1차 세계 대전이 끝나고 미국의 많은 젊은 작가가 세계에 대한 환멸 속에 쾌락을 추구하는 이른바 〈재즈 시대〉에 빠져 들었지만, 50대 중반에 이른 워튼은 차분하게 공동체의 가치와 그 안에 속한 개인의 성장을 성찰하는 『순수의 시대*The Age of Innocence*』(1920)를 썼고, 이 작품으로 여성 최초로 퓰리처상을 받았다.

안타깝게도 『순수의 시대』 이후로는 크게 주목받은 작품이 많지 않았지만, 워튼은 75세로 죽을 때까지 쉬지 않고 집필 활동을 펼쳐서 장편소설 25편, 단편소설 86편, 시집 3권, 소설 이론서 1권, 자서전 1권에 이르는 작품을 남겼다. 여기에 실내 장식 서적도 1권 있고(워튼은 건축, 실내 장식, 조경과 미술 일반에 상당히 조예가 깊었다) 여러 권의 여행 서적도 있다(워튼은 평생토록 여행을 아주 많이 다녔다. 자동차도 이른 시기에 구입해 타고 여행 다녔다)는 걸 생각하면, 워튼은 옛 뉴욕 사회가 여성에게 강제하는 갑갑한 울타리를 누구보다도 성공적으로 벗어난 여성이라고 말할 수 있을 것이다.

작가로서 이디스 워튼은 평생토록 헨리 제임스Henry James와 많이 비교되었다. 그러나 제임스보다 나이가 20세가량 어리고 또 여자라는 이유로, 제임스의 후계자 또는 아류로 여겨지는 일이 많았다. 두 사람은 실제로 매우 절친한 친구였으며, 두 사람 사이에는 언뜻 비슷한 점들이 눈에 띈다. 둘 다 〈유럽화한 미국인〉으로 일생의 많은 부분을 유럽에서 보냈다(워튼은 인생의 마지막 15년 동안 미국에 한 번도 가지 않았다). 그리고 몇몇 작품에서 유사한 인물들이 보이고, 둘 다 지극히 세련된 문장을 구사했다.

하지만 헨리 제임스가 비극에 처한 개인의 내면에 집중했다면, 워튼은 그런 비극이 벌어지게 된 상황과 구조에 더욱 깊은 관심을 기울였다. 워튼은 제임스보다 훨씬 객관적인 시점으로 작품을 썼고, 사회 구조와 메커니즘에 대한 냉정한 관찰과 기술은 리얼리즘을 넘어 자연주의적인 특징까지 보여 준다. 그래서 워튼의 작품은 냉혹하고 인간미가 부족하다는 비판도 많이 받았다.

워튼의 출세작이라고 할 수 있는 『환락의 집*The House of Mirth*』(1905)은 경제적 어려움에 처한 명문가 처녀 릴리 바트가 결혼을 통한 신분 상승을 노리다가 몰락하는 이야기이며, 뉴잉글랜드의 청교도적 농촌을 배경으로 삼은 중편소설 「이선 프롬Ethan Frome」(1911)은 젊은 시절 집착과 격정과 절망에 휩싸였던 세 남녀가 비참한 여생을 사는 결말을 충격적으로 보여 준다. 『국가의 관습*The Custom of the Country*』

(1913)에서 주인공 언딘 스프라그는 욕망하던 것들을 이루지만, 그것은 그녀 자신이 〈괴물〉이 되어 잔인하고 부도덕한 일들을 뻔뻔하게 저지른 결과이다. 그리고 『순수의 시대』는 옛 뉴욕 상류층의 점잖고 온화한 문화와 엄격한 도덕률 속에 얼마나 정교한 위선과 억압의 기제가 작용하고 있는지를 현미경으로 들여다보는 것처럼 세밀하게 그려 보이고 있다.

하지만 이런 냉혹한 현실을 그리는 워튼의 문장은 지극히 섬세하며 우아하고도 날렵하다. 역자가 볼 때 워튼의 작품이 갖는 커다란 매력 중 하나는 바로 이것인 것 같다. 문장들은 너무도 우아하고 섬세해서 투명한 섬유와도 같은데, 그 정밀한 씨실과 날실이 새긴 현실의 무늬는 그 어떤 두꺼운 태피스트리에 직조된 그림보다도 원근감 깊은 상을 이룬다. 그리고 그런 낯선 결합 속에 날카로운 아이러니와 풍자들이 빛난다.

동시대의 한 작가는 워튼을 가리켜서 〈지나칠 만큼 의식적으로 잘 쓴다〉고 말했다는데, 이렇게 빼어난 문장을 대하는 일은 번역자에게는 언제나 기쁘고도 두려운 일이 아닐 수 없다. 무딘 손의 잘못이 크지 않았기를 바랄 뿐이다.

많은 사람들이 『순수의 시대』라고 하면 마틴 스코시즈 감독의 영화(1993)를 떠올릴 것이다. 영화는 영상미도 매우 빼어나고 원작을 충실하게 반영하려는 의도가 잘 드러나 있다. 하지만 린디 케이르 같은 평론가는 워튼의 작품이 갖는 정교함은 영화로 담길 때 훼손되는 경우가 많다는 점을 강조하면서 『순수의 시대』 또한 예외가 아니라고 말했다. 영화를 본 독자들은 소설과 영화를 비교해 보는 것도 재미있을 것이다.

고정아

이디스 워튼 연보

1862년 출생 1월 24일 남북 전쟁(1861~1865) 중인 미국의 뉴욕 시 맨해튼 서부 23번가(5번 대로와 매디슨 스퀘어 가든에 인접)에서 아버지 조지 프레더릭 존스George Frederic Jones와 어머니 루크레시아 라인랜더 존스Lucretia Rhinelander Jones 사이에 2남 1녀 중 막내로 출생. 이때 큰오빠 프레더릭은 16세, 작은오빠 헨리는 11세로 형제들과 나이 차이가 많이 나서 출생과 관련된 여러 소문이 나돌기도 했음. 워튼의 부모는 영국, 네덜란드 상인의 후예로 별다른 직업 없이 물려받은 유산만으로 부유한 생활을 하는 뉴욕 상류층 엘리트였고, 특히 어머니는 〈뉴욕에서 가장 옷을 잘 입는 여자〉로 손꼽혔음. 워튼은 어머니와 사이가 좋지 않았고 아버지를 좋아했는데, 아버지 조지 프레더릭은 문화적 교양을 갖추었으나 세상을 개선하려는 야심이나 욕망을 품지 않은 사람으로 워튼의 작품에 등장하는 많은 남자들의 모델이 되었음.

1866년 4세 남북 전쟁 후의 불황에 따른 경제적 어려움을 극복하고자 온 가족이 유럽으로 이주. 1867년은 주로 로마에서 지내고 1868년에 스페인을 거쳐 파리에 정착함. 1870년에는 독일을 거쳐 피렌체에 정착. 1872년까지 이어진 유럽 생활은 워튼의 유년 시절에 큰 영향을 미치고, 예술적 안목과 관찰력의 바탕을 이룸.

1868년 6세 아버지의 가르침으로 문자를 터득함. 이때부터 이야기를 지어내기 시작함.

1872년 10세   미국으로 돌아와 뉴욕 시에 거주. 여름부터 로드아일랜드 주 뉴포트에서 지냄. 아버지의 서재에서 맹렬히 독서만 해서 어머니와 갈등을 빚음.

1876년 14세   첫 중편소설 「제멋대로Fast and Loose」 습작.

1878년 16세   어머니가 취미 수준의 문학 활동을 용인한다는 의미로 시집 『시편들*Verses*』을 자비 출판해 줌.

1879년 17세   남들보다 2년 가까이 이른 시기에 사교계 데뷔. 데뷔 파티의 참석자 가운데는 작은오빠 헨리의 오랜 친구로 나중에 워튼의 남편이 되는 에드워드 로빈스 워튼Edward Robbins Wharton(애칭 테디 워튼)도 있었음. 「뉴욕 월드New York World」에 시 발표.

1880년 18세   당대 미국 최고 권위의 문예지 『애틀랜틱 먼슬리*The Atlantic Monthly*』에 헨리 워즈워스 롱펠로Henry Wadsworth Longfellow의 추천으로 다섯 편의 시 발표. 부모님과 함께 남프랑스로 이주.

1882년 20세   아버지 조지 프레더릭이 남프랑스에서 뇌졸중으로 사망(61세). 2만 달러의 신탁 유산 상속. 어머니와 함께 뉴포트로 돌아옴. 신흥 갑부 집안의 헨리 스티븐스와 약혼했으나 두 달 만에 파혼. 어머니와 함께 파리로 여행.

1883년 21세   메인 주 바하버에서 변호사 월터 베리Walter Berry를 만남. 월터 베리는 워튼과 평생 동안 친밀하고 협력적인 관계를 유지하고, 워튼은 그를 〈내 인생의 사랑〉이라 불렀으나 두 사람은 통상적인 연인 관계로 발전하지는 않았음.

1885년 23세   4월 29일 뉴욕 시 트리니티 채플에서 테디 워튼과 결혼. 이디스보다 13세 연상인 테디는 온화한 성품에 아무런 야심이 없는 사람이었음. 두 사람은 뉴포트의 존스가 영지에 있는 펜크레이그 코티지에 신혼살림을 차리고 이후 뉴욕과 뉴포트와 유럽을 오가며 지냄. 두 사람은 열정 없는 결혼 생활을 했고 자녀도 없었음.

1888년 26세   테디와 넉 달 동안 에게 해 크루즈 여행. 이거턴 윈스롭과 친구가 되고, 그를 통해 건축, 디자인, 주택 장식의 역사와 르네상스와 이탈리아 미술을 깨우치고 진화론을 접함. 재종 숙부 조슈아 존스에게서 12만 달러 상속받음. 이로 인해 재정적 독립을 얻음.

1889년 27세   뉴욕 시 매디슨 대로에 작은 집 임대.『스크리브너스*Scribner's*』,『하퍼스*Harper's*』,『센추리*The Century*』에 시 게재.

1891년 29세   뉴욕 시 4번 대로(이후 파크 대로로 개명)에 주택 구입.『스크리브너스』에 첫 단편소설「맨스테이 부인의 전망Mrs. Manstey's View」발표.

1893년 31세   뉴포트의 영지 〈랜즈 엔드〉를 구입하고 오그던 코드먼Ogden Codman에게 실내 장식을 맡김. 프랑스 소설가 폴 부르제Paul Bourget 부부와 친해짐.『스크리브너스』에 단편소설 세 편 발표.

1894년 32세   토스카나 지방을 여행하고, 이곳의 미술에 대해『스크리브너스』에 글을 씀. 미술 평론가 버넌 리Vernon Lee를 만남. 어머니와 사이가 멀어짐.

1897년 35세   건축가 오그던 코드먼과 함께 쓴『주택 장식*The Decoration of Houses*』이 출간되어 성공을 거둠. (〈도금 시대〉의 디자인 과잉 경향에 대항해서 고전적 균형과 차분한 장식을 옹호하는 이 책은 워튼이 정식으로 출간한 최초의 책이었음.)

1898년 36세   신경 쇠약으로 필라델피아 정형외과 병원의 S. 위어 미첼 박사에게 치료를 받음.

1899년 37세   소설집『크나큰 선호*The Greater Inclination*』출간. 비평계의 호평 속에 판매에도 성공을 거둠. 테디와 함께 워싱턴 D.C.에 넉 달 동안 머묾. 워싱턴의 법률가로 활동하던 월터 베리와 가까운 친구가 됨. 여름 동안 테디와 함께 북부 이탈리아를 여행하고, 부르제 부부도 함께함. 9월에 뉴포트로 돌아옴.

1900년 38세   중편소설「시금석Touchstone」출간. 소설집『크나큰 선호』와 더불어 유럽과 미국에서 모두 호평을 받음. 부르제 부부와 함께 다시 유럽을 여행함. 여름과 가을 동안 매사추세츠 주 레녹스에서 보냄.

1901년 39세   소설집 『결정적 사례들*Crucial Instances*』 발표. 레녹스에 토지를 구입하고 저택 〈마운트〉를 지음. 6월 어머니가 76세로 사망. 이디스에게 9만 달러의 신탁 유산을 남기지만 테디와 큰오빠 프레더릭을 공동 수탁인으로 지정해서 이를 둘러싸고 소송이 벌어짐.

1902년 40세   18세기 말 이탈리아를 배경으로 한 장편소설 『결단의 골짜기*The Valley of Decision*』 발표. 전부터 알고 지내던 헨리 제임스Henry James와 우정이 깊어짐. 제임스가 뉴욕을 주제로 한 작품을 쓸 것을 권유. 마운트로 이주. 테디가 극심한 신경 쇠약을 겪음.

1903년 41세   중편소설 「성소Sanctuary」 발표. 이탈리아와 마운트와 영국을 오가며 지냄. 미술 평론가 버나드 베런슨Bernard Berenson을 만남. 이탈리아에서는 『센추리』지 연재할 글을 쓰기 위해 이탈리아 빌라들을 관찰함. 랜즈 엔드를 매각함.

1904년 42세   소설집 『인간의 유래 외*The Descent of Man and Other Stories*』 출간. 이탈리아의 건축과 조경을 탐구한 『이탈리아의 빌라와 정원들*Italian Villas and Their Gardens*』 출간. 처음으로 자동차를 구입하고 자동차로 남프랑스를 여행. 제임스와 함께 영국 서섹스를 여행하고 마운트로 돌아옴.

1905년 43세   『환락의 집*The House of Mirth*』을 출간, 베스트셀러가 됨. 이탈리아 각 지방 전원의 특색과 그것이 미술, 디자인과 갖는 관계를 탐색한 두 번째 여행서 『이탈리아의 배경들*Italian Backgrounds*』 출간. 테디와 함께 백악관을 방문, 시어도어 루스벨트Theodore Roosevelt 대통령의 만찬에 참여. 마운트에 머물다가 유럽 여행.

1906년 44세   나중에 동물 학대 방지 위원회(SPCA)로 발전한 위원회의 대표가 됨. 프랑스와 영국 방문. 영국에서 퍼시 러벅Percy Lubbock(워튼의 첫 전기 작가가 됨)과 게일라드 랩슬리Gaillard Lapsley(워튼의 저작 관련 유언 집행자가 됨)를 만남. 『환락의 집』이 디트로이트와 뉴욕에서 연극으로 상연됨.

1907년 45세   뉴잉글랜드 공업 도시의 계급 갈등을 다룬 사회 개혁 소설『나무 열매*The Fruit of the Tree*』와 불행하게 끝난 국제결혼을 다룬 중편소설「마담 드 트렘스Madame de Treymes」 출간. 파리 바렌 가의 아파트에 거주하며, 제임스의 친구이자 영국「타임스」의 파리 특파원인 모턴 풀러턴Morton Fullerton을 만남. 테디, 제임스, 랩슬리와 함께 프랑스 자동차 여행.

1908년 46세   소설집『은둔자와 겁 없는 여자*The Hermit and the Wild Woman*』, 여행서『프랑스 자동차 일주*A Motor-Flight through France*』 출간. 테디가 우울증 치료를 위해 떠나 있는 동안 모턴 풀러턴과 밀애. 처음으로 육체적 정열을 경험함. 제임스와 함께 영국을 여행.

1909년 47세   시집『아르테미스가 악타이온에게 외*Artemis to Actaeon and Other Verses*』 출간. 테디의 정신 건강 문제가 커짐. 11월에 테디가 워튼의 신탁 재산 5만 달러를 빼돌린 사실이 발견됨. 영국에서 여름 한 달을 풀러턴과 보냄.

1910년 48세   소설집『인간과 유령의 이야기들*Tales of Men and Ghosts*』 출간. 테디는 1월에 스위스의 요양원에 입원하고 워튼은 파리의 바렌 가에 새로 구한 아파트에서 지냄. 풀러턴과의 연애 끝남.

1911년 49세   뉴잉글랜드를 배경으로 한 중편소설「이선 프롬Ethan Frome」 출간. 테디와 별거 조건을 논의하기 시작함. 여름 동안 마운트에서 지낸 뒤 10월에 이탈리아 여행.

1912년 50세   가족과 낭만적 관계의 복잡성을 다룬 소설『암초*The Reef*』 출간. 봄에 월터 베리와 함께 토스카나 여행. 마운트 매각. 프랑스에 영구 거주 시작.

1913년 51세   사회 풍속에 대한 냉소적 시선을 담은 소설『국가의 관습*The Custom of the Country*』 출간. 테디에게 간통을 이유로 이혼 청구 소송. 4월 16일 이혼 허락됨. 월터 베리가 파리로 이주함. 베리와 함께 시칠리아를, 베런슨과 함께 독일을 여행함. 파리에서 스트라빈스키Igor Fedorovich Stravinsky의「봄의 제전Le Sacre du printemps」

초연 관람. 조카 비어트릭스 존스의 결혼식을 위해 뉴욕 방문. 뉴욕이 〈뿌리 없고 숨 막힌다〉고 느낌.

1914년 52세 퍼시 러벅과 함께 알제리와 튀니지 여행. 베리와 함께 스페인 여행. 파리로 돌아온 지 사흘 만에 제1차 세계 대전 발발. 실직한 재봉사들을 위한 작업장 설립. 엘리시나 타일러Elisina Tyler와 함께 미국 난민 숙소 운영.

1915년 53세 『스크리브너스』에 게재한 전선 활동 기록 산문집 『싸우는 프랑스, 됭케르크에서 벨포르까지*Fighting France, from Dunkerque to Belfort*』 출간. 아르곤, 베르됭, 보주 전선을 방문하고 의료 용품 보급. 플랑드르의 난민 어린이 구조 위원회 조직.

1916년 54세 소설집 『싱구 외*Xingu and Other Stories*』 출간. 전쟁 기금 모금을 위해 유명인들의 글과 그림을 담은 『집 없는 이들의 책*The Book of the Homeless*』 편집. 미국에 전쟁의 참상을 알리고 미국의 참여를 호소하기 위해 노력. 2월 28일 헨리 제임스 사망. 전쟁 구호 활동으로 프랑스 정부가 주는 레종 도뇌르 훈장 받음. 결핵을 앓는 군인을 위한 구호 조직 〈회복기 미국인의 집〉 설립.

1917년 55세 뉴잉글랜드를 배경으로 한 소설 『여름*Summer*』 발표. 9월 월터 베리와 함께 모로코 여행. 1917년 말까지 워튼과 동료들은 파리와 인근에 모두 21개의 구호 시설을 운영함. 그러나 미국 적십자사가 자신의 자선 기관들을 흡수하자 크게 실망함.

1918년 56세 전쟁 소설 『마른 강*The Marne*』 출간. 파리 북쪽 생브리스수포레에 작은 영지를 구입. 큰오빠 프레더릭 사망.

1919년 57세 『프랑스 방식과 의미*French Ways and Their Meaning*』 출간. 예르에 있는 생트 클레르 뒤 비유 성 임대.

1920년 58세 『순수의 시대*The Age of Innocence*』 출간. 여행 서적 『모로코에서*In Morocco*』 출간.

1921년 59세 『순수의 시대』로 여성 최초로 퓰리처상 소설 부문 수상

(경합 작품은 싱클레어 루이스Harry Sinclair Lewis의 『메인 스트리트*Main Street*』). 중편소설 「노처녀The Old Maid」 출간.

1922년 60세   낡은 이상과 현실 사이에 갈등을 느끼는 젊은 부부를 다룬 소설 『달의 일별*The Glimpses of the Moon*』 출간. 작은오빠 헨리 사망.

1923년 61세   전쟁 소설 『전선의 아들*A Son at the Front*』 출간. 『달의 일별』 영화화. 예일 대학교 명예 학위를 받으러 미국에 감(이 대학교에서 여성에게 명예 학위를 수여한 최초의 사례이며 이것이 워튼의 마지막 미국 방문이었음).

1924년 62세   워튼의 부모 세대를 다룬 중편소설 네 편을 묶은 소설집 『옛 뉴욕*Old New York*』 출간.

1925년 63세   장편소설 『어머니의 보상*The Mother's Recompense*』, 소설 이론서 『소설 쓰기*The Writing of Fiction*』 출간. 여성 최초로 미국 국립 문예 재단이 주는 금메달 수상.

1926년 64세   소설집 『여기 그리고 너머*Here and Beyond*』 출간. 시집 『열두 편의 시*Twelve Poems*』 출간. 미국 국립 문예 재단 회원에 선출. 친구들과 에게 해 크루즈 여행. 월터 베리와 함께 북부 이탈리아 여행.

1927년 65세   장편소설 『부분 마취*Twilight Sleep*』 출간. 노벨상 후보로 지명. 월터 베리가 두 차례의 뇌졸중 끝에 10월 2일 사망.

1928년 66세   『순수의 시대』가 브로드웨이에서 연극으로 공연되어 성공을 거둠. 전남편 에드워드 워튼 사망.

1929년 67세   장편소설 『허드슨 강의 집*Hudson River Bracketed*』 발표. 미국 문예 아카데미에서 주는 금메달 수상.

1930년 68세   소설집 『어떤 사람들*Certain People*』 발표. 여자로는 두 번째로 미국 문예 아카데미 회원으로 선출됨.

1931년 69세   영국을 방문해서 잠시 풀러턴과 재회함.

1932년 70세 『허드슨 강의 집』의 후속 편인 『신들의 왕림*The Gods Arrive*』 출간.

1933년 71세 소설집 『인간 본성*Human Nature*』 발표.

1934년 72세 자서전 『뒤돌아보는 시선*A Backward Glance*』 출간. 『해적*The Buccaneers*』 집필 시작(미완성).

1935년 73세 『옛 뉴욕』에 수록된 중편소설 「노처녀」가 뉴욕에서 연극으로 공연되어 성공을 거두고 연극 분야 퓰리처상을 받음.

1936년 74세 열 번째 소설집 『온 세상*The World Over*』 출간. 「이선 프롬」 브로드웨이에서 연극으로 공연.

1937년 75세 마지막 단편소설 「모든 영혼들All Souls」 송고. 6월 1일 오그던 코드먼 방문 중 뇌졸중 일어남. 8월 11일 생브리스수포레에서 사망. 유지에 따라 베르사유의 고나르 묘지에 있는 월터 베리 옆에 묻힘. 유고 소설집 『유령들*Ghosts*』 출간.

1938년 저작 관련 유언 집행자 게일라드 랩슬리가 『해적』 출간.

1939년 랩슬리와 로버트 노턴Robert Norton이 저작선 『영시의 영원한 열정*Eternal Passion in English Poetry*』 출간.

1992년 1888년에 넉 달 동안 에게 해 크루즈 여행을 하면서 쓴 일기 『밴더니스호 크루즈*The Cruise of the Vandanis*』 출간.

열린책들 세계문학 077 순수의 시대

옮긴이 고정아 1967년 서울에서 태어나 연세대학교 영어영문학과를 졸업했다. 현재 전문 번역가로 활동 중이다. 지은 책으로는 『똑똑한 아이가 되는 일곱 가지 사고력』, 『슈바이처』, 『숲 속의 날씨 이야기』, 『교과서 속 세계 인물 100』 등이 있으며, 옮긴 책으로는 E. M. 포스터의 『모리스』, 『하워즈 엔드』, 『기나긴 여행』, 『천사들도 발 딛기 두려워하는 곳』과 대실 해밋의 『몰타의 매』, 캐롤라인 냅의 『술, 전쟁 같은 사랑의 기록』 등이 있다.

지은이 이디스 워튼 **옮긴이** 고정아 **발행인** 홍예빈 · 홍유진

발행처 주식회사 열린책들 **주소** 경기도 파주시 문발로 253 파주출판도시

전화 031-955-4000 **팩스** 031-955-4004 **홈페이지** www.openbooks.co.kr

Copyright (C) 주식회사 열린책들, 2008, 2009, *Printed in Korea.*

ISBN 978-89-329-0994-3 04840 **ISBN** 978-89-329-1499-2 (세트)

발행일 2008년 10월 31일 초판 1쇄 2009년 11월 30일 세계문학판 1쇄 2022년 2월 20일 세계문학판 6쇄

이 도서의 국립중앙도서관 출판예정도서목록(CIP)은 서지정보유통지원시스템 홈페이지(http://seoji.nl.go.kr)와 국가자료공동목록시스템(http://www.nl.go.kr/kolisnet)에서 이용하실 수 있습니다.(CIP제어번호:CIP2009003409)

<h1 style="text-align:center">열린책들 세계문학
Open Books World Literature</h1>

057 악령 전3권

표도르 도스또예프스끼 장편소설 | 박혜경 옮김 | 각 328, 408, 528면

실제 사건에 심리적, 형이상학적 색채를 가미한 위대한 비극

- 1966년 동아일보 선정 〈한국 명사들의 추천 도서〉
- 피터 박스올 〈죽기 전에 읽어야 할 1001권의 책〉

060 의심스러운 싸움

존 스타인벡 장편소설 | 윤희기 옮김 | 340면

1930년대 대공황기 캘리포니아 농장 지대의 파업을 극적으로 그린 소설

- 1937년 캘리포니아 커먼웰스 클럽 금상
- 1962년 노벨 문학상 수상 작가

061 몽유병자들 전2권

헤르만 브로흐 장편소설 | 김경연 옮김 | 각 568, 544면

현대 문명의 병폐와 가치의 붕괴를 상징적, 비판적으로 해석한 박물 소설이자 모든 문학적 표현 수단의 총체

063 몰타의 매

대실 해밋 장편소설 | 고정아 옮김 | 304면

하드보일드 소설의 창시자 대실 해밋의 세계 최초 탐정 소설

- 2009년 「뉴스위크」 선정 〈세계 100대 명저〉
- 뉴욕 추리 전문 서점 블랙 오키드 선정 〈최고의 추리 소설 10〉

064 마야꼬프스끼 선집

블라지미르 마야꼬프스끼 선집 | 석영중 옮김 | 384면

20세기 러시아의 위대한 혁명 시인 마야꼬프스끼의 대표적인 시와 산문 모음집

065 드라큘라 전2권

브램 스토커 장편소설 | 이세욱 옮김 | 각 340, 344면

공포와 성(性)을 결합시킨 환상 문학의 고전

- 2003년 크리스티아네 취른트 〈사람이 읽어야 할 모든 것, 책〉
- 피터 박스올 〈죽기 전에 읽어야 할 1001권의 책〉

067 서부 전선 이상 없다

에리히 마리아 레마르크 장편소설 | 홍성광 옮김 | 336면

지극히 평범한 한 인간을 통해 전쟁의 본질을 보여 주는, 가장 위대한 전쟁 소설

- 미국 대학 위원회 선정 SAT 추천 도서
- 「타임」지가 뽑은 〈20세기 100선〉
- 피터 박스올 〈죽기 전에 읽어야 할 1001권의 책〉

068 적과 흑 전2권

스탕달 장편소설 | 임미경 옮김 | 각 432, 368면

〈출세〉를 향한 젊은이의 성공과 좌절을 통해 부조리한 사회 구조를 고발한 작품

- 2002년 노벨 연구소가 선정한 〈세계문학 100선〉
- 국립중앙도서관 선정 청소년 권장 도서 50선
- 서울대학교 권장 도서 100선

070 지상에서 영원으로 전3권

제임스 존스 장편소설 | 이종인 옮김 | 각 396, 380, 496면

제2차 세계 대전을 배경으로 두 쌍의 연인을 통해 하와이 주둔 미군 부대의 실상을 폭로한 자연주의 소설

- 1952년 전미 도서상
- 1998년 랜덤하우스 모던 라이브러리 선정 〈최고의 영문 소설 100〉

073 파우스트

요한 볼프강 폰 괴테 희곡 | 김인순 옮김 | 568면

진리를 찾는 파우스트를 통해 인간사의 모든 문제를 상징적으로 표현한 고전 중의 고전

- 2002년 노벨 연구소가 선정한 〈세계문학 100선〉
- 2003년 국립중앙도서관 선정 〈고전 100선〉
- 미국 대학 위원회 선정 SAT 추천 도서
- 서울대학교 권장 도서 100선
- 「뉴스위크」 선정 〈세상을 움직인 100권의 책〉

074 쾌걸 조로

존스턴 매컬리 장편소설 | 김훈 옮김 | 316면

마스크 뒤에 정체를 감추고 폭압에 맞서 싸우는 쾌걸 조로의 가슴 시원한 활약

075 거장과 마르가리따 전2권

미하일 불가꼬프 장편소설 | 홍대화 옮김 | 각 364, 328면

스딸린 치하의 소비에트 사회를 풍자하는 서늘한 공포와 유쾌한 웃음의 묘미

- 2006년 이고르 수히흐 교수 〈러시아 문학 20세기의 책 20권〉
- 피터 박스올 〈죽기 전에 읽어야 할 1001권의 책〉

077 순수의 시대

이디스 워튼 장편소설 | 고정아 옮김 | 448면

사랑과 결혼의 의미를 찾는 세 남녀의 이야기를 세밀하게 그려 낸 연애 소설의 고전

- 1998년 랜덤하우스 모던 라이브러리 선정 〈최고의 영문 소설 100〉
- 2009년 「뉴스위크」 선정 〈세계 100대 명저〉

078 검의 대가

아르투로 페레스 레베르테 장편소설 | 김수진 옮김 | 384면

1868년 마드리드, 역사적인 음모와 계략 그리고 화려한 검술이 엮어 내는 지적 미스터리

- 1993년 「리르」지 선정 〈10대 외국 소설가〉
- 1997년 코레오 그룹상
- 2000년 「뉴욕 타임스」 선정 〈올해의 포켓북〉

079 예브게니 오네긴

알렉산드르 뿌쉬낀 운문소설 | 석영중 옮김 | 328면

패러디의 소설이자 소설의 패러디. 러시아가 낳은 위대한 시인 뿌쉬낀의 장편 운문 소설

- 고려대학교 선정 〈교양 명저 60선〉
- 연세대학교 권장 도서 200권

228 두이노의 비가

라이너 마리아 릴케 시 선집 | 손재준 옮김 | 504면

삶 속에서 죽음을 노래한 시인 릴케의 대표 시집 중 엄선한 170여 편의 주요 작품을 소개한 시 선집

- 동아일보 선정 〈세계를 움직인 100권의 책〉
- 고려대학교 선정 〈교양 명저 60선〉

229 페스트

알베르 카뮈 장편소설 | 최윤주 옮김 | 432면

죽음 앞에 선 인간의 고뇌와 역할에 대한 진지한 성찰이 담긴 〈제2차 세계 대전 이후 최대의 걸작〉

- 1957년 노벨 문학상 수상 작가
- 서울대학교 선정 권장 도서 100선
- 국립중앙도서관 선정 청소년 권장 도서 50선

230 여인의 초상 전2권

헨리 제임스 장편소설 | 정상준 옮김 | 각 520, 544면

자유로운 이상을 가진 한 여인의 이야기. 헨리 제임스의 심리적 사실주의를 대표하는 걸작

- 2004년 〈한국 문인이 선호하는 세계 명작 소설 100선〉
- 미국 대학 위원회 선정 SAT 추천 도서
- 서울대학교 선정 〈동서 고전 200선〉

232 성

프란츠 카프카 장편소설 | 이재황 옮김 | 560면

독일인이 뽑은 20세기 최고의 작가 카프카의 3대 장편소설 중 하나

- 2002년 노벨 연구소가 선정한 〈세계 문학 100선〉
- 피터 박스올 〈죽기 전에 읽어야 할 1001권의 책〉

233 차라투스트라는 이렇게 말했다

프리드리히 니체 산문시 | 김인순 옮김 | 464면

니체 철학의 가장 중심적인 사상들을 생동하는 문학적 언어로 녹여 낸 작품

- 국립중앙도서관 선정 고전 100선
- 동아일보 선정 〈세계를 움직이는 100권의 책〉

234 노래의 책

하인리히 하이네 시집 | 이재영 옮김 | 384면

독일을 대표하는 서정 시인이자 혁명적 저널리스트인 하이네의 시집. 실패한 사랑의 슬픔과 인습의 굴레에서 벗어나고자 했던 고아한 시성(詩聖)의 노래

235 변신 이야기

오비디우스 서사시 | 이종인 옮김 | 632면

라틴 문학의 전성기를 대표하는 시인 오비디우스가 그리스 로마 신화를 응집한 역작

- 2002년 노벨 연구소가 선정한 〈세계문학 100선〉
- 서울대학교 권장 도서 100선
- 연세대학교 권장 도서 200선

236 안나 까레니나 전2권

레프 똘스또이 장편소설 | 이명현 옮김 | 각 800, 736면

사랑과 결혼, 가정 등 일상적인 소재를 통해 당대 러시아의 혼란한 사회상과 개인의 내면을 생생하게 묘사한, 똘스또이의 모든 고민을 집대성한 대표작

- 「가디언」 선정 역대 최고의 소설 100선
- 서울대학교 권장 도서 100선

238 이반 일리치의 죽음·광인의 수기

레프 똘스또이 장편소설 | 석영중·정지원 옮김 | 232면

죽음 앞에 선 인간 실존에 대한 똘스또이의 깊은 성찰이 담긴 걸작

- 시카고 대학 그레이트 북스
- 피터 박스올 〈죽기 전에 읽어야 할 1001권의 책〉

239 수레바퀴 아래서

헤르만 헤세 장편소설 | 강명순 옮김 | 232면

모순적인 교육 제도에 짓눌린 안타까운 청춘의 이야기. 헤세의 사춘기 시절 체험이 담긴 자전적 성장 소설

- 1946년 노벨 문학상 수상 작가
- 서울대학교 선정 동서 고전 200선

240 피터 팬

J. M. 배리 장편소설 | 최용준 옮김 | 272면

영원히 어른이 되고 싶지 않은 소년 피터팬. 신비의 섬 네버랜드에서 펼쳐지는 짜릿한 대모험

- 「가디언」 선정 〈모두가 읽어야 할 소설 1000선〉

241 정글 북

러디어드 키플링 중단편집 | 오숙은 옮김 | 272면

늑대 품에서 자란 소년 모글리. 대지가 살아 숨 쉬는 일곱 개의 빛나는 중단편들

- 1907년 노벨 문학상 수상 작가
- BBC 선정 아동 고전 소설

242 한여름 밤의 꿈

윌리엄 셰익스피어 희곡 | 박우수 옮김 | 160면

셰익스피어의 대표 낭만 희극. 꿈과 현실을 넘나드는 한바탕의 마법 같은 이야기

- 미국 대학 위원회 선정 SAT 추천 도서

243 좁은 문

앙드레 지드 | 김화영 옮김 | 264면

지상보다 천상의 행복을 사랑한 여인과, 그 여인을 사랑한 한 남자의 이야기. 현대 프랑스 문학의 거장 앙드레 지드의 대표작

- 1947년 노벨 문학상 수상 작가
- 2003년 국립중앙도서관 선정 〈고전 100선〉

266 로드 짐

조지프 콘래드 장편소설 ╎ 최용준 옮김 ╎ 608면

침몰하는 배와 승객을 버리고 도망친 한 선원의 파
멸과 방황, 모험을 그린 걸작. 영국 문학의 거장 조
지프 콘래드의 대표 장편소설

- 모던 라이브러리 선정 〈20세기 영문 소설 100선〉
- 르몽드 선정 〈20세기 최고의 책〉

267 푸코의 진자 전3권

움베르토 에코 장편소설 ╎ 이윤기 옮김 ╎ 각 392, 384, 416면

성전 기사단의 수수께끼를 컴퓨터로 풀어 보려던
편집자들에게 이상한 일들이 일어난다. 광신과 음
모론의 극한을 보여 주는 에코의 대표작

270 공포로의 여행

에릭 앰블러 장편소설 ╎ 최용준 옮김 ╎ 376면

전쟁 중 한 엔지니어의 생사를 둘러싸고 벌어지는
각국의 숨 막히는 첩보전. 현대 스파이 소설의 아
버지 에릭 앰블러의 걸작

271 심판의 날의 거장

레오 페루츠 장편소설 ╎ 신동화 옮김 ╎ 264면

유명 배우의 의문의 죽음, 그리고 수수께끼의 연쇄
자살 사건의 비밀. 독일어권 문학의 거장 레오 페
루츠의 대표작

272 에드거 앨런 포 단편선

에드거 앨런 포 지음 ╎ 김석희 옮김 ╎ 392면

환상 문학과 미스터리 문학의 선구자 에드거 앨런
포의 대표 작품 12편을 엄선한 단편집

- 미국 대학 위원회 선정 SAT 추천 도서
- 2002년 노벨 연구소가 선정한 〈세계문학 100선〉
- 2004년 〈한국 문인이 선호하는 세계 명작 소설 100선〉

273 수전노 외

몰리에르 희곡선집 ╎ 신정아 옮김 ╎ 424면

천재 극작가이자 희극 배우 몰리에르, 고전 희극을
완성한 그의 대표적 문제작들

- 고려대학교 선정 〈교양 명저 60선〉
- 클리프턴 패디먼 〈일생의 독서 계획〉

274 모파상 단편선

기 드 모파상 지음 ╎ 임미경 옮김 ╎ 400면

세계문학사상 가장 위대한 단편 작가 중 하나인 기
드 모파상. 속되고도 아름다운 삶의 면면을 날카롭
게 포착하는 그의 걸작 단편들

275 평범한 인생

카렐 차페크 장편소설 ╎ 송순섭 옮김 ╎ 280면

죽음을 앞두고 진정한 자신들을 만난 한 남자의 이
야기. 체코 문학의 길을 낸 20세기 최고의 이야기
꾼 차페크의 걸작

276 마음

나쓰메 소세키 장편소설 ╎ 양윤옥 옮김 ╎ 344면

정교한 언어로 길어 올린 인간 내면의 연약한 심
연. 일본의 국민 작가 나쓰메 소세키 문학의 정수

- 서울대학교 권장 도서 100선
- 피터 박스올 〈죽기 전에 읽어야 할 1001권의 책〉

각 권 8,800~15,800원

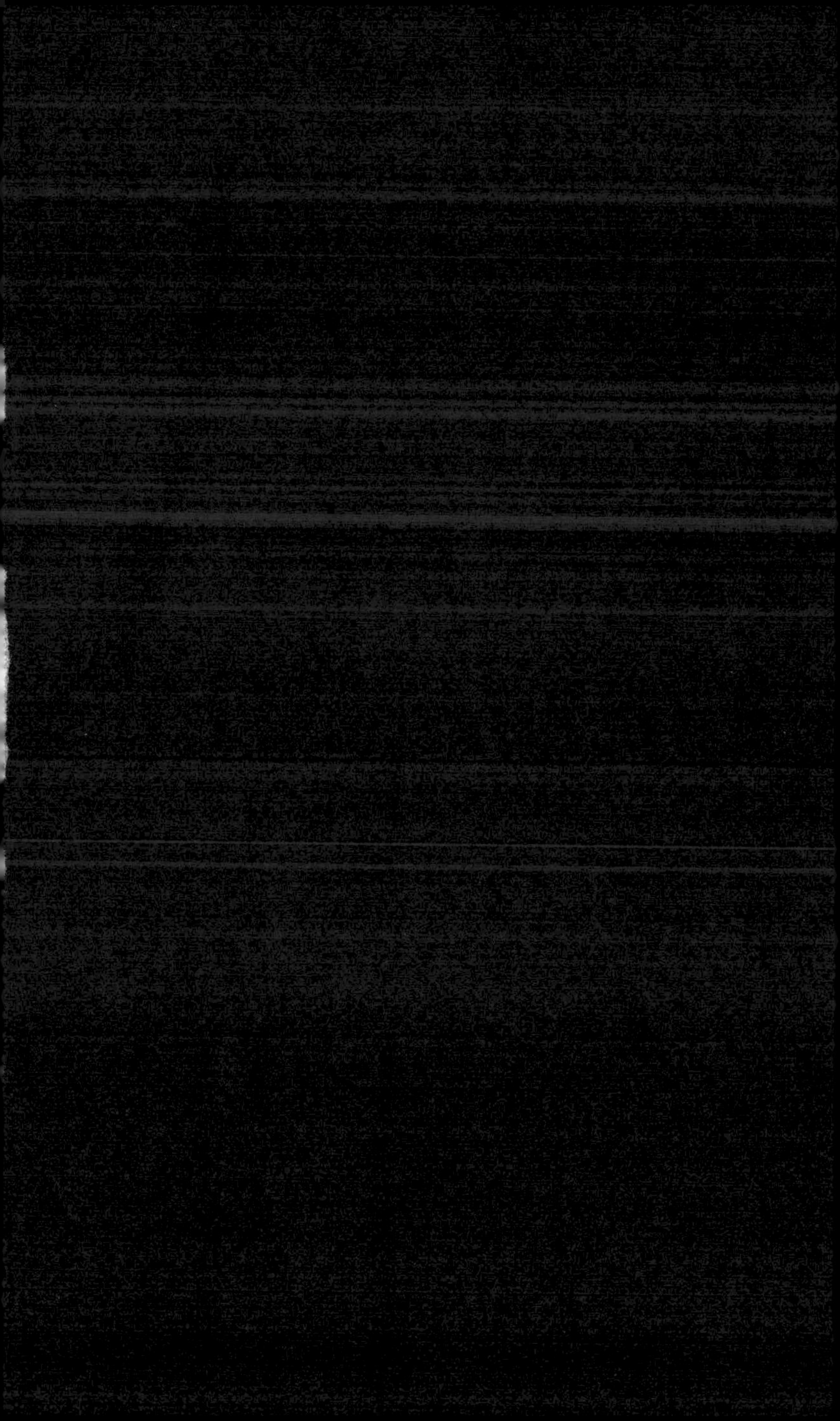